As Aventuras de Amina al-Sirafi

As Aventuras de Amina al-Sirafi

S. A. Chakraborty

Tradução
Flavia de Lavor

MORROBRANCO
EDITORA

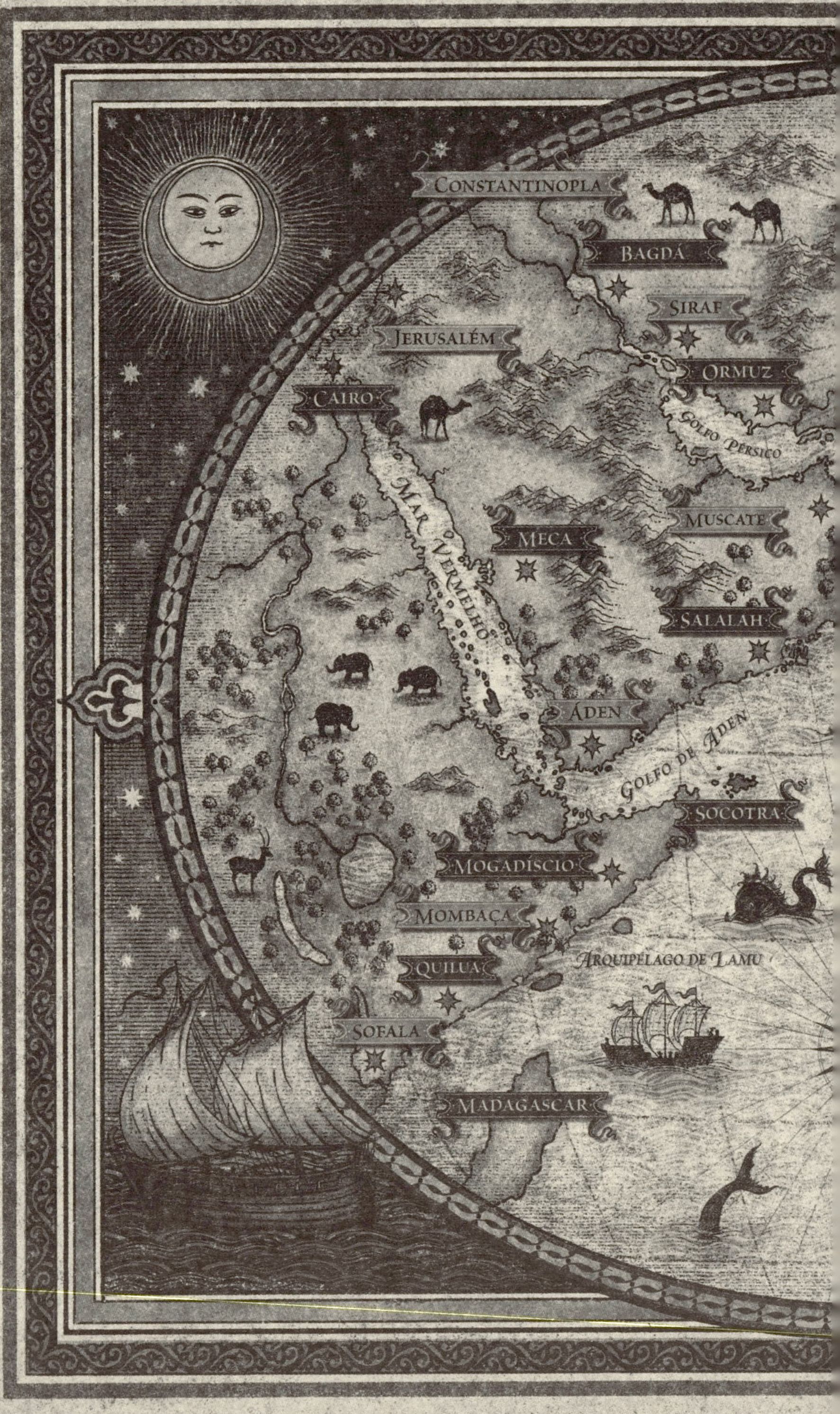

Constantinopla
Bagdá
Siraf
Jerusalém
Ormuz
Cairo
Golfo Pérsico
Mar Vermelho
Muscate
Meca
Salalah
Áden
Golfo de Áden
Socotra
Mogadíscio
Mombaça
Arquipélago de Lamu
Quilua
Sofala
Madagascar

Mapa do
GRANDE
OCEANO ÍNDICO
seus mares, costas
e arredores
CAMBAIA
SURATE
Mar
Arábico
CALICUTE
COSTA DO
MALABAR
SRI LANKA
MALDIVAS

Sumário

AS AVENTURAS DE AMINA AL-SIRAFI

ISBN: 978-65-6099-035-7

Impresso no Brasil – 1a Edição, 2025 – Edição revisada conforme o Acordo Ortográfico da Língua Portuguesa de 2009.

Dados Internacionais de Catalogação na Publicação (CIP)
BENITEZ Catalogação Ass. Editorial, MS, Brasil

C425a
1.ed. Chakraborty, S. A.
As aventuras de Amina al-Sirafi / S. A. Chakraborty ; tradução Flavia de Lavor. - 1.ed. - Rio de Janeiro : Morro Branco, 2025.
448 p.; 14 x 21 cm.
ISBN 978-65-6099-035-7
Ficção norte-americana. I. Lavor, Flavia de.

II.Título.
12-2025/66CDD 813

Índice para catálogo sistemático:
Ficção : Literatura norte-americana 813
Aline Graziele Benitez - Bibliotecária - CRB-1/3129

Produção Editorial: Grupo Editorial Alta Books
Diretor Editorial: Anderson Vieira
Vendas Governamentais: Cristiane Mutüs
Gerência Comercial: Claudio Lima

Coordenadora Editorial: Illysabelle Trajano
Produtor Editorial: Marlon Souza
Tradução: Flavia de Lavor
Copidesque: Isadora Prospero
Revisão: Luíza Thomaz
Diagramação: Tatiana Lopes
Mapa: Virginia Allyn

ALTA BOOKS
GRUPO EDITORIAL

Rua Viúva Cláudio, 291 – Bairro Industrial do Jacaré
CEP: 20.970-031 – Rio de Janeiro (RJ)
Tels.: (21) 3278-8069 / 3278-8419
www.altabooks.com.br – altabooks@altabooks.com.br
Ouvidoria: ouvidoria@altabooks.com.br

Editora **afiliada à:**
ASSOCIADO

Dedicatória

Para todos os pais que criam seus filhos em meio às adversidades: durante pandemias, crises climáticas e sob ocupação. Para aqueles que se esforçam para colocar comida na mesa e conciliam vários empregos com o cuidado das crianças. Para todos que deixaram seus próprios sonhos de lado, por algum tempo ou para sempre, para estimular os da próxima geração.

Nota da Autora

De acordo com a época e o lugar em que este livro se passa, os cristãos latinos da Europa Ocidental são chamados de francos e os bizantinos de romanos. As sociedades islâmicas do litoral noroeste do oceano Índico do século XII tinham sua própria maneira criativa e fascinante de descrever a antiguidade, seus contemporâneos e o mundo em geral, e embora eu tenha tentado recriá-la aqui com a maior exatidão possível, esta é uma obra de ficção. Há um glossário com termos históricos e náuticos adicionais no final do livro, assim como sugestões para leitura complementar.

Epígrafe

Agarrei-me à tábua de madeira, meu único refúgio no mar agitado pela tempestade, e me repreendi, dizendo: “Simbá, o Marinheiro, será que nunca vai aprender? Depois de todas as suas viagens — a primeira e a segunda, a terceira e a quarta, a QUINTA, cada uma pior do que a outra! —, você jura por Deus que será penitente e desistirá delas. E toda vez mente, levado pela ganância e pela aventura, e volta para o mar. Então aceite o castigo que lhe espera, você mereceu!”

— De *A Sexta Viagem de Simbá, o Marinheiro*

Uma palavrinha sobre o que vem a seguir

Em nome de Deus, o Misericordioso, o Clemente. Bênçãos para Seu honrado Profeta Maomé, sua família e seus seguidores. Louvado seja Deus, que em Sua glória criou a terra e sua diversidade de territórios e idiomas, de povos e línguas. Nessas vastas maravilhas, tão numerosas que o olho humano é incapaz de contemplar mais do que uma fatia, não há prova de Sua Magnificência?

E por falar em maravilhas... vamos nos deliciar com as aventuras da nakhudha Amina al-Sirafi.

Sim! A *própria* capitã Amina al-Sirafi. A contrabandista, a pirata. A blasfemadora que os literatos acusam de servir corações humanos ao marido, o qual é uma fera marinha, e a feiticeira — e *só pode* ser uma feiticeira, pois nenhuma mulher conseguiria navegar um navio com tanta destreza sem o uso de magia proibida — cuja aparência tanto seduz quanto repele. Os comerciantes de nossas belas costas nos advertem a não dizer seu nome, como se ela fosse um djin que pudesse ser invocado como tal — embora, estranhamente, tenham poucos escrúpulos quando se trata de espalhar boatos maldosos sobre seu corpo e sua sexualidade: coisas que deixam os homens obcecados sempre que odeiam o que desejam e desejam o que não podem possuir.

Tenho certeza de que você já ouviu falar dela. Afinal, é tradição que os homens viajados de nossa ummah partilhem as maravilhas do mundo por meio de relatos de suas viagens — ainda mais quando tais viagens são animadas por fofocas sobre temíveis mulheres rebeldes. Muitos desses viajantes juram que seus relatos não foram escritos para atormentar ou entreter — Deus me livre! —, mas destinam-se, acima de tudo, a fortalecer o coração dos fiéis e a fornecer provas do esplendor prometido da criação de Deus. No entanto, enquanto muçulmanos, não devemos ser sinceros? Verificar o que é verdade e tomar cuidado com a propagação de mentiras?

E, minhas caras irmãs... quantas mentiras.

Pois este escriba leu muitos desses relatos e aprendeu mais uma lição: que ser mulher é ter sua história esquecida. Apagada. *Distorcida*. Nas lendas, as mulheres ou são as esposas adúlteras cuja traição provoca a sanha assassina do marido, ou as mães sofredoras que dão à luz os verdadeiros heróis. Os biógrafos ocultam as nuances de rainhas capazes e impiedosas para que sejam lembradas como santas, e os geógrafos aconselham os homens pios a não ir para lugares com histórias escandalosas de mulheres lascivas que se lançam ao mar e arrebatam os estrangeiros. Mulheres são as esposas esquecidas e as filhas anônimas. Amas de leite e criadas; ladras e prostitutas. Bruxas. Uma anedota excitante para contar aos amigos, ou um alerta.

Há muitas histórias caluniosas sobre Amina al-Sirafi. Dizem que ela era implacável demais. Ambiciosa, violenta, *totalmente* inapropriada e bem... velha! Uma *mãe*, se é que dá para acreditar! Ah, sim, certo grau de rebeldia é esperado nos jovens. Por isso temos histórias de princesas que buscam tesouros e de mulheres guerreiras com um final feliz. Mas espera-se que elas *acabem* — com o rapaz, o príncipe, o marinheiro, o aventureiro. O homem que tirará sua virgindade, lhe dará filhos, fará dela uma esposa. O homem que a definirá. *Ele* pode continuar sua epopeia — pode até arranjar outras esposas e ter mais filhos —, mas espera-se que as histórias das mulheres se dissolvam num nevoeiro de domesticidade... isso quando são contadas.

A história de Amina não acabou. Na verdade, a história de nenhuma mulher acaba. Este humilde escriba — ah, é melhor me apresentar: meu nome tem certa importância, mas por enquanto podem me chamar de Jamal. Jamal al-Hilli. Conheci avós que abriram novos negócios, rainhas idosas que travaram guerras de conquista e jovens mães que pegaram num lápis de desenho pela primeira vez. Na verdade, talvez só saibamos a história de Amina *porque* ela era mãe. Durante o tempo que passamos juntos, ela sempre falava da filha. E, embora possa ser uma suposição ousada... falava com a filha. Para que a filha pudesse entender as escolhas que sua mãe havia feito. Pois, quando decidiu deixar sua casa e voltar para a vida no mar, Amina se tornou mais do que uma pirata. Mais do que uma bruxa.

Ela se tornou uma lenda.

Esta história vai parecer inacreditável. As provas e documentos que puderam ser coletados são reproduzidos aqui, mas, em relação à nakhudha, este escriba achou melhor deixar Amina falar por si mesma. Resistir ao impulso de moldar e escolher suas palavras. Porém, por uma questão de honestidade, outra verdade será confessada. Suas aventuras não serão contadas apenas para fornecer prova das maravilhas de Deus.

E sim para entreter.

Capítulo 1

Deus é minha testemunha de que nada disso teria acontecido se não fossem aqueles dois idiotas em Salalah. Eles e seu mapa.

— O que foi? O que você quer dizer com "não é assim que se começa uma história"? Uma *biografia*? Está esperando uma biografia? Quem você acha que está descrevendo, o Grande Mufti de Meca? Meu povo não faz poesia sobre nossa linhagem como o seu. Sequer somos Sirafi de verdade. O pai do meu pai, um órfão que se tornou pirata em Omã, simplesmente achou o nome romântico. Você não acha?

Como eu estava dizendo: os idiotas e seu mapa. Enfim, entendo o apelo da caça ao tesouro, claro. Afinal de contas, construímos nossas casas sobre as ruínas de cidades perdidas e navegamos nossos navios sobre os palácios submersos de reis esquecidos. Todo mundo já ouviu uma história de como fulano ou sicrano desenterrou um pote de moedas sassânidas enquanto semeava os campos ou conheceu um mergulhador de pérolas que avistou hordas de esmeraldas brilhando no fundo do mar. Já me disseram que, no Egito, a caça ao tesouro é tão popular que seus participantes se organizaram em corporações profissionais, cada uma com seus truques particulares... embora, pelo preço certo, alguém *talvez* se disponha a lhe dar alguns conselhos. Talvez até se ofereça a lhe vender um mapa! Um guia para fortunas inimagináveis.

Os mapas são — e não há como enfatizar o bastante — extraordinariamente fáceis de falsificar. Posso até contar como é feito: você só precisa de um pedaço de pergaminho e um tempinho. Tônicos são aplicados para escurecer e amarelar o papel, embora, infelizmente, a maioria necessite de urina e os melhores sejam derivados da bílis de morcegos. O mapa em si deve ser traçado com cuidado, com detalhes suficientes para que algumas localizações geográficas sejam reconhecíveis (idealmente orientando o alvo na direção oposta à qual o cartógrafo pretende fugir).

Os símbolos podem pertencer a qualquer alfabeto. Muitos falsificadores preferem o hebraico por suas conotações místicas, mas, na minha opinião, o texto de uma antiga tumba de Sabá inspira letras mais misteriosas. Amasse a folha toda; desfie as bordas, queime alguns buracos; aplique uma fina camada de lixívia para desbotar a inscrição — e pronto. Seu mapa do "tesouro" está pronto para ser vendido a quem der mais.

O mapa que meus clientes traziam naquela noite não parecia ter sido vendido pelo lance mais alto. Embora tentassem esconder o documento junto com seu propósito — como se excursões noturnas a ruínas antigas fossem um pedido comum —, um vislumbre bastou para revelar que o mapa era um trabalho mediano, possivelmente o esboço de um jovem aspirante a criminoso.

Mas guardei tais opiniões para mim. O fato de terem me contratado para remar até ali foi uma bênção, um bico que arranjei enquanto pescava. Devo ter parecido uma excelente candidata para a missão: uma mulher solitária, já meio velha e provavelmente estúpida demais para se importar com o que eles estavam fazendo. Dei os devidos avisos, alertando-os de que diziam que as ruínas eram assombradas por ghouls e a lagoa, amaldiçoada por djins, mas os jovens me garantiram que sabiam cuidar de si mesmos. E, como eu já tinha passado muitas noites pescando naquela área sem encontrar sequer um sopro do sobrenatural, não estava exatamente preocupada.

— Como é que é? Os dois "parecem meio ingênuos"? Não se lembra de como nos conhecemos, seu hipócrita? Cale a boca e coma o ensopado. O saltah daqui é uma delícia e você só está um pouco mais roliço do que a caneta que tem nas mãos. Se me interromper mais uma vez, Jamal, pode procurar outra nakhudha para assediar atrás de histórias.

Enfim. De volta àquela noite. Apesar de tudo, era uma noite encantadora. As estrelas surgiram no céu, uma visão rara durante o khareef, a monção de verão que normalmente nos deixa envoltos pela neblina. A lua brilhava alto sobre o forte em ruínas do outro lado da lagoa; seus tijolos desmoronados eram tudo que restava de uma cidade há muito abandonada, que os locais diziam ter sido um movimentado porto comercial. Esta parte do mundo sempre foi rica; os romanos costumavam nos chamar de Arabia Felix, "Arábia Abençoada", por nosso acesso ao mar, rotas comerciais confiáveis e lucrativos bosques de olíbano. Os locais *também* dizem que o tesouro da cidade perdida — ainda repleto de ouro — está escondido sob as ruínas, soterrado durante um terremoto.

Foi essa história que presumi ter atraído os jovens, até que um deles estalou a língua para mim, como um homem que manda uma mula parar, enquanto ainda estávamos na lagoa.

— Pare aqui — ordenou o rapaz.

Lancei um olhar duvidoso para a água escura que nos cercava, a praia ainda a alguma distância. Durante o dia, era um lugar encantador que atraía flamingos e golfinhos. Quando o vento e a maré estavam bons, a água explodia das rochas em gêiseres, para o deleite das crianças e famílias que faziam piqueniques. Mas durante a maré baixa, numa noite calma como aquela, a arrebentação das ondas era suave, uma batida ritmada e reconfortante acompanhada por borrifos brancos que pouco ajudavam a diferenciar o mar da costa. Se meus clientes achavam que conseguiriam nadar até a praia quase invisível, então eram ainda mais tolos do que eu pensava. E acho que já deixei claro o quanto os considerava tolos.

— Ainda não chegamos às ruínas — salientei.

— Aqui já está bom. — Os dois estavam juntos na outra ponta do meu barco, com o mapa aberto sobre os joelhos. Um dos rapazes segurava uma lamparina a óleo e o outro um ramo de jasmim seco aceso.

— Não entendo — murmurou um dos jovens. Eles vinham discutindo aos cochichos a noite toda. Embora seu sotaque parecesse ser de Áden, não sabia quais eram seus nomes. Os dois tinham declarado, de forma bastante dramática, que, em vez de dizer os nomes, me pagariam mais um dinar pela minha discrição e, como eu não me importava, o pagamento extra foi uma bela surpresa. — O mapa diz que este é o lugar certo... — Ele apontou para o céu e meu coração se compadeceu, pois o que estava escrito naquele mapa não tinha nada a ver com nenhum mapa estelar que eu já tivesse visto.

— Vocês me disseram que queriam ir à cidade antiga.

Fiz um gesto em direção à colina — ou pelo menos tentei. Mas um espesso nevoeiro descera do uádi, o riacho cheio na monção que alimentava a lagoa, até nos cercar, e nem as ruínas, nem a colina estavam à vista. Em vez disso, enquanto eu a observava, a costa desapareceu por completo, de modo que parecíamos flutuar sobre uma planície infinita e envolta em névoa.

Os jovens me ignoraram.

— Já dissemos as palavras certas — argumentou aquele que segurava a lamparina. — Temos seu pagamento aqui. Ela devia aparecer.

— Mas não apareceu — argumentou o outro rapaz. — Estou te dizendo, nós devíamos…

Contudo, o que quer que fosse que eles deviam fazer deixou de me preocupar. De um segundo para o outro, a brisa que soprava do mar a noite inteira parou de repente e o ar se tornou mortiço e plano. Fiquei imóvel, apesar de uma gota de suor escorrer pelas minhas costas.

Sou uma marinheira, então há poucas coisas que observo com mais atenção do que o clima. Levantei um fio puído da capa, mas vento algum soprou a linha. O nevoeiro se aproximava, acompanhado de um silêncio sufocante que tornava estrondosa cada batida de água contra o casco do barco. Há lugares no mundo onde tais sinais podem anunciar uma tempestade violenta e perigosa, mas os tufões que às vezes nos assolam aqui não costumam se manifestar de forma tão inesperada. A água continuava mansa, a maré e a corrente não se alteraram, mas mesmo assim… eu tinha um pressentimento ruim na barriga.

Peguei os remos.

— É melhor irmos embora.

— Espera! — Um dos jovens se pôs de pé, acenando com entusiasmo para o nevoeiro. — Estão vendo aquela sombra acima da espuma do mar?

Era espuma do mar, percebi, apertando os olhos no escuro. Os anos de raios de sol sobre o oceano haviam começado a afetar minha visão, e eu sentia dificuldade para enxergar à noite. Mas o rapaz tinha razão. Não era só o nevoeiro que se aproximava, e sim a espuma do mar, tão alta que seria capaz de engolir o meu barco. Ao se aproximar, pude ver uma tonalidade amarelo-avermelhada na substância e sentir o fedor de carne podre e peixe eviscerado.

— Entregue o pagamento dela — insistiu o Rapaz da Lamparina. — Rápido!

— Esqueça o meu pagamento e sente-se aí — ordenei enquanto o segundo jovem enfiava a mão em seu manto. — Vamos acabar…

O rapaz tirou a mão do manto, revelando um naco de ágata vermelha, e duas coisas aconteceram bem depressa:

Primeiro, percebi que não era o *meu* pagamento.

Segundo, a coisa cujo pagamento era devido nos arrastou para o nevoeiro.

O rapaz que segurava a ágata mal teve tempo de gritar antes que a espuma se apressasse a consumi-lo, lambendo seu pescoço e peito e enrolando-se em seus quadris como uma amante ansiosa. Um lamento irrompeu de sua garganta, mas não foi um grito que uma boca mortal teria o poder de emitir. Pelo contrário, mais parecia o rugido de um maremoto e os gritos agonizantes das gaivotas.

— Khalid! — O outro rapaz soltou a lamparina com o choque, apagando nossa única fonte de luz.

Mas felizmente — felizmente? — a espuma do mar, aparentemente viva e possivelmente malévola, começou a brilhar. Sua luz era fraca, mas suficiente para iluminar Khalid, que arreganhou os dentes como um lobo e se lançou sobre o amigo.

— *Você não me possuirá* — sibilou ele, tentando agarrar o pescoço do outro rapaz. — Vamos amaldiçoá-lo! Devorá-lo! Lançá-lo nas chamas!

O outro rapaz debateu o corpo para se libertar.

— Khalid, por favor! — arfou quando mais espuma do mar, agora vermelha como sangue, se espalhou sobre os dois. Ventosas equipadas com presas surgiram em sua superfície como os tentáculos de uma lula monstruosa.

Gostaria de dizer que não hesitei. Que, ao ver dois jovens em perigo mortal, entrei em ação e não me perguntei se a malévola espuma do mar ficaria saciada em comê-los e deixaria a mim e ao meu barco em paz.

Mas seria uma mentira. Hesitei, sim. Só que então xinguei os dois com gosto, levantei-me e fui pegar a minha faca.

A questão é que tenho muito apreço por lâminas. A khanjar que era do meu avô e a belíssima cimitarra de Damasco que roubei de um nobre que não a merecia. A pequena faca reta que escondo no coldre do tornozelo e um disco excelente do meu segundo marido, que se arrependeu de ter me ensinado a atirá-lo.

Mas só existe uma arma para tais situações, uma que eu mesma encomendei e que nunca sai de perto de mim. Feita de ferro puro, não é minha lâmina mais afiada e seu peso pode torná-la difícil de manejar. Manchas de ferrugem da água sagrada do poço de Zamzam que borrifo sobre ela durante as bênçãos noturnas salpicam o metal, e os flocos vermelhos dificultam a leitura dos versos sagrados inscritos na lâmina. Mas a faca não precisava ser bonita.

Precisava ser eficaz quando as armas mais mundanas falhassem.

Agarrei Khalid pelo colarinho e afastei-o do outro rapaz. Antes que ele pudesse agarrar a *minha* garganta, encostei minha lâmina abençoada na dele.

— Vá embora daqui — exigi.

Ele se contorceu descontroladamente, borrifando a espuma do mar.

— Você não me possuirá! *Você não me possuirá!*

— Eu não quero você! Agora, em nome de Deus, vá embora daqui!

Pressionei a faca com mais força enquanto a bismillah saía de meus lábios. Sua carne chiou em resposta, e logo depois ele tombou no chão. A espuma do mar que envolvera seu corpo pairou no ar por um segundo... e então se lançou sobre mim.

Caí como se tivesse sido atingida por um aríete e bati a cabeça no fundo do barco.

Dedos gélidos com pontas afiadas cravaram-se em meus ouvidos enquanto um peso imenso me prendia ali. Mas, pela graça de Deus, eu continuava empunhando a lâmina abençoada. Golpeei loucamente e a faca ficou *presa* no ar. Houve um grito — um som maligno e sobrenatural, como o de garras arranhando conchas — e então a monstruosidade cheia de escamas que estava agachada sobre meu peito se tornou visível. Seus olhos brilhantes eram da cor da água de esgoto e seus cabelos imundos, parecidos com palha, estavam emaranhados e cheios de cracas.

Ela gritou outra vez, exibindo quatro dentes em forma de agulha. Suas mãos ossudas arranhavam as minhas enquanto tentava arrancar a adaga cravada no peito escuro como o vinho. O sangue prateado borbulhava e pingava da ferida, encharcando nós duas.

Os jovens soluçavam e imploravam misericórdia a Deus. O demônio gritava e se lamentava numa língua desconhecida. Enfiei a lâmina mais fundo, berrando para ser ouvida sobre a balbúrdia.

— Deus! — gritei. — Não há deus digno de adoração além d'Ele, o Vivente, o Subsistente! — Segurando a adaga com força, comecei a recitar o ayat al-kursi, a passagem do Alcorão que, segundo me ensinaram, deveria me proteger.

O demônio em cima do meu peito uivou e se contorceu de dor, erguendo as mãos esqueléticas para cobrir as orelhas cobertas por escamas.

— Ele, a que jamais alcança a inatividade ou o sono! D'Ele é tudo que existe nos céus e na terra... *você não vai sair de cima de mim?* — Dei uma cotovelada na criatura, que cuspiu na minha cara. — Quem poderá interceder junto a Ele, sem a Sua anuência? Ele conhece tanto o passado quanto o futuro, e os humanos nada conhecem de Sua ciência... senão o que Ele permite!

Com a pele fumegante, o demônio devia ter decidido que já bastava. Um par de asas de morcego brotou de suas costas e, com uma rajada de vento, soltou-se da lâmina e sumiu noite adentro.

Sentei-me, ofegante. A névoa já começava a diminuir e os jovens permaneciam abraçados do outro lado do barco. Segurei a adaga com firmeza, vasculhando o nevoeiro que se afastava em busca de qualquer outra coisa. O medo tomou conta do meu corpo, espesso e sufocante, enquanto eu esperava ouvir aquela risada familiar. Olhos pretos ardentes e uma voz aveludada.

Mas não havia nada ali. Nada além da lagoa salpicada de estrelas e do suave murmúrio da maré.

Voltei-me para os jovens.

— Vocês me disseram que estavam atrás de um tesouro.

O Rapaz da Lamparina ficou ruborizado, com duas manchas vermelhas nas bochechas pálidas.

— Tesouro é um conceito aberto a… não, espera! — gritou ele quando peguei o mapa e o pedaço de ágata e os estendi sobre a água. — Não faça isso!

Atirei no alto e peguei a joia vermelha com uma das mãos.

— Não se faça de besta comigo, rapaz — avisei. — Se mentir de novo, vou jogar os dois no mar. Você mencionou um pagamento e um nome. O que é que estavam tentando invocar?

— Não estávamos tentando… Bidukh! — confessou ele quando mergulhei o mapa no mar. — Minha prima me contou a seu respeito. Ela é… — Ele engoliu em seco. — Ela é uma das filhas de Iblis.

Fiquei boquiaberta.

— Vocês estavam tentando invocar uma das filhas do senhor do inferno? No *meu* barco?

— Não queríamos fazer mal a ninguém! — O luar voltara a brilhar, de modo que pude vê-lo todo encolhido. — Dizem que, se você a agradar, ela sussurrará os segredos do amor em seus ouvidos.

Khalid se agitou nos braços do amigo.

— Estou ficando enjoado.

Deus, dai-me paciência…

— Se vomitar no meu barco, vai ter que nadar de volta para a costa. Uma das filhas de Iblis… que os dois sejam amaldiçoados. — Atirei o mapa e a ágata na lagoa. Os objetos sumiram com um respingo alto em meio ao protesto de meus passageiros.

— Ei! — gritou o rapaz. — Pagamos um bom dinheiro por isso!

— Pois deviam dar graças a Deus por não terem pagado com a própria vida. — Coloquei um remo sobressalente nos braços dele. — Reme.

Talvez um pouco de trabalho o faça ganhar algum juízo.

Ele quase deixou o remo cair, arregalando os olhos assim que mudei de posição, o movimento revelando as outras armas ocultas sob minha capa. Limpei a faca de ferro, colocando-a de volta na bainha antes de pegar meu par de remos.

Os dois rapazes me encaravam com cara de choque. Não posso culpá-los. Eu havia lutado contra um demônio, abandonando a postura desleixada de antes para revelar minha verdadeira altura, e agora remava com toda a força — bem diferente da velha pescadora calada e curvada que relutantemente concordara em levá-los até ali.

— Quem é você? — perguntou Khalid com a voz rouca.

O outro ficou de queixo caído.

— *O que* você é?

A lagoa estava ficando para trás, mas eu podia jurar que ainda sentia certo peso no ar. Por um momento, a água que batia na praia rochosa pareceu assumir o tom amarelo-avermelhado da espuma agora desaparecida, suas sombras dançando nas falésias como tentáculos.

— Alguém que conhece muito bem o preço da magia.

Não disse mais nada, e eles também não perguntaram. Nem precisavam. Afinal de contas, as histórias se espalham por aí e, mesmo que os jovens tivessem vergonha de confessar seus planos, a história de uma modesta pescadora que combateu um demônio como se fosse uma guerreira de Deus? Que tirou a capa esfarrapada para revelar um arsenal na cintura e uma silhueta de amazona?

Exageros, mas a verdade pouco importa quando se trata de uma boa história. O tipo de história que se espalha por tabernas e estaleiros. Dos haréns de mulheres ricas às cozinhas de suas criadas.

Até chegar aos ouvidos de uma avó desesperada em Áden.

Capítulo 2

Como você pode imaginar, testemunhar um jovem ser possuído pela espuma do mar tornada malévola na esperança de invocar a filha de Iblis não é uma experiência fácil de esquecer. Porém, se havíamos despertado algum espírito vingativo na lagoa, não voltei para descobrir. Em vez disso, retornei à rotina da família e da colheita, o que significa que, no dia em que retomei uma vida de desventuras, já travava uma batalha contra o inimigo constante de minha aposentadoria: meu próprio teto.

Se tivesse recebido o pagamento que combinara com os jovens semanas antes, talvez tivesse conseguido comprar algumas boas tábuas de um carpinteiro em Salalah, uma cidade que fica a meio dia de viagem. Em vez disso, levei os rapazes de volta à costa de graça, comovida pelo seu medo e esperando que minha benevolência comprasse o seu silêncio — uma decisão que amaldiçoei ao estender uma esteira de junco sobre o último vazamento e me recostar para avaliar o trabalho.

Não era uma visão muito inspiradora. Por quase uma década, minha família chamara de lar aquela casa de pedra em ruínas nas montanhas à beira-mar. Com vistas impressionantes do oceano e do campo, paredes grossas o suficiente para bloquear flechas e um túnel de fuga rudimentar escavado no chão do depósito (completo com marcas de garras e manchas de sangue nas paredes estreitas), o lugar provavelmente já fora o forte de um senhor da guerra mesquinho e paranoico. Durante o khareef, a selva tornava-se tão densa que uma tela de vegetação escondia completamente a casa e estranhos assobios emanavam das moitas de bananeiras que a rodeavam. Um coqueiral próximo estava sempre frio, frio demais, e as ondas que arrebentavam na praia soavam como os gritos de almas perdidas.

Se juntarmos a isso o ídolo de pedra com a cabeça encimada por chifres que meu irmão descobrira enquanto limpava o pátio, não é difícil supor que os locais evitassem o lugar. O que o tornava perfeito para meu principal objetivo durante tais anos: me esconder. Não tão perfeitos assim eram os reparos intermináveis. Reparos que tinham de ser feitos por mim mesma, pois não conseguia subornar os trabalhadores de nenhuma das aldeias vizinhas a visitar uma casa tão assombrada. Os buracos no telhado eram os piores. Não bastava eu ter passado toda a minha carreira tentando manter um navio impermeável; não, eu tinha que possuir uma casa que queria se fundir com a chuva e a maresia, um desafio e tanto na estação chuvosa.

— Precisa de mais palha, mamãe? — gritou minha filha, Marjana, que fiava lã.

— Não, amorzinho. — Enxuguei o suor da testa, sentindo os olhos arderem. — Mas pode me trazer um pouco de água?

— Claro! — Marjana largou o fuso para sair às pressas, e eu voltei a minhas amarrações, tentando não me desesperar com a aparência do telhado. Entre meus nós de marinheiro e os juncos, o terraço mais parecia uma jangada de palha que um tubarão tinha devorado e vomitado em seguida.

Sempre uma bênção, Marjana voltou não só com um jarro d'água, mas também com uma tigela de manga fatiada.

— Que Deus a recompense, minha luz. — Sentei-me com cuidado, franzindo a testa para evitar que pontinhos pretos dançassem diante dos olhos. Os reparos na casa e a agricultura me mantiveram forte, mas meu corpo não gostava de mudar de posição muito rápido em tardes tão úmidas que parecia ser possível obter água torcendo o ar. Desabei numa rede molhada pendurada no canto e bebi direto do jarro.

Marjana se acomodou entre meus pés.

— Quando você acha que a vovó e o tio Mustafá vão voltar?

— Ao pôr do sol, se Deus quiser.

— Será que a tia Hala vem com eles?

— Se ela estiver se sentindo bem, sim. — Sem condições de pagar um lugar grande o suficiente para abrigar sua oficina e a família, meu irmão mais novo, Mustafá, e a esposa, Hala, dividiam seu tempo entre a casa dos pais dela em Salalah e a nossa nas colinas. Mas a viagem podia ser árdua e, grávida de seis meses e com outra criança a reboque, Hala vinha ali cada vez menos.

Marjana sacudiu os dedos dos pés.

— Se a gente se mudasse para Salalah, poderíamos vê-la o tempo todo. E eu poderia ir para a escola na masjid.

A esperança no rostinho dela partiu meu coração. Marjana vinha perguntando sobre a escola com cada vez mais frequência. Embora eu tentasse minimizar seus passeios a Salalah, minha mãe não hesitava em levá-la ao mercado ou para rodas de fofocas com outras senhoras idosas.

— É crueldade deixá-la tão isolada assim, Amina — dizia ela. — Marjana floresce quando está fora de casa. Não pode deixar que seus medos dominem a vida dela.

Quem me dera que minha mãe conhecesse a profundidade dos meus medos...

— Não é seguro, Jana — respondia com delicadeza. — Talvez daqui a alguns anos.

Minha filha agora me encarava com uma centena de perguntas nos olhos castanhos. Quando era mais nova, ela me interrogava com a curiosidade implacável das crianças. *Por que não saímos das colinas? Há pessoas más atrás de nós? Será que vão te machucar?* Eu sabia que minhas respostas gaguejantes e evasivas não eram grande coisa, mas me senti ainda mais culpada quando ela parou de fazer perguntas. Era jovem demais para já ter se rendido ao destino.

— Que tal jogarmos alguma coisa? — sugeri para animá-la. Marjana adora jogos: inventa suas próprias versões complicadas e projeta tabuleiros e peões com qualquer coisa que encontra. — Vá pegar seu tabuleiro de mancala.

— Tá bom! — Ela abriu um sorriso, esquecendo-se completamente da escola, e sumiu num piscar de olhos, as tranças balançando enquanto corria.

Tirei o lenço que prendia meus cabelos e enxuguei o rosto com ele. Uma brisa tinha começado a soprar, trazendo o cheiro do mar e da terra molhada com força. O khareef estava a todo vapor, sua ligeira neblina encobrindo o topo verde-esmeralda das colinas. Se você nunca viu o khareef nesta parte do mundo, ah, não sabe como é uma maravilha. As montanhas e vales passam por uma transformação surpreendente, seus penhascos rochosos e wadis secos dando lugar a florestas exuberantes e cachoeiras ruidosas. A rapidez da mudança e o verde vibrante e sempre presente — de uma tonalidade divina diferente de qualquer outra que eu já tenha visto — parecem quase mágicos, uma prova do esplendor de Deus.

No entanto, para mim, o khareef tinha um significado ainda maior — assim como a passagem de todas as estações. Pois se o mar era o coração do nosso mundo, os ventos eram sua força vital. E quando o khareef soprava forte, os ventos também mudavam, anunciando o início das monções a nordeste. Enquanto eu trabalhava no telhado, marinheiros de Quilua a Zeila carregavam os últimos navios rumo à Arábia e à Índia com marfim e ouro, varas de manguezal e todo tipo de bugigangas, saboreando os últimos momentos com as esposas e os filhos. Os contadores e inspetores de mercado excessivamente zelosos de Áden estavam ocupados com seus livros de impostos, importunando os recém-chegados por bens a declarar, enquanto as frotas piratas ancoradas em Socotra içavam suas velas, rumo aos incautos e desprotegidos. Do outro lado do oceano, marinheiros de lugares como Cambaia e Calicute estavam esperando para partir para o oeste, pintando os cascos de seus navios remendados com novas camadas de piche e óleo de tubarão e verificando suas velas.

Seja marinheiro ou funcionário, contrabandista ou comerciante — este calendário fixo rege nossas vidas e as de nossos antepassados desde os primórdios. Dizem que é possível encontrar mercadorias de todo o mar nas ruínas de templos pagãos e reinos esquecidos; selos indianos no Barém e cristais chineses em Mombaça. Nossas lendas falam de cidades comerciais construídas e perdidas antes dos tempos do Profeta, que a paz esteja com ele, e os cânticos que entoamos para passar o tempo nos navios imortalizam o naufrágio de inúmeras travessias perdidas. Meus antepassados tinham harmonizado a vida com o mar por tanto tempo que era impossível me esquecer de seus ritmos.

Pelo menos era o que eu dizia a mim mesma toda vez que ficava nostálgica. Toda vez que ver os ventos soprarem e não os seguir enchia minha alma de uma dor latejante que me deixava de cama. Que me fazia subir colinas e arar a terra até minhas mãos sangrarem e o suor escorrer pelos meus braços. Até ficar cansada demais para chafurdar nas lembranças e entrar em desespero por nunca mais ver a terra se transformar no azul das águas.

Marjana então reapareceu. E se a dor não desapareceu, ao menos diminuiu. Mas, apesar de ter nas mãos seu amado tabuleiro de mancala, ela não olhava para mim. Tinha parado nas escadas e olhava para a beira do terraço.

— Mamãe... — Ela franziu a testa. — Tem gente subindo a trilha.

— Gente?

— Estranhos.

A palavra me colocou de pé e ao lado dela imediatamente. Não costumamos receber estranhos. Nossa localização é muito remota e afastada das rotas que conectam Salalah às aldeias costeiras para atrair viajantes perdidos.

Mas Marjana estava certa. No caminho estreito e em zigue-zague que cortava o matagal verdejante, havia um pequeno palanquim carregado por quatro homens. Homens armados, que portavam espadas na cintura. Tal precaução é comum, óbvio. Bandidos e leopardos são abundantes por aquelas bandas. Mas eram homens fortes, com um porte militar em que eu não confiava. Não havia outros animais de carga ou pessoas acompanhando o palanquim, o que sugeria que o viajante em seu interior pretendia fazer uma viagem curta.

Mas uma viagem curta até ali? Por quê?

Olhei para o outro lado do terraço. Cuidadosamente escondido num baú impermeável, estava meu arco — presente de um admirador de Sohar cujas prendas eram mais atraentes do que sua personalidade — e uma aljava que eu mantinha abastecida com flechas novas. O arco não é minha arma preferida, mas sou bem ágil com ele. Ágil o bastante para conseguir acertar dois homens antes que se escondessem. Talvez três.

— Mamãe?

A voz de Marjana me trouxe de volta ao presente. Eu não estava no mundo onde atirava nas pessoas primeiro e fazia perguntas depois.

Afastei-a cuidadosamente dali.

— Fique aqui e monte o tabuleiro de mancala. Vou ver o que eles querem.

Ela parecia preocupada.

— Não é melhor eu…

— Você vai ficar aqui no terraço e só descer depois que eu te chamar, entendeu?

Ela acenou com a cabeça, ainda com um ar meio assustado, uma visão que me fez contemplar meu arco novamente. Mas deixei a arma onde estava e peguei o martelo que usara para consertar o telhado. A casa estava em silêncio conforme eu avançava, as paredes de pedra tão grossas que era quase impossível ouvir qualquer coisa além delas. Apesar do martelo na mão, considerei usar a lâmina de ferro abençoada na minha cintura enquanto voltava a cobrir os cabelos.

Ele está morto, disse a mim mesma. *Morto. Você o enterrou com as próprias mãos.* Tentando ignorar o pavor que tomava conta de minhas entranhas, encostei o ouvido na porta de madeira gradeada.

Quem estava do outro lado escolheu aquele exato momento para bater tão alto que dei um salto para trás. Mas não era um ataque de soldados preparados para uma invasão. Um pequeno grupo de viajantes simplesmente batia à minha porta, algo perfeitamente normal. Eu é que estava paranoica.

Mantive o martelo escondido atrás das costas e abri a porta.

— *Pois não?*

Havia dois homens ali, um deles com a mão levantada como se fosse bater pela segunda vez. Lentamente, seus olhos encontraram os meus e sua boca se abriu num pequeno *O* de surpresa. Se foi minha altura ou minha grosseria que o pegou desprevenido, não sei dizer. Mas torci para que um dos dois o convencesse a ir embora.

— Eu... que a paz esteja contigo — gaguejou ele. — Esta é a casa de Fátima, a Perfumista?

Era, de fato, pois "a Perfumista" era um dos muitos atributos de minha mãe. Quando minha família voltou a se estabelecer naquela terra, minha mãe e meu irmão eram anônimos o suficiente para manter suas identidades. Eu não, mas tampouco importava. Poucas pessoas queriam falar com Umm Marjana, a viúva gigante e excêntrica que raramente saía de casa e rondava as colinas como um leão enjaulado.

— Minha patroa não está em casa. — Eu estava coberta de gravetos e suor; talvez o disfarce de uma criada rude e inútil os fizesse partir. — Posso anotar seu recado.

Antes que o homem pudesse responder, a cortina do palanquim se abriu para revelar uma única ocupante: uma mulher vestida com um jilbab de seda roxa bordado com delicadas contas de opala que logo vi que pagaria por um telhado novo. Pulseiras de ouro, suficientes para comprar outro telhado e provavelmente toda a terra que eu ocupava, envolviam seus pulsos. Embora permanecesse escondida sob a sombra do palanquim, ela parecia ser idosa. Seu rosto estava velado, mas o cabelo entre a têmpora e a faixa de cabeça perolada era branco e seus olhos estavam cheios de pés de galinha.

Ela me examinou dos pés à cabeça antes de se deter no meu rosto com o que parecia satisfação, como se tivesse considerado suas opções no açougue e encontrado uma bela ovelha. Foi um olhar profundamente irritante e seguido por algo ainda pior: ela começou a descer do palanquim.

— Um recado não vai servir — anunciou ela. Seus carregadores a ajudaram a se levantar.

Mudei de posição para bloquear o caminho.

— É melhor ficar na carruagem. O ar úmido...

— É tão refrescante. — Ela ergueu a cabeça para olhar para mim. — Nossa, como você é *alta*.

— Eu... sim — gaguejei, sem saber o que dizer para variar. A velha aproveitou minha hesitação para passar por mim e pela porta como se fosse uma sultana entrando em seu próprio salão. Se fosse um de seus homens, eu teria batido a cabeça dele na parede e enterrado minha lâmina em sua garganta por tamanha audácia, mas diante de uma velha frágil, eu estava impotente.

— Sayyida — tentei de novo. — Minha senhora, por favor. Houve um engan...

— Pode me chamar de Salima — disse ela por cima do ombro. — Ficaria muito agradecida se você pudesse me trazer um copo d'água. Importa-se que meus carregadores descansem em seu pátio?

Eu me importava, sim. Bastante. Mas não conseguia pensar num jeito de expulsá-los que não tornasse a situação ainda mais suspeita. O direito dos visitantes é sagrado em nossa terra. No momento em que vi uma idosa enfiada num palanquim apertado, devia ter pedido para ela entrar em minha casa e oferecido repouso. Seus homens estavam visivelmente exaustos, com suor escorrendo pelo rosto. Uma pessoa inocente — ainda mais uma criada — faria de tudo para lhes oferecer algum alívio.

Além disso, havia a possibilidade de ficarem mais vulneráveis a ataques em meio ao descanso. Esbocei um sorriso gracioso no rosto.

— Claro que não. Por favor, fiquem à vontade.

Levei um bom tempo para acomodá-los. Mostrei o poço aos homens e deixei-os à sombra das árvores altas no pátio antes de acompanhar Salima até nossa pequena e deplorável sala de visitas. Como evitávamos receber convidados, não era um lugar muito acolhedor. Um gotejamento ininterrupto do telhado pingava ruidosamente numa lata de metal e a única luz provinha de uma janela empoeirada. Afastei os sacos de arroz e lentilha, fiz uma pilha de almofadas para ela se sentar e depois saí para buscar água e petiscos.

Quando voltei, Salima havia tirado o véu do rosto e deixado o jilbab de lado. Ela parecia ter a idade de minha mãe, com os cabelos grisalhos intocados pela henna. Embora suas feições delicadas estivessem bem enrugadas e coradas pelo esforço, não havia como esconder que devia ter sido muito bela na juventude. Usava um vestido azul-escuro estampado com pássaros cor de cobre e calças amarelas cujas bainhas na altura dos tornozelos eram tão cheias de bordados que a costureira devia ter levado um ano inteiro para terminar o trabalho. Havia mais joias de ouro, lindamente trabalhadas, ao redor de seu pescoço, junto a um par de brincos de rubi pendurados em suas orelhas. Do corte de suas roupas à maneira como comandava a salinha com sua presença, tudo a respeito daquela mulher emanava riqueza e poder muito além de qualquer coisa que eu conhecia.

E muito além de qualquer coisa que poderia levá-la a procurar minha mãe. É verdade que, durante nossos anos ali, minha mãe cultivara um bom círculo de amizades — como de costume. Ela era uma sobrevivente, acostumada a ter sua vida desenraizada às pressas, e sabia como remendar suas roupas, pintar suas mãos e preparar fragrâncias com uma habilidade que colocava comida na minha barriga desde que eu era pequena. Mas não estávamos nem perto da classe daquela tal de Salima, que, se estivesse mesmo atrás das habilidades de minha mãe, teria mandado um criado. Coloquei frutas e água na mesa com a cabeça baixa, resistindo à vontade de estudá-la com atenção.

Salima pegou o copo, murmurando graças a Deus.

— Quando espera que sua patroa vá voltar? — perguntou ela, depois de matar a sede.

— Não sei, Sayyida. Talvez seja bem tarde.

— Tem mais alguém em casa?

Fiquei irritada.

— Não. Como disse antes, ficaria feliz em transmitir seu recado.

Salima deu de ombros.

— Talvez mais tarde. Por enquanto, prefiro sua companhia.

Não era um pedido que eu pudesse negar se quisesse manter o disfarce de criada.

— É uma honra — respondi, recatadamente, praguejando baixinho enquanto me sentava no chão. Mesmo em cima da pilha de almofadas, Salima ainda parecia muito pequena em comparação a mim. Eu tinha colocado o martelo na cintura e sua cabeça de metal cutucava minhas costas de um jeito reconfortante.

Ela tirou um leque da manga e o sacudiu na frente do rosto.

— Que dia abafado. Me disseram que esta parte da costa parecia um espelho do Paraíso durante o khareef, mas é tão *úmido* aqui.

— De onde veio? — perguntei.

— De Áden.

Áden. O porto mais proeminente — e cumpridor da lei — da região.

— Ouvi dizer que Áden supera de longe o pior calor daqui. Sua família vive lá há muito tempo?

— Quase trinta anos. Viemos do Iraque, mas havia mais oportunidades aqui. — Ela deu um suspiro. — Receio que, com a política do jeito que está, em breve o esplendor de minha pátria sobreviverá apenas por meio dos contadores de histórias de Bagdá.

Estalei a língua em simpatia. Embora não tivesse a menor intenção de confidenciar tal coisa a Salima, suspeitava que a história marítima de minha família remontasse àqueles dias de glória. Meu pai costumava falar com entusiasmo sobre o esplendor da antiga Bagdá e de seus governantes abássidas, quando marinheiros como nós viajavam de Bassora até a China para trazer sedas, livros e especiarias de um novo mundo, terras desconhecidas que nossa fé começava a explorar.

Mas isso foi muito tempo antes. Bagdá não era mais o coração do nosso mundo, a cidade lendária que atraía comerciantes e viajantes de todos os cantos da ummah. Ou talvez nunca tivesse sido; a terra onde nasci sempre olhou primeiro para o mar, e o mar era *vasto*. Tão vasto que se tornara uma raridade que marinheiros árabes e persas viajassem para além da Índia — não precisávamos disso. Já havia mercadores lá, muitos também muçulmanos, que conheciam suas águas e terras melhor do que nós.

Salima fez menção de devolver o copo, mas cambaleou. Estendi a mão para ajudá-la, e ela me segurou pelo pulso.

— Cuidado. — Apontei para a bandeja de frutas. — Que tal comer alguma coisa?

— Acho que a viagem me abalou mais do que eu imaginava. — Ela continuava segurando meu pulso. — Ah, meu Deus. Deve ter sido uma ferida bem feia.

Segui seu olhar. Minha manga havia subido, revelando a cicatriz que cobria grande parte do meu antebraço direito.

— Acidente de cozinha — menti.

Voltamos aos nossos lugares, mas Salima continuou olhando para mim. Não posso censurá-la, tenho uma aparência bastante distinta. Como muitos de minha classe, tenho o sangue de quase todos os povos que navegaram no oceano Índico. O pai do meu pai era árabe, um órfão que trocou o mergulho de pérolas pela pirataria ao roubar seu primeiro navio, e a mãe do meu pai era uma poetisa-cantora de Gujarate que lhe roubou o coração e depois a carteira. A família da minha mãe, embora não tão escandalosa, não era menos global; sua ilha de Pemba era conhecida por acolher viajantes perdidos, inclusive marinheiros chineses, entre eles seu avô, que decidiu que seria melhor declarar a shahada e iniciar uma família numa terra gentil do que arriscar a viagem de volta para casa.

Tenho uma mistura de seus traços e falo suas línguas tão bem que deveria poder me encaixar entre os habitantes de várias terras. Só que não me encaixo. Em lugar nenhum. Já viajei a mais países do que consigo me lembrar, mas nunca conheci outra mulher que se aproximasse da minha altura e só um punhado de homens capazes de me superar em força. Podia ter me aposentado, mas fazia o possível para manter uma silhueta formidável — em vez de duelar e remar, transformava a terra em horta e nadava contra as ondas todas as manhãs.

Salima enfiou uma fatia de coco na boca.

— Seu pai deve ter sido um gigante. Suspeito que você conseguiria carregar meu palanquim sozinha.

Que elogio notar meu valor em relação a carregar sua bunda rica por aí.

— Sou mais alta do que meu pai — disparei. — Mas, se for necessário, ficarei mais do que feliz em retirá-la da casa.

Ela repuxou os lábios em triunfo, como se tivesse gostado de finalmente conseguir arrancar uma resposta grosseira de mim. Foi inquietante — pois, pela primeira vez, reparei que havia algo de familiar em Salima. O jeito como seus grandes olhos castanhos brilhavam de divertimento e a linha dos seus lábios finos. Por que me parecia que já tinha visto a cara dela antes?

Ela se recostou na almofada.

— É uma casa muito... interessante. Mas num local tão isolado. Sua patroa não fica solitária?

O telhado escolheu aquele momento para voltar a vazar e a água começou a pingar ruidosamente na panela.

— Acho que ela gosta da solidão — respondi com a maior graça possível.

Houve uma batida tímida na porta e Marjana espreitou a sala da soleira.

— Mamãe?

Ah, pelo amor de Deus... logo agora a garota resolvia me desobedecer.

— Jana, eu te disse para ficar lá em cima — lembrei a ela depressa, enxotando-a com um aceno de mão.

— Eu sei, mas é que trouxe comida. — Ela levantou uma bandeja com um jarro de suco e bolinhos de banana frita. — Pensei que a gente tivesse convidados.

E, do nada, minha mentira começou a ruir.

A *gente* tivesse convidados. O senso de posse naquela frase e aquela garotinha bem-vestida me chamando de mamãe.

De fato, Salima voltou o olhar perspicaz para Marjana, ainda parada na porta.

— É a sua filha? — perguntou ela.

— É, sim. — Não tive como negar; a semelhança entre nós duas era evidente. Mas tentei consertar a situação, lançando um olhar atento a Marjana. — Obrigado pelo suco, querida. Esta é Sayyida Salima. Ela veio aqui à procura da senhora Fátima, mas eu lhe disse que a família estará ausente pelos próximos dias. Só está descansando um pouco antes de seguir viagem.

— Ah, bem, depois discutiremos esta questão de seguir viagem... — Salima acenou para Marjana. — Entre, querida, junte-se a nós.

Marjana olhou para mim, com a confusão estampada nos olhos. Aos dez anos, ela só tinha uma vaga ideia dos motivos que levaram nossa família a viver tão isolada. Sabia que eu tinha navegado por vários lugares e realizado trabalhos que me faziam preferir evitar certas pessoas. Também sabia que, em caso de emergência, havia esconderijos para onde deveria ir.

Contudo, eu não contara mais nada para ela. É muito difícil destruir a inocência de uma filha. Dizer a ela que a mãe que tanto adora não é a "melhor mãe do mundo", mas uma pessoa de verdade que fez coisas terríveis e imperdoáveis.

Minha boca ficou seca.

— Sente-se aqui, Jana — consegui dizer, dando um tapinha no lugar ao meu lado. Salima tinha mandado, e nenhuma criada desobedeceria a alguém tão nobre.

Marjana pousou a bandeja com as mãos trêmulas antes de se encolher ao meu lado, seu corpinho quente contra a minha perna. Salima a estudava com tanto fascínio que me deu vontade de espancar a velha.

— Veja só, mas que lindo! — comentou Salima, estendendo a mão para tocar no cinto de Marjana. — Foi você que fez? É tão colorido.

Marjana fez que sim com a cabeça e corou, passando os dedos pelas listras azuis e verdes que escolhera em vez das tradicionais vermelhas e pretas.

— Gosto muito de tecelagem.

— Você é muito talentosa para alguém tão jovem. Deve ser de família. — Salima olhou para mim. — De onde é seu marido?

De um lugar para onde adoraria poder te mandar. Não gostei do sorrisinho esquisito de Salima e tive que me controlar para não arrancar a mão dela da cintura de minha filha.

— Da minha aldeia.

— Ah, é? — Ela voltou a examinar Marjana. — Sua filha é tão branquinha. Imaginei que seu marido fosse um estrangeiro que conheceu durante suas viagens.

Meu coração palpitou.

— Nunca viajei muito.

— Sério? — Salima me encarou com um arquear incrédulo das sobrancelhas. — É algo bastante improvável para uma nakhudha.

Ah, mas que merda.

— *Nakhudha*? — Dei uma risada alta e fingida, rezando para a palavra ter sido um lapso. Os idosos cometem esse tipo de erro o tempo todo, não? — Receio que esteja falando da família errada, Sayyida. Nem a minha patroa, nem o filho dela têm muita afinidade com o mar.

— E a filha de sua patroa? Amina, não é? Ouvi dizer que é uma gigante. De pele negra, com os dentes afiados na forma de presas cobertas de ouro e uma cicatriz que cobre grande parte de seu braço direito, queimado por óleo. — Salima meneou a cabeça. — As histórias acertaram seu tamanho, embora os dentes sejam um exagero. Que pena. Adoraria ver uma coisa dessas.

Então não foi o lapso de uma idosa.

Em outra ocasião, a caracterização de Salima teria me deixado irritada. Mas, naquele momento, não dei a mínima para como um bando de escritores homens me descreveu. Marjana se aproximou ainda mais, lançando-me um olhar nervoso. Em seu perfil, pude ver a sombra do bebê que ela já fora, e uma onda de algo primitivo, feroz e bem capaz de estrangular Sayyida Salima se apoderou de mim.

Abri um sorriso largo — o suficiente para revelar o incisivo de ouro que dera início àquele boato idiota.

— Acho que esta visita já durou tempo demais. É evidente que nosso clima está afetando seu cérebro e levando-a a dizer um bocado de coisas bastante perigosas.

— Ao contrário, sinto-me muito bem, que Deus seja louvado — retorquiu Salima com um ar desafiador. — Não creio que você gostaria de dispensar uma convidada tão respeitada. É o tipo de grosseria que faz as pessoas começarem a fofocar. E o que sua filha iria pensar?

Salima deu uma piscadinha para Marjana, e eu perdi toda a calma. As pessoas têm uma ideia pré-concebida das mães, de que somos suaves, meigas e doces. Como se, no momento em que minha filha foi colocada sobre meu peito, a frase *eu faria qualquer coisa* não tivesse adquirido uma profundidade que jamais conseguira compreender antes. Aquela mulher pensou que poderia entrar na minha casa e ameaçar a minha família na frente da minha filha?

Ela não devia ter ouvido as histórias certas sobre Amina al-Sirafi.

— Jana. — Toquei na mão dela. — Vá lá para cima e monte o tabuleiro de mancala. Não vou demorar muito.

Seu olhar assustado passou de mim para Salima.

— Mamãe, você tem certe...

— Agora, por favor.

Marjana se levantou depressa, murmurou uma bênção para Salima e depois escapuliu pela porta.

Ela mal saiu da sala antes que Salima se virasse para mim.

— Creio que já podemos parar com o fingimento, capitã al-Sirafi.

Entrelacei as mãos para não quebrar a jarra de suco na cabeça dela.

— Tentei corrigir suas ideias absurdas. Agora serei mais clara: saia já daqui.

— Eu tenho provas. — Ela tirou um maço de papéis esfarrapados da capa. — Acha que tirei estes detalhes no ar? Meu filho serviu no seu navio e escreveu tudo a seu respeito. — Ela empurrou os papéis para mim. — Dê uma olhada.

O filho dela? Em nome de Deus, quem poderia ser? Naveguei com dezenas de homens na minha época, mas só alguns tiveram acesso a informações sobre minha família. No caso de aquilo ser um teste, não fiz nenhuma menção de tocar nas cartas. A tensão cresceu entre nós duas, interrompida apenas pelo barulho da goteira e pelos gorjeios dos pássaros além do muro do complexo, enquanto eu considerava minhas opções. Não tinha a menor dúvida de que conseguiria me livrar rápida e silenciosamente de uma velha. Seus homens dariam mais trabalho, mas eles estavam cansados, cochilando no pátio. Não gostei nada de tal perspectiva — já fazia anos que não tirava a vida de ninguém.

Por outro lado, entraram na minha casa. Ameaçaram minha família.

Porém, Marjana vai ficar sabendo. Minha filha não era boba. Ela ia escutar os gritos de morte e me ver transportar os corpos do terraço. Será que eu estava preparada para ser uma assassina aos olhos de minha filha? Preparada para cumprimentar minha mãe com terra de sepultura nas mãos quando ela voltasse para casa?

Salima me arrancou dos meus pensamentos.

— A julgar pelo brilho assassino em seu olhar, presumo que encontrei a pessoa certa, mas pode esquecer. Fiz cópias das cartas e de minhas suspeitas. Se eu não voltar a Áden até o final do mês, meus assessores têm mensagens prontas para enviar a todos os seus inimigos.

Bufei de desdém.

— Meus *inimigos*? E por acaso sou uma rival do califa para ter inimigos dispostos a viajar para as colinas atrás de uma suposta pirata só com base nas cartas esfarrapadas de uma velha?

— Atrás de uma suposta pirata, não. De Amina al-Sirafi? Sem dúvida. Não subestime sua fama, nakhudha. Pelo visto, você conseguiu a proeza de se tornar inimiga não só de todos os outros cartéis piratas, como também de mercadores e sultões de Sofala a Malabar. Ora, o emir de Ormuz ainda está oferecendo uma recompensa pela sua cabeça pelos cavalos que você roubou...

— Não roubei coisa nenhuma. Recuperei as mercadorias de um cliente.

— E o incidente na alfândega de Bassora?

— Há incêndios o tempo todo. Não tenho nada a ver com isso.

— E imagino que não tenha sido *você* quem envenenou o banquete durante as negociações comerciais em Mombaça para roubar os participantes enquanto estavam ocupados nas latrinas?

— Nunca fui a Mombaça. É bonito lá?

— Pois muito bem. — Os olhos de Salima faiscaram de aborrecimento. — Que tal um exemplo mais recente? Ouvi boatos de que dois rapazes de Áden visitaram esta área há pouco tempo e foram raptados no meio da noite por uma mulher-peixe monstruosa que os levou para uma lagoa assombrada, ameaçando-os com um djin do mar e recusando-se a trazê-los para a costa até que lhe pagassem. Uma mulher que tinha ouro nos dentes e lutava como um homem.

Ah, então foi *isso* que aconteceu na lagoa?

— Você está mesmo obcecada por uma prática odontológica bastante comum.

A resposta pareceu acabar com seu autocontrole.

— Sei muito bem quem você é! — Salima sacudiu as cartas com fúria. — Já a localizei por meio de sua família uma vez. Posso fazer isso de novo, assim como outras pessoas também, se descobrirem o que sei.

Estalei os dedos.

— É melhor parar de falar desse jeito da minha família. Parece mais uma ameaça. Este tipo de coisa me deixa bastante irracional, Sayyida.

Salima me encarou como um falcão vagamente irritado.

— Não tenho nenhum interesse em ameaçá-la. Quero *contratar* você.

— Me *contratar*? — Avaliei novamente as sedas reluzentes de Salima e o tesouro de sultão que ela usava em joias. — Para que, em nome de Deus?

Ela entrelaçou as mãos cuidadosamente sobre o colo.

— Minha neta foi sequestrada. Preciso que você a traga de volta.

Havia uma expressão de expectativa no rosto dela, como se meu único dever na vida fosse lidar com netas raptadas. O que devo esclarecer que não é verdade. Sequestros nunca foram minha especialidade — nem o rapto, nem a devolução. Já tentei o primeiro, mas não há resgate que valha a pena ouvir as lamúrias de gente rica e enfezada.

No entanto, a intriga me atraía e detestei a mim mesma por me tornar sua presa.

— Sequestrada? — repeti.

— Sim, sequestrada. Há dois meses. — O primeiro indício de fraqueza surgiu nos olhos duros de Salima. Ela cutucou a bainha do shayla, amarrotando o tecido fino com os dedos. — Ela foi tirada de nossa casa no meio da noite.

— Você não tem guardas?

— É claro que tenho; você acabou de conhecê-los. Mas os sequestradores conseguiram entrar sem chamar a atenção.

Caramba, talvez matar os homens no pátio seria mais fácil do que eu pensava!

— Quantos anos ela tem?

Sua expressão se tornou mais suave.

— Dezesseis.

Dezesseis anos. Uma garota ainda, no auge da juventude. Fiquei tocada e, por um momento, pensei em minha filha sendo sequestrada por estranhos no meio da noite. Imaginei-a gritando por mim, morta de medo. Afastei o pensamento para aquele canto horrível da mente de uma mãe onde habitam os destinos incompreensíveis que sabemos que nos destruiriam caso se tornassem reais. A neta dela não me dizia respeito. Mas, dada a determinação de Salima em me localizar, achei melhor deixar que falasse.

— Já teve alguma notícia? — perguntei. — Fizeram alguma exigência?

— Não. — O ódio irrompeu no rosto de Salima. — Mas sei quem a raptou.

— Quem?

— Falco Palamenestra. — Ela quase cuspiu o nome. Isso se fosse um nome, pois mais parecia um disparate estrangeiro, e eu falo meia dúzia de línguas.

— Balamanatrah? — repeti.

— *Palamenestra*. Ele é um franco, que Deus os amaldiçoe. Um ex--mercenário.

— Um *franco*? — Eu não ignorava as guerras que assolavam o norte, mas nunca tinha ouvido falar de um franco em nossas terras. — Aqui? — perguntei, perplexa. — Será que ele se perdeu tanto assim a caminho da Palestina?

— Não. Ele conseguiu chegar à Palestina, mas, depois de ter lutado por ambos os lados, um fato do qual se orgulha bastante, agora está atrás de uma fortuna para si mesmo. Ele tem viajado pela costa em busca de qualquer objeto raro que consiga encontrar.

— Como você sabe de tudo isso?

— Porque ele me procurou. Minha família... — A nobre fez uma pausa, parecendo escolher suas próximas palavras com cuidado. — Temos a sorte de possuir vários artefatos e textos singulares de outras épocas. Normalmente, relutamos em nos separar de tais objetos. Mas, às vezes, quando o comprador certo aparece...

— Quer dizer que você entrou na minha casa me chamando de pirata, apesar de estar disposta a vender heranças de família para um mercenário franco? — Acenei grosseiramente com a cabeça para as joias dela. — Você não parece estar tão necessitada de dinheiro.

Salima franziu os lábios com indignação.

— Eu não fazia a menor ideia de quem ele era. Ele pediu a um agente local que marcasse a reunião sob um nome falso e, quando percebi que, além de franco, também era louco, mandei expulsá-lo. — Sua voz soou amarga. — Devia tê-lo mandado para a cadeia.

— Por que não fez isso? Será que ninguém em posição de autoridade gostaria de saber que há um mercenário franco dando as fuças em Áden?

É verdade que eu não vinha acompanhando a política durante minha aposentadoria — geralmente atuo sob o princípio de que todos os políticos são cães corruptos e mentirosos —, mas imaginava que os governantes de Áden detestassem os francos. Ou eram aliados de pessoas que os detestavam. Ou talvez ainda não tivessem firmado uma parceria comercial com eles que fosse suficientemente vantajosa para fazê-los esquecer o sangue muçulmano derramado durante suas invasões. Como estava dizendo, não tenho muita consideração pelos políticos. Pelo menos nós, piratas, somos honestos quanto aos nossos objetivos.

Salima deu uma fungada.

— Compreendo que a respeitabilidade talvez não tenha muito valor no seu mundo, mas creio que possa entender por que eu não gostaria que as autoridades soubessem que recebi um possível espião franco interessado nos itens ocultos que meus antepassados tanto gostavam de acumular.

Os antepassados delas eram fascinantes, mas isso mal importava.

— Presumo que ele queira esses itens como resgate pela sua neta?

— Não. Como disse antes, não houve pedido de resgate. Não... não houve nenhum contato.

Franzi o cenho.

— Então, como tem tanta certeza de que ele a sequestrou? Ela pode ter fugido de casa.

— Ela jamais fugiria de casa — disse Salima com firmeza. — Dunya é uma boa menina. Estava feliz em casa.

— É mais difícil encontrar uma jovem de dezesseis anos feliz do que um rei justo. — Dei um suspiro. — Sayyida, já se passaram dois meses sem notícias? Sem ninguém ter visto para onde ela foi? Não sugiro tal coisa levianamente, mas se ele a raptou por vingança...

— Ela não está morta.

Esperei um pouco, mas Salima não entrou em detalhes, o que por si só já dizia muito. Num mundo como o nosso, onde a doença assola os saudáveis sem dar nenhum aviso e os príncipes encenam sonhos violentos de poder com nosso sangue, raramente falamos com tanta certeza. Invocamos a misericórdia de Deus e expressamos nossas esperanças e medos com oração e fé, muitas vezes as únicas coisas em que podemos confiar.

Mas eu não diria a mesma coisa se fosse Marjana? Atearia fogo no mundo inteiro para salvar minha filha, derrubaria qualquer um que pudesse machucá-la e faria de tudo até saber, sem sombra de dúvida, que ela não estava mais entre nós.

Depois, mataria todo mundo.

— É evidente que você tem muitos recursos — disse, com mais delicadeza. — Já perguntou ao governador...

Salima se retesou de imediato.

— Não. O governador, não. Eu não me atrevo. Meu marido já morreu e não confio em mais ninguém para conduzir uma busca discretamente. Se a verdade for revelada, pode até arruinar a vida de Dunya.

— Pode salvar a vida dela — argumentei, mas Salima parecia ainda mais obstinada. Que Deus me salvasse dos nobres e suas ideias estapafúrdias a respeito da honra. — Só para esclarecer, você veio de Áden atormentar uma bandida aposentada para que investigue um sequestro que você não pode provar que aconteceu e que teria sido realizado por um homem que não o reivindicou. Sayyida, você tem toda a minha solidariedade. É sério. Mas não estou no ramo dos resgates...

— Você encontra tudo — interrompeu Salima. — E, mais importante... você se safa. As pessoas ainda contam as histórias sobre a astuta Amina al-Sirafi. Os emissários chineses que adormeceram em cima de sua fortuna e acordaram à deriva nos botes, sem navio nem carga. O tesouro de Cambaia, saqueado sob o nariz de uma dúzia de soldados... — Certo desespero surgiu em seu rosto, e voltei a ter a impressão de que já tinha visto a cara dela antes. — Por favor. Posso te pagar uma quantia generosa.

— Não preciso do seu dinheiro.

Ela olhou incisivamente para a sala de visitas em ruínas. Alguns dos juncos que usei para consertar o telhado tinham caído do teto, formando um montinho úmido parecido com um ninho de pássaro no meio do chão. O som da goteira estava mais baixo, mas só porque a água já estava tão alta no balde que absorvia o impacto.

— Com todo o respeito, nakhudha... mas você não parece ter encontrado uma fortuna em sua aposentadoria.

Fiquei furiosa.

— Não preciso de mais inimigos. Você me deu uma lista de pessoas que adorariam ver meu corpo pendurado na baía de Áden e devo acrescentar um mercenário franco ao grupo? — Peguei a bandeja que Marjana havia trazido e me levantei, com a intenção de dispensá-la. Uma pontada de dor atravessou meu joelho direito; o fantasma de uma lesão antiga que me fez lembrar de minha idade, caso eu estivesse tendo alguma ideia fantasiosa.

— Você poderia perguntar por aí — insistiu Salima, com a voz embargada. — Falco me disse que tinha um navio. Então precisa de marinheiros, não? Gente da sua laia. Não poderia ao menos vir comigo para Áden? Perguntar aos seus compatriotas se eles sabem de alguma coisa?

— Não posso me envolver — insisti, a mágoa nos olhos dela partindo meu coração. — Sinto muito, de verdade. Mas eu colocaria a vida da minha própria família em risco se voltasse para esse mundo.

Salima me puxou pela manga.

— E se você nunca mais tivesse que se preocupar com esse mundo? Se eu pagasse o suficiente para começar uma vida nova com sua família, uma vida mais estável financeiramente?

Sacudi a cabeça.

— Não há nenhuma quantia...

— Um milhão de dinares.

A bandeja caiu no chão. Nem percebi que a tinha largado, o número inconcebível proferido por Salima deixando minha cabeça num turbilhão.

— Você... você não pode ter tanto dinheiro assim — gaguejei. — Um milhão de dinares?

— Um milhão de dinares. *Assim* que você trouxer Dunya de volta sã e salva — acrescentou Salima com firmeza. — Liquidarei todos os bens da minha família, se for preciso.

Pelo Altíssimo. Respirei fundo, o coração acelerado. Um milhão de dinares era uma quantia que mudaria minha vida. Minha família nunca mais teria que se preocupar com dinheiro. Meus bisnetos nunca teriam que se preocupar com dinheiro. Poderíamos comprar uma propriedade em algum lugar bem distante e ter funcionários e guardas para mantê-la. E Marjana...

Marjana nunca teria que se preocupar com dinheiro. Com um telhado cheio de goteiras ou com a próxima refeição; com sua segurança ou a necessidade de ceder aos desejos de uma mulher rica que usava a riqueza como um porrete. Nem depois que eu morresse. Não importava quanto tempo continuasse viva.

Nem o que ela pudesse se tornar.

Salima deve ter reparado na tentação estampada no meu rosto e insistiu mais um pouco.

— Creio que você sabe que pode ganhar mais do que dinheiro. Falco faz saques há anos; também deve ter seus tesouros. Não sou uma pirata, nakhudha. Não tenho o menor interesse em pilhagens, apenas no retorno de Dunya. O que quer que recupere é todo seu.

Um milhão de dinares e um navio cheio de pilhagens. Como uma provocação cruel, uma brisa entrou pela janela estreita, trazendo o cheiro doce do oceano. Deus, fazia tanto tempo que eu não ia para o mar. A perspectiva de estar no *Marawati* de novo, de derramar riquezas diante dos olhos admirados de minha tripulação enquanto fazia aquele franco se arrepender do dia em que viera para o sul e raptara uma de nossas garotas... Era tentador. *Irresistível.*

Era tão *eu*. Pois sempre tive alma de jogadora, sempre achei as recompensas arriscadas irresistíveis. Porém, minha alma de jogadora fizera com que inocentes fossem mortos. Minha alma de jogadora carregava um fardo tão pesado de crimes que Deus teria de ser muito misericordioso para que eu escapasse do fogo do inferno.

— Não posso — disse, com a voz rouca.

Salima olhou para mim por um bom tempo antes de mudar de expressão.

— Você não me perguntou o nome dele.

A mudança de assunto me pegou de surpresa.

— Como?

Ela hesitou mais um segundo, como alguém forçado a jogar um peão que gostaria de manter na mão.

— Meu filho que serviu em seu navio, aquele que escreveu a seu respeito. Você não me perguntou o nome dele.

Não, creio que não. Mas, em minha defesa, "bandidos francos sequestraram minha neta e vou te pagar a renda anual de um reino abastado para tê-la de volta" havia me distraído bastante.

— Qual é o nome dele?

O olhar de Salima não saiu do meu rosto nem por um segundo.

— Asif al-Hilli.

Então era isso.

Respirei fundo. Já devia saber que aquela mudança de tática era uma armadilha, mas eu não era uma mentirosa tão talentosa assim para conseguir esconder minha reação. *Asif.* Mesmo depois de uma década, seu nome ainda me atingiu como um soco. Deus, não era à toa que Salima me parecia tão familiar.

— Presumo que você se lembre dele — disse Salima, com firmeza.

— Sim. — Tentei me recompor. — Quer dizer que Dunya... é filha dele?

— Exatamente.

Ah, Asif, seu cretino.

— E-eu não sabia. Ele nunca me disse que tinha uma filha.

Ela se encolheu, nitidamente magoada.

— Suponho que ignorar nossa existência tornava mais fácil para ele fugir para o mar.

Ao ouvir tal acusação, uma antiga lealdade foi despertada em mim.

— O lar de que Asif falava não era nada feliz, Sayyida. Seu marido...

— Meu marido está morto. — Salima estava toda trêmula, sem se preocupar em esconder sua dor. — E Asif não era mais criança quando nos deixou. Era um homem casado e cheio de responsabilidades. Sua esposa morreu quando Dunya ainda era criança. Eu a criei desde aquela época.

Dunya. Tinha sido mais fácil suportar a história quando ela era uma desconhecida. Uma tragédia, sem dúvida, mas tragédias acontecem. Agora ela era a filha de Asif. Uma órfã que ficara sem o pai — por minha causa.

Você deve a ele procurar alguns contatos. É o mínimo que pode fazer. E, para dizer a verdade, eu duvidava muito que algum franco pudesse ter invadido Áden, raptado uma garota nobre e navegado para algum lugar desconhecido sem que ninguém reparasse. Gente da *minha* laia, ainda por cima, como Sayyida salientara tão indelicadamente.

— Já estou velha — disse, lembrando tanto a mim mesma quanto a Salima. — Velha demais para esse tipo de aventura.

Ela ergueu a cabeça.

— Tenho pelo menos duas décadas a mais que você.

— Estou aposentada. Não tenho navio nem tripulação…

— Não é possível que a Amina al-Sirafi das cartas de meu filho tenha se livrado de seu navio.

Velhota perspicaz.

— Sayyida…

— Por favor. Você é minha última esperança. — De repente, Salima assumiu um ar mais frágil, o que era pior do que se tivesse voltado a me ameaçar. Detesto ver mulheres reduzidas a tais condições. As cartas esfarrapadas de Asif tremiam entre seus dedos.

Dei um pigarro.

— Deixe-me ver essas cartas.

Salima as entregou para mim. Peguei as cartas e caminhei até o canto da sala de visitas, onde a luz do sol batia mais forte. Reconheci a assinatura de Asif na parte inferior da folha imediatamente, assim como sua caligrafia elegante e cursiva. Minha letra é horrível, e ele fora um bom escriba.

Mas queria ser muito mais do que um escriba. Queria *tanta coisa*; ele tinha o tipo de ambição que era perigosa. O tipo de ambição que atrai predadores, assim como o sangue na água atrai tubarões.

— As cartas dele… — começou Salima. — Pouco antes de morrer, as cartas dele se tornaram mais… esquisitas… — Ela parou de falar, provavelmente esperando que eu preenchesse as lacunas, que tivesse respostas para as perguntas que deviam tê-la atormentado durante a última década.

Mas não há nenhum poder neste mundo que me faria contar à mãe de Asif al-Hilli o que realmente aconteceu com ele.

Eu deveria ter rejeitado seu pedido. Até hoje, não sei o que me deu para responder como fiz. Seria a oportunidade inesperada de desfrutar de uma última aventura e ganhar riquezas que garantiriam o futuro instável de Marjana? De compensar a família do jovem que condenei? De evitar a ira de Salima e não ser entregue a uma lista de inimigos?

Desconfio que só Deus sabe. Talvez, no Dia do Juízo Final, eu também fique sabendo.

Abaixei as cartas do rapaz cuja alma eu perdera para sempre e encarei a mãe dele.

— Vou te dar quatro meses. Você me deu poucas informações para investigar, e não ficarei atrás de boatos para sempre. Quatro meses e cem mil dinares, independentemente de eu ter sucesso na busca ou não. Espero que dez mil dinares sejam pagos à minha família antes de partir e mais noventa mil se descobrir onde Dunya está aprisionada. Se eu a trouxer de volta para casa, ficarei com o resto.

Era uma contraproposta absurda. Eu poderia mentir, alegar que a garota estava aprisionada em qualquer lugar e sumir com cem mil dinares. Talvez estivesse esperando que Salima a rejeitasse e acabasse com os sonhos perigosos que se agitavam em meu coração.

Mas ela não fez nada disso.

— Quatro meses, nakhudha. Espero que cumpra sua palavra.

Carta de um Erudito

Passamos dias ótimos em Cambaia, uma cidade muito próspera e tranquila. Muitos produtos podem ser encontrados lá; o mercado têxtil oferece de tudo, desde tecidos de ouro e brocados de seda até algodão estampado em cores vivas.

Mas, no nosso segundo dia no mar, aconteceu uma calamidade. Encurralados por um navio pirata que se aproveitou da névoa da madrugada, fomos logo abordados pelos canalhas, que riam e disparavam injúrias que fariam um homem temente a Deus morder a língua. Se algum comerciante destas águas ainda não teve um encontro com tais meliantes, deve se considerar abençoado. São a mais violenta de todas as classes de bandidos, composta por ladrões, violadores de juramentos, adúlteros, envenenadores e vigaristas. Seus hábitos de higiene são abomináveis, seus temperamentos, medonhos, e seu idioma, um murmúrio incompreensível de todas as línguas faladas nas margens do oceano. Embora alguns piratas façam um esforço pífio para se manter no caminho da retidão, as diretrizes de nossa nobre religião são as primeiras a serem deixadas de lado por meio de orações irregulares e justificativas tortuosas feitas para abarcar tudo que é proibido.

Aquela ralé conseguiu se distinguir de uma maneira ainda mais escandalosa, pois era capitaneada por uma mulher chamada Amina al-Sirafi, que vem ganhando notoriedade por lá. Já estávamos negociando nossa rendição quando veio à tona que a nakhudha da embarcação inimiga era uma mulher, pois ela tinha o corpo forte de um ferreiro e trajava o turbante e as vestes de um homem. Era negra e de origem desconhecida, assim como a de muitos marinheiros de classe baixa que não se importam com a nobreza da linhagem.

A revelação de que al-Sirafi era mulher provocou uma confusão, pois vários homens de meu navio começaram a protestar, dizendo que preferiam morrer a sofrer a desonra de se render a uma mulher. Depois de muita discussão, durante a qual os bandidos ameaçaram nos incendiar com nafta e comer nossa carne assada — que Deus os amaldiçoe! —, finalmente nos rendemos, perdendo a maior parte de nossa carga e todas as nossas armas.

Tínhamos conosco duas senhoras idosas que pretendiam fazer o hajj. Por misericórdia, os piratas não tocaram nelas, mas as mulheres pareceram tão impressionadas com a astúcia de al-Sirafi que seu acompanhante sabiamente decidiu mantê-las confinadas pelo resto da viagem para que purificassem o coração. O resto da travessia transcorreu de forma mais tranquila — graças Àquele cujo Reino dura para sempre e cuja proteção é inigualável!

Capítulo 3

O PÔR DO SOL ME ENCONTROU FAZENDO AS MALAS. LADY SALIMA contratara um barco a vela para nos levar a Áden o mais rápido possível, mas eu tinha que me encontrar com ela em Salalah na manhã seguinte. A velocidade era primordial. Se os temores de Salima tivessem fundamento e Dunya estivesse nas mãos do franco por quase dois meses, ele já podia ter partido há muito tempo. Meus contatos eram bons, mas o fluxo constante de navios de comércio e peregrinação ao longo de nossas costas transporta as pessoas bem depressa. Eu estava rezando para Falco ter causado tamanha impressão em Áden a ponto de provocar boatos entre os marinheiros e trabalhadores.

Minha mãe havia guardado no armário as minhas roupas, armas e ferramentas — tudo que fazia de mim a infame Amina al-Sirafi —, e redescobrir a mulher que eu costumava ser, cuidadosamente guardada e dobrada pelas mãos de outra pessoa, era desorientador. Antigamente, eu me esbaldava em cores e brilho, sendo conhecida por desfilar com as sedas reais, musselinas delicadas e tiaras de prata que tinha acabado de saquear. Em parte, tratava-se de cultivar a confiança de que precisava para sobreviver à profissão que escolhera — um pouco de insanidade ajuda muito a convencer os homens de que se é capaz de esfaqueá-los caso saiam da linha.

Mas o resto? Bem, eu era *livre*. Era uma vida bandida nascida da tragédia, de fato. Mas, ao escolhê-la, destruíra qualquer esperança de respeitabilidade futura e estava feliz com isso. Por que não usar pérolas roubadas e uma tanga de marinheiro? Casar-me com um remador que mal conhecia só porque era muito bonito e eu queria transar com ele? Beber vinho roubado que pertencia a um sultão do outro lado do mundo e travar duelos à meia-noite?

Bem. Há inúmeras razões pelas quais *não* deveria ter feito tais coisas nem as fazia *mais*, e estremeço toda vez que peço perdão ao Único cuja compaixão é infinita. Porém, ao passar os dedos por um manto carmesim bordado com raios de sol verdes, os momentos doces voltaram à minha mente. O tecido ainda tinha o cheiro de sal e óleo, fazendo-me lembrar das fibras de coco que brilhavam com os respingos do mar, dos cascos pintados de betume preto e das canções que os marinheiros cantavam ao ritmo do tambor.

Salima está pagando pela sua discrição, lembra? Não para desfilar por aí com um manto vermelho-sangue e um sorriso de dentes de ouro na cara. Com relutância, deixei de lado as roupas chamativas e escolhi opções mais simples.

Depois, concentrei-me em assuntos bem mais importantes.

As dobradiças do meu baú de armas se abriram com um sussurro oleoso. A khanjar de meu avô — a adaga em forma de gancho que ele usou até o dia de sua morte — foi a primeira a chamar minha atenção. Era a arma perfeita para um pirata, com o cabo de marfim esculpido na forma do semblante rosnador de um leopardo de olhos de rubi. Com uma carreira ainda mais selvagem que a minha, meu avô era conhecido como o "Leopardo do Mar", alcunha da qual muito se orgulhava. Formávamos uma dupla esquisita — a garotinha magricela que não conseguia ficar parada e o pirata cegueta, aleijado por uma vida dura no mar —, mas éramos muito próximos. Meu avô era o único que tinha paciência comigo, que me fazia pular para cima e para baixo em esteiras de folha de bananeira ou amarrar nós em cordas intermináveis quando eu não conseguia conter a energia frenética que pulsava em meu sangue. Ele falava sem parar, contando não só histórias de aventura, mas me ensinando tudo que sabia sobre navegação.

Na época, deve ter parecido inofensivo — um velho entediado falando bobagens para uma garota que jamais precisaria de tais habilidades —, mas, à medida que fui crescendo, comecei a imaginar se ele tinha visto algo que o resto da minha família não via. Se tinha visto meu pai fazer de tudo para fugir da pirataria e alcançar uma posição mais respeitável, um sonho que só aumentou nossas dívidas, e me preparara secretamente para assumir a verdadeira vocação da família.

Jamais saberei, mas graças a Deus que ele fez isso. Pressionei a khanjar contra o peito, murmurando uma oração por sua alma. Embaixo dela estava a minha espada damascena, uma belezinha roubada, e o meu escudo, um presente do único marido de quem me separei em bons termos. Ambos precisavam de alguns cuidados: polimento e novas amarrações nas empunhaduras. Mas eu poderia fazer esse trabalho na viagem para Áden; a visão das armas provavelmente desencorajaria os outros de me incomodarem.

Foi no exato momento em que meus braços estavam carregados de armas que minha mãe entrou no aposento.

Ela olhou para mim, respirou fundo como uma flecha sendo puxada para trás e gritou:

— *Você perdeu a cabeça?*

Coloquei as armas no chão.

— Que a paz esteja com você, Amma.

Ela olhou de cara feia para mim.

— Não me deseje paz logo depois de me fazer chegar em casa e receber a notícia de que vai atrás de um franco qualquer. Que história é essa que Marjana me contou a respeito de uma estranha de Áden ter contratado você?

Dei um suspiro. A audição aguçada de Marjana e sua incapacidade de se comprometer com uma mentirinha de nada formavam uma combinação perigosa. Seu pai devia ser a criatura mais traiçoeira que já conheci, mas Marjana não consegue mentir nem para salvar a própria vida.

Minha mãe continuava parada na porta, usando suas roupas pretas de viagem. Embora ela e Salima tivessem quase a mesma idade, minha mãe não tinha nada da fragilidade daquela nobre. Ela era alta como eu; magra, mas resistente como o aço, como se os anos tivessem retirado toda a sua fraqueza de uma forma que a tornava ainda mais impressionante.

E intimidante — até mesmo para sua filha já adulta e ex-pirata. Olhei por cima do ombro dela.

— Cadê o Mustafá?

— Em Salalah. Hala não estava se sentindo muito bem, por isso decidiram passar a noite com os pais dela.

Uma pequena bênção. Não queria que minha cunhada grávida ficasse doente, mas sabia que meu irmão caçula ficaria do lado de nossa mãe na batalha iminente.

Minha mãe cruzou os braços sobre o peito, lançando um olhar penetrante para o alforje cheio e a pilha de armas.

— Explique-se, filha.

Fiz — como sempre afirmarei — um verdadeiro esforço para isso.

— A estranha de Áden é mãe de um dos meus tripulantes já falecidos. O filho dela navegou no *Marawati* por muitos anos e éramos muito amigos. Ela veio aqui porque precisa da minha ajuda... — Sem querer deixar minha família preocupada, decidi não mencionar que Salima havia me ameaçado e ofereci a versão menos preocupante de um sequestro franco em que consegui pensar. — Tudo que Sayyida me pediu é que eu volte com ela para Áden e faça algumas perguntas aos meus antigos contatos.

— Fazer perguntas sobre o paradeiro de um dos carniceiros da Palestina e Síria, um mercenário estrangeiro que conseguiu chegar à nossa terra? — O pavor ficou estampado no rosto de minha mãe. — De jeito nenhum. Os francos são animais, Amina. Animais que não deixam nada além de matança e cinzas em seu rastro.

Já temia aquela reação. Ao contrário de mim, minha mãe se mantinha atualizada sobre a política e tinha opiniões bastante fortes e pessoais sobre as guerras no norte. Ela era uma menina quando Jerusalém foi invadida; as histórias das atrocidades cometidas pelos francos e os pedidos de ajuda dos sobreviventes e refugiados tinham chegado até os círculos acadêmicos e religiosos frequentados pela sua família. Na verdade, foram tão impactantes que seu querido irmão mais velho foi levado a responder ao chamado da jihad. Ele ficou na Palestina por menos de um ano antes de ser morto — não para salvar vidas muçulmanas, mas como um mero peão numa luta pelo poder local entre os chamados príncipes muçulmanos que se aproveitaram do caos para expandir seus próprios territórios. (Viu só? É por isso que não confio em políticos.)

Eu, por outro lado, nunca tinha conhecido um franco; seu mundo era muito distante do meu. Os intelectuais costumavam chamá-los de bárbaros atrasados, e eu sabia que seus ataques deixavam os nortistas nervosos porque aconteciam com cada vez mais frequência. Praticamente todos os comerciantes locais com família distante contavam histórias de parentes forçados a fugir das invasões francas. Primeiro, as cidades de al-Andalus começaram a cair. Depois, a Sicília. Os francos fizeram várias marchas pela terra dos romanos, passando por Constantinopla e entrando na Casa do Islã rumo a uma cidade que afirmavam ser deles. Uma terra que, segundo eles, muçulmanos, judeus e os desorientados cristãos locais profanaram, como se não estivesse cheia de famílias que logo seriam eliminadas por suas mãos sangrentas.

Entenda, sei muito a respeito de guerras e conquistas. Reinos ascendem e caem, são engolidos e cuspidos de várias formas com tanta frequência que, às vezes, não sei nem dizer a quem deveria impostos se me preocupasse com tal coisa. Mas o povo geralmente continua no mesmo lugar. Por que não? Há mais lucro se vivermos, pagarmos tributos e comercializarmos todos os bens de luxo que os novos governantes desejarem. Não é um jogo limpo. Há a morte, quase sempre sofrida por quem não tem escolha, e há pilhagens. Mas, enquanto povo, sempre resistimos.

Não foi isso que aconteceu quando os francos chegaram.

A primeira invasão aconteceu décadas atrás, e o derramamento de sangue em Jerusalém e Antioquia foi de uma escala que nos assombra até hoje. Seus líderes não se contentaram em assumir o poder representativo; em vez disso, seus exércitos mataram populações inteiras rendidas à espada e queimaram mulheres e crianças na fogueira. Dizem que os francos cercaram a população judaica em seu templo, no qual oravam a Deus e para onde levavam seus bebês, e então o incendiaram; que espalharam sangue muçulmano em Haram al-Sharif e colocaram porcos em seus corredores sagrados. Há até boatos de que torturaram e comeram as vítimas de Maarat al-Numan depois que a cidade finalmente caiu.

É uma brutalidade que nem me interessa tentar compreender, não importam os responsáveis. Talvez porque eu seja uma criminosa sem afinidades políticas... ou talvez porque pertença à classe de pessoas que seriam entregues à própria sorte enquanto os líderes fugiriam. Não tenho a menor dúvida de que, em sua pátria, uma terra que dizem ser dura, fria e cruel, há milhares de pessoas que só estão preocupadas em colocar comida na barriga de seus filhos, pessoas que ficariam horrorizadas ao descobrir o que aqueles que professam sua fé têm feito. Já viajei para tantos lugares que duvido de tudo que escrevem sobre "estrangeiros" e sei que é melhor não julgar uma comunidade inteira pelos seus piores indivíduos.

Quanto ao franco que visitou Salima e se gabou de ter lutado por ambos os lados? Esse, sim, era um homem com sangue nas mãos. Um homem que podia muito bem estar com a filha de Asif.

Mas eu nunca conseguiria convencer minha mãe da virtude de lutar contra os francos, não depois do que aconteceu com o irmão dela. Por isso disse a única coisa que podia:

— Salima me ofereceu um milhão de dinares pela devolução da garota.

Minha mãe ficou em estado de choque.

— Não é possível.

— Foi o que eu disse, mas ela prometeu liquidar todo seu patrimônio se necessário. Ela vem de uma daquelas antigas famílias iraquianas que são ricas desde os tempos de Harun al-Rashid. Vai me pagar dez mil dinares em Salalah assim que eu partir. Mais noventa mil se eu descobrir onde a garota está aprisionada. Não podemos recusar tanto dinheiro assim.

O rosto de minha mãe assumiu um ar de suspeita.

— Pode ser mentira. A história toda. Além disso, antes você me disse que só pretendia fazer algumas perguntas aos seus contatos. Agora, já está falando em pegar a garota de volta?

Merda, devia saber que ela ia reparar nisso. Ergui as mãos num gesto que pretendia transmitir segurança em vez de rendição.

— Amma, não estou com a menor vontade de brigar. Se eu tiver a sorte de encontrar o franco e vir que Dunya está presa numa situação da qual não será fácil tirá-la, venderei a informação para Salima e seguirei meu rumo. Com cem mil dinares no bolso. De todo modo, já devia ter dado uma olhada no *Marawati* há um bom tempo. Vou até Áden, farei algumas perguntas e voltarei rica.

Minha mãe me lançou um olhar seco.

— Na última vez que foi dar uma olhada no *Marawati*, você fugiu para se tornar uma criminosa e eu não vi a sua cara por quinze anos.

— Não é nada disso — tentei argumentar. — Juro a você.

Mas ela não me deu ouvidos. Em vez disso, começou a andar de um lado para o outro até a janela aberta atrair seu olhar. Não sei muito bem se ela percebe a frequência com que fica olhando para o mar. Depois de passar anos esperando a volta de seus entes queridos, o gesto se tornara instintivo.

— Eu devia ter voltado para Pemba depois da morte do seu pai — disse ela, baixinho. Era assim que sempre começavam os arrependimentos de minha mãe, desejando ter voltado para os pais que a deserdaram por ter se casado com ele. — Devia ter tentado.

— Amma, já faz décadas — falei, com delicadeza. — Nós teríamos perdido o *Marawati*. E eu não me arrependo da minha carreira.

Ela se virou para mim.

— Como é que *não* se arrepende? Eu poderia ter te dado uma vida normal. Em vez disso, você tem sangue nas mãos, crimes na alma e homens por toda a parte espalhando boatos tão vis que nem consigo repeti-los em voz alta. Homens que fariam qualquer coisa para te machucar. — Minha mãe parecia não saber se me protegia ou me estrangulava, retorcendo as mãos. — Que Deus amaldiçoe o seu avô. Ele e suas histórias.

Sem as histórias do meu avô, estaríamos na miséria. Eu nunca teria tido Marjana, minha maior bênção. Mas minha mãe e eu discutíamos sobre o caminho que tomei desde a manhã em que eu parti, aos dezesseis anos, para implorar misericórdia aos credores de meu pai e, em vez disso, roubei o navio e a carga destinada a pagar suas dívidas. Não queria retomar essas discussões no momento.

Ainda mais quando a verdade era que estávamos com dificuldades financeiras. O que talvez seja uma surpresa para você. Sei que as histórias contam que Amina al-Sirafi saqueou navios cheios de tesouros e partiu para um castelo feito de ouro. Mas o problema da fama é que costuma se basear em mentiras. Jamais conheci a riqueza. Eu conhecia o conforto; sabia que seria capaz de garantir à minha família um teto (que já foi) sólido sobre a cabeça, o suficiente para comer e uma boa educação e formação de aprendiz para meu irmão. Mas a manutenção de um navio é cara, principalmente quando se fica atrás de bicos de contrabando em vez de clientes fixos. Eu pagava muito bem à minha tripulação, pois, além de ser minha responsabilidade enquanto nakhudha, precisava ter certeza de que estavam felizes com a capitã que tinha a cabeça a prêmio. Tivemos pilhagens fabulosas e aventuras de sobra, mas eu tomava cuidado para não exagerar.

Também havia a questão das apostas, mas quanto menos falarmos sobre isso, melhor. Já me emendei.

Se tivesse me aposentado com mais prudência, teria feito alguns investimentos em vez de pagar meus homens, entregar meu navio e partir sem nenhum plano. Mas tais lamentos podem se juntar a uma longa lista de arrependimentos. E esse foi o caminho que decidi seguir, por saber que minha mãe era bem mais sensata quando se tratava de nossa sobrevivência.

— Amma, não temos condições de recusar tanto dinheiro. Atualmente, Tinbu só aceita trabalhos legítimos com o *Marawati*, e a renda não é suficiente para sustentar uma família. Cultivamos terras que podem ser tiradas de nós a qualquer momento e construímos um lar numa casa a que não temos direito. — Apontei para o telhado em ruínas. — Até mesmo ela está desmoronando à nossa volta. Com o novo bebê...

— Vamos dar um jeito — insistiu minha mãe. — Sobrevivemos a coisas muito piores. Deus proverá.

— Ele já fez isso! Ele nos proporcionou Salima e uma fortuna capaz de mudar nossas vidas! Amma, a quantia que ela está oferecendo apenas em troca de informações... cem mil dinares. Poderíamos comprar uma casa e uma oficina em Salalah para Mustafá conduzir seus negócios. Poderíamos contratar tutores adequados para as crianças e colocá-las em qualquer profissão que desejarem. Seus netos poderiam se tornar médicos ou acadêmicos, prosperando de uma maneira que nunca conseguimos. Você poderia descansar em vez de ferrar a coluna na horta. — Meu Deus, até me doía dizer tudo aquilo em voz alta, conforme as ambições e os sonhos que tentava negar desabrochavam em meu coração. — Amma, poderíamos ter estabilidade. Uma segurança real. Marjana nunca teria que se preocupar com dinheiro. Ela nunca teria que se preocupar com nada.

— Marjana teria menos com que se preocupar no futuro se você a deixasse viver no presente. Se deixasse que ela fosse à escola e conhecesse pessoas de fora da nossa família! — desabafou ela. — Amina, esta mulher encheu a sua cabeça com tantas fantasias que você não está vendo os riscos. Por que acha que ela está oferecendo tanto dinheiro assim?

Ignorei a primeira parte — minha mãe não fazia ideia da dimensão de minhas preocupações a respeito de Marjana — e respondi ao que podia.

— Porque Salima está desesperada para recuperar a neta de uma forma que mantenha sua reputação. Gente rica, Amma, é bem diferente de nós. Investem o máximo de dinheiro possível num problema, presumindo que quanto maior for a quantia, mais podem contar com sua proteção. E geralmente é o que acontece — acrescentei, com certa amargura.

Minha mãe me encarou com um olhar sombrio, ao mesmo tempo preocupado e furioso.

— E se der algo errado? Você... Amina, você estava *arrasada* quando finalmente voltou para casa. Quase não falava. Mal comia. Ficava deitada na cama o dia todo, olhando para a parede. Não era mais a filha que me escreveu com tanta segurança ao longo de todos aqueles anos.

Minha boca ficou seca.

— E-eu tinha acabado de ter um bebê. Estava exausta.

— Não foi só por causa do bebê. Eu te conheço. Alguma coisa aconteceu, e você nunca mais foi a mesma. Por muito tempo, pensei que... — Minha mãe estava atravessando a sala, mas parou de supetão, parecendo sobressaltada. — O filho de Salima... é o pai de Marjana? É por isso que...

— Não! — Mas ela chegara perto, e foi difícil não reagir com meu coração tão próximo da exposição. Pois tinha acontecido alguma coisa, sim. Mas não era nada que eu pudesse confidenciar se queria que minha mãe continuasse a olhar para mim da mesma forma. — Marjana não é filha de Asif. Mas ele morreu no meu navio, o que ainda pesa em minha alma. Devo isso à sua família.

— Dinheiro e honra, que belas motivações — comentou ela, ácida. — Com que cuidado você construiu seu argumento. De modo que qualquer preocupação que eu expresse soe como a inquietação de uma velha. Como se eu não soubesse quantas vezes você lustra suas armas e se debruça sobre as cartas de Tinbu. — A raiva sumiu de sua voz, substituída pela mesma tristeza com que Salima falara de Asif. — Como se não estivesse procurando uma oportunidade para nos deixar há anos.

Baixei o olhar, envergonhada. Minha mãe não estava tão errada assim. Minha mente já estava no *Marawati*, meu sangue correndo com uma empolgação que não sentia há anos. Eu não ia fazer aquilo apenas por Asif. Mas também não ia fazer nada por farra e, por um instante, quis urgentemente contar-lhe a verdade, confidenciar meus temores em relação a Marjana à pessoa que mais respeitava no mundo. A pessoa que eu não queria, de maneira alguma, que pensasse que eu era uma péssima mãe por embarcar numa missão tão perigosa.

Mas não podia fazer isso.

Respirei fundo, cruzando as mãos atrás das costas e firmando o corpo como se já estivesse diante de minha tripulação.

— Amma, eu te amo. Respeito sua opinião. Mas não vou deixar que uma bênção dessas escape pelos meus dedos. É um trabalho. Só um trabalho e nunca mais teremos que nos preocupar com dinheiro, se Deus quiser.

Minha mãe sustentou meu olhar.

— Você fala de segurança, e eu entendo. Entendo que você queira o melhor para sua filha. Mas e quanto a Marjana, Amina? Ela só quer você. — Um alerta ecoou em sua voz. — E ficaria destroçada se alguma coisa acontecesse contigo.

As palavras foram tiradas de sua aljava com cuidado e se tornaram verdadeiras no instante em que foram disparadas. De repente, vi toda a cena: minha mãe desmaiando com a notícia. Marjana soluçando, chorando por mim sem parar. Isso partiria seu coração de uma forma que jamais conseguiria sarar.

Então, a cena foi substituída por outra visão. Marjana, mais velha e sozinha, depois de a morte chegar para mim de qualquer maneira. Marjana, mais velha do que um ser humano poderia ser, desnorteada e com medo, com uma estranheza que poderia aumentar mais ainda. Uma estranheza de dar medo.

Sua vida seria tão mais fácil se ela fosse rica. Embora os devotos afirmem que o dinheiro não compra a felicidade, posso atestar por experiência própria que a pobreza não compra nada. É um monstro cujas garras se tornam mais profundas e difíceis de escapar a cada estação, e o menor passo em falso faz a pessoa retroceder anos a fio, se não para sempre. Adicione a isso a herança... singular de Marjana e teríamos um futuro assustador no qual eu não estaria mais por perto para protegê-la.

É melhor assim.

— Sei como me manter a salvo, Amma — disse, com firmeza. — É o meu mundo. Já aceitei missões mais perigosas. Se as coisas azedarem, dou o fora.

— Então não temos mais nada a dizer uma à outra. — A expressão de minha mãe estava tão carregada de decepção e tristeza que partiu meu coração. — Prefiro não me despedir com raiva, mas você não tem a minha bênção. — Ela deu as costas para mim. — Deixo para você a tarefa de se despedir de sua filha.

✦

Marjana estava no quarto que compartilhávamos, meu cômodo preferido da casa. As três janelas davam para o mar e o piso de madeira era macio sob meus pés, rangendo de tanto que andei de um lado para o outro enquanto a embalava para dormir quando era bebê. Minha mãe e eu havíamos pintado as paredes; ela escolheu estampas tradicionais e estrelas, ao passo que optei por pontos alegres de cor com criaturas marinhas e plantas. Um delicado móbile de vidro com cacos descartados do trabalho de Mustafá reluzia num canto e, do outro lado, uma estante verde forrava a parede, cheia de uma variedade de suvenires de minhas viagens.

Encontrei minha filha ajoelhada ali, de costas para a porta. Marjana sempre foi fascinada pelos tesouros das prateleiras. Pequenos animais esmaltados da Caxemira, jarros de porcelana fina da China, miniaturas de madeira da Pérsia, candeeiros de cerâmica da Índia, espelhos de azulejos de Bassora, caixas-segredo de Sofala... restos de viagens meio esquecidas, recordações físicas da vida que eu tinha abandonado. Ela estava inspecionando uma tartaruguinha de ébano com uma concha de abalone nas mãos. Quando era pequena, engatinhava com a tartaruga, fazendo a estatueta se mover pelo chão.

Meus passos eram silenciosos, mas isso não importava — minha filha sempre parecia ouvir tudo. Sem se virar, ela perguntou:

— Quer dizer que você vai para Áden?

Hesitei, imaginando o quanto ela havia entendido da conversa.

— Vou, sim. A neta da Sayyida desapareceu e conheço algumas pessoas que podem ajudar a encontrá-la.

— O que você quer dizer com "desapareceu"? — Marjana largou a tartaruga, que caiu ruidosamente no chão. — Ela está em perigo?

Sentei-me pesadamente na cama e fiz círculos com o pulso, para me livrar da dor causada pelo trabalho no telhado.

— Deus queira que não. Às vezes... às vezes, pessoas importantes detêm outras pessoas importantes até que seus parentes paguem certa quantia em dinheiro ou lhes façam alguma promessa. Não tem nada a ver com você ou com pessoas como nós, sabe? Mas conheço vários marinheiros em Áden e talvez consiga descobrir para onde a levaram. Além disso, já faz um bom tempo que não me informo sobre o *Marawati* e nossos negócios. É uma boa desculpa para fazer isso também.

Marjana finalmente olhou na minha direção.

— Então... é uma viagem de negócios? Como quando o tio Mustafá foi para Matra?

Não consegui pensar numa comparação menos provável do que o breve estágio de meu irmão com um velho vidreiro que o ensinou a soprar rosas, mas assenti mesmo assim.

— Algo do tipo. Não devo levar mais do que quatro meses, se Deus quiser.

Marjana me encarou com os olhos arregalados cheios de perguntas. Será que existe algum olhar como o de nossos filhos, capaz de nos encher de amor e responsabilidade ao mesmo tempo? Aqueles olhos fixos no meu rosto têm sido minha companhia constante desde que ela era um bebê. À procura de conforto, de respostas, de atenção.

— Mas é tanto tempo — sussurrou ela com a voz trêmula. De fato, para uma criança, quatro meses devem parecer uma eternidade. Para sua mãe também. — E tão longe daqui.

Puxei-a para junto de mim.

— Eu sei. Mas a vovó e o Bubu vão te fazer pular para todo o lado — disse, mencionando meu sobrinho. — E o tempo vai passar sem que você se dê conta. Talvez eu possa comprar uns jogos novos para você em Áden. Que tal lã para o tear? Você iria gostar, não é?

Marjana brincou com a ponta de uma das minhas tranças, sua bochecha macia roçando na minha.

— Posso ir com você?

— Não, amorzinho, acho que não é uma boa ideia.

— Porque não é seguro? — Ela se afastou para olhar meu rosto. — Porque você vai de navio? Você não pode viajar de outro jeito, mamãe? Não quero que vá de navio.

O medo dela me surpreendeu, assim como sua preocupação repentina com navios.

— Por que não?

Ela baixou o olhar.

— Porque foi assim que Baba morreu.

Senti um aperto no peito.

— Marjana…

— Des-desculpa — ela se apressou a dizer. — Sei que você não gosta de falar sobre Baba. Mas se o filho de Sayyida Salima morreu e Baba também… talvez navegar seja muito perigoso, mamãe. — Seu olhar brilhava de lágrimas não derramadas. — Não quero que você morra.

— Ah, amorzinho… Venha aqui. — Abri os braços e Marjana se arrastou em silêncio para dentro deles, enfiando a cabeça sob meu queixo e encolhendo o corpo junto ao meu, como se fosse uma menina com metade de sua idade.

Acariciei seus cabelos enquanto ela reprimia um soluço.

— Minha vida, minha querida. — Enxuguei suas lágrimas. — Não há necessidade disso. Eu cresci num navio! E Áden fica a uma viagem rápida por mar; não vamos navegar para o outro lado do oceano. É tudo bastante seguro.

Mentiras e mais mentiras. No entanto, o que mais eu deveria dizer? Não é função dos pais tranquilizar os filhos?

Marjana me abraçou com força, suas palavras abafadas contra meu peito.

— Não vá, mamãe. Por favor.

Havia um pavor genuíno em sua voz, e eu franzi a testa. Marjana era quieta — bem mais quieta do que eu era na idade dela — e raramente suscetível a tais medos. Afastei-a para olhar para ela e vi que seu nariz estava escorrendo conforme ela desviava o olhar por toda a parte para evitar o meu.

— Está tão preocupada assim que eu vá de navio? — perguntei suavemente. — Já te disse, amorzinho, é uma viagem curta.

— Não é só por causa do navio.

— Então, o que é? — Quando seus dedos se torceram nas dobras da minha camisa, percebi que ela estava tremendo. — Marjana… Marjana, olha para mim. O que foi?

O quarto estava às escuras, uma das lamparinas se apagara. Na penumbra, os olhos de minha filha pareciam enormes e pretos como o carvão, mais escuros do que os olhos de qualquer pessoa que já conheci.

Bem, exceto por uma, é claro.

Ela mordeu o lábio.

— Tenho um mau pressentimento.

Fiquei imóvel.

De outra criança, um "mau pressentimento" acerca da partida de um dos pais não seria motivo de preocupação. Mas Marjana não era uma criança como as outras. E antes que eu pudesse impedir, uma lembrança surgiu em minha mente. Uma voz rouca e risonha no meu ouvido e dedos quentes deslizando entre os meus nas cordas do leme.

— *Por aqui — disse ele, fechando os belos olhos pretos e puxando as cordas para o leste.*

— *Não há nada ali — argumentei. — Só o marasmo. Não vamos encontrar outros navios e podemos até arriscar o nosso.*

— *Confie em mim, nakhudha. Vai valer a pena. Tenho um pressentimento.*

— *Um* pressentimento?

— *Um pressentimento. Bons pressentimentos, maus pressentimentos... de que jeito você acha que levo sua espécie rumo à prosperidade? — Ele ergueu as sobrancelhas com um sorriso malicioso. — Ou à calamidade?*

Na época, aquilo me pareceu uma piada, embora eu já soubesse que ele não era humano. Mas Marjana... Marjana não era assim. Não era dele, não dessa forma. Procurei por alguma evidência desde que ela foi colocada em meus braços, tão quente, doce e inocente. As sombras não se deformam quando ela entra num aposento. Quando cai, ela esfola os joelhos, e, embora adore seus jogos, não tem nenhuma maré de sorte que a torne uma vencedora constante.

Firmei a voz.

— Que tipo de mau pressentimento?

— É só que... — Marjana desviou o olhar outra vez, vermelha de vergonha. Pude ver que estava se esforçando para se controlar, desejando ser mais velha e corajosa. — Deixa para lá — murmurou ela.

Hesitei por um segundo, sem saber se deveria insistir. Mas já tinha tomado minha decisão, não tinha? Por isso, forcei-me a ignorar o aviso. Talvez nós duas estivéssemos mentindo para que a outra se sentisse melhor.

Abracei-a novamente.

— Você não tem com que se preocupar, meu amor — jurei, pressionando o rosto no topo de sua cabeça macia. — É um trabalho. Só um trabalho e depois estarei em casa, que Deus seja minha testemunha.

✦

Ainda estava escuro quando acordei; o amanhecer era uma sombra distante num tom de cinza rosado lá fora. Não dormi bem, uma mistura de nervosismo com o vaivém de Marjana na cama me mantendo acordada. Ela caiu no sono aconchegada à minha axila, e não tive coragem de tirá-la dali: uma decisão pela qual meu ombro dolorido me castigaria bastante naquele dia. Desvencilhei-me dela com cuidado, afastando uma mecha de cabelo suado de sua bochecha.

Tremendo, apesar do calor úmido da manhã, fiz minhas abluções, jogando água de uma bacia no rosto e pescoço. Coloquei um manto âmbar de algodão macio e prendi as tranças, colocando um lenço leve sobre a cabeça antes de transformar minhas intenções em oração.

Caso o passado criminoso ainda não tivesse deixado isso claro, nem sempre fui uma boa muçulmana. Beber e perder a hora da oração estavam entre meus pecados menores e, apesar de tentar me endireitar todos os anos quando o Ramadã chegava — uma nova vida de devoção era fácil de imaginar quando estava tonta de sede e cercada pela alegria comunitária do tarawih —, eu normalmente voltava para meu comportamento habitual assim que o mês de Xaual terminava.

Mas então nasceu Marjana. E Asif... se perdeu. Se um destes eventos me fez sentir que não tinha mais o direito de invocar a Deus, o outro me encheu de uma necessidade urgente e inegável. É por isso que faço minhas orações diárias, mesmo que me sinta indigna o tempo todo.

Encostei a testa no chão num movimento entranhado em minha alma e recitei as palavras que conheci praticamente a vida toda. Acrescentei minhas súplicas pessoais por último, implorando que tanto minha família quanto a neta imprevisível de Salima permanecessem a salvo. Enquanto orava, ouvi a respiração suave de Marjana. Embora o amanhecer tivesse chegado, alguns raios de luar pairavam sobre seu corpo adormecido, iluminando o sobe e desce de seu peito.

Haverá um eclipse em breve, lembrei-me, o brilho mortiço da lua provocando minha memória. Nos velhos tempos, eu saberia até mesmo a noite certa do eclipse; os marinheiros são supersticiosos e, como muitos nawakhidha, eu pagava todos os anos para dar uma olhada nas cópias de tabelas astrológicas e almanaques elaborados nas grandes cortes de qualquer cidade em que estivesse para aprender sobre as datas e sinais auspiciosos e desfavoráveis. Embora não prestasse mais atenção a tais acontecimentos, meu irmão, Mustafá, não parava de amaldiçoar o eclipse, temendo que o evento obscurecesse o nascimento de seu segundo filho, dali a pouco mais de três meses.

Um nascimento que poderia perder. Eu havia prometido quatro meses a Salima, e as implicações de repente me atingiram com tanta força que me deixaram sem fôlego, os planos que eu defendera com tanto fervor começando a vacilar. E se Marjana se machucasse durante esse período? E se o novo bebê chegasse mais cedo e eles precisassem de ajuda para o parto?

Um milhão de dinares, recordei a mim mesma. Uma fortuna capaz de mudar o rumo de nossas vidas. Marjana estaria em mãos boas e amorosas enquanto eu estivesse fora, e minha mãe poderia lidar com a questão de um novo bebê muito melhor do que eu. Quatro meses de saudades uma da outra não eram nada em comparação com uma vida inteira — vidas inteiras — de segurança.

Dei um único beijo na bochecha macia de Marjana.

— Que Deus a proteja — disse, baixinho. Temendo que minha determinação vacilasse se eu demorasse mais um pouco, dei uma última olhada em minha filha e desci as escadas.

Minha mãe estava ocupada na cozinha, como sabia muito bem que estaria. Se a pilha de latas fosse alguma indicação, ela devia ter cozinhado a noite toda.

— Amma, não precisava fazer isso — protestei. — Há comida suficiente aqui para um exército.

— O que mais devo fazer se você insiste em fugir para arriscar a própria vida? Pelo menos não vai morrer de fome. — Ela pegou uma cumbuca de porcelana clara. A água ali dentro estava tingida de azul, da tinta dissolvida que ela usara para escrever versículos sagrados. Minha mãe, sem dúvida alguma, também estava fazendo suas orações. Aposto que entrou no meu quarto para borrifar água de Zamzam nas minhas malas e ver nós duas dormindo. — Beba isso aqui.

Obedeci.

Ela enxugou as lágrimas depressa e me puxou para um abraço.

— Seja boazinha, Amina. Tome cuidado. Nenhuma quantia de dinheiro faria perder você valer a pena.

— Tomarei cuidado, prometo. — Beijei-lhe as mãos. — Cuide bem de Marjana.

Em seguida, peguei minhas malas e fui embora. Pude sentir minha mãe me observando da porta, mas não olhei para trás para ver a luz do amanhecer aquecer o lar que eu havia construído — o pequeno enclave em que minha filha crescera a salvo e ignorante de nosso passado violento, de suas próprias origens. Não sei se meu coração dilacerado suportaria tal visão.

Eu tinha tomado uma nova decisão, influenciada pelos apelos de minha mãe e pelas lágrimas de minha filha: não viajaria para Áden imediatamente. Não queriam que eu ficasse em segurança?

Pois então iria procurar a pessoa mais perigosa que conhecia.

Uma missiva ao wali de Bassora

[Uma nota para o leitor: várias seções deste relatório, recuperadas de um fragmento de pergaminho queimado, parecem ter sido apagadas. O que foi possível reproduzir aqui foi obra da graça e da misericórdia do Todo-Poderoso.]

... cuidado! Ahmad al-Danaf, sei muito bem que você é um homem temente a Deus e não tenho a menor dúvida de que seu departamento é composto por policiais igualmente experientes, mas peço que ouça meu alerta: deixe essa assassina passar. Feche os mercados e avise o povo para ficar em casa, mas não tente capturá-la ou interferir com o resgate que o bando que ela traiu pede por sua cabeça. Seu grupo é formado pela guilda de criminosos mais astutos e violentos sob a bandeira de Banu Sasan, consistindo em todo tipo de ilusionistas, falsos dervixes, vagabundos e salteadores de estrada. Mentirosos contumazes, não têm a menor vergonha de fingir que são leprosos, pregadores, prisioneiros de guerra cegos ou donzelas indefesas — apenas para se voltarem contra quem os ajudou, saqueando todos os seus bens. Na melhor das hipóteses, abandonam suas vítimas nuas e desamparadas na beira da estrada. Mais frequentemente, deixam-nas com a garganta cortada.

[seção apagada]

... e, se for verdade, não posso culpar os fora-da-lei por sua perseguição. Que Deus nos proteja, é por isso que as mulheres devem ser protegidas! É melhor serem mantidas a salvo dentro de casa, devi-

damente orientadas, do que andarem à solta pelas ruas, tornando-se filhas de Banu Sasan. De todo modo, tome cuidado com a "Dama dos Venenos". Recomenda-se que não seja tocada com a pele nua; não, eu chegaria até a desinfetar a área em que ela se encontra ou aconselharia a utilização de coberturas faciais. Quando foi encurralada pela última vez em Mossul, ela eliminou um esquadrão inteiro com algum tipo de gás entorpecente. Dizem que leva bolos soníferos consigo, comprimidos de veneno nas fitas do chapéu, e que só precisa de algumas gotas de líquido para ativar os vapores em qualquer um dos dois...

Capítulo 4

Com um bilhete escrito às pressas, informando a Salima de que me encontraria com ela em Áden depois de…

— Espera, isso é um *mapa*? O que você está fazendo com um mapa? Eu já te disse que não iria divulgar o nome do meu próximo porto de escala. "Para uma melhor compreensão da *geografia*"? Você perdeu o juízo, Jamal? Quer se arriscar a chamar a atenção da gangue criminosa mais notória do mundo para oferecer uma melhor compreensão da geografia? Seu tolo, ninguém ouve as histórias dos navegantes sobre piratas e feiticeiros para saber sobre a merda da topografia. Guarde esse maldito mapa e vamos tentar de novo.

Um *certo tempo não especificado* depois que Sayyida Salima invadiu minha casa, vi-me diante de uma loja minúscula numa cidade esquecida entre Salalah e Áden, com o suor ardendo nos olhos. O sol estava a pino; era a hora mais escaldante do dia, durante a qual qualquer pessoa com bom senso descansa sob a sombra mais fresca que consegue encontrar.

O prédio parecia propositadamente inofensivo, cercado de curtumes fedorentos, tinturarias e barbeiros que, a julgar pelo mau cheiro, deviam ser especializados em sangria e marcação de carne. Esteiras oleosas de junco bem trançado cobriam as janelas da loja e sua porta estropiada não tinha nenhuma placa que indicasse a finalidade da construção.

— Somos amigas — lembrei-me baixinho para criar coragem. — E uma amiga não mata a outra sem aviso prévio. — Sussurrando uma oração, bati na porta.

Ela girou para dentro sobre um par de dobradiças enferrujadas, revelando um imenso buraco negro.

— Olá? — chamei alto. — Tem alguém aí?

Não houve resposta. Entrei na loja com o coração acelerado. A sala era extremamente pequena e despojada; a única peça de mobília era um banco baixo de madeira. Ao lado do banco, havia outra porta. Uma cortina vermelha estampada fora estendida sobre ela e uma placa de cerâmica com versículos religiosos estava pendurada sobre a soleira.

— Nakhudha?

Dei um salto e me virei, soltando um palavrão. Do nada, surgira uma mulher baixinha entre mim e a porta externa. Vestida com uma túnica azul coberta de cinzas e arregaçada até os cotovelos, ela era tão baixa que mal chegava na altura de meu peito. A luz fraca lançava um tom esverdeado em sua pele morena e fazia seu rosto parecer delicado.

— Dalila! — cumprimentei-a com alegria. — Ora... veja só quem ficou ainda mais bonita com a aposentadoria! — Era mentira. Dalila sempre possuíra uma beleza alarmante, mas naquele momento seus cabelos castanho-escuros estavam tão despenteados que pareciam um ninho de pássaro, uma das suas sobrancelhas parecia ter sido recentemente chamuscada e ela semicerrava os olhos, o que dava à sua expressão um ar mais maníaco do que o habitual.

— Amina al-Sirafi. — Do nada, Dalila avançou para me envolver num abraço apertado. — Minha amiga, você finalmente veio me visitar! — Ela agarrou o meu rosto, cravando as unhas na parte de trás da minha cabeça e beijando minhas bochechas. — Meu Deus, eu estava começando a pensar que tinha se esquecido de mim! Já estava ficando magoada!

O medo tomou conta de mim. Olhei para baixo para ver se a touca de linho que cobria sua cabeça era seu infame chapéu — aquele cujas fitas são revestidas de comprimidos de veneno e frascos de vidro mortais feitos para parecerem belos enfeites.

Não sabia dizer. Merda.

— Não, é claro que não — respondi, forçando uma risada. — Como eu iria me esquecer da minha melhor amiga?

— Tinbu é seu melhor amigo. Ele ficou com o seu navio.

— Tinbu não ficou com meu navio. Ele navega com minha permissão. Porque é um marinheiro e não alguém que se recusou a aprender qualquer coisa sobre barcos.

Dalila se empertigou, exibindo sua pequenina silhueta.

— Eu poderia ter aprendido.

Tentei mudar de assunto.

— Então, seu negócio atual... — Olhei ao redor da loja vazia. — É o quê, exatamente?

Ela sorriu pela primeira vez, um brilho diabólico no escuro. Mais de perto, pude ver as mechas brancas em seus cabelos e algumas rugas finas em torno dos olhos e lábios.

— Produtos farmacêuticos.

Produtos farmacêuticos. Quase me engasguei.

— Não sabia que você tinha alguma... formação nisso.

— Ah, não tenho mesmo. Mas é basicamente o mesmo princípio do envenenamento, não? Só que ao contrário. — Dalila piscou para mim. — As senhoras daqui me adoram. Há tantos maridos horríveis morrendo durante o sono. Deve ser alguma coisa na água.

Que Deus me proteja.

— Fico, hã, feliz que você tenha encontrado seu lugar no mundo.

— Não há muita escolha quando se é abandonada por quem você considerava seus companheiros mais próximos.

— Eu te paguei. Generosamente.

Dalila tomou meu braço e eu tentei não ficar tensa.

— Generosidade é uma questão de opinião, minha cara nakhudha. Venha, vou te mostrar meu trabalho.

De alguma forma, ela fez com que aquilo não soasse como uma ameaça, e atravessamos a porta acortinada até uma sala quatro vezes maior do que a entrada falsa, o que tornou imediatamente claro — apesar de suas reclamações — que Dalila tinha investido seu último pagamento muito bem. Havia estantes reaproveitadas e mesas robustas cobertas de pratos de cerâmica e potes de barro. Alguns deles estavam cheios de ervas, óleos, resinas, coisas que se encontraria num boticário de verdade, mas também havia ingredientes mais estranhos e letais que indicavam sua verdadeira profissão: limalha de ferreiro e vidro em pó, bagas de beladona em conserva e flores secas de oleandro. O cheiro forte de produtos químicos emanava de um canto da sala dedicado a panelas metálicas cheias de líquidos efervescentes, colocadas sobre um trio de braseiros.

Tomando o cuidado de não tocar em nada e lançando um olhar cauteloso para um complicado aparelho com lâmpadas de vidro, tubos de cobre e o que parecia ser sangue respingado em seu interior, soltei um assobio impressionado.

— Bela oficina. Pelo visto, você tem andado bastante ocupada.

— A vida tranquila de ser ignorada por meus companheiros me fez bem, e ficar num só lugar me permite realizar experimentos por mais tempo. — Dalila deu um tapinha afetuoso num saco de estopa suspenso que pingava icor roxo num frasco de vidro. — Tenho feito coisas verdadeiramente espantosas com gás entorpecente.

— Se não tomar cuidado, vai acabar ficando inconsciente de forma permanente por causa de algum destes experimentos. — A ventilação no seu local de trabalho apertado parecia ser terrivelmente insuficiente.

— O que é um risquinho de nada diante da possibilidade de progredir a arte do envenenamento? — Dalila arqueou a sobrancelha chamuscada. — Você sabe o que meu xeique diz.

— "Aquele que se atreve faz, enquanto aquele que teme fracassa" — disse, repetindo o mantra de Banu Sasan. — Não pretendo insultar as crenças de sua guilda, mas que tal conversarmos num lugar bem longe de gases entorpecentes?

Com um revirar de olhos desapontado, Dalila me levou a um pequeno pátio espremido pelas paredes imponentes e sem janelas dos prédios circundantes. Exceto pelos experimentos letais, seus bens pessoais eram parcos. Uma cama baixa de corda coberta por uma colcha de retalhos ficava num dos cantos e uma estátua de Maryam e do bebê Isa, que a paz esteja com os dois, estava colocada reverentemente num nicho nos tijolos ali perto. Sobre um baú jazia seu cajado, um pedaço fino de madeira polida que eu já vira partir o crânio de vários homens.

Era bem diferente da minha casa calorosa e movimentada, cheia de família e suvenires, e, ao observar o lugar, senti certa culpa. Ou talvez Dalila tivesse me deixado culpada de propósito. Como qualquer jovem, cresci ouvindo as histórias do bando de Banu Sasan. Histórias de ladrões que invadiam as casas cavando túneis por baixo da fundação e de assassinos capazes de cortar o pescoço de um homem tão perfeitamente que a cabeça não caía. Há quem diga que os Banu Sasan sejam descendentes criminosos de reis persas exilados nas montanhas séculos atrás; outros afirmam que se trata apenas de vigaristas com truques astuciosos que dão origem a boatos exagerados. Seja como for, essa irmandade de bandidos e canalhas apavorantes inspira histórias maravilhosas e tão audaciosas que parecem impossíveis de acreditar.

Então, Dalila se juntou à minha tripulação. Ou, melhor dizendo, chantageou minha tripulação para tirá-la de Bassora, escondendo-se no porão de carga, envenenando meu navegador e escondendo o antídoto até que saíssemos do Golfo Pérsico. Foi um processo de recrutamento complicado. Mas tornar-me a afortunada colega de uma devota do suposto Xeique Sasan não me esclareceu nem um pouco sobre os mistérios dos Banu Sasan, nem da própria Dalila. Ela é uma cristã vaidosa que faz questão de cuidar de seu povo sempre que pode, mas não posso dizer mais do que isso a seu respeito. Certa vez, fizemos de refém um estudioso de linguística particularmente desagradável que tentou arrancar mais informações dela, alegando que podia dizer por seu sotaque e rituais de onde vinha seu povo. Depois de ter declarado, presunçosamente, que ela era uma assíria de Mossul, Dalila sorriu e fez preces cristãs numa dúzia de línguas diferentes, mudando a inflexão, o sotaque e os gestos para cada uma, e todos nós deixamos de incomodá-la sobre suas origens.

— Sente-se aqui. — Dalila acenou para que eu fosse para sua cama e se ocupou em preparar duas xícaras de vidro, macerando e coando tâmaras vermelhas secas com algum tipo de raiz picada e cubos de açúcar mascavo.

Ela me entregou uma das xícaras.

— Minha mais nova criação. Você nunca mais beberá nada parecido. — Ela se sentou do outro lado da cama de corda e foi como se um espírito tivesse descido ali; seu peso não deslocou nem um pouco as almofadas.

Observei a mistura cor de mel e sua cara de expectativa. Ela só podia estar brincando comigo. Dalila sempre teve um senso de humor inquietante. E éramos amigas, não? Bem, o mais próximo de amizade que eu achava Dalila capaz de ter.

Dei um gole na bebida.

— Gostosa — disse, tentando fingir que conseguia sentir o gosto de alguma coisa enquanto ela me observava com seus olhos de gato.

— Não está muito amarga? Sabe, você ainda tem a cabeça a prêmio. Um bom valor.

Olhei para ela. Se quisesse me matar, Dalila não precisava envenenar minha bebida. Seria tão óbvio que chegaria a ser um insulto às suas habilidades. Ela já havia beijado minhas bochechas, tocado na minha nuca e tomado meu braço no seu — métodos de envenenamento bem mais inteligentes e elegantes. Mais do estilo dela. Costumávamos brincar que, de nós três, eu era capaz de matar alguém de perto, Tinbu de outro navio e Dalila de outra cidade e três dias mais tarde.

Bebi a xícara toda de uma vez só.

Ela deu uma gargalhada.

— Ah, nakhudha, senti tanto a sua falta!

— O suficiente para parar de fazer piada com a minha morte?

Dalila encolheu os ombros, finalmente tomando um gole de sua própria xícara.

— Depende. Como está meu bebê?

— Marjana prospera mais a cada dia, que Deus seja louvado. Ela é adorável e gentil e não se parece em nada com seus pais.

Uma pontada de alívio cintilou em seu rosto. Dalila foi a única pessoa que deixei assistir ao nascimento de Marjana. A única que eu sabia que faria o que fosse necessário caso meus piores temores se tornassem realidade.

— Fico feliz em saber disso.

— E você? Fez algo da vida além de tentar botar fogo na oficina num incêndio experimental? — Olhei em volta. — Não vejo nem sinal de um marido.

Dalila riu novamente.

— Homens são a sua fraqueza, Amina. Não a minha.

— Ah, por favor — insisti. — A companhia traz benefícios ocasionais.

— Você não precisa de um homem para ter companhia. E Kamran tentou te esfaquear. *Duas vezes.*

— Verdade, mas em minha defesa, foi meu primeiro casamento, e ele era perturbadoramente bonito.

— Você jogou o segundo para fora do *Marawati* completamente nu.

— Estávamos no porto, fazia calor e ele era um excelente nadador. Além disso, passei para Salih depois, e ele era adorável. Até você gostava dele.

— Ele era um batedor de carteiras impressionante — admitiu Dalila, antes de me lançar um olhar incisivo. — E o marido depois de Salih?

Dei um pigarro.

— Esquece essa história de casamento. Ainda assim… ficar presa aqui deve ser meio chato, não? Será que você não gostaria de uma aventura diferente da alquimia e de envenenar os noivos da vizinhança?

Dalila se encostou numa almofada.

— Do nada, você acabou com a ilusão de que sua visita foi motivada pela amizade.

— Peço desculpas pela minha grosseria. A mãe de Asif al-Hilli foi me visitar.

O bom humor sumiu de seu olhar.

— O quê? Será que ela…

— Não — respondi depressa. — Não se tratava do que… do que aconteceu com ele. — Hesitei; meu coração ainda doía por causa de Asif. — Ele tinha uma filha, Dalila. Uma esposa.

— Ah. — Ela franziu os lábios. — Acho que se esqueceu de mencioná-las quando dizia que sua família era terrível.

Fiz uma careta.

— Isso não é justo. Ele era jovem.

— Ele era um idiota. — Mas suas palavras contundentes estavam repletas de tristeza. — Um idiota que fez um acordo que qualquer pessoa teria percebido que se tratava de uma armadilha.

Foi difícil não estremecer diante do comentário — Asif não era o único idiota.

— Ele não merecia o que lhe aconteceu — disse em vez disso.

Dalila suspirou, voltando ao assunto em questão.

— Quer dizer que Asif tinha uma filha e uma esposa que abandonou, e agora a mãe rica dele foi atrás de você. Por quê?

— É melhor se preparar. Ela acha que a filha dele foi sequestrada por um franco que anda pelas redondezas de Áden.

Dalila ficou completamente imóvel.

— Um franco? Um franco que anda pelas redondezas de Áden?

Franzi a testa.

— Você já ouviu falar de tal homem?

— Pode-se dizer que sim. — Dalila se levantou e se dirigiu até um baú no canto. — Um homem que corresponde exatamente a essa descrição me escreveu no ano passado.

Fiquei boquiaberta.

— Ele escreveu para *você*? Como? Pensei que ninguém mais soubesse onde estava.

— Você é muito atrevida ao presumir que tem tanta prioridade na minha vida. Há mais algumas pessoas que sabem como entrar em contato comigo, mas ninguém que eu imagine ser tão idiota a ponto de partilhar a informação. — Dalila destrancou o baú e vasculhou uma pilha bagunçada de cartas e pergaminhos rasgados antes de pegar um deles. — No entanto, esse estrangeiro conseguiu colocar um bilhete em minhas mãos.

— O que ele queria?

— É melhor ouvir direto da fonte tresloucada. — Dalila levou a carta até o rosto, semicerrou os olhos e afastou-a um pouco para ler em voz alta. — "À Dama dos Venenos, ouvi grandes histórias acerca de seus feitos e realizações. Também sou um Caçador da Verdade e..." Bem, aí ele se vangloria por um parágrafo inteiro, comparando seu intelecto ao de Aristóteles e sua destreza na luta à de Sansão...

— Que modesto.

— Sim, ele é bastante humilde. Aí continua: "Pagarei generosamente por sua experiência em relação a gases e às ciências dos humores, tanto em dinheiro quanto em conhecimento. Se estiver interessada em perscrutar os mistérios do Véu para enxergar o Invisível e saciar sua sede na magia do Reino Oculto, terei o maior prazer em guiá-la. Aguardo ansiosamente por sua resposta."

— Ele parece um bruxo beberrão. — Fiz uma careta. — Não gosto nada disso. Você sabe o que penso sobre a magia.

Dalila ignorou minha preocupação.

— Ele é do tipo que vê um truque de cartas e acredita se tratar de um ato de grande feitiçaria. O franco disse que pretendia ir a Áden na primavera passada e que, se eu quisesse marcar uma reunião, ele tinha um agente chamado Layth.

— Salima me disse que foi um agente local que marcou sua reunião com ele. E Áden na primavera o colocaria na cidade bem na data em que Dunya foi sequestrada. — Contei rapidamente o resto da história de Salima.

Dalila assumiu um ar de ceticismo.

— Pedido de resgate?

— Não, o que é algo que tem me atormentado. Salima me disse que não houve mais contato.

— Então ela não tem nenhuma prova de que esse homem esteja envolvido?

— Foi o que eu disse para ela. Mas parece que sua família tem um grande tesouro de objetos talismânicos. Se Falco for o mesmo homem que te mandou essa carta ridícula, posso muito bem imaginar que ele se interessaria pelas tranqueiras deles.

— Ainda assim, é uma prova ínfima demais para convencer você a abandonar sua aposentadoria. — Dalila me lançou um olhar astuto. — O que foi que ela te ofereceu?

— Cem mil dinares se descobrirmos a localização da garota. — Apesar das circunstâncias, era impossível não sorrir. — Um *milhão* se a levarmos de volta para casa. Mais qualquer pilhagem que obtivermos do franco.

Dalila soltou um assovio baixinho — nem mesmo uma filha dos Banu Sasan era capaz de permanecer impassível diante da perspectiva de tal quantia.

— Você acredita que ela tenha tanto dinheiro assim?

— Ela me deu dez mil de depósito. Por dez mil dinares, terei o maior prazer em fazer algumas perguntas em Áden e dar uma olhada no *Marawati*. Vamos ver o que descobrimos e então partimos daí.

— Ah, já somos "nós"? Não me lembro de ter concordado com isso.

— Quer dizer, se você teme que suas habilidades não sejam mais como antes…

— Amina, você quase pulou das sandálias quando apareci do nada. Não me insulte só por fingimento. — Dalila voltou a me encarar. — Não te parece uma coincidência que esse franco tenha conhecimento sobre dois membros de sua tripulação?

— É coincidência demais — concordei. — Ou seja, mais um motivo. Você deveria vir comigo até Áden para garantir que investiguemos minuciosamente esse assunto.

Dalila revirou os olhos. Em seguida, pareceu refletir.

— Sabe, eu costumava ficar imaginando o que a traria de volta. Toda vez que surgia uma mensagem esquisita ou uma sombra inesperada recaía sobre a minha porta, eu pensava: "É isso. Ela descobriu uma pilhagem nova, outro esquema". — Dalila olhou para mim com o rosto cuidadosamente inexpressivo. — Mas então um ano se transformou em dois. Cinco. Dez.

Abri e fechei a boca, sem saber o que dizer diante da confissão inesperada. Dalila e sentimentos sempre me pareceram inimigos.

— Achei que nenhum de vocês quisesse me ver de novo — disse, por fim. — Ainda mais depois de como tudo acabou.

— O fim não foi culpa sua, Amina. Se tivesse se dado ao trabalho de me escrever, eu poderia ter te garantido isso e você não precisaria passar os últimos dez anos como uma eremita, ignorando todos nós. — Corei de vergonha, mas, antes que pudesse me desculpar, ela mudou de assunto daquele seu jeito abrupto e enigmático. — Bem, mas creio que não deveria ficar surpresa ao descobrir que apenas o trabalho mais perigoso de todos a tentaria a voltar.

Meu rosto ficou ainda mais afogueado.

— É. Ah… na verdade, foi por isso que vim procurá-la primeiro — admiti, extremamente envergonhada. — Você sabe que tenho a tendência de avaliar mal os riscos, não é?

Ela bufou de desdém.

— Você sabe avaliar os riscos muito bem. O problema é que corre em direção a eles.

— Não posso fazer isso desta vez. Prometi à minha mãe e à minha filha que voltaria para casa em segurança. Que eu me afastaria se as coisas ficassem perigosas demais. — Tentei convencê-la com elogios. — Dalila, nunca conheci *ninguém* com habilidades como as suas. Se existe alguém capaz de me ajudar a cumprir tal promessa, essa pessoa é você.

— Entendo. — Uma expressão quase compassiva surgiu no rosto de Dalila. — Você vai me dar um bônus da sua parte.

Já era a afeição.

— Viu só? Foi por isso que Tinbu ficou com o meu navio.

Dalila ignorou minha resposta, estreitando os olhos conforme examinava seu laboratório.

— Preciso fazer as malas; tenho alguns projetos promissores que gostaria de levar comigo.

— Espera um pouco. — Desconfiada, atravessei o pátio e ergui a mão. — Quantos dedos estão levantados?

— Dois.

Abaixei o punho fechado.

— Não chegou nem perto. Você está com algum problema de visão?

— Só para ler — respondeu Dalila desdenhosamente. — Não é nada de mais.

— Você não estava lendo agora! — arfei. — Você fabrica *venenos*, Dalila. Consegue ao menos enxergar os rótulos dos frascos que mistura?

— Consigo enxergar o suficiente para notar que você está mancando, Amina. Tem certeza de que consegue lutar com uma deficiência? Pode ser muito perigoso se você perder o equilíbrio no mar quando não houver ninguém por perto para ajudá-la.

— Já está me ameaçando?

Dalila me deu um sorriso malicioso.

— Claro que não, nakhudha. Afinal de contas, você vale um milhão de dinares. Agora me ajude a fazer as malas. Nós duas sabemos muito bem que seu verdadeiro amor a espera em Áden.

Capítulo 5

Ah, Áden. O que posso contar a um colecionador de histórias sobre o Iêmen, uma terra tão gloriosa e abençoada, que ele já não saiba? Suspeito que você possa recitar inúmeros versos exaltando a riqueza dos famosos reinos de Sabá e Himiar e que saiba de cor as epopeias do rei-guerreiro Sayf e seus companheiros djins por aquelas bandas. E, à primeira vista, seria de pensar que Áden — a pérola mais valiosa do Iêmen — adotaria as lendas fascinantes de sua paisagem. Empoleirada na cratera afundada de um vulcão marinho há muito extinto e rodeada por montanhas pontiagudas que rasgam o céu, a própria localização da cidade parece saída de um livro de contos de fada. Há uma única passagem pelas montanhas, que teria sido esculpida pelo próprio Shaddad bin 'Ad durante suas conquistas pelo mundo antes do Islã. Curvada em torno de uma baía azul, Áden contempla seu porto como um público ansioso num anfiteatro, com seus três fortes, um novo quebra-mar e numerosos portões que se somam às já temíveis fortificações naturais. É como se o próprio Todo-Poderoso tivesse decidido protegê-la. Ao navegar por seu antigo quebra-mar — dizem que suas pedras foram ali colocadas por gigantes —, é bem capaz que você pense que está entrando num porto mítico de magia de uma história de marinheiro.

Mas você estaria redondamente enganado.

Áden é um lugar onde a magia é esmagada pelos pesos do muhtasib e, se o senso de encantamento pudesse ser calculado, a cidade exigiria uma lei para taxá-lo. É um antro de escribas calculistas, contadores excessivamente zelosos e funcionários fiscais que mandam prendê-lo na hora se você fizer alguma piada sobre suborno. Pessoas como eu podem ganhar bastante dinheiro por lá — é possível cobrar uma boa taxa para contrabandear mercadorias na onerosa alfândega da cidade. Mas de que adianta se não há nenhuma taberna para gastar seu dinheiro suado e a única companhia por perto é um bando de burocratas cumpridores da lei?

Dalila e eu decidimos fazer a viagem por terra e pela passagem principal, em vez de por mar, onde os encarregados de liberar a passagem dos viajantes eram mais minuciosos (e por "minuciosos" quero dizer que contratavam senhoras para inspecionar seu corpo *inteiro*). Também tínhamos outro motivo para viajar discretamente. Embora eu não pudesse culpar Salima pela maneira como me abordara, Dalila não tinha ficado nada satisfeita ao descobrir que a idosa estava disposta a revelar minha localização a meus antigos inimigos. E por "nada satisfeita" quero dizer que ela me chamou de idiota e deu uma longa palestra sobre gerenciamento de riscos que me convenceu de que assassinava seus vizinhos curiosos com certa regularidade.

De todo modo, quando chegamos a Áden, já tínhamos um novo plano. Salima deveria estar aguardando minha chegada com impaciência, mas não nos reuniríamos com ela de imediato. Em vez disso, encontraríamos Tinbu e o *Marawati* e passaríamos alguns dias medindo a temperatura da cidade e indagando sobre nosso misterioso franco. A política muda bem depressa por ali, e eu não queria ser pega de surpresa em alguma situação embaraçosa. Até onde sabia, Salima poderia estar trabalhando com o próprio governador para armar uma armadilha para mim.

Tá bom, admito, tudo isso foi ideia de Dalila. Viu só? Foi por isso que a recrutei primeiro. Às vezes, é preciso ter uma envenenadora paranoica ao nosso lado.

Seja como for, conseguimos atravessar a passagem e entrar na cidade sem problemas. Insisti em ir imediatamente até o *Marawati* e, enquanto passeávamos pela praia, não pude deixar de me maravilhar com a diferença que uma década havia feito. Uma das bênçãos da idade é a diminuição dos olhares de certos homens, aquele olhar que fixam em nós quando somos jovens demais para reparar. Homens que não baixam o olhar como manda nossa fé, mas nos espiam de esguelha; homens que sussurram obscenidades horrorosas e que, quando chamados à atenção, atribuem tal comportamento às nossas roupas, ao nosso sorriso ou à falta dele, aos nossos belos olhos, à nossa própria existência.

Homens que sempre ficam bastante surpresos ao levar um soco no meio da cara e cuspir dentes ensanguentados quando tentam essas gracinhas com piratas mal-humoradas. Mas, depois dos quarenta e vestidas com as roupas remendadas de pescadoras, Dalila e eu parecíamos invisíveis ao caminhar pela areia quente. Passamos pelo quebra-mar e parei para admirar a vista livre da baía de Sira.

O porto de Áden estava tranquilo, com suas águas azuis — o sonho de qualquer marinheiro, livre dos corais e cardumes que tornam a maioria dos portos ao norte dali tão mortíferos — salpicadas por cerca de vinte navios, principalmente os grandes sanabiq que transportam mercadorias comerciais para as costas da África Oriental e da Índia. Mais alguns barcos tinham sido arrastados para a praia estreita para consertos, as margens lamacentas apinhadas de trabalhadores suados que apertavam os pontos do casco, faziam cordas e misturavam selante. Os cheiros de fibra de coco e piche combinados com a brisa do mar e o fedor de tripas de peixe no ar úmido criavam um aroma que só um marinheiro era capaz de amar. Novas mansões e calçadões reluziam nas colinas ao longe, onde seus ricos habitantes podiam desfrutar de vistas deslumbrantes para o mar e brisas agradáveis; por outro lado, a recente onda de construção em Áden parecia ter deixado os pobres de fora: as cabanas de folha de palmeira na praia escaldante — cabanas onde passei boa parte de minha infância — pareciam tão miseráveis como sempre.

Abanei o rosto com a ponta do turbante enquanto atravessávamos um labirinto de cascos de madeira, barris cheios de óleo de tubarão, ferramentas de carpintaria, pedaços de corda e velas esvoaçantes. A areia quente se esfarelava sob minhas sandálias finas, e fiquei encharcada de suor em questão de segundos. Ansiosa para avistar meu *Marawati* e mergulhar no oceano, parei à sombra de um enorme sunbuq emoldurado por palafitas. Ainda assim, ninguém nos incomodou. Deus, se nos dessem algumas latas, poderíamos subir a bordo de um navio, dizer que estávamos levando comida para maridos famintos e roubá-lo.

Mas eu não queria um navio roubado qualquer, e sim o *meu* navio roubado. Tapei os olhos com a mão, pois o brilho do sol sobre a água era intenso, e observei os barcos à deriva na baía.

— Você o vê em algum lugar? — perguntou Dalila.

— Não. Mas, como conheço Tinbu, é bem provável que esteja quase irreconhecível. — Não há ninguém que entenda de barcos como Tinbu, meu antigo imediato e o homem que capitaneia o *Marawati* no meu lugar desde que me aposentei. Ele é capaz de desmontar um navio e construí-lo de novo de maneiras inimagináveis. — Procure cascos de tamanho semelhante.

— Mamãe!

Por instinto, virei-me e vi uma garotinha correndo pela areia, suas tranças pretas balançando atrás de si. Rindo, ela se chocou contra um grupo de mulheres que remendavam redes de pesca e caiu no chão, com as mãos cheias de conchas de ostras.

Senti um aperto no peito. Eu estava tentando me concentrar no trabalho, mas não conseguia passar nem uma hora sem pensar em Marjana e me enchia de dor ao ver qualquer criança. Será que minha filha estava comendo bem e permanecia a salvo? Ela sentia a minha falta ou tinha se distraído do jeito tão afortunado das crianças? Observei a menina se acomodar no colo da mãe e os sorrisos trocados entre as duas cravaram uma faca de solidão em meu peito.

— Amina. — Dalila me puxou pela manga. — Viu o que está acontecendo ali?

Segui a direção de seu olhar. No lado sul do porto, mais perto da ilha de Sira, um grupo de pessoas tinha se reunido na praia. Parecia haver algum tipo de comoção; seus olhares estavam voltados para o mar e suas conversas exaltadas vinham até nós. Olhei de volta para os barcos que já tinha examinado três vezes, mas meu *Marawati* não estava lá.

Também não gostei nem um pouco da energia da multidão crescente e tive um mau pressentimento.

— Vamos dar uma olhada.

A multidão havia se reunido sobre uma duna de areia, o que dificultava ver qualquer parte do mar, exceto por fragmentos de água cintilante. Puxei a ponta do turbante até a parte inferior do rosto, para o caso de a idade não ter me levado ao anonimato, e Dalila e eu nos separamos sem dizer nada, misturando-nos ao grupo.

— ...acha que vão encontrar alguma coisa? — sussurrou um homem coberto de serragem para o companheiro.

— Ouvi dizer que suas gargantas foram cortadas até os ossos e que há caranguejos saindo de suas bocas...

Passei por dois garotos, um erguendo o outro para espiar por cima dos ombros dos homens à sua frente. Com uma cotovelada nas costelas de um marinheiro e um empurrão forte numa mulher de aspecto matronal que soltou um berro ofendido, livrei-me da multidão e tive uma visão clara do motivo do tumulto.

Bem ali, balançando nas ondas calmas como uma bela dançarina, estava o meu *Marawati*.

Louvei a Deus em voz baixa, sentindo a alma aliviada ao ver meu primeiro amor, o navio que eu teria jogado todos os meus ex-maridos ao mar para salvar. Era uma beleza, fabricado na Índia, com o casco estreito da melhor teca escura. Seu nome era original, embora eu não faça a menor ideia do significado; meu avô era tão reticente em relação ao nome do *Marawati* quanto à forma, sem dúvida ilegal, como o obteve. Não era muito grande, mas com um conjunto completo de remadores e uma mão hábil a controlar as vastas velas e os dois lemes, era uma das embarcações mais rápidas do mar, capaz de fugir de navios de guerra bem maiores.

Só que não parecia ser o caso no momento. Os remos e os trilhos que os sustentavam não estavam em lugar nenhum, as plataformas de onde lançávamos as armas tinham sido desmontadas, e os ornamentos do leme e da popa, trocados. O casco e os mastros foram pintados de um verde-amarelado feioso que parecia precisar de outra mão de tinta há uns vinte anos e, entre as redes puídas e as correntes enferrujadas, o *Marawati* mais parecia um barco de pesca usado para navegar a costa do que um veloz navio de contrabando. A única coisa que Tinbu não havia alterado — meu único pedido — foram os carretéis de madeira que meu avô esculpira ao longo do banco de capitão.

No entanto, eu mal havia pousado os olhos em meu amado navio quando minha tranquilidade desapareceu por completo. Pois, veja bem, meu *Marawati* não estava sozinho, muito menos em paz. Na verdade, estava sendo revistado por soldados e preso entre dois enormes galeões armados.

Quando é que... *em nome de Deus*... Áden arranjou navios de guerra?

— Aposto dois dinares que não vão encontrar nada — declarou um homem atrás de mim. — Ninguém seria imprudente a ponto de roubar uma embarcação de Áden e depois trazê-la aqui para conserto.

— Aceito a aposta — respondeu o outro. — Nunca subestime o descuido dos homens. Além disso, quem matou aquelas pobres almas é um monstro. Esses ladrões não têm vergonha.

— Nem vocês, fazendo apostas sobre os mortos — repreendeu um terceiro. — Que Deus nos livre de tamanha perversão.

Gritos de triunfo soaram do *Marawati* conforme vários soldados erguiam pés-de-cabra no ar. Ouvi uma exclamação indignada — e familiar — e então Tinbu, meu imediato de confiança e amigo mais querido, foi arrastado do porão de carga.

Observei, com o coração na garganta, enquanto Tinbu era empurrado perante duas figuras com trajes e turbantes de aspecto oficial. Gesticulando descontroladamente, meu amigo parecia discutir ou quem sabe implorar. Não sabia ao certo qual opção me preocupava mais. Tinbu é perito em fazer pactos com criminosos, tão experiente que se esquece de que as autoridades civis costumam ter reações bem diferentes ao suborno. Os outros homens pareciam severos, de braços cruzados sobre o peito. Tinbu ergueu as mãos em súplica…

E foi prontamente atingido na nuca pelo punho de uma espada.

Ele caiu no chão, e o pandemônio começou. Um sujeito com aparência de comerciante e que usava um xale listrado de azul e amarelo correu para o lado de Tinbu enquanto, à sua volta, marinheiros furiosos se atiravam sobre os soldados num borrão de punhos. Mas a luta acabou tão rápido quanto começou, pois o grupo de Tinbu estava em menor número. Perplexa e impotente, assisti aos soldados começarem a prender a tripulação, amarrando os homens com cordas e empurrando-os em direção a um dos navios de guerra.

— Bem. — Dalila ressurgiu ao meu lado como se tivesse saído de um reino invisível. — Isso muda tudo.

Puxei meu turbante, desesperada.

— Por que há navios de guerra aqui?

— Sim, esse também é um desdobramento bastante desagradável. — Dalila estalou a língua. — Vamos ter que encontrar uma maneira alternativa de viajar.

Dois guardas começaram a arrastar Tinbu dali. Vi-o tentar levantar a cabeça e ser recompensado com um soco no estômago.

Uma raiva antiga e perigosa se acendeu dentro de mim.

— Vamos atrás dele.

— Amina, "vamos atrás dele" não faz parte da obtenção de uma enorme quantia de dinheiro em troca de perguntar discretamente…

— Nenhuma quantia de dinheiro vale tal perda para mim.

Dalila soltou um grunhido de aborrecimento.

— Sabia que ele era seu amigo preferido.

— Eu estava falando do meu navio. Agora, vamos atrás dele.

✦

Tinbu e sua tripulação foram levados para a prisão de Áden, um antigo armazém ao lado do escritório do muhtasib. Qualquer que fosse o crime de que meu amigo era acusado, deveria ser grave, pois uma multidão de curiosos também o aguardava na prisão. As pessoas foram rapidamente despachadas e substituídas por um par de soldados armados de cassetetes que se postaram na porta do muhtasib.

Por sorte, as ruas das redondezas estavam bastante movimentadas e nossa vadiagem passou despercebida. Depois de tantos anos de isolamento, achei revigorante a agitação de uma cidade de verdade. Sempre gostei de conhecer gente nova e ver lugares novos, e logo comecei a conversar com vários vendedores de legumes, coureiros e um vendedor de suco bastante charmoso que me deu um copo de néctar de tâmara prensada em troca das fofocas da praia.

O vendedor de suco baixou a voz para um cochicho depois de ouvir meu relato sussurrado.

— O wali mantém a informação em segredo, mas há boatos de que um navio que costumava levar peregrinos daqui até Jidá também contrabandeava minério de ferro e acabou desaparecendo há algumas semanas. Alguns dizem que foi um acidente e que o barco deve ter quebrado nos recifes, mas outros afirmam que os corpos que chegaram à costa tinham a garganta cortada.

— Piratas? — Coloquei a mão no peito. — Tão perto de Áden?

— Só Deus sabe. — O vendedor de suco franziu os lábios, aborrecido. — O muhtasib é novo aqui e está procurando algum motivo para parecer importante. Só que não há muita coisa em Áden para punir, tirando as mulheres que costumam visitar tumbas e algum vendedor de suco que deixa o caldo de cana fermentar demais. Imagino que a perspectiva de achar piratas assassinos, reais ou imaginários, seria tentadora.

Gostei desse sujeito.

— Ora, irmão, certamente você não está sugerindo que um funcionário do governo inventaria um crime tão hediondo para seu próprio divertimento e avanço na carreira?

Ele ficou com as bochechas coradas acima da barba grisalha, e eu me lembrei de quanto tempo se passara desde que tinha apreciado um homem.

— Deus me livre!

Pisquei para ele, terminei minha bebida e voltei para Dalila. Ela havia estendido uma esteira num trecho da rua que nos dava uma visão clara da prisão, exibindo uma triste variedade de frutas machucadas para revenda que havíamos comprado caso alguém perguntasse o que estávamos fazendo ali.

— Já acabou de paquerar? — cumprimentou ela, espantando um pombo.

— Por enquanto. Como vão os negócios?

— Mal. Minha chefe é uma tola que me faz perder tempo numa aventura paralela quando há uma recompensa bem maior à vista. — Dalila enfiou a faca num melão, cortou um pedaço e me ofereceu na ponta da lâmina. — Um milhão de dinares pelo pedaço.

Peguei a fruta e perguntei:

— Alguma novidade?

— Não ouvi nenhum grito, então ele não deve estar sendo torturado.

— Tinbu viria atrás de você — afirmei enquanto me agachava ao lado dela.

— Eu jamais precisaria ser salva.

Eu não tinha como argumentar, então comecei a examinar a prisão. Parecia bastante segura; a construção de pedra deveria existir há pelo menos uns cem anos e suas poucas janelas não passavam de fendas estreitas e gradeadas. Já havia explorado o perímetro e visto que uma entrada nos fundos fora fechada com tijolos, tornando a porta vigiada por guardas a única maneira de entrar ou sair. Poderíamos escavar um túnel, como fizemos com prédios semelhantes antes. Mas a construção de túneis exigia tempo e equipamento, e não tínhamos nem uma coisa, nem outra.

Voltei minha atenção para as ruas próximas. Era um bairro comercial, repleto de oficinas e escritórios, além de lojas e barracas de comida que atendiam aos trabalhadores e funcionários famintos que precisavam fazer algumas tarefas antes de voltar para casa. A mesquita mais próxima ficava bem longe dali, seu minarete cercado de névoa pairando sobre o labirinto de telhados. De todo modo, parecia ser o tipo de lugar que ficava vazio à noite. Fiquei na ponta dos pés para olhar mais adiante na rua e meu olhar recaiu sobre uma cena horrorosa. Uma garota, pouco mais velha que Marjana, estava sendo examinada grosseiramente por dois homens trajados com roupas caras a vários prédios de distância. Ela usava uma túnica de juta que chegava até as coxas e seus cabelos caíam em ondas soltas e despenteadas. Um dos homens fez sinal para que abrisse a boca a fim de verificar seus dentes e o outro apertou sua barriga como se estivesse avaliando um pedaço gorduroso de carne. Sibilei de raiva.

Dalila ergueu o olhar para ver o que havia despertado a minha ira e sua expressão se tornou tempestuosa.

— Canalhas hipócritas — disse ela, enojada. — Esses homens morreriam de vergonha se as esposas tivessem um amante, mas se impõem a uma garota que não pode negar só porque foi comprada e de repente tudo está bem e permitido diante de Deus.

— Não acredito nisso — disse com firmeza. Não acredito mesmo. A escravidão é algo abominável, não importa quais desculpas encontremos para ela. Há quem diga que o Alcorão permite o cativeiro; que muitos escravizados são vendidos pelos próprios pais e deixam aldeias primitivas e assoladas pela fome em busca de uma vida de conforto e progresso em palácios e mansões, ou da iluminação de Deus.

Fico imaginando quantos desses defensores já falaram com os escravizados. Pois eu falei. Minha tripulação nunca consistiu em menos de um terço de homens libertos, e eles tinham mais histórias de terror do que lembranças agradáveis. Escondi garotas que ainda tinham as mãos sujas de sangue dos mestres que as estupraram e vi cicatrizes de chicotadas tão graves nas costas de marinheiros que eles não conseguiam se mover sem sentir dor. Sim, sei o que o Livro Sagrado diz — mas também não nos diz para usar nossos olhos e coração? Como é possível dizer que o Paraíso jaz sob os pés de uma mãe se alguém tem permissão para roubar a criança que ela carrega nos braços?

Dalila tocou na minha mão — eu havia pegado a adaga sem me dar conta.

— Você não pode salvar todo mundo. — De fato, os homens já estavam trocando moedas e levando a garota embora. — Dunya, Amina. *Tinbu.*

Tinbu. Outro que havia sido escravizado, levado para o cativeiro durante uma invasão quando era adolescente. Meu amigo era um homem alegre e animado, mas raramente falava daqueles anos, e eu mal conseguia imaginar como ele se sentia agora, acorrentado outra vez.

Abaixei a mão e praguejei baixinho. Dalila tinha razão. Eu não podia salvar todo mundo, mas me recusava a deixar Tinbu na prisão.

— Quer dizer que você vai me ajudar a libertá-lo?

Dalila fez uma careta.

— Aposto que é uma armadilha.

— Você acha que tudo é uma armadilha. Talvez Deus nos tenha colocado aqui de propósito.

— Se você é ingênua a ponto de acreditar nisso, prefiro voltar logo para a minha oficina.

Vozes exaltadas vieram de dentro da prisão.

— Estou te dizendo que Tinbu não está envolvido num crime tão hediondo! — Era o homem de xale listrado que tinha corrido até Tinbu no barco. Um soldado o escoltava à força até a porta, seguido por um homem mais velho em trajes oficiais. — Você não pode acusá-lo sem provas!

— O que podemos ou não fazer não é da sua conta — retrucou o homem mais velho. — Se fosse judeu, ele seria liberado para que sua comunidade tratasse do assunto. Como não é, arrancarei dele as respostas de que preciso. — Ele baixou a voz. — Pense na reputação de sua família, Yusuf. Fique longe disso.

Em seguida, fecharam a porta na cara dele.

O homem — Yusuf — ficou parado ali, torcendo o xale. Ele era magro e tinha a pele escura pálida de um homem que não passava os dias trabalhando ao sol. Suas roupas eram de linho fino, as bainhas bordadas com lebres dançantes em linha prateada, e sua barba estava bem cuidada. Se tivesse de adivinhar, diria que era um homem abastado, de uma das famílias de comerciantes judeus que havia muito se destacavam em Áden. Parecia ser uns dez anos mais novo do que eu e, embora não fosse tradicionalmente bonito, havia uma sinceridade em seus olhos verdes que suponho que seria cativante se esse fosse o seu tipo de homem.

Não era o meu — tomo péssimas decisões e, portanto, prefiro homens com mais malícia, o que nem sempre acaba bem. Contudo, conheço certa pessoa que prefere amantes doces e meigos, por isso, quando Yusuf se afastou com um ar desolado e infeliz, olhei para Dalila e nos levantamos sem trocar uma palavra.

Nós o seguimos pelas ruas estreitas e sinuosas de Áden até o interior da cidade e suas áreas mais agradáveis, bem longe da praia abafada e do mercado movimentado. Ali as casas eram maiores: mansões de pedra com janelas e portas emolduradas por belos e intrincados desenhos de cal, seus interiores tão perfumados que o cheiro de olíbano e bakhoor aromatizava as avenidas cuidadosamente varridas. O adhan começou a soar, com o muezim convocando todos para a oração do maghrib, e aproveitamos para nos misturar ao grupo de homens que caminhava do pavilhão com vista para o porto até a principal mesquita da cidade.

Yusuf não se comportava como se suspeitasse que era seguido. Ele pegou um atalho por um beco entre dois prédios tão altos que bloqueavam o que restava da luz do sol. Uma rápida inspeção me revelou que não havia nenhuma janela ou transeunte ali.

— Espere aqui — sussurrei. Dalila ficou para trás, posicionando-se casualmente no final do beco, e eu avancei, fingindo um andar cansado. — Senhor! — gritei. — Por favor, pode dar uma moeda a uma velha faminta?

Yusuf deu um suspiro, mas parou para enfiar a mão na bolsa. Ah, que Deus o abençoe.

— Não tenho muita coisa aqui, mas...

Surgi ao lado dele num segundo, encostando minha adaga em sua garganta.

— Não grite — avisei. — Não tenho nenhum interesse em lhe fazer mal, mas se pedir ajuda, você estará morto quando ela chegar, e eu já terei dado o fora daqui. — Empurrei-o para frente, sob a sombra. — Anda.

Com os olhos faiscando de indignação, Yusuf obedeceu. Esperei até que não houvesse mais a possibilidade de ser ouvida e ele estivesse de costas para o muro antes de afastar a adaga alguns centímetros de sua garganta.

— Conte-me tudo a respeito de Tinbu — ordenei.

Yusuf ergueu a cabeça com um ar furioso e indignado.

— Quem é você?

— Sou eu que faço as perguntas por aqui. Tinbu está machucado?

Ele continuou me olhando de cara feia, mas respondeu:

— Tinbu está vivo. Levou uma pancada feia na cabeça e parece meio confuso, mas isso não impediu o interrogatório.

— E sobre o que exatamente é o interrogatório?

— Ele foi pego transportando minério de ferro que encontrou num navio nos baixios ao norte daqui. As autoridades alegam que a mercadoria pertencia a um navio que desapareceu há várias semanas. O navio ainda não foi recuperado, mas os corpos de alguns passageiros apareceram na praia. Bem, pelo menos o que restava deles — esclareceu Yusuf, empalidecendo. — O wali disse que foram assassinados.

Então, foi como o vendedor de suco me dissera. Merda.

— Pretendem acusar Tinbu?

Yusuf assentiu, trêmulo.

— De assassinato e banditismo.

Senti um aperto no peito. Assassinato e banditismo eram as acusações mais graves que poderiam ser feitas contra a minha gente. A pirataria é um negócio delicado e complexo por aquelas bandas. Os comerciantes e príncipes que tanto nos amaldiçoam costumam ser os mesmos que nos contratam para proteger seus navios, fazê-los passar clandestinamente pela alfândega e roubar de seus concorrentes. Nunca conheci um ladrão do mar que gostasse de tirar a vida de alguém, se não pelo pecado em si, ao menos pelo risco de uma punição maior do que uma multa ou uma breve passagem pela cadeia. Se houvesse muitas mortes, viraríamos um flagelo a ser erradicado em vez de um recurso comercial. Ir para o mar já é bastante assustador. Se sair da linha, nenhuma autoridade hesitará em fazer de você um exemplo.

E os exemplos... são pavorosos. A punição por assassinato e banditismo, por "cortar as rotas marítimas", é a crucificação, a bissecção e ter o que resta de seu corpo pendurado nos portões da cidade. É o mesmo castigo desde o tempo dos romanos e, se quisermos acreditar nas histórias, talvez até antes disso.

— Tinbu confessou a apreensão ilegal? — perguntei, lembrando-me de sua súplica no *Marawati* pouco antes de ser nocauteado.

— A princípio, não. Ele, hã... sugeriu que, se não pudesse explicar o passado do minério de ferro, talvez todos pudessem concordar em partilhar seu futuro.

Soltei um gemido.

— O tolo cortou a própria garganta sozinho.

— Mas ele não matou aqueles homens! Conheço Tinbu, sei que ele não é um assassino. Quer dizer, ele nem sempre age estritamente dentro da lei, mas... — A suspeita voltou à voz de Yusuf. — Por que está me perguntando essas coisas? *Você* está envolvida na morte daqueles homens?

— De jeito nenhum. Também sou amiga de Tinbu e esperava recrutá-lo para um trabalho. Um trabalho que já pôs em risco, o que é um recorde até mesmo para ele. — Franzi a testa. — Seus homens também estão sendo acusados?

— Não sei. Pelo que percebi, o wali os mantém presos sem comida nem água para refletir sobre sua lealdade.

Que ótimo! Um amigo acusado de assassinato e uma tripulação de homens sedentos.

— E aqueles galeões na baía?

A expressão de Yusuf azedou.

— São uma novidade. O governador imaginou que navios de guerra seriam um bom instrumento de dissuasão após o ataque dos piratas algumas estações atrás. Aumentou os impostos só para usá-los para cruzeiros de lazer pessoal até agora.

Não era nada surpreendente, mas bastante promissor — talvez os homens que os tripulavam fossem novatos em combates navais.

— Que tipo de soldados transportam?

— Alguns mamelucos importados sabe-se lá de onde. Não consegui entender a língua que estavam falando entre si no navio.

— E em que estado está o *Ma*... o navio de Tinbu? — perguntei, corrigindo-me depressa. — Será que está em condições de navegar?

Yusuf pestanejou.

— Não faço a menor ideia, não sou marinheiro. Sei que Tinbu o trouxe para a costa para fazer alguns consertos há umas duas semanas, mas ainda não tinha começado a levar a carga para a próxima viagem.

Eram boas e más notícias. O *Marawati* devia estar bem leve, mas eu já tinha reparado que as velas estavam cheias de buracos e que os remos haviam sido trocados por mantimentos.

Se bem que... isso não era do feitio de Tinbu. Ele era imprudente com as autoridades, mas nunca com um navio. Ninguém com tantos anos de experiência no mar era imprudente com seu navio. Não era à toa que eu tinha deixado o *Marawati* nas mãos dele.

Eu teria de rezar para que ele fosse merecedor de minha confiança. Por outro lado, ainda havia a questão de tirá-lo da prisão.

— O wali e o muhtasib... Acha que eles vão agir logo? — perguntei.

Yusuf começou a mexer no xale.

— Acho, sim. Parecem acreditar genuinamente que já encontraram o culpado e, mesmo que não acreditassem nisso, Tinbu é um infiel que dará um belo bode expiatório. Vão se livrar dele de alguma forma rápida e terrível para tranquilizar os outros viajantes.

— Quais são as novidades? — perguntou Dalila.

Yusuf se sobressaltou.

— Ah, Deus, mais uma!

Olhei para ela com um ar sombrio.

— Tinbu está sendo acusado de assassinato e banditismo, portanto, logo será torturado e executado.

— Ah. — A voz de Dalila era contundente. — Então, reitero meu argumento: precisamos de outro navio.

— E eu vou reiterar o *meu* argumento: não vamos abandoná-lo à própria sorte.

Uma esperança atônita surgiu nos olhos de Yusuf.

— Quer dizer que você pode ajudá-lo? Tem alguma prova que ateste sua inocência?

Alguma prova que ateste sua inocência... Ah, aquele homem não conhecia o marinheiro que defendia com tanto ardor.

— Quem ele é para você? — indaguei a ele.

Yusuf ficou corado, confirmando minhas suspeitas.

— Sou um de seus clientes. Ele transporta mercadorias para a minha família até Calicute há algumas estações.

— E você defende todos os seus empregados com tanto fervor assim?

O rosto dele ficou ainda mais vermelho.

— Nós nos tornamos bons amigos.

Ah, aposto que sim.

— Essa amizade implica em se arriscar para salvar a vida dele?

O comerciante hesitou por um momento.

— Eu teria que permanecer anônimo... não posso colocar minha família em perigo... mas farei tudo que puder.

Dalila agarrou meu pulso.

— Você não pode estar considerando isso a sério. Tirar um homem da prisão é o contrário de "ser discreta". Teremos que fugir de Áden. Salima, a mulher que sabe onde sua família se encontra, não sei se você lembra, vai ficar furiosa. Além disso, qualquer informação que poderíamos descobrir aqui já era.

— Acha mesmo que eu não sei disso? — vociferei. As promessas que fiz a Marjana, a minha mãe e a Salima ecoavam na minha cabeça... ainda assim, deixar Tinbu entregue a tal destino era inconcebível. — Daremos outro jeito, como sempre. Mas antes vamos tirar nosso amigo da prisão e eu vou recuperar o meu navio daqueles malditos mamelucos lá na baía.

— *Seu* navio? — Yusuf pareceu me enxergar com outros olhos, que mediram minha altura e logo se arregalaram. — Pelo Altíssimo... dizem que o imediato dela era da Índia, mas não é possível que você seja...

— De fato, não é possível. Vamos deixar por isso mesmo, certo?

Yusuf abriu e fechou a boca.

— Certo.

— Ótimo. — Olhei para o céu escuro com apreensão. Nunca gostei de improvisar. Um bom trabalho exige tempo de planejamento. O melhor leva semanas de preparação para poucas horas de ação. Só que Tinbu não tinha semanas. Duvidava muito que tivesse alguns dias.

Pensei rápido, contemplando minhas opções.

— Dalila, minha luz, você se lembra do mercado de ouro em Quilua? Será que conseguimos obter aqueles materiais dentro de uma hora?

Dalila cruzou os braços, lançando-me um olhar severo.

— Obter aqueles materiais não é a mesma coisa que misturá-los, e eu ainda não concordei com essa idiotice.

— Ah, pelo amor de Deus, vou te dar mais uma porcentagem da minha parte, tá bom? Há tempo suficiente?

— Em teoria, sim. A mistura fica melhor após um dia inteiro de fervura.

— Se esperarmos um dia inteiro, você terá que remar no lugar da tripulação.

Ela fez uma careta.

— Tá bom. Mas não temos um elefante aqui.

— Bem, teremos que nos contentar com outra distração. — Voltei-me para o comerciante de Tinbu, que olhava para nós duas como se tivéssemos perdido o juízo. — Yusuf... você é um bom ator?

Revelação dos truques usados por quem trabalha com entorpecentes e outras drogas estupefacientes do *Livro dos Charlatões*, do erudito Jamāl al- Dīn ʿAbd al-Raḥīm al-Jawbarī

Agora prestem atenção que vou lhes contar sobre os piores venenos da tribo de charlatões que se autodenomina Banu Sasan. Este é seu truque mais prodigioso e o mais elegante dos soníferos: o meimendro "Azul de Creta". Para preparar o entorpecente mais eficaz possível, eles pegam 15 gramas de meimendro azul maduro, 12 gramas de semente de papoula preta, 9 gramas de ópio, 12 gramas de eufórbio, 15 gramas de semente preta, 18 gramas de fungo agarikon, 12 gramas de semente de alface, 6 gramas de semente de manjericão, 15 gramas de mandrágora e 6 gramas de noz-moscada. Tudo isso é triturado, misturado com caldo de alho-poró e transformado em comprimidos, que depois são fumigados com enxofre azul; os comprimidos só podem ser feitos depois de reduzido a pó. Para drogar alguém, eles esfarelam o comprimido na comida, bebida ou halva da pessoa, que adormece imediatamente sem fazer a menor ideia do que lhe aconteceu até ser reanimada pela administração de vinagre pelo nariz ou pela inalação de pólvora azul, o que faz com que vomite a droga. É o preparado mais eficaz do tipo que já encontrei. Então, prestem atenção! Fiquem atentos ao que consomem, principalmente nas mãos de figuras de caráter duvidoso.

Capítulo 6

À meia-noite, eu me encontrava sozinha no mais novo calçadão de Áden, um pavilhão de construção cara, feito de alabastro e madeira importada, que ficava em frente a um dos bairros mais ricos da cidade e oferecia uma vista deslumbrante das águas negras da baía de Sira. Sob a lua minguante, acenderam-se candeeiros e tochas para afugentar a noite. A essa altura, a maioria das famílias já havia se retirado, levando as crianças sonolentas para casa, mas grupos de homens ainda passeavam por ali, conversando amigavelmente e atirando algum trocado para os mendigos. Barraqueiros e ambulantes também começavam a partir, vendendo as últimas porções de peixe grelhado e pastéis de gergelim fritos por uma pechincha.

Mas ainda havia uma multidão para mim.

— Vamos, se arrisquem! — gritei, estendendo as mãos para exibir os três copos de barro virados para baixo sobre o caixote de vime à minha frente. Havia um pote em cima do meu joelho, iluminado por uma lamparina a óleo, para mostrar as moedas brilhantes no interior. — Três fils, três chances de ganhar!

Alguns jovens, usando roupas bem-feitas e cintos finamente bordados, me observavam e cutucavam uns aos outros. Aproximaram-se de mim.

— Aceito a aposta — gabou-se um deles, com alguns fiapos pretos de barba rala no queixo.

Não precisava trapacear para malograr suas esperanças, mas trapaceei mesmo assim, pois é difícil se livrar de um velho hábito e gosto de proteger meu lucro. Mudei os três copos de barro de posição e escondi uma noz no dedo mindinho, deslizando-a para a frente e para trás enquanto o rapaz escolhia o copo errado repetidamente diante dos gemidos desapontados de seus companheiros.

— Não sejam maus perdedores! — berrei para suas costas em retirada.

— Voltem aqui, tentem de novo!

— Eu jogo, se você me aceitar. — Era Yusuf. Agora, o "cliente" de Tinbu parecia um homem completamente diferente do comerciante aflito que eu tinha abordado mais cedo. Não mais vestido à moda de Áden, ele usava o manto largo e o lenço de cabeça de um viajante do interior. Um estrangeiro, provavelmente alheio aos costumes urbanos e malandros locais.

— Seria um prazer, senhor — respondi magnanimamente. — Sente-se. Já conhece as regras?

Yusuf se acomodou com um ar majestoso que quase foi desfeito pelo tremor em suas mãos.

— Eu... hã... Refresque minha memória — disse ele, me entregando três fils de cobre.

Estendi a noz na palma da mão e coloquei-a sob um dos copos.

— Observe com atenção quando eu mover os copos. Se acertar qual copo tem a noz, meu pote fica com você. Se errar, suas moedas ficam comigo. Entendeu?

Ele assentiu.

— Pode começar.

Comecei a trocar os copos de posição rapidamente. Não me preocupei em trapacear naquela rodada — estava mais preocupada em garantir que meus dedos deslizassem sobre o fecho da pulseira de ouro que Yusuf usava no pulso.

Por fim, parei.

— Escolha um deles.

Sem qualquer hesitação, Yusuf tocou no copo à esquerda — aquele que tinha a noz escondida — e me lançou um olhar astuto.

Ora, não é que alguém tinha seus segredos? Eu estava prestes a acusá-lo de trapaça quando um grito estridente de mulher irrompeu no calçadão.

— É ela! É a ladra!

Ergui o olhar com uma irritação fingida ao ver Dalila avançando em minha direção com seu cajado de madeira erguido diante de si como o cetro de uma rainha e dois policiais atrás dela. Ela estava tão transformada quanto Yusuf, usando seu melhor vestido e cobrindo o rosto com um véu de tecido bordado transparente preso por uma faixa de cabeça perolada. Pulseiras e tornozeleiras de ouro falso e cacos de vidro pintados para se parecerem com pedras preciosas brilhavam e tilintavam em seus pulsos e canelas.

— Meu filho chegou em casa dizendo que jogou o joguinho dela e perdeu bem mais do que três fils... ela roubou o anel de brasão dele. —

Dalila agitou a mão adornada de joias sobre a minha cabeça. — Quero que ela seja presa!

Fingi um olhar ofendido de inocência.

— Eu não fiz nada disso.

— Então, o que é isso aqui? — Um dos policiais acenou com a cabeça para os copos e derrubou o pote com meu lucro. — Algum tipo de jogo de azar?

— Revistem essa mulher! — Dalila segurava o jilbab sob o queixo. Com algumas mechas de cabelo preto habilmente soltas e lágrimas escorrendo dos lindos olhos delineados com kohl, ela era o retrato do sofrimento, bela e meiga de uma maneira que os homens se sentiam compelidos a salvar. — *Por favor*. O anel está na minha família há várias gerações. É a única recordação que tenho do meu pai.

— Maldito seja o seu pai por ter criado uma mentirosa! — gritei.

Um silêncio escandalizado tomou conta dos policiais. Mas só por um instante, até que, com entusiasmo, perceberam que tinham mais um motivo para perseguir os pobres.

— De pé, sua miserável! — Um deles me agarrou com força e acabei soltando a pulseira de ouro que havia roubado do pulso de Yusuf.

A pulseira caiu no chão empoeirado e Yusuf abriu a boca, genuinamente chocado. Não havíamos ensaiado essa parte; creio que a surpresa durante uma armação torna a reação dos meus cúmplices ainda mais autêntica.

Ele deu um muxoxo engasgado.

— I-isso é meu! — Conteve-se depressa e olhou de cara feia para mim. — Sua ladra!

— Mentiroso! Vocês são um bando de mentirosos! Tentando tirar vantagem de uma pobre velha com suas acusações falsas e ei... *não toque em mim*! — Tentei me desvencilhar do soldado, caindo contra seu corpo numa tentativa de avaliar se ele trazia mais alguma coisa na cintura além de um cassetete e uma adaga. Não. Ótimo. — Deixe-me explicar! Por Deus, onde é que este mundo vai parar com uns cães raivosos maltratando vovozinhas no meio da rua? Aposto que nenhum de vocês é daqui! Que maravilha, nossos governantes estrangeiros importando homens para assediar os cidadãos honestos de Áden! É para isso que pagamos impostos?

Em toda a minha vida, nunca paguei impostos. Nem taxas alfandegárias. Ou multas de qualquer tipo (pago zakat e faço sadaqah, é claro, pois a Autoridade Divina é a única que respeito). Mas as palavras que eu vociferava tinham sido escolhidas a dedo para que os cidadãos verdadeiramente honestos de Áden começassem a parar para assistir ao confronto.

Os policiais se deram conta disso.

— Chega — sibilou um deles. — Vocês três terão que ver o delegado de polícia. Ele vai poder resolver o... pelo Altíssimo, o que há nesta *sacola*? — Ele aproximou do rosto o alforje debaixo do meu caixote e quase começou a vomitar antes de empurrá-lo para o parceiro. — É mais fedido do que um estábulo sujo.

O outro homem se afastou.

— Tire isso de perto de mim!

Avancei em direção ao alforje.

— Devolva isso!

O primeiro oficial me deu um tapa e eu cambaleei como uma velha frágil.

— Aposto que são mais bugigangas roubadas — disse ele com desdém. — Ou apenas lixo. Ela parece doida.

— Ela parece uma gigante, isso sim. — Seu parceiro apertou meu bíceps. — Por Deus, mulher. O que é que você come para ter a constituição de um cavalo de guerra?

— Seu pai sabe o que...

Desta vez, eles me bateram com tanta força que calei a boca.

Fomos levados direto para a prisão. Nós três formávamos um grupo deplorável: eu sendo cutucada desnecessariamente e xingando todo mundo, Dalila chorando de aflição e Yusuf parecendo arrependido de ter concordado com aquele esquema.

Àquela hora, só havia um homem de guarda na porta da prisão, o qual franziu a testa ao ver nossa chegada.

— O que vocês têm aí?

— Uma ladra e suas vítimas.

— Suposta ladra! — corrigi conforme me empurravam lá para dentro.

Almofadas forravam uma das paredes e havia uma mesa baixa no meio do escritório, cheia de papéis, pesos e um conjunto de balanças de latão, cujo metal cor de bronze reluzia na penumbra. Parei um segundo para examinar a sala, julgando quais itens poderiam ser usados como armas. Uma porta aberta dava para o corredor escuro do bloco de celas — embora eu não conseguisse enxergar nada em meio à escuridão. Com exceção de dois jovens entediados que jogavam gamão no assoalho sob a luz de uma lamparina a óleo, a sala estava vazia, pois os oficiais já tinham ido para casa.

Cinco homens — a não ser que houvesse mais guardas na própria prisão. Não era uma perspectiva muito boa. Olhei de relance para Yusuf, imaginando se ele era bom de briga. O homem estava branco como giz e visivelmente trêmulo. Provavelmente não.

Um dos soldados que jogava gamão, cujo rosto era cheio de cicatrizes de varíola, ergueu o olhar.

— O que está acontecendo?

O soldado que segurava minha sacola me pôs de joelhos no chão.

— Encontrei uma sem-teto roubando civis na beira do pavilhão do mar.

— Não roubei nada, sua mula impotente. Cadê as testemunhas? — insisti. — Tenho meus direitos!

— Todo mundo viu que minha pulseira caiu da sua manga — salientou Yusuf.

— Então talvez não devesse estar lá!

— Que Deus a amaldiçoe. — Dalila passou as mãos pelo rosto, agitando os cílios, e três dos quatro soldados aproveitaram para contemplá-la por um bom tempo. — Se você induziu meu filho à maldade, quero que seja acusada. E punida.

— Revistam-na — ordenou o oficial com cicatrizes de varíola, numa voz cansada.

Os dois obedeceram imediatamente, apalpando meu corpo inteiro de um jeito bastante inapropriado. Quando a apalpação terminou, havia três pares de brincos de ônix, o anel de brasão, quatro pulseiras de marfim, um enfeite de cabelo de prata, um arnês bordado e um canivete de osso com pequenas cornalinas em cima da mesa.

Houve um momento de silêncio incrédulo.

Levantei as mãos, assumindo um tom mais conciliatório.

— Juro que posso explicar.

— Aposto que sim. — O policial pegou uma prancheta de madeira e um tinteiro. — É o suficiente para prendê-la até a chegada do wali. As testemunhas terão que prestar suas declarações, mas… que *cheiro* é esse?

— Sou eu — respondi apressadamente. — Tento tomar banho só uma vez por mês. Para manter os humores corporais equilibrados.

— É esta sacola aqui — disse o oficial que segurava o alforje, ignorando minha desculpa. — A malandra a trazia consigo.

Ele jogou o alforje no chão, e o movimento brusco fez subir uma nuvem de ar fétido. O homem com as cicatrizes de varíola recuou, enojado, mas seu parceiro permaneceu imóvel. Houve um lampejo de desconfiança — intriga — em sua expressão, mas sumiu no instante em que olhou para os policiais que tinham nos trazido até ali.

— Vamos cuidar disso agora, rapazes — disse ele com calma, ignorando o olhar confuso do parceiro. — Podem voltar para a patrulha.

Ele esperou até que os outros saíssem antes de me lançar um sorriso frio e desdenhoso.

— Abra.

Não fiz a menor menção de pegar a sacola.

— Não posso. Estou fermentando damascos aí dentro. É a melhor cura para gases, mas se você os expor ao ar antes do tempo... espera! — gritei quando o segundo homem pegou o cassetete, pretendendo me bater até que eu obedecesse. — *Tá bom.*

Abri a sacola. Em seu interior havia dois tijolos grandes, escuros e pegajosos de ervas comprimidas e resina.

O soldado com cicatrizes de varíola farejou o ar.

— É o que eu acho que é?

— Doces para os meus netos — menti. — A melhor halva da região.

— Se isso é halva, eu sou o sultão do Irã — comentou o outro oficial. — *Pensei* ter sentido cheiro de haxixe.

— Mas é tão escuro — ponderou seu colega, pegando um dos tijolos e levando-o até o nariz. Respirou fundo e começou a tremer. — Ah, meu Deus do Céu! Aposto que é muito forte.

— É assim que dizem que os ricos consomem haxixe. Ouvi dizer que o dissolvem no vinho doce que bebem do umbigo das dançarinas durante suas festas. — O oficial fez cara feia para mim. — Então, é isso que você é? Uma traficante de drogas para a nobreza?

— Mas é claro que não — respondi desafiadoramente. — Isso é fertilizante para o meu jardim. Confundi com os doces dos meus netos.

O homem bufou de desdém.

— Antes ou depois de confundi-los com damascos fermentados? Você não sabe nem mentir direito. Enganar a polícia, vadiagem, roubo, tráfico de drogas... e eu que pensei que o pirata homicida seria nossa única emoção do mês.

— Ainda assim, talvez devêssemos experimentar — sugeriu o oficial com cicatrizes de varíola. — Só uma provinha para confirmar a história dela — acrescentou apressadamente.

— Não é haxixe! — escarneci. — Mesmo que fosse... como é que uma dupla de caipiras como vocês ia saber? Me digam uma coisa: já que os dois não têm um fiapo de barba no queixo, suas bolas já caíram? Ou será que seus membros, cientes de que jamais penetrariam uma mulher, nem se deram ao trabalho de amadurecer?

Seus olhos faiscaram de raiva diante do insulto grosseiro à sua masculinidade. E sabemos muito bem onde isso vai dar, não é? Preciso mencionar todas as grosserias e injúrias que levaram ao inevitável?

Os soldados provaram o bolo.

Um pedaço mal tinha passado pelos lábios do primeiro quando ele começou a desmaiar, com os olhos vidrados.

— Eu... não estou me sentindo muito bem.

— Eu me sinto incrível — sussurrou seu colega. — Como se fosse capaz de voar com os pássaros e compor uma dúzia de versos e... — Seus olhos rolaram para cima e ele caiu no chão.

O outro soldado o encarou, inclinou a cabeça e desabou de repente.

Yusuf tapou a boca com a mão.

— Que Deus me proteja... — Sua voz soou abafada pelos dedos. — Você matou os dois?

— Não. Mas fique quieto. — Peguei o cassetete de um soldado e fui até a porta. Encostei-me na parede e acenei para Dalila.

— Socorro! — gritou ela, erguendo o cajado e posicionando-se junto à porta que dava para as celas da prisão. — Ah, por favor, socorro! Ela enlouqueceu!

Houve um alvoroço e, então, o soldado que estava de guarda lá fora entrou correndo pela porta. Mal tinha passado pela soleira quando bati com o cassetete na cabeça dele, deixando-o inconsciente. Em seguida, avancei para me juntar a Dalila, mas nenhum soldado veio da prisão escura.

Esperei um longo e tenso momento e depois dei um passo para trás.

— Acho que estamos sozinhos aqui.

— Era *esse* o seu plano? — Yusuf parecia horrorizado. — O que pretendia fazer se eles não provassem os bolos?

Verifiquei o pulso do homem que havia nocauteado, avaliando o ferimento em seu crânio. Ele iria acordar com uma dor de cabeça infernal, mas provavelmente acabaria acordando.

— Yusuf, meu caro, se aprendi alguma coisa nos meus anos de trabalho foi a nunca subestimar o orgulho dos jovens. No momento em que os insultei, eles se sentiram obrigados a provar os bolos. E se não provassem? Bem... — Levantei o cassetete. — Sempre tenho o plano B.

— Plano B — repetiu ele, debilmente, contornando os bolos na ponta dos pés, como se fossem pular em sua boca. — Será que quero saber o que há neles?

— É melhor não querer saber nada. — Dalila fez cara feia para ele, seu tom possessivo. — Essa fórmula é *minha*. Levei anos para aperfeiçoá-la.

— Ele não vai roubar a sua fórmula — assegurei a Dalila. — Fique aqui de vigia. Reviste os homens e o escritório e pegue tudo que pudermos levar. Cantis, armas, comida e provisões. Nessa ordem. Yusuf... — Vasculhei um dos bolsos do soldado, peguei um molho de chaves e joguei-o para o comerciante. — Está na hora de libertar seu amante.

Com o cassetete de madeira numa mão e uma lamparina a óleo na outra, passei pela porta do bloco de prisão. Havia quatro celas: lugares apertados nos quais mal cabiam duas pessoas, o que não impedira a polícia de amontoar os vinte homens que compunham a tripulação do *Marawati* nos compartimentos estreitos. A maioria estava encolhida no chão; alguns dormindo e outros com um ar atordoado de sede. Alguns deles se endireitaram assim que passei, soltando assobios baixos de surpresa.

Mas eu só tinha olhos para Tinbu. Meu melhor amigo não estava numa cela, e sim acorrentado ao chão sujo no final do corredor, sangrando e sozinho. Ele tinha sido despido até a cintura e açoitado, as marcas das chicotadas percorrendo toda a sua pele.

— Tinbu! — Yusuf avançou com as chaves, abrindo depressa as algemas ao redor dos tornozelos de Tinbu.

— Yusuf... — balbuciou Tinbu com os lábios rachados. — Você não devia estar aqui.

— Está tudo bem — respondeu Yusuf. — Nós viemos te resgatar.

Tinbu abriu os olhos embaçados.

— *Nós?*

Dei um passo à frente.

— Nós. — Cortei as cordas que prendiam seus pulsos com a faca que a polícia foi incompetente demais para encontrar embainhada em minha coxa. — Que bom te ver, meu amigo.

— Amina — arfou Tinbu ruidosamente. — Será que eu morri? Nem mesmo você seria capaz de chegar numa hora tão oportuna.

— Quer dizer que vocês dois se conhecem mesmo. — Yusuf retesou o corpo. — Você devia ter me dito que era o braço direito da bandida mais famosa do nosso tempo, Tinbu.

A culpa ficou estampada no rosto dele.

— Eu estava tentando manter um negócio legítimo.

— Você *acabou* de ser pego com um carregamento ilegal.

— É, mas... — Tinbu se sentou com uma careta de dor. — Não matei aqueles homens, juro a você.

— Ei! — gritou um dos tripulantes presos. — Ei, dona! Passa essas chaves pra cá, por favor!

— Vocês dois podem discutir isso outra hora — sibilei baixinho para Tinbu e Yusuf. — Como está o *Marawati*? Em condições de navegar? Já pegou suprimentos?

— Suprimentos, não — respondeu Tinbu. — Não exatamente. A água da cisterna é mais vinagre do que outra coisa e não tenho a menor dúvida de que os soldados roubaram nossa comida e tudo o mais que conseguiram encontrar. Os consertos sazonais foram feitos e o navio está em condições de navegar, mas as velas estão amarradas e os remos escondidos sob um fundo falso.

Baixei ainda mais a voz.

— E quanto à tripulação?

— Leal e desonesta o suficiente para ser tentada por qualquer coisa que você ofereça. — Os olhos vermelhos de Tinbu encontraram os meus. — Presumo que tenha algo a oferecer?

— Sempre tenho.

Yusuf e eu pusemos Tinbu de pé. A essa altura, o resto da tripulação já tinha acordado e, com nossa fuga iminente, soltaram mais súplicas, junto a algumas propostas de cunho sexual que teriam de ser reprimidas. Espremeram-se contra as grades das celas superlotadas, os rostos suados brilhando à luz da minha lamparina. Era uma tripulação diversificada, como a maioria que navega por estas costas, suas vestimentas e línguas sugerindo terras natais na Etiópia e na Índia, nos confins ao sul da África Oriental e ao norte de Ácaba. Era bem provável que fossem de origem costeira mista, como eu, e tivessem mais ou menos a minha idade. Havia um punhado de jovens e homens mais velhos, os últimos ostentando os membros perdidos e olhos leitosos associados a uma vida dura no mar e os primeiros com a expressão alerta das crianças.

Eu não tinha a menor dúvida de que Tinbu os selecionara cuidadosamente. Mas se aprendi alguma coisa na minha carreira é que os homens reagem de forma bastante diferente ao processo de seleção, dependendo se é um homem ou uma mulher a que deverão servir.

— Ei! Ei, dona. Grandalhona. — Era o primeiro homem que falara; seu árabe me fazia lembrar dos portos do Mar Vermelho e suas roupas estavam manchadas de gordura de cozinha. — Me tira daqui. Vou fazer valer a pena, prometo.

— Ah, é? — Entreguei a lamparina para Tinbu e vi meu amigo se encolher conforme eu me aproximava da cela do homem. — Como é que você vai fazer com que valha a pena?

Ele me deu um sorriso malicioso.

— Você é muito maior do que as mulheres que eu costumo pegar, mas… — Ele percorreu meu corpo com o olhar antes de chegar mais perto, seus dentes brilhando junto às grades. — Aposto que ainda tem gosto de…

Bati com o cabo da adaga em sua boca. Ele soltou um grito de dor enquanto sangue e pelo menos dois dentes voavam pelos ares. Antes que pudesse recuar, peguei seu cinto e o puxei contra as grades.

Pressionei a faca no meio das pernas dele.

— A primeira ofensa custa um dente. A segunda, algo bem mais estimado. Então cale a boca e preste atenção. — Empurrei-o para trás e ele caiu no meio de um bando de marinheiros, agora de olhos arregalados e em silêncio absoluto.

Caminhei pelo bloco de celas, encarando-os corajosamente e fazendo uma avaliação grosseira.

— Tenho pouco tempo, então serei breve. Sou a nakhudha conhecida como Amina al-Sirafi. Vocês têm tripulado meu navio, o *Marawati*, uma tarefa que Tinbu diz terem desempenhado com certa competência. Estou em Áden porque preciso do meu *Marawati*… e de uma tripulação… para roubar algo muito precioso para uma velha rica que prometeu banhar de ouro todos que participarem da empreitada.

— Papo-furado. — Era um jovem magricela, que se encolheu assim que me virei para ele. — Quer dizer, com todo o respeito. Faz dez anos que ninguém vê Amina al-Sirafi. Como vamos saber se você é mesmo ela? — Ele olhou para Tinbu. — O que você me diz?

Tinbu baixou a cabeça, sabendo que não deveria falar em minha defesa. Eu não trabalharia com ninguém que precisasse de um homem para falar por mim.

— Ela é a minha nakhudha — limitou-se a dizer ele.

— E não abandono meus homens — acrescentei. — Mas nenhum de vocês faz parte de minha tripulação e, na verdade, quanto menor o grupo, mais fácil será fugir. — Franzi a testa, como se reconsiderasse minha proposta. — Algum de vocês sequer sabe navegar um navio a remo?

Houve um momento de hesitação antes de começarem a falar.

— *Sim* — ofegou um homem corpulento com um pesado sotaque persa. — Remo há anos. Conheço bem os padrões e posso ensinar aos demais.

— E eu estou disposto a aprender! — gritou o jovem magricela. — Também sou um ótimo vigia, tenho o melhor par de olhos do navio.

Estalei a língua, hesitante.

— Vocês têm que decidir em conjunto. É assim que minha tripulação trabalha.

Como se pode imaginar, a escolha entre "ficar para trás e enfrentar uma possível crucificação por pirataria" ou "fugir com a mulher grandalhona e armada que nos prometeu riquezas" não foi nada difícil. Libertamos os homens depressa e saímos dali, passando por cima dos corpos inertes dos policiais, agora completamente nus.

Tinbu olhou para os corpos despidos, o escritório completamente vazio e os bolos de haxixe, antes de se voltar para Dalila e baixar a cabeça.

— Dama dos Venenos… ainda bem que não perdeu suas habilidades.

— Idiota. — Dalila sorriu com doçura. — Ela me procurou antes de você.

— Não é uma competição, Dalila — disse ele. — Devo perguntar por que os policiais estão nus?

— Uma ladra profissional não deixa nada para trás — respondeu ela, amarrando a última trouxa. — Mas não havia outras armas além dos cassetetes e adagas dos soldados. E apenas um cantil de água.

— Passe a água para os outros. Cada homem toma um gole. Tinbu, você disse que os remos estão *debaixo* do convés?

Ele assentiu, ainda apoiado no braço de Yusuf.

— Podem ser soltos, mas galés do tamanho do *Marawati* tendem a deixar as autoridades portuárias desconfiadas, por isso tento fazê-lo passar por um velho navio de pesca.

— Quanto tempo vamos levar para soltar os remos?

— Não muito, eu me certifiquei de que as tábuas que os escondem podem ser arrancadas com facilidade. Mas tirar os remos dali e encaixá-los no lugar vai ser muito barulhento. Se os navios de guerra ainda estiverem lá…

— E estão — confirmou Dalila. — Vi os navios quando fui buscar a polícia.

Soltei um palavrão. Os remos eram nossa única chance de fugir da baía de Sira. As velas levariam ainda mais tempo para serem montadas e, de qualquer modo, havia pouco vento naquela noite.

Tinbu voltou a falar:

— Há algo a bordo que pode ser útil. Algo que encontrei ao resgatar o navio de minério de ferro. Escondi antes de sermos abordados e duvido que os soldados tenham encontrado. O wali teria acrescentado a posse às minhas acusações.

— Tinbu, você está me deixando *seriamente* preocupada.

Ele ergueu as mãos no mesmo gesto suplicante que o levara a ser nocauteado pela polícia.

— Só me escute primeiro. Tenho uma ideia.

Capítulo 7

Saímos do escritório em grupos de dois ou três, abrindo caminho pelas ruas noturnas de Áden. Dalila e eu tínhamos escondido nossas sacolas de viagem num beco perto dali, e recuperei minha espada e a khanjar de meu avô depressa, sentindo-me melhor no instante em que voltaram às minhas mãos.

Era uma noite espantosamente escura. Quando chegamos à praia, a água mais parecia um borrão de escuridão agitada, marcada apenas pelo barulho das ondas prateadas e pela luz fragmentada dos raios de luar que subiam e desciam com a arrebentação. Era impossível diferenciar o horizonte do mar, muito menos distinguir os contornos do porto e do quebra-mar ao longe. O *Marawati* não passava de uma silhueta balançante de estrelas e sombras delineada pela luz débil de algumas tochas acesas no navio de guerra ancorado ao seu lado. Havia apenas uma embarcação ali agora, a segunda escondida só Deus sabia onde.

Voltei-me para Tinbu.

— Acha que consegue nadar?

Sua voz soou cheia de dor, mas ele assentiu mesmo assim.

— Você ficaria surpresa com as coisas que posso fazer ao fugir da prisão.

— Então, está na hora de me despedir de você — disse Yusuf baixinho.

Tinbu se virou para olhar para ele.

— Venha comigo.

— Não posso. — Mesmo no escuro, vi a mágoa estampada no rosto do comerciante judeu. — Não posso abandonar minha família desse jeito.

— E se sequestrarmos você? — rogou Tinbu. — Então não seria sua culpa.

— Duvido muito que eles percebam a diferença. — Yusuf tocou na bochecha de Tinbu. — Nos veremos novamente, tenho certeza. Nakhudha cujo nome estou evitando, você cuida dele?

— Cuido, sim — prometi. — E obrigada pela ajuda. Você tem futuro no jogo dos copos, caso esteja interessado.

Yusuf estremeceu.

— Já tive aventuras demais. Que Deus os acompanhe.

Depois que os amantes se separaram, atravessamos a praia e entramos na água com o mínimo de movimento possível. Embora o *Marawati* não estivesse ancorado muito longe da costa, nosso nado foi longo e propositalmente lento. Mais flutuei do que nadei, com as roupas de viagem encharcadas e pesadas e as sacolas pairando em volta dos ombros. Naquela época do ano, a água é morna e senti seu gosto salgado nos lábios enquanto tentava ver alguma movimentação no convés do *Marawati*. Se a lua estivesse mais brilhante, talvez pudessem nos avistar ali, mas o mar estava escuro como o breu.

Nós nos reunimos na água na extremidade da popa, os homens segurando os duplos lemes laterais que balançavam com a força da maré. Nadei até a corrente da âncora e comecei a subir, com o coração na garganta. Estava escuro, sim, mas se algum dos soldados me visse eu receberia uma flecha no peito antes de conseguir cair de volta no mar.

Meus braços doíam quando finalmente subi a bordo. Senti uma vontade irracional de abraçar a amurada de madeira carcomida do *Marawati* e encostar a testa em seu casco úmido ao reencontrar meu amado navio pela primeira vez em dez anos. Aquele momento deveria ser mais importante, mais solene. Por outro lado, ter de embarcar às escondidas fazia mais jus à nossa história. Agachei-me e examinei o que podia. O *Marawati* tinha sido destruído, seus suprimentos e pertences jogados para todo lado. Mas com a tripulação presa e um navio de guerra por perto, as autoridades deviam ter se sentido confiantes, pois deixaram um único soldado sentado no meu banco de capitã. Ele estava acordado, apertando as contas de um misbaha enquanto murmurava o dhikr.

Hesitei. Era um grande pecado atacar outro muçulmano durante a oração, mas que escolha eu tinha? Se não agisse, colocaria a vida dos meus homens em perigo. Por isso, esgueirei-me por trás dele, tapando-lhe a boca com um pano ao mesmo tempo que encostava minha khanjar à sua garganta.

— Não quero te matar — sussurrei. — Fique em silêncio e sobreviverá a esta noite. — É verdade que não lhe dei muita escolha, enfiando o pano em sua boca enquanto o despojava de suas armas e o amarrava com uma corda. Assim que o soldado estava preso, fiz um sinal silencioso aos homens à espera na água.

Eles agiram depressa, rastejando pelo convés como aranhas e tomando seus lugares como havíamos planejado enquanto o navio balançava e mergulhava com o movimento do oceano escuro. Cada batida da água contra as tábuas de madeira fazia meu coração disparar. Meus instintos estavam em alerta máximo, esperando o som do alarme que sabia que viria do outro barco. Mas não veio, pelo menos ainda não. Áden era um lugar cumpridor da lei; a simples noção de que alguém pudesse subir a bordo de uma embarcação flutuando ao lado de um galeão cheio de soldados deveria ser tão ridícula que mal vigiavam o *Marawati*.

Tinbu se juntou a mim no banco de capitã.

— Não fique zangada comigo — começou ele, sempre um começo promissor. — É o lugar mais seguro que conheço. — Ele deslizou uma série de painéis sob o banco que não estavam lá quando naveguei pela última vez até revelar um espaço raso e oculto e começar a tirar objetos dali: seu arco e aljava, um porta-moedas de couro, um pacote retangular bem embrulhado...

— É o meu rahmani? — ofeguei. — Você colocou os *manuais de navegação da minha família* junto da...

— Preferia que tivessem sido apreendidos pelo wali?

Com muito mais cuidado, Tinbu ergueu uma caixa de madeira de tamanho médio e a colocou entre nós, abrindo a tampa e retirando o algodão que tinha sido utilizado para amortecer os quatro objetos cilíndricos que se encontravam em seu interior. Eram tigelas de latão unidas a esferas do tamanho de cocos, e eu já podia sentir o cheiro do que estava escondido em seu núcleo: o aroma ácido de resina de pinheiro e enxofre que revirava o estômago de qualquer marinheiro. As cicatrizes no meu pulso começaram a coçar.

Nafta.

Poucas armas são mais temidas no mar do que a nafta, uma substância de origem quase mítica. Há muitos romanos que acreditam que a nafta é sagrada, um milagre concedido ao seu povo para se defender da suposta conquista de Constantinopla séculos atrás. É uma substância oleosa que entra em combustão com a água e não para de queimar até que não haja mais nada para destruir. No mar Mediterrâneo, bem longe daqui, os navios de guerra transportam enormes bombas, uma tecnologia espantosa que lança nafta sobre uma chama ardente para criar jatos letais capazes de incinerar um inimigo através das ondas.

Em sua forma mais letal, a nafta é um segredo de Estado bem guardado, que tanto eruditos quanto espiões morreram para proteger. Temos imitações, várias receitas de piche que pode ser enfiado em recipientes e atirado por catapultas ou à mão, ou embebido em flechas. Não é suficiente para incinerar marinhas invasoras (embora, para ser justa, não tenhamos "marinhas invasoras" — ou o oceano Índico é vasto demais, ou os nortistas são mais irritadiços, só Deus sabe). Algumas das embarcações mercantes mais ricas e muitos dos navios de guerra daqui transportam pelo menos alguma forma da mistura, que eles próprios fabricam num esforço que jamais deu errado e incendiou suas próprias embarcações.

Foi uma caixa *disso* que Tinbu encontrou flutuando no meio do minério de ferro que recuperara do navio.

Dalila se juntou a nós. Já passamos por tantas desventuras juntos que ninguém precisou falar nada quando nossos olhos se encontraram sobre a caixa de morte flamejante, mas ela abriu a boca mesmo assim, porque acredita em acabar com a esperança sempre que possível.

— E se não funcionar?

— E se *funcionar*? — rebateu Tinbu. — Por que você é sempre tão cínica?

— O cinismo me manteve fora da prisão. Como ser ingênuo funcionou para você? E se os navios de guerra estiverem com as defesas ativadas?

Havia defesas contra a nafta, de fato. Superfícies embebidas em vinagre costumam ser impenetráveis e a areia é capaz de sufocar pequenos bolsões da substância. Se fôssemos piratas prestes a atacar um navio mercante vulnerável em mar aberto, até ficaria preocupada.

Mas estávamos enfrentando um navio de guerra no porto mais seguro a oeste do oceano Índico. Áden não temia invasores vindos do mar; a única tentativa ocorrera anos antes e resultara no massacre dos agressores na praia. Aqueles navios e seus soldados estavam ali para lidar com contrabandistas e bandidos — um ataque contra eles seria uma tolice suicida. Piratas espertos evitavam inimigos devidamente armados, preferindo recompensas mais fáceis.

— Eles não têm nenhum motivo para esperar um ataque — argumentei, tentando exibir mais confiança do que sentia. — Mas guarde dois dispositivos.

— Por quê? — perguntou Tinbu.

— Para quando o segundo navio de guerra aparecer. Tomem seus lugares e esperem pelo meu sinal.

Voltei ao posto de capitã, assumindo o comando do *Marawati* pela primeira vez em uma década e fixando o olhar no horizonte. Vinha estudando as estrelas a noite toda, orientando-me segundo a configuração do mar e deixando que lembranças há muito enterradas voltassem à tona. Houve uma época em que eu conhecia a baía de Sira como a palma da mão. Conhecia as correntes, os bancos de areia e as ondas que batiam contra o antigo quebra-mar. Uma época em que eu era extremamente confiante em minhas habilidades, estando entre os melhores — e mais temidos — nawakhidha no oceano Índico.

Rezei para conseguir voltar a ser essa pessoa.

Respirei fundo, sussurrei uma prece e olhei para baixo, encontrando o olhar ansioso do robusto marinheiro de Sumatra — chamado inexplicavelmente de Pequenino — que todos concordavam ter o arremesso mais preciso. Acenei com a cabeça.

Pequenino levantou o braço, virou o corpo todo para trás e atirou o projétil de latão de nafta contra a luz mais brilhante que ardia no navio de guerra. Juro pelo Todo-Poderoso que o próprio tempo pareceu desacelerar enquanto o incendiário voava pelos ares em direção a uma enorme lanterna de vidro pendurada no ornamento da popa — até errar o alvo completamente e se chocar contra o próprio ornamento com um estrondo tão alto que prontamente acordou todos os soldados a bordo.

— O que foi isso? — gritou uma voz distante, seguida de exclamações nas línguas que os guerreiros importados falavam em sua terra. A nafta que estava no projétil quebrado brilhava e pingava sob a luz da chama, mas estava longe demais da lanterna para pegar fogo.

— Tem gente a bordo do navio do cara da Índia!

Bem, lá se ia a discrição.

— Outra vez! — gritei. Pequenino não precisou ouvir duas vezes; lançou o segundo projétil com toda a força e desta vez acertou em cheio, quebrando a lanterna que explodiu em chamas. — Agora! — gritei.

Com o zelo de homens que fugiam da crucificação, da bissecção e de ter partes do corpo penduradas pela cidade, minha nova tripulação atacou o *Marawati*.

Com martelos e pés-de-cabra, canivetes ou as próprias mãos, esmagaram as tábuas falsas do assoalho e quebraram os painéis de casca de árvore pintada que ocultavam as armações dos remos. Ao mesmo tempo, uma dupla de homens começou a içar a âncora dianteira enquanto Tinbu ajustava os lemes laterais na inclinação que eu havia indicado.

O caos tomou conta do navio de guerra. No tempo que levamos para soltar os remos, os soldados mamelucos tentaram apagar o fogo com suas capas e cantis de água — sem conseguir nada além de espalhá-lo ainda mais. Gritos de pânico soavam confusos conforme os soldados corriam pelo navio. As flechas ainda não tinham começado a voar pelos ares, mas eu sabia que logo o fariam.

Foi graças à engenhosidade e ao treinamento de Tinbu que a tripulação conseguiu soltar os remos e colocá-los na água tão depressa, mas quando assumi o leme e ele correu para liderar os homens a remar, fiquei alarmada ao ver suas linhas desordenadas e irregulares. O *Marawati* não é um navio grande; os remos são tão leves que requerem apenas dois homens cada, ao contrário das enormes galés que exigem uma equipe inteira por lâmina. Contudo, vários homens abraçavam o remo contra o peito em vez de segurá-lo pelas alças, com alguns voltados na direção errada.

— Nakhudha! — gritou o jovem parsi falante, Firoz. Ele gesticulava freneticamente para o navio de guerra em chamas, e eu me virei bem a tempo de ver o fogo se alastrar e destruir a vela principal.

Isso teve duas consequências.

Primeiro, com a queima de nafta em diversos locais, a maioria dos soldados pulou no mar, preferindo enfrentar o breve nado até a praia e a possível desonra a uma morte violenta.

Segundo, os soldados que permaneceram no navio possuíam a combinação letal de coragem estúpida com bom treinamento, que os levou a pegar seus arcos e começar a disparar contra nós.

— Puxem! — gritei, esquivando-me de uma flecha que passou zunindo pelo meu rosto. — Fiquem abaixados! Remem depressa!

As laterais do *Marawati* eram elevadas e curvas para proteger os remadores, mas meu coração subiu na garganta quando os poucos homens que não remavam correram para se abrigar. Por sorte, após algumas falsas largadas, o *Marawati* começou a se mover. No início, de um jeito doloroso e *agonizantemente* lento. Mas, à medida que os homens entravam no ritmo, ganhamos velocidade. Não navegávamos *rápido* — não sem as velas. Mas o navio de guerra em chamas ficou para trás, as flechas cada vez menos frequentes até sumirem por completo.

Agora, eu só precisava nos tirar do porto.

Segui as estrelas, ajustando os lemes para sair da baía em direção ao norte e procurando as ondas que batiam contra o quebra-mar que cercava o porto, marcando a saída. Mas o mar estava tranquilo e só quando estávamos bem perto é que avistei a antiga passagem de pedra.

E o segundo navio de guerra, que se movia para bloquear nossa fuga.

Com um palavrão, tentei medir a distância até a outra embarcação e nossa velocidade. Atrás do navio de guerra, havia o mar aberto, onde nosso pequeno navio seria quase impossível de avistar em meio à escuridão. E embora não fosse tão grande assim para bloquear toda a passagem, o navio de guerra estava numa posição lateral, de onde poderia disparar uma saraivada de flechas assim que nos aproximássemos dali.

Considerei minhas opções. Nenhuma delas era grande coisa.

Dalila se juntou a mim. O alerta dela veio baixinho, só para os meus ouvidos.

— Eles estão de olho em você.

Ela não precisava dizer mais nada. Os olhos nervosos e ansiosos de minha tripulação brilhavam no escuro. Senti o peso de sua dúvida, do seu medo. Eles podiam até estar dispostos a fazer um acordo para fugir da prisão, mas agora seu destino estava nas mãos de uma desconhecida. De uma mulher. Já senti tamanha tensão muitas vezes na vida; aquele fio da navalha no qual seria preciso muito pouco para causar um motim e uma morte terrível.

Olhei para Tinbu.

— Acelere.

Ele soltou um assobio baixo de surpresa.

— Nakhudha?

— Agora. — Levantei o tom de voz, sabendo que seria levada pela água até os soldados que se aproximavam. — *PARA CIMA DELES!*

Hamid, o cozinheiro que tinha falado besteira na prisão e perdido dois dentes pela gracinha, se opôs ao plano.

— *Para cima* deles? — repetiu ele. — Você perdeu o juízo? Vamos afundar os dois navios!

— Se afundaremos os dois navios ou não, só vai depender deles. Pois, quando nos aproximarmos, já estaremos remando rápido demais para parar. Nossa escolha é entre a liberdade e a morte reservada aos bandidos. Eles sabem disso. — Olhei feio para ele. — E a morte reservada aos bandidos será mais branda do que aquela que servirei a você caso me questione outra vez.

Hamid olhou para Tinbu, desesperado. Ele não era o único, a tripulação inteira esperava que seu antigo líder fizesse alguma coisa.

Mas Tinbu foi meu antes de ser deles.

— A nakhudha já salvou vocês uma vez, não foi? Acelerem! — Ele soltou um uivo e bateu palmas. — Que esses cavaleiros amantes da terra saibam que os filhos do oceano estão chegando para afogá-los!

Creio que devo esclarecer, pois a essa altura já os insultei profundamente: os soldados mamelucos roubados de terras distantes e que mal conseguem andar na água são guerreiros admiráveis. E assustadores —

isso quando lutam contra os francos ou governantes que não lhes pagam. Cavaleiros surpreendentemente habilidosos, conhecedores de armas das quais nunca ouvi falar e bem disciplinados.

Mas não são locais. Muito menos marinheiros. E diante de marinheiros e mergulhadores malucos, que já sabiam nadar antes mesmo de perder os dentes de leite, no meio de uma baía escura?

Já fiz apostas bem piores.

— Acelerem! Para cima deles! — O grito de Tinbu ecoou ao longe e os homens começaram a acrescentar as próprias ameaças e berros selvagens. Quase todos remavam, mas os que não remavam batiam os pés e disparavam insultos.

O vento estava fraco, mas parecíamos voar sobre a água conforme os homens finalmente entravam no ritmo. Os remos subiam e desciam com respingos que rompiam a água escura, encharcando tudo.

— Abaixem-se! — ordenei assim que ficamos ao alcance das flechas. — Saiam da frente, cretinos — acrescentei baixinho, rezando para que quem quer que estivesse no comando do navio de guerra tivesse um pouco de sabedoria. Não senti muita confiança nisso; havia uma grande agitação e gritos confusos a bordo do outro navio. Poucas flechas foram disparadas em nossa direção — algumas em chamas. Mas nosso navio já estava encharcado e foram rapidamente apagadas.

No entanto, o galeão não se afastava. Avistei homens em seus remos, mas a ordem ainda não devia ter sido dada.

Pois muito bem, eu poderia lhes dar algo mais para considerar.

— Tinbu, pegue seu arco e uma pederneira seca.

Ele obedeceu, voltando com um punhado de flechas já preparadas. Apontou para o ninho de corvo.

— Vou disparar lá de cima. Tem a melhor visão do navio.

Peguei o arco das mãos dele.

— Eu faço o disparo.

— Amina...

A voz de Tinbu soou baixinho, mas eu o silenciei ainda mais.

— Confie em mim, sei muito bem qual de nós é o melhor arqueiro. Mas você está machucado e eu tenho que fazer isso. — Não costumava deixar que o orgulho ditasse tais questões: não se pode ser uma nakhudha sem saber a hora de delegar.

Por outro lado, queria me assegurar de que a tripulação soubesse a quem deviam a vida.

Coloquei o arco sobre o ombro e subi no mastro, segurando a escada de corda puída enquanto meu coração palpitava de medo — sempre detestei altura. Escalei o ninho de corvo e me levantei, firmando os pés.

Tinbu colocou um pote de flechas embebidas em piche na plataforma. Acendi-as com cuidado, aliviada por nossas velas ainda estarem amarradas. O balanço do navio e o mastro de madeira seca coberto de sal já eram arriscados demais. Puxei o arco para trás. A corda sussurrou contra a minha bochecha e a ponta da flecha ardente começou a crepitar e sibilar. O navio de guerra — que antes parecia tão próximo, o muro contra o qual iríamos nos despedaçar — agora estava bem menor, um alvo em movimento num mar escuro e agitado. Eu só tinha seis flechas.

Se ele *estivesse aqui, você não erraria o alvo. O outro navio já a teria perdido na escuridão ou o vento já estaria soprando as velas.*

Mas ele não estava ali, e eu tinha aprendido da maneira mais difícil a não confiar na sorte de um demônio. Disparei as flechas e, pela graça de Deus, acertei em cheio. Não sou uma arqueira tão talentosa quanto Tinbu, mas várias flechas atingiram a vela principal do navio de guerra, que logo começou a pegar fogo. Deve ter sido o suficiente para os soldados a bordo decidirem que ser atropelados por um bando de piratas malucos e se afogar no escuro era um destino pior do que obedecer a um funcionário do governo sedento de poder. Os remos começaram a se mover sob a luz do fogo, assim como o navio, deixando o caminho livre para fugirmos.

— Que Deus seja louvado, eles estão recuando! — Um aplauso começou a ecoar entre meus homens. — A nakhudha conseguiu!

— A nakhudha conseguiu — murmurei, abaixando o arco e sussurrando uma prece em agradecimento. Recostei-me no mastro, recuperando o fôlego enquanto passávamos pelo quebra-mar e a escuridão de ébano do mar aberto nos puxava para seu abraço ocultador.

Atrás de nós, os navios queimavam com um fogo tão brilhante a ponto de iluminar toda a baía de Sira, assim como a própria Áden, a poderosa cidade na qual eu deveria ter me encontrado com Salima e procurado pistas sobre sua neta desaparecida. Discrição, foi o que prometi à Sayyida. Algumas perguntas cautelosas a contatos de confiança, foi o que jurei à minha mãe.

Aquela noite deveria ter sido um sinal de que as coisas só iam piorar dali em diante.

Trecho de um alerta sobre a costa do Malabar

"... as vendas foram abundantes, louvado seja Deus, e um inventário completo da carga será anexado a esta carta. O nakhudha me disse que pretende contratar mais arqueiros e guerreiros para a viagem de volta. Pelo visto, os salteadores da costa do Malabar têm sido uma praga pior do que de costume, já que as colheitas na região foram fracas. Não vi nenhum desses piratas na viagem até aqui, mas ouvi muitas histórias. Embora o povo da Índia pratique uma grande diversidade de religiões, com antigas comunidades de muçulmanos, judeus e cristãos, além daqueles que veneram divindades locais e outros deuses bramânicos, todos repudiam os astutos piratas do Malabar que cultivam seus campos numa estação e os mares na outra; por "cultivar" entenda-se que vão para o oceano numa vasta flotilha de jangadas, canoas e velozes barcos de pesca para colher qualquer navio mercante que chegue muito perto. É um negócio de família; as aldeias ficam vazias e as mulheres e os filhos fazem a sua parte. Os salteadores são surpreendentemente hábeis com os barcos; não há nada que não possam tornar apto a navegar; dizem até que alguns deles sobreviveram meses flutuando sobre um pedaço de madeira, o que demonstra seu talento para a resiliência marítima. São capazes de remar por dias a fio e de acertar uma flecha no olho de um vigia a uma distância assombrosa.

Como já nascem nessa vida, seus filhos se tornam prisioneiros valiosos, tão admiráveis quanto um garoto de estepe que, colocado numa sela desde a infância, se torna um excelente mameluco. Nosso nakhudha me disse que já teve um escravo assim, um jovem de Malabar capturado quando era adolescente e que se tornou o barqueiro mais talentoso que já conheceu. No entanto, é impossível extirpar a traição do coração dos salteadores. Após uma década de serviço, o escravo se voltou contra seu mestre e a vida honesta que ele lhe oferecera em troca de uma maldita tripulação de bandidos liderada por uma mulher. Quanta ingratidão!"

Capítulo 8

Remamos durante a noite toda, ansiosos para nos afastarmos o máximo possível de Áden. Pouco antes do amanhecer, o vento aumentou o suficiente para que as velas fossem içadas, Deus seja louvado, e deixei o banco de capitã para dar uma olhada em Tinbu.

Eu tinha mandado ele descansar no convés inferior, um dos poucos lugares do *Marawati* onde se podia desfrutar de alguma privacidade, mas o encontrei acordado e discutindo com Dalila, que tentava aplicar um emplastro fedorento nas marcas de chicotadas em suas costas.

— ... estou me *remexendo* porque arde como se centenas de vespas estivessem me picando. Às vezes, Dalila, acho que você gosta... Amina! — Os olhos de Tinbu brilharam quando entrei no convés inferior para me juntar a eles. — Me salve. Dalila disse que está aqui para me ajudar, mas tenho quase certeza de que estou servindo de cobaia.

— Você sabe qual é o preço de minhas habilidades — repreendeu Dalila. — Se não gosta, então pare de ser apanhado tão fácil assim.

Tinbu deu um muxoxo, e aproveitei o momento para observá-lo sob a luz da manhã que se infiltrava pelas rachaduras na parede. Além das feridas e da expressão taciturna em seus olhos castanhos, Tinbu não parecia ter sido afetado pelos últimos dez anos, com o abdômen esguio e os braços musculosos graças ao trabalho no navio. Seus cabelos pretos e sedosos continuavam densos como no dia em que eu partira, agora entremeados por uma mecha grisalha. A outra mudança era um bigode vistoso, cujas pontas enroladas percebi serem hidratadas com óleo todas as manhãs.

— Belo bigode — comentei. — É para impressionar o comerciante de olhos bonitos?

A expressão de Tinbu tornou-se ainda mais sombria.

— Seria tão errado assim sequestrá-lo?

— Meu amigo, ele acabou de descobrir que você é um criminoso. Espere um pouco antes de cometer um crime *contra* ele. Falando nisso... no que estava pensando ao tentar subornar um funcionário do governo recém-contratado? Sabe muito bem que eles precisam de alguns meses antes de se tornarem devidamente corruptos.

— Ele estava piscando para mim!

— Você estava num barco no meio do dia — salientou Dalila. — Não te passou pela cabeça que ele estava piscando por causa do sol?

— Era uma armadilha.

— Claro que era. — Sentei-me em frente a Tinbu, encostada na parede fina de galhos trançados do convés inferior, conforme o *Marawati* subia uma onda suave. — Fora isso, espero que você esteja bem. Como foi a visita à sua família?

— Como todas as visitas do tipo. Meus pais estão bem e saudáveis, mas será que não consigo imaginar como ficariam felizes se eu voltasse para casa de vez? Ainda mais quando fulano ou sicrano tem uma filha que quer se casar. — Tinbu deu um suspiro. — Meus irmãos e irmãs já lhes deram uma dúzia de netos. Era de esperar que estivessem satisfeitos.

Lancei-lhe um olhar de compaixão. Assim como eu, Tinbu vinha de uma longa linhagem de salteadores, mas enquanto meus antepassados eram piratas errantes, os dele eram saqueadores que raramente se afastavam de sua terra natal na costa do Malabar, preferindo pilhar os ricos navios mercantes que passavam por ali e depois voltar para suas plantações e aldeias para fazer a colheita. É uma profissão lucrativa, mas arriscada — Tinbu foi capturado durante um ataque que deu errado quando era adolescente e passou dez anos como escravo antes de nossos caminhos se cruzarem.

— Talvez tenha menos a ver com netos e mais com o desejo de ter o filho seguro em casa — argumentei gentilmente. — Não posso culpá-los por isso.

— Eu sei. — Tinbu estremeceu e se sentou para que Dalila pudesse terminar os curativos. — Mas não posso viver a vida que eles querem, passei anos demais servindo aos caprichos de outra pessoa para ficar preso de novo. Assim é bem melhor. Eles ficam com dinheiro e visitas eventuais, e eu fico com comerciantes de olhos bonitos. Enfim, sei que você não foi até Áden para me assediar em nome dos meus pais, então vamos falar sobre esse trabalho.

— Dalila já te contou alguma coisa?

— Menos do que precisava — cortou Dalila. — Tinbu também já teve um desentendimento com Falco.

— *O quê?* — Fiquei imediatamente tensa. Falco tinha localizado a família de Asif e enviado uma carta a Dalila. Agora também ficara sabendo do meu imediato?

Tinbu levantou a mão.

— Não foi tão ruim quanto ela deu a entender. O agente dele me procurou, só isso. Um velho conhecido meu de Ormuz chamado Layth. Ele costumava trabalhar para os príncipes piratas de Quixe, mas deve ter entrado em conflito com alguém, porque está deste lado da península reunindo tripulações para capitães com negócios nem um pouco respeitáveis.

Voltei-me para Dalila.

— A carta que você recebeu de Falco… o agente dele tinha o mesmo nome, não?

— Tinha — respondeu ela. — Mas não era Tinbu que Falco procurava. E sim você, nakhudha.

— *Eu?*

— Você — confirmou Tinbu. — Layth disse que tinha um franco andando à procura de uma capitã e resolvido a contratar Amina al-Sirafi. Pelo visto, Falco falava de suas façanhas dia e noite, dizendo que lhe prometeram que você era a melhor contrabandista do oceano Índico e que não havia nada que não fosse capaz de roubar. — Ele fez uma pausa, um vislumbre de desculpas no olhar. — Ele parece acreditar que você é abençoada pelo sobrenatural.

Abençoada. Senti um gosto amargo na boca, a palavra ficando presa na garganta. É verdade que tais fofocas giravam em torno de mim há um bom tempo. Os homens acham mais fácil acreditar que foram enganados por uma bruxa do que por uma mulher. Antes, eu achava essas histórias divertidas; quanto mais escandalosas, melhor.

Mas parei de achá-las divertidas há muito tempo.

— O que será que ele quer comigo?

— Acho que espera que você o leve a novos lugares para saquear — sugeriu Dalila. — Você ouviu a carta. É um caçador de tesouros que pretende colecionar todas as coisas brilhantes e fascinantes que chamarem sua atenção.

— Infelizmente, não estou no clima de colecionar coisa nenhuma — retorqui secamente. — O que você disse a ele, Tinbu?

— As mentiras de sempre. Que fiquei sabendo que você havia se aposentado e ido para algum lugar da Índia para se cercar de vinho, joias e homens bonitos. Layth pareceu acreditar nisso; ele me contou que já tinha dito a Falco que ninguém via Amina al-Sirafi há anos.

— Você não pensou em me avisar?

Tinbu me lançou um olhar incisivo.

— Você estava em paz com a sua família, Amina. Talvez eu não quisesse que se sentisse tentada pela proposta dele.

Fiz uma careta, embora seu argumento não fosse totalmente injustificado, pois Salima havia conseguido me atrair para longe de casa.

Dalila começou a andar de um lado para outro, puxando a cruz em volta do pescoço, algo que só fazia quando estava realmente preocupada.

— Não gosto nada disso. Faz uma década que não estamos mais na ativa e há dezenas de capitães que ele poderia contratar. Amina é conhecida o suficiente para atrair mexericos, mas nós dois…

— O franco não está agindo com base em mexericos — percebi, e a revelação fez um calafrio percorrer minha espinha. — Ele andou conversando com alguém que nos conhece. E muito bem, aliás. — Fiz uma pausa, sem querer mencionar seu nome. — Um candidato me veio à cabeça.

A insinuação caiu como um trovão. Todos sabíamos a quem eu me referia.

— É bem provável — concordou Dalila. — Ele nunca foi com a minha cara.

A expressão de Tinbu tornou-se tempestuosa.

— Majed *jamais* nos entregaria. Sei que vocês dois não se separaram em bons termos, mas ele não nos trairia.

"Não se separaram em bons termos" era um eufemismo. O que aconteceu com Asif abalou minha tripulação de diferentes maneiras, mas para Majed — meu navegador e um homem que já fora como um irmão mais velho — foi um fim anunciado há muito tempo.

— Não estou dizendo que Majed nos entregou voluntariamente — esclareci. — Mas e se o franco não lhe deu escolha?

— Falco poderia tê-lo matado por isso — ofereceu Dalila, não ajudando nada. — Majed nunca foi muito bom de briga.

Tinbu balançou a cabeça.

— Recebi uma carta de Majed no mês passado. Ele estava bem.

Fiquei injustificadamente magoada.

— Majed escreve para você?

— Escreve. Visitei a família dele em Mogadíscio.

A família dele? Agora me senti uma idiota.

— Eu nem sabia que ele tinha se casado.

— Ah, sim. Com uma viúva de um dos clãs locais. Eles têm um filho pequeno e uma bebezinha. — Tinbu revirou os olhos. — É uma bela família, mas o homem se tornou completa, violenta e *irritantemente* honesto. Já fez o hajj várias vezes e cuida de um monte de órfãos com, veja só, um emprego no *governo*. Ele responde diretamente ao muhtasib, embora eu acredite que ainda faça um pouco de cartografia à parte.

Estremeci. Majed respondia ao fiscal do mercado? *O fiscal do mercado?* Isso era o mais perto de virar um traidor que eu podia imaginar.

— Majed pegou a parte que reservei para ele?

— Não. Ele me disse que é dinheiro do diabo.

— Idiota teimoso. Tá certo. — Levantei-me, balançando com o movimento do *Marawati*. Através das rachaduras na parede, pude ver o contorno marrom-dourado da costa distante, o sol nascente brilhando na água rosada. — Então, se não foi Majed, quem mais poderia ter contado a Falco sobre nós?

Dalila me lançou um olhar irritado.

— Se não tivéssemos desencadeado uma fuga da prisão e incendiado vários navios de guerra em Áden, talvez pudéssemos perguntar por aí. Como era o nosso plano *original*.

— Ah, mas então vocês não teriam me resgatado de um destino terrível — salientou Tinbu alegremente. — Além disso, acho que tenho uma pista.

— Qual?

— Layth, o agente de Falco. Nós conversamos bastante. Como disse antes, eu já o conhecia de outros tempos e me pareceu que, apesar de ser bem pago, ele estava cansado de lidar com as baboseiras de Falco. Ele mencionou que, depois de arranjar um navio e um capitão para Falco, estava pensando em ir para Zabide gastar seus lucros.

Fiquei animada. Zabide ficava mais ao norte, mas não muito longe dali. Além disso, encontrar o recrutador de Falco era mais promissor do que andar atrás de mexericos em Áden.

— Vejo que valeu muito a pena tirar você da prisão — comentei, dando a Dalila um sorriso vitorioso. — Vamos para Zabide depois de pegar suprimentos.

Tinbu abriu um sorriso.

— Viu só, Dalila? Não há nada para… ah! Payasam! — Tinbu se ajoelhou, esquecendo-se dos ferimentos, para espiar atrás de uma pilha de caixotes. Esfregou os dedos, emitindo um som reconfortante. — Venha aqui, menina bonita. Já estava ficando preocupado com você!

Ouvi um miado alto e lastimoso e, em seguida, surgiu a gata de navio mais maltrapilha que já vi em toda a minha vida. Uma coisinha magricela e marrom-ferrugem, da cor de uma ferramenta deixada na brisa do mar, com o pelo espichado em tufos e sem uma das orelhas.

Tinbu correu para pegar a gata, abraçando-a junto ao peito.

— Aqueles soldados desagradáveis te assustaram? — cantarolou ele.

Em resposta, a gata emitiu um som entre um gemido agonizante e um chiado, batendo com a cabeça no queixo de Tinbu com tanta força que deve ter machucado.

— Ela caça os... ratos do navio? — perguntou Dalila, com um ar duvidoso.

Tinbu ficou corado de vergonha.

— Ainda estamos trabalhando nisso. Mas Payasam viu uma aranha um dia desses. Até colocou a pata em cima dela!

Ele compartilhou essa conquista com o orgulho de um pai que anuncia o casamento da filha, e eu esfreguei as têmporas, sentindo o início de uma dor de cabeça.

— Tinbu, por favor, me diga que você não escolheu a única gata que não sabe caçar ratos para trazer a bordo do meu navio. O que é que ela come? Espero que seu nome não indique que você está desperdiçando arroz e açúcar com essa coisa.

A gata me lançou um olhar magoado.

Tinbu cruzou os braços defensivamente sobre o animal.

— Payasam não é uma "coisa"; e *ela* come apenas da minha parte da comida. A tripulação gosta muito dela; só nos trouxe boa sorte.

— Vocês estavam prestes a ser crucificados por assassinato e banditismo.

— Até que, com um golpe de sorte surpreendente, minhas melhores amigas apareceram para me salvar. — Seus olhos se iluminaram. — E agora que vocês me reencontraram, devo levá-las até o agente de Falco. — Tinbu aconchegou a gata junto ao rosto e deu um beijo estalado nela. — Minha gata sortuda de um milhão de dinares.

Capítulo 9

Assim que abastecemos o navio com comida e água potável para a cisterna numa vila de pescadores habituada a desviar os olhos, partimos para Zabide. O vento estava bastante favorável, dando-nos tempo de sobra para devolver ao *Marawati* sua beleza costumeira numa nuvem de serragem. As tábuas quebradas e esteiras rasgadas que usavam para esconder os remos e suas escotilhas foram reaproveitadas, transformadas em robustas plataformas de combate e barreiras de tiro. Amarramos uma linha de pesca atrás do navio e fizemos um grande tambor a partir de um barril quebrado e uma lona para espantar os agressivos tubarões e baleias que habitavam as águas próximas ao Mar Vermelho. Mas, com exceção de uma gata de navio que, na verdade, não caçava ratos (e que, como era comum à sua espécie, notou minha antipatia e começou a sentir um amor violento por mim), Tinbu havia mantido o *Marawati* em condições excelentes, e havia pouco do que reclamar.

Apesar de minha consternação ao descobrir que fora armazenado ao lado da nafta, o rahmani original do navio — os manuais de navegação que meu avô havia começado, meu pai, editado e eu, ampliado — também estava bem preservado. O rahmani de nossa família era inestimável, um dos diários de capitão mais completos do oceano Índico, repleto de mapas cuidadosamente anotados, cartas estelares e anedotas que detalhavam tudo, das correntes ao redor de Comores aos recifes de Jidá, das melhores florestas de mangue para se esconder em Malabar a uma enseada de contrabandistas escondida em Surin. Não era tão abrangente quanto a coleção de rahmani de Majed — eu duvidava que qualquer coisa fosse —, mas o próprio Majed havia lido aquelas anotações inúmeras vezes, fazendo observações e correções em sua caligrafia precisa.

Eu havia feito uma duplicata do rahmani, copiando suas páginas ao longo dos anos e enviando-as com o dinheiro que mandava para minha mãe, mas não tive coragem de levar as anotações originais comigo quando me aposentei. Pertenciam ao *Marawati*, uma decisão que me pareceu ainda mais acertada conforme as revia agora, lendo sobre nossas aventuras no banco de capitã enquanto as aves marinhas chilreavam e minha nova tripulação entoava cantigas de trabalho.

Quanto à tripulação, não me fiei apenas na gratidão por tê-los salvado em Áden. Confiava em Tinbu para selecionar seus marujos com cuidado, mas sabia melhor do que ele com que frequência um homem pode fingir respeito por uma mulher apenas para se voltar contra ela. Eu era a nakhudha, sua provedora e protetora, e se tivesse que incorporar as velhas lendas de Amina al-Sirafi, que assim fosse. Os marinheiros que me serviram com mais lealdade sempre o fizeram com uma mistura saudável de medo e amor; foram raros aqueles em que depositei minha total confiança. Eu era rigorosa e justa, deixando minhas expectativas muito claras.

Criar laços com uma nova tripulação também implicava me sentar com eles e aprender sobre suas famílias e tradições, o tipo de conversa casual durante tarefas e descanso que nunca deixa de me encantar. As pessoas que fazem do oceano seu lar possuem bibliotecas inteiras na cabeça, um fato que tentei incutir a muitos intelectuais que vivem em terra firme. Os eruditos que viajam pelo mundo todo para estudar poderiam aprender muita coisa se falassem com os marinheiros, carregadores e ajudantes de caravanas que transportam a eles e seus livros para terras longínquas. Meus colegas de tripulação tiveram vidas fascinantes e partilharam comigo histórias sobre a extração de seiva em florestas tão profundas e escuras que era preciso uma tocha para enxergar, ou sobre como se defenderam de tubarões apenas com uma lança enquanto mergulhavam em busca de moluscos raros em ilhas com nomes desconhecidos.

Alguns homens já tinham ouvido falar do nosso caçador de tesouros franco, e seus mexericos pintaram um retrato preocupante. Uma nobre como Salima poderia muito bem considerar Falco um bruto crédulo e indecoroso, mas de meus irmãos marinheiros senti um receio cauteloso. Supostamente, vários homens sob seu comando haviam desaparecido, e diziam por aí que ele tinha acesso à magia — um olho interno que sabia coisas que não deveria. Também havia boatos mais macabros: que ele tinha se banhado em tanto sangue inocente que acabara forjando uma armadura diabólica e impenetrável. Que era mais fera do que homem e tinha garras e dentes de lobo. Que obrigava seus seguidores a escrever seus nomes em quadrados mágicos que trariam vingança em caso de traição.

Ora, eu sabia muito bem como tais lendas ridículas nasciam. Como não iria saber, depois de ter ouvido que era metade djin, casada com o rei de uma ilha que só aparecia na lua cheia, e que juntos nos deliciávamos ao sugar a medula dos ossos de nossas vítimas? Mas aquela noite na lagoa não saía da minha cabeça. Minha própria vida me ensinara que a magia de verdade é rara, bem mais rara do que as pessoas imaginam, mas também bem mais letal. Salima não havia mencionado o tipo de talismã que Falco procurava e Dalila havia descartado seu interesse pelo sobrenatural como algo ingênuo. Mas Dalila era uma charlatã profissional habituada a dar golpes e Salima pretendia proteger a reputação da família — será que seus preconceitos tinham impedido as duas de pressentir outro tipo de perigo?

Contudo, naqueles primeiros dias ensolarados no *Marawati*, seria preciso muito mais do que boatos obscuros sobre um franco misterioso para diminuir minha alegria por estar de volta ao mar. Certa tarde, ao terminar de orar, o cheiro de sal e teca vindo do tecido do manto no qual encostara a testa e o movimento do *Marawati*, que rolava e rangia na água, encheram minha alma de tanto prazer que fiquei com os olhos cheios de lágrimas. A salá sempre me pareceu diferente no mar, bem mais intensa. Há grande vulnerabilidade em estar inteiramente à mercê de Deus, uma posição semelhante à de uma minhoca sobre uma lasca de madeira flutuante que, com a menor ondulação, pode se perder para sempre.

Uma vulnerabilidade que traz à tona verdades há muito ocultas em nosso coração. E a verdade é que, com ou sem sequestrador franco, eu sentia *tanta* falta daquela vida. Sentia falta de rezar no mar. Sentia falta de fazer troças com meus estimados companheiros e de dormir depois de um árduo dia de trabalho com o balanço suave da maré. Sentia falta do ar salgado do oceano em meu rosto e do brilho intenso do sol. E, sim, embora tivesse acabado com nosso plano original, adorei a ousadia de libertar a tripulação do *Marawati* da prisão. De salvar homens inocentes — claro, isso é relativo — de um destino horrível só porque um maldito funcionário público queria parecer importante. Na verdade, era difícil não ver a mão de Deus ao me colocar em Áden no exato dia em que Tinbu precisava de mim. Afinal de contas, sou uma fiel e sempre nos dizem para procurar os sinais.

E se tais sinais apontassem para um caminho que eu havia jurado repudiar?

Dei um suspiro, virando a cabeça da direita para a esquerda ao cumprimentar e pedir desculpas aos anjos atarefados que registravam minhas ações, e então estremeci ao bater com o joelho machucado no convés. Sabia que não era a única muçulmana que precisava ajeitar o corpo melhor enquanto orava, mas o lembrete de minha idade não foi nada bem-vindo.

Você está velha demais para essas aventuras. Era melhor estar em casa com sua família. Com sua filha. Tão depressa quanto o prazer iluminara minha alma, fui tomada pela culpa. Como eu podia gostar de estar no *Marawati* se isso me afastava da filha que amava mais do que a própria vida? Fiquei morrendo de vontade de ouvir o cantarolar feliz de Marjana e ver seu rostinho meigo. E embora jamais me atrevesse a trazê-la numa missão tão perigosa, sabia que ela adoraria o mar — procurar golfinhos e ficar deitada de barriga para baixo observando os peixes coloridos que nadavam pelos corais nas profundezas.

No entanto, quando nos aproximamos de Zabide, eu já havia deixado de lado as preocupações pessoais para me concentrar no trabalho que tinha pela frente. Ancoramos ao sul da cidade, num trecho da costa que altos penhascos e rochedos escarpados tornavam impopular entre os navios que não tentavam permanecer ocultos. Sob o pretexto de comprar mantimentos, Tinbu partiu sozinho no dunij do *Marawati*, o barquinho que usávamos para transportar carga e pessoas pelas águas rasas, para ver se o suposto agente estava por aquelas bandas.

Estava — mas as notícias não eram nada animadoras.

— Layth está aqui — disse Tinbu, voltando a subir a bordo. — Mas me disse que está farto do franco, isto é, com o perdão da palavra, daquela "cobra pagã do inferno". Falei para ele que tenho um cliente à procura de informações e ele disse que espera que você tenha o bolso cheio.

— Ainda bem que tenho. — Só não tinha me decidido se tiraria moedas, o punho ou uma faca lá de dentro. Já tinha me vestido, escolhendo a túnica de lã grossa de uma pedinte sufista. Suspeitava que já deviam ter chegado as notícias de que duas mulheres tinham orquestrado uma fuga da prisão de Áden e não tinha a menor vontade de me parecer com uma artista de rua desbocada que vendia bolos de haxixe envenenados. A roupa larga também esconderia melhor a espada e a adaga na minha cintura, um efeito colateral bastante interessante.

— Mas foi estranho — continuou Tinbu. — Layth estava mais nervoso do que de costume, como se esperasse que alguém viesse atrás dele.

— Para matá-lo ou adquirir informações?

Tinbu franziu a testa.

— Não sei. Mas seu comportamento me deixou inquieto.

"Seu comportamento me deixou inquieto" foi o que *me* levou a deixar Dalila para trás. Precisava de alguém de confiança para tomar conta do navio, e se tal pessoa fosse alguém com o histórico de envenenar informantes nervosos quando ficava impaciente, melhor ainda. Tinbu e eu remamos até a costa e, em seguida, ele me levou por uma passagem rochosa até uma taberna na beira da estrada, fora da cidade propriamente dita, onde Layth concordara em nos encontrar.

A taberna era um lugar deplorável, que praticamente anunciava que preferia jogadores e salteadores de estrada a comerciantes e peregrinos. Construída a partir de uma mistura heterogênea de tendas pretas puídas, velas remendadas e folhas de palmeiras que haviam sido empilhadas, pregadas ou de algum modo atadas a paredes de tijolos de barro em ruínas e colunas de madeira queimadas, mais parecia que a construção anterior tivera uma morte violenta nas chamas e um espectro ressuscitara em seu lugar. Havia um fedor — cabelo queimado? Peixes mortos? — que emanava da porta aberta e manchas de vômito espalhadas pelo chão de terra.

— Falco Balalamata deve pagar bem — observei secamente.

— O sobrenome dele é *Palamenestra*, e você já me levou a lugares bem piores. — Tinbu me conduziu pela porta aberta. — Venha.

O interior da taberna tampouco era atraente. Talvez o lugar até ficasse animado quando os comerciantes vinham atrás de alguma libertinagem noturna, mas no momento estava ocupado por uma meia dúzia de homens sonolentos em diversos estados de intoxicação e falta de higiene. Espinhas de peixe e cascas de nozes estalavam sob meus pés e o cheiro de haxixe e suor impregnava o ar. Por outro lado, a construção precária e o telhado velho deixavam entrar a luz, uma vantagem num local onde os clientes deviam ser frequentemente esfaqueados em cantos escuros.

Bom, a não ser que fosse você quem precisasse esfaquear alguém, é claro.

Segui Tinbu até uma mesa baixa nos fundos. Cercada de almofadas manchadas e oculta por uma cortina puída, o móvel praticamente declarava: "venha aqui para tramar suas conspirações criminosas idiotas!". Minha opinião de Layth desceu mais um degrau.

No entanto, Layth parecia ter expectativas igualmente equivocadas a meu respeito, pois mal dei um passo à volta de Tinbu quando o homem ergueu o olhar lentamente, horrorizado ao ver que minha cabeça quase encostava no teto baixo.

Ele afastou o corpo da mesa.

— Tinbu, seu mentiroso de merda. Você me disse que tinha um *cliente*, não a bruxa do mar em pessoa! — Ele se pôs de pé. — Vou embora daqui.

— Você vai ficar, isso sim. — Afastei o manto para exibir as armas em minha cintura. — E fique sabendo que a bruxa do mar não gosta que falem dela como se não estivesse presente. Também não lhe agrada saber que a mesma pessoa anda distribuindo dinheiro para localizá-la em nome de um estrangeiro qualquer. — Joguei-o de volta na almofada sem o menor esforço. — *Fique aí.*

Layth obedeceu, lançando-me um olhar que pretendia ser de raiva, só que parecia mais estar tentando não se borrar todo. Ora, ou as histórias que Falco e sua gente tinham ouvido a meu respeito eram bastante criativas ou havia algo mais naquela situação do que Tinbu suspeitava. Pude ler a vida dura de um marinheiro nas feições de Layth: sua pele era manchada e prematuramente enrugada pelo sol implacável e suas mãos e articulações nodosas estavam inchadas pela artrite. Ele tinha um olho turvo e o corpo disforme de um homem cuja dieta oscilava entre o banquete e a desnutrição. Seu cabelo e barba, ambos rebeldes, eram completamente brancos.

Meu avô tinha a mesma aparência no final da vida, mas estava cercado de pessoas que cuidavam dele. Numa jubba manchada de suor que precisava de remendos e com o corpo curvado em desconfiança, Layth não parecia ter família — parecia ser alguém cansado de tudo, pronto para trocar uma vida de crime por uma cabana tranquila à beira-mar. Sentei-me na almofada à sua frente. O couro velho rangeu sob meu corpo; só Deus sabe o que rastejava no meio de suas costuras esfarrapadas.

— Tinbu, traga alguma coisa para acalmar o nervosismo de nosso convidado. — Não tirei os olhos do ex-agente de Falco e, quando Tinbu saiu, continuei: — Escuta aqui, não pretendo fazer nenhum mal a você. Na verdade, nada me daria mais prazer do que torná-lo um homem rico. Mas vamos conversar de qualquer maneira, entendeu?

Layth estava visivelmente furioso, apesar de trêmulo.

— Quero cem dinares. Cem dinares ou nada.

Era uma quantia absurda para se exigir por alguns minutos. Salima tinha me pagado um bom depósito para que eu pudesse distribuir um pouco de dinheiro por aí, mas não fui para o encontro *tão* preparada assim.

— Posso te dar vinte agora e depois pegar o resto no meu navio. Fechado?

Layth fez uma careta, mas não disse nada, cruzando os braços e levantando o queixo como se quisesse me impressionar, até que enfiei a mão na bolsinha pendurada no meu cinto e ele se sobressaltou outra vez.

Larguei duas moedas de prata na mesa grudenta entre nós dois.

— Seu idiota, não seria preciso muito para me convencer a deixá-lo com uma lâmina enterrada entre as costelas em vez de alguns dinares. Então, como estava dizendo... vamos conversar, certo?

Layth engoliu em seco e pegou as moedas.

— O que você quer saber?

— Quero saber por que um franco está tão interessado em mim e na minha tripulação.

— Porque ele quer te *contratar*, sua lunática. Você e o resto do seu bando de ladrões. Falco se considera uma espécie de estudioso do ocultismo e tem a pretensão de navegar por todo o oceano Índico para adquirir uma coleção de talismãs mágicos. Uma fonte o convenceu de que você é capaz de caminhar sobre as águas e de que nenhum nakhudha é tão habilidoso como rastreador quanto você.

Um estudioso do ocultismo? Fiquei toda arrepiada — não gostei *nada* disso.

— Quem?

— Quem o quê?

— Quem é a fonte de Falco?

Layth coçou o pescoço.

— Só Deus sabe. Ele é um homem violento e imprevisível que gosta de guardar segredos e se rodeou de homens ainda mais violentos e misteriosos. Pode tanto ter sido um de seus guerreiros quanto algum estranho num bordel. Falco não me disse, e eu não perguntei.

Tinbu se juntou a nós, entregando a Layth meia casca de coco cheia de um líquido turvo que não me dei ao trabalho de tentar identificar: aprendi da maneira mais difícil em minhas viagens que as pessoas tentam fermentar qualquer coisa ao menos uma vez (e às vezes apenas uma vez, se o resultado for catastrófico). O cheiro da preparação era suficiente para revirar meu estômago.

— *Guerreiros?* — perguntou Tinbu, alarmado.

— Guerreiros — confirmou Layth. — Falco tem um bando deles, os piores mercenários que conseguiu encontrar. — Tomou metade da bebida de uma vez só e começou imediatamente a tossir.

Recostei-me para evitar o respingo de saliva e refleti sobre o assunto. Deixando de lado a história dos piores mercenários do mundo… quem, em nome de Deus, poderia ser a fonte de Falco? Dalila era a pessoa mais enigmática que já conheci na vida, treinada desde criança para encobrir seus rastros. Tinbu havia escondido seu passado até mesmo de Yusuf, o homem que amava. Asif estava morto há quase dez anos e, embora pudesse ter feito a tolice de partilhar detalhes nas cartas para casa, não parecia ter ninguém em sua vida além de nós e da família. Do grupo principal, restava apenas Majed, mas, como Tinbu dissera, era mais provável meu ex-navegador cortar a própria língua do que nos trair.

Então, quem poderia ser?

Layth tomou mais um gole da bebida e estremeceu como se tivesse queimado a goela.

— Por Deus, o que será que colocam nisso? — Ele me olhou de cara feia, como se fosse culpa minha. — Vá direto ao assunto, al-Sirafi. Nós dois sabemos muito bem o que você está procurando.

Aquilo era novidade para mim, mas decidi jogar a partida que ele ofereceu.

— Estou procurando uma garota que dizem ter sido sequestrada por ele.

Layth caiu na gargalhada.

— Ah, quer dizer que você está atrás da *garota*?

— Sabe de quem estou falando?

— Da riquinha de Áden? — Layth pegou um trapo e fez um barulho nojento ao tossir algo asqueroso em seu interior.

A esperança brotou no meu peito.

— A própria. — Quando Layth olhou incisivamente para minha bolsa, revirei os olhos, mas lhe dei mais dois dinares. Se ele pudesse me dar alguma informação sobre Dunya, eu ficaria feliz em cobri-lo de prata. — Me conte tudo que sabe sobre ela.

Ele pegou as moedas.

— Sei que sua família é do Iraque, mas tudo que restou dela é a maldita avó e a garota. É um dos velhos clãs que tenta recomeçar a vida no Iêmen vendendo a herança de família, sabe? Tais tesouros supostamente incluíam o tipo de artefato de que Falco tanto gosta, por isso marquei uma reunião.

— E como foram as coisas?

— Péssimas. Se a avó fosse mais ágil, acho que teria cravado uma espada em Falco no instante em que percebeu que ele era franco. Começou a vociferar que ele era um espião e que queria arruinar a reputação da família dela. Demos sorte que seus guardas se contentaram em nos expulsar dali. Imaginei que a história não fosse dar em nada, mas então a neta foi atrás de nós. Disse que queria fazer um acordo.

Meu queixo quase caiu com o choque.

— A *neta* dela queria fazer um acordo?

— Falco também ficou perplexo, pode acreditar em mim. A garota começou a tagarelar que precisava dar o fora dali e a insinuar todos os tesouros que poderia dar a ele. Tentamos dissuadi-la da ideia... mas aí ela ofereceu uma coisa que me deixou perplexo.

— Que foi...? — insisti quando Layth ficou em silêncio.

Ele me encarou com os olhos injetados.

— A Lua de Sabá.

Houve um longo momento de silêncio atônito entre nós três.

Tinbu foi o primeiro a falar:

— Puta merda.

— Ah, quer dizer que a história da Lua chegou a Malabar? — zombou Layth. — Falco não sabia quase nada a respeito, suspeito que foi minha reação que o fez hesitar. Convenci-o a ouvir a proposta e fechar o acordo. Ainda não sei muito bem se ele compreende o que procura. Mas você, al-Sirafi... Aposto que conhece a história.

É claro que conheço a história. Todo mundo nestas praias cresceu ouvindo a lenda da Lua de Sabá. A maior pérola do mundo; uma lua em miniatura que teria sido arrebatada do céu por uma fada apaixonada e presenteada à rainha Bilqis, que a tornou a peça central de sua coroa. Uma joia que se acredita conceder ao proprietário inúmeros desejos, visão sobrenatural e uma sorte sem fim. Uma pérola que provocou a queda de impérios poderosos, fez reis imprudentes perderem a sanidade e por fim se perdeu quando os djins do mar destruíram um de seus reinos insulares durante uma batalha para possuí-la.

Há dezenas de histórias. Centenas até — principalmente entre os piratas e caçadores de fortuna com quem passei a vida. Todos amamos uma boa história de sangue e tesouros.

Asif costumava falar sobre a Lua de Sabá. De vez em quando. Era só mais uma das histórias ridículas que contava sobre o suposto passado de sua família, o discurso nostálgico sobre a importância de seus antepassados, que haviam servido a imperadores e xás. Uma história de sonhos que tanto desejava recuperar e imitar. Uma maneira de deixar seus pais orgulhosos.

Fiquei sem saber o que dizer. Devia perguntar se o interesse — possivelmente perigoso — de Falco pelo ocultismo era muito desenvolvido? Indagar mais a fundo sobre o suposto tesouro mítico que Salima havia se esquecido de mencionar? Exigir provas de que, em vez de ter sido sequestrada, Dunya partira com o franco de livre e espontânea vontade?

Não comecei com nenhuma dessas perguntas.

— *Para onde?* — rosnei. — Para onde é que eles foram?

— Para um lugar cujo nome foi o suficiente para me fazer largar aquele trabalho de vez. Uma busca idiota em território perigoso atrás de uma joia que é bem provável que seja uma lorota? Não, obrigado. — Layth recostou-se na almofada como se quisesse projetar confiança, mas começou a tossir de novo e seu rosto ficou cada vez mais vermelho.

— Você está bem? — Tinbu pegou seu cantil. — Quer um pouco d'água?

Layth soltou um grunhido.

— Estou ótimo. Vamos acabar logo com isso. — Os olhos injetados dele voltaram a me encarar. — Quer que eu lhe diga onde encontrar Falco? Então, me dê essa bolsinha inteira de uma vez. — Hesitei, e ele bufou de desdém. — Sou o único que sabe, al-Sirafi. Os outros homens acreditaram em suas baboseiras e partiram com ele.

A perspectiva de cravar uma lâmina nas costelas de Layth estava ficando cada vez mais tentadora, mas nós dois sabíamos muito bem que eu tinha poucas cartas na manga. Não podia matar a *única* pessoa que sabia para onde Falco tinha ido.

Joguei a bolsinha sobre a mesa.

— Desembucha.

Layth pegou a bolsinha, erguendo-a na palma da mão para avaliar o peso.

— Uma ilha.

— Uma ilha?

— Das grandes.

Sorri como se estivéssemos brincando — e então me lancei sobre a garganta dele, encostando a adaga em seu pescoço.

— Preciso de mais detalhes.

Mas o homem é digno de crédito, pois não recuou. Em vez disso, sibilou:

— Você me prometeu cem dinares. Essa bolsinha não tem tudo isso. Pegue o resto do dinheiro e então receberá todas as informações.

— Desgraçado, você vai se afogar na própria saliva antes que…

Tinbu colocou a mão no meu pulso.

— Tudo bem, Amina. Volte para o navio para pegar o resto. Eu fico com ele.

Levantei-me, resistindo à vontade de dar um tapa na cabeça de Layth. Sua tosse seca e expressão presunçosa me seguiram enquanto eu saía, ardendo de raiva.

Mas não fui muito longe.

Ouvi um gemido estrangulado e rouco e então:

— Amina! — gritou Tinbu.

Dei meia-volta. Layth havia caído de joelhos no chão de terra, apertando a garganta. Seus olhos estavam arregalados de pânico e uma baba escorria dos lábios enegrecidos.

Merda, será que agora ele estava mesmo sufocando, em vez de apenas engasgar com o próprio cuspe? Corri até lá.

— O que havia na bebida que você deu a ele? — perguntei com urgência.

— Álcool? — Tinbu se voltou para um homenzinho esquisito que se retesou do outro lado da taberna. Era o atendente do bar, a julgar pela jarra marrom empoeirada e o copo de casca de coco que estava enchendo. — O que você me deu?

— S-só licor de tâmaras — gaguejou o homem, lançando a mim e à minha khanjar um olhar apavorado. — O mesmo que todo mundo está bebendo!

O rosto de Layth estava ficando vermelho. Puxei-o pelos ombros e o virei sobre meus joelhos, massageando suas costas com o punho para tentar desalojar o que quer que estivesse preso em sua garganta.

— Ele colocou alguma coisa na boca?

— Não que eu tenha visto. — Tinbu começou a bater nas costas de Layth comigo. O ex-recrutador de Falco não conseguia falar e coçava a garganta tão desesperadamente que começou a arrancar a própria pele até o sangue escorrer pelas pontas de seus dedos. Ele tinha os olhos esbugalhados e o rosto num tom arroxeado agourento.

Bati em suas costas mais uma vez e um pequeno objeto finalmente voou longe antes de cair no chão de terra. Sangue e muco cobriam a superfície prateada, mas reconheci sua forma de imediato.

Era um único dinar de prata.

Com uma última explosão de força, Layth enfiou o dedo na garganta, mas não adiantou nada. Com um gorgolejo final, desabou sobre o próprio vômito, com os olhos vazios e arregalados. Seus lábios se abriram e a prata reluziu entre os dentes. As saliências sob a pele do pescoço inchado dele… tinham o formato de moedas.

Não é possível. De jeito nenhum. Meu coração disparou de medo, mas eu tinha que saber. Troquei a adaga pela minha abençoada faca de ferro e cutuquei a mão inerte de Layth com a lâmina, libertando o objeto preso entre seus dedos.

Era a bolsinha de dinares que eu tinha dado a ele. A bolsinha *vazia* de dinares.

Um grito me trouxe de volta ao presente assim que um homem ali perto ergueu os olhos do transe de haxixe e reparou no semblante horrível de Layth.

Tinbu arfou:

— Amina…

De repente, o atendente também deu um grito e o resto dos clientes começou a se aproximar. Antes que alguém pudesse nos impedir, puxei Tinbu pelo braço e o coloquei de pé. Aquela taberna podia até ser meio rude, mas eu é que não ia ser pega com um homem que sufocara até a morte com uma dúzia de moedas de prata. Saímos porta afora num segundo.

Tinbu cambaleou ao meu lado conforme descíamos a estrada de areia.

— Amina, espera. Amina, *pare*! — Ele se desvencilhou, cambaleou até os arbustos e começou a vomitar.

Dei uma espiada para me certificar de que não havia mais ninguém por perto e então desabei. Sentei-me na terra, com a cabeça apoiada nas mãos, até que Tinbu se juntasse a mim, caindo no chão ao meu lado.

— Mas que merda! — exclamou ele, com a voz rouca. — As moedas com que ele se engasgou… eram *nossas*?

Eu mal podia falar, mas consegui dizer:

— Acho que sim.

— *Como?*

— Não sei. — Mas então me lembrei de uma das fofocas mais bizarras da tripulação. Falco era obcecado por lealdade. Alguns diziam que obrigava seus homens a assinarem pactos mágicos ou coisa que o valha. Algo que traria vingança em caso de… — *Traição* — sussurrei. — Layth estava traindo Falco. Alguns dos homens… me disseram que há boatos de que o franco possui poderes sobrenaturais.

Tinbu me lançou um olhar consternado.

— *Você acha que foi Falco quem fez aquilo?* — perguntou ele, apontando para a taberna.

O ar seco do deserto soprou no meu rosto, um sussurro zombeteiro em meio à brisa. Eu queria dizer a Tinbu que não. Queria negar o que tinha acabado de testemunhar — a morte que podia ter causado sem querer — e voltar correndo para meu navio, para o mundo que conhecia.

Mas eu era a nakhudha. Não podia fugir de uma situação em que metera outros.

Engoli em seco.

— Acho, sim. Temo que os boatos sobre seu interesse pelo ocultismo tenham sido um tanto subestimados.

Tinbu ficou com cara de quem ia vomitar outra vez.

— Pelos deuses, Amina… no que será que nos metemos? Já ouvi muitas histórias de feitiçaria, mas antes de Rak…

— Não diga o nome dele — explodi. — Por favor. Agora não.

Tinbu desviou o olhar, retorcendo as mãos.

— E agora? "Ilha grande" pode ser uma centena de lugares. Informamos à Sayyida Salima? Acha que *ela* sabia que o franco era capaz de tais *p-proezas*? Ou sobre a Lua de Sabá? Ela ofereceu uma fortuna, afinal. Talvez seja disso que está atrás.

Minha cabeça ainda estava a mil. A revelação sobre a Lua de Sabá fora imediatamente ofuscada pela revelação de que Falco, o aspirante a feiticeiro, não era tão aspirante assim, e sim letalmente habilidoso. Quer dizer, a Lua de Sabá — caso existisse mesmo — seria um saque surpreendente, bem mais valioso do que um milhão de dinares. Mas Salima não me pareceu ser do tipo de pessoa que sonhava com joias míticas. Ela tinha o olhar fixo no presente. Na segurança de Dunya e na honra de sua família.

Além disso, a Lua de Sabá não tinha sido a única surpresa de Layth.

— Não — respondi devagar, a raiva tomando conta de mim conforme me dava conta disso. — Acho que Salima me ofereceu tanto dinheiro assim porque Dunya fez um acordo com Falco, como Layth nos contou. — Limpei a faca ensanguentada na perna e me ergui antes de ajudar Tinbu a se levantar. — E acho que está na hora de perguntarmos à nossa cliente o que mais ela tem mantido em segredo.

A primeira lenda da Lua de Sabá

Se me permitem a intromissão deste escriba, creio que esteja na hora de contar a primeira lenda da Lua de Sabá.

Em primeiro lugar, é preciso entender que há muitas lendas. As histórias têm a mania de fazer isso, não é mesmo, se ramificando como uma muda em busca da luz do sol? Com o passar dos séculos, a muda se torna uma árvore frondosa, repleta de galhos incontáveis que se espalham por várias direções. Você verá, assim como nossa cara nakhudha logo viria a descobrir, para seu imenso pesar, que a Lua de Sabá se encaixa muito bem nessa metáfora. Mas vamos começar com a lenda mais popular nas costas por onde Amina al-Sirafi costumava navegar, e que começa de forma muito simples.

Existiu e não existiu uma rainha que enfeitiçou a Lua.

Muitos cânticos e versículos sagrados exaltam a magnificência e perspicácia do profeta Suleiman, que a paz esteja com ele. Um rei sábio, abençoado e amado por Deus, a quem foi concedido o controle dos animais e djins. Mas é da mulher alternadamente chamada de sua consorte e companheira, sua rainha e aliada, de quem falarei hoje. Todos conhecemos seu nome e história: a rainha Bilqis de Sabá, uma terra próspera e benévola, repleta de riquezas e de uma herança ancestral. Por ser supostamente filha de um rei humano e de uma mãe djin, a própria Bilqis já possuía magia muito antes de conhecer Suleiman.

Também conhecemos bem seu famoso primeiro encontro, que se deu quando os astutos djins de Suleiman transportaram o trono de Bilqis por vastos desertos e montanhas num piscar de olhos, levando a assustada rainha até o palácio de um estrangeiro. No entanto, Bilqis ficou tão admirada com as maravilhas da corte de Suleiman — seu assoalho de vidro maravilhosamente construído sobre uma piscina de peixes e ervas marinhas dançantes, que teve de levantar a bainha para atravessar — que abandonou seus costumes pagãos para adorar somente a Deus, que Ele seja louvado! Suleiman e Bilqis partilharam a sabedoria dos governantes, viajaram por todo o mundo e, dependendo de quem narra a história, acabaram por se casar.

Mas essa não é a história de que gosto.

Prefiro as histórias que contam que os dois se despediram como melhores amigos. As histórias em que Bilqis volta à sua terra natal com um grupo de djins como presente de Suleiman. Eles passaram a servi-la com a mesma devoção com que haviam servido a Suleiman, e talvez — se me for permitido especular — de modo mais familiar, encarando-a como uma prima querida. Com seus companheiros djins, Bilqis construiu imensos palácios e bibliotecas, fortalezas e jardins, alguns dos quais existem até hoje. Ela governou com sabedoria e independência por décadas a fio, cercada de netos e talvez um ou dois belos consortes djins. Era astuta e bela, uma monarca tão amada que as rainhas posteriores do Iêmen se denominavam "pequenas Bilqis".

Tão astuta e bela que chamou a atenção da própria Lua... ou, melhor dizendo, de um de seus aspectos.

Ora, ao contrário de Amina, não somos marinheiros, que dependem da leitura dos astros no céu noturno, por isso talvez deva esclarecer o que quero dizer com *aspectos*. À medida que se traça o movimento das estrelas e planetas no horizonte, a Lua viaja por todos eles, fixando-se num local ou casa diferente a cada quinze dias. Pessoas práticas leem tais sinais para cruzar os oceanos, elaborar horóscopos e prever o tempo; almas caprichosas como eu, com muito tempo e público para agradar, os leem para escrever histórias sobre centauros e escorpiões.

Há dezoito casas chamadas de manzil e podemos nos esquecer de todas, exceto da quarta, al-Dabaran. Dizem que, quando estava na casa de al-Dabaran, este aspecto da Lua viu Bilqis e ficou apaixonado (não me perguntem como a Lua pode fazer uma coisa dessas, sou um simples escriba). Al-Dabaran ansiava por Bilqis; os meses que passava na escuridão eram uma tortura para ele. Não satisfeito em ficar com ela somente duas semanas ao ano, al-Dabaran por fim conseguiu se manifestar na forma de uma grande pérola celestial.

Encantada por conhecer seu admirador lunar, Bilqis fez da pérola o centro de seu diadema e dizem que desfrutou da companhia e dos conselhos de al-Dabaran pelo resto da vida. Levando em conta que al-Dabaran é a casa dos conflitos, da má vontade, do espírito da discórdia e da vingança, não sei bem como isso a favoreceu. Por outro lado, dizem que é uma ótima época do ano para comprar gado e cavar valas, então quem sou eu para questionar a sabedoria de séculos de estudiosos?

Quanto ao destino da pérola (chamada de Lua de Sabá desde então), após a rainha Bilqis se render à morte e voltar ao reino de nosso Senhor... Ah, é aí que a já intricada árvore de lendas se ramifica numa profusão de flores incomparáveis em sua fertilidade. Já ouvi dezenas — várias dezenas! — de histórias sobre seu destino. Há quem diga que al-Dabaran lançou ondas gigantescas sobre o palácio para recuperar sua forma manifesta; outros dizem que o grande conquistador Alexandre roubou o diadema de um mausoléu agora perdido, quebrou a pérola e usou sua magia para conquistar a Pérsia. Há uma história de que a pérola foi roubada por uma fada que a deixou cair no oceano sem querer, transformando-a na ilha de Comores, e outra história sobre um grande dragão marinho com cara de osso que engoliu um navio de ladrões humanos que tentavam levar a pérola para o topo verdejante do monte Qaf. Conheci piratas e príncipes, pescadores e carregadores de terras tão longínquas como Madagascar e Malaca que riram das minhas histórias e me corrigiram — pois, vejam só, a Lua de Sabá acabou em *suas* terras, onde está conectada a outras dezenas de destinos e esconderijos desconhecidos.

É um caos desconcertante que parece até mesmo... proposital. Como se, há muito tempo, algumas pessoas bem treinadas no descarte de perigosos artefatos mágicos tivessem plantado as sementes de uma cacofonia desnorteante que faria com que a Lua de Sabá parecesse ainda mais absurda do que o resto dos itens fantasiosos que os caçadores de tesouros tanto procuram. Como se temessem que a Lua de Sabá caísse nas mãos de alguém que não tivesse a sabedoria de Bilqis, mas apenas avareza no coração. Como se...

Bem, suponho que, se continuar por esta linha de pensamento, acabarei me antecipando aos eventos. E, sinceramente, seria uma grosseria passar por cima de nossa cara nakhudha, que já estava sendo arrastada para situações fora de seu controle e que ela, como me disse tantas vezes, "teria preferido evitar, cacete". (Que Deus me perdoe por tal linguagem, mas prometi honrar a voz dela.)

Voltemos então a Amina al-Sirafi, agora determinada a obter respostas por conta própria.

Capítulo 10

— Você está fazendo de novo. Amina, se insiste em entrar sozinha, ao menos pare de *acariciar a adaga*. Esqueceu que andam à nossa procura? — sibilou Dalila, apressando-se para acompanhar meus passos largos.

Não tinha esquecido, não. Mas tampouco me importava. Tomamos bastante cuidado ao navegar de volta para Áden, mas, cheia de uma raiva ofuscante desde a morte de Layth, quando percebi que Salima havia mentido para mim a respeito de Dunya *e* muito possivelmente me enganado para que enfrentasse um maldito feiticeiro, só pensava em confrontá-la.

Por sorte, Salima não morava exatamente em Áden, mas em Rubak, cidade-jardim vizinha, onde muitos nobres mantinham segundas residências e casas de veraneio. Ancoramos do outro lado da península de Rubak — mantendo o *Marawati* bem longe de Áden — e então Dalila e eu fizemos a trilha por terra. Rubak era uma cidade mais tranquila, e segui as instruções que Salima tinha me dado semanas antes até chegar a uma enorme mansão de pedra num quarteirão bem cuidado de frente para o mar. Pesadas portas de teca entalhadas com rosas trepadeiras barravam a entrada.

Dalila me agarrou pela manga.

— Tem certeza de que quer fazer isso?

Desvencilhei-me dela.

— Que escolha nós temos?

— Podemos ir *embora*. Quero o dinheiro tanto quanto você, mas o depósito de dez mil que ela deixou com a sua família não é uma quantia desprezível. Podemos pegar o *Marawati* e levar Tinbu e sua família para algum lugar distante até o feiticeiro franco que mata traidores com magia de sangue e *já estava atrás de nós* encontrar outra parte do mundo para bancar o caçador de tesouros.

Não era a primeira vez que Dalila sugeria uma fuga, nem a primeira vez que eu pensava nisso. Mas, quer fosse o sussurro vil e ganancioso de um milhão de dinares que ecoava em minha cabeça, o dever que tinha para com Asif ou o fato de não querer arrancar minha família do lar que tínhamos construído — com base apenas nas palavras de Layth —, ainda não conseguia tomar uma decisão.

— Vou tentar falar com ela primeiro — disse. — Para descobrir o que sabe.

Dalila passou os dedos pelos frascos de vidro que pendiam das fitas do chapéu.

— Gostaria que levasse um dos frascos.

— Preciso *falar* com ela, Dalila. Não derreter sua cara.

Minha Dama dos Venenos parecia ainda mais incerta.

— Se não sair daí antes do anoitecer, vou entrar na casa. Espero que tenha algo para cobrir o nariz e a boca.

— Perto de você? Sempre. — Dos muitos truques de Banu Sasan que Dalila dominava, o gás entorpecente era seu preferido.

— E não se *distraia*. Fomos contratadas para fazer um trabalho sob alegações falsas. É isso que você está aqui para acertar.

Meu Deus, será que eu tinha trazido minha mãe ou uma ex-assassina para ouvir um sermão desses?

— Não estou distraída — insisti. — E sim mortalmente concentrada.

— Tá bom. Quer dizer que ficar murmurando a respeito de pérolas gigantes durante o sono foi só uma coincidência?

Meu rosto ficou afogueado.

— Pare de vigiar meu sono. É esquisito. E a Lua de Sabá é uma lenda. Não pensei nem por um segundo em…

Mas Dalila já tinha ido embora, sumindo daquele jeito dela. Com um suspiro, voltei a atenção para a residência dos al-Hilli. A casa tinha dois andares e, embora não houvesse janelas no térreo, uma varanda estreita se agigantava no segundo andar. Coberta por intrincados biombos de madeira, devia ser dali que as mulheres da casa contemplavam o mundo, observando a rua e as pessoas da reclusão do lar.

Olhei para a varanda, uma janela para uma vida que sequer podia imaginar. Venho de uma família de pescadoras e cantoras, criadas e mulheres que arrumam noivas. A reclusão não é uma opção para nós, com seus privilégios ou dificuldades. Somos as mulheres na rua que as outras observam por trás dos biombos. Por consequência, somos consideradas menos dignas de honra, e nossos corpos, encarados como disponíveis pelo preço certo ou simplesmente invisíveis. Costumava olhar de modo crítico para elas, menosprezando as mulheres ricas atrás dos biombos como bonecas mimadas.

Naquele momento, porém, elas me fizeram pensar. Será que Dunya era feliz ali?

Pela descrição de Salima, Dunya não parecia ser privada de muita coisa. Sem dúvida, era difícil ser uma órfã, mas Salima adorava a neta, satisfazendo seus interesses e excentricidades a ponto de a garota se tornar bastante instruída, mesmo em tenra idade. Será que Dunya se contentava com a vida de isolamento em sua rica bolha de livros e tutores? Sei que o pai dela não se contentaria. Asif sempre sonhava com algo mais — uma nova aventura, uma nova terra. Era tão sonhador que seus desejos acabaram levando-o aos braços de um monstro.

Rezando para que o mesmo destino não tivesse acometido sua filha, bati na porta.

O mordomo foi grosseiro e o segurança que chamou para me expulsar da vizinhança ainda mais desagradável, até eu mencionar ser a "mulher de Salalah" e ambos empalidecerem. Só então o mordomo saiu correndo para chamar a patroa.

Ele voltou para me guiar por uma residência que fazia um contraste assustador com a minha. Enquanto a minha casa estava caindo aos pedaços, a mansão de Salima era esplêndida, com as paredes cobertas por tapeçarias de toda parte do mundo e espelhos de prata finamente polidos. Aqui e ali havia vasos de porcelana pintados e esculturas em marfim dispostas sobre mesas de jacarandá incrustadas com desenhos de madrepérola. Os tapetes eram macios e caros, representando dançarinos e festas. Limoeiros e tamareiras exuberantes cresciam no imenso pátio, cercando uma fonte decorada com azulejos pintados em cores vivas. O aroma das flores e o do incenso competiam para deliciar o nariz enquanto um rouxinol cantava docemente numa das árvores.

Contudo, por mais rica e magnífica que fosse, a casa parecia vazia e assombrada de uma maneira que me deixou de cabelo em pé. Não vi ninguém por perto além dos dois homens que me escoltavam. As flores nos vasos estavam mortas e as frutas nas árvores do pátio apodreciam no chão. Quanto mais se ouvia, mais o rouxinol soava desesperado, clamando por uma companheira perdida. Dois dos espelhos de prata estavam quebrados, e um jogo de xadrez, abandonado no meio da partida, seus peões acumulando poeira. Era exatamente o tipo de lar de onde Asif dizia vir, pertencendo a uma família de antiga grandeza que ele estivera determinado a recuperar. Tive dificuldade para conectá-lo com a avó impetuosa e determinada que foi atrás de mim e me incitou a ajudá-la. Talvez a ausência de Dunya tivesse arrancado o coração da casa.

Já estava começando a sentir certa empatia quando os dois me levaram para a cozinha. Se havia algum cozinheiro, não estava ali; o lugar parecia tão abandonando quanto o resto da mansão. O forno de barro estava frio, e as panelas de cobre, manchadas. Uma cesta de alho tinha brotos verdes saindo das cascas murchas, e uma tigela de ameixas secas esquecidas era o único alimento em cima de uma mesa de madeira tão grande que poderia conter os ingredientes para o iftar de um bairro inteiro. Um rato saiu correndo pela mesa, fugindo de nossa aproximação.

O segurança apontou para um banco.

— Ela vai recebê-la aqui.

— Na cozinha?

Os olhos dele percorreram meu corpo, do turbante grosseiro até o vestido remendado e a calça sem adornos. Como muitas mulheres da minha idade e classe, não cobria o rosto.

Sua voz saiu gélida.

— Algum problema?

Não para mim, pois não sou uma ricaça esnobe que menospreza o trabalho na cozinha. Mas da parte de Salima era um insulto deveras mesquinho. Será que achava que devia me colocar no meu lugar? Ela se sentara na minha sala de visitas e comera o alimento que minha filha tinha preparado. Além disso, a casa estava vazia; não precisávamos esconder nossa relação.

Sorri graciosamente para seu criado.

— De modo algum.

Pelo menos, Salima chegou depressa, juntando-se a mim na cozinha silenciosa poucos minutos depois. O criado puxou uma banqueta na qual ela se sentou com elegância e depois partiu, deixando-nos a sós e a mim de pé.

— Nakhudha — cumprimentou ela com voz entediada. Apesar do ar sombrio da casa, Salima estava impecavelmente trajada num vestido de musselina violeta adornado com diamantes verde-claros e bordado prateado. Um shayla transparente da mesma cor cobria seus cabelos perfeitamente penteados, emoldurando brincos de esmeralda e pérolas cor-de-rosa.

— Que a paz esteja com você, Sayyida. — Toquei meu coração em sinal de respeito. — Peço desculpas pela visita inesperada. Imaginei que deveria retribuir a que fez à minha casa.

Salima me encarou com severidade.

— Fico feliz em vê-la. Já estava começando a pensar que tinha fugido com meu dinheiro para arrumar confusão em Áden. Foi você, não foi? A mulher que envenenou os soldados no escritório do wali, libertou uma tripulação de piratas homicidas, incendiou um monte de navios e fugiu do porto no meio da noite?

— Jamais confirmaria uma coisa dessas para não destruir sua reputação por conluio com criminosos. Mas foram apenas dois navios, não um monte. Não gosto de incentivar o exagero.

Seu rosto faiscou de indignação.

— Eu te pedi para ser *discreta*. Não permitirei que estrague tudo para minha neta.

Perdi a paciência com a acusação.

— Ah, então fui *eu* que estraguei tudo? — desafiei. — Que estranho! Duvido que eu seja capaz de manchar a reputação de Dunya mais do que ela mesma fez ao fugir com um franco.

Salima sequer pestanejou diante da acusação.

— Dunya não fugiu. Ela foi sequestrada.

Cruzei os braços sobre o peito.

— O agente de Falco Palamanas, ou Palametes, enfim, o agente do *franco* contou uma história bem diferente. Ele me disse que Dunya saiu correndo atrás de seu patrão depois que você os expulsou, implorando para ir com eles.

As palavras foram escolhidas a dedo para ofender o orgulho de Salima e tirá-la do sério, e deu certo, pois duas manchas cor-de-rosa surgiram nas bochechas da velha.

— Você prefere acreditar na palavra de um miserável que serve a um pagão do que na minha?

— Pois acredito que mentiu para mim desde o começo. — Aproximei-me dela e vi seu olhar alarmado em direção à porta. — E gostaria que me contasse, Sayyida, o que sua neta sabe sobre a Lua de Sabá.

O primeiro vestígio de choque surgiu no rosto de Salima.

— Como é que você sabe disso?

— Porque foi a Lua de Sabá que Dunya ofereceu a Falco em troca de levá-la com ele.

Salima baixou o olhar para o colo. Suas mãos estavam trêmulas, mas observei-a alisar as tulipas que decoravam a bainha do shayla para se recompor.

— Ela não fugiu — disse, com a voz baixa, mas não menos firme. — Foi sequestrada.

Levantei as mãos em sinal de frustração.

— Sayyida... não tenho o menor interesse em expor os assuntos particulares de sua família. Nem em arruinar a reputação de Dunya ou prejudicar quaisquer perspectivas de casamento que tenha arranjado para ela. Mas já tive dezesseis anos. Você ficaria surpresa com a determinação de uma adolescente que só quer ser livre...

— Minha *neta* não tem nada a ver com você. — Salima recuou, repuxando os lábios de nojo. Parecia genuinamente chocada diante de tal perspectiva. — Dunya é uma estudiosa de origem nobre que nunca ficou sozinha com um homem que não fosse da família. Você... — Ela ergueu o dedo trêmulo em minha direção e o disfarce de matriarca inabalável desapareceu por alguns instantes, substituído por algo selvagem e angustiado, como se, ao gritar comigo, pudesse negar a verdade que eu colocara a seus pés. — Você é uma ladra e assassina que dormiu com marinheiros em todos os portos de Áden até Quilua. Não sabe *nada* sobre Dunya.

As palavras soaram com um estrondo, interrompendo nossa conversa até o momento tensa, mas contida. Eu já ouvira insultos bem piores, é claro. Mas ao olhar novamente ao redor da cozinha empoeirada, o único lugar que ela considerava aceitável para receber alguém da minha laia, senti as conexões que uniam Salima e eu desaparecerem. Não importava que nós duas fôssemos mães e tivéssemos amado Asif. A Sayyida podia ter se aproveitado de tais sentimentos para me convencer a aceitar o trabalho — não, *com certeza* se aproveitara e tivera bastante sucesso nisso; posso admitir minha fraqueza agora.

Mas era evidente que Salima jamais esquecera quem eu era. *O que* eu era. Ou seja, inferior a ela.

Dane-se ela. Dane-se tudo *isso*. Salima não me contaria nada de útil a respeito de Falco se sequer admitia que a neta fugira com ele. Mas ela não era a única que tinha parentes com quem se preocupar, e eu jurara à *minha* família que voltaria para casa se as coisas ficassem perigosas demais. Já salvara a vida de Tinbu, resgatara minha tripulação e tinha dez mil dinares guardados em casa. Mais uma vez, percebi que Dalila tinha razão.

Estava na hora de terminar aquela aventura.

Fiquei com pena de Dunya, de verdade. Mas eu tinha acabado de ver Layth morrer de uma maneira indescritivelmente horrível devido a uma magia que mal conseguia compreender, lançada por um franco homicida que já estava interessado demais em mim e nos meus amigos. E foi ela quem decidira segui-lo.

Dei um passo para trás.

— Então, para mim chega. Quer guardar seus segredos? Ótimo. Mas não vou arriscar minha tripulação ou a mim mesma para encontrar uma garota que não quer ser encontrada, nem enfrentar um inimigo que não compreendo.

Minha resposta deixou a velha abalada; era bem provável que não achasse que ladras assassinas que dormiram com metade do oceano Índico tomassem esse tipo de decisão.

— Você… você está *desistindo*?

— Estou, sim. Vou ficar com o dinheiro que você me deu até agora. O agente de Falco me disse que eles estavam a caminho de uma ilha grande. Não tenho mais detalhes porque as moedas que lhe paguei para trair seu patrão acabaram *na garganta dele* e o sufocaram até à morte.

Salima ficou branca como um pergaminho.

— *O quê?*

— Você ouviu o que eu disse. Não sei que tipo de homem convidou para sua casa, mas não quero ter nenhum envolvimento com ele. Que Deus a acompanhe. De verdade.

— Você não pode ir embora. Nakhudha! — gritou ela assim que lhe dei as costas. — Se sair por essa porta, juro… *juro*… que nunca verá sua filha outra vez!

Meus dedos vacilaram sobre a maçaneta.

— *Como é que é?* — Olhei para trás, pensando que Salima estivesse tendo um derrame. Era *melhor* que estivesse mesmo. — O que foi que você disse?

Salima apertava as mãos com tanta força que os nós de seus dedos ossudos ficaram brancos, mas, por mais frágil que parecesse, não havia nada além de determinação em seu olhar.

— Dunya é tudo para mim. Perdi meu filho para o seu navio, uma morte sobre a qual sei que você não está sendo totalmente sincera comigo. Agora você é minha melhor e possivelmente única esperança de recuperar toda a família que me resta. Se for embora, destruirei a sua família também.

Desembainhei a adaga e me aproximei dela sem nem ao menos me dar conta.

— Imagino que a dor tenha feito você perder o juízo para me ameaçar desse jeito — sibilei. — Poderia matá-la agora mesmo e só dar o fora daqui.

Salima deu uma risada alquebrada.

— Você é tão ingênua assim para achar que isso me impediria? Não sou tola, nakhudha. Eu te avisei: se alguma coisa acontecer comigo, cartas serão enviadas para todos os governantes destas costas. Seus inimigos vão encontrar você e sua família. Você nem vai ter tempo de voltar para casa.

Comecei a tremer de raiva. *Sua tola. Sua maldita idiota.* Como é que tudo deu tão errado e tão depressa?

— Não acredito em você.

— Então, vá em frente — desafiou ela. — Tenho guardas de vigia em sua casa desde aquela façanha em Áden. Queria que eles a prendessem se você tentasse fugir com meu dinheiro, mas tenho certeza de que são capazes de se livrar de sua família bem mais rápido.

Foi a minha vez de ficar abalada, a ameaça brutal me chocando profundamente.

— Você conheceu a minha filha — sussurrei, ainda incrédula por ter julgado Sayyida Salima tão erroneamente. — Você… você *comeu* o que ela preparou.

Salima estremeceu. Talvez não fosse tão insensível assim. Mas insistiu:

— É verdade. E ela parece ser uma verdadeira bênção, mas você está me forçando a fazer isso, Umm Marjana. Então, vamos parar com essa história de desistir e garantir que você volte para ela. — Ela tirou uma bolsinha das vestes e jogou-a aos meus pés. — Termine o trabalho.

A bolsinha era de veludo vermelho com borlas de seda, muito mais fina do que a que eu tinha dado a Layth, mas a mensagem que transmitia era clara.

Salima tinha me encurralado. Seu mundo de cartas e conexões era bem diferente do meu; eu não fazia a menor ideia de como deter o fluxo de informações que ela poderia ter iniciado, se tinha advogados, escriturários ou simplesmente amigos poderosos à espera nas sombras. Mas, de repente, ficou terrivelmente claro que, se decidisse usar seus privilégios e riqueza contra mim para se vingar, eu seria esmagada. Minha família seria esmagada. Minha filha, uma criança inocente que sorrira e levara frutas para ela, seria esmagada.

Já te contei o que acontece quando você captura um navio? As pessoas têm uma ideia tão sanguinária e apavorante dos piratas que era de esperar que os passageiros implorassem pela vida e por misericórdia, não? Às vezes, sim, e eu concedo. Nunca fui uma assassina e sempre preferi o contrabando à pirataria pura e simples.

Mas nas ocasiões em que capturei navios, vou te dizer uma coisa: eu podia avaliar a riqueza de um passageiro pela sua indignação. Pela sua *fúria*. Homens e mulheres que se ofendiam mais com a audácia de uns pobretões que exigiam uma parte das riquezas que adquiriram em nosso mar do que com a possibilidade de perder a vida. Como é que nos *atrevíamos*? Não sabíamos que nossa função era ficar de boca fechada? Mendigar na mesquita caso décadas os transportando de um lugar para o outro, mergulhando em busca de pérolas para eles e fabricando suas mercadorias nos deixassem aleijados? Silenciar nossas crianças famintas quando eles passassem na frente de nossas cabanas de junco cobertos de joias e sedas? Morder a língua quando os estudiosos viajantes que devem a vida aos nossos barcos jogassem no mar a comida que lhes preparamos, por a considerar impura?

Afinal de contas, aos olhos dos ricos, o maior crime dos pobres é revidar. Deixar de sofrer em silêncio e, em vez disso, tumultuar a vida deles e acabar com a fantasia de uma sociedade benevolente que, por mera coincidência, os colocou no topo da pirâmide. Dizer *não*.

Salima queria a neta de volta. Aos seus olhos, eu não era uma mãe também, e sim uma simples ferramenta, um animal de carga que deveria ser espancado até obedecer caso recusasse seu comando.

As moedas tilintaram dentro da bolsinha quando a peguei. Mal conseguia pensar em meio ao estupor da raiva, mas a ameaça à minha família atravessava tudo, tão fria e penetrante quanto a lâmina mais afiada. Dez anos antes, eu teria mandado aquela mulher arder nas chamas do inferno e arriscado uma fuga dali. Mas não arriscaria a vida de Marjana. Jamais.

Dei um pigarro, sentindo dificuldade para falar.

— Onde ela acha que está?

Salima pestanejou diante da mudança de assunto.

— O quê?

— Onde Dunya acha que está a Lua de Sabá? — Parecia absurdo fazer tal pergunta. — As pessoas procuram a Lua de Sabá há centenas de anos. Reis, estudiosos, caçadores de fortunas profissionais... todos fracassaram. Me diga como uma adolescente enfiou na cabeça que sabe a localização de uma joia mítica e mágica que ninguém vê há milênios.

Salima respirou fundo. Não pude deixar de ver sua postura relaxar diante da pergunta: ela devia ter ficado aliviada ao conseguir subjugar uma pirata recalcitrante por meio de ameaças.

— Se há uma adolescente capaz de descobrir uma coisa dessas, só poderia ser Dunya. Não esqueça que te contei que nossos antepassados se interessavam por textos antigos e talismãs.

Textos antigos e talismãs. Aquilo soava muito vago e nem um pouco ameaçador. Decidi ser desagradável.

— Asif me disse que seu povo era composto de necromantes e exorcistas durante a jahiliyyah, a época da ignorância antes do Islã.

Salima não pareceu satisfeita ao ouvir seus antepassados serem chamados de necromantes, mas continuou:

— Dunya é obcecada pelas tradições de nossa família desde criança. No começo, eu a encorajei... pelo menos nas questões acadêmicas e históricas. Seu talento para idiomas é espantoso, e eu acreditava que estudos mais aprofundados lhe seriam benéficos. Ela não tinha pais, irmãos ou primos, e nunca se sentia mais feliz do que ao folhear os livros antigos da nossa biblioteca. Satisfiz suas vontades, deixando-a escrever para outros estudiosos até que ganhasse uma boa reputação por suas habilidades. — O arrependimento ficou estampado no rosto dela. — Foi assim que descobriu a respeito da Lua de Sabá e ficou completamente obcecada. Ela me disse que um de nossos textos mencionava que a pérola tinha sido escondida em algum lugar seguro. O texto estava codificado, mas Dunya trabalhou por anos a fio para decifrar suas pistas.

Franzi a testa, precisando de um momento para me adaptar à constatação de que, pelo visto, ainda não podia perder as esperanças.

— Cadê esse texto? Talvez me diga para onde ela e Falco foram.

Salima hesitou.

— O texto sumiu. Posso te contar o que estava escrito nas anotações dela.

— Ou seja, quer me dar mais informações incompletas? Não. Você está me chantageando pelo meu conhecimento dos mares e suas costas, o que já é bem ruim. No mínimo, pode me deixar fazer a porra do meu trabalho e ler as anotações dela.

— Você não pode fazer isso.

Rosnei de raiva.

— Sei ler perfeitamente bem. Em quatro línguas diferentes, se for o caso...

— Eu queimei as anotações.

Foi como se eu tivesse levado um soco.

— Você fez *o quê*?

Salima desviou o olhar, hesitante.

— Tentei dizer a Dunya que a Lua era uma fixação doentia. Que ela precisava começar a viver no mundo real e se preparar para o casamento. Ela podia estudar! Mas tinha de abandonar o interesse por magia proibida antes que arruinasse sua reputação. Ela não me deu ouvidos. Por isso queimei o texto que estava traduzindo e as anotações que o acompanhavam.

Uma onda de frieza tomou conta de mim.

— Você queimou o trabalho dela e *mesmo assim* não acha que ela fugiu?

Salima torceu o shayla entre as mãos.

— Não tive escolha.

Cocei o queixo, andando de um lado para o outro em desespero; a réstia de esperança que brilhara tão docemente tinha sido arrancada de mim.

— Que Deus me salve, mulher. O que é que *você* lembra das anotações dela?

— Dunya escreveu que a Lua de Sabá fora escondida numa ilha que dizem ser geralmente inacessível. Há certas marcas... ou talvez gravuras... nas rochas circundantes. E um trecho que ela gostava de citar.

— Um trecho? — repeti, sentindo-me no meio de um pesadelo.

— Sim. Dunya escreveu que a Lua iria "dormir até ao Dia do Juízo Final, protegida por serpentes brancas e escondida atrás de um véu de água que jamais via o céu". — A expressão ficou assombrada. — Dunya me disse que era muito poético no idioma original e... ela adorava estudar idiomas.

Uma ilha remota de serpentes brancas e água escondida?

— Por favor, me diga que se lembra de mais alguma coisa — implorei. — Que guardou alguns dos cadernos dela ou que há outros livros...

Salima fez uma careta.

— É tudo que sei. Temos uma biblioteca cheia de textos e tabuletas, mas seria necessário um especialista para decifrar a maioria e levaria meses, se não mais. E isso partindo do princípio de que mencionem algo sobre a Lua de Sabá. Se Dunya foi a primeira a descobrir, imagino que sua localização não seja uma informação muito fácil de obter.

Soltei um palavrão.

— Então, preciso ver os aposentos de Dunya. E a biblioteca onde trabalhava.

— Por quê? — perguntou Salima, subitamente desconfiada. — Por que os aposentos dela?

— Porque uma velhota jurou destruir a minha família se eu não encontrar a neta dela, e eu não tenho mais nenhuma pista! — Não me dei ao trabalho de controlar a raiva. — Você tem que me dar *alguma coisa* para começar, Salima.

— Tá bom — cedeu ela. — Usman vai te mostrar o caminho. Eu... — Talvez houvesse certo remorso em sua expressão, mas logo se foi, e eu não dava a mínima se ela se sentia mal por me ameaçar. — É difícil para mim visitar os aposentos dela.

— Também vou precisar de mais dinheiro — disse, sacudindo a bolsinha. — Tenho um navio para manter e uma tripulação para alimentar.

— Vou te dar dinheiro suficiente para continuar a busca. Por favor, encontre minha neta, nakhudha. Compreendo que a coloquei numa posição difícil, mas Dunya é tudo para mim. Traga-a para casa e tudo isso ficará para trás. Você voltará rica para a sua família. — O olhar de Salima encontrou o meu, desta vez mais sincero. Não tive a menor dúvida de que ela estava falando sério.

Também não tive a menor dúvida de que cumpriria sua ameaça se eu tentasse desobedecê-la novamente.

Com raiva de mim mesma por ter que fazer isso, abaixei a cabeça.

— Entendido.

✦

O grosseiro criado chamado Usman me levou para fora da cozinha. Passamos por corredores sinuosos e subimos dois lances de escada, todos envoltos em poeira e solidão. Minhas tentativas de puxar conversa foram devidamente ignoradas. Salima o havia treinado muito bem.

Paramos diante de uma pesada porta de madeira. Usman, o Soturno, destrancou-a e fez sinal para que eu passasse, parecendo disposto a me esperar no corredor.

— Não teme que eu roube o lugar? — perguntei, em voz branda.

— Qualquer coisa retirada daí seria uma bênção. — Usman fez uma careta, como se tivesse esquecido que falar comigo não era digno de sua pessoa, e deu um passo para trás.

Em comparação com o resto da casa, a mobília do quarto de Dunya parecia bem cuidada. Havia rosas frescas num vaso ao lado de uma grande cama macia coberta de travesseiros bordados, e as janelas que davam para o pátio haviam sido abertas para deixar a luz entrar. Os móveis eram de mogno polido; os tapetes, de estamparia persa. Luxos importados para uma garota que fora incentivada a sonhar só para ser devolvida abruptamente à realidade. Havia uma porta entreaberta do outro lado do quarto, revelando inúmeras estantes de livros.

Quer dizer que Dunya dormia ao lado de uma biblioteca? Para uma alma erudita, deveria ser um sonho. Decidi revistar o quarto primeiro, começando em um canto e indo para o meio, onde sacudi os cobertores dobrados e passei as mãos pelos vãos da cama imensa. Examinei gavetas e baús, mas só encontrei pentes cobertos por filigranas e pulseiras perdidas. Dunya tinha roupas e sapatos suficientes para encher o enxoval de casamento de uma dúzia de noivas, de modo que era difícil saber se havia levado alguma coisa consigo. Fora isso, seu quarto não tinha nenhum item pessoal. Só não sabia dizer se era porque ela tivera a precaução de levar tais objetos consigo ou porque preferia passar seu tempo na biblioteca.

Mas havia uma coisa cuja visão me deixou sem fôlego.

Na prateleira ensolarada de uma janela, havia uma réplica exata da tartaruga de jade de Marjana.

Como uma mulher possuída, aproximei-me dela, pegando o brinquedo quente de sol e sentindo todos os fantasmas do passado à minha volta. Como é que aquilo estava *ali*? Mas foi então que lembrei: a tartaruga lá de casa não pertencia originalmente a Marjana. Eu a comprara para Mustafá quando ele era criança. Asif estava comigo naquela época, não? Será que me viu comprar a tartaruguinha para meu irmão caçula e comprou uma igual para a filha que havia abandonado? Era difícil imaginar Asif como pai; ele sempre me parecera tão jovem.

— Quem me dera que você tivesse ficado em casa — disse baixinho. Ali, naquela casa opulenta, com uma mãe que claramente o amava, era impossível não julgar as escolhas de Asif. Ou as minhas. Gostaria de tê-lo expulsado do *Marawati* em vez de me permitir ser conquistada por sua seriedade.

Fui colocar a tartaruga no lugar e percebi que ela não estava diretamente na prateleira da janela, mas em cima de um panfleto. Peguei o panfleto e folheei as páginas, ficando meio confusa, se não um tanto divertida. Eram poemas satíricos — alguns bastante obscenos — sobre o mais lendário dos primeiros califas abássidas.

— Acho que Salima não é a única a interferir na vida de seus descendentes — ponderei, examinando os versos obscenos de uma página gasta que relatavam como a mãe de al-Amin ordenava que dançarinas e pajens trocassem roupas e adornos na esperança de despertar o desejo do califa. Pelo visto, alguns deles gostavam bastante disso.

Mas nem a tartaruga nostálgica, nem a fofoca histórica me ajudariam a encontrar Dunya, por isso dei um suspiro e fui para a biblioteca.

Em retrospecto, não sei o que estava esperando. Uma família rica com gostos eruditos certamente ostentaria uma boa coleção de literatura hadith e estudos do Alcorão, biografias do Profeta e seus companheiros, que a paz esteja com eles, e textos de jurisprudência islâmica. Devido ao interesse de Dunya por história e linguística, também deveria haver uma valiosa variedade de traduções e trabalhos acadêmicos antigos de sábios indianos, persas, chineses e gregos. Talvez meia dúzia de livros sobre alquimia, astrologia e esoterismo — algo de Abu Ma'shar ou Jabir ibn Hayyan, nomes que até uma plebeia como eu conhecia.

Em vez disso, no instante em que entrei, logo entendi o comentário de Usman sobre a retirada de itens ser uma bênção.

Não parecia uma biblioteca, e sim o covil de um mestre das ciências ocultas. Centenas, ou melhor, *milhares* de livros e pergaminhos enchiam as quatro paredes de estantes rangentes. Onde não havia livros, as prateleiras exibiam objetos e artefatos bizarros que eu mal conseguia entender: tigelas de cerâmica com inscrições em língua estrangeira circundando figuras monstruosas, garrafas de latão com tampas de cera que pareciam ter sido arrancadas do leito de um lago ancestral, amuletos de escaravelho de lápis-lazúli, fileiras de cordas penduradas cheias de nós e crânios de animais pintados de prata com olhos de vidro sinistros. Fileiras bem etiquetadas catalogavam amuletos de demônios alados com falos de serpente e mãos de garras, dragões com cara de cachorro e tritões com presas empunhando lanças. Havia uma estátua de pedra em tamanho real de um homem com cabeça de íbis vestido de tanga no canto oeste da sala, segurando um cálamo numa das mãos e uma espécie de varinha cruzada na outra. Havia moedas estampadas com os nomes de reis djins dividindo o mesmo espaço com máscaras e ídolos de todos os tamanhos, formas e materiais. Feras de cornalina com cabeça de touro e pés de casco, sereias de arenito e falos de mármore — e sim!

Esse tipo de falo.

— O que é que você está resmungando, Jamal? *Hein*? Não preciso me alongar nos detalhes? Não fazem "parte do registro histórico" ou qualquer baboseira que tanto gosta de tagarelar? *Você* está ficando corado? Como acha que me senti ao ser observada pelos olhos de vidro de uma dúzia de criaturas mortas há tempos e cercada por um monte de pênis de pedra o dia todo? Vamos voltar ao assunto, tá bom?

Agora, escuta aqui... não sou do tipo de mulher que se choca facilmente. Sou uma pecadora que conta com o lado mais "misericordioso" de meu Senhor. Sou uma ex-*pirata* — consegue imaginar as coisas que já vi em minha carreira? Também sei muito bem que certos objetos de magia são comuns no dia a dia. Um pingente de garra de lobo ou uma canção de ninar para afastar os djins. Letras e números auspiciosos entalhados em quadrados para trazer boa sorte. Interpretação de sonhos e nós de amor. Não chegara perto de nada disso desde a morte de Asif. (Bem, não, isso é mentira... Como a maioria das mães desesperadas, não consegui resistir ao apelo dos feitiços e talismãs que certas pessoas juram que ajudarão seu bebê a dormir. Todos falharam. Bebês agitados não respondem a nenhuma autoridade.)

Mas *aquilo*... meus olhos ficaram cada vez mais arregalados à medida que eu me embrenhava na biblioteca. Nunca vi nada parecido com aquela coleção em toda a minha vida. E os livros! Não eram só alguns textos de magia — e sim *centenas*. As *obras completas* de Abu Ma'shar, Ibn Hayyan, Maslama al-Majriti e Ibn Wahshiyya. Do pouco que consegui decifrar, havia manuscritos de feitiços de proteção e invocação de espíritos. Mapas astrológicos de tal complexidade que eu — uma marinheira habituada a ler as estrelas desde criança — me limitei a encarar, perplexa. Tratados sobre conjunções lunares, navegação celestial e indicadores planetários estavam empilhados ao lado de intrincados quadrados mágicos com letras e números numa variedade espantosa de línguas e inscrições estrangeiras. Havia mapas pregados na parede, marcados com pedaços de pergaminho e fitas para indicar as rotas. Num dos cantos, um sólido armário de mogno continha várias tabuletas de cerâmica queimada cobertas de caracteres minúsculos em forma de cunha.

Não era à toa que Salima tinha descartado a possibilidade de contratar um estudioso para examinar tais materiais; àquela altura, não podia censurá-la por querer ocultar as excentricidades de sua família. Quem *eram* os al-Hilli? Aquele lugar não era uma biblioteca destinada a meras curiosidades acadêmicas.

Mais parecia a base de operações de pessoas que encaravam tais objetos como ferramentas. Presumo que o franco não soubesse da existência daquela coleção ou teria assassinado qualquer um que tentasse impedi-lo de obter todos os seus tesouros. Agarrei o punho da minha lâmina de ferro abençoada, olhando para todos os livros, ídolos, moedas e tigelas suspeitos na biblioteca.

— Um aviso a quaisquer espíritos que habitem este lugar… não estou interessada em vocês — disse para a sala silenciosa. — Me deixem em paz que eu retribuirei o favor.

Se minhas palavras foram recebidas por djins invisíveis ou pelos meus próprios nervos, não sei dizer. Mas, já que a biblioteca era a única pista que tinha, murmurei uma prece de proteção, respirei fundo e comecei a desvendar o mistério por trás da garota cujo pai eu havia matado.

Por misericórdia, a biblioteca estava bem arrumada. A mesa estava abarrotada de papéis, mas estavam todos organizados e, de fato, uma das poucas coisas que consegui reconhecer estava bem ali: um almanaque aberto num debate sobre a data do próximo eclipse. Não era nenhuma surpresa: para alguém como Dunya, um evento celestial tão misterioso deveria ser bem mais emocionante do que seu próprio casamento.

Mas nada do que consegui ler parecia dizer respeito à Lua de Sabá. À medida que o dia foi passando, ficou evidente o quanto eu estava perdida. Havia alguns livros em árabe, mas a linguagem era tão esotérica e especializada que poderiam muito bem estar escritos com os caracteres cuneiformes das tabuletas de pedra. Ao anoitecer, já estava tão desesperada para encontrar qualquer coisa que tivesse a ver com pérolas lendárias, ilhas "grandes" ou aspectos lunares apaixonados que comecei a puxar os tapetes e espiar entre as tábuas do assoalho, quando de repente um olhar casual revelou um pedaço de pergaminho que caíra no vão entre a escrivaninha e uma mesinha lateral.

Com o coração na garganta, tirei-o com cuidado dali. O pedaço de papel era pouco maior do que a palma da minha mão e estava todo chamuscado. Levei-o até a janela e coloquei-o sob a luz. Continha principalmente desenhos minúsculos: o que parecia fazer parte de uma constelação ao longo de uma borda queimada e o esboço sinistro de um homem com chifres, um barco rudimentar e meia dúzia de crucifixos. Aqui e ali, havia algumas palavras numa língua que não consegui identificar, mas também um único fragmento escrito em árabe:

"… véu de águas e protegido por serpentes brancas, ele dorme sob um teto de mãos de pedra, para sempre separado da morada celeste."

A passagem que Salima mencionara voltou à minha mente. Tinha algo a ver com um véu de águas também, não? E ela tinha falado de gravuras rupestres… Peguei depressa uma caneta e um tinteiro da mesa de Dunya, acrescentando o que lembrava.

Em seguida, olhei para o pergaminho e comecei a perder a esperança. Eu tinha um pedaço de papel queimado com desenhos bizarros e palavras saídas de um conto de fadas. Falco tinha acesso a uma magia capaz de matar um homem que perambulava por uma terra bem longe dele.

Eu não tinha nada.

✦

Já era noite quando saí da casa de Salima com o pergaminho e várias joias escondidas sob o vestido (escute, é difícil perder velhos hábitos; ninguém as estava usando e, pensando melhor, tais adereços femininos eram nitidamente indesejados). Usman, o Soturno, me mandou embora com mais duas bolsinhas, cortesia de Salima, mas a nobre chantagista não deu mais as caras. Suponho que seja indecoroso desejar uma boa viagem à bandida imoral cuja vida você ameaçara destruir.

Dalila se materializou ao meu lado a um quarteirão dali.

— Já estava começando a achar que teria de resgatar você. Custaria mais uma porcentagem de sua parte. — Ela franziu a testa quando minha única resposta foi um resmungo. — Você está com uma cara irritada e pensativa. Não costuma ser boa combinação.

— Estou desanimada e com vontade de matar alguém, isso sim. — Entreguei uma das bolsinhas para ela. — Fique com isso caso precisemos nos separar.

A bolsinha sumiu dentro das vestes dela.

— A reunião deve ter ido bem, já que resultou em mais dinheiro.

— O dinheiro não compensa as ameaças extras e informações inúteis que o acompanharam.

Dalila me lançou um olhar penetrante.

— Que ameaças?

No passado, não teria contado tudo a ela. Mas eu estava cansada de segredos e não conseguia enxergar um caminho para sair do labirinto em que tinha me metido. Assim, falei com mais liberdade que de costume, relatando todo o meu confronto com Salima, bem como a perturbadora busca nos aposentos de Dunya.

A expressão de Dalila tornou-se mais letal conforme eu seguia meu relato.

— Eu tentei te avisar. No segundo em que mencionou ser a mãe de Asif, ela já sabia que tinha você nas mãos. A antiga Amina al-Sirafi jamais teria...

— É. Eu sei disso, tá bom? Tenho plena consciência de que fiz besteira.

— Avistei o mar ao virarmos a esquina e, de repente, só quis correr em sua direção e me atirar na imensa extensão de água em que sempre confiei minha salvação. Sou uma boa marinheira. O *Marawati* é um navio veloz. Será que conseguiria chegar antes dos mensageiros de Salima? Passar pelos guardas que ela disse que vigiavam minha casa…

E se você falhar? Imagens de homens armados invadindo minha casa surgiram diante de meus olhos. Minha mãe sendo capturada, Marjana gritando por mim ao procurar um lugar para se esconder… Deixei escapar um som engasgado, sentindo-me tonta.

— *Amina?* — Dalila agarrou meu cotovelo. — O que foi?

— Salima disse que tem gente vigiando minha casa — sussurrei. — Cartas prontas para enviar a todos os meus inimigos. Ela me culpa por Asif. Disse que se perder Dunya também, fará com que minha família pague por isso. — Os olhos escuros de Dalila se tornaram positivamente letais, e eu segurei sua mão antes que ela pudesse sumir para fazer algo precipitado. — *Não.* Ela me disse que é tarde demais. Que, se eu a matasse, condenaria minha família ainda mais depressa.

Dalila soltou um palavrão, mas permaneceu onde estava.

— Então, o que vamos fazer?

Sua escolha de palavras não me passou despercebida. Olhei para minha parceira misteriosa, com os cabelos rebeldes balançando no vento poeirento.

— Este não é o trabalho que você aceitou. Se o franco…

— Aceitei o trabalho que vale um milhão de dinares e o franco já tentou me localizar. — Sua voz era firme. — Então, para onde vamos agora, nakhudha?

Nada na expressão de Dalila permitia discordância. Dei um suspiro e passei os dedos pelo pedaço de pergaminho com seus desenhos sinistros e constelações incompletas, pistas que não tinha qualquer esperança de desvendar. Só havia uma resposta.

— Mogadíscio — respondi, baixinho, voltando o olhar para o mar reluzente. — Preciso de Majed.

Capítulo 11

Precisar de Majed e chegar até ele eram coisas bem diferentes. Levaria pelo menos quinze dias até que os ventos mudassem, a monção do nordeste começasse e, com ela, se abrisse a rota ao sul da costa da Arábia em direção à África Oriental. Como qualquer ladra marítima de renome, sou capaz de fazer uma travessia contra a estação vigente. É preciso uma tripulação qualificada, diversas manobras de viragem de bordo e navegação pela costa, e muita sorte. Mas com uma tripulação nova e um navio mal abastecido, decidi seguir primeiro para al-Mukalla, uma cidade portuária monótona, embora bem abastecida, acostumada a preparar navios para viagens pela costa leste africana.

Além de um bônus inesperado, cortesia do dinheiro da chantagem de Salima, dei à tripulação uma semana de licença para substituir seus bens saqueados e comprar pequenos artigos que pudessem vender ou trocar ao longo da viagem, como latas de ghee, contas de vidro e tecido iemenita listrado. Dei instruções a Hamid, o cozinheiro, para não só ser generoso no reabastecimento do estoque de alimentos, mas também comprar a ovelha mais gorda que conseguisse encontrar para que pudéssemos ter um banquete antes de partir.

Tinbu recebeu a mesma quantia generosa para comprar conjuntos iguais de tubban e jubba para a tripulação e recrutar mais meia dúzia de marinheiros entre os mergulhadores de pérolas que retornavam da colheita no Golfo Pérsico. Galés a remo costumavam levantar suspeitas, e eu esperava que uma tripulação uniformizada e bem nutrida deixasse os transeuntes tranquilos de que não éramos piratas (o que era verdade, ao menos naquela viagem). Somando-se isso ao fato de que Mogadíscio era uma cidade fantástica para visitar — tão cosmopolita e emocionante quanto Áden, mas com melhor clima e menos inspetores de mercado —, a maioria da tripulação parecia feliz quando partimos, satisfeitos com suas roupas novas e barrigas cheias.

Passei a viagem inteira pensando em assassinato.

— Devia ter matado aquela mulher no segundo em que a vi — resmunguei no banco de capitã, observando meus homens ajustarem a vela. Era nosso segundo dia no mar; a costa de Hadramaute há muito sumira atrás de nós. Puxei as cordas do leme esquerdo. — Devia ter atirado nela e em seus guardas do telhado e jogado seus corpos no mar.

— Óbvio demais — rebateu Dalila, sem tirar os olhos da bolsinha da qual derramava pó preto para medir numa concha. O que quer que fosse, tinha um cheiro horrível e ácido, mas ela ignorara meus esforços para bisbilhotar seu conteúdo. — Você deveria ter colocado veneno na comida dela. Algo de efeito retardado para que ela pudesse voltar para Áden antes de morrer de algo que teria toda a aparência de uma causa natural. Você teria ganhado uma pequena fortuna e nem precisaria sair de casa. Infelizmente, não se deu ao trabalho de manter contato comigo. Eu poderia ter te mandado algumas amostras.

Tinbu subiu ao convés, trazendo um pacote de couro abissínio. Colocou-o no banco e desembrulhou o invólucro de couro, revelando uma bandeja de latão com peixe grelhado e picles, arroz condimentado e biscoitos ka'ak reidratados.

— Só para constar, *eu* estou feliz que você tenha aceitado o trabalho — comentou ele. — Sabe, por eu e o resto da tripulação não termos sido crucificados, cortados ao meio e pendurados nos portões da cidade.

— É, tem isso — concordei, desanimada. — Agora só precisa me dizer qual "ilha grande" é protegida por serpentes brancas que ficaremos quites.

— Pode ser tantos lugares. Quixe. Socotra. Dalaque. Talvez até Madagascar, não há nenhuma ilha maior por estas bandas. Aliás, posso pegar um pouco? — perguntou Tinbu, acenando para a bandeja.

Parti um picles ao meio, fingindo que era o pescoço de Salima.

— Vá em frente.

Tinbu pôs um pouco de arroz num prato de madeira, umedeceu-o com ghee e subiu para colocar a oferenda num pequeno altar que mantinha no telhado da cozinha. Meu amigo retornara à sua fé depois de escapar da escravidão, sem se importar com as vantagens que a conversão poderia lhe proporcionar na parte mais islâmica do oceano Índico. Na verdade, ele hesitara em continuar comigo, temendo que uma nakhudha muçulmana proibisse seus rituais.

Mas eu não era desse tipo de nakhudha. Tanto meu avô quanto meu pai me ensinaram desde cedo que partilhávamos o mar com inúmeros povos; se não quisesse que existisse tamanha diversidade, Deus nos teria feito todos iguais. Além disso, havia o fato prático de que os nawakhidha preconceituosos não duravam muito tempo entre a multidão multiétnica que compunha a maioria das tripulações.

Por outro lado…

— Tinbu, a comida é para o deus Varuna ou para Payasam? — perguntei quando ele acabou de rezar. Embora não visse a maldita gata por perto, ela gostava de cochilar no telhado da cozinha e, por ser o felino menos gracioso que Deus colocara no mundo, caía dali toda vez que o *Marawati* balançava demais.

— Para o deus Varuna, entre outros. — Tinbu saltou para o convés. — Os deuses são menos exigentes do que Payasam, e precisamos de todas as benesses que podem nos conceder. — Ele torceu o nariz para Dalila. — Será que quero saber o que você está fazendo?

— Não mesmo — respondeu ela.

Puxei a bandeja para perto, tão habituada aos experimentos de Dalila que conseguia comer sem prestar atenção. A comida de Hamid era boa; o arroz estava ligeiramente salgado devido à mistura de sal e água usada para fervê-lo e o peixe fora temperado com vinagre e cominho. Ergui o olhar e vi que Hamid fingia não me observar comer.

— Ele dá a mesma comida para a tripulação? — perguntei, colocando um punhado de peixe e arroz na boca.

— De acordo com suas ordens. — Tinbu baixou o tom de voz. — Você os libertou da prisão e deu bônus para todos. Eles estão apaixonados pela nova nakhudha.

— Que Deus seja louvado. — Acenei com a cabeça para Hamid, que respondeu com um sorriso nervoso que revelou o vão de onde eu arrancara seus dentes. — Falando nisso… preciso conversar com você.

Uma pontada de nervosismo cintilou nos olhos dele.

— Pensei que tínhamos concordado que a caixa de nafta acabou sendo uma coisa boa.

— Não se trata da caixa de nafta. Só queria dizer que, apesar das decisões questionáveis relativas à pilhagem do navio naufragado, você fez um trabalho admirável como nakhudha no meu lugar. O *Marawati* está num estado excelente e a tripulação é bem treinada… Estou orgulhosa de você, meu amigo.

Tinbu abriu um sorriso tão radiante que temi nem sempre elogiar seu trabalho o suficiente.

— Obrigado. Sua opinião significa muito para mim, Amina. Mas, por favor, considere ficar, pois detesto tanta responsabilidade… a preocupação constante com cada detalhe… e a *navegação*. Tem alguma ideia de como seus mapas são complicados? Prefiro fazer a manutenção dos navios e que me digam para onde devo levá-los do que ficar olhando para as estrelas a noite inteira.

Bufei, voltando a comer enquanto olhava para o horizonte azul-esverdeado e meu navio agitado. O mar estava calmo, e a tripulação, de bom humor, alguns cantando enquanto terminavam de ajustar a vela e outros enrolando cordas e trocando itens de seus baús pessoais. Era um dia quente e não pude deixar de notar que vários homens haviam tirado os mantos, deixando à mostra os braços musculosos brilhando de suor.

— Ih… — Tinbu deu uma risada. — Aposto que *vai* ficar como nakhudha. Você está com aquele olhar.

Voltei-me para ele.

— Que *olhar*?

— O olhar de quem está pensando "qual desses belos homens daria um bom marido número cinco?" — brincou ele. — Não negue. Eu te conheço muito bem. Que tal o Pequenino? Ele é tão gentil e posso atestar que o nome *não*…

— Ah, cala a boca — cortei, ficando corada. — Vou negar, sim. Estou farta de maridos. — Mas dizer que estava farta de maridos era uma coisa; controlar os olhos depois de não tocar num homem há dez anos e voltar a passar os dias rodeada por exemplares particularmente bonitos usando apenas calças de marinheiro já era bem mais difícil. Uma mulher não consegue baixar o olhar tantas vezes sem tropeçar nos próprios pés. — Os prazeres que os homens trazem não valem o trabalho que dão.

— Já ouvi isso antes. — Tinbu se sentou ao meu lado, servindo-se de um biscoito e observando Dalila, ainda concentrada no trabalho. Ela havia enrolado a concha cheia de pó preto em barbante, e um pedaço dele ficara esticado para fora, como o rabo de um rato. — Tá bom, Dalila, a curiosidade me venceu. O *que* é isso?

— Sal chinês misturado com outras coisas. Fazia um bom tempo que andava à procura disto, até que finalmente encontrei um fornecedor. — Dalila colocou a concha na beira da amurada e se afastou. Em seguida, encostou um galho em chamas no barbante.

Tirei os olhos do meu almoço.

— Espera aí, o sal chinês não é usado para...

A concha explodiu.

Foi tão rápido que mal consegui entender o que estava acontecendo. Houve um estrondo retumbante, um clarão de fogo, e então as duas metades da concha se separaram como se tivessem sido atingidas por um raio. Uma delas caiu no mar e a outra voou pelo convés principal, quase abrindo um buraco na vela. Vários marinheiros gritaram assustados e Tinbu saltou para trás tão depressa que caiu do meu banco.

Dalila deu um grito de alegria.

— Funcionou!

— *Funcionou?!* — exclamei, incrédula. — Você pretendia provocar um tipo de... de *explosão* no meu navio? Meu navio de *madeira*?

Ela já segurava novamente a bolsinha de pó preto.

— Exato.

Avancei para pegar a bolsinha, mas imaginei que seria melhor não tocar nela com tanta violência.

— Que Deus a amaldiçoe. É por isso que você só tem uma sobrancelha? Livre-se disso. *Agora mesmo.*

— Acho que conheço esse pó preto. — Tinbu se recompôs, com um ar traiçoeiramente fascinado. — Na China, as pessoas atiram o pó para o céu em dias de celebração. Ouvi dizer que cai em lindas faíscas de luz, como se fosse um monte de estrelas cadentes.

— Atiram para o céu? — repetiu Dalila, claramente intrigada.

— Isso mesmo. Se o prendermos a um projétil... — Seus olhos começaram a *brilhar.* — Que tal numa das minhas flechas?

Joguei uma espinha de peixe na direção dele.

— Não a encoraje!

Dalila me lançou um olhar irritado.

— Você ficou com sua nafta.

— Não é *minha*... — Payasam escolheu aquele exato momento para saltar de algum esconderijo na cozinha e pousar em cima do meu prato, espalhando peixe e arroz por toda a parte. — Mas que merda!

Tinbu pegou a gata no colo bem depressa.

— Não liga para ela — murmurou ele. — Depois que encontrar a Lua de Sabá, a nakhudha vai ficar bem menos rabugenta.

Dalila soltou um grunhido.

— Sabia que você ia acreditar nessa baboseira de Lua de Sabá. Não passa de uma história de charlatões.

— Você sempre fez pouco caso da magia — repreendeu Tinbu. — Uma história de charlatões consegue fazer com que um homem morra sufocado por moedas que aparecem do nada em sua garganta? O último marido de Amina era um personagem saído de um livro de charlatões?

— Meu último marido era um *monstro* — interrompi, com a voz áspera. — E a razão pela qual não me importo se a Lua de Sabá existe ou deixa de existir. Se alguém a balançasse diante de meus olhos, não faria a menor diferença. Não vamos nos envolver com o sobrenatural mais do que já fizemos.

Aquilo silenciou os dois por alguns minutos; a lembrança da pior noite de nossa história compartilhada tornando o clima sombrio e fazendo com que o dia ensolarado e as cantigas dos marinheiros parecessem muito distantes.

Por fim, Tinbu voltou a falar:

— Então, como é que vamos lutar contra um homem que possui tal poder?

Era uma pergunta que me assombrava desde a morte de Layth. Não sabia a resposta.

— Nós o ludibriamos — disse Dalila com firmeza. — *Enganamos* o franco. Lutamos de uma maneira que ele seja incapaz de prever. — Ela deu um tapinha na bolsinha de pó preto, e eu não pude deixar de estremecer, lembrando-me da explosão que uma pequena fração daquilo tinha acabado de provocar. — Com *isso* aqui, por exemplo. Amina, foi você quem disse que *não conhece ninguém que possua habilidades como as minhas*. Pois me deixe usá-las a nosso favor.

Tinbu se voltou para mim.

— Ela tem razão.

Tentei lançar um olhar ameaçador de nakhudha, mas nenhum dos dois ficou particularmente intimidado — já me conheciam bem demais. Além disso, Dalila não estava errada. Se Falco tivesse acesso ao tipo de magia de sangue que matara Layth... então precisaríamos de toda a engenhosidade criminosa que pudéssemos reunir.

— Tá bom — cedi, rispidamente. — Mas nada de experimentos no navio. E nada de mencionar explosões para Majed. Nosso reencontro já vai ser bastante difícil sem isso.

Um bilhete a Suleiman Batawiyna sobre o término do aprendizado de seu filho

"Informamos que Majed ibn Suleiman Batawiyna não possui mais nenhuma conexão com Ibrahim Shirazi, mestre cartógrafo do sultão de Quilua, nem com o xeique Dawud al-Hasan, pois abandonou seus professores, deveres e toda a respeitabilidade. Além disso, caso retorne a Quilua, será levado imediatamente ao qadi local para ser interrogado sobre sua relação e possível cumplicidade com o acusado de contrabando Saad al-Sirafi. Por não concluir o trabalho que lhe foi atribuído, suas dívidas de alojamento e alimentação serão transferidas para a família e uma fatura no valor de 84 dinares será enviada a Suleiman Batawiyna com a maior brevidade possível..."

[escrito com uma caligrafia diferente e rabiscado logo abaixo]

Suleiman, tentei de tudo para controlar o rapaz e manter seu posto, mas nenhuma súplica os fará mudar de ideia desta vez e mal posso censurá-los por isso. Não creio que seu filho tenha infringido a lei, mas sua disposição para embarcar em qualquer navio a fim de explorar o oceano acabou por envolvê-lo diversas vezes com nawakhidha suspeitos. Receio que ele tenha se perdido de vez. Se conseguir convencê-lo a voltar para casa, arranje para ele um trabalho e uma esposa bem longe do mar. Pois assim que Majed vê um navio, faz as malas e vai embora.

Capítulo 12

Com a cooperação do vento e do mar, fomos a Mogadíscio em bom ritmo. Exceto por uma breve tempestade que nos levou à costa, a viagem foi tranquila, com o litoral da Somália passando num borrão de dunas de areia, falésias amarelo-claras e vilas de pescadores sossegadas. Mogadíscio, no entanto, não era nenhuma aldeia de pescadores, e a coroa de barcos que navegavam suas águas nos enredou no tráfego marítimo antes mesmo de avistarmos os fortes e as mesquitas da cidade. Manobramos e abrimos caminho, passando por jilab e sanabiq, qunbar e canoas, cada um pertencente, ao que parecia, a cada povo com um pé no oceano Índico. Tive o cuidado de observar se havia navios com marcas oficiais ou soldados, mas vi sobretudo comerciantes e pescadores. Estávamos tão longe de Áden que não precisava me preocupar com a possibilidade de ser perseguida (a maior vantagem de viver ao longo de um oceano de centenas de reinos é poder cometer crimes num deles e fugir rapidamente para outro), mas não fazia mal ser paranoica, principalmente quando Salima não parava de me lembrar que eu tinha a cabeça a prêmio.

Alguns agentes locais remaram até o *Marawati* para nos dar as boas-vindas com bandejas de prata de cabrito assado. Se fôssemos comerciantes legítimos, teríamos partido com um deles em busca de alojamento e do melhor lugar para vender nossas mercadorias. Na verdade, estávamos disfarçados de navio de aluguel: Dalila se passava por uma viúva rica que viajava para Mogadíscio para visitar um primo e verificar seus investimentos. Nos tempos de crimes, era uma artimanha bem típica para nós. Um dos benefícios de Dalila e eu sermos mulheres era poder tirar partido do desconforto e receio dos homens de ser inconvenientes ao interagir com senhoras que não eram de sua família. Adornada por joias e sedas falsas, Dalila era capaz de imitar uma Sayyida nobre e intocável. Tudo em seu silêncio altivo e velado afirmava que se aproximar dela seria terrivelmente desrespeitoso; *questionar* os documentos que Tinbu entregara em seu nome seria impensável. Fiz o que pude para manter a fachada, agindo como sua criada e acompanhante — fingir respeitabilidade não faz parte de minhas competências.

A história de Dalila foi bem recebida pelos agentes e inspetores, de modo que logo fomos liberados para ancorar nos arredores de Mogadíscio e seguir para a cidade no dunij. Mas, se imaginava que meus amigos se uniriam a mim diante de Majed, eu estava redondamente enganada.

— Não vou com você — declarou Tinbu. — Sei muito bem que é melhor não me meter nessa briga. Além disso... — Ele deu um tapinha na barriga robusta, pois seu manto ocultava vários objetos que não queria passar pela alfândega. — Tenho mercadorias para vender.

Lancei um olhar suplicante para Dalila.

— Não vou ajudá-la a convencer Majed — disse ela categoricamente. — Ele nunca me perdoou pela maneira como embarquei no *Marawati*.

— Você o envenenou e se recusou a administrar o antídoto antes que a tirássemos de Bassora — relembrou Tinbu. — É bem difícil perdoar uma coisa dessas.

— Espero que ele esteja de bom humor — comentei, desanimada. — Ou pelo menos com a paciência de me ouvir antes de bater a porta na minha cara. Mas, claro, podem ir fazer compras e contrabando, seus traidores de uma figa.

Tinbu deu uma piscadela e um tapinha numa sacola de búzios.

— Venha, Dalila, minha astuta. Vamos ganhar dinheiro.

Era uma sexta-feira e a rua principal de Mogadíscio estava apinhada não só de devotos a caminho da jumu'ah, mas também de comerciantes que vendiam de tudo, desde garrafas de vidro de cânfora e pimentas em conserva até carapaças de tartaruga e feixes de vara de bambu. Crianças corriam em volta de um grupo de mulheres que examinava os tecidos locais, o que me deixou morrendo de saudades de Marjana. Havia vários nawakhidha fofocando à sombra de uma árvore, e abaixei a cabeça para evitar seus olhares, sem querer que algum comandante me identificasse. O sol estava a pino, mas com tantos toldos e a brisa fresca que vinha do oceano, o calor até que era suportável. O aroma de especiarias assadas e suco espremido na hora me atraiu para as barracas de comida, mas não me dei permissão para comer ou passear no mercado antes de falar com Majed.

Exatamente, decidi me recompensar com comida e outros incentivos, como se fosse uma criança.

Mas até o curto passeio me deu prazer. Adoro viajar, e já fazia quinze anos desde minha última visita à Mogadíscio. Movimentada na época, a cidade se tornara uma metrópole que fazia frente aos demais portos da região. Mal tinha percorrido dois quarteirões quando o som de tambores e trombetas me obrigou a parar diante de uma procissão magnífica. Soldados com armas polidas e uniformes perfeitamente drapeados — qadis, wazirs e todo tipo de escrivães, cada um mais bem-vestido do que o outro — desfilavam pela avenida, precedendo um palanquim real adornado por um arco-íris de seda colorida. Havia pássaros dourados com olhos de pérola e garras de prata empoleirados nos quatro cantos do palanquim. Lá dentro, tudo que consegui ver do rei foi o manto de pele e a bainha esmeralda do elegante brocado de Jerusalém.

Estiquei o pescoço para ver o desfile partir, mas acabei me repreendendo pela distração. Não estava em Mogadíscio para bancar a turista, por isso segui as instruções que Tinbu me dera até chegar num bairro agradável de casas nobres. Não eram as maiores mansões da cidade, mas seus proprietários deviam ter profissões respeitáveis e riquezas cuidadosamente acumuladas — pareciam lares de médicos e comerciantes internacionais. Tinbu me dissera que Majed tinha se casado com uma mulher do clã de comerciantes locais, e dava para ver; era o tipo de vida respeitável que sua família sempre quis para ele.

Parei diante de uma casa com portas alegremente pintadas de azul, equilibrando os presentes de pergaminho egípcio, pulseiras de vidro iemenitas, tecido indiano estampado e açúcar que trouxera para a família de Majed. Atrás da porta, pude ouvir o riso de crianças e fui tomada pela culpa. Entre meus colegas, Tinbu era meu marinheiro de confiança e Dalila... bem, Dalila era Dalila. Mas Majed ficara ao meu lado por mais tempo do que os outros. Sem ele, eu não teria me tornado a nakhudha que sou hoje; ele fazia parte da tripulação de meu pai e foi o único a permanecer no navio quando assumi o comando do *Marawati*. Considerava Majed um membro da minha família.

Como todos os irmãos, tínhamos nossas desavenças, mas ele é um bom homem. Eu devia saber que se casara e tivera filhos. Nossas famílias deveriam se visitar e passar as férias juntas. Marjana deveria considerá-lo um tio, e eu deveria tê-lo coberto de ouro pelo nascimento de seus filhos. Nossa amizade tinha azedado por culpa minha, e eu me sentia quase tão nervosa quanto quando blefara com o navio de guerra na baía de Sira.

Sussurrei o nome de Deus e bati com força na porta.

Um menino vestido com um thawb azul tão limpo que devia ter acabado de voltar da prece de sexta-feira abriu a porta. Ele não devia ter mais de sete anos e seus olhos arregalados e curiosos eram tão parecidos com os do meu amigo que logo percebi que era o filho de Majed.

— Que a paz esteja com você, pequenino — cumprimentei calorosamente. — Estou procurando Majed de Quilua.

— A paz esteja com você. — A criança balançava para a frente e para trás, como se eu o tivesse tirado de uma brincadeira de pique-pega. — Baba! — O burburinho vindo de um pátio invisível soou mais alto, e ele levantou a voz. — BABA!

— Já vou, já vou. — Ouvi a voz sonolenta de Majed antes que a porta fosse arrancada das mãos do menino. E então lá estava ele, meu velho navegador, com sua idade avançada, a barba grisalha e uma barriga que o thawb listrado não conseguia esconder. Tinha um ar de tranquilidade lânguida que eu nunca vira no homem tenso de antigamente, e apertou o ombro do menino com carinho.

Até seu olhar recair sobre mim.

Majed deu um passo para trás, como se tivesse recebido um balde de água fria, e dispensou o filho depressa.

— Volte para as brincadeiras, Ahmad.

Esperei até que o menino fosse embora e abri um sorriso inocente.

— Saudações, Pai dos Mapas.

Majed olhou para mim. Então, bateu a porta na minha cara.

Ele nem queria ouvir o que eu tinha para dizer.

— Ah, dá um tempo, Majed… — Empurrei o corpo contra a porta antes que ele pudesse trancar a fechadura, mantendo-a entreaberta. — Não é possível que você ainda esteja zangado comigo!

— Pode acreditar que estou!

Coloquei um pé na porta.

— Só quero conversar com você.

Ele pisou nos meus dedos.

— Vá embora daqui!

— Seu cretino teimoso… — Consegui dar uma cotovelada, não totalmente acidental, no olho dele. — Só vai levar um minutinho.

— Não vou te dar nem um minuto sequer. — Havia uma insistência suplicante na voz dele. — Sou uma pessoa normal agora. Normal! — Ele tentou fechar a porta no meu pulso, mas fui mais rápida. Estendi a mão e agarrei-o pelo colarinho, ao que ele reagiu me dando um chute na canela.

Ouvi um arquejo de surpresa.

— *Majed*?

Nós dois ficamos paralisados. Espiei para dentro da casa e vi uma mulher somali bastante alta com um vestido vermelho e branco de estampa vibrante. Ela tinha mais ou menos a minha idade, com uma graça esguia e olhos bondosos. O filho de Majed espiou por trás dela, enganchando os dedos em sua saia. Havia uma garotinha apoiada no quadril da mulher; as sobrancelhas minúsculas e peludas da criança estavam arqueadas de surpresa como as do pai.

Meu coração se aqueceu ao ver a adorável família de meu navegador — ainda assim, aproveitei o pânico de Majed para abrir a porta e entrar na casa. Dei um tapinha em seu ombro como se tivesse tropeçado e me apoiado nele para recuperar o equilíbrio.

— Obrigada por me apanhar bem a tempo, primo. Esses joelhos velhos... não posso mais confiar neles! — Dei um sorriso radiante para a mulher. — Ah, aposto que é sua esposa! Paz e bênçãos, minha senhora.

Ela parecia perplexa, mas retribuiu meu sorriso.

— A paz esteja com você. — Ela se voltou para Majed e, embora seu sorriso não vacilasse, li dezenas de perguntas em seu olhar penetrante. — Você não me disse que sua família vinha nos visitar.

Uma mistura de terror e indignação ficou estampada no rosto dele.

— Não. Quero dizer, ela não é...

— Da família? Não, não exatamente. — Mas eu já estava me aproximando para dar um beijo nela. — Nossa, você é tão linda, mashallah! Sou Umm Lulu. Majed e eu tivemos a mesma ama de leite em Quilua.

— Ah... — Ela ainda parecia meio confusa, mas fez um sinal para que eu avançasse. — Meu nome é Nasteho. Entre, por favor. Sinta-se em casa.

— Ela não vai ficar aqui — disse Majed com veemência. — Houve um mal-entendido.

Nasteho lançou-lhe um olhar irritado.

— Mas é claro que ela vai ficar. Não quero que ninguém fale mal da hospitalidade de minha família. — Ela tomou meu braço no seu. — Venha, irmã. Você pode me contar se meu marido era grosseiro assim quando criança enquanto te mostro a casa.

— Que Deus a abençoe, será um prazer!

De braços dados, partimos juntas, para o horror de Majed.

Inventar uma história sobre o motivo de estar ali e falar sobre nossa infância idílica em Quilua — um lugar onde só pus os pés aos vinte anos

— seria relativamente fácil. Mas poderia ter segurado a língua, pois fui apresentada a uma série de pessoas — filhos, sogros, primos viajantes, amigos havia muito perdidos e parentes distantes, cada um mais tagarela do que o outro. A família de Nasteho era de uma tribo local, mas, como muitos clãs mercantis, seus membros haviam se casado com habitantes de outros lugares, de modo que conheci cônjuges e vizinhos vindos de Cairo e Cambaia, de Malaca e Mascate; o pátio era tomado por uma cacofonia de línguas. Havia crianças por toda a parte, algumas pertencentes à família e outras que eram órfãs adotadas. Um tio tinha uma turma cheia de jovens praticando caligrafia, ao passo que, em outra área, mulheres e crianças embalavam refeições para os pobres.

Era tudo tão caridoso e perfeito que, quando descobri que Majed tinha salvado um grupo de peregrinos em seu terceiro hajj, até teria começado a suspeitar que estava sendo enganada, não fosse pelo olhar alarmado que Majed mal conseguia esconder. Levaram-me para a celebração da sexta-feira e fui recebida com bênçãos, água de rosas derramada sobre as mãos e os melhores pedaços de ensopado. A comida por si só já valia a viagem: pratos elegantes de vegetais locais, peixe, frango e carne fritos em ghee e servidos com arroz condimentado, bananas-verdes cozidas no leite e uma deliciosa mistura de coalhada, gengibre, manga, limão em conserva e pimenta.

Eu não comia tão bem desde o casamento de Mustafá, e exagerei a tal ponto que, quando folhas de bétele e nozes-de-areca começaram a ser distribuídas, dei um gemido, pois não conseguia nem pensar em colocar mais alguma coisa na boca.

Nasteho riu e deu um tapinha no meu ombro antes de tirar a filha do meu colo. A menina ficara fascinada com meu dente de ouro e tentava tocar nele sempre que podia.

— Vou arrumar uma cama para você — ofereceu ela.

— Ah, não precisa — assegurei a ela, levantando-me com dificuldade. Eu tinha comido com as mulheres, mas não deixei de reparar que Majed surgira atrás do ombro da esposa tal qual um fantasma apreensivo, como se temesse que eu tivesse passado a refeição escandalizando as almas piedosas ao meu redor com lembranças de nossas desventuras.

— Então, venha. Vocês dois precisam conversar.

Segui-os por um corredor silencioso até uma salinha. Devia ser o escritório de Majed; havia uma mesa baixa apinhada de esboços de mapas, pergaminhos e cálculos náuticos. Uma mesa de desenho ficava em frente a uma enorme janela aberta através da qual se podia admirar o mar.

Porém, o escritório não estava vazio. Ahmad estava deitado de bruços sobre um tapete trançado, com a cabeça enfiada num livro.

— Você está lendo alguma coisa interessante? — perguntei ao menino.

Ele ergueu o olhar, chutando os pés de alegria.

— Estou estudando a Índia. Sabia que há mais de três mil tipos de cobras por lá? Algumas delas têm chifres do tamanho de um homem e conseguem voar de uma cidade para outra!

Li o nome do autor do livro e sorri.

— Acho que o nakhudha al-Ramhormuzi deve ter exagerado um pouquinho. São dois mil tipos, no máximo.

A expressão de Ahmad se tornou mais séria.

— Vou ter que descobrir isso.

— Ah, então você quer ser um explorador como seu pai?

— Quero, sim! — Ele abriu um sorriso, franzindo os olhos de entusiasmo. — Ele me disse que posso pegar seus mapas e ir para onde quiser.

— Eu te disse que pode pegar meus mapas *se* prestar atenção nas aulas — corrigiu Majed. — Um bom explorador precisa de bastante conhecimento.

— Ahmad, amorzinho, vamos deixar seu pai e a convidada dele a sós. — Nasteho levou o menino para fora da sala e então se voltou para mim. — Será que posso levar as crianças para ver o *Marawati* amanhã?

Pisquei, surpresa. Ora, pelo visto, Majed não ocultara toda a sua vida pregressa da esposa.

— Será um prazer recebê-los.

Por fim, Majed e eu ficamos a sós. Ele fechou a porta, trancou-a e então, só para garantir, empurrou um baú em frente a ela.

— Ah, sim — comentei, impassível. — Não há nada de suspeito nisso.

Ele se virou para mim.

— Vou arrancar seu coração e dá-lo de comer aos tubarões.

— Ora, irmão, esse é o tipo de linguagem que um hajji usaria? — Caminhei pelo escritório, examinando seus pertences. — E *relaxe*, tudo bem? Não viajei até aqui para trazer problemas para sua família perfeita e seu trabalho dentro dos limites da lei. Juro por Deus, fiquei feliz em conhecer seus filhos. Eles são lindos, e sua esposa é uma conquista e tanto, mashallah. Gostei muito dela.

A expressão no rosto dele se tornou menos fria.

— Deus me abençoou.

— É o que parece. Ela sabe que você é um pirata?

— Não sou um pirata — bufou Majed. — Sou um cartógrafo com um passado conturbado.

— Sim. Um passado conturbado de pirataria.

— Um passado conturbado a que *renunciei* — acrescentou ele, com firmeza. — Em troca do caminho da retidão. Nasteho sabe sobre o *Marawati* e a época que passei contigo, mas a família dela não. E se você disser alguma coisa…

— É, eu sei. Você vai arrancar meu coração e dá-lo de comer aos tubarões. Uma ameaça perfeitamente normal para um cartógrafo.

Majed cruzou e descruzou os braços, parecendo dividido entre me jogar pela janela e continuar nossa conversa.

— E quanto a você?

— O quê?

— Você está… *bem*? — perguntou ele, pronunciando a palavra como se fosse mordê-lo. — Tinbu disse que está aposentada e morando com sua família.

Aposentada. Parecia algo tão tranquilo. Eu tinha fugido do meu passado e me escondido como uma barata.

— Mais ou menos. Voltamos para Omã. Meu irmão está casado, tem um segundo filho a caminho e um negócio próspero.

— Um negócio. — Majed soou nostálgico. — Mustafá era pouco mais velho do que meu Ahmad quando nos vimos pela última vez. E a sua mãe?

— Mais feliz do que eu esperava por me ter de volta. E saudável, que Deus seja louvado. Na verdade, os anos a tornaram ainda mais perspicaz.

O vislumbre de um sorriso surgiu em seu rosto; Majed conhecia minha família muito antes de eu assumir o comando do *Marawati*. Na verdade, foi ele que começou a se corresponder com minha mãe quando eu ainda tinha vergonha de fazer isso.

— Fico feliz por saber — disse ele com sinceridade. — Quer dizer que você está mesmo fora dos negócios? Nada de contrabando?

— Não.

— Bebida?

— Nada em dez anos.

— Jogatina?

— A vida é um jogo, irmão.

Seu sorriso desapareceu.

— Tinbu me contou que você teve uma filha. Ela está… crescendo bem?

— O nome dela é Marjana — respondi na defensiva diante de sua pergunta cuidadosamente formulada. — E sim, ela está crescendo muito bem. É a criança mais doce e gentil que já conheci, uma verdadeira dádiva de Deus.

— Deve ser uma bênção e tanto. E ela… — Majed hesitou. — Ele é…

— Ela é *minha* filha — disse com firmeza. — É só isso que importa.

Majed deu um suspiro, com uma expressão mais suave no rosto.

— Amina, você está me entendendo mal, para variar. Estou perguntando se ela está *segura*. Ele sabe da existência dela?

— Ele está morto.

Majed balançou a cabeça.

— Eu também estava lá. Não sabemos disso. Não com toda a certeza.

— Vimos a maré passar por cima do local onde enterramos o baú. Ninguém seria capaz de sobreviver àquilo. — Dei as costas para ele e comecei a vasculhar os esboços de mapas. — Está trabalhando em algo interessante?

— Você está mudando de assunto.

— Pois me agradeça. A não ser que prefira falar de demônios num lugar onde a família de sua esposa pode nos ouvir.

Majed me lançou um olhar irritado que, apesar de tudo, eu sabia ser um sinal de derrota.

— Novas rotas para Madagascar a fim de tirar melhor proveito da correnteza e evitar a costa rochosa de Mahajanga — respondeu ele, num tom profissional exagerado.

Fiquei intrigada.

— Como?

Ele apontou para uma pequena depressão no mapa.

— Há uma lagoa mais ao norte que não é visível do mar. Fica acessível só algumas noites durante a maré alta, por isso poucas pessoas conhecem sua localização e menos ainda se atrevem a fazer a rota, mas com o mapa certo…

Balancei a cabeça, admirada.

— Não sei como você encontra esses lugares.

— Li a respeito num livro e passei por ali com seu pai. — Ele deu de ombros. — Minha mente tem facilidade para armazenar essas coisas.

Aquilo era um eufemismo. Majed não era um marinheiro nato, mas tinha um talento inigualável para desenhar mapas. Quando trabalhávamos juntos, as rotas que traçávamos fariam outro nakhudha desmaiar de medo.

Por outro lado…

— São os rochedos de Mahajanga ou as taxas alfandegárias que seus clientes querem evitar?

— O que os outros fazem com um conhecimento obtido de forma honesta não é da minha conta.

Dei uma risada de escárnio.

— Aposto que seu passado conturbado vem bem a calhar. — Majed fez cara feia para mim, e eu levantei as mãos em sinal de paz. — Foi só uma observação, não um julgamento. Seu trabalho o levou a algum lugar novo?

— Não. — Ele devolveu o mapa a uma das estantes estreitas que forravam a parede. — Não viajei além de Meca desde que deixei o *Marawati*.

— *O quê?* — perguntei, sem conseguir esconder o espanto. O Majed que eu conhecia era um explorador. Ele já navegava pelo oceano Índico quando eu era criança. — Você não foi mais a lugar *nenhum*? E quanto à China? Era o seu sonho. Quando você foi embora, pensei…

— Sonhos são para os jovens. E os tolos. — Não havia amargura em sua voz, e sim uma nota de triste aceitação. — Deus me deu uma esposa brilhante, filhos saudáveis e, principalmente, um trabalho honesto. Não preciso de mais nada.

— Amém. — Tentei abrir um sorriso. — Você se saiu bem melhor do que eu no que diz respeito a cônjuges.

Era uma piada para aliviar a tensão da quase desavença que tivemos por causa de Marjana, mas Majed se encolheu. Não posso censurá-lo. Também estremecia só de pensar no meu último marido.

Ele deu um suspiro.

— Você não veio até Mogadíscio para falar de mapas comigo. Todos os minutos que pediu já se passaram. Vá direto ao assunto.

— Na verdade, vim para falar de mapas, sim. Estou procurando a filha de Asif al-Hilli.

— Dunya? — perguntou Majed, desconfiado. — Por quê? O que você quer com ela?

— Você a conhece?

— Sim, embora não me surpreenda que você não. — Majed passou a mão pela barba. — Asif só me falou dela algumas vezes. Perto do fim. Quando estava ficando ainda mais… esquisito. Acho que não dormia mais. À noite, quando eu estava de vigia e ficávamos a sós, ele me fazia um monte de perguntas sobre Deus, salvação e… — Majed engoliu em seco. — O que o Alcorão diz sobre almas.

O que o Alcorão diz sobre almas. Aquilo foi um soco no meu estômago. Baixei o olhar e peguei um astrolábio de latão na mesa. Duvido que Majed gostasse que eu mexesse em seus pertences, mas era mais fácil não o encarar.

— Foi aí que ele te contou sobre Dunya?

— Foi. Ele me confessou que tinha se casado um ano antes de se juntar a nós. Asif me disse que sua família o forçou; era uma união política irrecusável. Mas nunca visitou a esposa e a filha depois de se juntar à tripulação do *Marawati*. Ele me disse que não estava preparado para ser um marido e que não sabia como ser um pai.

— O que foi que você falou para ele?

— Falei para ele ir para casa.

Larguei o astrolábio na mesa.

— Você falou para ele nos abandonar?

A expressão de Majed estava carregada de tristeza.

— Asif estava tão perdido, Amina. Ele tinha ambições e buscava glórias inimagináveis. Falei que já havia passado por muitas aventuras e que estava na hora de pegar o que ganhara e voltar para a esposa e a filha.

— Queria tanto que ele tivesse te dado ouvidos — disse, baixinho. — De verdade.

O remorso pairou entre nós por um momento, mas, felizmente, Majed mudou de assunto.

— A filha dele deve estar bem crescida. Por que está procurando por ela?

— Porque ela fugiu com um franco. Ou foi sequestrada por ele, dependendo de para quem você pergunte.

Majed ficou de queixo caído.

— Um *franco*? Quando? *Por quê*? Para onde ele…?

— Eu esperava que você pudesse ajudar com a última parte. — Peguei o pergaminho que havia tirado do quarto de Dunya. — Isso lhe parece familiar?

Majed pegou o pergaminho e leu as palavras em voz alta.

— "Além do véu de águas e protegido por serpentes brancas, ele dorme sob um teto de mãos de pedra, para sempre separado da morada celeste." — Ele me lançou um olhar perplexo. — É algum tipo de enigma?

— Sim. Para a suposta localização da Lua de Sabá.

Ele praguejou e afundou numa almofada no chão.

— Meu Deus — sussurrou, traçando as figuras com o dedo. — Aquela ridícula pérola mágica de que Asif não parava de falar? A que supostamente pertencia à rainha Bilqis? Como é que você ficou *sabendo* disso?

— A mãe dele foi atrás de mim. — Hesitei, esfregando a nuca. — Eu... Dalila e Tinbu vieram comigo. Os dois estão aqui, em Mogadíscio, vendendo contrabando neste exato momento.

Majed ficou paralisado.

— Foi o que imaginei. Por que não vieram aqui com você?

— Eles tiveram medo de que fôssemos nos matar. — Seus olhos encontraram os meus, e as próximas palavras que pronunciei saíram às pressas. — Não queria te envolver nisso. Sério. Continuo não querendo, mas... estou completamente *perdida*, irmão. Ir atrás das pistas só me deixou cheia de perguntas e o franco com quem ela está... — Estremeci. — Ele é capaz de fazer certas coisas. Do tipo que aconteceu com Asif.

Majed pousou o pergaminho no colo.

— Então desista, Amina. — Apesar de tudo que aconteceu entre nós dois, ouvi um zelo protetor na voz dele. — Você tem que proteger a sua família.

— Eu sei — disse, com amargura. — É por isso que não posso desistir. A mãe de Asif ameaçou minha família. — Quando Majed soltou outro palavrão, apressei-me a pedir desculpas, amaldiçoando a viagem em meu íntimo. — Desculpa. Não devia ter trazido esse problema para você. — Estendi a mão em direção ao papel chamuscado. — Já vou...

Majed agarrou meu pulso.

— Você vai ficar onde está.

As palavras pairaram no ar. Foi a mesma coisa que Majed me dissera mais de vinte anos antes no convés do *Marawati*, quando os demais membros da antiga tripulação de meu pai desertaram. Quando eles me abandonaram, fugindo no dunij com tudo que podiam carregar enquanto os emires de Quixe nos cercavam. Quando percebi que a única coisa que me separava de uma morte horrível era o navio de meu avô e um cartógrafo esquisito que sonhava com a China.

Ele soltou meu braço.

— Sente-se aqui, nakhudha. Sente-se e me diga o que está se esforçando tanto para não dizer.

E foi o que fiz, começando com a visita surpresa de Salima e a maneira como relatara o sequestro de Dunya. Contei a Majed sobre a fuga da prisão em Áden e a morte sangrenta do ex-recrutador de Falco. Sobre como ficava cada vez mais evidente que, além de conseguir obter um pouco da magia que tanto desejava, o franco tinha um interesse sinistro em mim, na minha tripulação e no *Marawati*. Sobre como Salima rejeitou minhas perguntas e ameaçou minha família quando tentei desistir. Sobre as coisas bizarras que eu tinha descoberto na biblioteca de Dunya, que pertenciam a uma garota que sabia muito mais do que devia e tinha ambições que já poderiam tê-la levado à morte a essa altura, se não a coisa pior.

Majed escutou a história com atenção. De vez em quando, cofiava a barba em contemplação ou se levantava para caminhar pelo escritório, mas permaneceu em silêncio. Mesmo depois de eu terminar, ele continuou calado, olhando para os próprios pés por um bom tempo.

Por fim, falou, com o pedaço de papel nas mãos:

— Eu devia ter fechado a porta mais rápido. Se tivesse feito isso imediatamente, conseguiria travar as fechaduras antes de você entrar.

Avancei em direção ao pergaminho.

— Quer saber de uma coisa…?

Ele se esquivou, tirando o pergaminho do meu alcance.

— Eu disse que você podia ficar aqui e me contar tudo. Não que eu ficaria de boca fechada. Pelo bom Deus, Amina. Só *você* para voltar numa situação dessas. Um feiticeiro franco e a Lua de Sabá. Um feiticeiro franco que está atrás de *nós*, ainda por cima. E logo a filha de Asif… de tantas garotas que ele poderia sequestrar.

— Eu sei. — Apontei para o pergaminho. — Isso tem algum… significado para você? Sem pressão, mas você é minha última esperança.

Majed franziu a testa em concentração.

— Uma ilha, hein?

— Uma ilha grande. E que costuma ser inacessível, o que torna a situação ainda mais complicada.

— Talvez seja uma pista mais útil do que você imagina. Me dê alguns dias para pensar no assunto.

Eu me levantei.

— Devo voltar?

— Não… — Majed já estava tirando um pergaminho de um baú, concentrado em seu novo mistério cartológico. — Não volte aqui. Você fala muito alto e a família de Nasteho é bastante curiosa. Eu a procurarei.

Não pude julgá-lo por sua prudência; na verdade, já estava satisfeita por nosso reencontro não ter acabado em derramamento de sangue.

— Obrigada, irmão.

— Não me agradeça. Somos uma família. É o que fazemos uns pelos outros. — Sua voz ficou mais suave. — Asif também era da família. Ou seja, a filha dele é uma das nossas. Vou tentar descobrir tudo que puder, se Deus quiser.

Asif também era da família.

— Certamente — disse, tomada pela vergonha. — Que Deus o acompanhe.

Capítulo 13

Nasteho veio com os filhos na manhã seguinte. Peguei o dunij para buscá-los na praia e dei o dia de folga ao resto da tripulação, para que a esposa e os filhos de Majed pudessem explorar o *Marawati* com todo o gosto. Nasteho havia trazido a comida deliciosa de sua família e fizemos um piquenique enquanto Ahmad corria pelo navio, gritando de alegria e escalando tudo que podia.

— Quer dizer que esta é a vida à qual ele renunciou por nós — ponderou ela, observando Ahmad puxar avidamente o leme esquerdo sob o olhar atento de Tinbu e berrar sobre ir para a Índia à procura de cobras. — Que experiência maravilhosa poder ir a qualquer lugar que se deseje apenas com o vento!

Dei uma risada.

— Você ficaria surpresa se soubesse como o vento é um parceiro volúvel. Às vezes, ele conspira com a correnteza para levá-la numa direção completamente diferente daquela que pretendia ir. Certa vez, Majed e eu partimos de Zanzibar rumo a Mascate e acabamos em Madagascar.

— Ainda assim, deve ter sido emocionante.

— Foi, sim — concordei, baixinho. — Tivemos bons momentos.

Nasteho pegou uma manga e começou a fatiá-la, entregando o caroço carnudo para a bebezinha chupar.

Senti um aperto no peito ao ver tal cena.

— Manga também é a fruta preferida de minha filha. Eu a deixava chupar o caroço desse jeito quando seus dentes estavam nascendo. Fazia uma bagunça daquelas, mas era a única coisa que aliviava a dor.

— Ahmad só queria chupar *meu peito* quando seus dentes começaram a nascer. — Seu olhar se fixou no meu, e o que ela viu ali a fez suavizar a expressão. — Há quanto tempo você não a vê?

A ameaça de Salima ecoou na minha cabeça. *Se sair por essa porta, juro que nunca verá sua filha outra vez.*

Consegui falar, apesar do nó na garganta.

— Dois meses.

— Você deve sentir muita falta dela.

— Quem me dera que ela estivesse aqui. — Com o coração aflito, a resposta escapou antes que eu conseguisse me controlar diante de uma mulher que ainda era uma estranha para mim. — Bem, não necessariamente *aqui*, partilhando o… hã, o trabalho que me foi confiado. Mas adoraria que ela estivesse no meu navio, brincando com seu Ahmad.

Nasteho ficou surpresa.

— Nunca a trouxe a bordo? Majed me disse que você cresceu no *Marawati*.

Hesitei, sem saber o que Majed lhe contara sobre Marjana e as circunstâncias que levaram à minha "aposentadoria".

— Não — confessei. — É a primeira vez que estou no mar desde que ela nasceu.

— Ah… — Nasteho olhou de relance para Ahmad, que agora implorava a Tinbu, visivelmente estressado, que o deixasse subir no mastro. Quando voltou a falar, sua voz soou contemplativa. — Depois da morte de meu primeiro marido, comecei a ir para o escritório de meu pai na cidade uma vez por semana para dar uma olhada nos livros contábeis. Sou melhor com números do que meus irmãos, mas era um trabalho chato e entediante. Mesmo assim, adorava aquilo. A oportunidade de ficar sozinha por algumas horas e só ser responsável por mim mesma. Almoçar na praia e ficar olhando para as ondas sem que ninguém precisasse de mim. Era uma tranquilidade da qual só me dei conta depois que me casei pela segunda vez e Ahmad nasceu. Amo meus filhos de todo o coração, mas… — Ela me encarou com um olhar cheio de compreensão. — Uma parte de você deve estar muito feliz por voltar a ser uma nakhudha.

Sim. No entanto, foi só quando Nasteho disse aquilo que me permiti aceitar a verdade — a culpa havia me impedido de fazer a mesma conexão. Afinal, como eu poderia gostar de estar no *Marawati* quando isso me afastava de Marjana? E numa missão tão perigosa, ainda por cima?

Mas eu estava feliz. Adorava aquilo. Sempre adorei. Adorava estar no meu navio, com o vento no rosto e a maresia nas roupas. Adorava poder me orgulhar de comandar uma embarcação eficaz e uma tripulação competente, fazer troças com meus colegas e me levantar a cada amanhecer com uma nova extensão de água indo em direção ao horizonte. A navegação estava gravada em minha alma há muito tempo; não havia como arrancá-la dali.

— Não sei ao certo se deixei de ser uma nakhudha algum dia — respondi por fim. — Nossos corações são roubados por essas criaturinhas com olhos meigos, sorrisinhos diminutos e *tantas* necessidades, mas não significa que aquilo que nos torna quem *somos* tenha desaparecido. E espero... bem, ao menos uma parte de mim espera que, ao me ver fazer isso, Marjana perceba que tudo é possível. Não quero que acredite que, por ter nascido menina, ela não pode sonhar.

Mas as últimas palavras soaram ligeiramente falsas. De que adiantava dar a Marjana um exemplo de independência feminina se eu raramente a deixava sair de casa e me recusava a mandá-la para a escola por medo? É verdade que meu medo tinha razão de ser... mas suspeitava que fossem sentimentos parecidos que levaram Sayyida Salima a deixar Dunya tão isolada. E veja só no que deu.

Os olhos de Nasteho brilharam de malícia.

— E se Marjana sonhar em ser uma pirata?

— Deus me livre. — Mas aproveitei a oportunidade para mudar de assunto. — Majed admitiu que éramos piratas? Preciso saber.

— Ah, jamais. Ele é hábil demais com as palavras para isso. — Ela hesitou. — Gosto muito de Majed. Meus pais não sabiam de seu passado quando me sugeriram o casamento, mas descobrir que o discreto cartógrafo com quem me casei era, na verdade, o navegador de Amina al-Sirafi foi uma surpresa emocionante na minha noite de núpcias. — Ela voltou a olhar para mim, agora mais séria. — Esse trabalho de procurar a filha do seu amigo... é perigoso?

A lembrança sangrenta de Layth sufocado com as moedas prata voltou à minha cabeça.

— Pode se tornar, sim — admiti. — Mas estou tentando mitigar os riscos o máximo possível. Tenho uma pessoa muito importante à minha espera em casa e pretendo voltar para ela.

Nasteho pareceu refletir sobre o assunto.

— Boa resposta, nakhudha. — Ela limpou a boca cheia de manga da bebê. — Gostaria de conhecer sua Marjana algum dia, se Deus quiser.

Dalila se juntou a nós, com Payasam ronronando em seus braços.

— Não vai me dizer que essa gata inútil também te conquistou? — reclamei. — Acordei com o rabo dela na minha *boca*.

— Estou fascinada com a total incapacidade dela de prover alimentação para si mesma — disse Dalila, admirada. — Tinbu tem que dar comida na boquinha dela para que não morra de fome. A única coisa que consome por iniciativa própria é meu pó preto. É um fiasco tão grande como gata que não consigo deixar de ficar impressionada.

— Gata! — A menina largou o caroço de manga e se lançou sobre Payasam com os dedos grudentos. A felina soltou um miado sibilante, lançando à filha de Majed um olhar contente de incompreensão.

— E você, Dalila? — perguntou Nasteho. — Há alguém em casa para quem está ansiosa para voltar?

Dalila cutucou os dentes com a unha.

— Tive que abandonar um experimento urgente e bastante promissor de um novo gás entorpecente.

— Para alívio da dor — emendei depressa. — Dalila é nossa... curandeira.

Nasteho arqueou as sobrancelhas ligeiramente.

— Ah, sim. Majed já me contou como você o "curou" quando se conheceram.

Dalila revirou os olhos.

— Não foi o pior dos meus venenos. Alguns médicos acreditam que é bom para a saúde vomitar sangue de vez em quando. Equilibra os humores.

Nasteho empalideceu e eu puxei Dalila para perto de mim.

— Coma — ordenei, colocando um pão doce nas mãos de minha colega. — Só assim você para de falar.

A família de Majed passou uma boa parte do dia no meu navio. Comemos e conversamos enquanto a bebê engatinhava atrás da gata e Tinbu ensinava Ahmad a pegar caranguejos na lateral do barco. Senti-me mal por fazer um piquenique com a família de Majed enquanto ele tentava desvendar uma pista para mim, mas meu ex-navegador sabia onde o *Marawati* estava ancorado. Se quisesse vir também, não havia nada que o impedisse.

Mesmo assim, quando Nasteho começou a guardar seus pertences, não pude deixar de perguntar:

— Como vai seu marido?

— Ele mal saiu do escritório desde que você foi embora. Aquele homem adora um bom mistério náutico. Na verdade, é melhor a gente voltar para casa. É bem capaz de ficar sem comer se eu não o lembrar de fazer isso.

Peguei a menina, que estava subindo numa pilha de caixotes, abracei-a contra o peito e fiquei imaginando como estaria meu sobrinho, tão pequeno e carinhoso como ela.

— Venha nos visitar sempre que quiser. Gostei demais da sua companhia. E traga Majed. Seria muito bom vê-lo novamente a bordo do *Marawati*.

Um sorriso misterioso surgiu nos lábios dela.

— Não precisa se preocupar, nakhudha. Acho que meu marido não vai continuar longe daqui por muito tempo.

No fim das contas, Nasteho estava certa. Estávamos em Mogadíscio há menos de uma semana quando meu ex-navegador apareceu na praia sem avisar e, enquanto minha tripulação o trazia a remo no dunij, observei seu olhar percorrer o *Marawati* da popa à proa, milhares de emoções estampadas no rosto envelhecido. Ele demorou um pouco mais do que o habitual para subir a bordo e, quando se aproximou do meu banco, passou as mãos pelo leme com evidente nostalgia. Majed parecia muito mais velho, bem diferente do homem que fora o nadador mais rápido que já conheci e que subia no mastro para espiar uma terra desconhecida num piscar de olhos. Um alforje pendia de seus ombros, e ele usava um manto elegante com largas listras azuis e braçadeiras de tiraz com bordados prateados. Por baixo, vestia um thawb vermelho que parecia novo e um turbante igualmente imaculado ao redor da cabeça.

— Nakhudha. — Majed colocou a mão no peito. — Que a paz esteja com você.

— Que a paz esteja com você, Pai dos Mapas — respondi.

Tinbu sorriu e puxou Majed para um abraço, beijando suas bochechas.

— Olá, velho amigo.

Dalila saiu da cozinha e franziu a testa, estreitando os olhos para a barriga dele.

— Você engordou.

— Diz a mulher que aperta os olhos como se estivesse com a vista cansada — respondeu Majed com rispidez antes de se voltar para mim. — Descobri o que você me pediu, Amina.

Meu coração palpitou. Por algum motivo, pensei que Majed não fosse voltar, muito menos com uma resposta.

— Você sabe para onde Falco levou Dunya?

— Sei para onde levam os desenhos naquele pedaço de pergaminho. E se foi lá que Dunya disse que o franco deveria procurar a Lua de Sabá... — Majed apontou para o banco. — É melhor se sentar primeiro.

✦

— Socotra? — repeti. — Tem certeza?

— A certeza de que Deus nos permite. — Majed apontou para os documentos espalhados à nossa frente. Ao lado do pergaminho queimado que encontrara no quarto de Dunya, havia diversos mapas, um antigo texto grego, um capítulo da geografia de al-Mas'udi e um mapa estelar. — São os desenhos. Não quis te dar esperanças, mas no instante em que os vi, pude jurar que conhecia algo parecido. E encontrei aqui... — Ele apontou o dedo para o texto grego e depois para o de al-Mas'udi. — E aqui. Socotra caiu em desuso como destino de viagem...

— Por um bom motivo — murmurou Tinbu.

— ... mas, no período entre as conquistas de Alexandre e os primeiros séculos dos abássidas, era um entreposto bastante popular — explicou Majed. — Alexandre enviou colonos para cultivar as árvores de sangue-de-dragão e, séculos mais tarde, al-Mas'udi disse...

— Essa informação é importante? — interrompeu Dalila.

— *É* — respondeu Majed, com a voz de um professor sofrido. — Al-Mas'udi diz que havia rumores de que Socotra abrigava uma extensa rede de cavernas usadas como pontos de contrabando e estações de passagem por antigos marinheiros. Eles costumavam marcar as paredes, se comunicando uns com os outros por meio de pictogramas e palavras, bem como por desenhos das próprias *mãos*.

— "Ele dorme sob um teto de mãos de pedra" — disse, lembrando-me do verso de Dunya. — Mas um monte de ilhas tem cavernas, Majed. Com marcações bem parecidas.

— De fato, e foi por isso que voltei ao texto grego original. — Majed abriu o livro fino numa página marcada com uma fita de seda verde. — As marcações não são apenas parecidas. São iguais. Veja com os próprios olhos.

Nós três nos debruçamos sobre o livro. Majed tinha razão. O cronista havia copiado cada desenho com detalhes em cima de algumas frases. Lá estava o homem com chifres e o barco, os crucifixos e as mãos.

— Ele explica o que os locais acreditavam que cada marcação significava — esclareceu Dalila. Eu sabia falar um pouco de grego, mas ler estava além de minhas capacidades. — Ah... Pelo visto, o homem com chifres era o mestre das bruxas, Majed. Você leu essa parte?

— Claro que li. Tanto al-Mas‘udi quanto o cronista grego falam bastante a respeito de bruxas na ilha. Você vai gostar menos ainda do que escreveram sobre as supostas serpentes brancas… — Majed virou algumas páginas e recuamos, ao mesmo tempo, ao ver o desenho de um homem sendo devorado por uma serpente dez vezes maior do que ele e com um número desmesurado de presas afiadas. — O cronista grego nunca viu tais serpentes, mas foi alertado pelos habitantes locais. Séculos mais tarde, al-Mas‘udi relata que as cavernas eram tão temidas que suas entradas tinham sido propositalmente escondidas. Acreditava-se que eram assombradas por espíritos e protegidas por feiticeiros. Qualquer um que se aproximasse delas nunca mais era visto.

Nós três ficamos olhando para ele sem dizer nada.

Ele abaixou o livro com um bufo de desdém.

— Me perdoem. Na próxima vez que resolver seus problemas, tentarei tornar a solução menos problemática para vocês.

— Nós lhe devemos muito — respondeu Dalila. — Inclusive, se for engolida por uma serpente gigantesca e amaldiçoada por uma bruxa, saberei muito bem a quem culpar.

Tinbu desenrolou um dos mapas e traçou o litoral de Socotra com o dedo.

— Pode ser lá mesmo. Não sei como era Socotra naquela época, mas é um lugar muito complicado de ir agora. Só dá para navegar para lá durante menos da metade do ano; no resto do tempo, a correnteza é forte demais.

Majed assentiu.

— Há momentos em que Socotra se encaixa perfeitamente na descrição de lugar *inacessível*. E, na minha opinião, os desenhos são contundentes. Já vi muitas marcações em rochas durante minhas viagens; nenhuma é tão compatível assim. Além disso, as cavernas dariam um excelente local para se esconder alguma coisa. Só não sei se seria a suposta Lua de Sabá…

— É, sim — disse, baixinho. Peguei o livro grego assim que Majed o soltou, pois uma das páginas que ele tinha folheado chamou minha atenção. Entre os esboços dos desenhos da caverna, havia a silhueta de uma cabeça de touro com estrelas no lugar dos olhos. Majed sabia tudo a respeito de história e mapas, mas eu conhecia o céu. — A constelação de Touro — expliquei, tamborilando o dedo nas pontas dos chifres do touro. — E, no olho esquerdo, sua estrela mais brilhante: al-Dabaran. O quarto manzil lunar.

Recebi apenas olhares de perplexidade.

— O quarto manzil lunar. Das histórias de Bilqis e da Lua que ela seduziu? — Quando nenhum deles pareceu mais informado, perguntei, exasperada: — Vocês não conhecem a história por trás do objeto que estamos procurando?

— Ouvi dizer que é possível usar a Lua de Sabá para invocar tempestades — ofereceu Tinbu. — E que a pérola é tão grande que pode até afundar um navio.

— Dizem que lamber sua superfície cura qualquer doença — acrescentou Dalila. — Até envenenamento.

— E *eu* pensei que o "objeto" que vocês estavam procurando era Dunya — interrompeu Majed. — Não uma joia mítica.

— Nós *estamos* procurando Dunya — garanti a ele. — Mas ela está procurando a Lua de Sabá, e al-Dabaran faz parte disso. Bem, ao menos de acordo com as histórias que conheço. Foi quando estava no manzil de al-Dabaran que a Lua se apaixonou por Bilqis.

Tinbu me lançou um olhar surpreso.

— Você não é do tipo que se lembra de lendas românticas.

— Não é do romance que me lembro. Dizem que Al-Dabaran governa os naufrágios, bem como outras viagens malfadadas. É um dos aspectos lunares mais desagradáveis; há marinheiros tão supersticiosos que não põem os pés num barco durante toda a quinzena. É uma crença antiga, mas lembro que meu avô não navegava nesse período.

— Bem... — disse Majed, após uma pausa sinistra. — Seja superstição ou não, esse manzil lunar só começa daqui a alguns meses. Mas parece que as peças se encaixam até melhor do que eu imaginava. Quer exista ou não, é bastante razoável presumir que Dunya acredite que a Lua de Sabá esteja escondida nessas cavernas.

— Em Socotra — disse Tinbu, com ar sombrio.

— De fato. — Fiz uma careta. — Este trabalho está cada vez melhor.

Dalila olhou para nós dois com a testa franzida.

— Por que vocês estão tão preocupados? Não é uma boa notícia? "Ilha grande" poderia significar Lanka ou Malaca, e nesse caso teríamos que viajar por meses a fio.

Mas Tinbu e eu tínhamos bons motivos para ficar preocupados.

— Socotra é um antro de piratas desde antes do tempo de Suleiman e Bilqis, que a paz esteja com eles — expliquei. — Piratas *de verdade*. Do tipo que não se preocupam com acusações de assassinato e viajam em comboios capazes de enfrentar marinhas inteiras. Eles vigiam o mar como falcões e aparecem diante de suas vítimas tão inesperadamente quanto fantasmas.

— E são ferozmente territoriais — acrescentou Tinbu. — Há membros do meu povo entre tais piratas e, quando recrutam em nossas aldeias, advertem que prestar juramento a eles implica em renunciar a todos os vínculos. São aliados dos ilhéus de Socotra; qualquer um que não seja da região seria um tolo de pensar que conseguiria entrar ali despercebido. E alguém suspeito, ainda por cima? Um estrangeiro em busca de um tesouro ou, sei lá... *uma notória contrabandista que pode muito bem ser encarada como uma concorrente*? Teríamos um destino mais agradável se fôssemos julgados por banditismo em Áden. Se caíram nas mãos deles, Falco e todos que o acompanham talvez já estejam mortos a essa altura.

— A situação não é tão desesperadora assim. — Majed tocou no mapa com o dedo. — As cavernas que procuramos ficam na parte oriental da ilha, que é mais desolada e menos povoada. Qualquer pirata com bom senso prefere os portos a norte e oeste, que ficam mais próximos das rotas comerciais e têm melhor acesso às plantações e à água. Já é incomum vir do sul, então se vocês se aproximarem dessa direção e permanecerem a leste, talvez consigam chegar sem serem vistos. Por outro lado, a correnteza é traiçoeira, o vento açoita as falésias de uma forma que as torna terríveis para navegar e a água está cheia de recifes.

— Ou seja, vamos *afundar* — afirmei. — Mas pelo menos não seremos vistos pelos piratas quando nos afogarmos?

— Não são as águas mais perigosas que o *Marawati* já atravessou, e você navegou com sucesso contra a monção muitas vezes — argumentou ele. — Um navio mercante não teria motivo para tentar uma viagem dessas, mas com a bênção de Deus, uma nakhudha habilidosa nos lemes e um navegador experiente como guia... nós podemos muito bem conseguir.

Levantei a cabeça.

— *Nós?*

Majed me encarou, decidido.

— Posso auxiliá-la melhor se estiver a bordo. Copiei tudo que consegui sobre a localização das cavernas e das costas circundantes, mas...

— Então vou pegar suas anotações e te pagar uma boa quantia de dinheiro — interrompi. — Tenho bastante experiência em navegação e não posso levá-lo para enfrentar esse franco, irmão. Você tem família.

— *Você* também tem família — rebateu Majed. — O que é que eu tenho de tão diferente para que vocês três possam arriscar a vida e eu não?

— Uns quinze anos. — Dalila meneou a cabeça para estudá-lo. — Não... tá mais para uns vinte.

— Mulher, se nós dois pulássemos no mar, eu chegaria antes de você à costa. — Majed cruzou os braços sobre a barriga com um ar desafiador. — Qual foi a quantia que Sayyida Salima ofereceu a você? *Antes* de te chantagear. Deve ter sido uma bela soma.

Pega no flagra, acabei confessando:

— Um milhão de dinares.

— *Um milhão...* — Majed soltou um palavrão e tapou a boca logo em seguida, como se não o tivéssemos ouvido dizer coisas bem piores. — Por Deus, não é à toa que sua tripulação esteja tão rechonchuda.

— Vou te pagar pelas anotações — insisti. — Uma *bela* quantia de dinheiro. Você não precisa fazer isso. — Estendi a mão para pegar o mapa.

Mas Majed foi mais rápido do que eu — enrolou o mapa e voltou a enfiar as anotações no alforje num piscar de olhos.

Ele me lançou um olhar astuto.

— Não sou tão mais velho do que você assim. Asif significava tanto para mim quanto para vocês e *não* vou ficar assistindo outras pessoas explorarem cavernas de marinheiros e costas que não são usadas há séculos. Só por isso, eu já iria. — Ele deu uma fungada. — O estudo da navegação exige tal sacrifício.

— Você só quer partir numa aventura, velhote — provocou Dalila. Ela se voltou para mim. — Mas ele apresentou um argumento convincente ao afirmar que sua presença tornará nossas mortes menos prováveis.

— Deixe-o vir com a gente — pediu Tinbu, com os olhos brilhando. — Ele tem razão, sabe? Podemos tirar proveito de seus conhecimentos. Ele lê as estrelas melhor do que eu. Quase tão bem quanto você.

— Aí está — anunciou Majed. — Nós três já nos decidimos.

— Vocês três não são a nakhudha! — Fiz uma careta. — Nasteho está sabendo disso?

Ele se irritou.

— Não preciso da permissão de minha esposa.

Dalila estalou a língua.

— Aposto que foi sugestão dela.

Majed se empertigou todo, indignado.

— Você me deve isso, Amina. Fiquei ao seu lado por anos a fio. Pode acreditar que conheço meu coração e minhas capacidades.

Olhei feio para ele. Mas então me lembrei da janela em seu escritório com vista para o mar, onde Majed desenhava mapas de lugares para onde não ia mais. Quantos anos não passamos juntos, debruçados sobre os mesmos mapas e gráficos? Quantas noites não estudamos as estrelas e sonhamos com a China ou centenas de destinos longínquos enquanto o *Marawati* navegava pelo oceano escuro?

Eu não era a única com ambições pausadas.

— Tá bom — cedi. — Venha morrer com a gente. Mas você vai permanecer a bordo do *Marawati* enquanto nós três revistamos a caverna, entendeu? *Não*, nem tente discutir comigo. Um de nós precisa ficar no navio e você nunca soube empunhar uma arma direito.

Majed fez uma careta, mas meneou a cabeça.

— Então, estamos de acordo. — Ele deu um tapinha na bolsa. — Preciso de um adiantamento da minha parte em troca dessas anotações, entende?

— Isso é roubo. Pensei que agora você fosse um homem de Deus.

Ele repuxou o canto dos lábios num sorriso.

— E um homem de família também, como você mesma disse. Dez dinares para cada um de meus filhos, Amina, e trinta para a minha esposa. Para deixá-la menos receosa.

Resmunguei, mas concordei com ele.

— Eles vão receber o dinheiro.

Tinbu gargalhou de alegria.

— Ah, mas que maravilha! — Ele puxou Majed e a mim para um abraço, mas não conseguiu agarrar Dalila. — A gangue toda reunida... devíamos *roubar* alguma coisa!

Os olhos de Dalila se iluminaram.

— Aquele grande jahazi que se dirigia para Quilua parecia promissor.

— *Não* — eu disse, com firmeza. — Não vamos roubar ninguém, nem fazer contrabando nenhum. Nós não somos mais criminosos. Bem... nem todos nós. Ao menos não nesta viagem. Navegaremos apenas para resgatar Dunya do franco, se Deus quiser. E, se conseguirmos levá-la de volta para casa a salvo, ficaremos tão ricos que nenhum de nós precisará roubar mais nada.

Dalila se empoleirou no meu banco.

— Sei que estamos tentando evitá-lo, mas confesso estar intrigada com a perspectiva de ver um franco. Dizem que eles raramente tomam banho e nunca removem os pelos que crescem no corpo. Fico imaginando que tipo de piolho vive entre tais… ah, pare de bufar, Majed. Sei que você sentiu minha falta.

— Nem por um segundo.

— Se vocês dois continuarem brigando, vou abandoná-los em Socotra para resolverem suas diferenças. — Olhei para o horizonte, o nome de nosso destino apertando meu coração como uma morsa. — Socotra. Que Deus nos proteja.

Seus habitantes são cristãos e feiticeiros

Uma anedota das viagens de Ibn al-Mujawir:

Em todo o oceano, não há ilha maior ou melhor do que Socotra. Ela possui tamareiras, plantações e campos de sorgo e trigo. Há camelos, gado e milhares de ovelhas. A água flui na superfície do solo, doce e fresca, de um grande rio cuja nascente jorra, longa e ampla, das montanhas. Na maioria das vezes, o rio fornece uma variedade de peixes para o mar. Aloés e sangues-de-dragão crescem ali, regadas por ele. Nas margens da ilha, há bastante âmbar cinza.

Seus habitantes são cristãos e feiticeiros. Um bom exemplo de feitiçaria é o seguinte: Sayf al-Islam preparou cinco navios de guerra para invadir Socotra. Mas, quando se aproximaram da ilha, ela sumiu de vista. Eles navegaram para cima e para baixo, noite e dia, mas não encontraram nenhum sinal da ilha, nem tiveram qualquer notícia dela. Então voltaram para casa derrotados.

✦

Um alerta do geógrafo erudito Muhammad ibn Ahmad al--Muqaddasi:

A ilha de Usqutrah se ergue como uma torre no mar escuro; é um refúgio de piratas, que são o terror dos veleiros por aquelas bandas, e só quando a ilha for desocupada é que deixarão de ser motivo de medo.

Capítulo 14

Com meu ex-navegador a bordo, partimos de Mogadíscio e seguimos a costa da Somália rumo ao norte por dez dias, percorrendo uma distância que teríamos completado em quatro se navegássemos na direção contrária, conforme aconselhavam os ventos, o bom senso e a sabedoria marítima acumulada ao longo de séculos. E isso foi *antes* de virarmos a nordeste rumo ao mar aberto. Havíamos traçado um caminho destinado a evitar as rotas mais movimentadas nos estreitos entre o cabo Guardafui e as ilhas ocidentais de Socotra, mas era um percurso que atravessaria águas mais perigosas e, embora eu seja uma marinheira experiente, ver a costa sumir completamente nessa rota é tão enervante quanto emocionante. O mar aberto já é bastante perigoso sob condições favoráveis e ainda mais ao se navegar contra a estação vigente. Um erro de cálculo, uma tempestade, e você pode sair completamente do curso e nunca mais ver terra firme. Na verdade, muitos nawakhidha jamais se arriscam a deixar a costa, e não há vergonha em tal relutância — é bem possível ganhar a vida indo de porto em porto, sempre mantendo a costa à vista.

Por essa razão, entre muitas outras, fiquei feliz por Majed ter se juntado a nós. Não só parecia que o último buraco de uma vela puída tinha sido remendado, mas era reconfortante ter a bordo um homem que atravessara o mar profundo mais vezes do que eu. Tinbu era um excelente marinheiro, mas preferia se manter junto à costa. Majed preferia escolher uma estrela e mergulhar rumo ao desconhecido. Os anos haviam diminuído sua teimosia e senti um prazer genuíno em me sentar com ele para discutir o Alcorão e sua estada em Meca. Minha tripulação era majoritariamente muçulmana e muitos deles apreciavam a recitação de Majed — e gostavam mais ainda de sua segurança no *Marawati*. Alivia o coração de um marinheiro ver outro que envelheceu na profissão, pois muitos não chegam a fazer isso. Quando duas noites de mau tempo deixaram o céu nublado, escondendo as estrelas, contei com sua orientação. Quando alcançamos um trecho de ondas violentas, foi uma bênção ter mais um par de mãos para tirar a água do navio.

No entanto, a difícil travessia que eu havia previsto — a rota fora de época tão perigosa que poucos nawakhidha se arriscariam a tomá-la — não só não se concretizou, como se inverteu completamente. Após dez dias no mar, as nuvens se afastaram do sol como se fossem arrancadas, o oceano se acalmou do nada e fui abençoada com as condições de navegação mais perfeitas que já encontrei. O vento era constante, como se uma mão invisível nos apontasse na direção de Socotra, e, embora Majed e Tinbu se juntassem a mim para verificar e reverificar o mapa de estrelas límpidas no céu noturno imaculado e ajustar os lemes, suspeitei que só faziam isso por rotina, assim como eu. Não havia mais ondas imensas, nem correntezas errantes, sequer marolas. Passamos por cardumes tão densos que os peixes praticamente saltavam dentro de nossa fornalha e, embora não chovesse, o orvalho se acumulava com tanta intensidade nos tecidos de captação que conseguíamos reabastecer os cantis e caixas d'água todas as manhãs. Os remos nem foram tocados e o calor era suportável.

Aquilo me deixou fula da vida.

— Amina, pare de olhar para o horizonte como se ele tivesse te ofendido por não armar uma tempestade — repreendeu Tinbu ao passar com um balde de piche e óleo de baleia. Estávamos aproveitando o bom tempo para fazer algumas manutenções de rotina. — Você vai fazer com que uma desgraça recaia sobre nós.

— Não é natural — resmunguei, enquanto a tripulação cantava alegremente sobre beldades de olhos castanhos; eu era a única incomodada com o mar ensolarado e as velas cheias de vento. — Somos marinheiros. A primeira lei da navegação marítima é que se algo pode dar errado, então vai dar.

Tinbu revirou os olhos.

— Você é pessimista demais. O que há de errado com um pouco de sorte?

Porque não é só um pouco e, da última vez que tive uma sorte dessas, custou-me um companheiro. Mas não disse nada disso, é claro.

Ele está morto, disse a mim mesma. *Morto e enterrado do outro lado do oceano Índico. Não é coisa dele.*

Não pode ser.

Ao amanhecer do décimo sexto dia após partirmos de Mogadíscio, meu vigia deu o grito de terra à vista. Já tínhamos visto os pássaros na noite anterior. Eram sempre sete, uma das muitas superstições de Socotra. Sozinha no mar, uma ilha exuberante de montanhas escarpadas, rios repletos de peixes, cavernas assombradas e plantas bizarras, Socotra sempre atraíra tais mitos. Mesmo à distância, a ilha parecia mágica, projetando-se de uma coroa de água azul-esverdeada reluzente, com o cume de seu planalto rochoso envolto em nuvens.

Não corri nenhum risco ao nos aproximarmos de Socotra; estava pronta para dar a ordem de fuga se fôssemos vistos. Chegamos pelo lado mais abandonado da ilha, mas eu não tinha a menor dúvida de que os notórios piratas de Socotra patrulhavam até mesmo aquele trecho de praia desolado de vez em quando. Eu tinha arqueiros e remadores a postos, assim como os membros mais alerta da tripulação no ninho de corvo, na proa e na popa do *Marawati*, para nos alertar assim que avistassem recifes e corais, de modo a nos manter afastados deles. Mesmo assim, ancoramos a uma distância segura.

— Não gosto desse plano — disse Majed pela terceira vez naquela manhã enquanto o dunij era baixado na água e Tinbu, Dalila e eu acabávamos de arrumar nossas bolsas. — Se o franco estiver aqui com homens armados, vocês não serão páreo para eles.

— Esse é o objetivo — lembrei a ele. — Duas mulheres e um único homem caminhando pelas colinas podem muito bem ser confundidos com locais. É mais provável que um bando de marinheiros armados seja encarado como uma ameaça. Além disso, só vamos fazer o reconhecimento da área. — Pendurei a bolsa no ombro, ajustando minhas armas antes de escalar a lateral do *Marawati*.

— Então, eu deveria ir com vocês — insistiu ele, também pela terceira vez. — Tenho o melhor senso de direção. E não sou o velho frágil que vocês acreditam que eu seja. Ora, lá em casa, costumo nadar toda a extensão da...

— Não tenho a menor dúvida de que você nada melhor do que qualquer um na tripulação e sei que seu senso de direção é superior. Mas preciso que você fique no navio. — Comecei a descer a corda até o dunij. — Uma semana, irmão. É tempo mais do que suficiente para atravessarmos a ilha, procurarmos a caverna e regressarmos. Se não estivermos aqui dentro de uma semana...

— Vamos atrás de vocês.

Lancei-lhe um olhar exasperado.

— Eu ia dizer que você deveria voltar para Mogadíscio em vez de arriscar a própria vida.

— Esteja aqui para me encontrar e não vai precisar se preocupar com isso. — Não havia espaço para discussão no tom de voz de Majed. — Vou manter o *Marawati* por perto para conseguir avistar um sinal de fogo da praia.

Tinbu se juntou a nós, com seu arco polido e a aljava cheia de flechas novas. Dalila vinha logo atrás com suas sacolas. Estávamos levando poucas bolsas, com um número reduzido de mantimentos. Aquela parte da ilha era um matagal. Havia poucos lugares para nos escondermos, e eu suspeitava que as colinas não seriam nada fáceis de escalar.

Levamos o dunij até a costa, a ilha se agigantando cada vez mais à medida que nos aproximávamos. A maré estava baixa, exibindo anêmonas azul-esverdeadas que cobriam as enormes rochas negras que se projetavam dos baixios como bordados numa bainha. Mergulhamos na água transparente como vidro conforme algumas ondinhas perseguiam e mordiam umas às outras na areia branca. A praia era estreita, minúscula em comparação com a imponente planície que compunha o coração da ilha. Os íngremes penhascos de calcário eram mais altos do que um edifício de vários andares. Aqui e ali, dunas de areia clara amontoavam-se contra eles como as hordas fracassadas de intrusos nas muralhas de uma cidade.

Despedimo-nos dos marinheiros que tinham nos levado a remo até ali e partimos sob a sombra da falésia. Nossos pés esmagavam a areia ruidosamente e as aves marinhas grasnavam no céu. A luz do sol sobre a água era ofuscante, e lutei contra a desorientação enquanto me esforçava para recuperar o equilíbrio e a noção de espaço depois de tantos dias no mar. Em al-Mukalla, comprara um daqueles chapéus de palha de aba larga usados pelos trabalhadores do campo para Dalila usar por cima da touca de venenos, achando que fosse ajudá-la a enxergar melhor. À medida que a praia fazia uma curva para o norte, deixando-nos ainda mais à mercê do sol, arrependi-me de não ter comprado um para mim.

— Pois é. — Tinbu deu um assobio. — Suponho que nem todos tiveram a nossa sorte na viagem.

— O que é que você… *ah.* — Protegi os olhos com a mão ao me dar conta de que a forma escura e irregular à nossa frente não era uma das rochas negras que se projetavam das ondas, e sim um navio. Bem, *metade* de um navio. Qualquer que tivesse sido o destino que a embarcação encontrara, partira o navio ao meio e o deixara com a popa para cima, encalhado entre as ondas que arrebentavam ali. — Não, temo que tenha havido poucos sobreviventes.

Aproximamo-nos do naufrágio com cautela. Os únicos visitantes além de nós eram um par de gaivotas empoleiradas no ornamento despedaçado da popa e peixinhos que nadavam numa poça de maré entre os fragmentos do casco. A julgar pelo seu tamanho, o navio devia ser cerca de três vezes maior do que o *Marawati*. O tipo de navio com dois mastros e grandes velas; uma embarcação de águas profundas destinada a transportar cavalos, tesouros reais e artigos de luxo pesados.

— O que será que aconteceu? — pensou Dalila em voz alta enquanto eu caminhava em volta dos destroços. A água que batia nos meus tornozelos estava fria à sombra do barco condenado. O vento sibilava pelas tábuas de madeira quebradas num lamento sinistro, conforme as cordas partidas que já haviam prendido o casco costurado tremulavam com a brisa. Havia um zumbido estranho no ar, como a aproximação de um relâmpago.

Contornei o outro lado do casco. Senti um nó na garganta.

— Acho que descobri a causa.

O navio misterioso não afundara por atingir corais ou rochas, e sim porque tinha sido *mordido bem no meio*. Um semicírculo de bordas irregulares foi arrancado do casco com tanta violência que dois dentes serrilhados ficaram presos na madeira. Eram curvos como presas e da cor de ferrugem.

Tinbu se juntou a mim.

— De onde foi que *isso* veio?

Soltei um dos dentes. Era do comprimento do meu antebraço.

— Não faço a menor ideia.

Dalila tirou o dente das minhas mãos e o examinou.

— Não consigo imaginar nenhuma criatura com dentes deste tamanho.

— Nem eu. — Tinbu engoliu em seco e disse o que eu suspeitava que todos temíamos. — Você não acha que…

— Que pode ser o navio de Falco? — Layth havia morrido antes que pudesse nos contar a respeito da embarcação que o franco contratara, mas Falco parecia ser do tipo de homem que gostava de esbanjar dinheiro, um homem que iria querer o maior e mais chique navio que pudesse comprar. Um navio como aquele. As correntes oceânicas são fortes, e já vi navios naufragados do outro lado do mar chegarem às nossas costas. Mas normalmente estão numa condição bem pior, estilhaçados em pequenos pedaços de madeira, desgastados pelo clima e cobertos de vegetação pelo tempo que passaram na água.

Não... aquele navio já estava perto quando encontrou seu destino. O que significava que deveria ter ido até ali de propósito.

— Pode ser — admiti por fim, passando os dedos pelos pontos rasgados.

Tinbu deu um muxoxo angustiado.

— Este navio deve ter afundado bem rápido, Amina. Até rápido *demais*, e isso presumindo que a criatura que o atingiu não o estivesse puxando para baixo e atacando seus passageiros. Talvez ninguém tenha conseguido escapar no dunij.

Quando Tinbu não conseguia encontrar uma maneira de ter esperança, era porque você estava mesmo em apuros. No entanto, era difícil discordar de sua avaliação.

Você nunca verá sua filha outra vez. Será que Salima acreditaria em mim se eu lhe desse a notícia da morte de Dunya? Seria misericordiosa comigo em troca da paz de conhecer o destino da neta?

Duvido. Ela provavelmente encontraria uma maneira de me culpar.

Afastei-me do naufrágio.

— Não temos como saber se era o navio deles. E ficar olhando para o naufrágio não vai ajudar Dunya. Vamos em frente.

As falésias finalmente ficaram mais fáceis de escalar, de modo que conseguimos subir desajeitadamente por um trecho íngreme de dunas pedregosas até chegar ao planalto que formava o coração da ilha. Atrás de nós, estava o mar; a oeste, montanhas rochosas rasgavam um dos céus mais azuis que eu já tinha visto. Em muitos aspectos, a terra escarpada me lembrava de Omã, com seus trechos de vegetação exuberante brotando do pó e de rochas secas, a cor vibrante complementando a água azul reluzente e a costa deslumbrante. Ainda assim, era suficientemente diferente, com tantas árvores e plantas desconhecidas, para me lembrar de que eu estava muito longe de casa.

Não era um terreno fácil de percorrer, particularmente para um trio de pessoas de meia-idade que tinham passado as últimas duas semanas caminhando apenas pelo convés estreito do *Marawati*. Meu joelho machucado ainda não estava doendo, mas havia uma instabilidade pulsante na articulação que prometia se vingar de mim a cada passo em falso. O solo era irregular, subindo e descendo em colinas e ravinas pouco profundas. A vegetação rasteira era densa e cheia de espinhos — adorável, sim, com rosas do mar vermelhas e roxas erguendo o rosto em direção ao sol, mas as trepadeiras espinhosas conspiravam para prender minhas canelas e ensanguentar meus tornozelos. Figueiras e olíbanos cresciam em abundância, velhos avós nodosos e retorcidos cujas breves passagens de sombra eram bastante apreciadas, ainda que escassas demais para servir de alívio. Em pouco tempo, o suor deixou meu corpo todo ensopado e minhas roupas grudadas nas costas.

Depois de escalarmos um número absurdo de colinas, chegamos a um vale com uma vista de tirar o fôlego. A névoa cobria os cumes ao longe e gramíneas e arbustos espinhosos espalhavam-se por toda a parte. Dali avistamos uma das famosas árvores de sangue-de-dragão de Socotra e paramos para admirar tal espécime. Não parecia uma árvore, e sim uma cúpula de grama que havia sido lançada para cima — um cogumelo arbóreo. Centenas de galhos serpenteavam de seu tronco numa densa rede de veias de casca tão grossa que o olho não conseguia penetrá-la.

— É tão esquisita quanto dizem — comentei. — Parece uma árvore de outro reino, algo concebido para fornecer sombra a anjos e djins.

Tinbu estremeceu.

— Ou demônios e ghouls… Ah, Dalila, você precisa *mesmo* fazer isso?

— Preciso — respondeu ela, enfiando uma faca no tronco da árvore de sangue-de-dragão. Em seguida, arrancou-a e pressionou um pano branco sobre a ferida, que logo ficou vermelho. — Sabe quais são as propriedades que dizem que essa seiva possui?

— Vamos acabar sendo devorados por um espírito das árvores por sua causa. — Tinbu deu um passo para trás, como se quisesse se distanciar de Dalila, e se dirigiu à copa da árvore. — Não me culpe pelas ofensas dela!

— Tinbu, pare de gritar com a árvore. Dalila, pare de *esfaquear* a árvore. — Agarrei cada um deles pelo braço como se fossem crianças desobedientes. — Vocês dois vão me deixar arrependida por não ter trazido Majed.

Continuamos caminhando, sem sermos incomodados pelos espíritos das árvores e parando para descansar por volta do meio-dia. Aqui e ali, vimos evidências da população local: ferramentas de seringueiro deixadas num bosque de olíbano, uma tira de couro presa num galho e pegadas de ovelhas no chão. Havia até uma trilha, estreita e cheia de curvas, mas ainda assim suficiente para ser utilizada. Embora não tivéssemos encontrado ninguém, tentamos ao máximo nos manter afastados, escondendo nossos rastros sempre que possível.

Era difícil discernir a distância que percorríamos. Quando o sol começou a se pôr, manchando a paisagem de Socotra com tons sanguíneos, o mar já estava muito atrás de nós. Mas não havia nada que sugerisse que a costa norte estivesse por perto e, curiosamente… quase não havia *som*. Nenhum canto noturno de insetos, nem o chilrear de pássaros ou o zumbido de pequenos répteis e roedores. Em vez disso, era como se a própria natureza estivesse prendendo a respiração; uma presa paralisada ao sentir o cheiro de um predador.

Por outro lado, tal silêncio se mostrou uma benção, pois assim pudemos ouvir o ligeiro murmúrio de um pequeno riacho que, de outra forma, teríamos perdido. Chegamos ao córrego no exato instante em que o sol se escondia no horizonte. Era uma visão abençoada, embora sinistra: palmeiras com suas longas folhas envoltas nas sombras e pálidas saliências de pedras que se erguiam na água murmurante como cadáveres vindo à tona. O riacho cortava as colinas, proporcionando um refúgio natural.

A correnteza era suave, e a água, mais fria do que deveria estar depois de um dia de sol. Mas foi o suficiente para matarmos a sede e tirarmos a poeira da pele. Cada um de nós rezou de acordo com sua religião e depois, sem nos atrevermos a acender uma fogueira, nos aconchegamos como gatinhos para afastar o frio da noite. Comemos uma refeição simples composta de tâmaras, peixe salgado e biscoitos reidratados. Noutros tempos, teríamos fofocado e contado histórias. Agora, exaustos pela caminhada e a idade, meus amigos caíram no sono assim que sugeri.

Enrolei-me no meu manto para ficar de vigia e olhei para o céu. Era lindo — os densos aglomerados de estrelas e constelações eram os mais nítidos que já vira. Encontrei Touro e depois al-Dabaran, embora a Lua só fosse estar em seu manzil dali a algum tempo. Tracei outras constelações e minha mente se voltou para as histórias que meu pai me contava sobre elas. Minha mãe e meu avô tiveram o cuidado de incutir em mim conhecimentos práticos: me ensinaram a ler, preparar uma refeição para alimentar quatro pessoas e saber se uma tempestade se aproximava. Mas meu pai era um sonhador que adorava as antigas lendas por trás do mapa celeste em que confiávamos para guiar nosso caminho. Dizia-se que havia espíritos que encarnavam cada manzil lunar. A bela Thurayya, que podia realizar desejos, e al-Na'am, o poderoso centauro que protegia os caçadores. O temível al-Dabaran, que usava uma armadura de escamas e empunhava uma serpente no alto ao cavalgar pelo céu num cavalo que arfava os ventos de um tufão.

As releituras de meu pai eram dramáticas e minha mãe costumava repreendê-lo, principalmente antes de dormir, quando temia que eu tivesse pesadelos. Mas suas histórias nunca me assustaram. Eu era uma criança excessivamente impetuosa que adorava acreditar que todo gato de rua era um djin, e toda silhueta sob as ondas, uma sereia. Só que ultrapassava os limites da imaginação. Cresci me sentindo esquisita, deslocada e bastante inconformada com o destino reservado às garotas. Num canto escondido de meu coração, nutria sonhos constrangedores. Que eu não era filha de meus pais, mas sim de uma tribo de guerreiras que voavam em cavalos alados — ou então a herdeira de um reino marinho oculto sob as ondas, e que os sussurros que ouvia da água quando navegávamos ou os estranhos relâmpagos ao longe não eram fenômenos climáticos naturais, mas a *magia* de minha verdadeira família ao me chamar.

Mais tarde, virei uma mulher adulta. Alguém que aprendeu da maneira mais difícil que, se existia magia neste mundo, ela poderia ser tão brutal e astuta quanto os piores monstros de um conto de fadas.

Então, qual será o tipo de magia da Lua de Sabá?

Tentei lembrar o que meu pai havia me contado. Ele gostava da história, pois via certa semelhança entre si e o aspecto lunar que ficara tão impressionado ao ver Bilqis que assumira a forma de uma pérola para se juntar a ela — afinal de contas, era um homem que quase caíra do navio ao ver minha mãe e renunciara a sua vida de pirataria para casar-se com ela. Se fechasse os olhos, ainda conseguia vê-lo piscando para minha mãe ao contar a história e — para meu horror juvenil — apertando o traseiro dela com carinho quando achava que não tinha ninguém olhando. Eu não fui o tipo de criança que gostava de romance.

Mas era difícil de imaginar que um franco assassino e sedento de poder viesse até Socotra por causa de uma história de amor. Então, o que será que Dunya tinha contado a ele? Do que Falco acreditava que a Lua de Sabá era capaz para que valesse a pena embarcar numa missão tão perigosa? Fiquei arrependida de não ter trazido os outros documentos que estavam na mesa de Dunya. Só me lembrava do almanaque aberto nas páginas que falavam do eclipse iminente — que aconteceria dali a algumas semanas. Em meu desespero e raiva pela ameaça de Salima, não pensei com clareza, e as palavras e símbolos estranhos dos outros livros me deixaram ainda mais confusa. Se tivesse tido a precaução de trazer os documentos, meus amigos e eu poderíamos ter estudado os textos durante a viagem para tentar desvendá-los juntos.

Não importa, tentei me convencer. *Preocupe-se em encontrar Dunya e não com o propósito de joias mágicas que sequer devem existir.* Mas, no fundo do peito, ao olhar para as estrelas lá no céu, sabia que não seria tão fácil assim… nem a afugentar, nem me esquecer das histórias enterradas em minha alma.

Capítulo 15

Na manhã seguinte, o sono se agarrou a mim com determinação; um pesadelo sobre gafanhotos voando diante da lua coberta pelo eclipse me deixou com a mente turva. Salvo um abutre solitário que voava ao longe, o mundo continuava estranhamente desprovido de vida. Não fomos acordados por picadas de insetos, e o amanhecer chegou sem o doce canto dos pássaros. Não havia peixes no riacho, nem aranhas nas teias que cintilavam com o orvalho da manhã. Era como se, em vez de atravessarmos Socotra, tivéssemos entrado nas páginas de um livro de histórias, num reino cujos habitantes haviam se tornado invisíveis.

Bem, pelo menos até tentarmos sair de nosso acampamento.

Dalila estendeu os braços para nos deter, seu cajado de madeira quase me acertando no queixo.

— Esta pegada não estava aqui ontem à noite.

A pegada em questão, uma ligeira mancha no solo, estava localizada numa elevação da trilha de terra sinuosa da qual nosso acampamento seria visível até mesmo durante a noite. Um local de onde o portador da pegada também poderia ser visto por *nós*. A lua e as estrelas estavam brilhando intensamente e nenhum arbusto ou árvore sombreava aquela área.

Franzi a testa.

— Devíamos ter visto quem passou aqui. Algum dos dois caiu no sono durante a vigília?

Quando Dalila e Tinbu negaram categoricamente, cheguei mais perto para examinar a pegada. Parecia ter sido feita por um sapato — uma sandália ou bota, talvez — do tamanho do meu pé. Era uma pegada profunda e, estranhamente, a única. É bem verdade que, se eu fosse uma viajante solitária numa terra notoriamente hostil e encontrasse estranhos à meia-noite, também ficaria paralisada e me retiraria de fininho, apagando tudo que pudesse dos meus rastros.

Mas devíamos ter visto essa pessoa. Ouvido seus passos.

— Dalila... — A voz de Tinbu era solidária. — Acha que a pegada já poderia estar aqui antes de chegarmos e talvez você não tenha reparado nela?

— Não estava aqui ontem à noite — respondeu ela com firmeza. — Fico atenta a esse tipo de coisa.

Ergui os olhos para o horizonte enevoado. O sol nascente dissipava a bruma matinal, transformando-a num rubor cintilante de orvalho que evaporava rapidamente. Era a minha parte preferida da manhã; a paz e a promessa de um novo dia pareciam quase mágicas.

Mas não foi o que senti no momento. Tinbu e Dalila ainda discutiam.

— Talvez você esteja se preocupando à toa — disse Tinbu. — Sei que a sua visão...

— Minha visão está *perfeita* — disparou Dalila.

Fiquei de pé e declarei:

— Vamos dar o fora daqui. Quero estar bem longe deste acampamento antes do anoitecer.

Mas não fomos muito longe.

Por volta do meio-dia, os vestígios de habitação humana, tão escassos no começo do nosso avanço, tornaram-se impossíveis de ignorar: tufos de pelo de ovelha presos em cardos e um bosque de oliveiras e figueiras bem cuidadas; diversas pegadas numa trilha cada vez mais ampla e marcos de pedras indicando a direção de destinos desconhecidos.

A princípio, o leve cheiro de fumaça foi quase bem-vindo. Fogueiras, presumimos, um sinal de que não éramos os únicos seres humanos num mundo desolado, embora não houvesse nenhuma nuvem de fumaça correspondente no céu. O cheiro tornou-se mais pesado e onipresente, impossível de evitar, não importava para qual direção nos voltássemos. De repente, veio misturado a coisa pior — algo podre. O aroma adocicado da morte e da decomposição, de sangue antigo e entranhas derramadas, tornou-se espesso no ar abafado e, quando nos deparamos com uma aldeia quieta demais, acho que nós três percebemos que estávamos prestes a descobrir algo terrível.

Paramos à sombra das árvores vizinhas. Dali, podíamos ver os destroços chamuscados de cabanas queimadas e um curral de gado quebrado. Não havia nem sinal de vida. Nenhuma criança gritando ou cachorro latindo diante da aproximação de estranhos. Objetos pessoais estavam espalhados por toda a parte e uma porta sem trinco abriu e fechou com um estrondo.

— O que vamos fazer, nakhudha? — sussurrou Tinbu.

Era uma ótima pergunta. Nenhuma parte de mim queria se aproximar daquela aldeia, mas estávamos ali para explorar, para encontrar respostas, mesmo que não gostássemos delas. O naufrágio na praia, a estranha ausência de vida nas colinas, a pegada que não conseguíamos explicar, e agora isso. Nada proporcionava uma imagem reconfortante do que estava por vir.

Tive vontade de voltar atrás. Meus instintos me *diziam* para voltar atrás. Porém, toda vez que pensava em subir a bordo do *Marawati* e dar o fora dali, eu via uma faca na garganta de Marjana. Via minha casa em chamas, minha mãe atacada por um fantasma vingativo do meu passado. Mustafá e sua família executados por crimes nos quais não tiveram participação. Meus entes queridos punidos pelas *minhas* escolhas, pelos *meus* inimigos, antes que eu pudesse salvá-los.

Concentre-se.

— Vamos dar uma olhada rápida — decidi. — Se quisermos desembarcar mais homens, é melhor sabermos se é uma peste de causa natural ou humana. Mas cubram o rosto e mantenham uma arma por perto. — Enrolei o turbante em volta do nariz e da boca, depois saquei minha espada e uma faca de arremesso.

Era uma aldeia modesta, com pouco mais de uma dúzia de cabanas de palha e cerca de metade disso de casebres de pedra. Porém, havia sinais de abundância nas panelas quebradas, tapetes caídos e móveis estilhaçados espalhados pelo caminho. Os animais tinham desaparecido, mas aqui e ali havia rastros de cereais, indicando que sacos de comida foram levados embora. O lugar fora saqueado. Mas, apesar das cabanas incendiadas, eram poucos os sinais de violência. Nada de cadáveres ou sangue.

Não fazia sentido. Já vi as consequências de saques a aldeias desse tipo. São violentos, medonhos e deixam marcas. Qualquer um que seja cruel a ponto de roubar e aniquilar a vida dos pobres habitantes das zonas rurais não se preocupa em esconder as provas, e aqueles que são atacados lutam até a morte para defender suas casas e os meios de subsistência que conseguiram arranjar.

— Cadê todo mundo? — perguntou Dalila baixinho.

— Será que quem atacou este lugar raptou seus habitantes? — sugeri. — Já ouvi falar de traficantes de escravos que levam populações inteiras.

— E *ninguém* lutou contra eles? — perguntou Tinbu, em dúvida. — Não acredito nisso.

Eu também não. Parei para espiar uma das cabanas enquanto Tinbu e Dalila seguiam em frente. A cortina esfarrapada na entrada dançava ao vento. O interior estava escuro — mais escuro do que parecia possível dado o sol a pino —, mas pude distinguir o contorno de um pequeno santuário cristão: uma vela derretida ao lado de um ícone do profeta Isa e sua mãe, que sejam abençoados. Aproximei-me da cabana e então me detive. Um odor muito particular vinha dali. Não era fumaça nem algo podre.

Relâmpagos. Nuvens de tempestade e sal, a salmoura das criaturas marítimas em decomposição e o ar pesado e úmido das chuvas das monções. Era o mesmo fedor que pairava sobre o navio em ruínas na praia.

De repente, Dalila arfou.

Dalila nunca arfava. Era minha companheira mais implacável e enigmática, sempre dez passos à frente de todos. Por isso, ao ouvir aquele som, saí da cabana e corri para junto dela o mais depressa que meus pés puderam me levar. Ela e Tinbu tinham se afastado, chegando até uma construção de pedra marcada por uma discreta cruz de bronze — uma igreja. Ao seu lado, havia a maior árvore de sangue-de-dragão que vi em Socotra, assomando sobre a igrejinha para proporcionar sombra ao que devia ter sido um ponto de encontro central, o coração da aldeia.

Três anciãos — duas idosas e um homem de cabelos grisalhos vestido com um comprido manto preto — haviam sido empalados no tronco da árvore.

Diminuí o ritmo conforme o horror tomava conta de mim. Meus colegas não estavam feridos; foi a visão medonha que fizera Dalila gritar. E como era medonha! As lanças atravessaram o ventre dos três anciãos, mantendo-os a alguns centímetros do chão. Os cadáveres estavam curvados sobre as armas, com a pele azulada e o corpo ressequido. Os dedos de uma das mulheres ainda se agarravam à lança.

Devia ter sido uma morte agonizante, uma morte *lenta.*

Tinbu tapou a boca.

— Que os deuses tenham piedade, por que alguém iria querer ferir idosos desse jeito? As mulheres têm idade para serem *avós.*

— O homem era um padre — afirmou Dalila. Ela tinha o rosto inexpressivo e os olhos fixos nos anciãos assassinados, mas não deixei de perceber que segurava seu crucifixo. — Esta aldeia é cristã.

— Um padre? — repetiu Tinbu, surpreso. — Quer dizer que não foi o franco que fez isso?

Dalila deu um muxoxo de amargura.

— Os francos só nos veem como cristãos quando lhes convém.

Do outro lado das muralhas da aldeia, um galho se partiu. Dei meia-volta, erguendo a faca de arremesso. Mas não houve mais nenhum som, a não ser pelas batidas do meu coração. Nenhum movimento, a não ser pelo farfalhar das roupas dos idosos assassinados na árvore.

Dê o fora daqui. O cheiro de relâmpago da cabana incendiada, a pegada e três assassinatos cruéis. Tudo sugeria uma coisa de que eu não gostava nem um pouco.

— Vamos dar o fora daqui — decidi. — Agora mesmo.

Dalila me ignorou e se aproximou dos cadáveres.

— Quero enterrá-los.

— *Enterrá-los?*

— Sim — respondeu ela categoricamente.

— Dalila, você faz ideia de quanto tempo vamos demorar...

Ela me encarou com uma raiva incomum faiscando nos olhos.

— Você faria isso se eles fossem muçulmanos.

A acusação me pegou de surpresa. Nunca tinha visto Dalila demonstrar tanta consideração por desconhecidos antes. Ainda assim...

Será que eu faria isso?

Se as avós usassem um véu como as mulheres de meu povo e o velho estivesse com o turbante de um xeique, será que meu coração insistiria em ficar ali para cobri-los da melhor maneira possível e oferecer orações fúnebres sobre seus túmulos? Será que Dalila, uma amiga que havia deixado sua casa e ficado ao meu lado, pensava isso de mim?

Será que ela estava tão enganada assim? Mais desconcertada do que teria imaginado, abri a boca, mas hesitei em dar uma resposta.

Tinbu respondeu por mim, tocando no meu pulso.

— Vamos arranjar tempo, Dalila. Que tal procurar uma pá? Amina e eu vamos tirar os cadáveres da árvore.

Foi um trabalho macabro, cujos detalhes sórdidos não contarei. Os corpos eram dolorosamente frágeis e leves, e não consegui conceber nenhum motivo para que aquelas pobres pessoas tivessem sido assassinadas de forma tão brutal. Era difícil determinar há quanto tempo estavam mortos, pois o vento e o ar seco haviam retardado o processo de decomposição.

— Amina, olha só para isso — sussurrou Tinbu, apontando para três marcas de perfuração na garganta do padre, como se o velho tivesse sido espetado por uma agulha. — Vi um ferimento parecido numa das mulheres, mas pensei que não tivesse relação com sua morte.

Franzi a testa e examinei o pescoço da mulher que tinha colocado no chão, mas sua pele estava machucada demais para ver se ela tinha um ferimento semelhante. Mesmo assim, havia algo perturbador na aparência dos cadáveres, além da maneira horrível como morreram. Um estranho tom azul-acinzentado espalhava-se por toda a pele, e os olhos estavam turvos como pedras da lua. Não havia nem sinal de que tivessem sido tocados por insetos ou animais.

Estremeci.

— Vamos cavar bem depressa.

Porém, não foi possível cavar depressa no solo rochoso de Socotra, e já era fim de tarde quando encaramos as três covas rasas. Dalila fez suas orações enquanto Tinbu espalhava terra e pedras sobre os cadáveres, e eu percorri o perímetro com uma arma em cada mão, convencida de que havia alguém nos observando. Estava encharcada de suor e tremendo, apesar do calor do dia e do esforço que havia feito.

Outro maldito galho estalou atrás de mim.

Girei o corpo e atirei a faca. A arma voou até um matagal denso, e eu esperei, antecipando o berro de um animal ou o grito furioso de um ser humano. Mas não ouvi nada.

— Amina? — Dei um salto ao ouvir a voz de Tinbu e olhei para trás, deparando-me com meu amigo, que tinha uma expressão apreensiva no rosto. — Tá tudo bem?

— Imaginei ter ouvido alguma coisa. — Aproximei-me do lugar em que tinha arremessado a faca, com a espada em punho. — Estamos prontos para partir?

— Sim. Dalila me disse que já terminou.

— Ótimo. — Chutei os arbustos, procurando a lâmina que havia jogado, mas o chão pedregoso estava vazio. Aprofundei-me nas ervas daninhas, afastando as vinhas e soltando um palavrão quando um espinho cortou minha mão.

— Amina, vamos logo! — gritou Dalila. — Pensei que estivesse com pressa de partir.

— Tenho que encontrar minha faca! — Ajoelhei-me para vasculhar o solo, passando as mãos pela vegetação rasteira. Meus dedos esbarraram em algo úmido e viscoso e afastei-os ao perceber que eram os restos de um ninho de passarinho. Os ovos estavam quebrados e vazando líquido enquanto ervas daninhas brotavam do esqueleto da mãe.

Meu coração palpitou diante de tal visão. Talvez estivesse exagerando; passarinhos morrem de doença o tempo todo. Muitos animais caçam seus ovos. Mas depois do que testemunhamos naquela aldeia, a cena da morte materna me deixou completamente apavorada. Rastejei para trás. *Minha faca que se dane. Vamos dar o fora daqui agora mesmo.*

Os espinhos deram um último puxão no meu turbante, quase arrancando-o de mim. Esfreguei as mãos com areia e dei uma última olhada nos túmulos, acrescentando minhas próprias preces pelos anciãos. Não sabia se sua morte tinha sido obra do franco (nunca vira aquele tipo de lança antes, muito menos um franco), mas a mera possibilidade já foi suficiente para me dar um calafrio. Tinbu e Dalila já estavam além do portão que dava para a saída da aldeia e tive que me apressar para alcançá-los.

Mas, se eu esperava que a sensação de estar sendo observada se dissipasse logo que saíssemos da aldeia, estava redondamente enganada. Ouvia o ruído de animais escondidos em cada arbusto e sentia o peso de olhos atentos em cada sombra. Estava à flor da pele, com os pelos da nuca todos eriçados.

Meus companheiros não sentiam nada.

— Amina, não há nada nos seguindo — disse Dalila, exasperada, quando decapitei uma palmeira depois de jurar que ela tinha sussurrado no meu ouvido. — Eu já teria ouvido alguma coisa.

Houve uma *risada* na brisa, como se fosse uma resposta a ela.

— Vai me dizer que não ouviu *isso*? — Olhei ao redor, vasculhando o bosque de árvores retorcidas em que havíamos entrado. Depois de ficar tanto tempo sob o sol implacável de Socotra, achei a escuridão do bosque desconcertante. Os galhos se entrelaçavam e se emaranhavam sobre nossas cabeças, os poucos raios de sol que atravessavam a copa das árvores incidindo como dedos pontiagudos.

— *Amina.* — Havia uma preocupação genuína na voz de Tinbu. Ele se aproximou de mim para pousar as mãos em meus ombros. Ao seu lado, Dalila permanecia impassível; o que quer que tivesse acontecido entre nós duas na aldeia ainda a incomodava. — Acalme-se, minha amiga — continuou ele. — Hoje foi um dia horrível. O que acabamos de ver faria qualquer um...

Com o canto do olho, avistei um borrão de movimento.

Puxei Tinbu, tirando-o do caminho no exato instante em que a faca que teria atravessado sua garganta passou voando até atingir uma árvore. *Minha* faca, aquela que eu havia perdido na aldeia. A lâmina acertou a árvore com tanta força que ficou presa no tronco, com o cabo vibrando descontroladamente. Voltei-me para a direção de onde a arma viera.

Uma silhueta esfumada desceu das árvores com a elegância de um leopardo. Era como se as próprias sombras tivessem tomado forma, uma forma bastante *familiar*; fragmentos de noite prematura se contorceram até se transformar no pior monstro que já conheci. A criatura que me dera desculpas cruéis e frias nos momentos mais sombrios de minha vida e ronronara meu nome nos melhores.

A fera que eu tinha abandonado à própria sorte dez anos antes. O demônio que fizera algo pior do que assassinar Asif.

— *Esposa* — disse Raksh, com a voz arrastada. — Há quanto tempo.

Uma noite lamentável nas Maldivas

— Jamal... *Jamal*, pare de gritar. Sente-se aí. Vai acabar derrubando o tinteiro, esbravejando e andando de um lado para o outro desse jeito, e eu não vou contar a história de novo.

— Eu não te enganei! Só não... não forneci todas as informações de imediato — continuei. — Foram anos lastimáveis dos quais não gosto de me lembrar. Mas se você quiser ouvir todo o caso sórdido... perdoe-me, se quiser "um detalhado pano de fundo contextual", como o chamou em seu discurso acadêmico empolado... então que seja.

— Vamos falar sobre a noite em que acidentalmente me casei com um demônio.

Estávamos nas Maldivas, com o porão de carga vazio depois de termos vendido uns doze baús de tecido Gujarati surrupiado, destinados a uma princesa em Lanka, junto às pérolas que deveriam pagar por eles (é complicado cronometrar tudo, mas se você roubar um negócio em andamento, pode arrebatar dois saques pelo custo de planejamento de um trabalho só). As Maldivas são lindas, sabe? Um dos lugares mais abençoados por Deus que já visitei. As praias são mais brancas do que a lua, e a água, de um azul tropical deslumbrante, tão vibrante e límpida que parece saída do Paraíso. A população local é gentil e pragmaticamente receptiva aos viajantes com negócios de legalidade questionável, e a comida é excelente.

Dito isso, eu não estava passando por bons bocados nas Maldivas. Meu terceiro marido, Salih, havia me deixado pouco antes de começar o trabalho, levado pelas cartas suplicantes dos pais doentes a voltar para casa, em Serivijaia. Nosso divórcio foi amigável, a única vez que me separei pacificamente de um cônjuge, o que tornou sua perda ainda mais dolorosa. Antes, eu havia escolhido meus maridos mais por sua habilidade em içar as velas e pela beleza do que por sua personalidade. Eram companheiros para poucas temporadas, só isso. Mas Salih tinha uma doçura que eu achava revigorante e histórias intermináveis de uma vida inteira viajando bem mais para o leste do que eu. Não chamaria de amor, mas foi o mais perto que cheguei disso e, embora já tivessem se passado três meses, ainda sentia muita falta dele.

O que quer dizer que, na noite anterior à partida, eu não estava comendo peixe fresco com minha tripulação e uma banda de músicos locais. Em vez disso, levei um barril enorme do que os músicos prometeram ser um excelente vinho feito de palmeiras nativas para a praia a fim de afogar minhas mágoas sozinha.

Entenda, tenho uma fraqueza para o vinho. Mesmo hoje, quando já estou no caminho da retidão há anos e não permito que uma gota daquilo que é proibido passe pelos meus lábios, ainda tenho momentos em que anseio por uma taça; problemas que sei que seriam amenizados com sua doçura. Mas o vinho era um luxo para pessoas como eu, e nunca aprendi a moderar o consumo. Não era tão dependente da bebida como alguns, mas basta dizer que, quando bebia, bebia demais e geralmente com efeitos desastrosos.

E era isso que estava fazendo naquela noite, bebendo e olhando melancolicamente para as ondas escuras que arrebentavam na praia enluarada. Amaldiçoei o mar, por saber que suas correntezas estavam levando Salih para longe de mim. Amaldiçoei a mim mesma por não ter ido com ele. O convite fora feito, sem precisarmos trocar uma palavra, mas eu não o aceitara. Como poderia? Tinha uma tripulação para pagar e não sabia praticamente nada sobre as águas além de Lanka. Se eu fosse livre como Salih, livre para assumir uma posição em outro navio, talvez até me atrevesse.

Mas eu não era livre. Tinha uma família para alimentar e um irmão começando um aprendizado dispendioso. E que comerciante cumpridor da lei contrataria uma nakhudha mulher e desconhecida para transportar suas mercadorias? Era um absurdo, um sonho que sempre permaneceria fora de alcance para mim.

Suspirei pateticamente, deitando-me na areia úmida e passando os dedos por uma fileira de algas secas. Ao longe, os acordes da música da festa que eu havia abandonado mal se ouviam sobre o bater das ondas. As estrelas se estendiam diante de mim, cintilantes e inconcebivelmente vastas contra a suave noite aveludada. Era uma visão esmagadora, que fez com que eu me sentisse indizivelmente pequena e insignificante. Fechei os olhos com força. Não precisava me lembrar do meu lugar no cosmos naquele momento.

— Com licença... — soou uma voz etérea. — Será que você é a nakhudha?

Abri os olhos no mesmo instante.

A pessoa mais bonita que eu já vira na vida estava diante de mim.

Eu devia ter ficado alarmada — não é fácil me pegarem desprevenida. Mas aquele homem tinha conseguido tal proeza e, que Deus me perdoe, era um belo exemplar de homem. Tão belo que roubou meus pensamentos, meu fôlego e meu bom senso. Parecia ter a minha altura, alto como um junco e esbelto; esbelto de uma maneira estranha, pois seu corpo — à mostra num manto curto que exibia suas coxas grossas e musculosas e um xale estampado que mal se agarrava aos ombros largos — parecia ao mesmo tempo sólido e insubstancial, como se ele estivesse e não estivesse ali.

O sujeito deslumbrante se agachou elegantemente ao meu lado, afundando os dedos longos na areia. Banhada pelo luar prateado, a curva de seu pescoço era tão linda quanto um salgueiro num jardim.

— Posso me juntar a você? — perguntou ele, exibindo um sorriso de dentes brancos.

Em resposta, dei um grunhido engasgado. Ele tinha um rosto cheio e bonito, bochechas redondas com covinhas e um nariz comprido. Sua cabeça estava descoberta e o cabelo preto preso num coque imenso na parte de trás do crânio. Sobrancelhas pesadas e graciosas se encontravam sobre seu nariz, pairando acima dos olhos como um pássaro em voo, como o retrato de um ser celestial. Sua barba estava bem aparada, com um tom ruivo agrisalhado ao redor da boca.

Grandes olhos pretos e líquidos, gentis como os de uma corça, fixaram-se nos meus, e então o homem abriu um sorriso que faria qualquer pessoa atravessar montanhas para recuperar.

— Você é a nakhudha Amina al-Sirafi, não é? Seu imediato, Tinbu, me disse que eu a encontraria aqui.

Com a menção a Tinbu, recobrei um pouco de lucidez. Tinbu tinha mandado aquele homem em forma de húri atrás de mim? E então, quando o homem inclinou a cabeça e algumas mechas de cabelo sedoso caíram artisticamente ao redor de seu rosto com cheiro de almíscar, todas as pistas se encaixaram no lugar. É claro que Tinbu o mandara atrás de mim. Ele, Asif e Dalila deviam estar morrendo de rir da minha cara naquele momento.

— Escuta — comecei, já arrependida. Como ele podia ter um cheiro tão *bom*? — Tenho certeza de que você é muito talentoso em seu trabalho, mas não estou no clima nem tenho permissão para me envolver em tais assuntos. — Uma afirmação inoportuna, já que a bebida em minha mão também não era admissível. Mas um pecado de cada vez.

Ele repuxou os lábios, divertido.

— Qual é o trabalho que você acha que me mandaram fazer?

Apontei hesitantemente para seus vários atributos.

— Você sabe muito bem qual.

Ele caiu na gargalhada.

— Ora, nakhudha, quanta sinceridade! Infelizmente, não foi por causa de um acasalamento tão tentador que a procurei, embora não me sinta nada avesso a isso. — Seus belos olhos brilharam de divertimento. — Vim aqui porque seu imediato me disse que você perdeu um homem e espero tomar o lugar dele.

Minha mente foi traiçoeiramente rápida a pensar como aquela bela criatura poderia substituir Salih. Não tinha nada a ver com barcos, embora ele certamente tivesse as coxas certas para remar. Por outro lado, tinha uma aparência muito polida, com as mãos bem cuidadas e sem calos. Não era jovem, mas sua pele era lisa, sem os danos causados pelo sol que costumam se acumular em minha profissão.

— Você não tem cara de marinheiro — observei.

— Talvez não, mas já passei muito tempo em navios. Sei remar, remendar velas e enrolar cordas muito bem. — Ele fez uma pausa. — Mas o mais importante é que trago outra habilidade, uma que certamente agradará você.

Vindo de outro, aquele flerte arrogante teria sido desagradável. Mas havia algo ao mesmo tempo despretensioso e irremediavelmente confiante naquele homem incomum à minha frente.

— Qual é o seu nome? — perguntei em vez disso.

Outro sorriso divertido.

— Pode me chamar de Raksh.

— Raksh? — O nome soava simultaneamente familiar e estrangeiro, e tive dificuldade em entender sua pronúncia. Em entender de onde *ele* vinha. Como muitos de nós, descendentes de pessoas que passaram milênios navegando pelo oceano, ele parecia vir de uma centena de pátrias diferentes, e seu árabe impecável era marcado por um sotaque que não consegui identificar. Sua pele tinha um tom de marrom mais claro do que a minha, tocada por uma palidez estranha, quase azulada. Talvez fosse uma ilusão de ótica. — É guzerate? — perguntei.

Ele deu uma risada.

— Não exatamente.

— Então, de onde você é? — insisti, tão intrigada que não pude deixar de revelar minha curiosidade.

— Daqui. Dali. De milhares de lugares diferentes e nenhum ao mesmo tempo.

Bufei de desdém.

— Um aspirante a poeta, hein? E que habilidade você acha que me agradaria mais do que um marinheiro que sabe navegar?

— Ora, Amina al-Sirafi... — Os olhos de Raksh pareciam me prender à areia. — Eu posso te trazer sorte.

— *Sorte?*

— Sorte. É com que os marinheiros mais contam, não é? — Raksh se aproximou de mim ao falar e algumas mechas de cabelo caíram sobre meu ombro. Seu peso e maciez me faziam lembrar de lã não fiada, e estremeci, tentando não revelar o quanto sua presença me tirava do prumo. Mas devia estar mais bêbeda do que imaginava, pois, quando ele voltou a sorrir, eu podia jurar ter visto um par de presas. De perto, pude ver um padrão de manchinhas escuras salpicadas por suas bochechas.

Sardas, decidi, e tomei mais um gole do vinho de palma, porque sou uma imbecil.

— Não contesto a necessidade da sorte, mas não sou idiota de pagar um homem que afirma possuir o controle de algo tão fugidio, Raksh de todos os lugares e lugar nenhum. Se estiver genuinamente interessado em se juntar à minha tripulação, procure Tinbu amanhã de manhã. Meu navio é o *Marawati*.

— Farei isso. — Mas Raksh não foi embora. — Para onde vocês vão?

— Calicute e depois pela costa indiana. Veremos que tipo de trabalho está disponível. Em breve será época de transportar cavalos e há sempre bastante dinheiro nisso.

— Você não parece muito animada.

Dei de ombros.

— É só trabalho.

Ele entortou a cabeça, parecendo me estudar.

— E para onde você iria se pudesse ir a qualquer lugar?

Para casa. Mas não disse isso, pois a única casa que eu tinha naquela época era o *Marawati*. Fazia anos que não via o rosto de minha mãe, desde o dia da morte de meu pai. Como poderia vê-la? Quando nos despedimos, eu era uma filha amada. Agora, era uma ladra e assassina e, apesar do dinheiro que mandava para casa e das cartas suplicantes que ela me enviava, só de pensar em encará-la já ficava cheia de vergonha, por mais que desejasse sentir seus braços ao meu redor mais uma vez.

Não eram sonhos que eu partilharia com um estranho, por mais eloquente que ele fosse.

— China — respondi, baixinho, ecoando a promessa ridícula que Majed e eu havíamos feito um ao outro. — Eu iria para a China.

Raksh não tirou seu olhar hipnotizante de mim.

— Por que logo a China?

— Nunca naveguei a leste de Lanka. — Por que será que confessei isso? — Mas sempre quis ir — desabafei, sentindo-me insegura, como se tal admissão tivesse sido arrancada de mim à força.

Ele chegou mais perto.

— Você... *irradia* ambição, sabe? — Uma estranha avidez ecoou em sua voz. — Um verdadeiro banquete de anseios.

E então — antes que eu pudesse zombar dele ou me impedir de cair em sua armadilha —, Raksh tocou no meu rosto.

Tudo que não era ele sumiu num piscar de olhos. A praia escura, as estrelas frias, as risadas de meus amigos ao longe... tudo se foi. Os dedos de Raksh eram leves como uma pena em meu queixo, mas eu não conseguia me mexer. Não conseguia nem *pensar*. Seus olhos eram tão brilhantes que doía olhar para eles, mas não consegui desviar o olhar. Uma linha carmesim faiscou em suas profundezas de ébano, iluminando as pupilas de fogo ardente.

— Me diga o que quer, Amina al-Sirafi — ronronou ele. — Conte-me tudo.

— Quero ir a todos os lugares. Quero ser importante. — As palavras jorraram de meus lábios; os desejos e as confissões saíram tão depressa que quase me engasguei. — Quero olhar para minha mãe e ver orgulho em seus olhos. Quero explorar terras de que só ouvi falar em lendas e ouvir as histórias de seus habitantes. Eu quero... eu quero *tantas coisas*.

Se eu achava que tinha sido franca demais antes, nem se comparava ao que acontecia naquele momento. A pressão de sua mão e o ardor em seus olhos me levaram a um transe do qual não conseguia escapar. A cada desejo expresso em voz alta, ficava mais difícil parar de falar, até que mal tinha consciência do que estava dizendo. A certa altura, lembro-me de sentir as ondas fazerem cócegas nos meus pés; devíamos estar sentados na praia há tanto tempo que a maré havia subido. Bem, ficamos ali ao menos por tempo suficiente para eu acabar com o barril de vinho, pois, quando fiz isso, Raksh finalmente me soltou e o mundo voltou a ficar um pouco mais nítido.

— Não tenha medo. — Ele deu um tapinha com o dedo no meu nariz e pegou o barril. — Vou buscar mais. Estamos só começando e acho que um pouco de bebida é bom para soltar a língua.

De fato, ele voltou com duas garrafas para cada um e uma expressão ligeiramente deslumbrada.

— Isso é uma *delícia* — exclamou ele, tomando um bom gole. — Que poção maravilhosa!

Pensando bem, apresentar Raksh ao misterioso vinho de palma das Maldivas foi outro erro.

Ele bebeu com mais gosto do que eu e, se não me enfeitiçou de novo, também nem precisava — estávamos realmente gostando da companhia um do outro. Bebemos e rimos, nadamos e caminhamos ao longo da faixa sinuosa da praia salpicada de estrelas e ondas dançantes, tropeçando e rindo enquanto nos apoiávamos para não cair. A certa altura, entramos num bosque de palmeiras e nos esparramamos sobre um leito macio de folhas caídas.

— Você é *fascinante* — murmurou Raksh enquanto nos deitávamos com as cabeças encostadas uma na outra. — Sabe há quanto tempo estou preso aqui ouvindo os sonhos idiotas e *tediosos* de pescadores e comerciantes mesquinhos?

— Deve ser horrível — concordei fervorosamente, sem fazer a menor ideia do que ele estava falando.

— Pior, é tão *maçante*. — Ele se apoiou nos cotovelos, o rosto pairando sobre o meu. — Salve-me, nakhudha, e farei de você uma lenda. As pessoas entoarão canções a seu respeito por séculos a fio.

— Cantoria nenhuma vai pagar o salário de minha tripulação.

— Então, vou levá-la até a riqueza. Esfrego o convés, massageio seus pés... *qualquer coisa.* — Senti seu hálito quente no meu pescoço. — Só me tire dessa ilha.

A proximidade de Raksh era perturbadora e meu corpo ardia de desejo. Seria muito fácil me arquear contra ele, passar as pernas em torno de seus quadris e sentir o gosto de sal na base de sua garganta.

Em vez disso, brinquei com os pelos em sua nuca, resistindo à vontade de puxá-lo para cima de mim.

— Você não tem dinheiro? — perguntei. — Pague a passagem e embarque como passageiro.

— Infelizmente, não posso fazer isso. — Raksh acariciou meu queixo. — Mas prometo ser *bastante* útil.

Àquela altura, eu já estava tão bêbada e encantada que finalmente concordei. Mesmo que ele não fosse um marinheiro muito bom, sempre haveria espaço para alguém tão cativante e ridiculamente atraente na parte de contrabando e fraude de nossas operações.

— Tá bom — cedi. — Vou tirar você dessa ilha.

— Sério? — Ele se afastou, com uma expressão dividida entre a esperança e o alívio. — Vai fazer um contrato comigo?

— Não. — Dei uma gargalhada. — Por quem você me toma? Sou uma pirata. Não assino documentos de trabalho para meus parceiros no crime. Trabalhamos juntos pela nossa palavra de honra e porque pago bem.

Minha resposta pareceu desanimá-lo.

— Assim não vai dar. — Raksh voltou a se deitar em cima de mim, pressionando os quadris contra os meus e acariciando minha bochecha. — Tem certeza de que não podemos dormir juntos? Vou fazer com que a experiência valha a pena.

Minha mente estava cheia de vinho de palma, mas não tive a menor dúvida da veracidade da proposta. Raksh se moveu com uma graça líquida, percorrendo meus braços e corpo com os dedos longos e quentes através do tecido fino de minhas roupas. O cheiro dele, de almíscar, açúcar e lã amadeirada, encheu minhas narinas como uma droga.

Em seguida, ele me beijou.

Ora, já beijei vários homens. Mais do que aqueles com quem me casei (embora menos nos últimos anos devido ao retorno ao caminho da retidão e à constatação de que poucos valem a pena). Nenhum deles era igual a Raksh.

Não havia nada de doce ou romântico em seu beijo. Era *urgente* de uma forma que só compreendi quando já era tarde demais. Ele enfiou a língua na minha boca, passando as unhas afiadas pelos meus cabelos. Seus dentes roçaram no meu lábio inferior e, quando arquejei, ele abaixou o corpo pesadamente sobre o meu e enfiou a coxa entre as minhas, deixando seu interesse *bastante* evidente.

Gemi, pressionando o corpo contra ele. Eu esfaquearia qualquer outro homem por tamanha ousadia, mas *ah*... como queria aquilo. Queria *Raksh*. Não me senti ameaçada nem forçada. Era ardente como o inferno e, para ser sincera, raramente desejei um homem mais do que naquele momento. Tanto que, quando seus dedos desfizeram os cordões da minha calça, pensei em deixá-lo continuar.

Mas o álcool tinha me deixado tanto mole quanto teimosa. Já tinha quebrado tantas promessas, sobrecarregando os anjos que escreviam o relato de minha vida com uma longa lista de transgressões. Estava decidida a manter ao menos uma.

Tirei sua mão dali (com relutância, pois estava indo numa direção bastante promissora) e o empurrei para longe. Senti-me acordando de um sonho, daqueles que perduram e nos fazem duvidar do que é real e do que não é.

— Não posso fazer isso — arfei.

Raksh soltou um gemido.

— Por que não? Você tem outro? Vamos chamá-lo. Não sou ciumento.

— Não tenho, não. Quer dizer... eu costumava ter, mas ele foi embora.

Ele franziu o rosto elegante, confuso.

— Então, qual é o problema?

Atei os cordões da calça apressadamente e tentei me sentar. Estrelas dançavam diante dos meus olhos. Minha cabeça começava a latejar, prometendo se vingar de mim pela manhã.

— Não somos casados. E eu... não posso me deitar com um homem que não seja meu marido.

— Por que não? — Ele parecia genuinamente confuso.

Por que não? De onde é que aquele sujeito vinha para não conhecer uma das regras mais básicas de todas as religiões que eu conhecia?

— É proibido. — Fiquei ruborizada. — Quer dizer... muitas coisas são proibidas. — A hipocrisia era outro pecado malvisto e, ainda assim, ali estávamos nós. — Mas eu não faço isso, é uma regra minha — gaguejei. — Tomo um marido de cada vez, e ele é o único homem com quem divido a cama.

— Que costume esquisito. — Raksh franziu a testa. — Você me disse que seu marido foi embora. Então, por que não me coloca no lugar dele?

Pestanejei. Eu devia estar bêbada demais para ter ouvido direito.

— Você está pedindo a minha mão?

— É assim que se chama? — perguntou ele, intrigado. — Claro!

Peço a sua mão. Em casamento. Já podemos nos deitar juntos?

— Sim. Não. Bem… — Fiquei confusa. — É um pouco mais complicado. Precisamos de um clérigo para realizar uma cerimônia e redigir o nikah, nosso contrato de casamento — expliquei quando ele pareceu ainda mais perplexo. — Há também outras estipu… estipula… leis. Coisas.

Seus olhos ficaram arregalados, com o brilho carmesim voltando a cintilar em suas profundezas.

— É um contrato… um contrato *conjugal*. Faz tempo que não experimento nada do tipo. Pode ser bastante poderoso. — Raksh soava tão ávido. Um pouco cauteloso, mas, em retrospecto, não o suficiente. Ele tamborilou os dedos no joelho e bebeu o resto do vinho de palma. — Vamos fazer isso!

Gostaria de dizer que hesitei. Que parei para pensar sobre a situação, em vez de permitir que meus desejos mais básicos e o álcool que corria em meu sangue orientassem minha decisão. Já vejo você estremecer, murmurando para si sobre a importância de uma tradição tão sagrada como o casamento em nossa fé.

Mas não hesitei. Bebi o resto do meu vinho e rugi:

— Ao casamento!

A disponibilidade de clérigos dispostos a encontrar uma maneira de casar dois tolos bêbados à meia-noite, na maioria das cidades portuárias, revela a quantidade de marinheiros apaixonados querendo satisfazer seus desejos ao mesmo tempo que se mantêm dentro dos limites da religião. À medida que passávamos pelas tavernas em busca de tal pessoa, tudo começou a adquirir uma tonalidade alegre e desfocada, como fragmentos de vitrais. Lembro-me de assinar alguma coisa e de dizer outra enquanto Raksh e eu sorríamos um para o outro como dois idiotas. Ele estava tão ansioso, eufórico e extremamente, quase ofensivamente, erótico. Àquela altura, eu teria assinado meu nome em qualquer coisa, de tão focada que estava no meu desejo de lambê-lo inteiro.

Finalmente, o ato estava concluído. Bem, um deles. Raksh encontrou uma pousada, onde trocou dinheiro e cochichos com o proprietário. Lembro-me de ter ficado confusa, recordando vagamente da velha moeda de cobre que ele tinha me dado como mahr durante nossa breve cerimônia a pedido do clérigo. Se Raksh tinha dinheiro, então por que não concordara com minha sugestão de reservar uma passagem no *Marawati*? Mas deixei para lá, pois logo entramos num quarto, rindo e tropeçando em nossas roupas conforme as tirávamos.

Soltei seus cabelos, que caíram até os joelhos em cachos brilhantes da cor do ébano, listrando nossos corpos. Arranquei seu xale e descobri um cordão de couro simples em volta de seu pescoço. Dele pendia um pingente extraordinariamente grande de coral áspero.

— O que é isso? — lembro-me de perguntar, passando os dedos pela áspera superfície azul.

Raksh abriu um sorriso malicioso.

— O coração do meu inimigo. — Ele tirou o pingente da minha mão e puxou o manto da cintura no mesmo gesto, deixando seu maravilhoso corpo nu. — Podemos nos deitar juntos *agora*?

Esqueci-me completamente do pingente de coral assim que o vi.

— Agora, sim — arfei, enroscando as mãos em seus cabelos.

Agora, recomenda-se que a intimidade entre marido e mulher permaneça entre os dois, uma concessão ao pudor e à discrição. E embora não possua tais atributos, para salvar a pouca dignidade que tenho, digamos simplesmente que o casamento foi bem consumado. Em todos os sentidos. Na verdade, de maneiras que nem eu — que já tinha ouvido todo tipo de fanfarronice desbocada de marinheiros e piratas — sabia que era possível. Raksh tinha jurado que me deitar com ele seria agradável e não mentira.

Ao menos não sobre isso.

Dormi durante o chamado para a fajr — embora, para ser justa, tivesse caído no sono pouco antes, quando Raksh e eu finalmente ficamos exaustos da exploração extensa de nosso novo contrato. Quando minha cabeça latejante me acordou, o sol já tinha nascido, com seus raios empoeirados entrando pela cortina puída que cobria a janela da pousada. Gemi no travesseiro nodoso e pressionei as mãos contra as têmporas doloridas. Que Deus me perdoe, o que foi que me deu para beber tanto? Na teoria, eu estava moderando o consumo de álcool; na última vez que Majed me encontrara de ressaca, tinha prometido a ele que ia tentar ficar sóbria.

Em busca de água, virei-me de costas e encontrei outro corpo quente.

— Desculpa, Salih — disse, esfregando uma crosta de sal dos olhos. — Não queria...

Calei a boca no mesmo instante. O homem nu ao meu lado não era Salih.

Nem a beldade de cabelos de corvo, grandes olhos pretos e boca carnuda que conhecera na praia na noite anterior. Não, em vez disso, era uma criatura que partilhava o corpo esguio e os dedos longos e capazes daquele homem. Mas, enquanto a pele de Raksh era de um tom de marrom bronzeado de sol e um pouco mais clara do que a minha, a daquele homem — daquela *fera* — tinha o tom azul-esverdeado de um céu tropical nublado. Os cabelos compridos que eu admirara na noite anterior se pareciam com as listras pretas da pelagem de um tigre entremeadas pelas manchas selvagens de um leopardo, como se os dois felinos tivessem se chocado e ficado impressos nos membros dele. Suas unhas terminavam em garras de marfim e presas prateadas se projetavam dos lábios manchados de vinho onde antes havia uma barba avermelhada.

E o pingente… que Deus tenha piedade de mim… era um coração *de verdade*: esburacado como um coral, coberto de cracas e ainda *pulsante*, atravessado por um longo pedaço de tripa de modo a ficar pendurado no pescoço de Raksh.

— Que Deus me salve — exclamei, engasgada.

Ao ouvir meu grito, Raksh pestanejou e logo semicerrou os olhos de dor, como se também estivesse de ressaca. Os olhos de ébano em que eu me afundara na noite anterior haviam sido substituídos por poças de fogo ardente e sem pupilas. Ele ficou confuso com minha expressão horrorizada, mas então baixou o olhar.

— *Ah*. — Raksh estremeceu ao ver o próprio corpo. — Esperava que você não fosse ver isso.

Capítulo 16

Raksh flanou para perto de nós, afastando-se da parca luz do sol que atravessava a copa das árvores.

— E então... meus velhos amigos não vão me cumprimentar? Não vai me agradecer por devolver a sua *faca*?

Estendi o braço, mantendo Dalila e Tinbu atrás de mim, ambos chocados.

— Fique onde está.

— Ou o quê? — sibilou Raksh. — Vai me trancar em outra caixa? Não gostei disso, Amina. Não foi nada romântico da sua parte. Você me deixou fraco. *Faminto.* Tão delirante e desejoso que pensei que estivesse enlouquecendo ao sentir sua presença ontem à noite.

Ele deu mais um passo deliberadamente provocativo, estendendo a mão como se quisesse agarrar Dalila pelos cabelos, e eu perdi o controle. Não havia tempo para pegar a faca de ferro abençoada em meu cinto, por isso ataquei-o com a espada que já tinha em mãos, golpeando-a contra seu pescoço num movimento que teria decapitado outro homem.

A lâmina raspou na pele de Raksh como se sua carne fosse feita de pedra, deixando apenas um arranhão — assim como acontecera dez anos antes.

E fui uma tola por me aproximar dele. Antes que pudesse fazer mais uma tentativa, Raksh arrancou a espada das minhas mãos e me agarrou pela garganta. Em seguida, tirou meus pés do chão e respirou fundo, como um homem em jejum que sentia o cheiro de um ensopado. Suas bochechas se encheram de cor e o tom acinzentado da pele deu lugar ao marrom quente.

Dalila correu até ele.

Raksh deu um tapa no peito dela, fazendo-a voar para trás.

— É uma discussão matrimonial, Dama dos Venenos. Não é da sua conta. Nem da sua, Tinbu. Abaixe o arco ou sufocarei a nakhudha até a morte. *Agora.* — Raksh se voltou para mim, com a raiva faiscando nos olhos pretos. — Você me aprisionou — acusou ele. — Desfaça isso.

Eu fiz o quê? Ofegante, tentei arrancar os dedos dele do meu pescoço.

— Eu... — Mas não conseguia respirar, muito menos responder à acusação.

— Solte-a! — gritou Tinbu. — Ela não pode falar nada sufocada desse jeito!

Raksh deu um grunhido, mas afrouxou a mão. Caí no chão. Tinbu e Dalila me puxaram para trás e ficamos encolhidos ali enquanto Raksh caminhava diante de nós, com os cabelos compridos e soltos balançando ao redor dos joelhos como o rabo de um gato. Eu já tinha visto leões e tigres trancados em grandes mansões se moverem daquele jeito — criaturas infelizes e enjauladas que andavam de um lado para o outro. Foi disso que ele me lembrou, e era chocante imaginar que eu já o tivesse considerado humano.

Ele deveria estar morto. Afogado. Havíamos acorrentado e enterrado Raksh dentro de um baú trancado, numa faixa de terra que o oceano se apressava a devorar a cada mudança das marés.

— Cadê o seu navio? — indagou Raksh.

— Não te interessa — retruquei.

— Preciso dele.

Não era possível que aquele demônio acreditasse que eu o tiraria de outra ilha.

— Eu prefiro assistir ao *Marawati* afundar a ver você pôr os pés nele outra vez.

Raksh chutou a trilha arenosa.

— Seu cartógrafo rabugento não está aqui, por isso presumo que esteja morto ou comandando o navio em seu lugar. Talvez queimar vocês três na praia, um por um, o convença a voltar.

De repente, fiquei ainda mais feliz por ter deixado Majed para trás.

— Ele não vai voltar. Majed te conhece muito bem; no segundo em que o vir, ele dará o fora daqui. Jamais se arriscaria a devolver um monstro como você às nossas costas. Presumo que seja o responsável pelos idosos assassinados na aldeia, não?

Raksh apertou os lábios, insatisfeito.

— Quem me dera. Não havia mais nada de útil neles quando cheguei lá.

Podia não ter sido ele que os matou, mas me encolhi diante da resposta cruel.

— Você é um monstro.

— Um monstro criado por *você*! Da próxima vez, não me deixe trancado numa maldita caixa para morrer de fome. Faz alguma ideia de quanto tempo leva para a madeira apodrecer e a corrente enferrujar?

— Você foi atrás da minha tripulação! Você... você se *alimentou* de Asif — consegui dizer, a raiva e a tristeza deixando minha voz embargada. — Você roubou a alma dele, sua própria existência!

— Ah, lá vem você com essa história de novo — reclamou Raksh. — Sabe qual é o seu problema, Amina? Você sempre tem que estar no comando. Já parou para pensar que talvez Asif soubesse o que estava fazendo e considerasse nosso acordo perfeitamente aceitável?

Ah, se ao menos eu pudesse ferir aquele desgraçado!

— Não, sua cobra peçonhenta. Acho que você o manipulou. Acho que brincou com o coração dele e mentiu descaradamente.

Raksh ficou perplexo.

— Ah, então fui *eu* que menti? Mas é muito audácia, mulher, me dizer uma coisa dessas depois de ter me enfeitiçado.

— Eu não fiz nada para você!

— Ah, fez, sim! Agora, assino contratos de Sofala a Calicute e mais se parecem com os restos de uma refeição. — Raksh esfregou os dedos, sacudindo a mão como um ricaço que atirava moedas aos mendigos. — Não consigo firmar um contrato decente desde que me casei com você. Fico com fome, fico *faminto* o tempo todo. Quero saber por quê. E quero que você *dê um jeito* nisso.

Fiquei pasma diante de tal acusação.

— Acha mesmo que eu *queria* continuar unida a você? Seu sacana, eu te deixei enterrado num baú trancado que esperava que o mar fosse levar. Nada me deixaria mais feliz do que nunca mais te ver!

— Então, por que ainda sinto nossa conexão? — indagou Raksh. — Mesmo agora, seu simples toque já me deixou mais forte e consigo sentir seus anseios nadarem em minha mente, como uma espécie de parasita. — Ele estreitou os olhos. — Foi aquele contrato de casamento em que insistiu tanto, não foi? Você enfiou alguma palavra mágica ali que me tornou seu escravo!

— Está acusando a *mim* de feitiçaria? Foi você quem quis se casar! Você me deixou tão bêbada que mal consegui ler o que estava assinando!

— Foi você que *me* deixou bêbado. Eu nunca tinha ouvido falar de vinho de palma!

Dalila finalmente se cansou daquilo.

— Pelo amor de Deus… — sibilou ela. — Vocês dois não vão *calar a porra da boca*? Vão acabar trazendo só Deus sabe o quê sobre nossas cabeças com toda essa gritaria.

Fiquei corada, mas seu alerta não foi capaz de conter meu mau-humor. Voltei a olhar feio para Raksh.

— Aliás, o que é que você está *fazendo* aqui? Como foi que saiu daquela ilha? Você me disse que não podia cruzar o oceano sem um contrato.

Uma expressão malévola distorceu o belo rosto de Raksh.

— Esperei até chamar a atenção de um navio, é claro. Então, implorei que entendessem que minha mente… estava tão confusa por causa da insolação que, por favor, senhor, por favor… — Ele mudou o tom de voz. — Se puder colocar suas iniciais na minha mão, que Deus o recompense… — Raksh sorriu com doçura. — Uma tripulação completa e saudável. Não costumo comer corações humanos, mas depois de passar fome por cinco anos… dá até para sentir o gosto do medo, da esperança. — Ele lambeu os lábios. — Delicioso.

Tinbu deu um passo para trás e até mesmo Dalila empalideceu. Os dois nunca tinham visto aquele lado de Raksh. *Eu* nunca tinha visto aquele lado de Raksh. Ele se certificara de que ninguém o visse durante o tempo em que fizera parte da minha tripulação.

Tentei não deixar que isso me abalasse, ainda mais quando percebi que ele não havia respondido à minha primeira pergunta.

— Isso não explica por que você está *aqui*.

Raksh deu de ombros, fingindo casualidade.

— Ouvi dizer que Socotra era linda.

Foi uma resposta sem sentido, mas suas palavras anteriores voltaram à minha mente. *De Sofala a Calicute…* Se Raksh ficou viajando por todo o mar nos últimos anos, então por que se isolara naquela ilha notoriamente distante?

E então as peças se encaixaram. Havia *outra* pessoa que conhecia nós três.

— Seu *desgraçado* — disse, entre dentes cerrados. — Foi você que nos traiu para o franco.

Pude ver várias mentiras passarem pelo rosto de Raksh antes de ele admitir.

— Em primeiro lugar, "trair" é uma acusação meio pesada. Se apenas coletei e transmiti informações de conhecimento público...?

Perdi a luta contra a raiva e me empertiguei sobre ele.

— Seu filho de uma digníssima puta, vou acabar com a sua raça!

Raksh se esquivou para trás.

— Claro. Afinal de contas, suas tentativas anteriores deram tão certo. — Ele exibiu as presas enquanto Tinbu agarrava minhas pernas. — E foi você que me traiu com aquele pacto pérfido!

— Eu já te disse: não há nada que una a nós dois!

Só que havia, sim.

Marjana.

Foi como se um balde de água fria tivesse caído sobre minha cabeça. Minha filha. Meu amorzinho, a pessoa mais querida da minha vida. Meu coração podia ter me protegido de ver as semelhanças no início, mas agora era impossível não notar a sombra de Marjana no formato elegante dos olhos de lótus e do nariz comprido de Raksh.

— O que foi? — Raksh se voltou para mim, desconfiado. Respirou fundo, como uma serpente que farejava o ar. — Você está escondendo alguma coisa. *Conte logo.*

Fiquei sem palavras. Não sabia como criaturas como Raksh se comportavam em relação aos filhos. Fábulas pavorosas sobre deuses pagãos que devoravam seus descendentes ou os afogavam nas ondas para evitar desafios futuros vieram à minha mente. Raksh era o predador mais oportunista que já encontrei.

Ele não podia saber da existência de nossa filha. Por isso, fiz o que sempre fazia quando me encontrava numa situação difícil.

Uma aposta.

— Sei como dissolver o vínculo entre nós — menti apressadamente. — Mas trata-se de um processo complicado e delicado. Uma espécie de feitiço, que pode ser difícil de realizar.

— Como? — perguntou Raksh, perdendo o fôlego. — O que é?

Que Deus me guie.

— Um divórcio.

— Sim, sim, eu já ouvi falar dessa palavra! — Seus olhos se iluminaram de esperança. — Como é que nós fazemos isso? Esse tal de divórcio? — Uma nota de apreensão se insinuou na voz dele. — Você disse que é complicado?

O simples fato de ter que fazer uma pergunta dessas já era um sinal da arrogância e do desinteresse de Raksh pelas complexidades de sua "presa". Aquele mentiroso duma figa podia se divorciar de mim imediatamente, era só repetir a palavra três vezes. Mas eu tinha apostado que ele não saberia disso e, pelo visto, não sabia mesmo.

— De fato — adverti. — É extremamente complicado. Há muitas etapas e... encantamentos que só podem ser ditos pela esposa.

Raksh parecia totalmente absorto.

— Então vamos começar imediatamente.

— Espere um pouco. — Era Dalila. — Amina tem razão. Divorciar-se é um processo difícil. Você não quer cometer um erro por causa da pressa e fazer com que o casamento se torne ainda mais permanente, não é?

Que Deus abençoe e proteja essa mulher. Não deixei de ver a pisada de Dalila no pé de Tinbu quando meu amigo, com ar de perplexidade, ficou boquiaberto. Os dois viviam em terras muçulmanas havia tempo suficiente para saber que eu estava mentindo descaradamente.

Raksh lançou-lhe um olhar cauteloso.

— Não, é claro que não. O que você está insinuando?

Dalila se empertigou.

— Bem, você deixou bem claro o que deseja: o divórcio e uma maneira de sair de Socotra. Mas, já que dar com a língua nos dentes para o franco foi o que nos meteu nessa confusão, por que não começa a nos contar o que sabe e então decidimos se fazemos o mesmo em relação aos rituais de divórcio?

Ele cuspiu como um gato de madame ofendido, mas cedeu.

— O que vocês querem saber?

— Falco está vivo? — perguntou ela. — Avistamos um navio nos baixios que parece ter tido um fim violento.

— Pode-se dizer que sim. Mas, sim, Falco está vivo. Ele e metade da tripulação conseguiram chegar à costa.

— Havia uma garota entre eles? — perguntei, com urgência.

— Uma garota? Quer dizer... *ah.* — A compreensão tardia ficou estampada no rosto dele. — Você está falando de Dunya. É por causa dela que está aqui?

— Sim, idiota. O que pode me dizer sobre ela? Ela está bem?

Raksh bufou.

— Ela parece arrependida dos erros da juventude, mas estava viva quando parti. — Ele deu um sorriso malicioso. — Mas a ambição daquela garota... faz com que o pai dela pareça extremamente satisfeito em comparação.

Uma sensação de mal-estar tomou conta de mim.

— Você não faria um contrato com ela. Não se atreveria.

— Ora, pois eu faria isso num piscar de olhos, se pudesse; não seja ridícula. Mas Falco não é bobo e Dunya é sua joia. Ele a manteve bem longe de mim.

— Aliás, o que você está fazendo com ele? — perguntei. — É interessado demais na autopreservação para se aliar a alguém tão perigoso.

— Não me "aliei" a ele — retrucou Raksh, insultado. — Eu me alimento de humanos estupidamente ambiciosos. Ele é um humano estupidamente ambicioso que queria um capitão e um navio para navegar. Já que eu *também* queria localizar uma certa nakhudha, imaginei que pudesse usá-lo para chegar até você.

— Só que não o usou coisa nenhuma — observou Dalila. — Conhecemos seu ex-agente e parece que Falco perdeu o interesse em Amina e no *Marawati* assim que conheceu Dunya. Então, por que você os seguiu até Socotra?

Um ligeiro rubor de vergonha surgiu nas faces de Raksh.

— Você ainda não conheceu o homem.

Arqueei a sobrancelha, surpresa.

— Ah, quer dizer que foi outro tipo de "contrato" que vocês dois negociaram? Dormir com Falco te deixou tão enfeitiçado assim?

Raksh rosnou de indignação.

— Não me *deitei* com aquele fanfarrão arrogante nem negociei um contrato com ele. Só vim até aqui porque… bem, a culpa é sua! — acusou ele, sacudindo o dedo na minha cara. — Se não estivesse com tanta fome, eu teria pensado com mais clareza. Mas só de imaginar Falco e Dunya saindo em busca de artefatos mágicos juntos… eu não podia ficar longe de um tesouro desses.

Era um exagero absurdo me culpar por seus erros, embora Raksh realmente tivesse uma aparência meio capenga. Seus cabelos soltos estavam cheios de nós e folhas mortas, e a lungi que envolvia sua cintura era esfarrapada e fina. Muito fina. Tão fina que era impossível não reparar que seu traseiro ainda parecia tão cheio a ponto de fazer um dinar quicar dali.

Baixei o olhar. *Pare de olhar para a bunda de um demônio. Foi isso que te meteu nessa encrenca para começo de conversa.* Voltei a interrogá-lo.

— Que tipo de artefatos mágicos?

Raksh fez um gesto desdenhoso.

— As bobagens de sempre que os humanos acreditam que lhes concederão poder. Dunya disse a ele que havia uma abundância de tesouros da antiguidade escondidos numa caverna daqui.

— E *existe* uma abundância de tesouros da antiguidade escondidos numa caverna daqui? — perguntou Tinbu, falando pela primeira vez desde que uma faca quase passou por sua garganta.

— Sério? — perguntei ao meu amigo, exasperada. — É *isso* que o faz recuperar a voz?

Mas Raksh pareceu considerar a questão.

— Talvez exista uma coleção dessas, sim. Eles encontraram um monte de esqueletos, e, no passado, os mortais adoravam assassinar uns aos outros para servir de guardas na vida após a morte.

— E é isso que ele quer? — insisti. — Falco veio até Socotra atrás da vaga promessa de uma caverna de tesouros?

Sua expressão tornou-se sombria.

— Suspeito que Socotra seja a primeira de muitas paradas para ele. Falco se considera um futuro rei-erudito e quer tirar proveito de toda a magia em que conseguir pôr as mãos para desafiar o Divino, ou alguma bobagem do tipo. Era tudo muito ridículo, até que ficou claro que Dunya *possuía* tal conhecimento, embora não a ambição de Falco. A garota não parava de tagarelar sobre as interações históricas entre marids e mortais e, de repente, Falco tentou invocar um deles. No meio do mar!

Não entendi nem a metade do que ele disse.

— Ele tentou invocar *o quê*?

— Um marid — repetiu Raksh. — Um elemental da água na forma de uma quimera de escorpião marinho, tão grande que seria capaz de comer seu *Marawati* no café da manhã. Na verdade, ele devorou metade da tripulação antes de conseguirmos escapar. Mas Falco já estava começando a suspeitar de mim e, se algum dos dois descobrisse que eu não era humano, acabaria me tornando o próximo experimento deles. Foi por isso que fugi.

Fugi. A palavra me pegou de surpresa — assim como a história do monstro marinho. Raksh era um trapaceiro excessivamente confiante e imprudente. Um demônio que devorava almas e bebia ambições como se fossem pão e água. E Falco o deixara assustado.

Com a ajuda de Dunya. Não se esqueça dessa parte. Mas Dunya ainda era uma garota. A filha de *Asif*, a qual fui incumbida de levar de volta para casa sob ameaça à minha própria família.

No entanto, faltava uma coisa na explicação de Raksh: a Lua de Sabá. Será que ele não sabia qual era o tesouro *específico* que Falco e Dunya procuravam? É verdade que Layth não havia mencionado mais ninguém com eles na visita à residência dos al-Hilli, e o que eu sabia do franco me dava a impressão de um homem bastante astuto. Talvez Falco tivesse guardado para si a novidade a respeito da Lua de Sabá.

— Já basta? — indagou Raksh. — Estou falando há um bom tempo.

— E vai continuar falando se quiser o divórcio — respondi. — Qual é a situação atual? Quero saber sobre essa caverna.

Raksh soltou um suspiro de cansaço, mas se agachou e começou a desenhar um mapa na areia com o dedo comprido.

— A entrada fica a meio dia de caminhada, mas a caverna em si é vasta e incomensuravelmente profunda. Os nativos dizem que é possível vagar lá dentro por dias a fio e que quem vai muito longe nunca mais é visto.

— Que nativos? — perguntou Dalila. — Está falando dos aldeões? O que foi que aconteceu com eles?

— Falco e seus homens os cercaram. Levaram toda a comida e provisões que encontraram e têm usado os sobreviventes como mão de obra.

— Então, eles ainda estão vivos? — insistiu ela.

— Alguns, sim. Mas os homens que vocês pretendem enfrentar não são nada mansos. São os mercenários mais temíveis que Falco conseguiu encontrar. — Raksh revirou os olhos de desdém. — Os *constantes* sonhos sanguinários. Sem um pingo de criatividade.

Tinbu franziu a testa.

— E quantos desses mercenários sanguinários o franco comanda?

— Quando parti, eram uns vinte. Mas eles gostam de se embebedar e brigar, então é bem provável que haja menos agora.

Senti um aperto no peito. Não gostava nada das probabilidades. Minha tripulação era composta de marinheiros, não combatentes; não teríamos a menor chance se fôssemos obrigados a enfrentar Falco e seus homens diretamente.

— Como é o acampamento deles?

Raksh continuou seu esboço.

— Por mais violentos que sejam, os homens de Falco têm medo da caverna. Os aldeões encheram a cabeça deles de histórias de terror, por isso acampam na entrada da caverna assim que o sol se põe. — Ele marcou a entrada com uma barra. — Dunya dorme mais para dentro, e Falco fica entre eles. Geralmente, eu ficava lá dentro também.

— Então, como foi que escapou?

— Encontrei outra saída. — Raksh desenhou um número vertiginoso de trilhas sinuosas. — Eu costumava explorar a caverna quando os humanos estavam dormindo. Há muitos caminhos, mas se seguir por este acabará chegando a um túnel estreito que se abre na encosta de um penhasco. É uma queda letal se você cair, mas se conseguir *escalar* — ele traçou uma linha para cima —, chegará ao topo do planalto, a uma boa distância da entrada da caverna. Matei uma gaivota, molhei minhas roupas rasgadas em seu sangue e as deixei num túnel a que eles tinham acesso, na esperança de que pensassem que um monstro das cavernas tinha me devorado.

Dalila fez uma cara de dúvida.

— Acha mesmo que o franco acreditou nisso?

— Eu pretendia estar bem longe dali antes que Falco ficasse desconfiado. — Raksh abriu um sorriso de dentes afiados. — Que sorte encontrar meus velhos amigos do confiável *Marawati*.

Ignorei seu comentário e estudei o mapa de areia.

— A escalada é muito difícil?

— É tão íngreme e alta quanto os penhascos.

Dalila e eu trocamos um olhar.

— Acho que tenho corda suficiente para fazer rapel — disse ela. — Escalar vai ser mais difícil. Não é impossível, mas bem difícil. Preciso examinar melhor o local.

Tinbu soltou um gemido.

— Majed vai querer nos matar.

— É, mas só se sobrevivermos primeiro. — Dei um suspiro. — Não há outro jeito. Nossa tripulação não vai conseguir derrotar os homens que Raksh acabou de descrever. Mas se houver uma chance de entrarmos pelos fundos... — Fiz uma pausa, percebendo que minhas possibilidades limitadas me deixavam com uma péssima escolha. — Mas Raksh vai ter que ir com a gente.

— *O quê?* — Tinbu e Dalila se viraram para mim no mesmo instante.

— Não! — Raksh parecia apavorado. — Acabei de fugir de lá!

— Então, pode correr por Socotra à procura de outro navio antes que Falco o apanhe — disparei para ele antes de lançar um olhar suplicante aos meus amigos. — Teremos mais chances de sucesso se ele estiver com a gente. Vocês sabem que é um fato. Não vamos conseguir refazer seu caminho pela caverna sozinhos.

— Não era para termos sucesso nenhum — lembrou Dalila. — Agora não. Só viemos para fazer o reconhecimento do local.

— E é isso que vamos fazer — respondi. — Raksh nos mostrará onde Dunya está aprisionada e vamos ver se podemos tirá-la de lá. Se não, reavaliaremos a situação.

Era mais uma aposta. Mas eu tinha que salvar Dunya *e* ganhar tempo para descobrir outra maneira de me livrar de Raksh. Não confiava nele — eu o *desprezava* —, mas a autopreservação vinha antes de tudo para Raksh, e era nítido que ele queria sair daquela ilha.

Rezei para que o instinto e a minha mentira sobre o divórcio bastassem para convencê-lo.

— Minha proposta continua de pé — repeti a ele. — Me ajude e eu ajudo você. Não haverá nenhum *Marawati* no seu futuro, a menos que Dunya também esteja a bordo.

— Você é uma tola — disse Raksh, sem rodeios. — E não é páreo para Falco. Com a minha sorte, ele vai matar você e ficarei unido ao seu fantasma por toda a eternidade.

— Pois garanta que ele não me apanhe. Ainda somos casados, não é? Esse vínculo deveria me trazer sorte.

Raksh apagou o mapa com um gesto furioso.

— Espero que você *rompa* esse vínculo se eu te ajudar. Não serei enganado novamente.

Senti um nó de apreensão no estômago. Eu não tinha a menor intenção de tirar aquele demônio de Socotra, muito menos romper qualquer vínculo que pudesse fazê-lo suspeitar de que outra coisa — outra *pessoa* — nos unia.

Bem, um problema de cada vez.

— Quer dizer que você aceita minha proposta?

Ele fez uma careta.

— Por enquanto, Amina al-Sirafi. Por enquanto.

Capítulo 17

Raksh nos guiou para fora do bosque e por uma trilha sinuosa que cortava a encosta. Era quase estreita e espinhosa demais para um humano — devia ter sido aberta por um leopardo —, mas com um demônio furioso olhando feio para mim toda vez que eu diminuía a velocidade ou parava para reajustar a bandagem no joelho latejante, consegui manter o ritmo enquanto me perguntava, desesperadamente, como é que iria nos tirar daquela encrenca.

Dalila e Tinbu me lançavam olhares de relance, mas não nos atrevíamos a conversar. Raksh não era nenhum guerreiro (preferia fugir do perigo), mas era forte, tinha acesso a magias que eu não compreendia e já desconfiava de nós. Não havia a menor necessidade de piorar a situação tramando algo contra ele. Mesmo eu *tendo* pensado em empurrá-lo do penhasco. Era bem provável que o filho da mãe quicasse e escalasse tudo de novo só para me matar.

Aliás, fica aí uma pergunta… por que será que ele não *me matou?* Seria uma maneira óbvia de romper um vínculo e, no bosque, Raksh parecera furioso o suficiente para fazer isso. Mas antes que eu pudesse refletir mais a fundo sobre o delicioso tema do meu não assassinato, surgiu uma réstia de esperança na brisa salgada e doce do mar.

Tínhamos chegado à costa norte de Socotra.

As falésias de calcário eram ainda mais altas ali, mas não vi nenhuma entrada para a caverna. No entanto, com a luz mortiça do sol poente e os séculos de sal e mofo que cobriam a face escarpada dos penhascos, suspeitei que tal entrada seria fácil de passar despercebida. A área estava vazia; nenhum navio flutuava na água verde-azulada e nenhum pescador arrastava suas redes. Mesmo assim, fiquei atenta a cada passo em falso e galho partido. Quando escureceu, eu e meus companheiros nos abrigamos da melhor maneira possível sob os arbustos esparsos. Depois de parecer surpreso e ligeiramente magoado por eu não querer dormir *com* ele, Raksh se retirou para uma árvore ali perto e subiu em seus galhos para passar a noite.

— Espero que saiba o que está fazendo, Amina — murmurou Tinbu. — De verdade.

Dalila não disse nada. Só não sei se o silêncio dela se devia à minha decisão de voltar a trabalhar com Raksh ou ao que quer que tivesse se passado entre nós duas na aldeia cristã.

O sono demorou a vir. Toda vez que fechava os olhos, eu via o rostinho doce de Marjana. Dez anos antes, eu tinha botado fogo no corpo de Asif, enterrado meu marido traiçoeiro e, oito meses depois, aninhado uma menininha nos braços. Raksh e eu não estávamos casados havia muito tempo e nunca havíamos conversado sobre a possibilidade de ter filhos. Fosse pelo trabalho árduo no navio, pela dieta limitada de marinheira ou por qualquer outro motivo, meus ciclos menstruais sempre foram irregulares. Três maridos anteriores — e humanos — não tinham deixado nada em meu ventre; jamais imaginei que Raksh seria capaz disso.

E depois que Marjana nasceu... nunca pensei nela como filha de Raksh. Nunca pensei nela como outra coisa senão a *minha* filha, inocente, bondosa e completamente humana. Meu coração não permitiria isso.

Ele não pode descobrir a existência dela. Por Deus, ele não vai descobrir.

O juramento passou pela minha cabeça várias vezes. Quando finalmente adormeci, tive pesadelos com escorpiões que voavam como gaivotas por cima de mim enquanto eu corria atrás de uma Marjana ainda pequena pelo convés de um *Marawati* que não tinha fim, gritando seu nome enquanto ela desaparecia sobre a amurada. Acordei exausta, com enxaqueca e uma dor latejante no joelho, tão forte que deixou meus olhos cheios de lágrimas. Engoli um biscoito úmido e partimos, aproveitando o frescor da manhã que esfriava o ar salgado.

Já estava entardecendo quando Raksh finalmente gritou:

— Mais à frente, está vendo aquele matagal? Pare lá.

Cheguei ao arvoredo, espiei por suas folhas grossas e dei um passo para trás quando uma brisa quente soprou no meu rosto. Logo além do matagal, havia uma queda abrupta e letal até uma enseada onde um rio caudaloso descia das colinas e desaguava no mar; um turbilhão agitado de reluzentes rochas pontiagudas e água violenta. Estendi a mão para deter meus amigos e lancei um olhar furioso a Raksh.

— Você podia ter me avisado antes que eu caísse do precipício!

Ele sorriu com doçura.

— Eu te falei para parar. Agora, olhe. Está vendo onde aquela muda emerge do penhasco? A entrada do túnel fica logo depois.

Senti um nó no estômago.

— É muito mais longe do que eu imaginava.

Dalila examinou o local.

— As cordas chegam até lá — disse ela, dando um puxão numa das árvores ao redor. — E esses troncos são suficientemente fortes para servir de âncora.

Assenti e, com a mesma rapidez com que voltamos às tarefas de navegação, retomamos os preparativos habituais para um trabalho. Tinbu e eu começamos a limpar nossas armas e preparar as lamparinas. Dalila testou as cordas, amarrando as extremidades de três delas para fazer apoios para os pés. Nós já tínhamos executado esquemas mais complicados com probabilidades bem piores, mas contra inimigos familiares: contrabandistas rivais e nobres mimados, comerciantes traiçoeiros e membros da realeza sequestrados. Não contra um estrangeiro de passado sanguinário e truques de mágica que conseguira assustar o *demônio* com quem me casei. Rezei a maghrib com mais intenção do que o habitual, acrescentando uma raka'at e enrolando minha misbaha, frequentemente negligenciada, em volta do pulso.

Assim que terminei as orações, encontrei Raksh agachado à minha frente, com uma expressão incompatível com a salá.

— Você está diferente — declarou ele.

— É claro que estou — disse, irritada com sua presença e comigo mesma pela rapidez com que meu olhar se fixou nas coxas dele. — Já faz mais de uma década que você não me atormenta.

— Não é disso que estou falando. — Havia uma nota curiosa de admiração em sua voz. — Seus anseios, suas ambições, não são mais os mesmos. São...

— Menos impressionantes, sei disso. Estou velha. É o que acontece com os humanos.

— São mais fortes. — Os olhos de Raksh ficaram escuros com o que poderia ser luxúria em outro homem, exceto que esse não era o tipo de fervor de que ele gostava. Bem, não o único tipo. — Mais *intensos*.

Senti um calafrio percorrer minhas costas.

— Não sei o que você quer dizer com isso.

Ele pareceu não ouvir a minha resposta, olhando para mim como eu já tinha visto outras pessoas cobiçarem o ouro.

— Senti a sua chegada, sabe? Há uma semana. Não sabia que era você, mas tive um pressentimento, uma premonição de que as coisas estavam prestes a mudar. — Ele estremeceu. — Você também sentiu? A magia entre nós dois?

Uma semana antes foi quando o céu clareou e fui abençoada com o melhor clima para navegar da minha vida. Com peixes que saltavam em nossas redes, uma cisterna que nunca se esvaziava e ventos que nos puxavam na direção de Socotra como uma coleira. Lembrei-me de ouvir Raksh rindo conforme nos perseguia no bosque, muito antes de meus amigos notarem alguma coisa.

— Não há nada entre nós dois — neguei. — Por que quer que haja? Deixei você morrer de fome. Você me cumprimentou atirando uma faca em Tinbu e depois ameaçando nos queimar um por um na praia.

Raksh deu de ombros.

— Rancor é coisa de humanos. Por que se apegar a um desentendimento mesquinho do passado quando o futuro pode ser tão mais doce? E você… — Um brilho carmesim cintilou em seus olhos escuros. — Você sempre foi muito promissora. Mas *está* envelhecendo, sim. Seu corpo não vai aguentar fazer esse tipo de coisa por muito tempo. Para que guardar rancor quando nós dois podemos ter nossas últimas aventuras?

Eu sabia o que Raksh estava fazendo, mas suas palavras me atingiram fundo. Não foi por isso que aceitei aquele trabalho, uma fraqueza que quase admitira à minha mãe? A vontade de dar só mais uma escapada, ter mais uma chance de ver o oceano se estender diante de mim e encher meus entes queridos de riquezas?

Afastei-me ao perceber que Raksh tinha chegado mais perto, roçando os joelhos nos meus.

— Jamais te perdoarei pelo que fez com Asif — afirmei, detestando ouvir o tremor em minha voz. — E não quero *nada* relacionado à magia.

Tinbu se aproximou como se tivesse pressentido problemas.

— Pare de falar com esse ghoul mentiroso. É um desperdício de fôlego.

Raksh deu uma gargalhada.

— Ah, tripulação do *Marawati*, como senti falta disso! A energia que emanam quando estão animados e apavorados… — Ele farejou o ar. — Deliciosa.

— Você está pronta? — chamou Dalila.

— Tão pronta quanto possível. — Peguei o pedaço de tecido preto que ela me entregou e o enrolei em torno do rosto. Ela e Tinbu já estavam vestidos de forma semelhante, e Raksh tinha seu próprio jeito de se camuflar quando não queria ser visto. — Vamos em frente.

A enseada era mais assustadora ao anoitecer, com as ondas quebrando em gotas luminosas nas rochas escuras do fundo do penhasco. Tive que me esforçar para não imaginar a água tingida com o tom escarlate de nosso sangue.

— Você primeiro — ordenei a Raksh, estendendo-lhe a corda.

Ele não fez nem menção de pegá-la.

— Não preciso de corda. — Num piscar de olhos, ele mudou de forma e sua pele ficou da cor de um céu tempestuoso. Em seguida, deu um passo em direção ao penhasco.

Tinbu soltou um grito abafado de surpresa. Mas Raksh não tinha pulado para a morte; ele estava descendo a encosta íngreme do precipício, suas mãos e pés com garras agarrando-se a apoios que eu duvidava que pudéssemos localizar, muito menos usar. A luz mortiça do sol brincava em sua pele listrada e nos músculos flexionados das costas nuas. Ninguém que ostentava presas deveria ser tão atraente, e fiquei imaginando como pude acreditar que ele era humano.

Vinho de palma. Foi por causa do vinho de palma que você acreditou que ele era humano. Não é à toa que Deus, em sua sabedoria, proibiu tal coisa.

— Ele usa um *coração* em volta do pescoço? — perguntou Tinbu.

— É o que parece. — Dalila olhou para mim, meio desconfiada. — Como não percebeu o que ele era? Você se casou com ele. *Dormiu* com ele.

— Não foi com esse homem que me casei. — Mas a verdade rondava sua pergunta, uma evasiva que temi que Dalila logo tivesse a perspicácia de detectar.

Lá embaixo, Raksh chegou ao túnel. Abriu um sorriso triunfante e entrou.

Dalila e Tinbu desceram em seguida. Fiquei cada vez mais inquieta ao observá-los. Morro de medo de altura; caí do mastro do *Marawati* quando era criança e, embora tenha aterrissado sobre uma pilha de lona que amorteceu o impacto e salvou minha vida, nunca me esqueci da dolorosa perda de gravidade nem da súbita e terrível certeza de que estava prestes a morrer. Eu confiava nos nós de Dalila, mas meu coração disparou no peito quando coloquei todo o meu peso na corda e comecei a descer.

Uma mão sobre a outra. Estava tudo bem até que cometi o erro de olhar para baixo e avistei as rochas mortais que me fizeram perder o fôlego. Um suor frio escorria pelos meus braços e a corda começou a ficar escorregadia à medida que a agarrava com mais força, mas forcei-me a continuar.

Tinbu agarrou minha cintura assim que cheguei perto do túnel, puxando-me para a entrada e me ajudando a encontrar o equilíbrio no chão de pedra.

— Você está bem? — perguntou ele.

Assenti em silêncio e Tinbu me soltou. A entrada era estreita e escura. Porém, em sua forma natural, Raksh emitia o brilho azul-acinzentado de uma nuvem de fumaça apagada, e a luz era suficiente para ver como o resto do túnel se afunilava.

— Meu Deus — exclamei. — Você passou por *aí*? Como? Rastejando no chão?

— De vez em quando. — Raksh não parecia mais entusiasmado do que eu. — A caverna em si é grande, mas o túnel é péssimo, me senti como uma minhoca num buraco. — Ele fez uma pausa. — É melhor eu te lamber.

Esquivei-me dele.

— Como é que é? É melhor você fazer o quê?

— Te lamber. Mas acho que um beijo também pode dar certo. Estou me sentindo fraco e o caminho que temos pela frente é difícil. Se *alguém* tivesse se dado ao trabalho de dormir comigo ontem à noite, minha magia estaria mais forte…

Empurrei-o para a frente.

— Ainda não estamos tão desesperados assim. Vai logo.

Mas o túnel era medonho. Fomos forçados a rastejar sobre as mãos e joelhos e depois sobre a barriga no meio da escuridão. A rocha arranhava cada centímetro de pele exposta e os punhos de minha espada e da khanjar espetavam meus quadris. Depois de doer o dia inteiro, meu joelho machucado ficou dormente, o que presumi não ser nada bom. O ar era quente e pútrido e tive que prender a respiração várias vezes para não me sentir esmagada naquele espaço tão pequeno.

Depois de uma eternidade, o túnel finalmente se expandiu o suficiente para ficarmos de pé. Dalila pediu que parássemos para que pudesse acender as lamparinas com a pederneira, e eu aceitei uma de bom grado.

— Fica logo ali — alertou Raksh. — Você vai ver assim que sairmos do túnel.

Abaixei-me para evitar uma formação rochosa gotejante e perguntei:

— Como é que eu… *ah*.

Já vi muitas coisas espantosas na vida. Poucas se comparam à visão da imensa caverna de Socotra. Nossas lamparinas iluminaram um espaço tão grande que poderia engolir uma dúzia de *Marawatis*, e tive a sensação de que, além da escuridão circundante, era ainda maior. A caverna parecia uma cena tirada de um sonho ou trazida à vida pelo pincel de um artista: líquenes rendilhados, cristais reluzentes e saliências de pedra na forma de cogumelos de todas as cores do arco-íris cobriam as paredes rochosas. Formações de minerais luminosos pendiam do teto irregular, descendo para tocar seus pares que brotavam do chão. A água pingava em piscinas e riachos visíveis e invisíveis; o barulho das gotículas enchia o ambiente de música suave. Logo à frente, uma cascata de água amarela jorrava de uma fenda nas rochas e se derramava por um buraco tão distante que não chegava a respingar. Além do murmúrio de nossa respiração e do tamborilar da água, não havia nenhum som no ar denso e pesado. Deixando de lado a umidade e o cheiro de ovo podre, a caverna era marcada por um silêncio tão profundo que a fazia parecer sagrada.

— Há tanta água aqui — admirou-se Tinbu enquanto seguíamos em frente, estendendo a lamparina para iluminar uma piscina profunda. Era bela de uma maneira misteriosa e peculiar; sua água verde contrastava com o quartzo surpreendentemente branco. — Este lugar deve ter parecido um milagre para as pessoas que o descobriram.

— Duvido que algum humano tenha chegado até aqui. Há desenhos rupestres nas paredes mais adiante, mas… ei, não *toque* nisso. — Raksh afastou a mão de Tinbu da piscina com um tapa. — Metade da água deste lugar é capaz de derreter a carne de vocês como se fosse manteiga. Sigam meus passos e não se desviem do caminho.

Foi o que fizemos, caminhando ao longo de margens estreitas que se erguiam sobre poços intermináveis e nos abaixando sob formações rochosas caídas como as estátuas de tiranos depostos. Atravessamos campos silenciosos de fragmentos prateados salientes que pareciam as espadas abandonadas de um exército desaparecido e subimos degraus de uma geometria natural tão perfeita que sussurrei louvores a Deus. Era um lugar selvagem; a escuridão além da luz bruxuleante das lamparinas era esmagadora, mas, aos poucos, os vestígios de habitação humana foram se tornando mais frequentes. Aqui e ali, o lixo começava a se espalhar pelo chão: cacos de cerâmica e ferramentas rudimentares ao lado de lamparinas de barro quebradas e garrafas de vidro empoeiradas.

E então, na próxima curva, como se tivessem sido arrancadas das anotações de Dunya, surgiram as marcações.

Sabaico, gueês, grego e uma meia dúzia de letras cuja língua não consegui identificar. Pictogramas complexos e inscrições indianas, escrita cuneiforme e traços. Alguns eram nomes; outros, alertas. A maioria contava histórias que eu não conseguia entender, histórias em línguas havia muito esquecidas. Além das mensagens antigas, também havia desenhos. Barcos e impressões de mãos, crucifixos estranhos e criaturas com chifres.

Uma coisa era ler sobre aquele lugar num livro, mas *ver* a história de viajantes e marinheiros como eu exposta diante de nós, com seus fantasmas e as paredes que tocaram, era completamente diferente. Fiquei pensando em suas vidas e no tempo que haviam passado ali. Depois de uma longa viagem marítima, uma caverna que oferecia alívio do sol e água abundante devia parecer um refúgio divino ou o recanto perfeito para contrabandistas. Apesar das circunstâncias, sentia um senso de maravilha, minha imaginação de contadora de histórias desperta.

Até que encontramos o caminho bloqueado por uma enorme pele de serpente branca.

A pele descartada era da cor de osso, cintilante com uma gosma iridescente e larga o suficiente para que pudéssemos passar pela cavidade da criatura sem nos abaixar. Mais adiante, havia uma ramificação no túnel e a pele abandonada seguia pela trilha à esquerda.

— Ora… — Tinbu engoliu em seco. — Sou obrigado a dizer: os cronistas se enganaram no tamanho. As serpentes são ainda *maiores* do que os livros dão a entender.

Raksh olhou com desconfiança para a trilha bifurcada.

— Os túneis são vastos, mas essa pele não estava aqui quando fugi.

Dalila já tinha a faca na mão e cortava e recolhia o máximo de escamas que podia. Observei-a cutucar um vão com o cajado e arrancar uma presa do tamanho de um fêmur.

— É tão… impressionante — comentou. Mas até ela parecia inquieta.

Abri uma abertura na pele de cobra com a espada.

— Vamos logo. Prefiro não estar aqui caso a fera decida voltar.

Mas a monstruosa pele de cobra provou ser um mau presságio, pois, quanto mais avançávamos, mais alarmante se tornava o ambiente ao nosso redor. Já não existiam desenhos caprichosos de mãos e barcos. Em vez disso, ossos e sapatos em decomposição entulhavam o caminho, ao lado de uma faca enferrujada e um alforje rasgado por garras. Um conjunto completo de dentes humanos amarelados projetava-se de uma rocha, como se seu antigo dono tivesse mordido com tanta força que eles foram arrancados da mandíbula.

Raksh vinha nos guiando ao longo de todas as reviravoltas, mas, pouco depois de passarmos pelos dentes horripilantes, a luz da minha lanterna incidiu noutra direção. Esculpida nas estalactites e encravada no leito rochoso, avistei uma escada rudimentar.

Uma escada? Aqui? Que estranho...

Curiosa, cheguei mais perto. Uma lufada de ar quente pareceu me dar as boas-vindas, trazendo o cheiro doce e impossível do perfume da minha mãe. O aroma familiar mexeu com meu coração, roubando meu foco, e tive que estender a mão para não perder o equilíbrio. Nesse momento, descobri que já estava no primeiro degrau. Tentei me localizar, olhando para cima e espreitando a escuridão. No topo da escada havia uma enorme porta de latão, o metal reluzente brilhando como um farol num porto enevoado.

Como se estivesse enfeitiçada, subi a escada. Meus amigos e missão ficaram no esquecimento. Um estranho assovio, com sussurros e suspiros murmurados, me atraiu, incitando-me a seguir em frente. De perto, pude ver que a porta estava coberta de imagens entalhadas. Gravuras de guerreiros com saias trançadas e reis com esplêndidas coroas pairando sobre prisioneiros curvados, despidos de roupa e dignidade, com as mãos e os pés agrilhoados. Havia caçadas a leões e competições de tiro ao arco, seguidas de cenas brutais de guerra e escravidão, corpos espalhados e bigas quebradas. Levantei a lamparina para iluminar uma cena de músicos que faziam uma serenata para um banquete. Ao lado, um retrato deixou meu estômago embrulhado: barcos quebrados e marinheiros aos berros. Um general, ou talvez um rei, dada a sua estatura, tinha o pé no pescoço de um prisioneiro e erguia um machado sobre sua cabeça.

Com uma suave lufada de ar quente, a porta de latão se abriu. A abertura não era muito larga, não passando de uma lasca de escuridão entre o metal brilhante e a pedra onde antes não havia nada. Seria fácil abrir a porta um *bocadinho* mais e espiar lá dentro...

— *Desça já daí.* — Era Raksh, soando completa e estranhamente abalado.

Assustei-me e tirei a mão da porta: nem me lembrava de tê-la tocado. E foi *tal* constatação — junto ao fato de estar no topo de uma escada que não me lembrava de ter subido — que me fez cambalear para trás, quase tropeçando ao descer os degraus.

Raksh esperou até que eu estivesse na metade do caminho para subir o resto dos degraus, agarrar meu pulso e me puxar pelo resto da escada.

— Sua humana idiota — sibilou ele. — Eu te disse para não se desviar do caminho.

Eu estava toda trêmula, uma camada de suor frio brotando da pele.

— Que lugar é esse?

O olhar escuro do meu marido se voltou para a porta de latão.

— Um mau presságio. — Ele fez o que me pareceu ser algum tipo de gesto de proteção com os dedos e depois olhou para mim. — Espero não seja uma armadilha. Vou arrancar seu coração do peito se sequer imaginar em me infligir um destino desses.

Soltei minha mão da dele.

— Que destino? O que é que você quer *dizer* com isso?

— Amina? — chamou Tinbu. — Tá tudo bem?

Antes que eu pudesse abrir a boca, Raksh a tapou com a palma da mão.

— Não diga nada sobre aquela porta — advertiu ele. — Sei muito bem que você também está guardando segredos de mim, esposa.

Meu coração palpitou. Quer Raksh tivesse reparado na minha reticência entre meus amigos, quer estivesse falando de outra coisa, não era hora de insistir. Em vez disso, assenti com a cabeça e ele abaixou a mão.

— Está tudo bem! — gritei de volta para Tinbu.

Voltamos a nos juntar aos demais e seguimos por outro túnel, cujo teto era decorado com constelações rodopiantes. Procurei entre as estrelas pintadas por Touro ou al-Dabaran, mas elas não indicavam nenhum céu noturno que eu conhecesse, e finalmente desisti quando olhar para cima fez um monte de flocos de tinta azul caírem nos meus cílios.

— Ainda falta muito? — perguntou Dalila.

— Não — respondeu Raksh. — Você saberá que estamos perto assim que o chão começar a estalar.

— *Estalar?*

— Há um monte de ossos. Eu te avisei que esse lugar era um cemitério.

De fato, não demorou muito para que o chão rochoso desse lugar a um tapete de fragmentos de ossos que se erguiam até alcançar meus joelhos. Implorei por perdão ao passar no meio dos crânios despedaçados e costelas quebradas que cintilavam à luz das tochas. Raksh parecia ter literalmente aberto um buraco por uma catacumba de cadáveres havia muito deteriorados; mortalhas decompostas e restos mortais jaziam à nossa volta. Escalamos uma colina de esqueletos, e ele levou o dedo aos lábios antes de apontar para uma laje de mármore imunda, suspensa sobre a cripta lotada como a abertura de uma escotilha improvisada.

— Depois dali fica a câmara dos tesouros — sussurrou ele. — Posso mover a laje, mas temos que ficar em silêncio. Estamos chegando perto da entrada da caverna, onde Falco e seus homens passam a noite.

Acenei com a cabeça e ele afastou a laje para o lado. Entramos de fininho. A chamada câmara dos tesouros estava uma bagunça, com ferramentas de escavação e baldes de terra revirados espalhados entre cerâmicas quebradas, lápides com inscrições e roupas esfarrapadas. Moedas e colares de pérolas quebrados entulhavam o chão, mas não havia mais nada de valor monetário ali — talvez os homens de Falco já tivessem concluído o saque. Aqui e ali, covas grosseiramente escavadas exibiam mais ossos e, na mais próxima, os restos de dois esqueletos permaneciam enterrados, aparentemente onde haviam morrido, encolhidos de modo protetor um em volta do outro.

A repulsa tomou conta de mim. Vou ser sincera: também já roubei dos mortos. Tal como outros da minha classe de criminosos, já negociei bugigangas e joias saqueadas dos túmulos de sacerdotes e imperadores. Nunca pensei muito no assunto; se eu tinha poucos escrúpulos em roubar dos ricos vivos, tinha ainda menos em roubar dos mortos. Mas ver aqueles cadáveres arrancados de seu local de repouso, espalhados e descartados no chão, deixou meu estômago revirado.

É a hora perfeita para tomar consciência sobre o roubo de túmulos, al-Sirafi. Examinei o resto da câmara. Logo adiante, uma entrada emparedada havia sido reaberta.

— Dunya está ali? — perguntei.

— Deve estar — respondeu Raksh em voz baixa. Pelo visto, estava ficando nervoso. Ouvi risadas ao longe, e o ar além da câmara era mais fresco, ligeiramente perfumado pelo mar. Nós o seguimos até uma abertura natural na caverna. Rastejando como uma barata, Raksh estendeu a mão em direção a uma cortina puída amarrada entre duas estalactites como uma porta improvisada. Puxou-a para trás com cuidado...

E se deparou com um nicho vazio.

Raksh soltou um palavrão e eu passei por baixo da mão dele, erguendo a lamparina para iluminar um pequeno espaço de dormir. Um pequeno espaço para dormir completamente *saqueado*. As almofadas tinham sido rasgadas, seu enchimento de penas arrancado, e os baús de madeira estavam todos abertos. Roupas e cobertores estavam espalhados por toda a parte, junto a páginas rasgadas de pergaminho e estatuetas de pedra quebradas. Aqui e ali havia objetos pessoais abandonados: joias, um pente de concha quebrado e, bizarramente, chinelos finos bordados em seda rosa brilhante.

— Raksh — rosnei entre dentes cerrados —, se importaria de me explicar isso?

Meu cônjuge inútil parecia surpreso.

— Dunya estava aqui quando parti — insistiu ele. — Juro a você!

Dalila se ajoelhou para examinar as almofadas rasgadas.

— Parece que quem fez isso estava procurando alguma coisa. Acha que Dunya pode ter roubado a câmara dos tesouros?

— Talvez. — Vasculhei as folhas abandonadas pelo chão. Algumas estavam em árabe, mas a língua era arcaica e o material aparentemente astrológico impossível de compreender. Debaixo de uma delas, havia uma tabuleta de argila quebrada com a mesma escrita cuneiforme das tabuletas da biblioteca de Dunya.

— É melhor darmos o fora daqui — alertou Raksh em voz baixa. — Aquela garota era um tesouro para ele. Se alguma coisa aconteceu entre os dois…

— Nós não vamos embora. Ainda não.

— Amina, você não conhece esse homem. Nada o deixa mais furioso do que a deslealdade.

— *Nós não vamos embora* — repeti com firmeza. — Há outro lugar em que Dunya possa estar?

Raksh soltou um suspiro de irritação.

— Falco pode ter prendido a garota com os aldeões. Ele os mantém perto da entrada da caverna. A mesma entrada, como deve se lembrar, onde vinte mercenários armados, violentos e temperamentais estarão à sua espera.

Tinbu, Dalila e eu nos entreolhamos.

— Podemos investigar — sugeriu Dalila. — Para ver se Dunya está entre eles. É noite, a maioria já deve estar dormindo. Se apagarmos as lamparinas, podemos passar despercebidos.

— Desde quando vocês perderam o senso de autopreservação? — gemeu Raksh. — Pensei que fossem piratas!

— Estamos aposentados.

Apaguei a lamparina e a coloquei no chão para que pudéssemos recuperá-la quando — se — partíssemos. Meus colegas seguiram meu exemplo, deixando-nos na escuridão, exceto pelo brilho azul-claro de Raksh.

Com um bufo de desdém mais alto do que nossos sussurros, Raksh seguiu em frente. Não facilitou o nosso caminho, e mais de uma vez tropeçamos e nos chocamos contra as rochas. De repente, ele voltou à forma humana.

— Silêncio — arfou ele. Ao longe, avistei o clarão de uma fogueira, sua luz lançando sombras selvagens que dançavam pelo interior escarpado da caverna. Ouvi uma conversa de bêbado e senti o cheiro de carne assada.

Porém, mais de perto, vinha um choro baixinho. Havia um fedor de decomposição, órgãos derramados e sangue velho — os mesmos cheiros que impregnavam os anciões assassinados na aldeia. Raksh nos guiou em direção ao choro, ziguezagueando por formações rochosas imponentes e retorcidas. Um riacho luminescente borbulhava sob nossos pés e montes espessos de musgo roxo cobriam as paredes de calcário. O cheiro cada vez mais fétido nos dava a sensação de entrar numa ferida fétida e o toque quente e úmido do musgo na minha pele me fazia estremecer. Mais adiante havia um brilho tênue, como se lamparinas tivessem sido acesas e deixadas na câmara. Entrei. E então...

E então...

— Ah... me dê um tempo, Jamal, por favor. Sei que é difícil para nós dois. Na verdade, o horror daquela noite estava apenas começando, embora não tivesse como saber disso naquele momento.

Fiz uma pausa e depois continuei:

— Mas aquela câmara... o que vi lá dentro está gravado na minha memória. Mesmo que eu seja amaldiçoada a viver mil anos, jamais esquecerei.

O lugar era um matadouro. Um açougue de almas humanas. Cadáveres dissecados jaziam em decomposição sobre lajes de pedra enquanto outros estavam pendurados nas estalactites, seus corpos grosseiramente despedaçados e pingando sangue e entranhas em pratos de coleta. Crânios e ossos de dedos haviam sido fervidos até se desprenderem da carne, a gordura e os cabelos transbordando de tigelas fedorentas, enquanto os ossos estavam dispostos em formas bizarras ao redor de pilhas de conchas, penas de gaivota e pedaços de cornalina vermelha. Levei longos minutos de choque para conseguir processar que aquelas eram pessoas, que as partes macabras que eu via ali pertenciam a *seres humanos*, antes que a visão se tornasse insuportável e eu baixasse o olhar para o chão.

Tinbu caiu de joelhos e vomitou. Dalila — que conseguia controlar suas reações como ninguém — soltou um gritinho antes de levar a mão à boca e fazer o sinal da cruz.

Eu estava tão abismada que não dei um pio. Já vi muita violência na minha vida. Pais assassinados na frente dos filhos, meninas mais novas do que Marjana vendidas como escravas, mergulhadores idosos que trabalharam até seus cérebros explodirem debaixo d'água. Coisas que nunca contaria à minha família. As pessoas não vão para o mar se a terra oferecer condições melhores, e o tipo de homem que se atrai por uma vida de contrabando e saques não costuma ser amigável.

Mas eu nunca tinha visto nada parecido com aquela câmara.

— Vou matar o franco por isso. — Era Dalila, num sussurro feroz. — Matarei todos eles.

Só consegui acenar com a cabeça.

Um gemido abafado desviou minha atenção da cena medonha. Não estávamos sozinhos ali.

Cerca de doze pessoas estavam amontoadas do outro lado da câmara, tão longe dos corpos quanto as correntes permitiam, observando-nos com pavor. Estavam imundas e algemadas umas às outras, vestidas com trapos e cobertas de hematomas e feridas purulentas. Dei um passo em frente e vários prisioneiros se encolheram. Uma mulher tapava com a mão a boca de um menino que choramingava, seus olhos cintilando de medo.

— Vou até lá. — Dalila passou por mim, apontando para a cruz em seu pescoço e se ajoelhando diante dos aldeões aprisionados. Ela disse algo baixinho que não consegui entender e, quando um homem deu um ligeiro aceno de cabeça, fez um sinal para que eu me juntasse a eles.

Foi o que fiz, agachando-me ao lado dela e tentando bloquear o máximo que podia da cena terrível atrás de mim.

— Não queremos lhes fazer mal algum — prometi. — Você entende o que digo?

O homem hesitou, mas, depois de olhar para os outros, respondeu, com sotaque, em árabe:

— Sim, eu entendo você.

— Há mais alguém aqui? — perguntei. — Outros prisioneiros escondidos?

— Não — respondeu o homem de Socotra, com a voz rouca. — Mataram todo mundo.

Mataram todo mundo. Dalila praguejou e, ainda mais horrorizada, olhei para o pequeno grupo diante de mim. Será que estiveram *presentes* durante os assassinatos? Algemados num matadouro enquanto seus entes queridos eram torturados e mortos diante de seus olhos?

Balancei a cabeça, tentando afastar o zumbido horrível que ameaçava me dominar. Se desmoronasse, não conseguiria ajudar aquelas pessoas.

— Vamos tirar vocês daqui, se Deus quiser. Dalila, comece com as algemas. Tinbu, me ajude com as cordas.

Raksh resmungou:

— Não temos tempo para isso.

Cortei as cordas que prendiam as pernas do homem e disse:

— É a única coisa digna do nosso tempo.

O aldeão se afastou ao ver Raksh.

— Este homem é do bando deles. É o servo do líder.

— Não sou *servo* de ninguém...

Silenciei os dois.

— Ele está com a gente agora e conhece uma rota de fuga pelos túneis. O caminho é árduo, mas vamos tirar seu povo daqui. Espero que possa me ajudar em troca.

— Como? — perguntou o homem, cauteloso.

— Estou procurando uma jovem que veio de Áden para cá.

O homem acenou com a cabeça em sinal de reconhecimento.

— A escriba do líder. Mas ela já se foi.

Já se foi. Perdi o fôlego. Depois de tudo isso, Dunya *já se foi*?

— Para onde? — perguntei com urgência. — Para onde ela foi?

— Sinto muito, mas não sei de mais nada. Ela fugiu há uns dois dias. Só ficamos sabendo disso quando os outros descobriram. — O homem estremeceu e mais lágrimas escorreram pelo seu rosto. — O líder... está furioso desde então. Foi quando começou a chacinar meu povo.

Mais risadas embriagadas ecoaram da entrada da caverna e tomei uma decisão rápida.

Tire-os daqui. Eu estava confiando num estranho, mas o relato do homem me pareceu verdadeiro. Além disso, eles eram locais; poderiam nos ajudar a descobrir para onde Dunya havia fugido.

Trabalhamos depressa para libertar os sobreviventes, mas o progresso foi lento quando começamos a caminhar. Os aldeões estavam frágeis e doentes, muitos deles feridos, por isso levamos o dobro do tempo para voltar à câmara dos tesouros. Raksh ergueu a laje de mármore, colocando-a sobre uma urna funerária virada, e Dalila e Tinbu deslizaram por ali. Descemos os aldeões com delicadeza, um por um, até que só restassem Raksh e o homem que falara conosco.

Ouvi um grito ao longe.

— Eles se foram! Os prisioneiros escaparam!

Empurrei o último homem.

— *Vai.*

— Amina, venha logo. — Através do vão estreito na cova incrustada de ossos, Tinbu fez um sinal para que eu avançasse. — Depressa!

Mas eu sabia que não conseguiríamos sair dali a tempo. Os aldeões estavam feridos e fracos. Levaria horas para escaparem pelo túnel de Raksh e ainda teriam que ser içados pelas cordas. Precisavam de mais tempo.

E eu precisava saber de Dunya.

Tomando uma péssima decisão, soltei a khanjar de meu avô e a enfiei no cinto de Tinbu.

— Me dê dois dias.

Ele ficou com um ar confuso.

— Dois dias?

— Se eu não estiver na praia em que atracamos daqui a dois dias, lance um sinal para o *Marawati* e dê o fora dessa ilha.

— Amina, não...

Mas já estava dando meia-volta. Agarrei Raksh pelo colarinho e o empurrei pelo vão.

— Se você os abandonar e eu sobreviver, perderá sua carona — rosnei. — E se você os abandonar e eu *morrer*, vou assombrá-lo por toda a eternidade.

Em seguida, antes que pudesse pensar bem, antes que pudesse ter alguma dúvida, deixei a laje de mármore cair.

O bloco tombou no chão com um estrondo, mergulhando-me na escuridão e desencadeando uma nova rodada de berros dos homens que se aproximavam rapidamente. Chutei uma enorme torre de ossos para cobrir a laje, brandindo a espada para causar o máximo de caos e destroços possível, e escapuli dali.

Uma dúzia de túneis se ramificava de onde eu estava, oferecendo esconderijos ou a possibilidade de vagar até ficar perdida e ser devorada por uma serpente branca gigante.

Mas não fugi. Em vez disso, segui os berros e corri em direção aos homens de Falco. Encontrei-os discutindo e xingando um ao outro na próxima curva.

— Que a paz esteja com vocês, senhores! — cumprimentei diplomaticamente, embainhando a espada. — Meu nome é Amina al-Sirafi. Sou a nakhudha que seu patrão vem procurando.

Uma péssima decisão tomada pela ganância

Na manhã seguinte ao meu casamento com Raksh, ao abrir os olhos e ver que meu novo marido nascera com presas, saltei da cama, tropecei nos lençóis e caí no chão. Mas, naquela época, eu ainda era jovem e ágil e logo me recuperei e me atirei à porta, sem me importar com a nudez. Agarrei a maçaneta.

Ela virou cinzas na minha mão e o resto da porta derreteu. Arfei de surpresa, mas ver meu único meio de fuga desaparecer num passe de mágica me deixou ainda mais desesperada, por isso comecei a bater na parede com os punhos.

— *Socorro!* — gritei. — Dalila! Asif! Maj...

Raksh me agarrou pela cintura, pressionando a mão escaldante sobre minha boca.

— Por favor, pare de gritar — implorou ele. — Estou com uma dor de cabeça de *matar*.

Contorci o corpo em seus braços, tentando acordar daquele pesadelo, mas era como lutar contra um homem de pedra. Por entre os dedos azuis pressionados sobre meu rosto, de repente vi nosso contrato de casamento. No meio da bagunça do quarto, cheio de roupas, barris de vinho de palma e lençóis espalhados, era a única coisa que havia sido colocada cuidadosamente em cima de uma mesa de madeira.

Na parte inferior estava minha assinatura.

Raksh me soltou e eu desabei no chão. Pela primeira vez em anos, comecei a chorar. Já havia feito muitas coisas terríveis no posto de nakhudha do *Marawati*. Matara e roubara. Apostara, me embebedara e ultrapassara todos os limites do adultério — muitas vezes as três coisas numa só noite — sem acordar a tempo de rezar para pedir perdão. Em suma, já tinha milhares de coisas pelas quais sabia que teria de me redimir.

Mas *aquilo* era demais...

— Ah, Deus… — Apoiei a cabeça nas mãos. Não conseguia nem olhar para Raksh, o ar pungente já tinha o cheiro do fogo do inferno. — Estou condenada. Forniquei com um demônio. Perdi minha alma e vou arder no inferno por milhares de anos…

— O contrato era pela sua alma? — Raksh parecia confuso e de ressaca, se é que um homem-fera azul pudesse ficar de ressaca. Deixei escapar outro soluço e ele suspirou de irritação. — Você não vai parar de chorar? É tão barulhento.

Ele se afastou e sacudiu o corpo, como um cachorro tentando se secar. Sua aparência diabólica desapareceu, e ele voltou a ser o homem que eu conhecera na noite anterior. Mais ou menos. A tonalidade azulada que se agarrava a ele podia ser ilusão de ótica; as tranças e manchas escuras que pontilhavam sua pele, tanto sombras quanto realidade. O vermelho-prateado que contornava as presas agora desaparecidas poderia ser considerado um péssimo trabalho de henna.

Raksh estremeceu.

— Raramente perco minha forma durante a noite. Seja lá o que for que essa gente coloca no vinho de palma… uau. Há séculos que não provo uma bebida tão forte.

Séculos? Olhei para cima através das lágrimas.

— O que você *é*? Alguma espécie de djin?

— Não, nada de djin. Mas é meio difícil de explicar; sua língua não possui uma palavra correta para o que sou. Não exatamente. — Raksh se aproximou de mim como se fosse me confidenciar um segredo. — Eu costumava ser adorado como um deus.

Dei um murmúrio confuso.

Raksh girou a cintura e um som áspero como o de uma lâmina numa pedra de amolar veio de algum lugar de seu corpo. Então continuou:

— A noite passada foi… ora, meus parabéns, sério mesmo. É raro que uma humana consiga me acompanhar desse jeito. Posso não me lembrar dos *detalhes* do nosso contrato, mas espero que permita mais atividades sexuais.

Meu rosto ficou todo afogueado. Peguei o lençol e o enrolei em volta do corpo como um casulo enquanto Raksh atravessava o quarto para pegar nosso contrato de casamento.

— Hum… — Ele começou a ler. — Que cláusulas mais interessantes; nunca me casei segundo as tradições de sua fé. Para falar a verdade, há séculos que não faço nada desse tipo. A última vez que assinei um contrato de casamento foi numa aldeia que insistia em trancar o cônjuge numa caverna depois que seu parceiro morria, e vou te dizer uma coisa, não tenho o menor interesse em repetir a experiência.

Minha cabeça estava a mil, mas não deixei de notar a brecha em suas palavras bizarras.

— Não é válido! — disparei. — Nosso nikah não permite que eu me case com alguém que não seja muçulmano.

Raksh franziu a testa.

— Foi por isso que aquele homem me fez repetir tudo aquilo sobre Deus e os profetas? — Ele voltou a estudar o contrato. — Acredite em mim, minha cara esposa, posso ser um monte de coisas.

— Mas... mas você não é um devoto.

— Claro que sou. É melhor conhecer a concorrência, certo? — Raksh estalou a língua e enrolou o contrato. — Não vejo nada aqui que sugira que você me deve sua alma. Na verdade, embora não estivesse muito lúcido ontem à noite, duvido que teria concordado com isso. Só os tolos oferecem suas almas, e o pacto é tão terrivelmente complicado que costumo preferir outros acordos. — Ele deu de ombros como se as palavras que tinha acabado de dizer fizessem algum sentido. — Acho que você está bem.

Fiquei boquiaberta.

— Não estou nada *bem*! Se já não estava a caminho do fogo do inferno antes, agora estou certamente condenada por ter me casado com um demônio após me embebedar de vinho de palma!

— Um demônio que você ainda pretende salvar desta ilha monótona, certo? — Raksh afastou os cabelos que caíam sobre meu rosto para olhar nos meus olhos, com um ar de preocupação. — Amani, por favor. Não posso ficar aqui mais uma década.

— *Amina!* — vociferei. — E não. O único lugar para onde vou te levar é atrás daquele clérigo safado para que ele possa dar um jeito nisso. Depois vou dar o fora desta ilha e você poderá voltar a seduzir outras idiotas na praia.

— Mas... mas isso não é justo — balbuciou ele. — Tínhamos um acordo!

— Um acordo que você fez de má-fé! Por que não me contou sobre *isso* — apontei para suas presas desaparecidas e para o pingente de coral que escondia seu encantamento sórdido — antes que eu o deixasse partilhar minha cama? E ainda quer subir a bordo do meu barco?

— Para ser sincero, esperava que você nunca visse esse lado m... não, espera! — gritou Raksh enquanto eu tentava me desvencilhar dele. — Amina, você não está entendendo! Ainda sou o homem que você conheceu ontem à noite. Nossa conversa foi verdadeira. E você... — Ele respirou fundo como se farejasse o ar que saía de uma panela cheia de comida cheirosa. — Eu estava *doido* para fazer um contrato com alguém igual a você. Faz tempo que não encontro ninguém tão interessante, tão *digno*, com ambições tão saborosas.

Foi impossível desviar de seu olhar. Lá no fundo, eu sabia que aquilo não era natural. Era como ele tinha me hipnotizado na noite anterior: podia apostar que não foi só por causa do vinho e da minha falta de controle perto de homens bonitos.

Mas tal percepção não foi capaz de quebrar o feitiço dele.

— Minhas... minhas ambições?

— *Sim.* — Raksh passou os dedos pelos meus cabelos como se dispusesse os fios de uma tapeçaria, maravilhando-se comigo de uma maneira que parecia mais avaliadora do que romântica. — Passei os últimos trezentos anos com homens tediosos e egoístas que não se importam com nada além de dormir com as esposas dos vizinhos ou com rivalidades comerciais absurdas. Mas você — ele estendeu o braço para olhar para mim — você é maravilhosa. As histórias que me contou sobre suas aventuras... — Raksh tremeu de luxúria, com o rosto corado. — Por favor, não tenho outro desejo além de ficar ao seu lado. Conhecer sua tripulação e participar de suas viagens. Você não vai se arrepender, prometo.

— Já me arrependi. — Levantei-me do chão. Precisava me afastar dele. Sair daquele quarto e respirar ar puro.

Mas não havia porta, e de repente Raksh surgiu ali, de pé na minha frente. Ainda estava nu e, apesar da minha idade e experiência, não pude deixar de corar ao vê-lo e lembrar como havíamos passado a noite anterior. Nunca tive um amante como ele.

— Só uma viagem — suplicou ele. — Me tire desta ilha e eu te mostrarei do que sou capaz. Se não ficar convencida ao final da viagem, irei embora e pagarei pelo privilégio.

— Pagará pelo privilégio? — repeti. E não, não me orgulho de ter sido minha primeira reação.

Ele estendeu as mãos e uma chuva de moedas de ouro irrompeu entre elas. Caíram no chão, mas, com outro estalar de dedos, a fortuna desapareceu.

Fiquei de queixo caído.

— Por que você precisa fazer um contrato com alguém se é capaz de fazer isso? Poderia fretar centenas de viagens para fora desta ilha!

— Porque não é com esse tipo de moeda que minha espécie negocia. Nem o tipo de moeda que *você* realmente deseja.

Dei uma risada truculenta.

— Acredite se quiser, demônio, mas se eu pudesse invocar ouro não arriscaria minha vida num barco precário.

— Não... — Raksh se aproximou de mim, com a voz sedutora. — Se pudesse invocar ouro, você construiria um castelo para sua mãe. Subornaria seus avós para que a perdoassem e daria ao seu irmão caçula a melhor educação possível. — Ele fixou os olhos nos meus com uma profundidade inebriante. — Então, com a consciência aliviada, você compraria um navio melhor e navegaria para o Oriente. Iria ver todos os lugares das suas histórias e teria aventuras que a tornariam uma lenda. Não por ser uma mulher, ou pirata, ou qualquer uma das coisas que as pessoas falam a seu respeito. Mas porque você seria a *melhor* e ponto. Porque as aventuras de Amina al-Sirafi seriam comentadas por séculos a fio. E no fim... sua família poderia até te perdoar. Poderia recebê-la em casa de braços abertos.

Bem, o feitiço finalmente foi quebrado.

— E-eu não te contei nada disso — disse, trêmula. — E não... não é isso que eu quero. Sou um pirata. Uma contrabandista. Só me importo com o dinheiro.

Raksh deu uma risada que estalou no ar como um chicote.

— Você pode ser uma pirata agora, nakhudha, mas não é o crime nem o ouro que fazem seu coração bater mais forte. Você é uma *exploradora*. Aposto que, em outra época, em outra vida, você seria um daqueles eruditos viajantes e veria o mundo com as riquezas e os contatos que não possui nesta vida. — Ele levantou a mão ao ver meu protesto. — E não, você não confessou nada disso ontem à noite. Talvez ainda não tenha confessado nem a si mesma. Não importa. Enquanto nosso contrato nos vincular, posso ler suas ambições como um livro aberto. E posso te ajudar a concretizá-las. De maneiras que você sequer imagina.

Senti-me desnudada; Raksh tinha arrancado do fundo da minha alma anseios que não me atrevia a sonhar, afastando a areia para revelar desejos que pareciam ingênuos e tolos à luz do sol, criaturas que deveriam continuar escondidas no fundo do mar.

— Por quê? — perguntei com a voz rouca. — Por que você me ajudaria?

Ele voltou a enroscar o dedo numa das minhas tranças desgrenhadas.

— Para que eu seja *capaz* de invocar ouro. Há poder na ambição humana. Alimento no desejo. Bem, ao menos… para seres como eu.

Alimento.

— Você fala como se fôssemos sua presa.

Raksh deu um sorriso malicioso.

— Uma presa bem saciada, eu te garanto.

— Ah, quer dizer que eu estarei bem saciada quando finalmente for devorada?

— Quem disse que pretendo te devorar? — Havia uma nota de surpresa em sua voz. — Por que eu faria uma coisa dessas?

Olhei para ele, incrédula.

— Talvez porque seja um demônio mentiroso que se referiu ao meu Criador como um concorrente?

— Não sou um demônio — corrigiu Raksh. — Foi você que disse isso. Não tenho a menor intenção de lhe fazer mal, Amina al-Sirafi. Para começar, estou gostando bastante de você, mas o mais importante é que só faria mal a mim mesmo. Você não precisa temer nosso vínculo. Sou como uma… como é que se diz? Uma maré de boa sorte. Enquanto tivermos um contrato, e de *casamento* ainda por cima — acrescentou ele com um movimento lascivo dos quadris —, você sempre terá o vento a seu favor. Suas redes permanecerão cheias e as flechas de seus inimigos serão insuficientes. Se receber dez dicas sobre um alvo, saberei qual é a correta. Conheço os marinheiros muito bem: a vida de vocês depende da sorte. Eu sou a benção que faz toda a diferença.

Gostaria de dizer que não fiquei tentada, mas ele havia dito a verdade. Nossa vida *dependia* da sorte. As carreiras dos marinheiros são curtas e duras e, caso consiga sobreviver ao mar — cada travessia é por sua própria conta e risco —, muitas vezes você acaba cego e aleijado por causa do trabalho. Minha família já tinha passado por incontáveis dificuldades. Toda a minha tripulação também. Não éramos ricos. Não éramos tão *pobres* como eu era quando criança, mas estávamos sempre correndo atrás de trabalho. Sendo perseguidos e caçados, e atacando os outros da mesma maneira sangrenta com que éramos atacados.

E se as coisas pudessem ser diferentes?

— Só uma viagem — sussurrou Raksh, suas palavras se enroscando à minha volta. — Vou te mostrar do que sou capaz.

Era uma loucura... mas, Deus, como queria isso. Queria tudo que ele dissera. Com o navio abençoado, eu poderia ir a qualquer lugar. Ver o mundo que existia além da Índia. Construir um palácio para minha mãe e meu irmão caçula.

Inspirei e expirei, com o coração martelando dentro do peito.

— E quanto à minha tripulação?

— O que é que eles têm a ver com isso?

— Você pretende fazer mal a *eles*?

Raksh pareceu genuinamente perplexo com a pergunta.

— Para quê? Meu contrato não é com eles, e seus anseios são mais do que suficientes. Suspeito que os deles sejam bastante enfadonhos em comparação.

Deveria ter recusado. Vou me arrepender até o fim dos dias por não ter feito isso — bem, não, creio que não seja verdade, pois se tivesse rejeitado Raksh não teria Marjana. Talvez isso me torne um monstro, mas as mães não são capazes de serem monstros quando se trata de seus filhos?

Por outro lado, não foi essa a opção que ele me apresentou naquela manhã. E, quer fosse o meu coração perverso ou a magia de Raksh, não conseguia tirar as imagens que ele tinha pintado da cabeça. Navegar até Khanfu e ver a China, como prometi a Majed. Explorar ilhas esquecidas e cidades nômades do outro lado do mundo com meus companheiros. Escrever minhas aventuras, minhas histórias, e ser aclamada não como uma ladra e sim como uma *viajante*. Uma exploradora como os grandes cronistas de nossa época. Uma pessoa honrada e venerada.

Imaginei voltar para minha mãe daquele jeito. Como uma filha de quem ela poderia se orgulhar. Uma filha que poderia lhe retribuir com uma vida confortável. Ela já não tinha suportado tanta coisa por minha causa?

Eu já estava condenada. Depois disso, poderia voltar para casa.

— Me mostre do que você é capaz — sussurrei.

Capítulo 18

Sob a luz bruxuleante das tochas, os homens de Falco pareciam comicamente rústicos. Havia um tom de vermelho vítreo em seus olhos e uma imundície em seus corpos que implicava num colapso de costumes que até a maioria dos criminosos mantinha. Estavam ridiculamente armados: além de armas normais, também empunhavam martelos, picaretas e engenhocas feitas às pressas com vidro quebrado, lascas de metal e pedras. Peças de tesouro e ossos da cova funerária estavam pendurados em seus peitos e pulsos, numa má interpretação de amuletos de proteção. Pérolas penduradas, lenços de seda apodrecida e correntes de ouro com rubis, esmeraldas e contas de lápis-lazúli esculpidas envolviam seus pescoços; cintos e manoplas dourados reluziam na pele coberta de suor e sangue.

Tal espetáculo não parecia nada promissor para mim — ainda assim, ao ouvir a palavra "nakhudha", o temível grupo pareceu ofegar ao mesmo tempo, arregalando os olhos brilhantes de admiração. Os homens se espalharam ao meu redor e meu coração disparou. O modo como se moviam — agachados no chão, com os ombros curvos como se temessem ser capturados por uma fera espectral — era perturbador. Era como ser examinada por um bando de hienas famintas e desconfiadas em vez de colegas de profissão: marinheiros que falavam a minha língua e que talvez professassem a mesma fé que eu. O que será que o franco havia *feito* com eles?

— Uma nakhudha — sussurrou um homem que usava uma coroa de dentes e pedras da lua, com a voz fraca, como se tivesse gritado até ficar rouco.

— Deu certo — entoou outro. Um painel de costelas toscamente costurado estava atado em seu peito. — É como ele disse que seria.

— Vamos levá-la?

— Vamos.

Antes que eu tivesse tempo de questionar *o que quer que fosse*, fui agarrada e desarmada de uma vez só.

O Homem das Costelas gesticulou para uma dupla de mercenários.

— Continuem procurando os aldeões. Não podem ter ido muito longe.

Os dois escolhidos não pareceram nada satisfeitos por terem de entrar na caverna só com uma tocha. Só me restava rezar para que não encontrassem nada e agradecer por ter sido considerada tamanha ameaça (ou mistério? Ou chegada anunciada?) para que a maior parte dos homens me acompanhasse.

Andei devagar, vaguei, tropecei e, de modo geral, fiz a maior confusão possível enquanto era escoltada para fora. A entrada da caverna surgiu mais rápido do que eu esperava, e pestanejei sob o clarão da enorme fogueira escavada no solo rochoso. Cerca de uma dúzia de homens estava reunida em grupos menores; alguns bebiam e comiam, ao passo que outros duelavam. O acampamento era uma bagunça; creio que o franco não tinha muito tempo de sobra entre o assassinato e a tortura para apreciar os benefícios de uma base bem organizada. Eles não tinham barracas e seus suprimentos estavam em desordem: cobertores imundos empilhados e a comida que tinham roubado dos aldeões caindo dos cestos. Havia objetos saqueados dos túmulos por toda a parte: máscaras funerárias e baús de tesouro espalhados pela areia, armas cerimoniais de prata e urnas de cerâmica vermelha jogadas numa pilha.

Meus captores me arrastaram em direção à fogueira. Havia um único homem ali, cuidando das chamas crepitantes de costas para nós.

O Homem das Costelas me pôs de joelhos no chão.

— Estamos *salvos*, meu senhor. — A esperança e o medo se misturavam em sua voz, como um cão de caça que entrega uma presa a um mestre abusivo. — Sua magia deu certo. Recebemos uma maneira de sair desta ilha.

O outro homem não se deu ao trabalho de se virar, continuando a remexer nos troncos fumegantes com um comprido atiçador de ferro.

— Vocês encontraram uma maneira de sair de Socotra *dentro* da caverna? — perguntou ele, com um ar exausto e incrédulo.

— *Isso mesmo* — respondeu o Homem das Costelas, agora mais frenético. — Encontramos a nakhudha que o senhor queria! A nakhudha Amina al-Sirafi.

Quando o homem que cuidava da fogueira falara pela primeira vez num árabe afetado, diferente de qualquer sotaque que já ouvi, eu começara a suspeitar. Quando ele largou o atiçador e se virou ao ouvir meu nome, tive certeza.

Falco Palamenestra e eu havíamos nos encontrado.

✦

Nossas histórias sempre tendem a tornar os vilões fora do comum. Eles devem ser desfigurados ou ter cicatrizes, corcundas ou qualquer tipo de mácula de que a sociedade não gosta. Assim, fica mais fácil demonizá-los.

Mas a vida não é tão simples e, se você esperava que um cruel feiticeiro franco fosse imponente e bizarro, com olhos pálidos lacrimejantes e pele cor de pergaminho, receio que terá uma decepção e tanto. Muito do que iria acontecer naquela noite está misericordiosamente borrado em minha memória, mas meu primeiro vislumbre de Falco Palamenestra permanece gravado na minha mente. Não havia nenhum manto com feitiços de proteção costurados no tecido, nem sequer uma túnica com uma cruz ensanguentada. Em vez disso, Falco estava vestido conforme o costume de nossos homens, incluindo sandálias e jubba. Para alguém que ganhava a vida como matador de aluguel, não era de admirar que fosse um homem grande: deveria ter a minha altura e ombros largos, capazes de empunhar as pesadas espadas que os francos preferem usar. Tinha olhos castanhos penetrantes sob as sobrancelhas grossas, o nariz forte, um queixo quadrado bem barbeado e cabelos ondulados entremeados por mechas brancas. Devia ser pelo menos uma década mais velho do que eu, mas fora isso, parecia saudável e forte, embora um pouco pálido.

Porém, enquanto me encarava de cima a baixo com um olhar direto e curioso, não pude deixar de notar que havia algo errado, algo *ausente* em seus olhos, que de outra forma seriam calorosos. A expressão suave e inquisitiva em seu rosto não condizia com o homem responsável pela cena horrível na caverna.

Porque é uma máscara. De um tipo que eu já vira antes. A maioria dos criminosos é movida por desespero e pobreza, por circunstâncias que mudariam se pudessem. Mas, às vezes, você se depara com alguém que simplesmente gosta da violência. Alguém que mata quando poderia apenas ferir, que fere quando não precisaria fazer mal algum. O tipo de homem que seria capaz de condenar três idosos a uma morte lenta e terrível e abater pessoas como gado diante dos olhos chorosos de seus entes queridos.

Falco voltou a falar:

— Mostrem o braço esquerdo dela.

Os homens que me seguravam obedeceram à sua ordem, torcendo meu pulso e arregaçando minha manga para exibir a carne cicatrizada.

— É como me disseram — murmurou ele. — E os dentes dela?

— Se algum dedo chegar perto da minha boca, vou arrancá-lo às mordidas — avisei. — É melhor não me testarem.

Um sorrisinho surgiu nos lábios de Falco. Seu olhar continuava fixo em meu corpo. Já fui examinada por homens de diversas maneiras: com desejo e raiva, perplexidade e condescendência. Aquilo era diferente. Havia certo… deleite nos seus olhos cintilantes, uma reação estranhamente infantil — isto é, se a criança fosse do tipo que arrancava as asas das moscas e afogava gatinhos.

Suspeitei que não fosse um bom presságio para mim.

— Ela realmente fala como a nakhudha de que tanto ouvi a respeito. E bem na hora. — Falco meneou a cabeça. — Fascinante.

— Meu senhor, os aldeões… — O Homem das Costelas torceu as mãos. — Perdoe-me, mas eles se foram. Devem ter fugido para o interior da caverna.

— Então vão acabar perdidos na escuridão e morrer de fome. Já cumpriram seu propósito; se quisermos encontrar nossa escriba desgarrada, só precisarei da nakhudha. — Falco se voltou para a fogueira, pegando o atiçador de ferro para retirar um caldeirão coberto debaixo das brasas incandescentes. Depois, afastou-se, acenando para que eu o seguisse. — Venha, Amina al-Sirafi! Temos muito que conversar.

Temos, é? Não sei como imaginava que seria meu primeiro encontro com Falco Palamenestra, sobretudo porque esperava descobrir uma maneira de não conhecer o feiticeiro que fizera Layth sufocar até a morte com uma bolsinha de dinares. Mas certamente não esperava ser tratada como se fosse sua passagem certa para fora de Socotra. Por outro lado, era melhor do que ser assassinada imediatamente, ainda mais enquanto tentava descobrir mais sobre Dunya e ganhar tempo para meus colegas. Além disso, já tinha conversado com gente pior, não?

A matança na caverna ressurgiu diante de meus olhos. Hum, não. Falco devia ser o pior de todos.

— Quer um pouco de vinho? — perguntou ele, fazendo um sinal para que eu me sentasse num tapete estendido diante da fogueira e mergulhando um copo numa ânfora de barro semienterrada. — Algo para comer? Sei o quanto a hospitalidade é importante para o seu povo e não gostaria de começar nossa relação com o pé esquerdo.

Ele havia trazido o caldeirão com o atiçador de ferro e o destampou naquele instante, liberando um fedor nocivo e oleoso. Ouvi o respingo crepitante de gordura animal e pude jurar que algo se contorcia no fundo do ensopado vermelho.

Senti o estômago embrulhado.

— Eu não bebo. E minhas restrições alimentares são... abrangentes — decidi, esperando englobar o que quer que estivesse se remexendo na panela.

— É uma pena. — Falco se sentou à minha frente. Que Deus perdoe minha velha fraqueza, mas, quando ele começou a beber, ansiei por um gole de vinho. Estava me esforçando ao máximo para parecer corajosa, mas tinha entrado no acampamento do meu inimigo, mesmo que Falco não parecesse me considerar assim, sem nenhum plano além de protelar, e havia algo terrivelmente errado com aquela gente.

Reprimi meus temores e acenei com a cabeça para a ânfora.

— Vi o que restou do seu navio. É estranho que você tenha tido a presença de espírito para salvar logo isso.

— Um bom vinho vale a pena. — Ele tomou mais um gole, saboreando a bebida. — Mas duvido que a criatura que nos atacou apreciaria tal coisa.

Sem a menor vontade de deixar o franco descobrir que Raksh e eu tínhamos nos encontrado, fingi ignorância.

— Vocês foram *atacados*? Pelo quê?

— Por algo bem menos exigente do que você em preferências alimentares. Mas não precisa ter medo. A criatura já está bem saciada e sob controle. Não representa nenhum perigo para o seu *Marawati*, a menos que eu ordene. — Falco deu um sorriso que não chegou a seus olhos. — Então, cadê o seu navio?

Era a minha vez de ser evasiva.

— Ele vai para onde achar melhor.

— E o resto de seus companheiros? Aposto que vieram com você. O imediato indiano e a envenenadora? O navegador também, não é? O africano chamado Majed? Não consegui encontrá-lo, mas ouvi dizer que ele é brilhante.

Ou seja, o franco também tinha ido atrás de Majed. Amaldiçoei Raksh novamente.

— Você se esforçou bastante para aprender sobre mim e minha tripulação.

— O que posso dizer? Gosto de colecionar coisas extraordinárias. — Falco me estudou pela borda do copo. — Embora deva confessar que não sabia muito bem no que acreditar. Alguns dizem que você é uma bruxa do mar hedionda, outros, uma sereia que usa sua beleza para atrair os homens honrados para o pecado. Você não é nada do que eu esperava de uma mulher de sua fé, como aquelas que se escondem atrás de muros e véus e partilham o marido com uma dúzia de outras.

— Tenho de admitir que também estou surpresa. Sempre imaginei os francos cobertos de imundície e peles de animais esfarrapadas. — Abri um sorriso. — Também sei descrever caricaturas.

Ele abaixou a cabeça.

— Belo argumento, nakhudha. Tenho de admitir que estou grato por descobrir que você é o que é.

— E o que é que eu sou?

— Uma guerreira. Conheço muito bem os guerreiros da sua fé.

Levando em conta seu passado, fiquei em dúvida se não seria mais promissor se me considerasse uma prostituta.

— Fiquei sabendo — respondi com cautela. — Matar pessoas na Palestina e na Síria deixou de ser interessante para você?

— Quem é que está descrevendo caricaturas agora? Acha mesmo que deixei minha terra natal só para assassinar muçulmanos?

— Não. Imagino que saquear os muçulmanos tenha sido bem mais atraente.

Ele deu uma risada.

— As riquezas destas terras são sedutoras. A primeira vez que contemplei as muralhas de Constantinopla e vi as fontes em Jerusalém e as maneiras como as pessoas irrigam os campos no Egito… — Seu tom era genuinamente nostálgico. — Há muito para admirar.

— Você já foi há mais lugares do que eu esperava — observei, tentando dar uma resposta conciliatória. Eu precisava seduzir aquele homem, e ele era do tipo que gostava de falar de si mesmo. — Quer dizer que veio para nos admirar?

— Ah, não, vim para matar vocês — respondeu ele, de modo casual. — Nossos bispos disseram que tínhamos de fazer isso. Afirmaram que os sarracenos e pagãos haviam maculado o chão em que nosso Salvador caminhara, derrubado nossas igrejas e roubado e estuprado nossos peregrinos. Disseram que era nosso dever de cristãos pôr um fim a tudo isso; que deixar de atender a esse chamado condenaria nossas almas. — Falco encontrou meu olhar e, pela primeira vez, pude jurar que tirara sua máscara por um instante, exibindo um lampejo de raiva genuína. — Então meu pai vendeu nossos bens, levou a família à falência e hipotecou nossas terras à própria Igreja que nos ordenou a lutar para podermos pagar pelos cavalos, armas e meios para fazer isso.

Digeri tudo aquilo.

— E depois?

— Ora, depois, conquistamos Jerusalém. — Falco tomou mais um gole de vinho. — E nada mudou.

Todas as histórias terríveis que ouvi sobre a carnificina no norte passaram pela minha cabeça.

— *Nada?*

Falco enxugou a boca.

— Ah, tenho plena ciência de todas as pessoas que morreram. Por outro lado, já vi tantas cidades perecerem... nas mãos de *todos*, veja bem... que chego a confundir os massacres. Mas será que construímos uma nova cidade para a cristandade? Propiciamos a chegada de um mundo mais justo? Dificilmente. Assim que tomamos Jerusalém, as disputas recomeçaram; os príncipes e nobres do Ocidente Latino dividiram os despojos e voltaram a guerrear por território. Meu pai, o homem que vendeu minha herança porque acreditava que era o que Deus desejava, morreu numa briga de bêbados por causa de um tabernáculo de ouro roubado.

Olhei para Falco de novo.

— Você devia ser muito novo na época. — Mas não tive pena dele. Já não era jovem quando torturou e assassinou os aldeões.

— Era, sim. E tentei voltar para casa, mas aí descobri que minha terra natal *também* havia sido destruída e vendida. Por normandos, no meu caso. Bárbaros estrangeiros — acrescentou ele, arqueando as sobrancelhas de modo astuto. — Abandone sua terra para invadir outra e veja o que acontece...

— Que pena — comentei secamente. — E ainda assim você voltou.

— Sim. Tentei ficar longe daqui. Tentei encontrar *alguma coisa*... — Falco afrouxou a gola da camisa, revelando uma faixa escura carregada de enfeites brilhantes. Pequenos botões e alfinetes decorados de diversos materiais: cobre, latão, estanho e osso. Corações e dragões flamejantes, espadas e símbolos desconhecidos.

— O que é isso? — perguntei.

— Insígnias de peregrino — explicou ele. — Levei a maior parte da vida para recebê-las. Décadas lutando por quem quer que me aceitasse e gastando todo o meu dinheiro em busca de lugares e objetos que diziam que Deus havia tocado. Rezei para que, em algum santuário oculto, cheio das relíquias de ouro dos santos, finalmente O visse. Ouvisse Sua voz. Sentisse *alguma coisa* que desse significado ao que aconteceu em Jerusalém.

A essa altura, eu já tinha perdido a vontade de ser educada. Era um *monte* de insígnias.

— Você nunca parou para pensar, depois da primeira dúzia de fracassos, que talvez Deus não estivesse nada satisfeito com o assassinato de inocentes?

— É uma reação um tanto hipócrita vinda de uma pirata, não?

— Tomo o que me é devido na condição de habitante destas costas — respondi, sem rodeios. — Não mato a menos que seja forçada a isso e nunca participei do massacre de milhares de pessoas.

— Para ser justo… até que *tentei* ir embora. — Ele bebeu o resto do vinho. — Missões sagradas e saques são belas distrações. Verdade seja dita, os reis francos estão na sua terra tanto para competir politicamente quanto pelas riquezas. Deus nos oferece uma proteção tão tentadora, não é mesmo?

— Nunca fui tão arrogante a ponto de presumir que Deus aprovaria minhas ações.

Falco se aproximou de mim.

— E se você parasse de se preocupar com o que Deus pensa?

Hesitei, sem saber se era o vinho ou suas próprias inclinações bizarras que haviam dito aquilo.

— É uma perspectiva meio estranha para um suposto guerreiro santo.

— Se sou um guerreiro, agora é por mim mesmo. Por conhecimento. — Falco largou a faixa e as insígnias de peregrino tilintaram umas nas outras. — Tais guerras se tornaram conflitos corruptos demais. Lutas por tesouros mortais, pedaços de terra e promessas fugazes de salvação. E combatidas de forma tão cruel. Tanto pelo *seu* povo quanto pelo meu. Você não é tão ignorante a ponto de acreditar que os reis e generais muçulmanos sejam melhores, é? A maioria está mais preocupada em usar as guerras para conquistar seus vizinhos, resolver rixas mesquinhas e enriquecer com o comércio cristão. — Falco me lançou um olhar incisivo. — Imagino que uma mulher obrigada a entrar na pirataria esteja bastante familiarizada com a hipocrisia e crueldade da classe dominante.

Eu duvidava que o franco se preocupasse genuinamente com as pessoas esmagadas pela classe dominante, mas fora isso não consegui encontrar muitas falhas em suas palavras. Pois *eu* tinha perdido parentes naquelas guerras mesquinhas, como o tio que jamais conheceria, morto a serviço de um príncipe ganancioso. Vivia num mundo onde era impossível esquecer meu lugar, onde todos que conhecia eram marcados e moldados pela pobreza — em algumas das cidades mais ricas que existiam. Na verdade, só estava sentada ali porque uma ricaça estava me obrigando a salvar a criança que *ela* amava para que a minha filha não sofresse por isso.

Mas me recusei a morder a isca.

— Você está presumindo que fui forçada a entrar no banditismo. Talvez eu goste de ser pirata.

— Gosta, é? Pois não fala como uma criminosa egoísta ao defender os mortos de uma terra distante. Uma pirata de verdade tentaria fazer um acordo comigo.

Retribuí seu olhar.

— Você não me conhece.

— Não, mas gostaria. Gostaria muito que isso acontecesse. — Falco meneou a cabeça. — Encontrei um homem que dizia conhecê-la, e ele me disse que você era uma aventureira, uma exploradora, a pessoa mais extraordinária que já conheceu. E estive imaginando, nakhudha, se você não gostaria de fazer parte de algo extraordinário comigo.

Não fazia a menor ideia se Falco queria me seduzir, me contratar ou cortar minha garganta e me pendurar na caverna para realizar alguma magia nefasta com meu sangue.

— E o que seria isso? — perguntei, torcendo para que não fosse a primeira opção quase tanto quanto esperava que não fosse a última.

— Me ajude a acabar com as guerras para sempre e a pôr as coisas em ordem num mundo novo. Ou, melhor dizendo... num mundo mais antigo.

— Mais *antigo*?

Falco acenou com a mão à nossa volta.

— Você viu os tesouros desta caverna? Os túmulos e ruínas de imensas fortificações, arenas e cidadelas? Cresceu ouvindo as lendas de

Hércules e Júpiter, Alexandre e o faraó, o rei Salomão e sua consorte, a rainha que seu povo chama de Bilqis?

A inclusão de Bilqis se aproximava bastante do motivo de ele ter viajado até ali. Será que Falco suspeitava que eu sabia a respeito de Dunya? Ele parecia bizarramente desinteressado pelo que me trouxera até ali — como eu tinha ido parar na caverna sem passar pela entrada —, como se presumisse que o mundo girava em torno de suas necessidades.

— Já vi e ouvi falar de tais lugares e pessoas — respondi com cautela.

— E nunca imaginou por que tinham acesso a poderes que não possuímos? Por que eram capazes de realizar proezas de força e falar com o Divino? — Ele sacudiu a faixa de insígnias com força. — Por que *existe* isso aqui? O que tornava essas pessoas tão especiais a ponto de poder voar pelo mundo e ressuscitar os mortos? Comandar legiões inteiras com talismãs mágicos?

Hesitei. Como disse antes, eu tinha uma imaginação e tanto quando criança. Era fácil acreditar em histórias fantásticas ao crescer em meio às fábulas e em lugares onde perduravam lendas antigas, relíquias e histórias tão enraizadas que nós, devotos modernos, ainda não havíamos abandonado completamente.

— Meu povo diz que tal era já acabou — respondi por fim. — Embora muitos adorariam lhe vender objetos e textos que prometem o contrário.

— Ah, mas a maioria são charlatões. Sei disso, pois passei a vida inteira à procura de tais objetos, sem grande sucesso. Mas na *sua* parte do mundo... — Os olhos de Falco se iluminaram. — Há muito mais. Mais de *tudo*. Vocês têm os textos e o conhecimento de seus ancestrais. Os estudiosos leem e traduzem as obras, preservando e desenvolvendo os pensamentos deles. Mas não se atrevem a se aprofundar, embora haja coisas neste mundo que, se dominadas, poderiam lhes dar poderes semelhantes aos de Deus.

Ora, não era à toa que Raksh fora atraído por aquele monstro; suas ambições eram para lá de delirantes.

— Acha mesmo que, nos poucos anos que passou no meu mundo, você descobriu poderes e segredos que nossos maiores estudiosos não tiveram a ousadia de pôr à prova durante toda a vida? — perguntei. — Vai ter que me desculpar, mas é muita arrogância de sua parte.

— Confiança não é arrogância. Seus estudiosos são passivos demais. Vocês se curvam e louvam a Deus durante toda a vida, sem jamais questionar Seu cruel abandono. Acha que os inocentes de Jerusalém teriam sido perdidos se tivessem um Hércules para lutar por eles?

Uma grande violência se apoderou de mim. Havia injustiças no meu mundo? Sim. A menina de Áden vendida como escrava, as sombras nos olhos de Tinbu toda vez que falava de seu passado, as crianças que passavam fome enquanto outras se banqueteavam. Mas tais sofrimentos eram causados por outras pessoas e, pelo brilho em seus olhos, via que Falco não queria um mundo mais justo coisa nenhuma. Ele queria *poder*. Uma nakhudha talentosa para transportá-lo pelo oceano e arrebatar todas as coisas brilhantes que pudesse.

— Os inocentes de Jerusalém não foram *perdidos* — vociferei, olhando feio para o franco. — E sim *assassinados* por bárbaros estrangeiros que arderão no fogo do inferno por seus crimes. Não tem nada a ver com os desígnios de Deus.

— Não, tem a ver com reis mesquinhos e generais sedentos de poder — disse Falco, com fervor, como se não tivesse o sangue deles nas mãos. Como se não tivesse o sangue dos aldeões nas mãos. Como se não estivesse ficando evidente que eu queria ter o sangue *dele* nas *minhas* mãos. — Mas ainda existe uma maneira. Uma forma de nos unirmos novamente. De construir uma nova Roma e nos apoderarmos da magia dos seres celestiais com os quais nossos antepassados costumavam se comunicar. — Seu rosto estava iluminado de admiração. — Podemos fazer isso juntos, viajando pelos mares e reunindo um arsenal capaz de provocar medo em qualquer papa ou califa.

Que Deus me salvasse! Salima tinha razão ao chamá-lo de louco. Que tipo de conversa fiada eu poderia manter com alguém assim? Hesitei, com dificuldade em responder.

— Você não acredita em mim — afirmou Falco categoricamente. — Receio que minhas palavras pareçam espantosas demais. Pois vou te provar. Deve estar se perguntando por que homens tão brutos permanecem leais a mim, não?

Olhei para os mercenários. Estavam reunidos em grupos de dois ou três, fazendo de conta que não nos observavam. Havia uma mistura de fome e medo no rosto deles conforme a luz do fogo reluzia em seus adornos de ossos e armas improvisadas. Fiquei imaginando com que frequência pensavam na outra metade da tripulação, a que fora devorada por um monstro marinho pavoroso, o "marid" da história de Raksh. Será que os sobreviventes eram leais ou apenas haviam ficado presos com um estrangeiro numa ilha longínqua e não tinham outra opção senão seguir em frente?

— Talvez não tenham outra opção — sugeri brandamente.

Falco se empertigou, como se minhas palavras tivessem sido mais incisivas.

— Yazid, venha aqui. Nossa nakhudha exige uma demonstração.

O Homem das Costelas — Yazid — se aproximou, e Falco jogou para ele o atiçador de ferro que tinha usado para retirar o caldeirão do fogo.

Yazid o pegou com uma só mão, como se fosse um junco, e eu me pus de pé, antecipando um ataque. Mas ele não se aproximou de mim. Em vez disso, diante do meu olhar incrédulo, dobrou o atiçador. Não uma, nem duas, mas várias vezes, manipulando e atando a barra de ferro num nó de marinheiro, puxando-a com força para fechar como se fosse um barbante. Quando terminou, jogou-a aos meus pés, e ela caiu com um estrondo na poeira.

Fiquei boquiaberta. Raksh não havia me dito *nada* a respeito disso.

— É um truque — neguei. Mas, quando cutuquei o nó de ferro com o pé, vi que era tão pesado e sólido quanto qualquer coisa que pudesse encontrar numa oficina de ferreiro.

Falco apontou para a árvore mais próxima. Era um espécime velho e retorcido, com o dobro da minha altura e uma circunferência que precisaria de vários homens para rodear. Suas raízes se estendiam para os lados, bem enterradas na terra.

— Mais uma demonstração, Yazid.

Yazid caminhou até a árvore. Segurou seu tronco e a arrancou do chão com as próprias mãos. Com um grunhido, atirou a árvore na noite escura. Ao longe, ouvi-a cair com um baque alto.

— É impossível — sussurrei.

Falco me lançou um olhar triunfante.

— Alguns deles ganharam força; outros, a capacidade de enxergar no escuro ou nadar sem medo de se afogar. Habilidades que não possuiriam se não me servissem. É por *isso* que são leais a mim.

— Entendi — balbuciei, tentando esconder o tremor na voz. Pelo visto, não bastava estar cercada por mercenários cruéis. Eu tinha que estar cercada por mercenários cruéis com *poderes sobrenaturais.*

— Ótimo — respondeu Falco. — Então podemos começar nossa parceria quando me contar onde está o seu navio.

Nossa parceria. Até parece. Àquela altura, eu preferiria deixar que Yazid dobrasse meus próprios ossos a deixar que Falco chegasse perto do *Marawati*.

— Há outra questão que preciso resolver antes de considerar tal sociedade — avisei.

A impaciência faiscou nos olhos dele.

— E qual seria?

— Dunya al-Hilli.

Falco se recostou, mudando de postura.

— Você não veio até aqui porque a convoquei.

Não me diga, idiota. Mas, para falar a verdade, era ainda mais assustador que ele *acreditasse* nisso. Que aquele homem, que sabia falar com conhecimento de causa sobre intrigas religiosas e políticas, também acreditasse que era capaz de convocar nawakhidha aleatórios com sacrifícios de sangue cruéis.

Porque ele era capaz de coisa pior. Como assassinar aqueles que traíam seus juramentos do outro lado do oceano e conceder força mágica a seus seguidores. Senti um calafrio de medo na barriga.

— Não, infelizmente não foi você que me trouxe a Socotra. Embora eu esteja impressionada com a sua paixão e as habilidades de seus homens — acrescentei rapidamente, na esperança de adiar a torção dos meus ossos. — Porém, você deve entender que fica complicado, para mim, aceitar uma proposta de parceria depois de ter sequestrado a filha de um dos meus tripulantes.

Falco franziu os lábios.

— Foi a avó que te contratou, não? Foi ela quem chamou isso de sequestro?

— Foi a acusação que ela fez.

— E você acreditou nela?

— Apesar da sua objeção, *sou* uma pirata. Minhas opiniões costumam ser bastante flexíveis.

Ele se levantou.

— A garota veio comigo por vontade própria. Ela é muito inteligente e tem talento para idiomas. Um talento que a levaria longe se não tivesse me traído. Infelizmente, você poderia ter chegado num momento mais oportuno. Receio que a senhorita al-Hilli tenha fugido.

Ou seja, os aldeões tinham falado a verdade.

— Quando? — indaguei.

— Dois dias atrás. Ela fugiu depois de implorar para tomar banho no mar, aproveitando para roubar nosso único meio de transporte. — Sua voz soou tensa pela primeira vez, a raiva fervilhando sob a superfície. — É tão mentirosa quanto a avó.

— Que tipo de barco ela levou? — insisti. — Tinha provisões?

— Nem um pouco. Foi nosso bote, que mal estava em condições de navegar depois do ataque. Que sorte que uma nakhudha tenha chegado para me ajudar a encontrá-la.

Falco disse aquilo com um sorriso tão forçado que me deixou toda arrepiada, como se fosse um homem fingindo ser humano.

— Suspeito que não seria nada bom para ela cair nas suas mãos — retruquei.

— Pelo contrário, entendo a imprudência da juventude. Se ela estiver disposta a pedir perdão e voltar a me servir, serei bastante complacente. O que nos leva de volta à minha pergunta anterior, nakhudha... *Cadê o seu navio?*

— Longe daqui — continuei embromando. — Vou te fazer outra pergunta: como você sairia da ilha para ir atrás de Dunya se eu não tivesse caído no seu colo?

Ele me encarou com irritação.

— Atacaria os clãs de piratas que se refugiam a oeste e tomaria um de seus navios.

— Seria uma insensatez. Seu homem é capaz de dobrar metal, mas aqueles clãs enfrentam marinhas inteiras. Eles teriam te aniquilado. Uma decisão dessas reflete mal em você enquanto parceiro de negócios.

Falco respirou fundo.

— Sei que seu povo tem certa tendência à conversa fiada, mas quanto mais tempo você perde, mais longe Dunya pode estar. Quanto tempo acha que ela vai sobreviver em alto-mar num barquinho sem comida nem água?

— Talvez seja melhor me deixar buscá-la.

— Você vai ter que me perdoar, mas não acredito que voltaria para cá. — Falco não estava mais sorrindo. — Chega de embromação, al-Sirafi. Diga logo onde está o seu navio.

Pressionei as mãos trêmulas contra os joelhos, tentando reunir o máximo de coragem possível. Aos olhos de Falco, suspeitei que estava prestes a cruzar a fronteira entre "aliada em potencial" e "problema intransigente".

— Receio não poder ajudá-lo. Quando avistamos seu naufrágio, mandei o *Marawati* embora e fiquei para trás para explorar a área sozinha. Ele só voltará daqui a duas semanas.

— Não acredito em você.

— Pouco importa se acredita ou não. Não posso alterar o curso do tempo.

— Você deve ter alguma maneira de mandar um sinal para o navio caso precise de ajuda — insistiu ele.

— Por sorte, não preciso de ajuda.

Falco tinha se levantado para andar de um lado para o outro, mas parou no meio do caminho.

— E se eu deixasse que meus homens a estuprassem? Um por um, sem parar, até que você se submetesse. Acha que iria "precisar de ajuda" nesse caso?

A rapidez com que ele abandonou a fachada de educação para fazer uma ameaça tão grosseira — ali estava o homem que deixara três idosos presos a uma árvore e esquartejara os inocentes na caverna como um açougueiro. Tentei ignorar a ameaça, como se ela não estivesse ali, uma lâmina na minha garganta desde que deixara a laje funerária cair na câmara dos tesouros. Conheço muito bem as formas como os homens violentos exercem o poder.

Em vez disso, sustentei seu olhar, recusando-me a recuar.

— Já que estamos sendo tão francos, você jamais colocará os pés no meu navio. Por mim, você e seus homens podem muito bem apodrecer aqui.

Falco deu um suspiro.

— Isso não precisa ser tão difícil. Você parece ser uma mulher bastante pragmática. Implacável até, se eu acreditar em certas histórias. Não tenho a menor dúvida de que, se você conseguisse *enxergar* o potencial... — Ele parou de falar, como se acabasse de ter uma ideia, e se voltou para mim. Seu rosto estava novamente iluminado, como quando divagara sobre a construção de uma nova Roma e o confronto com Deus. — Sim, talvez seja isso. Insisti para que a participação dos homens fosse voluntária. Não poderia contar com a lealdade deles de outra maneira. Mas você e seu navio são valiosos demais para deixar ao acaso. Yazid! — gritou ele. — Amarre-a!

Avancei sobre o atiçador de ferro a meus pés, brandindo-o antes mesmo que seus homens se aproximassem de mim. Consegui acertar um deles no rosto, mas Yazid arrancou o atiçador de minhas mãos e o grupo me jogou no chão. Chutei e me debati como um animal raivoso, cuspindo nos olhos deles e rugindo de raiva. Dei uma joelhada tão forte na virilha de um dos homens que ele berrou e rolou para longe, e arranhei outro na cara com tanta crueldade que sua bochecha ficou em farrapos ensanguentados.

Mas, no final, havia muitos homens fortes ali. Eles seguraram minhas mãos e amarraram meus pulsos com uma corda enquanto Yazid se sentava sobre minhas pernas. Não fizeram mais nada. Falco tinha outro destino em mente para mim e, completamente imobilizada, só pude assistir com horror enquanto o franco voltava até o caldeirão com a concha de cobre que usara para pegar o vinho.

Ele remexeu seu conteúdo agitado.

— Encontrem algo para manter a boca dela aberta. Acredito na ameaça que fez de arrancar dedos às mordidas.

Um pavor genuíno tomou conta de mim. Cerrei o maxilar com toda a força, mas com várias mãos tentando abrir meus lábios com um poder sobrenatural, enfiando gravetos na minha boca e apertando meu nariz para que eu não pudesse respirar, finalmente conseguiram enfiar o cabo de uma faca entre meus dentes. Senti o gosto de metal e sangue.

Falco tinha uma expressão condescendente e tranquilizadora ao se aproximar com a concha. Tive vontade de arrancar seus malditos olhos com as unhas e aliviar a dor com sal. O que quer que ele pretendesse me dar para comer era espumoso e tinha o tom azul-acinzentado do mar agitado pela tempestade: fervia e se *movia*, estremecia e se contorcia como uma dúzia de vermes sob a superfície. Lutei o melhor que pude, jurando vingança com a boca amordaçada, mas era tarde demais e a concha finalmente tocou em meus lábios.

A única misericórdia é que foi rápido. Senti uma movimentação medonha e repulsiva na língua e então algo gelado desceu pela minha garganta. O cabo foi arrancado dos meus dentes e uma mão carnuda cobriu minha boca enquanto eu sentia vontade de vomitar. Tremi descontroladamente enquanto um suor frio irrompia por toda a pele. Fiquei tonta, pontinhos escuros dançando diante de meus olhos. Os pontinhos rodopiavam sem parar, transformando-se em tufões e ondas agitadas. Meus membros ficaram dormentes, meu corpo distante…

— Não tenha medo, nakhudha — sussurrou Falco conforme a inconsciência me levava para si. — Você vai melhorar logo.

Estava tão frio.

Foi a primeira coisa que pensei ao acordar. Eu estava deitada numa praia fria, minhas roupas encharcadas pela areia úmida, completamente enregelada, tremendo como nunca. Tremendo tão violentamente que, enquanto estava inconsciente, deixara a pele sob as amarras em carne viva.

E a minha *cabeça*... era como se eu tivesse bebido uma dúzia de barris de vinho de palma das Maldivas. Dei um gemido e tentei me sentar.

A mão de alguém apertou meu ombro.

— Cuidado. A poção deixou os outros um pouco lentos.

Falco.

A lembrança do que ele tinha feito comigo invadiu minha mente, deixando um ódio ardente em seu rastro. Desvencilhei-me dele e tentei acertá-lo, mas errei feio e caí de cara na areia. Olhei para trás...

E dei um grito. Os homens do franco tinham uma aparência bizarra.

Eles pairavam sobre mim e à minha volta, com os olhos vidrados no mesmo tom azul-acinzentado espumoso da mistura nojenta que fui forçada a beber. Um padrão de escamas e tentáculos corria sobre seus membros e irrompia de suas faces. Quando Yazid chegou mais perto, pude jurar que seus braços haviam sido substituídos por garras gigantescas de escorpião e que seu crânio estava coberto como a carapaça de um caranguejo-ferradura.

Tentei me afastar, mas Falco me segurou pelos pulsos atados. Só ele parecia inalterado.

— Não tenha medo, nakhudha — repetiu ele, as mesmas palavras de antes, no tom tranquilizador que alguém usaria com um cavalo assustado. — Foi só o primeiro passo. Nós lhe oferecemos um gostinho dela, mas ela... tem que aceitá-la primeiro. — Ele se endireitou. — Levem al-Sirafi para o poço! Vamos evocar nossa maior aliada!

Eles me pegaram e me arrastaram até a beira d'água. Atordoada, delirante e tentando desesperadamente recuperar o juízo, tinha poucos modos de lutar. Não sabia o que Falco tinha feito comigo, nem quanto tempo ficara inconsciente. Ainda era noite... será que meus colegas e os aldeões haviam conseguido fugir?

Pense, Amina, pense! Mas não conseguia pensar. Era como estar presa num pesadelo no qual, por mais que precise fugir, você não consegue mover as pernas. A água escura que batia na praia martelava na minha cabeça e a fumaça fétida das tochas sobrenaturais me dava náuseas. Os homens haviam feito outra fogueira com madeira do naufrágio, e seus corpos pareciam ondular e deslizar diante das chamas bruxuleantes; era um espetáculo horripilante saído de uma alucinação provocada pelo excesso de vinho. Outros estavam cavando com as próprias mãos ou pás. A areia molhada e lamacenta era lançada para trás e caía com um respingo alto conforme eles abriam um buraco na linha da maré. Falco cantava numa língua estrangeira, uma língua que não soava humana.

Mesmo assim, eles me puxaram em direção ao mar, um lugar que eu amava, mas que sempre respeitei e muitas vezes temi. Agora meu pavor era maior do simples afogamento — àquela altura, o afogamento seria uma bênção. Sob a luz dispersa das estrelas que incidia sobre as ondas agitadas, centenas de diminutas formas saíam das ondas, com as garras estalando e os ferrões erguidos.

Escorpiões. Algum tipo de escorpião *marinho*. Embora fossem do tamanho da minha mão, a quantidade parecia interminável e seu veneno reluzia na ponta das caudas. Os escorpiões entraram no poço, enchendo-o com seus corpos agitados.

O poço para onde *eu* era arrastada. Com horror, percebi que os homens pretendiam me jogar ali, junto àquela horda de criaturas. Embora mal conseguisse enxergar direito, me sentisse meio bêbada e minha resistência anterior tivesse sido em vão, retomei-a com ferocidade, socando, mordendo e atacando qualquer um que estivesse por perto ao passarmos pela fogueira de madeira de naufrágio. De repente, tive certeza de que, se caísse naquele poço, não sairia como antes. Falco pretendia me tornar igual aos outros. Uma escrava monstruosa, a serva desfigurada de um cruel feiticeiro estrangeiro. Enganchei o tornozelo no de um dos meus captores e agarrei a gola de outro enquanto tentavam me empurrar para a cova cheia de escorpiões. A areia começou a ceder sob meus pés...

Um som sibilante zuniu pelo ar e uma flecha cruzou meu campo de visão.

O projétil mergulhou na fogueira, e só tive um segundo para ver as penas da flecha de Tinbu em meio às chamas. A haste parecia estranhamente grossa. *Inchada*, como se alguma coisa tivesse sido presa ali...

A engenhoca inteira explodiu.

E explodiu com muito mais força do que o experimento prévio de Dalila com o pó preto, irrompendo numa bola de fogo que se apressou a consumir os homens nas proximidades. Eles começaram a gritar, fugindo conforme as chamas lambiam suas roupas. Em meio ao caos, as mãos que me seguravam afrouxaram por um instante, e eu atirei o corpo para trás, afastando-me dos meus captores com tanta força que dois deles caíram no poço no meu lugar.

Os homens berraram e seus gritos aumentaram a cacofonia. Outra flecha voou para dentro da fogueira e uma segunda explosão irrompeu na areia. Com as mãos atadas, levantei-me desajeitadamente. Ainda delirante, avistei Falco entre os destroços em chamas a uns dez passos dali, com um ar igualmente atordoado. Uma espada jazia descartada a seus pés, talvez pertencente a um dos homens queimados que corriam em direção ao mar.

Se eu fosse corajosa, talvez tentasse apanhar a lâmina. Talvez aproveitasse a oportunidade para mandar o franco para o fogo do inferno que tanto merecia. Mas não sobrevivera tanto tempo assim confundindo coragem com tolice. Há quem chame os piratas de ratos do mar, mas vou te dizer uma coisa: os ratos sabem muito bem quando é melhor dar o fora.

E foi o que fiz: fugi para a escuridão das colinas, bem longe do oceano e na direção das flechas de Tinbu. Corri aos tropeções, perdendo minha graça habitual ao cambalear pelo chão rochoso, louca para encontrar o abrigo das árvores e arbustos espinhosos. Qualquer coisa que me distanciasse do horror na praia.

Senti as mãos de alguém me agarrarem. Tentei me desvencilhar antes de me dar conta de que pertenciam a Dalila. Logo atrás dela, Tinbu disparava flechas na praia, seus movimentos lançando sombras na escuridão. Desatei a chorar. Em outra ocasião, teria repreendido meus amigos por desobedecerem às minhas ordens e arriscarem a vida, mas, Deus fosse louvado, fiquei tão aliviada por ser resgatada.

— Belo plano — murmurou Dalila, enquanto cortava as cordas que prendiam meus pulsos e passava um dos meus braços por cima do ombro. Com mais delicadeza, ela acrescentou: — Eu te levo, nakhudha. Tinbu, vamos…

Um uivo agudo rugiu do mar, mais alto do que um trovão. O grito estridente ecoou pelo ar, sacudindo a praia inteira e causando uma pontada de dor no meu peito. Tropecei e soltei um grito. Era como se garras envolvessem meu coração, apertando-o com força.

— Amina!

Caí de joelhos, com a respiração ofegante.

— Meu peito… — A criatura rugiu de novo, ainda mais alto, e outra onda de agonia percorreu o meu corpo. — Ah, meu Deus!

— Amina. — Raksh saiu da escuridão e aninhou meu rosto. — Você bebeu alguma coisa? Falco a obrigou a comer ou consumir qualquer coisa que seja? — Consegui assentir com a cabeça, e ele soltou um palavrão. — Aquele idiota de merda. Só um humano para tentar fazer uma coisa tão perigosa. — Ele rosnou, parecendo mais irritado do que qualquer outra coisa. — Deite-a no chão.

Dalila protestou:

— Não temos tempo para isso!

— O tempo não vai adiantar de nada se eu não arrancar isso dela. — Raksh montou na minha cintura. Atormentada pela dor, tive uma vaga consciência das coisas improváveis que se passavam diante de meus olhos. As mãos de Raksh se transformando em garras, o som de tecido rasgando.

Meu ex-marido cortou meu esterno, enfiou sua mão demoníaca dentro do meu peito e *arrancou*…

Até que um ferrão cintilante, do mesmo tom azul-acinzentado da poção que Falco me forçara a beber, emergiu da minha pele. O inseto chiava e cuspia onde os dedos de Raksh tocavam sua superfície úmida, como se o fogo e a água lutassem por domínio. Ele o jogou para longe com um estremecimento.

O mundo entrou em foco; meu corpo e minha mente voltaram a ser meus. Olhei desesperada para o peito, esperando ver meu tórax dilacerado, mas minha pele estava ilesa.

Um último rugido rasgou o ar. Ao longe, juro ter visto uma silhueta imensa surgir do oceano, um gigantesco corpo blindado avançando como uma onda poderosa. Mas então Raksh me pegou e me jogou por cima do ombro, tampando minha visão.

— Fujam! — gritou ele.

Dessa vez, ninguém discutiu com ele.

Capítulo 19

Fugimos durante a noite com rapidez, seguindo os aldeões ao longo de uma trilha vertiginosa de colinas e bosques, uádis e praias que, segundo eles, o franco e seus homens não conseguiriam rastrear. Depois de algum tempo, Raksh me colocou no chão do nada, reclamando do meu peso. Meu joelho latejava, mas segui cambaleando, só pensando em sair logo de Socotra.

O dia já estava raiando quando paramos numa lagoa tranquila, a água parada pintada com as cores do nascer do sol e cercada pelas sombras pontiagudas de árvores e arbustos farfalhantes. Por um vão estreito nas falésias, pude ver onde a lagoa escorria num córrego para se encontrar com o oceano.

— É aqui que nos separamos — anunciou o aldeão com quem tinha falado, depois de trocar algumas palavras em voz baixa com Dalila. Ele não me disse seu nome e eu não perguntei, mas, a julgar pelos olhares cautelosos e empáticos que seu povo me lançava, suspeitei que soubessem o que havia acontecido comigo nas mãos de Falco. — Vamos procurar os clãs de piratas a oeste, já que nos devem proteção, mas eles desconfiam de estranhos e ficarão ainda mais desconfiados quando descobrirem o que aconteceu aqui. Não posso garantir sua segurança.

— Então, talvez seja melhor não falar sobre nós — adverti. — Acha que os piratas podem protegê-los? O franco disse que ia tentar roubar um navio deles.

Ele bufou de desdém.

— Adoraria ver essa cena. Os clãs são mais do que capazes de se defender.

— E quanto à aldeia? — Hesitei, pensando nas cabanas queimadas e nas três sepulturas recentes. — Vocês vão voltar para lá?

— Quando Deus quiser — respondeu o homem, com convicção. — Aquele demônio não foi o primeiro a invadir nossas vidas de modo violento e não será o último. Mas esta é a nossa terra, a nossa ilha, e não a deixaremos à mercê da ganância estrangeira. — A tristeza distorceu seu rosto. — No entanto, se o clã decidir que a vingança é necessária, não vou me opor.

Eu também não oporia. A perspectiva de que os piratas acabassem com o que restava de Falco e seus homens era a única coisa que me dava conforto no momento.

— Que Deus os abençoe e proteja — afirmei, tocando no coração. O lugar de onde Raksh arrancara o ferrão do meu peito continuava frio por baixo de minhas roupas.

— A você também, nakhudha. — O olhar do homem se fixou no meu. — Vai atrás da escriba deles? A garota que vocês estavam procurando?

Senti um aperto no peito.

— Vamos tentar.

— Desejo-lhe boa sorte. — Ele conduziu seu povo para longe da enseada.

Meus companheiros e eu permanecemos ali só para comer e rezar. Eu estava exausta, com a alma esgotada, mas teria caminhado por dias a fio para chegar mais rápido até o *Marawati*. Tivemos que atravessar a maldita ilha outra vez, e Dalila e Tinbu me instigaram a fazer planos, nitidamente preocupados com meu jeito aflito e minha explicação evasiva e hesitante sobre o que havia acontecido com Falco.

Mas eu só tinha energia para seguir em frente. Não queria nem pensar na coisa nojenta que fora forçada a beber ou no pânico que sentira por estar à mercê daqueles homens. Acordava aos berros durante a noite e tinha visões desfocadas de enormes serpentes e escorpiões enroscados na paisagem. Quando estava acordada, não me sentia muito melhor também. Quer fosse o encontro com a morte ou minha quase transformação em algo monstruoso, sentia-me péssima por quase ter deixado Marjana sem mãe. No que é que eu estava *pensando* ao aceitar aquele trabalho — antes de Salima não me dar escolha? E como pude deixar Marjana sem contar nada — nem uma única palavra! — sobre suas origens?

Pois o retorno de Raksh trouxe à tona uma verdade cruel: se eu morresse ali, não haveria ninguém que pudesse contar a Marjana quem era seu pai. *O que* ele era. Ninguém para ajudá-la se sua herança sobrenatural se manifestasse. Eu havia sido uma tola estúpida e arrogante ao me convencer de que nunca teria que enfrentar essa parte da vida de minha filha, ao deixar que meu ódio pela magia me cegasse para o fato de que o sangue de Raksh *corria* em suas veias. Agora, se eu não voltasse para casa, ela não teria aviso nenhum.

De sua parte, Raksh estava se comportando bem, tornando-se bastante prestativo. Encontrou fontes para reabastecer nossos cantis, capturou uma lebre para comermos e até se ofereceu para massagear minhas pernas. Duas vezes. (Aceitei sua oferta na segunda vez, os músculos doloridos vencendo o orgulho, e o sacana fez alguma coisa no meu joelho que reduziu a dor pela metade antes de abrir um sorriso tão presunçoso que o alívio quase não valeu a pena. Quase.) Não sou nenhuma idiota — o demônio só estava sendo gentil para que eu o autorizasse a embarcar no *Marawati*. Mas pouco importava. Já tinha tomado minha decisão quando ele me explicou como sabia que precisava tirar o ferrão do meu peito.

— Eu mencionei que Falco estava tentando possuir um marid — disse ele despreocupadamente enquanto colocava a lebre espetada sobre uma fogueira. — Mas esse tipo de magia requer mais do que o sangue que ele derramou na caverna. Precisa de hospedeiros. Ou, melhor dizendo, peões. Pessoas cuja força vital ele poderia enviar aos poucos para o marid em troca do controle sobre elas.

— O quê? — perguntei, completamente perdida.

Raksh revirou os olhos.

— Está além da sua compreensão, mas basta dizer que Falco seria capaz de rastrear e controlar você até certo ponto se o ferrão continuasse no seu peito. — Ele colocou o coração cru da lebre na boca e abriu um sorriso sangrento. — Ainda bem que seu marido estava por perto para salvar o dia.

Meu "marido" tinha razão, por mais que eu detestasse admitir. Nós estávamos desesperados e em desvantagem. Dunya partira havia dias e podia estar flutuando em qualquer direção. Não havia tempo a perder, muito menos quando eu tinha uma criatura capaz de nos indicar a direção certa.

Dalila foi a primeira a me chamar a atenção.

Estava fazendo um sinal de fogo para o *Marawati* quando ela se aproximou, silenciosa como sempre, e tocou no meu ombro. Quase morri de susto, de volta ao pesadelo dos homens de Falco me empurrando na areia.

— Desculpa — murmurei, corando de vergonha.

— Não precisa pedir desculpa. — Dalila se agachou ao meu lado. — Eles tocaram em você? — perguntou ela depois de um momento.

Senti a boca seca. Nós duas sabíamos muito bem o que ela estava perguntando.

— Não. Não desse jeito — respondi. — Ele ameaçou fazer isso... mas tinha outros planos no final das contas.

Dalila repuxou os lábios de nojo.

— Gostaria de vê-los arder nas chamas.

Não discordei, mas Raksh escolheu aquele momento infeliz para cruzar nosso campo de visão, e minha colega me lançou um olhar incisivo.

— Você vai deixar esse demônio vir com a gente, não é? — perguntou ela, sem rodeios.

Quebrei mais um galho e o joguei na pilha.

— Não tenho escolha.

— E por que não? — Não havia julgamento em sua voz, o que por si só já era suspeito. Pelo visto, Dalila queria ouvir minha explicação, apesar de geralmente não ter muita paciência para isso.

Escolhi as palavras com cautela.

— Em primeiro lugar, ele faria uma birra digna de uma criança de colo se tentássemos deixá-lo para trás e acabaria arranjando uma forma violenta de forçar a questão. Segundo, acredito piamente que teremos mais sorte na busca por Dunya se ele estiver conosco. E terceiro... — Respirei fundo. — Dalila, não sei como lutar contra o franco se ele vier atrás de nós. Ele tem acesso a poderes que mal consigo imaginar.

— *Se* ele vier atrás de nós — salientou ela. — Falco não tem como sair de Socotra no momento, se é que ainda está vivo. E Raksh pode ser menos útil do que você pensa. Creio que é *bastante* evidente que ele não é leal a ninguém além de si mesmo.

Ela não sabia nem da metade...

— Não confio nele nem um pouco. Mas, por enquanto, Raksh é mais útil do nosso lado do que contra nós.

Dalila me encarou.

— Você está escondendo um segredo dele. Por que me parece que também está fazendo isso comigo e com Tinbu?

Porque estou. Porque eu sabia o que Raksh era quando deixei que ele se juntasse a nós e tudo que aconteceu depois foi culpa minha. Hesitei. Dalila era o único membro da minha tripulação que talvez entendesse, que não se apressaria a me condenar. Uma mulher que passara anos agindo em seu próprio interesse e nunca se desculpara por isso.

Mas minha vergonha ainda era grande demais.

— Já é madeira suficiente — disse, mudando de assunto. — Vamos... vamos apenas voltar para o *Marawati*. Encontrar Dunya. Depois lidamos com Raksh. — Acendi o sinal de fogo. — Falando nisso, obrigada.

Dalila deu um suspiro, ciente de que eu estava evitando suas insinuações.

— Obrigada por quê?

— Por salvar a minha vida com o pó preto que eu te disse que não podia trazer e por ser tão magnânima a ponto de não jogar isso na minha cara.

Ela deu uma gargalhada e um pouco da tensão entre nós desapareceu.

— Ah, nakhudha, só estou esperando a melhor oportunidade.

— Foi o que imaginei. — Mas, ao me lembrar do que tinha originado nossa briga, não pude deixar de arriscar: — Posso te fazer uma pergunta ridícula?

— Vá em frente.

— Você é daqui? — Quando o bom humor sumiu do rosto de Dalila como se uma porta tivesse sido fechada, acrescentei rapidamente: — Sua reação na aldeia. Fiquei pensando que talvez este fosse o seu lar.

Dalila apertou os lábios numa linha fina, olhando para a fogueira enquanto os gravetos se acendiam. Por fim, respondeu:

— Não. Não sou de Socotra. Mas vim de uma aldeia cristã como aquela. — Ela fez uma pausa. — Só que os homens que a incendiaram não eram francos. Nem cristãos.

Uma culpa complicada tomou conta de mim; entendi muito bem suas palavras cuidadosamente escolhidas.

— Sinto muito — disse, baixinho. — Não sabia disso. Quero dizer, imaginei que *alguma coisa* tinha acontecido para que você se juntasse aos Banu Sasan, mas...

— Não quero falar nisso. Não é... Olhar para trás não serve para nada — disse ela, com veemência, enquanto alguns pontos de cor surgiam em suas bochechas. — E não precisa se desculpar por coisas com as quais não teve nada a ver. Mas se quiser me recompensar... não passe mais uma década sem se corresponder comigo. Tenho poucos amigos, como bem sabe.

Ah, Dalila. Senti um aperto no peito ao olhar para ela, de verdade dessa vez. De fato, eu presumia que tinha acontecido alguma tragédia precoce em sua vida, mas Dalila sempre me pareceu inabalável e às vezes até assustadoramente capaz, dada sua profissão. Seu passado — sua própria identidade — era um assunto estritamente proibido, e naquele momento fiquei imaginando até que ponto sua indiferença estudada e discrição inescrutável eram uma fachada, a maneira pela qual ela aprendeu a sobreviver num mundo que deixava brutalmente claro quais partes da identidade de uma pessoa poderiam condená-la.

Sem dizer nada, estendi o braço para apertar a mão dela. Como Dalila não se afastou, falei:

— Não passarei, prometo. Eu devia ter entrado em contato antes e, por *isso*, peço desculpas. Mas sinto muito pelo que aconteceu na aldeia. Não quero que você pense que faço alguma distinção entre nossos povos e, se agi de uma forma que sugere tal coisa... então preciso mudar meu comportamento.

— Tudo bem. — Ficamos sentadas ali, num momento de constrangimento mútuo e afeto incomum, antes de Dalila acrescentar: — Você deve ter tido muito medo de encontrar Deus para admitir que estava errada em diversas situações.

— E você deve ter tido muito medo de me perder para confessar que somos amigas. — Quando ela fez uma careta, soltei um gritinho de triunfo. — E teve mesmo!

Dalila revirou os olhos.

— Não deixe que um momento de fraqueza emocional a iluda ainda mais.

— Você ficaria de luto por mim por milhares de anos. — Inclinei a cabeça. — Posso te perguntar mais uma coisa, já que você declarou nossos laços eternos de irmandade e amizade?

— Vou bater em você com meu cajado.

— Não pode me dizer qual é o seu nome? — perguntei com delicadeza, ignorando a ameaça. — O verdadeiro. Não o nome dos Banu Sasan, Dalila, a Astuta.

Ela riu e se levantou.

— Nada disso, Amina al-Sirafi. Nomes são para as lápides. E nós não estamos mortas.

Não, mas quando o *Marawati* voltou, fiquei imaginando se morrer não seria mais fácil do que contar a Majed que Raksh estava vivo e que precisávamos levá-lo conosco.

Meu navegador tinha sua velha espada na mão e estava de pé na proa do dunij quando o barquinho se aproximou da praia, o *Marawati* balançando ao longe.

— Isso aí — sibilou ele, apontando para meu ex-marido com a lâmina — não é a filha de Asif.

— Não mesmo — concordei. — A filha de Asif está flutuando no mar e tem pouco tempo antes de morrer de sede, e Raksh é nossa única linha de defesa experiente contra o franco, que agora conjura monstros marinhos e concedeu a seus homens a força dos djins. Discutiremos o assunto quando estivermos bem longe desta maldita ilha, se Deus quiser.

— Dunya está onde? O franco faz *o quê*? — Majed balançou a cabeça e pediu aos marinheiros que parassem de remar. — Não importa. Esse demônio não vai entrar no barco. Não se você quiser que eu continue nele.

— Majed... — Eu estava exausta, com o corpo inteiro dolorido. — Podemos discutir isso mais tarde.

— E discutiremos. — Majed olhou feio para Raksh. — Mas ele fica aqui.

— Ah, mas você é tão desagradável quanto eu me lembrava — resmungou Raksh. — Embora um pouco mais grisalho e rechonchudo. Sinceramente, Pai dos Mapas, você deveria se cuidar melhor.

— Cala a boca — disparei para Raksh. — Você não está fazendo nenhum favor a si mesmo. — Voltei-me para meu navegador. — Majed, não vamos ter essa conversa com a arrebentação no meio. Traga o barco até aqui.

Com um olhar que prometia discussões futuras, Majed cedeu o suficiente para levar o dunij até a praia, e todos voltamos para meu navio. Tive vontade de beijar o *Marawati* ao subir a bordo, mas me contentei em desabar no banco de capitã, observando com desconfiança enquanto Raksh caminhava pelo convés, como se fosse seu dono. Os olhares dos homens o seguiram com a mistura de curiosidade e intenso desejo que ele tendia a cultivar.

— Deixe-os em paz — disse asperamente. — E venha até aqui.

Raksh bufou, mas, como se as cordas de uma marionete tivessem sido cortadas, os homens pestanejaram e voltaram ao trabalho, parecendo vagamente intrigados com sua própria distração. Raksh se sentou ao meu lado no banco, roçando o quadril no meu.

— Ah, o *Marawati*... — meditou ele, dando uma palmadinha na minha perna. — Como senti sua falta e de todas as suas aventuras.

— Se a sua mão não sair da minha coxa, vou cravar uma faca nela.

— Ainda tão hostil. Suponho que um coito de reconciliação esteja fora de... *ai!* — Os olhos pretos de Raksh se arregalaram de surpresa (não de dor, infelizmente) quando a ponta de minha adaga foi pressionada em sua mão. — Que seja — murmurou ele, com rispidez. — Mas você só está punindo a si mesma.

Antes que eu pudesse negar tal afirmação de forma inflexível e furiosa — embora não totalmente honesta —, meus colegas se juntaram a nós.

— Vocês dois parecem estar se dando bem — cumprimentou Tinbu, com Dalila e Majed logo atrás. — Temos uma direção?

Tirei a faca da mão de Raksh.

— Já estávamos chegando a esse assunto. Me dê o mapa.

Com evidente relutância, Majed estendeu um dos seus preciosos mapas.

— Tinbu me disse que, segundo os aldeões, Dunya partiu da costa norte. Levando em conta o que sabemos sobre as marés e correntezas... — Majed deslizou os dedos para o leste, em direção ao mar aberto. — Suspeito que ela tenha sido levada nesta direção.

— Não. — Raksh fechou os olhos. — Me dê sua mão, Amina. De preferência, sem me esfaquear. Concentre-se em Dunya. Deseje encontrá-la como se fosse sua própria filha.

Sua própria filha. Atribuo à fadiga o fato de que, quando meu corpo foi capaz de reagir, já tinha contido o impulso. Não me atreveria a deixar meus pensamentos se voltarem para Marjana enquanto Raksh tentava ler minha mente.

Em vez disso, pensei no que devia a Asif. Nas ameaças de Salima e numa jovem que devia estar morrendo de sede naquele exato momento. Pensei em como ansiava voltar para a minha família, resgatar Dunya e deixar tudo aquilo para trás.

A mão de Raksh puxou a minha em direção ao norte.

— Por ali — murmurou ele, em transe. — Vou ter que me sentar ao leme enquanto avançamos, mas ela foi para o norte.

Majed tinha um ar cético.

— Agora você confia mais no palpite de um demônio do que na ciência de nossos antepassados, Amina?

Lembrei-me da malícia nos olhos de Falco e da força de seus homens, cheios de escamas e ferrões espalhados pelos corpos em transformação. Não havia nada no meu rahmani — em nenhum manual de navegação humana — que tratasse de coisas daquele tipo.

— Neste caso, sim — respondi. — Defina uma rota.

Capítulo 20

— Tem certeza de que deseja que eu conte esta parte? É bastante compreensível se quiser saltar esta etapa.

— Por que estou perguntando isso? Você está falando sério, seu escriba rabugento? Nós dois sabemos muito bem por quê. E só Deus sabe que a loucura que acabou acontecendo depois é suficiente para preencher várias páginas. Não precisamos…

— Ah, pelo *Altíssimo*, Jamal, não estou insultando sua capacidade de se manter imparcial na "construção de uma narrativa divertida e verossímil". *Nem sei o que isso quer dizer.* Você sabe que, se quiser ser um bom contador de histórias, suas palavras têm que fluir como o mel quente, e não engasgar como as pedras de um acadêmico taciturno. Por isso, vou ser mais direta: você quer que eu conte o que está por vir, *quem* está por vir, tal como vivenciei na época?

— Sim? Bem, se é essa a sua escolha, vou continuar…

✦

No segundo dia no mar, na neblina úmida de um final de tarde, avistamos um barquinho flutuando ao longo do horizonte.

Era um dunij de tamanho considerável, do tipo que eu esperaria encontrar em embarcações maiores. Quem quer que estivesse a bordo havia montado uma tenda deplorável com um remo e um manto; os demais remos estavam posicionados nos ângulos menos úteis que se possa imaginar. O casco do dunij estava bastante queimado, com um pedaço da borda faltando. De fato, era um milagre que o barco ainda estivesse à tona. Se houvesse algum indício de mau tempo, ele teria virado.

Gritamos ao nos aproximarmos em nosso próprio dunij, mas não obtivemos resposta. Não havia nenhum sinal de vida ou movimento entre os escombros. Dunya estava no mar há quase uma semana com as poucas provisões que conseguira esconder debaixo das roupas. Será que eu poderia esperar algo além de um corpo que sua avó pudesse enterrar?

De repente, Firoz gritou:

— Acho que vi alguma coisa. Sim… sim, há alguém debaixo do manto.

— Cheguem mais perto. — Saltei com cuidado para o outro barco. — Permaneçam aí.

Com o coração na boca, aproximei-me da silhueta encolhida sob a tenda improvisada. Suas roupas estavam puídas e rasgadas, a pele queimada de sol e cheia de bolhas. Ela não disse nada quando levantei o manto que cobria a parte superior de seu corpo. Tinha o rosto voltado para o casco enquanto as moscas zumbiam sobre seus cabelos sujos e encharcados de suor, cortados logo abaixo das orelhas.

Toquei num ombro escaldante. *Deus, por favor…*

— Dunya? — sussurrei.

Ela se mexeu.

Dei um suspiro de alívio.

— Ela está viva, que Deus seja louvado! — Aos meus pés, Dunya soltou um som baixo e rouco, e fiz um gesto impaciente para meus companheiros. — Me deem um pouco d'água!

Dalila me jogou um cantil e eu levantei a cabeça de Dunya com delicadeza para poder derramar um pouco de água em sua boca.

— Tá tudo bem, pequenina — disse a ela, de modo reconfortante. — Você está salva.

Dunya abriu os olhos embaçados, do mesmo tom de castanho-claro que os de Asif, mas terrivelmente injetados e amarelados.

— Quem… quem é… — tentou perguntar com a voz rouca.

Derramei mais um pouquinho de água em sua boca.

— Meu nome é Amina.

Ela começou a tossir e eu a sentei depressa, temendo que tivesse bebido demais. Mas havia sido um soluço, não uma tosse, e, se não estivesse tão desidratada, suspeito que ela teria começado a chorar.

— A nakhudha do Baba? — perguntou ela, com o alívio estampado no rosto suado e queimado de sol.

— Sim — respondi, envergonhada. — Eu era a nakhudha do seu Baba. — Afastei o cabelo grudado em seu rosto. — Vou levá-la para o meu navio.

Ela agitou a mão em direção a uma trouxa de pano.

— Minhas tabuletas...

— Vou pegar os seus pertences. — Dunya parecia tão leve e fina quanto uma folha quando a embalei contra o peito e, independentemente das coisas que eu tinha visto em sua biblioteca ou das acusações de feitiçaria proibida e de colaboração que Raksh fizera contra ela, senti um instinto de proteção por aquela adolescente destruída num barco quebrado. Mesmo eu sendo uma mulher adulta e ex-pirata, o curto período que passara nas mãos de Falco havia me deixado marcada. Só Deus sabia o que Dunya vivenciara.

Ele nunca mais vai encostar um dedo nela, jurei a mim mesma. Para Dunya, eu disse:

— Respire fundo, menina. Você está salva. Prometo.

✦

Quando a levei a bordo do *Marawati*, Dunya já tinha voltado a ficar inconsciente e foi nesse estado que passou a maior parte dos dois dias seguintes. No intervalo de tempo em que esteve acordada, demos a ela o máximo de comida e líquido possível: Hamid cozinhou um caldo de peixe com arroz macio e Dalila preparou um chá de casca de laranja desidratada e vinagre para seu estômago frágil. Mantive Dunya na cabine privativa do convés inferior, e Dalila e eu lhe demos banho e tratamos suas queimaduras, aplicando pomada nas bolhas que cobriam sua pele. Tinbu trouxe roupas limpas e cobertores que a tripulação doou, e Majed permaneceu ao seu lado, recitando o Alcorão e os poemas de aventura que certamente contava para os próprios filhos. Com olhos grandes e assustados e o corpo magro, Dunya mais parecia uma menina de doze anos, não a fugitiva inteligente e confiante de dezesseis que Falco havia descrito.

— Você acha que ela sabia? — perguntei a Majed no terceiro dia depois de a encontrarmos. Dunya dormia profundamente enquanto meu navegador recitava o Alcorão. Percebi que ele selecionava os versículos mais suaves, lembretes da compaixão e misericórdia incomparáveis de Deus. Os mesmos ensinamentos que eu seguia.

Majed parecia ter envelhecido mais uma década.

— Não sei até que ponto a garota estava envolvida, Amina. Ela está traumatizada. Grita e chora durante o sono e parece um fantasma quando está acordada. Não me atrevi a perguntar nada a ela.

Não, esse trabalho será meu.

— Ela reconheceu Raksh a certa altura — comentei. — Não disse nada, mas ficou apavorada ao vê-lo.

— Uma reação compreensível. — Majed se recostou na parede do convés inferior. — Já tem algum plano para nos livrarmos dele antes de chegarmos ao continente?

— Eu ainda estou pensando nisso. — Peguei a trouxa de pano com a qual Dunya havia fugido. Já a examinara, encontrando ali duas tabuletas de argila que tinham o tamanho da palma de uma mão, com mais caracteres bizarros em escrita cuneiforme. — Você faz alguma ideia do que sejam?

— Algo que deve ser melhor atirarmos ao mar, já que veio daquela caverna infernal.

Eu estava inclinada a concordar, mas achei que atirar os pertences de Dunya ao mar não causaria uma boa impressão.

— Vá tomar um pouco de ar fresco, irmão. Fico aqui com ela.

O dia estava quente e o ar, abafado, com uma quietude que não me agradava, embora não tivéssemos visto nenhuma nuvem de tempestade. Levei um tinteiro e uma prancheta para o convés inferior e me sentei no chão ao lado de Dunya, apoiando o joelho machucado numa almofada e escrevendo no rahmani sobre Socotra. O *Marawati* subia e descia junto ao mar e a água batia agradavelmente contra o casco, quase me embalando para um cochilo de final de tarde.

Mas não estava tão distraída assim para não me dar conta de que alguém me observava. Dunya tinha acordado, mas continuara imóvel, fixando o olhar assustado em meu semblante.

Por fim, ela falou:

— Meu pai costumava escrever sobre você.

Larguei o rahmani e me virei para encará-la. Em algum momento, Dunya usara suas parcas forças para prender os cabelos, enrolando um pano em volta da cabeça. O penteado a fazia parecer o rapaz que Asif havia sido; um fantasma que voltava para me assombrar.

— É, já ouvi falar dessas cartas — disse, com ironia. — Mas você devia ser muito nova nessa época.

— Minha avó escondia as cartas dele. Só as encontrei alguns anos atrás. — Tristeza, culpa, admiração... a mistura de emoções que se agitava no rosto de Dunya era angustiante. — Eu sonhava em te conhecer. Meu pai dizia que você era a pessoa mais corajosa e inteligente que já vira, uma aventureira igual a Simbá, o Marinheiro. — Sua voz ficou embargada. — Preferiria não conhecer minha heroína de infância em circunstâncias tão embaraçosas.

— Não sou nenhuma heroína — tentei assegurar a ela, com a palavra entalada na garganta. Será que Asif teria escrito com tanto afeto sobre sua nakhudha se soubesse que eu tinha deixado Raksh entrar em nossas vidas ciente do que ele era? De qualquer modo, deixei o passado de lado e entreguei a Dunya um copo d'água. — Você está forte o suficiente para falar?

Dunya hesitou, mas depois assentiu e se sentou devagar, estremecendo de dor.

— Minha avó te contratou para me encontrar?

— Não sei se usaria a palavra "contratar", mas algo do tipo. Ela e Falco têm relatos muito diferentes sobre sua partida.

— Você *conheceu* Falco?

— Sim, infelizmente. Nós o encontramos em Socotra depois que você fugiu. E, se Deus quiser, o deixamos lá. — Ela abriu a boca para falar, mas eu levantei a mão. — Minhas perguntas primeiro. Me conte o que aconteceu desde o começo. Sua avó me disse que Falco a sequestrou depois que ela se recusou a lhe vender talismãs de família. É verdade?

Ela mordeu o lábio, visivelmente nervosa.

— Não... não exatamente — admitiu. — Minha avó o expulsou, mas eu segui Falco e seu agente. Disse que talvez tivesse objetos do interesse deles.

— Por quê? Perdoe-me, minha jovem, mas é um tanto precipitado oferecer segredos de família a um desconhecido. Você precisava tanto de dinheiro para quê?

— Para fugir antes do casamento.

— Do *casamento*?

Dunya ergueu o olhar, com uma pontada de amargura no rosto.

— Não, é claro que minha avó não lhe contaria essa parte. Não iria querer provocar nenhum escândalo. Devo me casar com o governador de Áden.

O governador de Áden? Pisquei, surpresa. Merda. Não era à toa que Salima tinha ficado tão irritada com o caos que causei lá. Seria um baita aumento de posição para a família al-Hilli. O governador de Áden era um dos homens mais poderosos da região, pois administrava a cidade mais abastada. E não apenas a cidade mais abastada, como também a mais *fortificada*, apesar do que eu tinha feito à sua marinha incipiente e ao miserável delegado de polícia. Haveria exércitos e altas muralhas, guarnições e guardas bem treinados entre Dunya e Falco se o franco ainda estivesse vivo e em busca de vingança.

— Ah! — Dei um suspiro de alívio. — Bem, não é tão ruim assim. Seu marido poderá protegê-la. E você vai ter tudo que quiser.

Os olhos de Dunya faiscaram com uma indignação adolescente.

— Eu não vou ter *nada*. Ele tem mais que o dobro da minha idade e já tem esposas e herdeiros. Minha avó disse que ele me escolheu porque tenho fama de ser inteligente e deseja uma esposa com quem possa discutir história e ciência sem sair do quarto. Não importa que eu vá perder tudo que sou assim que puser os pés na casa dele. — Ela me olhou nos olhos. — Você teria concordado com isso quando tinha a minha idade?

— Dunya, na sua idade eu tinha acabado de perder meu pai e minha família estava a uma semana de morrer de fome. Nossas circunstâncias não poderiam ser mais diferentes. Mas, independentemente disso... como foi que o encontro com Falco se transformou numa fuga com ele para procurar a Lua de Sabá? Vi sua biblioteca. Você poderia ter oferecido qualquer objeto que tivesse em mãos, recebido o dinheiro e pronto.

— Esse era o meu plano original. Mas, quando começamos a conversar, ele... ele *prestou atenção* ao que eu disse, nakhudha. — Ela corou de vergonha. — Foi a primeira vez que alguém prestou tanta atenção em mim. Por anos a fio, tentei fazer com que minha avó se interessasse pelo legado de nossa família, mas tudo que ela queria fazer era vendê-lo, item por item.

Franzi a testa.

— Que legado? Sua avó mencionou que seus antepassados colecionavam objetos de ocultismo como curiosidades, mas nada além disso.

— *Curiosidades*? Foi assim que ela os descreveu? — Dunya parecia ainda mais indignada com essa palavra do que com a perspectiva de casamento. — Não éramos meros colecionadores, nakhudha, e sim *guardiões*. As histórias de meus antepassados datam de antes do nascimento do Profeta, que a paz e as bênçãos estejam com ele. No velho mundo, éramos sacerdotes e exorcistas, caçadores de demônios e protetores de parto.

Suas palavras me deixaram toda arrepiada, a menção ao "velho mundo" me lembrando demais do discurso de Falco.

— Talvez sua avó quisesse mantê-la longe do que é proibido, minha jovem. Não é à toa que chamamos esses séculos de jahiliyyah.

— Era uma época tanto de conhecimento quanto de ignorância — disse Dunya, com firmeza. — Meus antepassados procuravam proteger as pessoas dos demônios e dos danos que a magia maligna podia causar. Eram estudiosos, não assassinos sedentos de poder como Falco.

— Tá bom. — Franzi o cenho, sem vontade de discutir com uma adolescente traumatizada. Não sei se os antepassados de Dunya eram os guerreiros-eruditos-magos nos quais a garota acreditava, embora fosse uma boa explicação para aquela biblioteca, mas sua compreensão da realidade não era lá grandes coisas se ela achava mesmo que ninguém com acesso a tamanho poder abusaria dele. — Voltando ao encontro com Falco…

— Como estava dizendo, ele elogiou meu trabalho. Disse que eu era muito inteligente e que uma pessoa com meu intelecto não deveria se tornar a esposa reclusa de um homem rico. — Dunya baixou o olhar para o colo. — Disse que precisava de mim ao seu lado e que juntos viajaríamos pelo mundo e faríamos todo o tipo de descobertas espantosas. Por isso, ofereci a coisa mais impressionante que conhecia.

— A Lua de Sabá.

— A Lua de Sabá — confirmou ela, ainda olhando para as próprias mãos. — Falco prometeu que eu seria recompensada, que seria livre. Agora sei como isso parece ridículo. Mas quando ele me ofereceu essas coisas… era como se eu estivesse enfeitiçada.

E devia estar mesmo. Dunya foi imprudente ao se encontrar com Falco, mas uma garota ambiciosa, que sonhava com aventuras acadêmicas e estava sendo forçada a fazer um casamento indesejado, seria como argila nas mãos dele.

— Imagino que foi aí que você fugiu?

Ela fez que sim com a cabeça.

— Quando partimos, parecia um sonho estar em alto-mar em busca de lugares lendários. Falco tinha tantos textos e artefatos em sua coleção, objetos que estava ansioso para que eu estudasse e traduzisse. Partilhei tudo que aprendi com ele; senti que lhe devia isso.

— Você não lhe devia nada — afirmei categoricamente, a vontade de amarrar Falco à quilha do meu navio aumentando a cada onda que subíamos. — Homens da laia dele se aproveitam da bondade dos outros, como parasitas.

— Eu sei… melhor dizendo, descobri quem ele realmente era quando o navio estava chegando em Socotra. — Dunya fechou os olhos com força. — É tudo culpa minha. Achei que ele só estivesse atrás dos tesouros. Não pensei que tinha a intenção de *fazer* o tipo de feitiços sobre os quais eu lia. Jamais imaginei que alguém pudesse ser tão tolo.

— O que aconteceu?

— Não tive uma visão clara; Falco me mantinha na cabine a maior parte do tempo, alegando que era para a minha própria segurança. Ele começou a discursar com os homens sobre lealdade, sobre quais estariam dispostos a unir suas almas à dele num novo mundo. Seja lá o que estivesse pedindo para fazerem... devia ser hediondo, pois vários membros da tripulação recusaram. — Ela engoliu em seco. — Então, ele convocou um monstro marinho para devorá-los. Para devorar metade do navio.

— É, encontramos o navio. Bem, o que restou dele, pelo menos — acrescentei sombriamente, lembrando-me dos gritos que ouvi na praia, da água escura e da noite estrelada que sugeriam um leviatã de tamanho gigantesco. Só me restava rezar para que ele e Falco tivessem sumido de vez. Não podia nem imaginar como enfrentar tal ameaça. — O que aconteceu depois do ataque?

— O resto de nós alcançou o dunij, mas mal escapamos com vida. Quando desembarcamos na praia, alguns pescadores de uma aldeia local vieram nos ajudar e Falco... — Dunya começou a chorar. — Pensei que ele fosse um estudioso. Pensei que só estivesse traduzindo alguns poemas.

— Poemas que diziam *o quê*?

Seu olhar marejado de lágrimas encontrou o meu.

— Havia um feitiço em troca de conhecimento. Conhecimento que poderia ser obtido sugando a força vital de um idoso.

Afastei-me, sobressaltada.

— *Você* foi a responsável pelo que aconteceu na aldeia?

— Eu não sabia! — disparou ela. — Sei que isso não é desculpa. Sei que Deus vai me julgar pelo que aconteceu, mas nunca imaginei que alguém pudesse matar outras pessoas por causa de coisas que li numa tabuleta!

— Ah, Dunya... — Forcei-me a conter a língua. A garota tinha dezesseis anos. Crescera como a órfã mimada de uma avó nobre e superprotetora. Não devia saber quase nada sobre o mundo que existia fora dos livros, nem do mal oculto no coração dos homens. Ora, *eu* mesma já tinha entrado em conflito com o mundo mágico.

Por outro lado, sua ignorância provocara a morte de muita gente. Bem mais do que ela imaginava, de uma forma horrível e brutal. Não tinha a menor dúvida de que foram suas traduções que levaram à cena medonha na caverna depois de ela ter fugido.

Ela vai voltar para Áden. Não seria um casamento por amor, porém, mais valia um marido rico com muros altos e um monte de guardas à disposição do que uma biblioteca de magia letal e uma mente que a havia envolvido nos crimes de um monstro.

Dunya continuava olhando para mim, com as faces coradas de vergonha.

— Sei que você está me amaldiçoando agora. Tem toda razão. Juro por Deus que não queria ter contado a Falco as coisas que descobri. Quem me dera ter me jogado do barco antes de desembarcar naquela ilha!

— E, ainda assim, você continuou com ele — salientei, de modo mais incisivo do que o necessário. — Devem ter ficado explorando a caverna por semanas a fio.

— Não tive outra escolha. Temia já ter contado demais a Falco sobre a Lua de Sabá e não queria correr o risco de ele a encontrar.

Dado que, na semana anterior, eu vira provas de uma serpente tão grande que poderia engolir dez homens e tive uma poção nojenta de escorpião marinho possuído enfiada na minha boca, não deveria ter me surpreendido com o modo casual como Dunya mencionara a possibilidade de Falco encontrar a Lua de Sabá.

Mas foi o que fiz, gaguejando:

— Espera aí... a Lua de Sabá *existe* mesmo?

Dunya assentiu com o ar sério de uma estudiosa.

— Ah, sim. Bem, ao menos... é o que indicam minhas pesquisas. Mas, quanto a isso, tenho boas notícias. Uma descoberta que torna bastante improvável que Falco reconheça a Lua, mesmo que esteja bem diante de seu nariz.

— E qual é? — Como ela hesitou, estalei os dedos. — Desembucha logo, garota.

Seus ombros subiram e desceram dramaticamente.

— Desculpa... é só que... acho que isso vai soar ridículo. Mas, na verdade, a Lua de Sabá não é uma pérola.

— Então, o que é?

Os olhos de Dunya se iluminaram de espanto.

— Um *lavatório.*

A segunda lenda da Lua de Sabá

Sim, peço-lhe desculpas, caro leitor, embora, em minha defesa, você também não partilharia da decepção prestes a se abater sobre Amina se eu lhe contasse que a joia mágica e mítica de tamanha beleza e poder que ela deixou a família e atravessou o mar para procurar não passava de um balde glorificado? Não é assim que se começa uma história.

Você deve se lembrar do ponto em que o deixei no grande romance da rainha Bilqis e seu admirador lunar, o manzil al-Dabaran. É verdade que al-Dabaran a desejava, ansiando passar mais do que apenas duas semanas por ano em sua presença (voltaremos mais tarde ao seu afeto, que talvez não fosse… *exatamente* recíproco). Ele realmente queria presenteá-la com uma, hã, "manifestação" de si mesmo. Sendo assim, esperou até que a lua estivesse no auge em sua casa, e seu poder, no máximo. Então, quando Bilqis foi cuidar de suas abluções, al-Dabaran abençoou a bacia com seu reflexo. A lua a preencheu por completo com sua beleza prateada, fazendo com que a água tremulasse de excitação. Dizem que a bacia era adorável, entalhada com pássaros poupa e flores de jasmim. Uma esfera perfeita para conter o reflexo de uma lua redonda e prateada.

Era *parecida* com uma pérola, o que admito ser um objeto muito mais digno de lendas do que um lavatório. Talvez outro contador de histórias tenha decidido há muito tempo que seria melhor assim, do mesmo modo que escondi a verdade de você por algum tempo. Ou talvez tenha sido um erro de tradução. Jamais saberemos.

Seja como for, a cena termina da mesma maneira: com a rainha Bilqis de Sabá. Uma das mulheres mais poderosas da antiguidade. A companheira do profeta que havia derrotado os djins. A rainha que aprisionava demônios problemáticos, voava com os ventos e construía verdadeiras obras-primas em forma de castelos e fortes, agora com uma manifestação de al-Dabaran em mãos. A alma do manzil da discórdia aprisionada — não, perdoe-me mais uma vez, ainda não chegamos nessa parte. Por que ela iria querer aprisioná-lo? *Aninhada voluntariamente* num objeto que poderia ser facilmente transportado. Negociado. Presenteado.

Roubado. Uma possibilidade terrível, não? Pois, embora Bilqis fosse sábia e generosa, sejamos sinceros… a grande maioria dos mortais busca o poder por motivos bem mais covardes. Generais que ordenam que uma população sitiada morra de fome e tenha seus poços envenenados, reis que comandam o saque de cidades longínquas — o massacre de milhares de pessoas — só porque algum mandachuva mesquinho fez algo de seu desagrado. Por Deus, a destruição que essa gente poderia causar com uma simples amostra dos poderes que al-Dabaran supostamente possuía faz meu coração palpitar de medo.

Será que existia alguém capaz de detê-los? Alguém que sabia como desfazer um encantamento ou esconder um objeto mágico de olhares curiosos? Tal façanha exigiria o uso da própria feitiçaria, algo que começamos a evitar em nossa época de bondade e retidão. Graças a Deus, outrora havia guardiões, uma família experiente no descarte de talismãs perigosos.

Mas, ora, parece que estou me antecipando de novo.

Capítulo 21

— Um lavatório — repeti, depois de ouvir Dunya divagar sobre a falta de confiabilidade das fontes literárias e as diferenças nos dialetos antigos da Arábia do Sul. — Você está me dizendo que uma das joias mais lendárias de toda a história é uma *lota* glorificada? Por causa de um *erro de tradução*?

— Eu não a chamaria de *lota*… — Dunya torceu as mãos. — Compreendo que esteja desapontada. Embora, na verdade, a ideia do reflexo da lua seja até mais poética, não? Dizem que a bacia é adorável.

Soltei tantos palavrões que Dunya chegou a ficar pálida.

— Quer dizer que não há joia nenhuma? Só um lavatório? — Depois que ela assentiu, perguntei: — Então, por que tanto esforço para escondê-lo? Aposto que é lindo, mas bacias de prata não são raras. Já devo ter roubado uma dúzia delas.

— E lavatórios imbuídos de espíritos celestes? Bacias com o poder da Vidência? Quantos você já encontrou?

Dei um gemido de irritação.

— Por favor, pare de falar como uma adivinha de rua e seja clara.

Dunya respirou fundo, talvez tentando descobrir a melhor maneira de explicar antigas práticas do ocultismo a uma velha ignorante.

— Al-Dabaran queria se manifestar diante de Bilqis, por isso a bacia concede o poder da Vidência, não somente a visão de um dos aspectos da Lua. O reflexo da Lua deu a Bilqis o poder de ver *tudo* em al-ghaib, o reino oculto. Todo tipo de djins e espíritos, demônios e anjos, os Santos Nomes desconhecidos e os mistérios do Divino. Mais do que a maioria das mentes humanas é capaz de compreender. Quer dizer… pelo menos é o que sugerem as minhas anotações. Parece que várias pessoas que entraram em contato com a bacia acabaram enlouquecendo e se matando para deter as visões.

Tentei digerir todas as informações.

— Se acreditava nisso, então por que enganou Falco? Você poderia tê-lo guiado até a Lua, deixado que ele vislumbrasse seu próprio reflexo imundo e esperado ele se jogar no mar.

— Eu não estava tentando *matá-lo.* — Dunya parecia chocada por eu sugerir algo tão horrível como livrar o mundo de um feiticeiro fanático que assassinara dezenas de pessoas. — Além disso, li algumas das histórias sobre o que aconteceu quando a Lua caiu em mãos erradas... Meus antepassados não teriam se esforçado tanto para esconder a Lua de Sabá se acreditassem que ela mataria qualquer pessoa indigna que tentasse possuí-la. E não está apenas escondida, mas inacessível. As tabuletas que encontrei... — Ela apontou com a cabeça para a trouxa de pano com que tinha fugido. — São instruções para mais rituais em outro lugar da caverna. Um portal onde as fronteiras entre os reinos são consideradas mais permeáveis.

— Uma porta de latão, por acaso?

Ela se engasgou de surpresa.

— Você a viu?

— Logo antes de passarmos pela câmara dos tesouros à sua procura. — Estremeci ao me lembrar da porta reluzente com suas esculturas macabras. — Então, Falco precisa dessas tabuletas para encontrar a Lua?

— Sim. Bem, delas *e* de mim, para decifrar e conduzir o ritual. As tabuletas são os únicos artefatos que descobri que fornecem os encantamentos necessários para possuir o poder de al-Dabaran.

— Pois muito bem. — Peguei a trouxa e me pus de pé. — Vamos atirá-las no mar.

Dunya se jogou na minha frente.

— Nada disso! Além de serem as únicas instruções para encontrar a Lua de Sabá, tais feitiços são poderosos! Você pode acabar irritando os aspectos lunares e ser lançada no meio de uma tempestade. Ou correr o risco de que um djin do mar obtenha o poder dela!

— Ah, pelo amor de Deus... — Joguei a trouxa de volta no cobertor dela. — É por isso que esse tipo de magia é proibido! Então, o que é que *você* pretendia fazer com as tabuletas, além de se lançar ao mar sem o menor conhecimento de navegação e com pouquíssimos mantimentos?

Uma nova vergonha deixou seu rosto todo corado.

— Não sei. Ainda não. Mas... mas vou descobrir alguma maneira de descartá-las em segurança, juro. Por ora, só nós duas conhecemos a verdadeira forma da Lua de Sabá. Além disso, é provável que a volta de al-Dabaran esteja sujeita a certas restrições temporais, tais como ocasiões cosmológicas ou seu manzil específico, que só acontecerá daqui a alguns meses. Tenho parentes distantes no Iraque que mantêm os velhos costumes. Talvez sejam capazes de...

— Dunya...

— O que aconteceu em Socotra foi culpa *minha*, nakhudha! — exclamou ela, ainda mais angustiada. — O que significa que garantir que Falco não possa fazer coisa pior também é minha responsabilidade.

— Então, volte para a casa de sua avó! Para a sua biblioteca! Tenho certeza de que há alguma coisa lá capaz de ajudá-la com isso.

— Se voltar para a casa de minha avó, nunca mais vou conseguir fugir. Ela vai me obrigar a casar, e eu... — Dunya deu um suspiro e disse, num tom de voz suplicante: — Eu não posso me casar com aquele homem.

— Por que não? Só porque ele é velho? E daí? Aguente firme por alguns anos e será uma viúva rica. Poderá comprar todos os livros de feitiços tenebrosos que quiser!

— Porque não posso me casar com homem *nenhum*. Não consigo... — Seu rosto ficou vermelho e ela desviou o olhar. — Sei que as mulheres fazem isso o tempo todo. Mas quando penso em ser tocada daquele jeito... de ser vestida de noiva... não dá. Não consigo fazer isso.

Havia algo nas palavras delas e em sua expressão, do mais *absoluto* pânico, que me fez pensar. Afinal de contas, uma garota nobre de família decadente *deveria* ter sido criada para esperar um casamento daquele tipo. Para se resignar a isso, mesmo que não fosse o que seu coração desejava. No caso das mais espertas — como Dunya —, para aprender a tirar proveito da situação.

Mas quando parei para observar Dunya, parada ali na minha frente, comecei a imaginar se suas ressalvas não seriam bem mais profundas, lembrando-me do panfleto surrado em seu quarto que descrevia liricamente o prazer que os companheiros do califa al-Amin sentiam ao usar os penteados e as roupas do sexo oposto. Embora Dalila tivesse lhe oferecido um vestido que caberia melhor nela, Dunya preferira roupas masculinas.

— É assim que você se vê? — perguntei, apontando para as roupas dela. Quando os olhos de Dunya se voltaram nervosamente para mim, tentei tranquilizá-la. — A vida no mar costuma atrair quem não se encaixa na sociedade, Dunya. Você não seria a primeira alma que conheço a preferir a expressão de outro gênero. Ou de nenhum dos dois.

Ela baixou o olhar, tentando se recompor. A estudiosa se foi; ficou bastante óbvio que eu tinha tocado numa questão pessoal.

— Minha avó diria que você está mentindo e que as almas que conheceu estavam simplesmente mal orientadas. Sei muito bem, pois era essa sua resposta toda vez que eu lia sobre alguém assim num dos meus livros e tentava partilhar meus sentimentos com ela. — A amargura se insinuou em sua voz. — Falco me disse a mesma coisa.

— Você conversou sobre isso com ele?

Dunya balançou a cabeça.

— Não exatamente. Eu queria cortar o cabelo quando estávamos no mar, renunciar aos meus trejeitos mais femininos. Para ver como me sentia. Quando ele perguntou por quê, menti e sugeri que seria melhor e mais seguro para mim se não parecesse uma garota. — Dunya apertou os lábios, infeliz. — Ele me disse para não fazer isso, alegando que seria muito confuso para seus homens.

— Ora, que se danem os homens de Falco. E ele também. — Sentei-me na almofada em frente a ela. — É *assim* que você se vê? Como deseja que lhe tratem?

Dunya deu uma risada entrecortada, que parecia pertencer a alguém bem mais velho, e retribuiu o meu olhar.

— Não sei, nakhudha. Nada me parece certo. Tinha esperanças de descobrir, mas por enquanto acho que continuo sendo a Dunya. — Uma pontada de tristeza surgiu em seus olhos castanhos. — O que *sei* é que, se você insistir em me devolver à minha avó, serei transformada na esposa do governador e nada além disso.

— Você ficará em *segurança* — argumentei debilmente; o fervor sumira de minha voz quando o peso de sua situação se tornou evidente. — Não é pouca coisa. Se sobreviver, Falco pode ir atrás de você de novo, e seria bom se você e sua avó estivessem protegidas pelas muralhas de um governador. Há *poder* por trás de tais muralhas. Você é do Iêmen; lembre-se da rainha Arwa e da rainha Asma! Ser unida a um homem poderoso não é o pior dos destinos.

Dunya piscou para conter as lágrimas.

— Não quero poder. Só quero os meus livros. Mas nem mesmo eles valeriam o futuro que me aguarda em casa.

Ao encarar a jovem suplicante diante de mim, não pude deixar de vacilar. É proibido forçar alguém a se casar contra sua vontade, apesar de acontecer, especialmente em famílias poderosas que dependem de tais laços. E embora Sayyida Salima não parecesse ser do tipo de pessoa que obrigaria a neta a se deitar num leito de núpcias, era uma velha teimosa que estava decidida a seguir um caminho que Dunya já havia colocado em perigo.

Você não teria suportado tal destino, repreendeu uma voz na minha cabeça. *Nem entregaria sua própria filha a tamanha infelicidade.* No entanto... se minha filha estivesse envolvida com magia proibida, se tornasse inimiga de um feiticeiro franco e tal marido lhe oferecesse os melhores meios de proteção e segurança... talvez eu ficasse tentada. Também havia a dura verdade de que Dunya não era a única que não tinha escolha. Salima deixara bem claro que, se eu não levasse sua neta de volta para casa, minha família pagaria por isso.

Mas eu não queria contar nada disso a Dunya. Ela não era responsável pelas ações da avó e já tinha que lidar com problemas demais.

Em vez disso, dei um suspiro.

— Você tem habilidades acadêmicas admiráveis, mas não tem contatos nem dinheiro. Nenhum documento da escola certa ou carta de recomendação com os nomes certos. O mundo não é gentil com as mulheres... com as pessoas que foram *criadas* como mulheres — emendei —, muito menos com as que rejeitam o que a sociedade considera respeitável.

Seu lábio inferior começou a tremer.

— Você conseguiu.

— Consegui, é? — Foi tudo que consegui dizer para não cair na gargalhada. Que ironia que a mulher que Dunya via como heroína por abrir seu próprio caminho estivesse sendo chantageada exatamente por causa disso pela própria família dela. — É isso que você acha que eu queria fazer? Não, não precisa responder. Não importa. — Levantei-me. — Você poderá discutir com sua avó sobre tudo isso quando voltarmos a Áden; nem o seu destino, nem o seu casamento estão gravados em pedra.

— Mas...

— Mas eu vou te levar para casa.

✦

Meu coração estava uma confusão só quando saí do convés inferior, mas não tão confuso a ponto de não me sobressaltar quando reparei como o tempo havia mudado. O céu havia escurecido muito mais do que deveria durante o tempo que passara lá dentro e, embora houvesse poucas nuvens cinzentas quando fui dar uma olhada em Dunya, agora uma névoa esverdeada cobria todo o horizonte.

Só não sei dizer se eram nuvens ou ilusão de ótica. Eu nunca tinha visto nada parecido antes — o que não é algo que se queira dizer num navio no meio do oceano. O vento também aumentara, de uma forma bizarramente entrecortada, com pequenas brisas desgarradas soprando aqui e ali. Abaixei os olhos para examinar o mar, pois o vento deveria estar provocando ondulações na superfície. Mas a água, de um azul profundo e insondável, estava praticamente impossível de prever.

Não gostei disso. Não há nada que inquiete mais o coração de um nakhudha do que uma rápida mudança no tempo, e fiquei irritada por ninguém da minha tripulação ter pensado em me informar sobre isso *e* por minha suposta maré de sorte — Raksh — parecer ter dormido no trabalho. Dei meia-volta, pretendendo me dirigir para o banco de capitã.

Em vez disso, dei de cara com meus companheiros, Dalila, Tinbu e Majed, que me rodeavam como corvos impacientes.

— Ouvimos a voz de Dunya — disse Tinbu à guisa de saudação. — Pensamos que vocês estivessem discutindo.

Olhei novamente para o horizonte nublado e acenei para que me seguissem para fora do convés inferior, caso Dunya se sentisse inspirada a encostar o ouvido na porta. Trataria de um assunto de cada vez.

— Ouviram certo — confirmei, enxugando o suor da testa com a ponta do turbante. — Conversamos muito e foi o suficiente para me convencer da nossa rota original. Seguiremos para Áden o mais rápido possível. Não vai ser fácil navegar para o norte nesta época do ano, mas vamos dar um jeito.

Houve silêncio por um bom tempo antes de Majed perguntar:

— Dunya quer ir para lá?

Meu ex-navegador antiquado — um pai assim como eu — era a última pessoa que esperava que fizesse essa pergunta. E, para ser sincera, não fazia a menor ideia de como responder. O comportamento de Dunya mudou completamente quando perguntei como ela via a si mesma; imaginei que não fosse querer que aquela parte da nossa conversa fosse divulgada.

Contentei-me com a fanfarronice, talvez esperando que falar com tanta confiança encerrasse minhas próprias dúvidas.

— As vontades dela não me dizem respeito — menti. — E sim sua segurança. Quanto mais cedo Dunya se reunir com sua avó e estiver atrás das muralhas de um marido rico, melhor.

— Um *marido*? — repetiu Tinbu. — Foi por isso que ela fugiu de casa?

— É uma parte do motivo. Pelo que me contou, presumo que ela não seja... bem, não seja do tipo que se casa — respondi evasivamente. — Seu noivo é o governador de Áden.

Majed soltou um murmúrio de surpresa.

— O governador de Áden... ah!

— Ah, de fato. Não gosto de entregar adolescentes a casamentos indesejados, mas e se Falco estiver vivo e for atrás dela? — Fiz uma careta. — Dunya ficará bem mais segura como a esposa de um governador do que com uma velha pirata. Na verdade, não consigo imaginar um refúgio melhor para ela. A marinha de Áden pode ser incipiente, mas a mansão do governador é mais segura do que um forte.

— É esse destino que você escolheria para a filha de Asif? — indagou Tinbu. — A esposa reclusa de um homem rico? Uma garota que *não é do tipo que se casa*?

Uma garota que talvez não seja uma garota coisa nenhuma.

— Estou tentando fazer o que é melhor, Tinbu — retruquei. — Você não ouviu as confissões de Dunya. Ela fugiu com um franco e lhe ensinou a magia que ele usou para assassinar dezenas de pessoas porque *não acreditava que alguém a usaria para fazer o mal*. Pulou num barco e fugiu com um par de tabuletas mágicas na vaga esperança de descobrir alguma maneira de se livrar delas. A garota tem que ir para casa para que um adulto ponha algum juízo na sua cabeça.

— Tabuletas mágicas? — Dalila parecia perplexa. — Você está falando daquelas placas de argila?

Ainda amargurada, não senti a menor vontade de contar todas as travessuras de Dunya.

— Pergunte a ela. Dunya não parava de falar sobre espíritos lunares, Vidência divina e que a Lua de Sabá é um balde.

Tinbu pestanejou, tão atônito que se esqueceu da própria raiva.

— A Lua de Sabá é um balde?

— Um balde chique. Isso aí. De acordo com certas tabuletas. Basta dizer que fomos enganados outra vez. Mais um motivo para não perdermos tempo. Sem a pérola, sem nenhum dos tesouros que esperávamos, vou precisar do pagamento de Salima imediatamente. Sei que a tripulação está à espera de riquezas.

— Gostaria que as riquezas não importassem — disse Majed, com veemência. — Você não está *decepcionada*, está?

Mas eu estava, sim. Decepcionada e profundamente envergonhada. Era aquilo que eu era? Uma mulher egoísta que abandonara a filha em busca de aventuras, convencida de que era para o bem maior? Uma mulher egoísta cujas ambições a tinham feito cair numa armadilha mais uma vez e que agora estava arrastando outra pessoa para um futuro do qual ela mesma teria fugido?

Que bela heroína!

É melhor assim, tentei convencer a mim mesma. O mundo não era um lugar justo, e a vida de Dunya al-Hilli poderia ser bem pior. *Seria* bem pior se ela conseguisse o que queria, pelo menos no que dizia respeito ao sobrenatural; eu havia visto a vergonha em seus olhos se transformar em determinação quando a garota falou que era seu dever frustrar as ambições de Falco. Era bem provável que já houvesse mais planos malucos fermentando em sua cabeça.

— Já tomei minha decisão — declarei, ignorando a acusação de Majed. — Não vou deixar que uma jovem fuja só com as roupas do corpo, ilusões de grandeza e a inimizade de um feiticeiro franco.

— Você tinha a idade dela quando roubou o *Marawati* — relembrou Tinbu. — Majed não era tão mais velho assim quando abandonou o aprendizado de cartografia, eu era ainda *mais* novo quando fui vendido como escravo e Dalila passou a infância inteira com a gangue de Banu Sasan.

— Nenhum de nós é um exemplo de boas decisões!

— É por causa do dinheiro? — perguntou Majed novamente, notando minha resposta evasiva e decidindo torcer a faca. — Não me diga que vai entregar uma garota a um noivo indesejado por causa de dinheiro.

— Vou *devolver* uma adolescente a sua *família* porque não tenho escolha! — vociferei. — Salima não está ameaçando os seus filhos, e nenhum de vocês viu as coisas que eu vi em Socotra. Nenhum de vocês viu o que aconteceu com Asif quando o deixamos em chamas. Aquela garota não tem pai por minha causa e...

— *Pela milésima vez*, Amina! — exclamou Tinbu. — O que aconteceu com Asif não foi culpa sua!

— Foi, sim!

Tinbu pulou para trás, surpreso.

— O quê? — Ele estudou meu rosto, e o que quer que tenha visto ali deve ter deixado claro que eu escondia alguma coisa. — Por que… por que está dizendo isso?

Talvez devesse ter mentido, continuado ocultando o segredo que guardara por tanto tempo. Mas estava cansada. Se já ia perder a amizade deles quando arrastasse Dunya, aos berros e pontapés, até a soleira de Salima, se Majed estava disposto a acreditar que eu faria uma coisa dessas apenas por dinheiro, o que importava mais um defeito aos seus olhos?

— Eu já *sabia*, tá bom? — Pressionei as palmas das mãos contra a testa e deslizei os dedos pelo rosto. — Eu sabia o que Raksh era quando o levei para o *Marawati*.

Houve um longo momento de silêncio.

Longo até *demais*. Com o coração disparado, forcei-me a olhar para meus companheiros. A vil verdade de minha traição havia sido revelada, mas…

Nenhum deles reagia a isso?

Será que estavam chocados demais para falar? Tinbu me encarava com os olhos arregalados e temerosos. Majed parecia engolir várias respostas, com o pomo-de-adão subindo e descendo. Dalila… bem, sua expressão estava ainda mais inescrutável do que de costume.

— Eu-eu entendo se não quiserem mais trabalhar comigo — acrescentei, sem jeito, agoniada com a reticência deles. — Vocês serão devidamente pagos em Áden e pagarei por sua passagem de volta para casa. Mas minha decisão em relação à Dunya é definitiva. — Dei um passo para trás, pretendendo voltar para o banco de capitã.

Uma voz estrangulada me deteve.

— *Não* — disparou Tinbu. — Fui eu. Foi por minha causa que Raksh chegou a Asif.

Virei-me e olhei para Tinbu, perplexa.

— *O quê?*

Tinbu abaixou a cabeça.

— Nas Maldivas… Conheci Raksh durante um jogo de cartas. Não costumo apostar tão alto, mas era como se eu tivesse perdido todo o juízo. Perdi feio para outro jogador. Os amigos dele ameaçaram me fazer pagar com a própria pele e…

— Por que não foi à nossa procura? — indagou Dalila. — Eu teria matado esses desgraçados por você!

— *Ou* pago a dívida — ofereceu Majed, lançando um olhar exasperado para Dalila.

— Eu estava envergonhado — confessou Tinbu. — E *confuso*. Lembro-me de me sentir tão aturdido, como se tivesse bebido, embora não tivesse tocado numa única gota naquela noite… não chego nem perto do vinho de palma das Maldivas; é capaz de botar um elefante para dormir. Então, Raksh se ofereceu para pagar aos homens. Ele me disse que não seria nenhum problema e que, em troca, eu poderia recomendá-lo para a capitã do mar de quem tanto ouvia falar. Nós estávamos precisando de outro marinheiro e não vi nenhum mal em contar onde você estava. Para ser sincero… pensei que ele fosse do seu tipo e que seria bom se distrair depois de Salih. Sinto muito. Eu devia ter te contado. Mas, no final das contas, ele era um bom marinheiro…

— Não. — Era Majed, com um ar assombrado. — Raksh era um péssimo marinheiro. Só parecia bom porque eu encobria seus erros. Eu… nós também fizemos um acordo.

— *Você?* — repeti com espanto. — O que Raksh poderia lhe oferecer?

Majed fez uma cara de tristeza.

— Ele me disse que tinha um primo em Calicute que queria fretar um navio para uma exploração científica além de Malaca. Era tão emocionante; pretendia surpreender vocês depois que fechássemos o contrato. Mas aí…

— Mas aí Asif. — Encarei Dalila. — E você?

Ela ficou irritada.

— E eu o quê?

— Admita logo — insistiu Tinbu. — Estou vendo a verdade na sua cara. Você também fez um acordo com ele. O que era, Dama dos Venenos? Uma poção para derreter carne? As cabeças em potes de conserva dos bandidos que a expulsaram de Bassora?

Dalila se empertigou, com a dignidade em riste.

— Estávamos abertos a *discussões*. Só isso.

— Ele enganou a todos nós — sussurrei, surpresa com a revelação. — Ah, Deus, vocês são tão burros. Nós todos fomos *tão burros*. — Senti-me aliviada e constrangida, como se quisesse abraçar e bater em cada um dos meus amigos ao mesmo tempo. — Espera aí… algum de vocês teve que assinar um contrato? — Meu rosto ficou ligeiramente acalorado. — Ou, hã, fazer outra coisa com ele?

Tinbu e Majed balançaram a cabeça com firmeza.

— Talvez fosse um pacto de menor importância — sugeriu Dalila. — Raksh não disse que estava unido a você?

— Disse, sim. — Mas Raksh *também* jurara, com inocência fingida, na manhã seguinte à consumação do nosso casamento, que não tinha o menor interesse nos meus companheiros. O alívio e o constrangimento deram lugar a um novo ímpeto que se apoderou de mim.

Assassinato.

— Aquele filho da puta mentiroso... — Agarrei o punho da minha adaga. — Dalila, você tem mais daquele pó preto?

— Por quê?

— Porque vou explodir aquele demônio para fora do meu navio! — Girei nos calcanhares, seguindo na direção em que tinha visto Raksh ser um inútil e desafiar o carpinteiro do navio para uma competição de poesia.

— Amina, espera!

Eu já estava me afastando dali. Mas o *Marawati* não era muito grande e logo avistei Raksh. Ele não estava concebendo odes líricas à sua beleza nem deitado num leito de cordas enquanto convencia os outros a lhe trazer bebidas. Em vez disso, eu o vi sozinho na proa do *Marawati*. Payasam estava aninhada em seus braços, alheia às piadas que Raksh fazia sobre comer a gata.

Contudo, Raksh não parecia prestes a contar uma piada. Cada contorno de seu corpo estava tenso. E a expressão no rosto dele... Eu já tinha visto meu marido com fome; já o vira zangado. Preocupado.

Mas nem quando estava prestes a ser enterrado vivo vi a expressão de terror que encontrei em seu rosto enquanto ele olhava para o horizonte ao sul.

— Nakhudha! — gritou Firoz do ninho de corvo, apontando para a direção do olhar de Raksh. — Tem alguma coisa na água!

Capítulo 22

Durante o tempo que passei com meu novo ajudante de bordo, descobri que Firoz tinha bastante imaginação. Olhos incrivelmente aguçados — não era à toa que ficava no ninho de corvo —, mas a péssima tendência a ser exagerado e falar bobagem. Ele via sereias em cada golfinho e ouvia djins em cada brisa, uma mania que eu esperava que diminuísse com a idade e a experiência.

Mas tive a terrível premonição de que não se tratava de um dos seus exageros. Num instante, eu já estava no mastro.

— O que você quer dizer com "alguma coisa"?

— E-eu não sei — gaguejou Firoz, com os olhos arregalados disparando entre meu rosto e o horizonte ao sul. — A princípio, pensei que fosse uma baleia, mas a cor é esquisita e o jeito que a água se move à sua volta... parece quase um navio, com a água espirrando da proa. Mas não há nenhuma embarcação ali; só uma mancha cor-de-rosa no horizonte.

Em nome de Deus, o que é isso?

— Tinbu!

— É para já. — Depois de Firoz, Tinbu tinha a visão mais nítida de qualquer um que eu conhecia e um instinto marítimo muito melhor. Ele começou a subir antes mesmo que Firoz saísse do ninho de corvo, e logo o vi pôr a mão sobre os olhos para examinar o horizonte.

Tinbu franziu a testa.

— Seja o que for, não é um navio. Seu contorno seria visível acima da superfície da água, e Firoz tem razão, tudo que consigo distinguir é uma cúpula cor-de-rosa. E está se movendo de forma bastante errática, como um animal. Um animal *muito* grande. Mas... — Ele se retesou. — Agora mudou de direção.

Eu já estava na metade do mastro, que se dane meu medo de altura.

— *Como assim?*

Tinbu olhou para baixo com um pânico mal disfarçado.

— Está vindo na nossa direção. *Bem rápido.*

Agarrada à escada de corda, olhei para o sul. Era difícil distinguir o que quer que fosse sob o céu turvo e pesado que se estendia no horizonte. O sol não estava mais visível e o cheiro da chuva que se aproximava pairava no ar. Mas então... *ali*, uma mancha que crescia depressa no centro de uma faixa de ondas agitadas.

Não fui a única a avistá-la. Alguns dos meus homens pararam de trabalhar e começaram a apontar e conversar animadamente entre si. Como um sinal de aviso, uma onda percorreu o *Marawati*, fazendo o navio subir e descer sobre o mar que estava calmo poucos minutos antes. Segurei a corda com firmeza, balançando com o movimento conforme o ninho de corvo rangia sobre minha cabeça, e então desci rapidamente, saltando no convés.

Quase caí em cima de Raksh. Ele tinha corrido até ali e agora me agarrava pelos ombros. Seu rosto estava pálido, com um tom de azul fantasmagórico nas faces.

— Livre-se de Dunya — sibilou ele num ronronar baixo de advertência. — *Agora mesmo.*

Recuei — melhor dizendo, tentei recuar; seu aperto nos meus braços era forte demais.

— Como é que é?

— Atire a garota no mar — disse ele, com urgência. — E faça isso depressa. Estamos sendo perseguidos.

— É, já reparei — respondi com acidez, finalmente me desvencilhando dele. Uma chuva nebulosa começou a gotejar na minha pele. — Sabe o que está nos perseguindo?

— Você não sabe? — Raksh bateu no meu peito, no exato lugar de onde havia arrancado o ferrão espectral.

— Você não pode estar falando do... *monstro* de Falco? — sussurrei, ficando toda arrepiada assim que ele assentiu. Não apenas porque estava assustada, mas porque o próprio ar havia esfriado. Nuvens da cor de ferro fundido sopravam pelo céu, vindo da direção da criatura que se aproximava rapidamente. O *Marawati* começou a balançar na água cada vez mais agitada, forçando-me a firmar os pés no chão. — Tem certeza?

Raksh lançou um olhar sombrio para o sul. A criatura tinha passado de um grão a uma mancha do tamanho de uma laranja numa velocidade impressionante.

— Tenho. Eu te avisei que Falco não deixaria Dunya escapar. Livre-se dela, Amina. No dunij, se quiser aliviar sua consciência, mas faça isso depressa. Com sorte, teremos tempo de fugir.

O rosto suplicante de Dunya surgiu diante de meus olhos. A mera perspectiva de sacrificá-la a algum leviatã monstruoso já era condenável.

— Não vou fazer nada disso — retruquei desafiadoramente. — Deve haver *outra coisa* que possamos fazer. Não era para você me trazer boa sorte?!

— Você tem algum remo extra para mim? Pois, embora minha presença possa lhe dar uma vantagem na sorte, suspeito que a velocidade será mais útil. Uma criatura dessas está além das minhas capacidades.

Por Deus, se aquele demônio estava disposto a remar, então estávamos numa situação mais difícil do que eu imaginava.

Pensei rápido.

— Em Socotra, você me disse que Falco era um tolo por tentar controlar uma criatura dessas. Acha que… existe alguma maneira de dissuadi-la? De convencer a criatura a desistir da perseguição?

Raksh lambeu os lábios, com um ar preocupado.

— Sei lá. Os marids são monstros antigos, incomparavelmente bizarros e geniosos. Conheci alguns com os quais era possível argumentar, que faziam barganhas e pactos com os mortais, mas esse aí… — Ele estremeceu. — Mais parecia um animal selvagem quando o encontramos. Só que Falco não estava interessado num pacto. Ele queria *possuí-lo*. O marid o devoraria se pudesse.

— Então, você está me dizendo que há uma chance?

— Não, não é nada disso! O que estou te dizendo é que a magia de Falco *derrotou* o marid. — Meu marido baixou a voz. — Amina, já te avisei que o franco possui poderes além da sua compreensão. Você não me deu ouvidos e quase acabou como escrava dele. Somos criaturas da terra; não há nada entre nós e uma sepultura aquática no momento, a não ser alguns troncos amarrados. Você não pode desafiar Falco no mar enquanto ele está possuindo uma criatura do domínio do oceano.

— O que está acontecendo? — Era Dalila, num tom de voz incisivo. Ela estava acompanhada por Tinbu; Majed tinha corrido até o banco de capitã para guardar o rahmani e seus mapas quando uma onda balançou o barco.

— Raksh quer atirar Dunya no mar — rosnei. Não iria mais guardar segredos dos meus amigos por causa de Raksh, mas falei baixinho, sem querer que o resto da tripulação ouvisse. — Ele me disse que é o monstro de Falco que nos persegue.

Raksh lançou um olhar suplicante para Dalila.

— Sua nakhudha está sendo uma tola sentimentaloide, mas você sempre foi mais racional. É Dunya quem eles querem.

— Pois terão que tirá-la de nós — disse Dalila com firmeza.

Outra onda atingiu o *Marawati*, desta vez deixando tudo encharcado.

Recuperei o equilíbrio e peguei um balde, jogando-o nos braços de Raksh.

— Vá fazer alguma coisa — ordenei, apontando para os homens que tiravam a água do navio. Quando Raksh foi embora, furioso, voltei-me para Tinbu. — Acelere. Vamos tentar fugir.

— Está se movendo rápido demais — disse Tinbu, soando enjoado. A criatura agora tinha o tamanho de um melão, mas, como estava oculta pela neblina e por seu próprio rastro ruidoso de espuma, sua forma exata não era visível e mais parecia um fantasma amorfo que avançava em nossa direção. — Não podemos fugir de uma criatura dessas, Amina. Para onde iríamos?

Tinbu tinha razão. Não estávamos nem perto da terra ou dos tipos de riachos e manguezais ocultos em que sumíamos ao caçar uma presa. Ser apanhados e forçados a combater em mar aberto era uma situação completamente diferente, na qual meu tipo de navio não se destacava. E isso contra outro navio, não um monstro marinho. Se conseguíssemos durar até o pôr do sol, talvez pudéssemos apagar as luzes e fugir para a escuridão. Se outro navio tivesse nos apanhado, provavelmente faríamos isso mesmo.

Só que não estávamos enfrentando outro navio. Estávamos sendo perseguidos por algo além da nossa vã compreensão. Uma brisa fétida soprava da direção da criatura distante, o mar que a rodeava agitando-se com uma espuma amarelada.

Majed tinha se juntado a nós e estava ouvindo a tudo em silêncio, com uma expressão séria. Por fim, falou:

— Se virarmos para o leste, há uma boa chance de apanharmos a correnteza das monções. Vamos sair totalmente da rota, mas talvez possamos nos livrar da criatura.

Eu duvidava muito de que alguma correnteza de monções fosse suficientemente forte para nos ajudar àquela altura, mas não disse nada.

— Pois vamos tentar — decidi. — Vamos fugir e rezar para que o monstro fique entediado ou, de preferência, se liberte da influência de Falco e o devore. Tinbu, quero seus melhores homens nas velas. Firoz, certifique-se de que o convés esteja vazio. Qualquer coisa que não possa ser amarrada deve ser jogada no mar ou guardada no porão de carga. De preferência, jogada no mar. O resto da tripulação: já para os remos! — gritei, soltando um palavrão quando Payasam disparou entre minhas pernas, miando alto e se enroscando nos meus tornozelos como uma bêbada apaixonada.

A expressão de Dalila era dura como o aço.

— Vou dar uma olhada no resto das esferas de nafta e juntar mais tubos de pó preto para as flechas. Mas sobrou muito pouco.

— Use o que tiver, mas me faça um favor. — Aproximei-me dela, baixando a voz. — Fique perto de Dunya. Posso imaginar Raksh tentando se livrar dela sozinho.

Ela ergueu o cajado de madeira. Eu duvidava muito que aquilo pudesse machucar Raksh; não tivéramos sorte ao enfrentá-lo até o momento, mas Dalila era assustadora e meu marido não passava de um covarde.

— Entendido.

Peguei Payasam, que ainda tentava me fazer tropeçar, e levei a gatinha para o convés inferior. Lá dentro, Dunya estava empertigada na almofada, segurando as tabuletas junto ao peito.

— Está acontecendo alguma coisa? — perguntou ela, assustada.

— Nada preocupante. — Era uma mentira, mas Dunya já havia passado por muita coisa e não havia nada que pudesse fazer para ajudar. Passei Payasam para os braços dela. — Proteja essa sem-vergonha para mim, tá bom? E fique aqui.

Ela acenou com a cabeça.

— Prometo a você.

Quando voltei ao banco de capitã e peguei as cordas do leme, a criatura já havia triplicado de tamanho no horizonte. Estava mais escuro do que o anoitecer e nuvens sobrenaturais lançavam uma luz verde sinistra sobre tudo. O monstro continuava avançando com tanta velocidade que era impossível ver seu corpo com clareza, rasgando a água com tamanha violência que era como se um maremoto viesse em nossa direção. O cheiro de decomposição impregnava o ar fétido e a chuva fustigava meu rosto à medida que o mar batia alto como um tambor.

Você não pode fugir de uma criatura dessas, al-Sirafi.

Com Tinbu nas velas e todos os remos ocupados pela tripulação, o *Marawati* disparou pelo mar agitado. Mas estávamos em desvantagem e o tempo piorava cada vez mais. Majed se juntou a mim no banco. Nenhum dos dois falou por um bom tempo, nossos olhos fixos no monstro.

— Talvez devêssemos parar — disse ele, por fim. — Dar aos homens alguns minutos para se recuperarem antes do combate. Para rezarem ou se recolherem no caso de...

Ele não concluiu a frase. Nem precisava. Não era a primeira vez que nos deparávamos com a probabilidade de uma morte no mar; nenhum marinheiro com tantos anos de experiência como nós dois escapava disso. Já tínhamos resistido a ciclones e ondas revoltas, a marasmos e velas quebradas. Muitas vezes, jogamos tudo no mar, amarramo-nos ao navio e começamos a rezar, à espera da sepultura aquática que leva tantos de nós.

Mas agora eu tinha uma filha para quem voltar. E não estávamos enfrentando uma tempestade que não poderia ser evitada ou enganada.

— Ainda podemos conseguir, se Deus quiser — repliquei com teimosia, apontando para as nuvens de tempestade ao longe. — A noite se aproxima e o tempo está bem feio. Talvez a criatura se perca na escuridão.

— É mais provável que *nós* nos percamos na escuridão do que uma criatura que vive no mar. E se quisermos ter alguma esperança de sobreviver a uma tempestade, é melhor recolhermos as velas.

Respirei fundo, considerando as opções de fuga.

— Vamos seguir mais um pouco. Não temos como conhecer a mente dessa criatura, nem a intensidade do controle do franco sobre ela.

Majed encontrou meu olhar.

— Você é a única pessoa da tripulação que conhece esse homem. Que tipo de controle *acha* que ele exerce? Que tipo de vingança faria contra a garota que o traiu e os piratas que tentaram explodi-lo?

— Cuidado, Majed. Não vai querer se arriscar a perder a fama de cínico. — Mas minha pobre tentativa de piada só o fez se encolher. Voltei a falar, com mais firmeza: — Se a criatura nos alcançar e formos forçados a lutar, fuja no dunij. Leve os quatro marinheiros mais jovens — acrescentei, pedindo perdão a Asif em meu coração. Detestava deixar Dunya de fora do plano, mas temia que Raksh tivesse falado a verdade. Eles teriam mais chances de escapar sem ela.

Majed já estava balançando a cabeça.

— Não vou te abandonar.

— Sou a nakhudha; sempre serei a última a deixar o navio. Mas você é um navegador, não um combatente, e aqueles jovens não terão a menor chance de encontrar terra firme sem você. *Por favor*, irmão — pedi incisivamente quando Majed fez uma cara de insubordinação. — Vá procurar a minha família. Avise a todos. Se Marjana...

Uma forte rajada de vento soprou no ar. O *Marawati* deu um solavanco a bombordo, provocando alguns gritos de espanto. Agarrei-me à beira do banco, tentando manter o equilíbrio conforme o navio balançava, assustada com a súbita intensidade da tempestade.

Porque não é uma tempestade de verdade. Era uma magia além da minha compreensão. E receei que, em breve, também ficasse além da minha capacidade de combater.

— Baixem as velas! — gritei.

Do outro lado da cortina de chuva torrencial, um rugido estridente irrompeu no céu.

Foi o mesmo som sobrenatural que ouvi na praia de Socotra, um berro tão agudo que mais parecia uma lâmina enferrujada de tamanho celestial contra uma pedra de amolar áspera e grosseira. Em comparação, o trovão pareceu tímido. E soou *tão* perto. Mas eu era a nakhudha e não podia entrar em pânico.

— Arqueiros a bombordo! Os demais continuem remando. — Levantei e me virei para Majed. — Irmão, vá embora daqui.

— Ainda não — suplicou ele.

Uma onda atingiu o *Marawati* e quase nos atirou para o lado. A água invadiu o convés com força suficiente para derrubar dois homens e arrancar os remos de outro. Agarrei-me à corda do leme para me apoiar e me levantei de novo, correndo os olhos pela tripulação para ter certeza de que ninguém havia caído ao mar. A chuva caía na perpendicular e o vento era implacável, fustigando cada pedaço de pele exposta. A criatura rugiu novamente, desta vez mais alto e mais perto, mas ainda invisível no nevoeiro.

— Não, seu sacana! — gritou Tinbu do outro lado do navio, escondido atrás das velas esvoaçantes. — Amina, é Raksh! Ele roubou o dunij!

Soltei um palavrão e pulei do convés da capitã — mas não tinha dado nem dois passos quando um tentáculo roxo irrompeu do mar.

Parei bruscamente no convés molhado. O tentáculo se ergueu no ar como se estivesse à procura do sol, balançando e se contorcendo, coberto de ventosas afiadas do tamanho do meu rosto. Era grosso como um tronco de árvore, comprido como uma rua da cidade e — de um segundo para o outro — estava acompanhado por mais dois apêndices enormes. O segundo tentáculo golpeou o *Marawati*, sacudindo o navio inteiro. O terceiro deslizou pelo porão de carga e subiu pelo mastro, enrolando-se na viga de madeira como uma trepadeira. Os homens começaram a gritar, saindo de seus postos e se esquivando dos destroços voadores.

Agarrei-me à amurada, tentando não ser arremessada para longe do *Marawati* sacudido pelas ondas.

— Segurem algo resistente! — gritei. — Amarrem-se ao navio!

A criatura, ainda quase invisível, deu um berro agudo. Um dos tentáculos percorreu o convés, quase atirando um Hamid acovardado ao mar, e ao ver a criatura atacar minha tripulação, rejeitei meu próprio conselho. Soltei a amurada, desembainhei minha espada e corri até o tentáculo que segurava o mastro.

Acertei-o com a lâmina afiada. Um jato de sangue prateado e ácido espirrou nos meus braços e rosto, ardendo como o sal numa ferida. Sibilei de dor, mas não parei o ataque, golpeando-o repetidas vezes enquanto o monstro uivava. O quarto golpe finalmente cortou aquela coisa amaldiçoada, e o tentáculo caiu no convés, desenrolando-se como um fuso solto.

Respirando com dificuldade e mal conseguindo enxergar além da chuva ofuscante e das ondas fortes, eu cambaleei para trás, à procura do próximo alvo.

Mas meu sucesso teve curta duração.

Uma dúzia de tentáculos irrompeu do mar revolto. Eles nos cercaram como os dedos de uma mão vil, investindo contra o mastro, enroscando-se nas pontas da popa e da proa e serpenteando pela amurada. Por um segundo, o *Marawati* ficou completamente imóvel, as ondas incapazes de nos atingir no abraço firme do marid.

Em seguida, a criatura ergueu o navio no alto.

Os marinheiros começaram a gritar, chamando suas mães e rezando em todas as línguas imagináveis enquanto voávamos em direção ao céu. Desabei no chão, gritando para que a tripulação se agarrasse a qualquer coisa, mas ainda consegui segurar minha espada e enganchar o outro braço numa das dobradiças que prendiam a cisterna à amurada. Enfiei a espada no cinto e tentei apanhar Firoz antes que ele caísse do navio.

O rapaz afundou a cabeça no meu pescoço.

— Não quero nem olhar.

Já eu não podia fazer nada *senão* olhar conforme os relâmpagos revelavam as ondas agitadas pela tempestade lá embaixo, *muito* embaixo, indicando um monstro inimaginável, de tamanho impossível. O marid tinha o abdômen parecido com o de um inseto, tão grande que poderia se passar por uma ilha, e um ferrão perverso que se curvava para fora d'água, pingando um veneno azul vibrante. Dezenas de tentáculos parecidos com lulas saíam de seu corpo e seis olhos planos e injetados de sangue me encaravam de sua cabeça encouraçada. No topo de seu crânio, havia uma coroa de madeira quebrada.

Mas o marid, uma fera monstruosa cujo simples vislumbre seria capaz de paralisar o homem mais corajoso de medo... não era *nada* em comparação à altura em que meu navio estava suspenso.

— Ah, meu Deus — sussurrei, ciente de que cair daquela altura implicaria numa morte instantânea. Ciente de que minha última aventura estava prestes a terminar de forma abrupta.

O marid sacudiu o navio.

Foi uma sacudidela firme, como a que se dá a uma criança desobediente. Firoz gritou no meu ouvido, agarrando-me com força. Não caímos: meu braço estava firmemente enganchado na dobradiça da cisterna e, embora o movimento quase tivesse arrancado meu ombro do lugar, não despencamos rumo à morte.

O que, a julgar pelos gritos cada vez mais fracos dos meus homens, não foi uma misericórdia concedida a todos. Mas não tive sequer um segundo para lamentar, me enfurecer ou dar um grito de alerta antes de a criatura nos puxar de volta para baixo.

Caímos no mar, e o *Marawati* quase foi inundado pela onda que se seguiu. Agarrei-me à cisterna e a Firoz, prendendo a respiração enquanto a água escura se precipitava sobre nossas cabeças. Os destroços nos cercaram, chocando-se contra meus braços. Ficamos debaixo d'água por alguns minutos antes de o navio voltar à superfície. Arfei, sem fôlego. Tudo doía. Meus ouvidos estavam zumbindo e senti o gosto de sangue na boca, que escorria de lacerações por todo o meu corpo.

Mas eu estava viva. Algo que temia não poder dizer de todos que antes estavam a bordo do *Marawati*.

Não houve nada além de silêncio por um longo e terrível momento. Os tentáculos da criatura se mantiveram firmes, mas ela não rugiu nem nos atacou mais. Talvez estivesse pensando na melhor maneira de nos devorar. Com um gemido, tirei o braço machucado da dobradiça da cisterna e me desvencilhei de Firoz.

— Fique aqui — ordenei a ele.

Levantei-me e tentei avaliar a situação. A vela se soltara das amarras; o tecido inflara assim que caímos e depois se prendera na verga e no cordame, formando uma tenda sobre o *Marawati*. Com isso e o nevoeiro, não enxergava quase nada, mas o que *pude* ver do meu navio naufragado e da tripulação chorosa e ensanguentada encheu meu coração de tristeza.

— Amina!

Dalila. Cambaleei na direção da voz de minha amiga, escalando os destroços e vendo se os homens por quem passei estavam bem.

— Aqui! — gritou ela. Dalila havia saído do convés inferior e estava agachada sobre o leme quebrado de estibordo. A enorme viga de madeira tinha se partido e metade dela caíra pesadamente sobre o convés.

Tinbu estava preso embaixo dela.

Corri até lá. Meu imediato estava inconsciente, com o rosto coberto de sangue.

— Ah, meu Deus. Ele está…

— Ele está vivo — disse Dalila depressa. — Levou uma pancada na cabeça e deve ter quebrado a perna. Está presa sob a viga e não consigo levantá-la sozinha.

— Posso ajudá-las com isso. — Era Pequenino, o enorme marinheiro de Sumatra, seguido por Majed, todo ensanguentado, mas ainda vivo.

— Pegue esta ponta aqui — pedi. — Se conseguirmos mais alguns homens para levantar…

— Ah, nakhudha! — A voz que cantarolou por trás da neblina soou horrível e imediatamente familiar; para falar a verdade, Falco parecia até alegre ao prosseguir: — Creio que você tenha algo que me pertence.

✦

Sobre o corpo de Tinbu, nossos olhares se cruzaram.

Agarrei o pulso de Dalila quando ela tocou num dos comprimidos de veneno que pendiam do seu chapéu de fita.

— Não, Dalila — disse, com firmeza, meu coração apertado. — Você também não, Majed, tire a mão dessa faca. — Lancei aos dois o olhar mais incisivo possível. — Tinbu é o único que sabe consertar o navio. Se *não* for consertado, todos que estiverem nele vão morrer.

Fiquem aqui e o salvem. *Prometam para mim que irão salvá-lo.* Se eu não conseguir enganar Falco, façam o que for preciso para continuarem vivos, vocês e a tripulação.

Dalila abriu e fechou a boca, com um ar mais emocionado do que nunca.

— Jurei devolver você à sua filha.

As palavras me atingiram como uma faca no coração.

— Não estamos mortas, Dalila.

Majed me pegou pelo pulso enquanto eu me levantava, a angústia e o medo estampados no rosto.

— Não seja orgulhosa. Talvez o franco a deixe continuar viva.

— Não pretendo ser orgulhosa — respondi, tentando parecer corajosa. — Sou uma pirata, não um cavaleiro idiota.

Mas eu era uma pirata que tremia ao atravessar o *Marawati*, com os olhos da tripulação fixos em mim. Com o peso da *vida* deles sobre mim. O estado do meu navio e os rostos que não vi ali dilaceraram minha alma. Uma trapaceira esperta sabe quando perdeu e quando deve se render para lutar outro dia. No entanto, desembainhei minhas lâminas, empunhando a espada numa mão e a khanjar de meu avô na outra, e passei pela vela caída até olhar pela primeira vez para o marid escravizado do franco.

— Que Deus me salve — murmurei com a voz rouca.

Ainda que meio submerso, o escorpião marinho cheio de tentáculos pairava sobre o *Marawati*. Sua coroa de madeira quebrada era feita dos escombros do navio de Falco, presos ao seu enorme crânio com flores de corais mortos, algas marinhas em decomposição e conchas quebradas, numa interpretação distorcida de um palanquim. Rachaduras delineavam a cabeça do marid como uma ferida infectada, soltando um pus prateado. Pústulas e bolhas cobriam outras partes do corpo do monstro, infestado de doenças e fedor. Sua cauda afiada curvava-se para cima até sumir de vista, fundindo-se com a escuridão, embora eu a sentisse pairar sobre minha cabeça como o machado de um carrasco.

— Aí está você — disse Falco de um poleiro em seu navio em ruínas, sua voz arrastada. — Receei que tivesse morrido no ataque. — Ele fez menção de avançar em direção ao *Marawati*.

— Nem mais um passo! — vociferei, brandindo a espada. Vários homens de minha tripulação seguiram meu exemplo, embora os mercenários do franco, muitos deles cobertos de queimaduras e ferimentos causados pela explosão em Socotra, o flanqueassem.

Falco bufou de desdém.

— Sei que o seu povo tem um coração feroz e um grande amor pelo martírio, mas olhe à sua volta. Com um estalar de dedos, posso fazer com que todos vocês se afoguem e sejam devorados.

Assim que ele pronunciou tais palavras, os tentáculos começaram a arrastar o *Marawati* para baixo. A água subiu pelo convés, enroscando-se em meus tornozelos.

— Chega! — Não fiz nenhuma menção de abaixar a arma, mas Falco ergueu a mão e o marid cedeu, deixando o *Marawati* voltar à tona. Ele já tinha defendido seu argumento, e eu receava que meu navio não pudesse aguentar mais: só Deus sabia se o Marawati continuava em condições de navegar àquela altura. Contei doze homens ao lado de Falco, mas tinha descoberto da maneira mais difícil do que eles eram fisicamente capazes e temia que nossa vantagem numérica não fosse suficiente. — O que você quer? — perguntei, sentindo as palavras amargas na boca.

Falco saltou de seu poleiro, caindo sobre um furúnculo no crânio da criatura. O marid soltou um grito agudo de dor, mas o franco continuou imperturbável. Desta vez, ele estava armado, com uma espada larga junto ao corpo. Deu um chute num dos tentáculos do marid, que choramingou baixinho.

— Esta criatura pode ter servido para capturar você, mas é um animal pouco confiável e esfomeado. Portanto, ainda preciso de uma boa embarcação e uma tripulação talentosa. Junte-se a mim, entregue Dunya e deixarei que você e seus companheiros continuem vivos.

— Dunya não está aqui.

Falco se aproximou de mim, com seu sorrisinho sinistro inabalável.

— Se eu começar a alimentar meu monstro com a sua tripulação, um por um, quantos serão necessários até que você pare de mentir?

— Você deve lembrar que, na última vez que tentou me forçar a fazer alguma coisa, nós explodimos seus homens.

— De fato. — Falco pulou do crânio da criatura para o *Marawati*; no segundo em que seus pés tocaram meu navio, senti-me imunda. — Não gostei nada disso, al-Sirafi. Eu te ofereci uma dádiva, uma oportunidade sem igual, e você a jogou na minha cara. Esperava que fosse mais esperta do que aqueles de sua fé que matei no norte. Mas o seu povo só entende a violência, não é mesmo?

Ele desembainhou a espada, que deslizou silenciosamente da bainha, reluzindo enquanto a chuva embaçava o aço. O medo tomou conta de mim. Andara praticando com Tinbu e os demais homens quando tínhamos tempo, mas não participava de um duelo de espadas há quase uma década e nunca tinha enfrentado um franco. Nunca sequer tinha *visto* um franco duelar. Não conhecia o estilo deles, muito menos seus pontos fortes ou fracos.

Mas eu conhecia meu *Marawati*.

— Agora, escuta aqui — comecei, abaixando a cimitarra. — Não há nenhum motivo que nos impeça de... — Avancei, escorregando no convés molhado enquanto me esquivava e golpeava a parte de trás dos joelhos dele. Acertei-lhe bem na perna esquerda, manchando minha lâmina de sangue, mas aquele não era o meu alvo principal.

E sim as cordas que seguravam a verga.

Abaixei-me assim que ela veio em nossa direção, mas o franco não foi tão rápido. A verga o atingiu no peito, fazendo com que ele tropeçasse. Subi numa pilha de caixotes, pretendendo golpeá-lo do alto, mas um dos tentáculos da criatura agarrou meu tornozelo. Ela me jogou no convés e rolei bem a tempo de evitar que a espada de Falco me partisse ao meio. Fiquei rapidamente de pé, ofegante, mas caí de mau jeito sobre o joelho ruim, que tremeu quando voltamos ao combate. Vários homens de minha tripulação vieram em meu auxílio, mas os dispensei. O franco era do tipo vingativo e, caso me matasse, meus homens não precisavam me seguir até a morte, já que Falco tinha deixado bem clara sua necessidade de marinheiros.

Nossos estilos eram tão incompatíveis quanto nossas lâminas. Falco duelava bem, sua prática e conforto com a arma evidentes a cada movimento. Mas não era o melhor homem com quem já lutei e, uma década antes, eu não teria desviado por pouco dos golpes que vinham em minha direção. Naquele momento, porém, meus braços tremiam e o suor escorria de minha testa enquanto eu recuava, forçada a me defender em vez de partir para a ofensiva. Eu era uma sombra de minha antiga glória, apesar de todo o treinamento que havia feito.

Era bastante óbvio. Falco abriu um sorriso malicioso.

— Ouvi dizer que você era uma combatente mais talentosa. Suponho que a aposentadoria tenha suas desvantagens.

Cerrei os dentes.

— Foi boa enquanto durou.

A espada dele bateu na minha, aproximando-se de minha garganta.

— Sua vida seria melhor empregada a meu serviço do que tirada diante de sua tripulação. Vejo o pânico em seus olhos, al-Sirafi. Não precisamos continuar com isso.

— Ah, *vá se foder*, seu feiticeiro com cérebro de camarão. — Estendi a mão em direção à pilha de ferramentas de carpintaria, tirei uma das mãos da espada, peguei um martelo e esmaguei o pulso de Falco.

Ele gritou de dor, um som glorioso, e recuou, retirando a espada larga do meu pescoço e tolamente oferecendo um caminho livre para meu maravilhoso martelo esmagar sua cara. Posicionei-me para fazer isso...

Mas então ele se foi, afastando-se com uma velocidade sobrenatural.

Ora, que merda. Pelo visto, os homens de Falco não foram os únicos a passar por uma transformação.

Não deixei a surpresa persistir, aproveitando o momento em que ele estava na defensiva para avançar e voltar a atacá-lo com a cimitarra. Ele bloqueou minha lâmina com a sua, empurrando-me para trás com tanta força que escorreguei no convés úmido. Soltei um palavrão quando meu joelho quase cedeu, e Falco abriu um sorriso, notando meu ponto fraco. Começou a avançar...

— Parem! — gritou uma voz vacilante.

Dunya.

A jovem estudiosa parecia terrivelmente vulnerável e pequena, parada na porta aberta do convés inferior enquanto o vento e a chuva açoitavam seu manto enorme. Majed tentou puxá-la para trás, mas era tarde demais.

Falco já tinha visto a garota.

— Dunya — cumprimentou, com frieza. — Que bom que sua imprudência não foi capaz de matá-la.

— Não finja que se importa comigo — disse ela, trêmula. — Você é um monstro que só se preocupa consigo mesmo.

— Pelo contrário, preocupo-me bastante com a raridade de seu conhecimento. Você será uma estrela-guia no novo mundo se tiver a sabedoria de fazer as pazes comigo. — Falco estreitou os olhos. — Acha que sou um idiota e não reparei no que você levou? Aquelas tabuletas indicam a localização da Lua, não?

— Estas tabuletas aqui? — perguntou Dunya, tirando-as do manto. — Ora, mas é claro. Indicam, sim.

Em seguida, jogou as tabuletas com força no convés.

Ofeguei de surpresa quando as antigas placas de argila viraram pó. Falco deu um rosnado, mas Dunya ficou toda empertigada, com um ar desafiador.

— E agora esse conhecimento só existe aqui — advertiu ela, tamborilando o dedo na têmpora. — Se quiser a Lua de Sabá, terá que libertar o *Marawati* e sua tripulação.

— Não foi essa a proposta que fiz a você — esbravejou Falco. — E estou quase inclinado a afogá-los só pela sua insolência.

Mas que ótimo, agora eu teria de ser a sensata entre um feiticeiro fanático e uma adolescente dramática.

— Você ainda precisa de um navio — lembrei a ele. — E de uma tripulação. Aceitaremos sua proposta. Deixe Dunya em paz.

Falco olhou feio para mim.

— O *Marawati* e sua tripulação me levarão até Socotra. Já *você* — disse ele para Dunya — vai me levar até a Lua, ou então ceifarei cada uma destas pessoas diante dos seus olhos. Entendido?

Um olhar de fracasso de que não gostei nem um pouco faiscou nos olhos de Dunya.

— Eu vou levá-lo até a Lua de Sabá. Juro por Deus e pelos meus antepassados.

— E *não* vai encostar nem um só dedo na minha tripulação — acrescentei bruscamente. — Nem os forçar a beber sua poção asquerosa.

— De acordo — disse Dunya, voltando-se para o franco. — Vou pegar a Lua para você, mas quando chegar a hora de entrarmos na caverna, você libertará a tripulação do *Marawati* sem nenhum arranhão.

Falco me lançou um olhar demorado e gélido. Era evidente que estávamos desesperadas e blefando; eu não tinha a menor dúvida de que ele era capaz de conceber diversas maneiras desagradáveis de forçar Dunya a fazer o que queria.

— Quando a Lua de Sabá for minha, talvez sua tripulação já tenha decidido servir a um capitão melhor — disse ele, com frieza. — Mas estou de acordo. Largue suas armas e mande seus homens fazerem o mesmo.

Foi um martírio largar a espada e pedir que minha tripulação seguisse o exemplo, mas meu orgulho não valia grande coisa no momento. Os combatentes de Falco desceram da cabeça do monstro, recolhendo nossas armas e cercando a tripulação. Eles prenderam os homens com cordas, e fiquei aliviada ao ver Pequenino carregando Tinbu nos braços.

Meu amigo continuava inconsciente, mas pelo menos conseguiram tirá-lo de baixo do leme caído. Dalila estava ao seu lado, sem o chapéu de fitas e com algemas de ferro em volta dos pulsos e pés. Pelo visto, Falco fora alertado sobre a Dama dos Venenos.

— Tragam a nakhudha para cá — ordenou ele.

Seus homens me arrastaram até ele, segurando meus braços dolorosamente atrás das costas. O franco se abaixou para pegar minhas armas, examinando minha cimitarra antes de jogá-la para Yazid.

— É bem o seu tipo de lâmina, creio eu. Já essa aqui... — Falco recuperou a khanjar que eu havia soltado no meio da bagunça de ferramentas de carpintaria, e meu sangue ferveu quando ele passou os dedos pelo cabo da adaga do meu avô. — Um leopardo? Ah, sim, acho que me lembro. Costumavam chamar seu avô de "Leopardo do Mar", não?

— Sua obsessão por mim é constrangedora.

— Acho que era uma obsessão, sim. Estou desapontado; esperava encontrar em você uma alma gêmea. — Falco diminuiu a distância entre nós, continuando a acariciar a khanjar enquanto seus homens apertavam meus braços com força. — O Leopardo do Mar — ponderou ele. — Deve ter sido um pirata temível. Um aventureiro de verdade. Ao passo que você, bem... você não é nada.

Ele me golpeou com tanta força no rosto com o cabo da khanjar que minha visão ficou escura por alguns instantes. Um choque de dor percorreu minha bochecha e sangue jorrou na minha boca. Antes que pudesse sequer pensar em reagir, ele deu um chute violento no meu joelho machucado.

Vi o mundo completamente branco. Seus homens me soltaram e desabei no convés em agonia, com a perna dobrada sob o corpo.

— Pare com isso! — gritou Dunya. — Você jurou que não ia machucá-la!

Com a visão cheia de pontinhos brancos, vi meus homens avançarem sobre os de Falco, mas, já desarmados e presos, foram rapidamente contidos.

— Não, o que eu disse é que deixaria a tripulação continuar viva. — Os dedos pegajosos de Falco envolveram meu pescoço conforme ele me erguia no ar com uma força sobrenatural. — Sou um homem de palavra, se nada mais.

Debati-me contra a mão de ferro na minha garganta, um eco do meu encontro com Raksh. Não conseguia respirar nem lutar; minhas sandálias escorregavam no convés molhado enquanto o franco me arrastava até a borda do *Marawati*.

— Seria ótimo se tivéssemos chegado a um acordo em Socotra, nakhudha — continuou ele. — Mas, veja bem… já tenho seu navegador e seu imediato. Sua envenenadora, sua tripulação *e* seu navio. Além disso, você mais parece uma rata traiçoeira. Então, por que me arriscaria a mantê-la por perto?

Sem ar, contorci-me nas mãos dele. A tempestade rugia à nossa volta, o navio subia e descia nas ondas gigantescas e a chuva açoitava meu rosto. Ao longe, ouvi o berro furioso de Majed. O chamado de Dalila e as súplicas de Dunya.

Falco ergueu a adaga.

— Creio que já tirei coisa demais de você. Aqui. Pode ficar com isso.

Em seguida, cravou a adaga no meu peito.

Tentei me afastar dele, mas a dor atravessou meu ombro à medida que o sangue quente escorria pelo meu manto já encharcado. Com a visão turva, vi que Falco me empurrava por cima da amurada. Ouvi gritos, tantos gritos…

Sinto muito, Marjana. Sinto muito mesmo.

Falco me soltou.

Caí na água dura e fria, e tudo ficou escuro.

Capítulo 23

Este é o problema de ser jogada de um velho navio no meio de uma tempestade violenta: é provável que haja um monte de destroços flutuando ao redor. E se você atingir tais destroços, ora, é bem capaz de ficar inconsciente. Mas, pela graça de Deus, talvez acabe enganchada num escombro em vez de afundar sob as ondas. Talvez vague à deriva, despercebida, entre a chuva perpendicular, a névoa impenetrável e as ondas furiosas, ultrapassando as flechas que seus inimigos disparam na água atrás de você.

E talvez acorde com a pior dor de cabeça da sua vida, bem a tempo de ver a inconfundível barbatana de um tubarão vindo em sua direção.

Uma vida inteira no mar me fez puxar o corpo para fora d'água e subir na plataforma de madeira quebrada que se enganchara no meu manto antes mesmo de conseguir pensar com clareza. Senti uma dor lancinante no ombro quando a plataforma quase virou sob meu peso. Não passava de algumas tábuas mal amarradas, de largura suficiente para me sentar e ter uma visão excelente das profundezas insondáveis lá embaixo.

Paralisada de medo, vi o tubarão nadar por baixo das madeiras cruzadas, tão perto que até poderia tocar nele se quisesse. Meu ombro e joelho voltaram a latejar, lembrando-me de que, se fosse ser devorada viva, sentiria vários tipos diferentes de dor. Uma poça de sangue tingia a água de vermelho e deixava minhas roupas ainda mais encharcadas. Assustada, olhei para baixo e vi o punho de cabeça de leopardo da khanjar se projetando do meu manto.

Ah, é mesmo.

Eu fui apunhalada.

Contudo, não me *sentia* apunhalada, sobretudo porque continuava viva e não me esvaía em sangue. Toquei no cabo com os dedos trêmulos, com medo de tirar a lâmina do lugar caso o ferimento fosse pior do que eu temia. Mas a adaga estava presa no tecido do manto e não cravada no meu corpo. Falco havia me atingido profundamente, mas era um corte feio na parte superior do ombro em vez de um ferimento fatal.

No entanto, o fato de não ter sido apunhalada até a morte com minha própria khanjar não foi de grande alívio. Olhei à minha volta e não vi nem sinal do *Marawati*. De nenhum navio de qualquer tipo. Nem de *terra firme*. Apenas o oceano se estendia até o horizonte para todos os lados. Algumas bugigangas flutuavam por perto: um pedaço de amurada quebrada, um copo de madeira, uma sandália.

— Não — sussurrei, virando-me desesperadamente para lá e para cá, rezando para que estivesse enganada, para que houvesse *alguma coisa*. Um pontinho de praia ao longe. A silhueta de um barco. Um *pássaro*. — Não. Ah, meu Deus... *não*.

Mas não havia nada. À minha volta, o pior pesadelo de um marinheiro se tornava realidade. Uma coisa é se afogar num navio no meio de um naufrágio ou colidir com um rochedo. Mas ficar *perdida*, à deriva no meio do oceano, condenada a uma morte longa e extenuante de sede e fome enquanto é assada pelo sol?

— Ah, Deus — repeti, pois a quem mais poderia recorrer? Reprimi o choro. — O que é que eu faço? — O choque começou a tomar conta de mim e tremi descontroladamente. — Ah, Marjana. Meu amorzinho...

Mas não era só Marjana que precisava de mim. Falco estava com a minha *tripulação*. Majed, Dalila e Tinbu. Dunya e os homens que tinham se juntado a mim tão pouco tempo antes. Todos estavam sob o domínio de um monstruoso feiticeiro franco que poderia dá-los de comer ao marid ou forçá-los à mesma servidão que tentara impingir a mim, pouco importava o acordo que fizera com Dunya.

Eu os decepcionara. Decepcionara *todo mundo*.

Ao longe, o tubarão se virou para dar mais uma volta.

Recite a shahada e mergulhe na água, sua covarde. Uma última oração pela misericórdia que eu não merecia e um fim mais rápido do que morrer de insolação. Ora, sequer seria um fim inútil — ao menos alimentaria alguma coisa.

Mas, quando o tubarão começou a se aproximar, fui tomada por uma ferocidade insana.

Peguei um pedaço de amurada quebrada que flutuava na água.

— Nós não estamos mortas — sussurrei, repetindo as palavras de Dalila. — Nós não estamos... *AHH!* — Bati com a amurada quebrada na cara do tubarão, acertando-o com força e rapidez. Após o segundo golpe, o animal começou a recuar, nadando para longe da humana maluca.

Fiquei sozinha... por hora.

Primeiro, examinei a lesão. Era um corte feio e, num mundo ideal, precisaria de pontos, mas pelo menos a ferida estava bem lavada depois de eu ter passado a noite inteira naquele maldito mar. Cortei uma tira do manto e envolvi o ferimento da melhor maneira possível, rezando para o sangue parar de deixar rastros para predadores marítimos curiosos.

Em seguida, voltei-me para o céu. Com o auxílio da posição do sol, ficava fácil identificar os pontos cardeais. Por outro lado, era inútil. Só Deus sabe para onde a tempestade tinha nos levado. Eu podia estar no meio do oceano Índico ou a poucos dias da costa. A menos que avistasse algum pássaro ou barco de pesca, não tinha como saber qual direção tomar. Mas precisava ir a algum lugar.

A *noroeste*, decidi. Provavelmente, ainda estava perto das costas da África e da Arábia. A leste, porém a semanas de distância, estava a Índia, e ao sul não havia nada além de água. Apanhei o copo e a sandália perdida e, posicionando-me desajeitadamente sobre as tábuas de madeira, defini meu rumo.

— Deus, por favor, tenha misericórdia de mim só mais uma vez — implorei, usando a amurada quebrada como remo. O sol ardia no céu e o clarão que reluzia no oceano me ofuscava. — Me tire dessa encrenca e não me meterei mais nessas aventuras. Vou me penitenciar e nunca mais partir para o mar.

Não demorou muito para que eu perdesse a noção do tempo conforme a sede e o calor sufocante me levavam em direção à loucura. Para me distrair, contei até mil em todas as línguas que conheço e fiz um dua por todas as pessoas por quem já senti uma ligeira afeição. Recitei o Alcorão, cantarolei canções de ninar da infância de Marjana, murmurei o dhikr ao ritmo das remadas e concebi fantasias cada vez mais elaboradas de vingança e assassinato contra Falco e Raksh (é, sei muito bem que alguns desses métodos eram bastante conflitantes entre si). Quando minha boca ficou seca, passei a fazer tudo isso em silêncio. Expus o copo todas as noites para apanhar a condensação e, no terceiro dia, capturei e matei uma tartaruga, implorando perdão enquanto bebia seu sangue.

Com o copo, consegui recolher um pouco d'água de duas curtas pancadas de chuva. Com o cordão da sandália e pedaços de carne de tartaruga, peguei alguns peixes. Mas não tinha nada para aliviar as bolhas que irrompiam em minha pele queimada de sol e a sensação de unhas cravadas na cabeça. Minhas forças se esvaíam e as crises de confusão aumentaram. Remei cada vez menos à medida que os dias se transformavam em noites sem sonhos.

De repente, como se fossem criaturas saídas de uma miragem, os pássaros começaram a chegar.

Gaivotas barulhentas e gaiteiros pequeninos. Elegantes grous de pescoço comprido e aves de rapina de garras afiadas. Vinham aos pares ou sozinhos, em grandes bandos ou grupos menores que logo aprenderam a se manter à distância depois que matei e comi um atobá de bico brilhante.

Não me recordo de ter achado suas cores bizarras. Penas roxas e alaranjadas em tons que nunca vi antes, olhos cor de rubi e cabeças franjadas. Talvez tenha atribuído qualquer estranheza ao meu cérebro assolado pela insolação. Todos voavam para o leste e, com certa hesitação, mudei de rumo para segui-los.

No quinto dia após avistar os pássaros, uma mancha verde-amarronzada de terra surgiu no horizonte nebuloso.

Perdi o que me restava de juízo assim que a vi, de tão desesperada que fiquei para chegar à costa antes que o sol se pusesse e eu perdesse a terra de vista para sempre. Remei até a exaustão, deixando os braços dormentes e a plataforma, despedaçada. Não me importei com nada disso e continuei mergulhando o remo improvisado na água, com os olhos fixos na praia distante. Nadei e bati os pés conforme o mar se fechava cada vez mais sobre minha cabeça…

Por favor, Deus, não deixe que eu morra. Agora não, nem desse jeito. Num estímulo cruel, conjurei a voz de Marjana e ouvi minha filha me incentivando a seguir em frente. Implorando para que eu voltasse para casa enquanto o sol mergulhava no poderoso oceano e os últimos vestígios de luz se apagavam.

Por favor, mamãe. Por favor! Vi seu rostinho franco e olhos confiantes. Seus dedinhos se enroscando nos meus cabelos e o calor de sua respiração quando ela dormia em meus braços.

Volte para casa.

Então, até que enfim — *até que enfim* —, senti a areia sob os pés. Sob meus joelhos e mãos. As ondas batiam ao redor dos meus ombros, e desatei a chorar lágrimas secas de alívio enquanto rastejava até a costa escura e desabava sobre uma pilha de algas marinhas, com o corpo absolutamente exausto.

— Que Deus seja louvado — balbuciei antes de desmaiar.

Acordei sob a luz de um sol prateado.

A maré batia nos meus lábios. Engasguei-me e gemi, sentindo todos os músculos, articulações e ossos do meu corpo faminto e dolorido protestarem enquanto cuspia um bocado de sangue e água salgada. Tentei me levantar da areia molhada, mas só consegui vomitar uma bile escura.

Respire fundo, Amina.

Minha cabeça doía e o mundo girava em fragmentos de água azul-esverdeada, praia cor de âmbar e floresta verde-índigo. As cores pareciam erradas, excessivamente vibrantes e descombinadas. Respirei fundo e me sentei devagar; a areia que grudava nos meus dedos pingava como o mel.

Era diferente de qualquer praia que eu já vira na vida. A linha da maré era marcada por bolhas fibrosas de algas vermelhas como sangue e estrelas-do-mar azuis pontiagudas como agulhas. Logo adiante, havia uma selva tão densa que seu interior era escuro, suave e perigosamente convidativo. Havia palmeiras na orla; seus troncos cor de canela brilhavam como se a casca fosse adornada por joias, e suas folhas afiadas como navalhas se agitavam no ar sem vento com o retinido de sabres em combate. Pássaros de cores estranhas desciam e subiam no céu, emitindo rugidos e grunhidos.

Em nome de Deus, onde é que eu estou? Mas, de repente… um clarão de umidade expulsou todos os pensamentos da minha cabeça.

Água.

Levantei-me num salto. Tive a vaga consciência de ver borrões estranhos pelo canto do olho, objetos que se recusavam a tomar forma. À deriva nas águas estranhamente espumosas estavam os restos despedaçados da plataforma que tinha me levado até ali. As tábuas de madeira eram atiradas de um lado para o outro, como se um ser invisível as cutucasse. Mal dei por isso, cambaleando com concentração rumo ao farol brilhante que era o líquido que avistara.

Vinha de uma *árvore*. Embora nenhuma das plantas ao redor tivesse sequer uma gota de orvalho, aquela árvore estava tão encharcada de umidade que seu tronco escuro era coberto por um denso musgo laranja esponjoso. Grandes flores cor de marfim e folhas largas em forma de taça se curvavam em direção ao céu, perfeitamente posicionadas para captar a chuva; estavam cheias de água.

Não hesitei nem por um segundo. Chorando de gratidão, murmurei o nome do Senhor e bebi até me fartar. A água estava deliciosamente fresca, doce e *restauradora*, descendo pelo meu corpo com a facilidade e o prazer que o vinho costumava me proporcionar. Na verdade, o alívio foi tão imediato que fiquei tonta. Estendi a mão para me apoiar no tronco da árvore, respirando fundo e fechando os olhos.

Quando voltei a abri-los, o mundo estava diferente.

Era como se o sol tivesse saído de trás das nuvens, embora não fosse o caso — o céu já estava claro antes. Todas as cores estavam ainda mais vívidas, mas agora já não pareciam tão estranhas. Era como se elas se encaixassem ali, como se *eu* me encaixasse ali, como se antes visse a ilha com os olhos errados.

— A privação de água a transformou numa poeta ensandecida — murmurei, bebendo de uma segunda folha. Peguei a terceira e voltei-me para a praia. Seria uma tolice não salvar o que pudesse da plataforma quebrada antes que a maré a levasse....

Fiquei paralisada. No meio das tábuas de madeira, havia uma criatura roxa parecida com uma vaca. Digo *parecida* porque tinha o dobro do tamanho de uma vaca, era coberta por manchas amarelas e tinha barbatanas espinhentas e membranosas que se projetavam do dorso corcunda e de ambas as laterais. Mas a misteriosa vaca de praia não era a única coisa estranha ali — ah, não. As estrelas-do-mar azuis que tinha visto agora... *marchavam*? Davam cambalhotas pela areia em filas organizadas, gritando e erguendo minúsculas lanças de madeira em direção a uma gaivota no meio do caminho — não, não era uma gaivota. O que pensei que fosse uma gaivota de cor estranha tinha se transformado num lagarto voador, que grasnava e se lançava sobre as estrelas-do-mar em guerra.

Esfreguei os olhos, mas a cena bizarra não se alterou. Será que eu estava sonhando? Delirando? Morta?

— *Uá-uá!*

Dei um salto ao ouvir o berro que soou das profundezas da selva. Parecia o choro engasgado de uma criança e foi seguido por um estrondo, como se algo pesado tivesse caído no chão.

Uma gota de suor frio — ou talvez sangue, considerando meu estado — desceu pelas minhas costas. A vaca marinha continuava vasculhando os destroços como se estivesse à procura de guloseimas. Soltou um mugido pesaroso e ergueu o olhar, me encarando com tristeza. A água que batia em suas patas tinha se tornado agitada e opaca, e uma película cor-de-rosa parecida com uma água-viva flutuava na superfície.

Eu ainda estava olhando para a vaca marinha quando a água a atacou. A película cor-de-rosa se ergueu de repente; suas presas e garras irromperam das ondas para estraçalhar a vaca marinha. O animal deu um grito, caindo de joelhos enquanto seu sangue e pele voavam pelos ares. Numa questão de segundos, a criatura não passava de tripas e pedaços de ossos, enquanto a película cor-de-rosa ainda pairava no ar. Do nada, ela se virou na minha direção e…

A água-viva flutuante deu um mugido, igual ao animal que transformara numa bruma sangrenta.

Saí correndo dali.

Sem me importar com o que fazia uá-uá na selva, corri para suas profundezas, desesperada para me afastar do terror na praia. Corri *depressa*, mais depressa do que nunca, mais depressa do que pensava que era capaz; o solo da floresta sumia sob meus pés. Galhos e cipós batiam no meu rosto. Estendi o braço para tirar um deles do caminho e fiz uma muda voar longe.

A selva era tão densa que, em poucos segundos, todos os vestígios da praia sumiram de vista. O céu também, oculto pela copa verde e frondosa. Tropecei numa várzea escura e me apoiei nas coxas, ofegante.

— *Uá-uá!*

— Ahhh! — Ao lembrar que tinha uma arma, apanhei a khanjar e me pus em posição de combate.

Mas não havia ninguém ali. Uma enorme árvore se erguia sobre mim; seus galhos distantes se fundiam numa sombra verde-esmeralda tão escura que mais parecia o céu noturno, enquanto suas frutas brilhavam como estrelas. A árvore era mais alta do que qualquer uma que já vi na vida. Mais alta do que o minarete mais imponente ou do que as misteriosas pirâmides de Cairo. Seu tronco imenso precisaria de cem homens para ser cercado e uma única folha larga daria para cobrir uma casa.

No entanto, não eram seu tamanho e magnificência que chamavam a atenção. E sim as centenas, ou melhor, os *milhares* de criaturas humanoides penduradas em seus galhos frondosos. Cresciam como flores, com as cabeças afiladas para brotar dos botões que floresciam ali.

— *Uá-uá!*

Mal o grito soou pela terceira vez, um homem-árvore caiu como uma fruta madura que cedia à força da gravidade. Dei um grito ao vê-lo se precipitar para o chão de uma altura impossível de sobreviver. A vegetação rasteira explodiu numa nuvem de folhas mortas.

Permaneci imóvel, sem saber o que fazer. Porém, depois de um ligeiro farfalhar, o homem-árvore saiu ileso dali. Tinha metade da minha altura e era careca, com a pele semelhante à casca de uma árvore coberta de musgo. Ele se sacudiu todo e se deparou comigo. Abriu a boca num sorrisinho de surpresa, exibindo os dentes nodosos, e começou a avançar, acenando alegremente para mim.

Antes que eu pudesse decidir se ia fugir de novo, a copa se abriu. Um raio de sol incidiu sobre a criatura recém-caída, iluminando-a bem a tempo de um enorme pássaro carmesim voar baixo e arrebatar o pequenino ser de casca de árvore em suas garras cintilantes.

Não gritei. Acho que fiquei chocada demais para dar sequer um pio. Assistir a uma criatura mágica ser devorada por outra já era terrível. Ver isso duas vezes seguidas era digno de um pesadelo. Sim, era isso mesmo. Um pesadelo. Eu tinha desmaiado à deriva no mar e nada daquilo era real.

Pesadelo ou não, pode acreditar que, quando aquele pássaro grasnou outra vez, saí correndo dali.

Disparei por entre as árvores, saltando sobre troncos partidos cheios de larvas que cantavam como pombos, entre borboletas do tamanho de bandejas e serpentes aladas e iluminadas como se o fogo corresse sob suas escamas. Uma rajada de vento me atingiu de repente, passando pelos meus cabelos com suspiros murmurados antes de me atirar contra um arbusto de frutas vermelhas que se arrebentaram e espetaram minha pele. Levantei-me e corri ainda mais rápido. Avistei réstias de azul e âmbar no meio das árvores. Havia outro trecho de praia logo adiante; com sorte, livre de criaturas monstruosas das marés.

Saí da selva e quase desatei a chorar de gratidão. Não era só uma *praia* — um barco flutuava na água, ancorado por um filamento dourado. Era diferente de qualquer embarcação que eu conhecia, perfeitamente redonda e construída com juncos atados como numa cesta. Almofadas de seda fina e tapetes trançados revestiam seu interior e uma enorme vela de musselina pairava como uma nuvem de um mastro esculpido em jacarandá.

E havia *gente* ali. Ah, que Deus seja louvado! Dois marinheiros repousavam sob a sombra do barco, um deles reclinado para conversar com uma donzela que nadava na água. Cambaleei em sua direção.

O trio nem me viu. A julgar pelos sorrisos e risadas, eu estava interrompendo algum flerte. Todos os três estavam em boa forma e eram extraordinariamente belos. Um dos homens parecia ser da África Oriental, com sua pele negra, e estava vestido elegantemente com um volumoso manto azul-esverdeado, abanando-se com a ponta do turbante enquanto bebia de uma grande concha prateada. O segundo homem tinha a pele marrom como eu… embora ela parecesse *brilhar* como se fosse dourada, e seus cabelos, presos num coque, fossem de um tom de preto com mechas acobreadas. A donzela era ainda mais estranha. Linda, apesar de pálida. Movia-se com uma graça requintada na água, os cabelos verde-alga fluindo em torno dos ombros delicados.

Ainda assim, eram pessoas — que tinham um barco! — e era só o que me importava.

— Por favor — implorei, cambaleando até eles. — Me ajudem!

O trio se sobressaltou; a donzela saltou para trás na água, o marinheiro girou o corpo e seu companheiro largou o copo de concha.

Fiquei boquiaberta. Não eram gente.

Bem, não o tipo de gente que *eu* conhecia. Os homens tinham olhos dourados e acobreados e orelhas pontudas. A garota que respingou água para todo o lado tinha uma cauda brilhante como um espelho e semelhante à de uma baleia.

Caí de joelhos na areia, o que deveria ter doído pra caramba, mas não doeu.

— O que vocês *são*? — gritei em desespero. — *ONDE É QUE EU ESTOU?*

Com um grito de golfinho, a sereia sumiu sob as ondas cintilantes. O homem de cabelos cor de fogo a chamou numa língua musical e incompreensível antes de se voltar para mim, com uma irritação evidente nos olhos metálicos.

Mas, se eu temia ser castigada por interromper as atividades amorosas de seres mágicos, não precisei me preocupar por muito tempo. Mal acendeu uma chama nas mãos (sim, nas próprias mãos!), o marinheiro se deteve. Os olhos sobrenaturais dele e de seu companheiro se arregalaram de medo ao verem algo por cima do meu ombro. Num instante, os dois também se foram, depois que o barco pegou não uma onda, mas o próprio vento, e começou a navegar pelo ar.

— Não, esperem! — implorei, chapinhando na água atrás do barco. — Por favor!

— Amina? — chamou a voz terrivelmente familiar de Raksh atrás de mim. — É *você*?

Capítulo 24

Meu cônjuge sobrenatural parecia estar desfrutando sua aventura na ilha. Ele tinha retomado a aparência mágica, com sua pele azul listrada e o coração nojento pulsando no cordão ao redor do pescoço. O tubban amarelo estampado que roubara de um dos marinheiros estava limpo e enrolado em sua cintura enquanto ele comia um robalo gordo e vermelho, com o sangue escorrendo pelas presas.

Raksh deu outra mordida no peixe antes de menear a cabeça.

— O que está fazendo aqui? Pensei que estivesse no *Mara*...

Com o urro de um elefante enfurecido, avancei sobre ele.

Impulsionada pelo rancor, consegui lançar o corpo exausto sobre meu marido traiçoeiro com força suficiente para nos derrubar. Caí em cima do peito dele e montei em sua cintura. Apesar de saber que não faria mais do que irritá-lo, como uma mosca zumbindo em volta de sua cabeça, dei um murro na cara dele.

Meu punho atingiu sua bochecha com um *estalo* alto. Raksh gritou de dor e eu olhei espantada para meus próprios dedos.

Estavam cobertos de sangue azul. O sangue de *Raksh*. Ficamos olhando para a minha mão em choque por um bom tempo.

Ele arregalou os olhos de pânico.

— Ei, espera só um...

Dei outro murro nele. Desta vez, seu nariz se quebrou sob meu punho. Deus, como foi maravilhoso! Tão maravilhoso que fiz de novo. E de novo. Não sabia como fora abençoada com tamanha força, mas pouco me importava.

Raksh rosnou e cuspiu sangue, tentando, sem sucesso, agarrar os meus pulsos.

— Pare de bater em mim! — gritou ele. — O que esperava que eu fizesse? Falco estava prestes a nos matar!

— Seu filho de Iblis traiçoeiro de uma figa, *eu* é que vou te matar! — Parti para arrancar os olhos dele com as próprias mãos. — Você nos abandonou! E roubou o dunij!

— Vocês iam ser derrotados! — protestou Raksh, desviando o rosto para evitar minhas unhas compridas. — Por que eu morreria junto?

— Porque talvez não fôssemos derrotados se tivesse permanecido no navio! Você não deveria me trazer *boa sorte*? — Tentei alcançar a garganta dele. Queria sufocar aquele sacana mentiroso e manipulador de uma vez por todas.

— Para ser justo… — sibilou Raksh —, a sorte nem sempre funciona tão bem quanto… argh! — Ele se engasgou quando apertei o punho, retribuindo o favor que ele e Falco tinham me feito anteriormente.

Mas o contato físico e a fúria que me permitiram estrangular Raksh também lhe deram força. Meu desejo avassalador por vingança aumentou subitamente e foi se dissipando à medida que ele o consumia. O rompante de selvageria me fez perder o equilíbrio, e Raksh aproveitou meu tropeço para me empurrar para longe. Ofegante, começou a cuspir e me xingar.

Pus-me de pé e corri atrás dele. Tão furiosa que nem conseguia pensar direito, peguei o peixe e joguei na sua cara.

— Seu maldito de uma figa! Eu devia ter te jogado no mar no instante em que encontramos Dunya. Se não tivesse roubado o dunij, eu poderia ter tirado alguns dos meus homens do navio!

— Ah, mas é claro. Afinal de contas, o leviatã oceânico que eclipsou o sol não conseguiria perseguir duas embarcações ao mesmo tempo. — Raksh tocou no nariz quebrado e ficou com um ar ofendido ao ver as garras sujas de sangue. — Eu te avisei que Falco não a deixaria fugir.

— Cadê o dunij? — indaguei.

— Já era.

— *Já era?*

— Ficou todo despedaçado. Partiu-se nas ondas quando cheguei aqui. Você devia ter investido num dunij melhor.

Fechei os olhos e contei até dez. Talvez fosse capaz de arrancar a língua dele no momento, mas assim não descobriria nada.

— E cadê os *pedaços*?

— Devem ter sido levados pelo mar. — Raksh franziu a testa, confuso. — Por quê?

— Porque eu poderia tentar consertá-lo! Por Deus… — Afastei-me dele, pressionando as mãos contra a cabeça. — Onde estamos? Aquelas pessoas... — Apontei para a direção na qual o barco e seus bizarros habitantes tinham partido. — Não pareciam humanas.

— Ah, e não eram mesmo. Eram daevas.

— Em nome de Deus, o que é um *daeva*?

Ele ergueu a mão.

— Você não quer saber, pode acreditar. Não há criaturas mais dramáticas do que eles. E sequer são os piores daqui. Todo mundo gosta de reclamar dos seres humanos, mas vou te contar uma coisa... passe alguns séculos com os habitantes dos reinos invisíveis e ficará *doida* para assombrar uma latrina mortal.

Que Deus me salve; entre as divagações de Falco sobre desafiar o Divino, a tradução entusiasmada de Dunya acerca de penicos mágicos e seja lá o que Raksh tinha tentado me explicar, tudo que eu queria era voltar para minha casa com o telhado cheio de goteiras e nunca mais ouvir falar do sobrenatural.

— Quer dizer que estamos presos numa ilha cheia de demônios? — perguntei, desanimada.

— Se você continuar chamando tudo de demônio, um desses seres vai acabar te atacando pela ofensa. *Principalmente* as criaturas que governam este lugar. — Raksh revirou os olhos. — Um bando de chatos. Quando segui aqueles pássaros, devia ter percebido que era para cá que eles vinham.

— Isso é loucura — murmurei. — Preciso voltar para Socotra.

— Socotra? Você quer *voltar* para Falco?

— Quero voltar para a minha tripulação! Para Dunya! Para garantir que Falco não cometa mais atrocidades! O que é que *deveria* fazer?

Ele cutucou uma das presas, parecendo refletir sobre a pergunta.

— Bem. O peixe é gostoso. E é melhor aproveitar o tempo que lhe resta antes que a corte da ilha descubra sua presença e a mate. Podemos ter relações sexuais — sugeriu ele. — É uma maneira agradável de passar o tempo. — Raksh fez uma pausa ao notar minha aparência desgrenhada. — Bem... isso se você tomar banho.

— Raksh... — Fechei e abri os punhos sem fazer nada. — Não há nenhum poder terreno que me convenceria a fazer sexo com você outra vez. Muito menos quando minha tripulação está à mercê de um lunático obcecado por uma maldita bacia mágica!

Raksh deu meia-volta. Pela primeira vez desde que cheguei à ilha, vi o medo genuíno em seus olhos brilhantes como o fogo.

— *Qual* bacia mágica? — indagou ele.

Não fazia muito sentido mantê-lo na ignorância.

— A Lua de Sabá — expliquei. — Era isso que Falco e Dunya procuravam na caverna. Pelo visto, não é a pérola da lenda, mas sim um lava...

— ...tório — concluiu Raksh. Parecia prestes a vomitar. — Por favor, não vai me dizer que Falco sabe a verdade. Não diga que aquele idiota maligno conseguiu tomar posse da Lua de Sabá na semana anterior ao *eclipse*.

Pisquei, surpresa. Jamais imaginei que Raksh tivesse conhecimentos astrológicos. Mas se o eclipse era dali a uma semana, então eu tinha ficado à deriva no mar por duas semanas.

Duas semanas. Que coisas terríveis Falco teria feito com minha tripulação durante tanto tempo? Bem, eu não teria como salvar meus amigos se não soubesse o que estava acontecendo, por isso me forcei a voltar à pergunta bizarra de Raksh.

— Não sei se o franco tomou posse da Lua — respondi. — Dunya acredita ser a única que sabe como recuperá-la, mas Falco está com a garota porque você nos deixou numa situação tão difícil que ela foi forçada a negociar essa informação para salvar nossas vidas!

— A Lua de Sabá... — Raksh puxou os cabelos em desespero, com as longas mechas pretas caindo em torno de seus joelhos como linho cru. — De todas as coisas amaldiçoadas!

Joguei as mãos para o alto.

— Quer dizer que você não fazia nem ideia do que eles estavam procurando? Sequer se deu ao trabalho de perguntar?

— Não! — Raksh foi esfregar a testa e soltou um palavrão ao tocar num galo. — Eles me disseram que estavam atrás de um tesouro — explicou ele. — E Socotra é repleta de tesouros. Mas a *Lua de Sabá...* — Ele deu um gemido e se voltou para mim, com os olhos faiscando de acusação. — A culpa é toda sua! Você devia ter me falado da Lua antes. Podíamos ter deixado Dunya morrer com esse conhecimento!

— Deixar Dunya morrer com esse conhecimento nunca foi uma opção. E, pelo amor de Deus... por que essa maldita bacia deixa todo mundo tão nervoso? — perguntei, pensando no fervor com que Dunya se atirou sobre as tabuletas de "instruções" quando eu disse que iria jogá-las no mar. — Pensei que al-Dabaran não passasse de uma fase da lua apaixonada por Bilqis!

— *Apaixonada?* — Raksh caiu na gargalhada. — Não vai me dizer que *acreditou* nessa história ridícula? Pensei que você fosse mais inteligente.

Se aquele homem me insultasse mais uma vez e continuasse ignorando minhas perguntas, eu ia acabar perdendo a batalha para não arrancar sua língua.

— É a única história que ouvi — respondi entre dentes cerrados. — Se acha que sabe mais do que eu, por que não tenta *explicar* alguma coisa em vez de ficar se lamentando para o céu?

— Pois muito bem. Quer saber a verdade sobre a Lua de Sabá? — desafiou Raksh. — Então, preste atenção.

A terceira lenda da Lua de Sabá

Sim, caro ouvinte, devo lhe pedir desculpas: chegou a hora de acabar com o último mito sobre a Lua de Sabá. Não houve nenhum romance ou amor escrito nas estrelas. Al-Dabaran, o poderoso, o temível, aquele que monta um garanhão preto com seu cajado de serpente, causando discórdia e conflito no coração de homens e djins…

Bem, ele era um tanto devasso.

Agora, em minha defesa, parece que estava verdadeiramente apaixonado por Bilqis. Ela era uma mulher impressionante! Há rumores de que al-Dabaran se aproximou de Bilqis num feixe de luz celestial na esperança de seduzi-la, mas a rainha não ficou nada impressionada. Ela o rejeitou.

Ah, minhas caras irmãs, vejo pelos seus olhares que algumas de vocês já sabem onde isso vai dar. Há certos homens, mesmo de aspecto lunar, que não sabem lidar com a rejeição com elegância. Sendo assim, num acesso de mágoa masculina, al-Dabaran decidiu enfeitiçar o lavatório de Bilqis, na esperança de espioná-la tomando banho.

As coisas não correram conforme o planejado.

Assim que o tolo lascivo se manifestou na água cintilante, Bilqis o aprisionou ali. Aquela mulher fora companheira de um grande profeta; era uma rainha que governava com servos djins sobre uma terra esplêndida e abençoada. Al-Dabaran achou mesmo que conseguiria entrar sorrateiramente no banheiro *dela*? De jeito nenhum. Ele mal a viu de relance antes de ser apanhado.

O que suponho ter dado muito certo para a rainha. Bilqis manteve al-Dabaran preso em sua bacia, recorrendo aos seus aspectos sempre que precisava deles. Uma dinastia rival conspirava contra ela? Pois Bilqis lançava al-Dabaran sobre eles, fazendo com que seus inimigos caíssem em desavenças internas. O povo estava passando fome? Pois era a vez de al-Dabaran fazer com que os campos e terrenos se tornassem exuberantes e férteis.

Ele era realmente a “joia” de sua coroa. Mas não da forma que os contadores de histórias dizem.

Mas, ora, o que é que dizem sobre grandes poderes? Bilqis era uma rainha sábia, mas nem todos os seus descendentes herdaram sua prudência. A Lua logo caiu em mãos anárquicas, e as histórias se tornaram cada vez mais complicadas. Se Bilqis anotou suas ideias sobre o que fazer com a Lua, nunca descobrimos um registro de seu próprio punho. Em vez disso, temos histórias inconsistentes sobre aspirantes a déspotas que tentaram se apoderar da Lua e enlouqueceram ao ver seu reflexo. Ou pior: alguns deles mantiveram a sanidade por tempo suficiente para usar a Lua de Sabá a fim de provocar uma enorme violência por todo o território, causando derramamento de sangue e discórdia para além dos sonhos mais loucos do manzil.

Foi um pandemônio. Até que, por fim, um grupo de pessoas — uma família treinada para tal propósito — entrou em cena.

Eles localizaram a Lua de Sabá, roubando-a dos destroços fumegantes de um reino que tinha levado à ruína. Procuraram formas de se desfazer do artefato, depois locais para restringir seu poder e escondê-lo quando a simples destruição foi considerada perigosa demais. Um lugar onde a fronteira entre os reinos era fina e permeável. Onde seria preciso ser um membro da família que conhecia os rituais ou um louco suicida para entrar. Uma caverna em cujas profundezas os humanos raramente se aventuravam, em uma ilha isolada.

De fato, foi ali que al-Dabaran dormiu sob um teto de mãos de pedra, separado de seus parentes lunares por um véu de água, por séculos incontáveis.

Até que um homem violento de uma terra estrangeira ouviu rumores sobre seu potencial da boca de uma estudiosa desesperada. Até que os dois cruzaram o caminho de uma nakhudha cuja lenda ofuscaria a todos.

Mas estou me antecipando à história.

Capítulo 25

Fiquei olhando para Raksh por um bom tempo depois que ele acabou de falar, tentando formular uma resposta coerente.

— Você só pode estar de brincadeira — respondi, por fim. — Aquele homem era capaz de se manifestar como um feixe de luz celestial, mas decidiu usar seu poder para espiar uma mulher nua?

— Está surpresa?

Para ser sincera, não. Os detalhes pareciam meio fantásticos, mas conseguia acreditar que aquele aspecto lunar fosse um pervertido. Homens… a grande maioria era de inúteis, tanto celestiais quanto mortais.

— Não — confessei. — Só meio decepcionada. — Caminhei pela areia, evitando um tronco coberto de cracas amarelas borbulhantes. Não podia confiar em nada naquela ilha amaldiçoada. — Mas quanto ao que você me disse sobre as pessoas serem capazes de controlar a Lua de Sabá e usar al-Dabaran para desencadear uma enorme violência… é *verdade*?

Raksh parecia prestes a vomitar de medo — isso se criaturas como ele pudessem vomitar.

— É raro, mas sim — respondeu ele. — E com a aproximação do eclipse, não poderia haver um momento pior.

— Por quê? O que o eclipse tem a ver com isso?

— É bem mais fácil acessar os espíritos lunares durante tais eventos. O mundo invisível é fortemente influenciado pelos acontecimentos celestiais, e um eclipse é uma ocasião importante, que pode trazer grandes calamidades. — Raksh colocou a mão no peito. — Sinto este se aproximar como uma onda faminta. Falco é um idiota, mas se há uma hora em que até mesmo *ele* pode conseguir provocar o caos… — Meu marido desabou na areia, apoiando a cabeça nas mãos. — Não posso passar por isso de novo. Eu me recuso.

Respirei fundo. O que Raksh estava dizendo era ridículo. Mas Falco tinha me perseguido montado num monstro mitológico. Sua magia havia matado o agente que o traíra do outro lado do oceano. A guerra contra Deus de que o franco tinha falado, a destruição do velho mundo para construir um novo — se Falco tivesse acesso a uma fração do poder que Raksh sugeria…

— Deve haver alguma maneira de detê-lo — insisti. — Os eclipses não duram muito tempo. Se voltarmos a Socotra…

Raksh não tirou os olhos de sua tempestade de autopiedade.

— Nunca chegaremos a tempo. Não temos nem como sair desta ilha.

— Nunca chegaremos a tempo se você continuar sentado aí sentindo pena de si mesmo! Acha que é o único afetado? Ele está com a minha tripulação! E quer incendiar o meu mundo!

— *Minha tripulação, meu mundo.* — Raksh revirou os olhos para mim. — Dá um tempo, aposto que seus amiguinhos vão se dar muito bem como escravos. Eles só têm o quê, mais duas décadas de vida?

Tive que me conter para não cravar a adaga no torrão de carvão queimado que havia no lugar do coração dele.

— Perdoe-me pelo impulso de salvar meu pessoal de um destino horrível. Sei que você só se importa consigo mesmo, de modo que é impossível… — Fiz uma pausa ao ver o desespero palpável de Raksh. — Espera aí, você *só* se preocupa consigo mesmo. Então, por que está tão perturbado com a possibilidade de Falco assumir o controle de al-Dabaran?

Raksh hesitou.

— É complicado.

— Como? — Já que Raksh não me respondeu, dei um chute em sua canela e ele sibilou de dor. — *Como?* — indaguei novamente. — Estamos sozinhos aqui, seu idiota. Preciso saber todos os ângulos da história.

Raksh fungou com desdém.

— Não sei o que você poderia fazer para resolver isso, mas tecnicamente sou um deles.

— Um de quê?

— Um dos seres da discórdia.

Pestanejei. Aquilo não explicava nada, mas fazia todo o sentido.

— Você é um "ser da discórdia"?

— Sou.

— E isso *significa*…

Raksh cuspiu na areia, visivelmente irritado por ter sido retirado de sua espiral de infortúnio.

— *Significa* que a discórdia é o propósito da minha existência. Quando al-Dabaran ficava em ascendência, era como estar bêbado. Mas tudo mudou quando aquele idiota lunar foi aprisionado. Na maior parte do tempo, ele está dormindo e eu não sinto nada. Mas quando algum humano assume o controle da Lua... — Raksh estremeceu. — É como ter minha alma e corpo dilacerados e transformados em chamas. Somos uma fonte de energia, sabe? Como o óleo para uma lâmpada. Por isso ardemos. Ardemos e ardemos sem parar. Você teme o fogo do inferno? Pois eu temo isso. É um tormento constante até que quem esteja em posse da Lua de Sabá acabe morrendo.

Ardemos e ardemos sem parar. Lembrei de Asif e o ouvi gritar enquanto o fogo o consumia. Olhei para meu marido, aquele demônio que me conhecera intimamente, que sabia coisas sobre meus desejos e ambições que nem eu estava disposta a admitir e me traíra da pior forma possível.

— Certa vez, você chamou meu povo de presa — lembrei a ele com frieza. — Qual é o problema, Raksh? Não gosta de ser caçado? Não ficará *saciado* com as ambições de Falco quando for devorado?

Raramente conseguia magoar Raksh; sua alma era estranha demais, egoísta demais para que eu pudesse ferir seus sentimentos. Mas pelo lampejo de raiva em seu rosto ficou evidente que minhas palavras o atingiram.

— E quanto ao resto de nós, Amina? — desafiou ele. — Você venera um Deus que chama de Misericordioso, não? Será que Ele ficará orgulhoso ao ouvi-la aplaudir a queima de inocentes?

Recusei-me a vacilar.

— Que *inocentes*?

— Nem todos os espíritos da discórdia são como eu. O *amor* causa discórdia, o nascimento de um filho causa discórdia, a súbita descoberta de uma cura para uma doença mortal causa discórdia. — Raksh olhou feio para mim. — Entre meus primos, há quem tenha *muito* menos sangue nas mãos do que você. E nem todos nós simplesmente ardemos quando a Lua de Sabá está possuída. Os mais fracos perecem.

Parei para refletir. Não porque tivesse me comovido com sua palestra um tanto poética e evocativa sobre o amor, a novidade e o conflito, nem porque tivesse me magoado com a gracinha sobre meu histórico violento. Uma única palavra ecoava na minha cabeça.

Não. Ele não podia estar insinuando...

— O que você quer dizer com primos?

A pergunta saiu num grunhido e Raksh franziu a testa, perplexo.

— O que foi que você não entendeu? Os outros espíritos da discórdia são meus parentes... ei!

Não me lembro de desembainhar a khanjar nem de encurtar a distância entre nós. Mas de repente me vi ali, com a lâmina na garganta dele.

— Você tem família?

Seus olhos brilharam de surpresa.

— Não exatamente no sentido humano, mas... sim! Tá bom, sim! — gritou ele quando pressionei a adaga com força.

— E se Falco assumir o controle da Lua... — Ah, meu Deus, mal consegui pronunciar tais palavras. — Então será capaz de escravizar todos vocês? Todos os seus parentes?

— Sim. Por que está tão curiosa? — A suspeita ficou estampada no rosto de Raksh. — Você pretende assumir o controle da Lua?

Mal ouvi a acusação de tão tonta que fiquei. A insinuação do que ele dizia perfurou meu corpo como uma lança. Todos os seus parentes... será que isso também incluía Marjana?

Minha Marjana?

Minha doce criança, a filha que deixara a salvo e escondida de tudo aquilo, acreditando que estivesse em segurança com a minha família. Só que, por mais que eu detestasse a ideia, não éramos sua única família. Ela tinha laços — laços de sangue e de parentesco — que, segundo Raksh, poderiam escravizá-la. Transformá-la na ferramenta de um homem que queria guerrear contra Deus. Por um segundo, vi Marjana ser levada de nossa casa sob um feitiço que não compreendia. Vi-a soluçar e gritar meu nome enquanto ardia sem parar...

Os mais fracos perecem. Senti-me atirada novamente no mar agitado, ou como se um muro de tijolos tivesse desabado sobre minha cabeça.

Mas não era a única afetada ali.

Raksh ofegou ruidosamente, parecendo oprimido, bêbado, devido às emoções que deve ter sentido correndo em minhas veias.

— O que foi? — sussurrou ele. Sem se importar com a khanjar na garganta, estendeu a mão para tocar no meu rosto e a linha vermelha de suas pupilas se iluminou. — Não... você não deseja a Lua de Sabá para si. É outra coisa. Outra *pessoa*...

Afastei a mão dele.

— Você vai me levar até Falco.

Raksh se sacudiu com a interrupção do contato físico, como um homem que tentava se livrar do efeito dos gases entorpecentes de Dalila.

— E-eu não posso — disse ele, atrapalhado. — Sou incapaz de fazer isso.

Sem querer tocar em sua pele com as próprias mãos, empurrei a khanjar com força contra sua garganta, tirando sangue de Raksh com uma arma pela primeira vez desde que ele cruzara meu caminho.

— *Você vai me levar até Falco.* Vamos detê-lo, ou juro pelo meu Criador que seu sofrimento durante a possessão da Lua de Sabá não será nada em comparação ao que farei com você. — Empurrei-o para trás, ofegante. — Estamos numa ilha mágica cheia de criaturas mágicas. Acabei de ver um navio voar como se fosse uma pipa! Deve haver alguma maneira de sairmos daqui.

Raksh soltou um rosnado.

— Acha que quero ser escravizado, Amina? Sei muito bem a agonia que me aguarda se a Lua for possuída, a ponto de quase desejar ter sido devorado pelo marid.

— Então me ajude!

— *Não sei como!* — Raksh deu um chute frustrado no tronco de madeira coberto de cracas, e o tronco se *ergueu* sobre pés de centopeia para sair correndo dali. — Não sou um herói das suas histórias humanas; não posso invocar um navio para nos levar embora daqui, nem fazer com que um rukh se submeta a mim. Sou um espírito da discórdia numa ilha cuja corte despreza qualquer coisa que perturbe seu precioso equilíbrio.

— Deve haver *alguma coisa* que possamos fazer! — Revirei suas palavras na cabeça, desesperada para encontrar uma saída. Já era bastante ruim que o franco estivesse com minha tripulação e amigos; além disso, meu medo por Marjana latejava como uma flecha em meu coração.

Equilíbrio. Voltei-me para ele.

— Que tipo de equilíbrio?

Meu marido fez um aceno desdenhoso.

— O suposto "equilíbrio de poder" entre as raças elementais. Eles acreditam que devem manter a magia longe dos humanos e proteger as fronteiras entre nossos reinos. Os sacanas emplumados acham que a interação entre os diferentes mundos traz caos e desordem, e não há nada que detestem mais do que isso.

Refleti a respeito.

— Não me parece que ficariam satisfeitos ao ver um humano colocar as mãos em algo tão magicamente disruptivo quanto a Lua de Sabá.

Raksh balançou a cabeça.

— Eles não interferem em nada. É sua lei mais rigorosa. A não ser que lhes convenha, é claro — acrescentou, sarcasticamente. — *Aí* eles dão um jeito de encontrar uma brecha.

— Uma brecha como *nos* colocar em posição de deter Falco?

Ficamos nos encarando.

— É... uma péssima ideia — admirou-se Raksh. — Eles podem nos executar simplesmente por estarmos na ilha. Por outro lado...

— Por outro lado, que escolha temos? Não estou muito disposta a arriscar minha sorte com outras criaturas mágicas, mas não chegaremos a Socotra em uma semana sem ajuda sobrenatural. Se você explicar...

— Eu não. — Raksh pareceu pensar rápido. — Sou um anátema para eles. Tem que ser você.

— *Eu?*

— Sim, você é mais fraca do que eles. Talvez fiquem relutantes em matá-la sem justa causa.

Era um atestado de nossa precária situação atual que a relutância em me assassinar sem justa causa parecesse tão promissora.

— Muito bem. Como é que fazemos isso?

— Solicitamos à corte. — Raksh me encarou de modo brutalmente avaliador e franziu os lábios, como se tivesse chupado um limão. — Mas antes temos que dar um jeito em sua aparência. Eles já pensam mal dos mortais, e você mal parece capaz de ficar de pé, muito menos de enfrentar o franco.

— Você vai ter que me perdoar — retruquei, com sarcasmo. — Fiquei à deriva no mar por duas semanas. Se ao menos tivesse meu dunij... — Raksh me lançou um olhar interrogativo e eu dei um suspiro. — O que sugere?

Ele se empertigou, como se tivesse aceitado um desafio.

— Me dê um dia, esposa. Vou deixá-la pronta para impressionar.

Capítulo 26

O primeiro passo para me deixar pronta para impressionar uma corte de sacanas emplumados exigia que minhas roupas fossem arrancadas do meu corpo e que eu fosse arrastada até um riacho de água doce, onde meu ex-marido me banhou à força. Resisti a princípio, mas logo cedi. Raksh já tinha visto tudo, ainda éramos tecnicamente casados e foi divino ser esfregada e massageada.

Foi só quando ele soltou os farrapos imundos do meu turbante e começou a lavar meus cabelos que o detive.

— Nã-não precisa fazer isso — gaguejei, incomodada com a intimidade inesperada do ato.

Senti o bufo exasperado e quente de Raksh na minha nuca, um contraste não de todo desagradável com a água fria.

— Tem um caramujo morando no seu cabelo, Amina. — Ele voltou a desatar os nós. — Preciso, sim.

Deus, mas como eu detestava a sensação gostosa do toque dele. Detestava as lembranças há muito enterradas que me trazia: momentos fugidios na cozinha do *Marawati* e noites quentes e lânguidas em trechos solitários de praia. Era extremamente injusto que aquele canalha traiçoeiro fosse tão habilidoso nisso.

— Eu sei, mas… — Meu protesto morreu quando os dedos dele massagearam meu couro cabeludo, e um suspiro escapou dos meus lábios. Tá bom. Eu deixaria que continuasse. Só desta vez, por todos os problemas que ele me causara.

Depois do banho platônico, durante o qual sequer considerei arrancar sua cueca e deixar que ele me recompensasse *de verdade*, Raksh sumiu por horas a fio. Quando voltou a aparecer, trazia uma trouxa de roupas espantosas.

— Onde foi que você *arranjou* tudo isso? — perguntei, maravilhada com um manto com capuz feito do que pareciam ser os espinhos de um porco-espinho, se o animal fosse constituído de diamantes. Uma túnica de folhas trançadas de um tom vibrante de violeta estava dobrada sob um sarongue de seda diáfana.

— Roubei. — Ao ver meu olhar cauteloso, Raksh deu de ombros. — Não se preocupe com isso. É bem provável que a corte nos ajude a partir para Socotra ou nos execute antes que os donos destas roupas nos encontrem.

— Você é uma pessoa nem um pouco alentadora, sabia? — comentei, mas vesti as roupas afanadas mesmo assim.

Não queria me demorar na ilha, mas Raksh estava convencido de que eu passaria uma melhor impressão se estivesse mais forte, por isso forcei-me a descansar, movendo-me apenas para esticar as pernas e dar um passeio durante o crepúsculo. Comi e bebi até me fartar. A água era fresca e a comida, bizarra, embora nutritiva — os cocos alaranjados eram carnudos e pesados, o peixe rechonchudo de escamas espelhadas tinha uma carne que me fazia tremer e as frutas vermelhas estalavam na minha boca. Raksh fez uma espécie de pomada com uma planta de folhas serrilhadas e onduladas e aplicou na minha pele. Numa única tarde, as queimaduras de sol desapareceram e minhas feridas cicatrizaram. Até meu joelho machucado parecia… bem, não exatamente novo, mas como se uma década de sofrimento tivesse sido removida da articulação problemática.

— Eu seria considerada uma milagreira no mundo humano com uma planta dessas — refleti, enquanto nos sentávamos juntos à fogueira naquela noite.

— É melhor não falar nada disso diante da corte. É o tipo de cenário que eles tanto procuram evitar.

— Humanos prosperando por meios mágicos?

— Exatamente. — Raksh me passou uma casca de coco com purê de abóbora. — Coma.

Tinha um cheiro horrível e um gosto metálico, mas comi sem reclamar. Depois dos dias que passara no mar, comeria sem reclamar pelo resto da vida.

— Tem mais?

— Não. Se continuar comendo nesse ritmo, você vai acabar matando a ilha inteira de fome.

Devorei o purê e deixei o coco de lado. Acho que estava comendo demais, meu estômago parecia o poço sem fundo de uma adolescente passando pelo maior surto de crescimento do mundo.

— Você viu alguma árvore de água? — perguntei. — Aquelas com flores brancas e folhas em formato de taça?

— Não, mas isso não quer dizer nada. As coisas tendem a se mover aqui por conta própria, inclusive as plantas.

Ah, mas é claro. Estiquei as pernas, examinando as velhas cicatrizes e os hematomas desbotados sob os pelos pretos e ásperos. Sempre fui forte, meus membros musculosos atestando uma vida de trabalho árduo. Mas não tanto assim. Não a ponto de quebrar o nariz de um demônio ou derrubar uma árvore sem querer. Tal força não eliminara minhas dores físicas, mas as atenuara. Eu me sentia como um bezerro febril, doente e ainda assim capaz de destruição, com o corpo estranhamente diferente.

— Mas você nunca ouviu falar disso? De uma planta cuja água...

— Uma planta cuja água concede a uma humana já violenta a capacidade de ser violenta de forma ainda mais eficaz? Não, já te respondi milhares de vezes. Não sei o que aconteceu com você. Pode ter sido a planta ou o simples ato de vir parar nesta ilha. — Raksh pegou as duas aves que assavam na fogueira. — Seja como for, imaginei que ficaria satisfeita com isso. Ser ainda mais violenta aumenta suas chances de impedir Falco de me escravizar. E, você sabe, de fazer coisas ruins com sua tripulação ou sei lá o quê — acrescentou Raksh sem muita convicção quando olhei feio para ele.

Peguei as aves que ele me entregou e dilacerei-as com os dentes. Até que Raksh tinha razão: eu receberia de bom grado qualquer coisa que me ajudasse a salvar a tripulação e impedir que Falco tornasse minha filha sua escrava. Mas já que agora eu era *capaz* de feri-lo...

— Por que não me matou? — perguntei, finalmente dando voz à pergunta que fizera a mim mesma semanas antes. — Lá em Socotra, quando estava tão determinado a "cortar nossos vínculos"?

— Não gosto de ver sangue.

— Ah, vá te catar. Você não sabe nem mentir direito.

Raksh revirou os olhos.

— *Tá bom.* Certa vez, fiz um pacto semelhante ao seu contrato de casamento, sabia? Há muitas eras, embora não se tratasse de documentos em papel, mas sim de trocar teares e andar em volta de um barril de cerveja quente.

— Tratava-se de *quê*?

— Essa parte não é importante — respondeu ele, despreocupado. — Assim como nós dois, éramos iguais a cônjuges e o vínculo me tornou muito poderoso. Mas eu era jovem e nem sempre... atento na hora de cumprir tarefas. A questão é que houve um *acidente* de fermentação por minha culpa que envenenou a aldeia inteira, incluindo minha esposa, e matá-los sem a menor intenção quase me aniquilou. Fiquei sem magia durante séculos. — Raksh estremeceu. — Precisei comer *tantos* corações antes de parar de me sentir como um fantasma de mim mesmo. Foi realmente perturbador.

Abri e fechei a boca sem falar nada.

— Só para esclarecer... o único motivo de você não ter me matado... o único motivo pelo qual ainda estou *viva*... é porque você assassinou sua ex-esposa sem querer com um lote de cerveja estragada e isso te deixou *fraco*?

— Isso mesmo. — Raksh pegou um melão roxo e peludo que havia colhido na floresta, quebrou-o ao meio e sorveu o interior ainda sacolejante. — Mas acho que deu tudo certo no final das contas.

— Como assim? — perguntei, sentindo-me ligeiramente tonta.

— Porque estou contente por não te ter matado. Porque, por mais que eu deteste admitir, falei a sério na noite em que nos conhecemos: suas ambições são um banquete, Amina al-Sirafi, e nada me daria mais prazer do que torná-la uma lenda. — Ele enrolou uma mecha de cabelo solto em volta do dedo como um tecelão trançaria um fio. — Foi para isso que fui criado e há muito tempo não tenho tal oportunidade.

Não havia malícia em sua voz. Raksh não assumia a forma humana desde que eu chegara ali e era perturbador vê-lo como ele era de fato: o luar brilhava em suas presas e o coração pulsava ao redor de seu pescoço. Com as ondas quebrando na praia e o cheiro de maresia, de repente me senti como na noite em que o conheci, antes que tudo desse errado.

Só que tinha dado errado, sim.

— Então por que me traiu? — perguntei, mal escondendo a mágoa na voz. — Você podia ter ficado ao meu lado, podíamos ter vivido tantas aventuras lendárias! Foi você que estragou tudo ao ir atrás de Asif.

Ele deu um muxoxo de descontentamento.

— É complicado.

— O que é tão *compli*...

Raksh ergueu a mão para me interromper.

— Não que você vá entender, mas se encerrar o assunto, eu explico. Primeiro, eu sempre me alimentaria de você. Isso fazia parte do acordo, algo que deixei bastante claro antes de pôr os pés no seu navio. Eu lhe traria boa sorte e, em troca, me alimentaria da sua ambição, que cresceria cada vez mais à medida que minha presença a tornasse bem-sucedida, para benefício mútuo. E, embora tenhamos passado pouco tempo juntos, gostei muito da experiência. Teria sido um prazer viajar pelo mar com você e sua tripulação por décadas a fio.

— A tripulação pela qual você jurou não ter o menor interesse — lembrei a ele. — Sei que acabou fazendo acordos com todos eles.

— O que posso dizer? Seus colegas eram mais fascinantes do que eu imaginava. Mas não foram *acordos*. Não exatamente. Não como o que tinha com você. Não como o que eu estava prestes a fazer com Asif.

— Quer dizer que você foi mesmo atrás dele.

Raksh estalou a língua.

— Você entendeu tudo errado. Dunya não é a única al-Hilli que conhece a história da família. Asif não tinha os impulsos acadêmicos da filha, mas partilhava de sua ambição. E estava bastante familiarizado com o invisível para perceber que eu não era o aspirante a marinheiro que fingia ser. Foi *ele* que me abordou. Disse que seus pais tinham expectativas absurdas e que temia que a esposa que mal conhecia jamais o perdoasse por ter abandonado a ela e à filha. Por isso, queria voltar para casa em grande estilo. Queria ser responsável por levar vocês a um tesouro que mudaria a vida de todos, a uma descoberta *importante*, e voltar para sua família mais rico do que um sultão e mais admirado do que um santo.

Ah, Asif... Quem me dera poder negar as palavras de Raksh, mas era tão fácil imaginar meu amigo sonhador e ingênuo falando tais coisas. Asif era muito jovem e estava ávido para impressionar.

— O que você disse a ele?

— Acha mesmo que teria me encontrado nas Maldivas implorando para ser levado a bordo do seu navio se eu tivesse tanto poder assim, Amina? Ri da cara dele. Disse: "Claro, vou encontrar uma caverna de ouro cheia de tesouros reais e curas mágicas esquecidas para você. Tudo que vai custar é a sua alma". Foi uma brincadeira. — Raksh deu de ombros. — Aí ele disse sim.

Uma brincadeira. Asif condenara a própria alma devido à piada de um demônio. Nunca vi uma prova tão clara da disparidade de poder entre o reino humano e o mágico...

— Você podia ter recusado — vociferei, sem conseguir conter a raiva. — Podia ter dito a ele que era uma *piada*!

Raksh balançou a cabeça.

— Há certos desejos que não posso negar. Faz parte de quem sou. O momento em que ele disse sim selou nosso destino. Se me arrependo de alguma coisa é de não ter agido mais depressa para concretizar o pacto. Talvez tivesse conseguido preservar a vida dele ou, pelo menos, levar sua alma adequadamente depois que morreu, em vez de vê-la ser desperdiçada. — Raksh tomou um gole da bebida. — Foi... um final confuso.

Um final confuso. É disso que você chama? Lembrei-me de Asif implorar por sua mãe e pelo perdão de Deus enquanto sua alma era apagada da existência, consumida por um vazio que jamais deixarei de ver.

— Você não sente nenhum remorso por machucar os humanos com quem se associa?

— Não aspiro fazer o mal nem sinto nenhum prazer com isso. Mas sou uma criatura ambiciosa e algo assim geralmente vem acompanhado de sangue.

— Então, você é um demônio.

Raksh colocou o copo no chão.

— Esse termo é seu. Vocês não...

— É, já ouvi essa. Meu povo não tem um termo apropriado para o que você é. Mas, do meu ponto de vista, *demônio* lhe cai muito bem.

Ele me encarou por um bom tempo, com os olhos misteriosos tão escuros e impenetráveis quanto os de um tubarão.

— Como você se descreveria para uma pessoa que não sabe o que é a água?

Empertiguei-me, perplexa com a pergunta.

— Como assim?

— Imagine um povo que não sabe o que é a água, que não tem a menor noção do que é um líquido ou a chuva, muito menos os oceanos. Como conseguiria descrever sua profissão? Como você navega? As correntezas que atravessa? A maneira como o oceano criou um mundo de comércio e transporte, de histórias e diásporas que a tornaram quem você *é*? Será que passaria séculos fazendo comparações inúteis? Ou desistiria ao perceber que eles não paravam de chamá-la de "vaca" e finalmente diria: "Ora, tanto faz".

Era uma analogia estranha, imperfeita, creio eu, mas que sugeria um abismo muito maior entre mim e a criatura ao meu lado.

— Deve ter existido um termo para o que você é — retruquei. — Um nome. Alguma maneira de te chamarmos.

— Existia. Numa língua já esquecida antes mesmo que sua espécie construísse a mais rudimentar das jangadas. — Raksh pareceu subitamente cansado. — Deixa para lá, Amina. Sua mente não vai conseguir compreender isso depois de tantos séculos.

Era uma conversa típica de Raksh, do tipo que não explicava nada e só me deixava ainda mais consciente de como éramos diferentes.

Só que *havia* uma ponte entre nós, amada por mim e desconhecida por ele. Anteriormente, fora mais fácil negar a ascendência de Marjana, mas agora eu temia que tal relutância tivesse colocado a vida de minha filha em risco. O que será que eu não sabia sobre os chamados espíritos da discórdia?

— Então me fale sobre seus parentes — insisti. — Durante o tempo que passamos juntos, você nunca me disse que tinha uma família.

Raksh deu uma risada grosseira.

— *Família* é um conceito humano.

— Mas você os chamou de primos — pressionei. — Parentes. Além disso, os bebezinhos da discórdia devem vir de algum lugar. Você deve ter pais ou...

— Sei muito bem o que você está fazendo. — Raksh me lançou um olhar tão desconfiado que meu coração quase parou de bater. — Está procurando pontos fracos para o caso de precisar me aprisionar de novo. Poupe seu fôlego; meus parentes não são nada para mim.

A resposta brusca foi um banho de água fria para mim. "Nada para mim" não significava necessariamente "desejar mal", mas era mais próximo de tal sentimento do que algo pudesse ser interpretado como favorável para Marjana.

O único aliado que você tem no momento é esta criatura. Não há a menor necessidade de piorar as coisas. Mudei rapidamente de assunto.

— Então me conte sobre a corte da ilha a que apresentaremos nossa petição. Eles têm algum *nome*?

Raksh franziu o cenho, ainda desconfiado, mas respondeu:

— É melhor que eles te digam. Para eles, quanto menos você souber sobre o mundo mágico, melhor.

— Sou literalmente casada com um espírito do caos com um nome tão antigo que até já foi esquecido.

— E não há motivo para a corte ficar sabendo disso. Diremos que Falco nos enganou para que o ajudássemos e tudo que queremos é voltar para detê-lo. — Raksh apontou para o pico verde-esmeralda no coração da ilha. Um planalto de pedra semelhante a uma coluna coberta de trepadeiras erguia-se da selva até se fundir nas nuvens. — São criaturas do ar, por isso subiremos até eles.

Senti um nó no estômago ao ver a letal formação rochosa. Claro que tinha de ser num lugar alto.

— Não consigo escalar aquilo ali.

— Nem vai precisar. Assim que atrairmos sua atenção, eles virão até nós. — Apesar das palavras confiantes, Raksh demonstrava certo receio. — Durma bem, esposa. Temos uma grande aventura pela frente.

Capítulo 27

Acordamos cedo no dia seguinte e partimos logo ao amanhecer. Rezei a fajr com mais intenção do que o normal, embora não soubesse muito bem qual dua escolher para "apresentar uma petição bem-sucedida a criaturas sobrenaturais criteriosas". Sentia-me estranha e meio ridícula com a vestimenta mágica roubada; minhas roupas estragadas tinham sido reduzidas a bandagens para os pés e minhas únicas armas eram a khanjar e uma lança tosca que entalhei. Mas já não vomitava sangue nem mancava pela areia, então ao menos tinha isso a meu favor.

Era um dia úmido, mas o ar estava fresco na floresta, tornando-se mais seco à medida que nos embrenhávamos no coração da ilha. As árvores eram tão densas ali que suas copas encobriam o céu, a única luz vindo de algum raio ocasional que penetrava na escuridão. O solo era macio e argiloso sob meus pés, com cheiro de vida. Diversas vezes pensei ter avistado a árvore de água com flores cor de marfim aninhada entre papoulas do tamanho de bandejas e samambaias de folhas largas, mas toda vez que me virava para olhar, ela havia desaparecido.

Ao contrário da minha primeira incursão, a selva estava surpreendentemente silenciosa. Uma cacofonia de pássaros nos saudara no início, mas logo se reduziu ao silêncio, e um bando de raposas voadoras com caudas múltiplas que trinavam por ali e cuidavam de seus filhotes saiu correndo. Senti o peso de olhares e vi seu brilho ocasional na vegetação rasteira e nos galhos retorcidos, mas nenhuma criatura se aproximou de nós; o ambiente parecia pesado e tenso, como nos longos minutos antes de uma execução.

— Cadê todo mundo? — perguntei enquanto escalava um rochedo coberto de musgo. O terreno havia começado a subir.

— Devem estar escondidos. Não somos daqui, mas qualquer criatura que pertence a esse lugar sabe muito bem o que acontece quando a corte detecta a presença de estranhos. — Raksh cortou um cipó com as garras. — Não se preocupe. Aposto que não vai demorar muito até que...

Ele parou de falar ao ver seu hálito condensar no ar. Um vento frio passou pelo meu ombro, deixando minha pele toda arrepiada. A geada serpenteou pelas samambaias que nos rodeavam, revestindo-as e imobilizando-as na brisa.

— São eles? — sussurrei, puxando o capuz para cobrir os cabelos. Os espinhos de diamante farfalharam ao vento e uma fina camada de gelo revestiu as rochas incrustadas de musgo, deixando prateados os troncos escuros e úmidos das árvores, como se fossem cobertos por uma peça de musselina transparente.

— São, sim. — Raksh engoliu em seco. — Digníssimos! — saudou ele, com um ar mais educado do que eu o imaginava capaz. — Que a solidão e a harmonia estejam com vocês. Gostaríamos...

Mas Raksh não conseguiu dizer o que queríamos. Porque, assim que começou a tentar explicar, o próprio ar nos agarrou.

O vento vinha das árvores, do solo e do céu subitamente prateado, sibilando e rodopiando num vórtice que me arrancou do chão e me fez girar como a roda de um ceramista. Cega pelo redemoinho de gelo, sujeira e detritos do solo da floresta, mal conseguia ver Raksh, embora seu berro de indignação indicasse que também tinha sido apanhado. Havia movimento — o vórtice parecia avançar pela selva. Avistei árvores ao longe sobre uma planície rochosa. Fragmentos azuis do mar e um solo que estava *metros* abaixo dos meus pés.

E, de repente, tudo acabou. A nuvem de funil sumiu numa explosão de folhas mortas e galhos, me jogando sobre o chão frio de pedra. Ouvi gritos furiosos e juro ter visto a silhueta de uma criatura verde-limão ser afugentada dali, mas, com o meu azar, caí sobre o joelho machucado e a pontada de dor me distraiu. Xinguei profusamente, rolando em posição fetal até esbarrar em Raksh, que havia caído de bruços sobre uma poça de orvalho.

— Ai! — Ele me empurrou com um gemido. — Vai para lá, *fazendo o favor*!

Ainda tonta, sentei-me, tentando não vomitar. O chão sob meu corpo, duro como uma pedra quando aterrissei, cedeu e se deslocou de repente, como se eu estivesse sentada numa rede suspensa. Olhei ao redor para me localizar, mas não tive sorte. A selva se fora; em seu lugar, havia uma névoa gelada que pairava à nossa volta em delicados flocos brancos que caíam suavemente sobre a minha pele.

Neve, percebi ao ver as lascas derretidas nas mãos. Só tinha visto neve uma vez na vida, numa viagem de infância pelas montanhas de Jabal Xemece. Ainda assim, aquela neve me pareceu estranha. Derreteu sem deixar água para trás, e o ar estava muito seco, muito... agitado para ser natural. O vento soprava de diversas direções como numa dança, movimentando folhas e flocos de neve das cores de pedras preciosas. Embora a câmara enevoada fosse vasta, imensos galhos se erguiam acima de nós em tons reluzentes de ébano e mogno, como se tivéssemos caído no meio de uma árvore saída de uma das lendas da criação do mundo.

Olhei para cima, com a neve fazendo cócegas nos cílios, e avistei uma ligeira movimentação. Silhuetas ágeis subiam entre os galhos emaranhados e voavam pelo ar. Era como olhar para o céu noturno; mais estrelas surgiam quanto mais você olhava. As criaturas não pareciam ser muito maiores do que eu, passando de vez em quando num clarão de pele escamosa e asas deslumbrantes.

— Raksh — sussurrei. — É a...

Um chiado vindo lá de cima interrompeu minha pergunta, um som de arrepiar os cabelos que mais parecia o cruzamento entre um enxame de gafanhotos e um bando de pássaros. As criaturas começaram a pousar ali, empoleirando-se e pulando nos galhos como se procurassem uma melhor visão da cena. Havia centenas delas voando lá em cima, olhando para nós dois com seus olhos claros e brilhantes. Entre o peso de seus olhares e uma visão mais clara da altura da copa das árvores, senti-me como um inseto prestes a ser devorado.

— É a corte de que você me falou? — perguntei, baixinho, enquanto Raksh e eu nos levantávamos devagar. Todas as criaturas pareciam capazes de voar, mas eram bem diferentes em outros aspectos. Alguns tinham as asas e probóscides cintilantes de enormes libélulas, ao passo que outras pareciam papagaios com rostos humanoides azuis e amarelos.

— É, sim — balbuciou Raksh. — Te aconselho a não olhar para o chão.

Olhei para baixo no mesmo instante e descobri que *não* havia chão nenhum — somente uma névoa diáfana e o solo distante. Assim que me dei conta disso, a ilusão se desfez. O que quer que houvesse sob meus pés tornou-se esponjoso e afundei até os tornozelos com um grito alarmado.

— Olhos *aqui* em cima — anunciou uma voz impaciente, num árabe mais distinto que o de um clérigo formado em Meca. — Nome?

Olhei rapidamente para cima. Uma das mulheres-pássaro havia pousado num galho cor de canela logo acima da minha cabeça. Embora tivesse algumas feições humanas, ela mais parecia uma pomba de palmeira; sua cabeça redonda era rosada e uma plumagem cheia de pintinhas circundava seu pescoço. Dois olhos grandes, pouco simpáticos e sem pupilas situavam-se nas laterais de seu rosto, emoldurando um nariz em forma de bico.

— O-o quê? — gaguejei.

Ela deu um suspiro, se é que os pássaros podem suspirar. E por que não? Já que falam árabe…

— *Nome*. Qual é o seu nome? — Ela sacudiu um par de braços alados azul-acinzentados e pegou um pergaminho e uma caneta para escrever. — Precisamos dessa informação para nossas atas.

Eles tinham atas?

— Hã… Amina — consegui responder.

— Local de nascimento e composição elemental?

O quê?

— Nasci em Sur, mas…

— Ela é humana — interrompeu Raksh. — *Evidentemente*.

— Seu testemunho foi considerado desnecessário — disse a mulher-pássaro, secamente. — Nenhum peri tem tempo para uma criatura da sua laia.

Peri? Era isso que aquelas criaturas eram? Voltei a contemplar seu semblante de ave, mas a visão que tinha diante de mim se chocava com as fábulas que ouvira sobre as gentis donzelas aladas de rara beleza.

— Ele está falando a verdade — disse, depressa. — Sou humana.

A peri inclinou a cabeça em sinal de dúvida.

— Tem certeza? Pensei que as humanas não chegassem a sua altura. Será que há algum gigante na sua família? Quem sabe um nefilim?

Pelo amor de Deus, até aqui minha altura seria julgada? E que porra era um nefilim?

— Absoluta — respondi, com sarcasmo.

Ela fez uma anotação.

— Excelente. Se você tivesse algum traço de qualquer um dos dois, seu caso seria complicado. Como é inteiramente humana, é bem mais simples: humanos não podem vir aqui. Nem são autorizados a sair da ilha com vida. Seu método de remoção será…

— Espera! — implorei. — Antes que você… me remova daqui, peço que me escute. Meu companheiro me disse que vocês são uma raça nobre e digna, encarregada de manter o equilíbrio entre o mundo mágico e o meu. Se essa for sua verdadeira intenção, acredito que vai querer ouvir o que tenho a dizer.

— Ela pode apresentar uma petição, não? — desafiou Raksh, sem se importar com o fato de terem lhe dito para calar a boca. — Conheço bem o suficiente suas regras arcanas para saber que não podem se livrar de um ser inferior sem ouvir sua defesa primeiro.

A peri bufou alto, como se estivéssemos mantendo-a afastada de assuntos mais importantes.

— Então, vamos logo com isso.

Não perdi tempo.

— Não vim parar nessa ilha por livre e espontânea vontade, nem com alguma má intenção em relação ao seu povo. Meu companheiro e eu fomos sequestrados e forçados a servir a outro humano, um criminoso cruel que espera obter acesso à magia e causar destruição ao meu povo. A *todos* os povos. Ele fala em desafiar o próprio Deus Todo-Poderoso!

A peri não ficou muito impressionada.

— Um bom número de seres humanos já teve esse tipo de delírio. Ele falhará, assim como os demais.

— Mas poucos humanos conseguiram subjugar um marid — insistiu Raksh. — Esse homem escravizou um deles com a magia de sangue.

— O Criador não pode ser desafiado por um mortal — respondeu a peri, com firmeza. — E o que quer que esse humano faça no domínio terreno não nos diz respeito. Nós não interferimos.

— E se ele usar meios *extraterrenos*? — perguntei. — Esse homem está em vias de obter a Lua de Sabá. Tenho certeza de que a posse de um poderoso aspecto lunar está na sua esfera de preocupações.

A peri franziu a testa, confusa.

— A Lua de Sabá? — Ela se voltou para os companheiros empoleirados lá no alto. — Por que esse nome me soa familiar?

Uma peri vermelha com cara de papagaio e olhos brilhantes de vespa pousou no galho ao seu lado.

— Porque a Lua de Sabá é uma das Transgressões na nossa lista. Pode ser utilizada para conferir realeza.

— Não — grasnou uma terceira peri das sombras. — Você está falando do Velocino de Ouro. A Lua de Sabá é a Transgressão que assume a forma de uma pérola. Os humanos a lambem para curar doenças.

— Não seja boba — corrigiu uma quarta peri. — Os mortais são selvagens. Não comem as pérolas, usam-nas como joias. *Você* está descrevendo a Maçã de Samarcanda.

— Vocês *todas* estão erradas — disse Raksh, exasperado. — A Lua de Sabá é a bacia na qual Bilqis aprisionou o espírito lunar al-Dabaran. Quando a Lua está em seu manzil ou durante algum desvio lunar, tal como o eclipse que ocorrerá *na semana que vem*, qualquer um que contemple seu reflexo na água da bacia é capaz de obter o controle de todos os aspectos da discórdia. Lembraram agora?

As duas peris empoleiradas no galho acima da minha cabeça folheavam uma pilha de pergaminhos perolados que haviam surgido do nada, brilhavam como o arco-íris e sumiram assim que foram deixados de lado.

— Ah, sim, aqui está — disse a peri com cara de pomba. — A Lua de Sabá. É uma Transgressão mais recente, classificada como de risco baixo a insignificante.

— *Risco baixo a insignificante?* — repeti, incrédula.

— Exato. — A peri examinou o pergaminho, franzindo os lábios finos. — A Lua de Sabá tem a capacidade de provocar grandes distúrbios entre os mortais, mas está escrito aqui que o derramamento de sangue costuma se enquadrar nos parâmetros habituais da violência humana.

— *Ah.* — A outra peri grasnou, entusiasmada. — Se o humano que esses dois tanto temem é tão volátil assim, não é lógico presumir que o caos que vai causar será suficiente para romper o vínculo entre al-Dabaran e o recipiente que o aprisiona? Seria perfeito.

— Só nos resta ter esperança — disse a outra peri, com seriedade. — Assim tudo voltaria à ordem natural.

Engasguei-me, chocada.

— E se milhares de inocentes forem mortos enquanto "tudo volta à ordem natural"?

— Como já disse, acreditamos que a violência está dentro dos parâmetros habituais. — A peri finalmente tirou os olhos dos pergaminhos para me encarar. — Seu pedido pela nossa interferência foi recusado.

Fiquei de queixo caído.

— Então é isso?

— Não, é claro que não — respondeu ela, como uma burocrata entediada. — Ainda resta a questão da sua remoção. O *seu* caso — ela se voltou para Raksh — é mais complicado, mas o da humana continua sendo bastante simples. Como já disse, os mortais não são autorizados a conhecer, habitar ou deixar esta ilha com vida. Portanto... — Ela levantou a mão cheia de garras.

O chão sumiu sob meus pés.

Capítulo 28

Foi tudo tão rápido que nem tive tempo de gritar. Num segundo, eu argumentava com um povo alado e presunçoso que minha espécie tinha o direito de não ser assassinada e, no seguinte, o chão sumiu sob meus pés e comecei a cair em direção à morte.

Despenquei violentamente pelo ar. O solo estava tão longe que pude ver a ilha inteira: as montanhas cobertas de névoa e a selva verdejante rodeada por areia branca e oceano azul-esverdeado. Eu estava mais ao alto do que um bando de pássaros, mais ao alto do que qualquer humana deveria estar. Seria algo extraordinário e lindo se, como deve se lembrar, eu não estivesse caindo em direção a uma morte iminente e certamente dolorosa. Comecei a gritar bem alto.

Avistei um borrão verde pelo canto do olho antes que algo enorme se chocasse comigo.

Não, não se chocasse comigo — me *apanhasse*. Por um instante, continuei caindo nos braços emplumados que me seguravam com força. Então fui jogada para cima e apanhada novamente, desta vez por um par de garras poderosas.

— Segura firme! — gritou a criatura, outro peri.

O peri me levou até uma árvore imensa e me soltou num terraço de galhos entrelaçados e trepadeiras carregadas de — veja só você — berinjelas.

Peguei a faca e me voltei para a criatura assim que ele pousou ao meu lado.

— Ah! — O peri deu um salto para trás, agitando as asas. — Mil perdões! Presumi que não quisesse cair em direção à morte.

— É claro que eu não queria cair em direção à morte! — gritei, com o corpo todo trêmulo.

O peri me lançou um olhar interrogativo. Ele era tão estranho como os demais; uma mistura de pássaro e inseto. Suas asas eram de um verde-

-limão deslumbrante, ainda mais impressionante quando comparado com o tom acinzentado da pele pálida e os olhos estranhamente incolores. Escamas prateadas cobriam seu couro cabeludo estriado e calvo, e penas cresciam ao redor das orelhas compridas e afiladas como uma crista.

— Então por que está apontando uma arma para mim? — Ele franziu a testa. — Você... você quer me dar essa faca? Não preciso de recompensa, mas não gostaria de ofender os costumes humanos.

— Estou apontando uma arma para você porque um bando dos seus primos emplumados acabou de tentar me matar! Ah, perdão: me *remover.* — Talvez não fosse justo comparar o peri que salvara minha vida com os que tinham tentado acabar com ela, mas eu estava nervosa demais para ser educada.

— Te remover? — repetiu ele, horrorizado. — Foi a corte que fez isso? Por quê?

Estremeci, mal ouvindo a pergunta conforme a constatação do quanto estivera perto da morte — *mais uma vez* — tomava conta de mim. Por Deus, como queria ir para casa. Como queria que aquilo não passasse de um pesadelo horrível. Meus dentes batiam tanto que até doía e fechei os olhos com força, tentando respirar fundo.

— Não quer se sentar, jovem? — O peri pousou a mão fria no meu pulso, e eu me sobressaltei ao sentir o toque. — Você passou por um choque e tanto.

Abri os olhos e percebi que o peri havia me impedido de dar um passo em falso para fora do terraço.

— Quero — murmurei. — Sentar é uma boa ideia.

O peri me levou até um poleiro coberto de musgo e eu desabei ali, derrubando metade dos cipós com um chute desajeitado.

— Aceita um chá? — perguntou ele educadamente, ignorando as folhas que caíam.

— Se eu aceito *o quê*?

— Chá?

Pestanejei, atônita.

— O que é chá?

O peri franziu o nariz em forma de bico.

— Ah, às vezes esqueço como estou longe de casa. O chá é uma bebida maravilhosa. Deve chegar a esta parte do mundo daqui a um ou dois séculos, mas vou te dar uma provinha antes.

Ao estalar os dedos, um bule de cobre e duas xícaras de vidro surgiram do nada. O peri despejou nas xícaras um líquido fumegante, com o aroma agradável de grãos de pimenta, noz-moscada e algum tipo de erva, deixando as esferas de vidro de uma cor verde-dourada. Com cuidado, afastou uma das mãos que eu mantinha em volta dos joelhos conforme me balançava para a frente e para trás, aflita, e colocou a xícara quente na minha palma.

O chá, seja lá o que fosse, tinha um cheiro delicioso, mas não fiz nem menção de beber.

— Isso não pode ser real — eu sussurrei, tão maravilhada quanto desesperada.

— Às vezes, também me sinto assim — disse o peri, num tom casual, tomando um gole da bebida. — Enfim, pode me contar o que a levou a ser jogada lá de cima?

Fiquei instantaneamente mais cautelosa.

— Para que você quer saber disso?

— Talvez eu possa te ajudar.

Minha experiência prévia com os peris não me deixara muito otimista, mas resolvi arriscar.

— Você poderia me levar para longe daqui. Até uma certa ilha... Socotra. Um lugar encantador.

Mas seus olhos perderam o brilho.

— Sinto muito, mas não posso fazer isso. Se contrariasse a decisão da corte de te remover, nós dois morreríamos antes de sair daqui.

— Eles te matariam? Só por me ajudar a partir daqui? — Apesar das regras bizarras do peris, aquilo me parecia uma reação absurdamente exagerada. — *Por quê*? Por que o seu povo se preocupa tanto com o mais breve contato humano?

Ele deu um suspiro.

— Meu povo... tem boas intenções. Mas já presenciamos violências terríveis quando os reinos se envolveram uns com os outros: grandes guerras entre as raças elementais e destruição em todos os mundos. Sua resposta tem sido restaurar o equilíbrio, acreditando que, se tudo e todos forem mantidos em seu *devido* lugar, e bem longe uns dos outros, isso trará paz e prazer ao Criador.

Guerras entre as raças elementais e destruição em diversos mundos? Não fazia a menor ideia do que ele queria dizer com aquilo; na verdade, senti-me tão irremediavelmente humana e pequena que mal sabia o que indagar primeiro.

A parte que te diz respeito, sua idiota.

— Mas você… não acredita nisso? — perguntei, deduzindo pelo seu tom de voz. — Que os reinos, o mundo humano e o mágico, devam permanecer separados?

— Se acreditar nisso implica na morte de um inocente, certamente que não. — A expressão do peri tornou-se severa como a de um pregador de sexta-feira. — Acredito que nosso Criador dá prioridade à justiça e à preservação de vidas antes da ordem. Se isso me coloca em desacordo com meu povo, que assim seja.

Olhei para ele, desejando poder confiar em sua resposta franca, e tomei um gole do chá — que era realmente delicioso.

— Quem é você?

— Meu nome é Khayzur. E o seu?

Deus, por favor, não deixe que isso seja um erro.

— Amina al-Sirafi.

Khayzur abaixou a cabeça num aceno de pássaro.

— Que a justiça do Criador a acompanhe, Amina al-Sirafi. Então… quer me contar o que aconteceu?

Respirei fundo, mas, já que não tinha muito a perder, contei a Khayzur tudo que sabia a respeito de Falco e da Lua de Sabá, o que fez com que Raksh e eu naufragássemos na ilha e nossas esperanças de que a corte dos peris nos levasse de volta a Socotra para que pudéssemos impedir Falco de tomar posse de al-Dabaran antes do eclipse lunar.

O peri estalou a língua assim que acabei de falar.

— As Transgressões são um assunto delicado, mas, na minha opinião, seu pedido foi bastante razoável.

— O que são essas tais de Transgressões? — perguntei.

— Objetos que conectam os reinos, principalmente o mundo humano e os diversos mundos mágicos. Seu povo é o mais sagaz quando se trata de conceber tais talismãs… e o mais audacioso. A magia foi concedida a outras raças por não possuírem a engenhosidade dos seres humanos, mas seu poder não foi concebido para ser exercido por mãos mortais.

Tentei digerir o que ele havia me dito.

— E a Lua de Sabá é um desses talismãs, dessas Transgressões?

— Nunca ouvi falar da Lua de Sabá, mas parece que sim.

— Como é que você *nunca* ouviu falar da Lua de Sabá? — perguntei, incrédula. — Pelo visto, deve ser incrivelmente poderosa!

Khayzur soltou um gorjeio desiludido.

— Porque agora há mais Transgressões do que *qualquer um* seria capaz de lembrar: almas escravizadas em anéis ou destinadas ao tormento eterno em montanhas longínquas; capas de invisibilidade e cálices que transformam qualquer líquido em veneno; chaves para portais e caldeirões voadores. É impressionante. E intimidador, quando paramos para pensar no caos que poderiam causar.

Minha mente ficou a mil.

— *Como?* Como é que os humanos foram capazes de conceber tudo isso?

— As fronteiras entre nossos mundos já foram mais permeáveis — explicou Khayzur, soando quase nostálgico. — Havia mais interação entre nossos povos, entre todas as raças elementais. Porém, são raros os humanos capazes de conceber tais talismãs, geralmente por serem extraordinariamente santos ou malignos. De qualquer modo, as Transgressões são abominações destruidoras da ordem aos olhos da maioria dos peris.

— Então, por que a corte dos peris se recusou a me levar de volta a Socotra? Eu poderia ajudar o seu povo a se *livrar* de uma Transgressão!

— Porque estamos tendo essa conversa. — Quando franzi a testa, confusa, Khayzur esclareceu: — Porque você consegue me *ver*, Amina al-Sirafi. Porque você consegue me ouvir e conversar com um elemental do ar enquanto toma uma xícara de chá. Você se alimentou e saciou a sede nesta ilha, não foi?

Hesitei, mas Khayzur tinha falado com conhecimento de causa e não vi nenhuma vantagem em mentir para o único peri que demonstrara empatia por mim.

— Sim.

— Então você não é mais a mesma de antes. É provável que tenha iniciado sua transformação no segundo em que pisou nestas praias. De um jeito que pode não ficar evidente até partir. De um jeito que não pode ser desfeito. Agora, você também é…

— Uma Transgressão — concluí quando Khayzur parou de falar, relutante em dizer a palavra que eu acabara de perceber que me condenava.

Sua expressão era sombria.

— Exatamente.

Ah. Abaixei o chá com os dedos trêmulos e me levantei, precisando me mexer, abrir espaço para que tudo aquilo se assentasse dentro de mim. Khayzur não disse nada, mas senti o peso de seu olhar enquanto me dirigia até a beira do terraço. O céu impossível da ilha e o sol prateado recaíram sobre mim, enquanto um par de gansos de pescoço comprido com saliências espinhosas voava por ali. Uma das berinjelas se balançou na árvore, exalando um aroma cítrico, conforme eu olhava para um reino que não deveria poder enxergar.

Poucos meses antes, eu estava no meu barco de pesca, rechaçando um demônio com asas de morcego e discursando aos jovens de Áden sobre os perigos do mundo mágico. Agora, estava presa numa ilha de elementais do ar, reunida com o cônjuge sobrenatural que tentara matar e tomando chá com um homem que tinha asas no lugar dos braços, enquanto minha tripulação era prisioneira de um feiticeiro. Tudo isso já era bastante terrível.

Mas o que Khayzur havia me dito era mais profundo. Eu *mesma* havia sido transformada. Mudada pela magia — aquela coisa esquiva e desprezada em meu coração — de um jeito que não podia ser desfeito. De um jeito que podia não ficar evidente até que tudo aquilo acabasse — isso se eu sobrevivesse.

O que será que isso me *tornava*?

A palavra "Transgressão" não inspirava muita esperança. Será que eu tinha maculado minha alma? Violado uma lei da Criação que sequer sabia que existia? Ser capaz de dar um murro na cara de Raksh era bastante agradável e minha nova força poderia me ajudar a enfrentar Falco. Ainda assim…

Você é como Deus a fez. A nakhudha. Uma mãe e uma amiga. E agora seus companheiros precisam que pare de se preocupar e lide com isso. Salve-os *— com qualquer bênção que lhe for concedida.*

Mais determinada, embora não totalmente em paz, voltei-me para Khayzur.

— Como faço para convencer a corte a me deixar partir?

— Você tem algum plano para derrotar o humano chamado Falco?

Não.

— Ainda estou… deixando que algumas opções surjam na minha cabeça.

— Bem, talvez eu consiga convencê-los de que vale a pena deixar que uma Transgressão menor, ou seja, você, saia daqui em troca da oportunidade de nos livrarmos da Lua de Sabá. Já estava me preparando para partir; levá-la comigo não poderia ser considerado uma interferência. — Ele acenou com a cabeça para a minha xícara. — Aceita mais chá?

Recusei diplomaticamente; eu é que não ia consumir mais nada daquela ilha.

— Não, obrigada... e obrigada por salvar a minha vida — acrescentei com um rubor envergonhado. — Peço desculpas pela faca.

— Não precisa se desculpar. — Khayzur estalou os dedos e os utensílios de chá desapareceram. — Só espero poder fazer isso mais uma vez.

Ele me levou por uma abertura nos galhos, voando por túneis sinuosos de madeira de lei e por baixo das nuvens geladas. O ar estava mais fresco do que a mais doce das brisas, e o vento assobiava como música e girava ao redor da minha cintura como um animal de estimação ávido e feliz. Tentei encontrar algum encantamento na experiência, lembrando-me de apreciar as maravilhas de Deus, mesmo que meu coração estivesse apertado de preocupação.

Ouvi a voz argumentativa de Raksh bem antes de chegarmos à corte.

— Vocês não têm o direito de decidir nada por mim! — gritava ele quando entramos na câmara. Meu marido saltitava como uma gazela frenética de uma poça de névoa para a outra à medida que se dissolviam sob seus pés, e os peris furiosos grasnavam e voavam sobre sua cabeça. — Seu conceito de ordem é uma *mentira*! Fui criado para ser o caos! Para tumultuar, inspirar, criar e tecer lendas que vocês jamais seriam capazes de...

Khayzur pigarreou alto.

Milhares de pares de olhos se voltaram em nossa direção.

— Ah, puta merda! — disse a peri com cara de pomba. Tá bom, ela não disse essas palavras exatas, mas pode acreditar que o que quer que tenha saído de seus lábios ao nos ver ali foi o equivalente em peri: reconheço aquele tom de voz em qualquer língua. — Khayzur — continuou ela em árabe (Por quê? Como? Um dos muitos mistérios que ainda tenho de desvendar). — Creio que deixamos claro que você não é mais bem-vindo. Pelo Juízo Final, o que está fazendo *aqui*, e na companhia de uma humana que deveria ser removida, ainda por cima?

Segurando meu braço de maneira cortês, embora mais para me apanhar caso o chão voltasse a sumir, Khayzur se apresentou diante dos peris reunidos ali.

— Imaginei que ficaria feliz com meu atraso. Se eu não tivesse demorado a partir, não poderia impedir um crime tão grave! Sinceramente, assassinar uma humana inocente diante da própria corte? E de centenas de testemunhas?

— Não foi assassinato — retrucou a peri. — A magia que governa nosso reino é imprevisível, assim como o próprio chão. Se não estivesse aqui, ela não teria caído.

Mas quanta audácia!

— Vocês me trouxeram até aqui num ciclone! — acusei.

A peri me ignorou, olhando para Khayzur com seus olhos redondos.

— O destino desta mortal *não* é da sua conta, Khayzur. — O desinteresse que ela demonstrara mais cedo havia sido substituído pela fúria. — Você nem deveria tê-la salvado para começo de conversa! Foi uma interferência!

O resto das criaturas aladas ficou em silêncio conforme a tensão tomava conta do ambiente.

Khayzur foi igualmente firme.

— É considerada uma interferência quando o Criador nos coloca onde somos necessários? Não nos dizem para procurarmos sinais e agirmos de acordo com a situação? — Quando a peri estalou o bico como se quisesse arrancar sua cabeça com uma mordida, ele logo esclareceu: — Vocês já deixaram bem claro sua opinião a respeito de nossas convicções conflitantes. Não vou insistir mais no meu "radicalismo" aqui na corte. Mas não se trata de um debate teológico, e sim de uma única vida humana. Deixem-me levar Amina para Socotra, fica a caminho de casa. Não vou interferir além disso, prometo.

A peri começou a exprimir sua discordância de imediato.

— É tarde demais. A humana permaneceu aqui por tempo suficiente para que a magia da ilha a mudasse. Ela própria já é uma Transgressão.

— Mas não por livre e espontânea vontade! — insistiu Khayzur. — Alguns dias no nosso reino não são suficientes para transformá-la numa ameaça como a representada por um criminoso humano capaz de obter o controle da Lua de Sabá. Ela pode ser a pessoa certa para destruí-la! Temos nos preocupado com essas Transgressões há séculos. Por que não deixar Amina resolver uma?

— *Resolver*? É o que você acha que ela faria, uma humana que conseguiu atrair um espírito da discórdia? É bem mais provável que tome a Lua de Sabá para si mesma!

— Não farei nada disso — afirmei resolutamente. — Juro por Deus, com a mão sobre o sagrado Alcorão. Na verdade, prometo destruí-la diante dos olhos de Khayzur para tranquilizar suas preocupações.

Minha proposta foi recebida com o arrastar de garras de uma plateia inquieta de peris.

A peri-anciã franziu os lábios finos.

— Não há precedentes. Seria uma coisa se a humana usasse suas novas habilidades apenas para se livrar da Lua de Sabá, mas não podemos desfazer o que aconteceu com ela.

Já estava farta de ouvi-los falarem por mim.

— Pois então vou me *aposentar.* Acredite, se eu conseguir derrotar Falco e devolver esse maldito penico, ficarei satisfeita em passar o resto dos meus dias pescando e fazendo os afazeres de casa com a minha família. — Estava falando sério. Sim, eu tinha fome de aventura e riquezas, mas tais desejos haviam me desviado do caminho correto e colocado em risco todos que eu amava. Tudo que eu queria era salvar minha tripulação, resgatar Dunya, *assassinar* Falco e voltar para Marjana.

A peri olhou para mim sem qualquer vestígio de emoção.

— Não acreditamos em promessas vãs.

Sua condenação pairou no ar por um longo minuto — até que Raksh soltou o suspiro mais desagradável e exausto que já ouvi.

— Meu Deus… — reclamou ele, com a voz cheia de desprezo. — Vocês não escutam o que dizem? Não é *óbvia* a solução para essa rixa mesquinha?

Todos nos viramos para ele.

Fiquei *imediatamente* desconfiada. Havia uma expressão de puro tédio no rosto de Raksh — mas não em seu olhar. Não, seus olhos tinham se iluminado e o fogo em suas profundezas era hipnotizante. Bem, seria hipnotizante se eu não soubesse muito bem o que aquele olhar significava.

Era o olhar que Raksh exibia ao farejar a ambição.

Mas os peris não deviam ter muita experiência com seres iguais a ele, pois pareceram não notar.

— Fale claramente, demônio — fungou a peri.

— Mandem a humana atrás de *mais* Transgressões — incitou Raksh. — Vocês receberam uma ferramenta. Por que não tirar um bom proveito dela?

— Como é que é? — interrompi, ofendida. — Uma *ferramenta*?

Raksh ignorou meu protesto e se aproximou dos peris.

— Querem encontrar e destruir as Transgressões? Pois esta mulher já era qualificada para ajudá-los com isso antes mesmo de a ilha causar as supostas transformações nela. É uma das capitães de mar mais talentosas do seu mundo e tem uma tripulação igualmente talentosa para encontrar e roubar tesouros. É a humana *certa* para ajudá-los. Mas por que parar na Lua de Sabá se poderiam mandá-la atrás de mais Transgressões?

Khayzur pareceu considerar a sugestão de Raksh com um vislumbre fugaz de esperança nos olhos incolores.

— É uma boa ideia — disse ele, mas então olhou para mim e o que quer que tenha visto no meu rosto o fez pensar melhor. — Mas o que isso significaria para Amina...

Exatamente, o que significaria para Amina? Olhei feio para Raksh.

— Você sugere que, por ter dormido duas noites na ilha deles, eu passe o resto da vida a serviço das criaturas que tentaram me matar?

Raksh encolheu os ombros.

— Consegue pensar em outra solução?

Eu tinha proposto outra solução! Destruiria a Lua de Sabá e ficaríamos quites. Se Raksh não tivesse aberto a maldita boca, continuaria tentando convencer a peri da veracidade das minhas palavras.

Mas não, foi por causa da proposta de *Raksh* que vários peris se juntaram à cara de pomba. Reuniram-se num bando de penas, chilreando em sussurros fervorosos. Khayzur me observava com uma mistura de apreensão e incerteza. Raksh examinava uma unha, como se aquilo pouco lhe interessasse.

Fiquei atordoada. Tudo estava acontecendo rápido demais. Eu estava tão desesperada que faria praticamente qualquer coisa para deter Falco, mas a que destino iria me condenar? Já tinha me envolvido com o sobrenatural uma vez, no casamento ébrio que me unira a Raksh e custara a alma de Asif. E agora deveria entregar minha vida a um bando de pássaros briguentos que se referiam a um massacre humano em massa como algo dentro dos parâmetros aceitáveis de violência? Será que eu teria permissão para ver minha família novamente?

De repente, a peri com cara de pomba e seus comparsas se afastaram.

— Discutimos a questão. A humana terá permissão de partir em troca de uma vida inteira de...

— Não — retruquei, trêmula.

Raksh se virou para mim.

— Perdeu o juízo? — sibilou ele. — Só assim deteremos Falco. Você prometeu me salvar!

Eu não tinha prometido coisa *nenhuma* para ele, mas não importava.

— Não vou me tornar escrava dessas criaturas — afirmei, tentando soar mais confiante do que me sentia. — Desejam os meus serviços? Pois então o acordo será nos meus termos.

A peri emitiu um chiado estridente de condescendência.

— Não é um *acordo*. Estamos apenas discutindo as diversas possibilidades que você pode escolher de livre e espontânea vontade...

— Sim, a livre e espontânea vontade de não ser atirada em direção à minha morte — concluí, com amargura. — Que bela escolha!

Khayzur interveio:

— Quais são as suas condições, Amina?

Olhei para a corte, encarando não apenas a peri com cara de pomba, mas todos os outros que nos observavam e sobrevoavam por ali.

— Primeiro, não pertencerei ao seu povo. Vou procurar os talismãs, as Transgressões, como quer que se chamem, mas farei isso no meu ritmo e à minha maneira. Quando não estiver trabalhando, minha vida é só minha.

— Desde que não use seus dons mágicos para provocar o caos, pouco nos importam os assuntos mortais em que você se envolva — disse a peri, de modo esnobe. — Mas como poderemos avaliar se está dedicando um tempo adequado à procura?

Respirei fundo, escolhendo as palavras com cuidado.

— Porque terei um incentivo. Não sei quanto tempo seu povo vive, mas não sou mais jovem — alertei. — Não vou passar meus últimos anos de vida atrás de talismãs mágicos pelo mundo afora, longe da minha família. Vou recuperar três objetos para vocês. Depois, deixarão que eu me aposente em paz.

Vi uma expressão fugaz de descontentamento no rosto cuidadosamente controlado de Raksh, que sumiu num piscar de olhos. Khayzur assentiu, como se o que eu tivesse dito fosse razoável — como se *alguma coisa* daquela história fosse razoável —, dando um tapinha reconfortante no meu braço enquanto os outros peris se reuniam novamente.

A peri ergueu os olhos da discussão.

— Trezentos.

— De jeito nenhum. Três.

— Cem.

Pelo visto, negociar números não era uma experiência comum aos peris.

— Quatro.

Ela ficou carrancuda.

— *Cinco.* Nem mais, nem menos.

Cinco. O número assentou-se na minha alma, com suas amarras se enroscando em volta dos meus tornozelos.

— Cinco objetos — concordei. — Dos quais a Lua de Sabá será o primeiro. Depois, vocês me deixarão em paz, por mais mudada que eu esteja.

A peri assentiu.

— Você terá permissão para deixar esta ilha e habitar no mundo mortal com a condição de viver o mais discretamente possível com seus dons e recuperar cinco Transgressões de nossa escolha. Não as guardará nem tentará utilizá-las de forma alguma. Assim que as encontrar, deverão ser entregues a nós para descarte imediato.

Devia haver dezenas de brechas naquelas palavras, uma centena de maneiras de dar tudo errado. Contudo, que escolha eu tinha?

Minha família, minha tripulação. Engoli em seco, rezando para que não estivesse tomando uma péssima decisão.

— Entendido.

A peri com cara de pomba continuou me encarando com as penas eriçadas enquanto a peri semelhante a uma vespa se aproximava para cochichar no seu ouvido. Ela arrulhou baixinho, um som que mais parecia um rosnado do que o canto de um pássaro.

— Bem, de acordo com nossa conversa, se você desejar acompanhar Khayzur quando ele partir, não a impediremos. Ele será seu... *contato* daqui para a frente.

— Excelente. — Khayzur segurou meu braço com firmeza e deu um passo para trás. — Então não atrasaremos mais a corte...

— *Ainda não terminamos.* — Os olhos redondos da peri se estreitaram sobre meu salvador. — Khayzur, você tem a mania de partilhar seus mal-entendidos sobre o papel do nosso povo de uma forma que põe em perigo a harmonia social e desencaminha os peris de cabeça fraca. Já foi advertido por mais de uma corte, aparentemente sem grande sucesso.

Seus dedos tremeram de leve no meu braço, mas Khayzur olhou com calma para a assembleia e respondeu:

— Assim como acredito que nosso Criador deseja a justiça em vez da ordem, também acredito que nosso povo será melhor se as opiniões divergentes forem discutidas livremente.

— Pois nós discordamos de você — disse a outra peri, com altivez. — E decidimos acusá-lo formalmente de interferência.

Ele se retesou na mesma hora.

— Isso é realmente necessário?

— Parece que sim. — Sua voz ficou áspera e seu olhar, impiedoso. — Tome cuidado, Khayzur. Seria uma pena se sua afeição pelos mortais acabasse por matá-lo algum dia desses.

Ela não parecia sentir pena coisa nenhuma, mas Khayzur baixou a cabeça, de qualquer modo. Antes que eu pudesse abrir a boca e dizer alguma grosseria, ele passou o outro braço pelo de Raksh e nos arrastou para fora dali.

— Vamos logo — sussurrou, baixinho. — Antes que mudem de ideia.

— Espera... o que foi que aconteceu? — indaguei. — O que eles fizeram com você?

— Não é importante.

— Pareceu importante, sim!

Khayzur se virou para mim.

— Nem sempre é fácil fazer a coisa certa, Amina al-Sirafi. Na maioria das vezes, é uma provação solitária e ingrata. Mas não quer dizer que não valha a pena.

Raksh bufou de desdém.

— Só você para encontrar um peri político radical, Amina.

— Um peri político radical que acabou de salvar sua vida inútil — retruquei enquanto Khayzur nos tirava da enorme árvore. — Nós dois, *maridinho*, vamos ter uma longa conversa sobre o que aconteceu ali depois que tudo isso acabar.

Ele revirou os olhos.

— A ligeira chance de sobreviver a Falco vale qualquer briguinha com você.

Ah, sim, já estávamos nessa parte agora, não? Além da tentativa de Raksh de me vender à corte peri, o "não acordo" que eu tinha feito não adiantaria de nada se não conseguíssemos deter Falco.

Mas, apesar do que eu havia dito a Khayzur, não fazia a menor ideia de como fazer isso. Minha tripulação era prisioneira e eu não tinha nenhum aliado em Socotra. Sequer *conhecia* alguém em Socotra, exceto os aldeões que Falco havia torturado. E eles já tinham partido para se refugiar junto aos temíveis clãs de piratas que diziam dever-lhes proteção.

Khayzur nos conduziu até um trecho plano de galho enquanto eu considerava minhas opções — que não eram muitas. Apesar da força com que aquela ilha tinha me abençoado, não conseguiria enfrentar Falco, seus homens com poderes sobrenaturais *e* o marid sozinha. Raksh era um péssimo lutador e nada confiável. Como é que eu ficava nessa história? Teria alguma esperança de libertar meus combatentes mais capazes e encontrar um depósito de armas conveniente que pudéssemos utilizar para derrotar nossos inimigos?

A imagem de Dalila algemada voltou à minha cabeça. Não, acho que não. Falco devia mantê-los presos e bem vigiados. Minha única vantagem era que ele certamente acreditava que eu já estivesse morta. Não estaria à minha espera, muito menos de uma versão magicamente abençoada de mim. Tamborilei os dedos na cabeça de leopardo no punho da khanjar, reflexiva. Então, de que outra forma poderia surpreendê-lo?

Porém, o movimento inconsciente me fez lembrar como havia sido derrotada: atirada do meu próprio navio com aquela adaga cravada no ombro, as palavras humilhantes de Falco ecoando em meus ouvidos:

Costumavam chamar seu avô de "Leopardo do Mar", não?

Deve ter sido um pirata temível. Um aventureiro de verdade. Ao passo que você, bem... você não é nada.

Parei de tamborilar os dedos.

Um pirata temível.

Khayzur saltou no ar, pairando sobre nós com grandes batidas das asas.

— Então, vamos para Socotra? — perguntou ele. — Já ouvi falar dessa ilha; o mundo mágico tem história lá. Mas a caverna que você mencionou...

— Não vamos para a caverna — decidi.

Raksh se voltou para mim.

— O quê? *Quem* disse? Daqui a alguns dias, Falco será capaz de tomar posse da Lua de Sabá e me escravizar! Não temos tempo para passear por aí...

— Nada de passeios. — Girei a khanjar na mão e a apanhei habilmente. — Falco queria conhecer um pirata de verdade, não? Pois vamos levar alguns para ele.

É UM BANDO DE GENTE ASTUTA E DEGENERADA

UMA ANEDOTA DAS VIAGENS DE IBN AL-MUJAWIR:

A ilha possui campos de plantio e construções; assim como cidades e aldeias, algumas desconhecidas entre si. Todos penduram uma cruz ao pescoço, cada um de acordo com sua posição. Ao redor da ilha, há muitos portos, tais como Bandar Musa e Ras Mumi.

O estilo de vida da população das áreas costeiras está atrelado aos piratas, que chegam e permanecem com eles por seis meses seguidos, vendendo-lhes seu saque. Comem e bebem com eles e têm relações sexuais com suas esposas. É um bando de gente astuta e degenerada, alcoviteira, e as mulheres mais velhas são mais ativas nisso do que os homens. Como já recitou um poeta:

Se uma de suas velhas fosse lançada no fundo do mar,
ela voltaria à tona em cima de uma baleia.
Com sua astúcia, é capaz de pastorear milhares de mulas,
mesmo que sejam guiadas por uma teia de aranha!

Capítulo 29

Khayzur levou três dias para nos levar da maldita ilha dos peris até a costa oeste de Socotra, onde habitavam os clãs de piratas. Eu já tinha medo de altura *antes* de ser levantada no ar por um monstro marinho e jogada em direção à morte por burocratas aviários, de modo que pode muito bem imaginar como me senti agarrada às garras de Khayzur enquanto ele sobrevoava trechos intermináveis de oceano e Raksh berrava no meu ouvido. Então, por favor, continue imaginando. Porque não vou te contar essa parte da história.

Paramos para descansar numa série de ilhas que Khayzur parecia conhecer como a palma da mão. Meu "contato" com os peris permaneceu calado durante a viagem, até mesmo desanimado, mas não sabia se esse silêncio se devia ao esforço da travessia ou às acusações que a corte lhe havia feito. Para falar a verdade, não conhecia Khayzur. Tudo que eu sabia era que parecíamos acreditar no mesmo Deus, que ele era um político radical entre seu povo e que uma combinação desses princípios o levara a me ajudar e a sofrer punições por causa disso.

Eu torcia para não ter se arrependido. Mas, depois de pegá-lo me observando rezar num pequeno atol, arrisquei a sorte mais uma vez.

— Você tem algum conselho para mim sobre como lutar contra Falco e o marid? — perguntei, esperançosa. — Creio que não serei muito útil para o seu povo se acabar morta, mas não quero te colocar em apuros por mais "interferências".

Khayzur estremeceu.

— Estava tentando controlar a língua.

— Percebi.

— É. Você é uma pessoa perspicaz. — O peri fez uma pausa. — Numa forma vaga de conselho que não pode ser interpretado como interferência... você estava certa em se opor ao serviço forçado. Não há nenhum ser vivo que não deseje a liberdade. E os marids são criaturas incrivelmente orgulhosas. Têm uma ótima memória e crenças arraigadas a respeito de... de f-f... — Khayzur parecia estar literalmente lutando contra sua língua. — *Favores* — grasnou por fim. Ele eriçou as penas, com o rosto pálido transpirando escamas prateadas. — Se me der licença...

Seres vivos não gostam de ser escravizados. Era mais um truísmo do tipo "o céu é azul" do que um conselho sobre como combater o sobrenatural, mas o peri já havia salvado minha vida e arriscado a própria pele por mim, por isso achei que não podia reclamar.

Favores. Era a parte essencial, a palavra que ele tanto se esforçara para dizer. Mas como é que se faz um favor a um enorme monstro marinho incumbido de te matar?

No dia seguinte, chegamos ao nosso destino. Geograficamente, a costa noroeste de Socotra é semelhante às praias tranquilas e cavernas de calcário do leste isolado. Mas como as praias dali eram mais amplas, com falésias suaves voltadas para a península da Somália e o golfo de Áden — cujas águas movimentadas eram navegadas por navios que transportavam as cargas mais valiosas do mundo —, suspeitei que aquela parte da ilha fosse um lugar mais fácil para ganhar a vida.

No entanto, os navios mercantes eram sempre acompanhados por uma sombra constante e, se meu primeiro vislumbre da frota pirata de Socotra servia de indicação, tais águas eram *muito* ricas. Havia quase tantas embarcações ali quanto as que vira em Áden, pelo menos uma dúzia ancorada nas águas cintilantes e mais tantas outras arrastadas até a areia para consertos. Khayzur tinha nos levado a uma passarela escondida nas falésias, mas a nakhudha em mim não pôde deixar de espiar para admirar a impressionante armada lá embaixo. O qaraqir de águas profundas com esculturas ornamentadas na popa e as melhores velas que se poderia comprar. As elegantes galés com espaço para cem remadores, duas vezes mais rápidas do que qualquer embarcação em que já pus os pés. A tão temida barija, com seus foles que esguichavam nafta e aríetes. Mesmo os pequenos esquifes, o tipo de barco que flutua tão perto da linha d'água que fica praticamente invisível até que os bandidos joguem ganchos sobre a amurada do seu navio, brilhavam de um jeito impressionante, flutuando na água azul-clara como nuvens num belo dia.

— Vou deixar vocês dois aqui — disse Khayzur, baixinho, com uma pontada de angústia na voz. — Que o Criador a acompanhe, Amina al-Sirafi. Rezo para que nos vejamos do outro lado.

— Se Deus quiser — concordei, dando as costas para a visão da temível e deslumbrante frota pirata para me despedir do meu peri salvador. — Muito obrigada, Khayzur, por...

Mas ele já tinha ido embora, sumiu no céu azul-cobalto como se não existisse, deixando Raksh e eu a sós. Meu marido traiçoeiro voltou a assumir a forma humana, e o efeito era perturbador. Embora fosse visualmente mais agradável sem as presas e o coração batendo em volta do pescoço, às vezes era mais fácil lembrar que Raksh era um monstro quando se parecia com um deles.

Ele se aproximou da beira do penhasco, apontando os dedos compridos em direção à praia distante.

— *Ah.* — Raksh se balançou como um bêbado enfeitiçado. — Há algumas personalidades bem *interessantes* lá embaixo.

— Alguém que ambiciona lutar contra um feiticeiro franco?

— Minhas habilidades não são tão precisas assim. — Raksh estremeceu e a linha carmesim surgiu em seus olhos. — Mas estou louco para descobrir. Vamos lá nos apresentar?

✦

Nossa apresentação não correu nada bem.

Depois de sermos recebidos por uma saraivada de dardos na praia e forçados a nos abrigar atrás de uma rocha minúscula, gritei meu nome e jurei que tinha vindo em paz, o que resultou numa espécie de cessar-fogo. Se por cessar-fogo quisesse dizer ser despojada das minhas armas e arrastada para enfrentar o julgamento de mais um tribunal de estranhos hostis, desta vez o conselho pirata de Socotra.

Antes de mais nada, vou dizer uma coisa em nome dos tão temidos piratas de Socotra: não eram os assassinos preguiçosos, imundos e degenerados das lendas (bem, talvez até fossem degenerados, mas faziam isso com discrição e estilo). Raksh e eu fomos levados a uma esplêndida tenda situada num penhasco com vista para o mar. Tapetes elegantes vindos da Pérsia e do Magrebe tornavam o solo rochoso de seu interior tão macio quanto uma almofada, e havia lanternas egípcias de vidro penduradas no teto (esperei que entre os versículos sagrados pintados ali houvesse alguma admoestação contra a morte de convidados). O ar era perfumado com olíbano, rosa e almíscar, junto ao cheiro de tinta do outro lado da tenda, onde uma dúzia de escribas se sentavam com suas pranchetas, fazendo o inventário das pilhas de saques e conversando com o grupo mais pacientemente enfileirado que já encontrei em toda a minha vida.

Era um cenário de tanta riqueza e organização que faria um sultão chorar de inveja, e me senti uma caipira sentada diante deles — meus próprios dias de crime nunca foram tão profissionais. Por outro lado, nunca tive que supervisionar comboios de vários navios, me defender de uma marinha ou atrapalhar uma rota marítima inteira, de modo que talvez aquela fosse a prática usual. Os próprios representantes dos piratas eram ainda mais intimidantes. Havia seis nawakhidha e uma velha senhora local, todos enfeitados com joias finas e roupas adornadas, sentados em almofadas de seda, cada um com belos serviçais e criados pessoais para esfriar o ar quente com leques de folhas de palmeira. À mão, havia sherbet gelado (sim, gelado!), um vinho tão tentador que eu nem conseguia olhar para ele, e frutas fatiadas.

Se *eu* já achava tudo tão avassalador, percebi que a extraordinária exibição de riqueza e criminalidade era literalmente inebriante para Raksh. Meu ex-marido deu uma olhada nos mais ambiciosos, astutos e talentosos invasores marítimos do oceano Índico, soltou um suspiro de prazer profundamente inapropriado e ficou tão perplexo que nem sabia o que dizer. Muito útil, eu sei.

No entanto, não éramos os únicos na tenda a ter ouvido lendas sobre os outros.

— Amina al-Sirafi… — disse o nakhudha mais jovem depois que terminei de contar minha história, deixando várias partes importantes de fora. Ele era um homem de Malabar, como Tinbu, embora estivesse bem-vestido com sedas estampadas em laranja e roxo. — A Bruxa do Mar de Sur, a Meretriz dos Ladrões de Cavalos… quer dizer que você existe mesmo.

— Claro que ela existe — opinou um pirata bem mais velho. Sua barba era pintada com henna, os pulsos estavam envoltos por pulseiras de ouro e ouvi o sotaque de Mombaça em sua voz. — Só o Leopardo do Mar seria capaz de gerar uma garota tão parecida com ele.

Fiquei mais esperançosa.

— Você e meu avô eram colegas?

Sua expressão se tornou severa.

— Não foi um elogio, al-Sirafi. Seu avô me roubou uma carga valiosíssima de cascos de tartaruga, e não estou disposto a acreditar em nada do que você diz, muito menos numa história absurda sobre perseguir um franco até Socotra para resgatar a filha de um companheiro.

— No entanto, a história dela coincide com os rumores que ouvimos sobre um assassino estrangeiro a leste daqui — comentou a única mulher do grupo. Ela tinha um sotaque semelhante ao dos aldeões que tinha conhecido e usava uma cruz de ferro ornamentada no pescoço. — As notícias sobre a aldeia chacinada que vocês acharam que não valia a pena investigar — acrescentou ela, dirigindo-se ao conselho de piratas.

— *Sim* — confirmei. — Deve ser a aldeia que encontramos. Os sobreviventes estão a salvo? Eles pretendiam pedir ajuda ao seu clã.

Uma expressão sombria surgiu no rosto da velha.

— Ainda não chegaram aqui. Parece que há feridos entre eles, e outra aldeia os convidou para descansar e se recuperar antes de continuarem a travessia. Um mensageiro foi enviado para nos informar sobre a situação, mas as coisas que eles disseram…

— Eles disseram que foram atacados por um feiticeiro estrangeiro — interrompeu o jovem nakhudha. — Falaram que seu povo foi abatido como gado e mencionaram um leviatã convocado do mar. — Seus olhos escuros se estreitaram para mim. — É muito interessante que *você* tenha deixado isso de fora da sua história e que os aldeões não tenham dito nada sobre serem salvos por uma nakhudha.

Estremeci.

— Pedi para que eles não falassem sobre mim — expliquei, detestando que a resposta parecesse tão suspeita. — Foi sugerido que vocês não veriam minha presença em Socotra com bons olhos. Mas juro que o resto da história é verdade.

— Claro que é. — O homem de Mombaça soltou um grunhido desdenhoso. — Sabe o que eu acho, al-Sirafi? Acho que você veio para cá com esse feiticeiro franco. Acho que vocês pretendiam saquear as tumbas, mas as coisas correram mal e ele te traiu. E agora quer que *a gente* arrume a sua bagunça.

Era uma estratégia que eu certamente consideraria uma década antes, o que a tornou um pouco mais difícil de negar. Só um pouco.

— Que Deus me livre! — gritei, indignada.

Ao meu lado, Raksh respirou fundo e tentou deixar de ser inútil.

— Eu estive na caverna — disse ele suavemente e, embora baixa, sua voz era repleta de magia e sugestão, impossível de ignorar. — É deslumbrante. Há safiras e rubis maiores do que melões e polidos com tamanha perfeição que seu brilho seria capaz de cegar um homem. Autômatos cuja construção inteligente é insuperável e tantas moedas de ouro que é possível nadar entre elas. As câmaras de tesouros estão nas profundezas da caverna, de modo que precisarão de nós como guias, mas serão muito bem recompensados. Pensem bem! — insistiu ele. — Vocês são guerreiros temíveis e bem preparados. Será uma vitória fácil, seguida pelo tesouro digno de um império em pilhagem.

A descrição exagerada de Raksh parecia ridícula, mas até eu achei difícil resistir ao encanto que ele descrevia. Vi o espanto surgir nos olhos dos piratas, uma mera sombra do transe que Raksh usara para atrair a mim e a inúmeros mortais para seus acordos.

Mas, de repente, o jovem nakhudha estremeceu e se libertou do transe.

— Não acredito numa só palavra. Aquelas cavernas são amaldiçoadas por um bom motivo. E suspeito que o franco que esses dois estão enfrentando seja bem mais poderoso do que eles dão a entender.

— Se foi o franco que atacou a aldeia, não importa em quem você acredita. — A resposta da velha estalou no ar como um chicote. — Não se esqueça do pacto entre nossas comunidades, um pacto que *cumprimos* há séculos. Socotra oferece abrigo aos clãs de piratas e, em troca, vocês protegem o nosso povo.

— Sim, nós os protegemos de marinhas estrangeiras e possíveis traficantes de escravos — disse um terceiro nakhudha, com um rosto perturbadoramente bonito e uma barba preta e cheia. Faltava-lhe a perna esquerda abaixo do joelho e o corte folgado de sua kameez dizia que ele era um homem do Baluchistão. — Não de feiticeiros estrangeiros e das maquinações de notórias contrabandistas. É claro que não sou avesso a obter as riquezas de uma caverna dos tesouros, porém é mais sensato descobrirmos tudo que pudermos sobre esse franco e sua suposta magia primeiro. — Ele lançou um olhar na minha direção. — Al-Sirafi, você e seu homem ficarão aqui enquanto mandamos alguém para fazer o reconhecimento.

— Não há tempo para reconhecimento nenhum! — argumentei, tentando conter o desespero em minha voz; a Lua de Sabá era outra parte da história que eu havia deixado de fora, mas era fundamental chegarmos a ela antes do eclipse. — Falco está cada vez mais poderoso. Se nos atrasarmos ainda mais…

Uma nova voz retumbou atrás de mim.

— Ora, que discussão mais *curiosa*.

Assustada, dei meia-volta e vi um homem enorme parado na entrada da tenda, que poderia ter inspirado todas as histórias assustadoras sobre os salteadores do mar de Socotra sozinho. Ele era ainda mais alto do que eu, com o rosto enrugado que só décadas no oceano são capazes de esculpir. Seus braços, mais grossos do que as coxas de Raksh, estavam cobertos de tatuagens de cavalos e guerreiras, com os bíceps envoltos por facas embainhadas. Uma cicatriz grossa descia do seu queixo até a barriga, como se alguém tivesse tentado cortá-lo ao meio, um turbante amarelo imenso e salpicado de piche de barco envolvia sua cabeça e um cordão de dentes de tubarão pendia de seu pescoço.

Ele entrou na tenda, atirando e apanhando um pesado martelo de madeira na mão, e todos os membros do conselho de piratas ficaram visivelmente tensos.

— Fiquei desagradavelmente surpreso ao saber que uma reunião havia sido convocada sem a minha presença — disse o recém-chegado com um forte sotaque egípcio. — Ainda mais quando me contaram o que estava sendo dito na nossa tenda. Vilões francos, cavernas de tesouro, bandidas fascinantes… — Seus olhos brilhantes se encheram de prazer ao me contemplar, e ele abriu um sorriso, exibindo três dentes de ouro enquanto eu só tinha um. — Que a paz esteja com você, nakhudha. Meu nome é Magnun. Pois fui levado à loucura pelo amor em direção aos confins do mar, onde sentirei sede por toda a eternidade.

— Ah, é assim que se chama ser expulso da marinha fatímida? — murmurou o capitão de Malabar. Magnun se voltou para ele, girando o martelo, e o jovem calou a boca imediatamente.

— Magnun… — disse o nakhudha balúchi, de forma mais diplomática. — Você parecia ocupado com os consertos. Não quisemos incomodá-lo.

— Hamza, suas mentiras são doces, mas sempre reconheço o gosto de açúcar. E agora fiquei bastante incomodado — declarou, com a voz ainda mais alta de incredulidade — por saber que meus companheiros não passam de covardes!

A afirmação lhe rendeu olhares furiosos dos outros piratas.

— O que você chama de covardia, nós chamamos de sabedoria, seu tolo imprudente — retrucou o homem de Mombaça. — Nossos clãs prosperam aqui há tanto tempo porque *não* vamos atrás de feiticeiros estrangeiros com base na palavra de uma mulher que não é nem um pouco digna de confiança.

Magnun revirou os olhos.

— E vocês ainda se chamam de piratas… Cadê o seu senso de aventura?! — Ele se virou para mim. — Esqueça esses moleques medrosos,

Senhora Leopardo do Mar. Lutarei contra o franco e seus monstros com você. Vou abrir o crânio dele e esmagar seu cérebro diante dos seus pés. Em troca, você levará a mim e à minha tripulação até a caverna do tesouro que esses covardes não têm os colhões para aproveitar.

Suas palavras desafiadoras caíram com um estrondo. Como pode imaginar, é muito fácil provocar um bando de velhos cães do mar briguentos — ainda mais os chamando de "covardes sem colhões". Imaginei que desembainhariam suas lâminas e começariam a derramar sangue.

Em vez disso, uma expressão astuta surgiu no rosto do nakhudha balúchi. Ele olhou para a mulher de Socotra.

— Creio que isso cumpriria nosso pacto.

A velha olhou para mim, Magnun e Raksh com ceticismo.

— Vocês mandariam só esses três? Para enfrentar um feiticeiro?

— Por que não? — perguntou sarcasticamente o ancião de Mombaça. — Magnun está muito confiante em suas habilidades, e já pretendíamos mandar alguém para fazer o reconhecimento mesmo. Pois que vá, então. Se ele cuidar do franco sozinho, terá feito por merecer todas as riquezas que recuperar. — Ele abriu um sorriso cheio de dentes para Magnun. — E, se forem devorados por um monstro marinho, conheceremos melhor a extensão da ameaça.

— Por mim, tudo bem — resmungou o jovem Malabar na sua língua, que eu conhecia o suficiente. — Deixe que o idiota impetuoso aprenda uma lição da maneira mais difícil.

Qualquer alívio que eu pudesse sentir com a oferta de ajuda do conselho de piratas foi dissipado pelo fato de os demais estarem ansiosos para ver Magnun levar a pior.

Tentei de novo, olhando desesperadamente para os outros capitães.

— Aposto que vocês ficaram intrigados... a caverna realmente é um saque extraordinário. — Dei uma cotovelada em Raksh. — Conte mais a eles sobre o tesouro.

— Não há necessidade. — Ao meu lado, Raksh brilhava de entusiasmo, olhando para Magnun como uma criança à espera do dinheiro do Eid. — Ele é *perfeito*.

— Então está resolvido! — Magnun fez um sinal para que eu o seguisse. — Venha! Vou te mostrar o meu navio.

Apesar da minha apreensão, Magnun tinha um dos terríveis bawarij que eu tanto admirava, um autêntico navio pirata com plataformas de combate, galés de arqueiros e remos para sessenta homens. Seus cascos e velas haviam sido pintados para combinar com as cores do oceano noturno, e havia aríetes em ambos os lados, mangueiras para nafta e uma espécie de sistema de catapultas. Avistei cerca de uma dúzia de fornalhas, barris de lanças e um meio mastro falso cravejado de facas e machados de arremesso. Apesar de suas excentricidades, vi que Magnun comandava seu navio de modo eficaz. As velas eram feitas de um tecido de altíssima qualidade e os lemes se moviam sem fazer nenhum barulho. Não era à toa que os outros capitães suportassem sua desfaçatez; durante um combate, aquele seria o navio ideal.

— O navio é uma beleza — disse, com apreço. — Suspeito que tenha vivido muitas aventuras a bordo.

— Sim, embora seja uma vida solitária. Poucas mulheres estão dispostas a viver no mar. Você, por outro lado… — Magnun estalou a língua. — Aposto que poderia ter filhos fortes com essas pernas.

— Eu poderia quebrar os ossos de um homem com essas pernas — respondi incisivamente, dando um sorriso para Raksh que ele não retribuiu. — Aliás, posso fazer uma demonstração a qualquer momento.

Magnun deu uma gargalhada.

— Entendido, nakhudha. Não se pode censurar um homem só por tentar. — Ele me lançou um olhar avaliador. — Embora a capa de… de espinhos, não é?… seja bastante atraente, presumo que você prefira uma armadura, não?

— Prefiro, sim. — Arranquei uma lança do mastro de treino como se estalasse os dedos. Era leve como uma pluma na minha mão. — E armas, se puder me emprestar. Quando poderemos partir?

— Só preciso reunir minha tripulação; também prefiro a pressa. — Magnun apontou o polegar na direção da tenda. — Não duvido nada que aqueles tolos covardes percebam que estão deixando uma fortuna escapar de suas mãos e apareçam depois da luta para reivindicar um pouco do tesouro para si mesmos. Mas por ora? — Ele abriu um sorriso. — Vamos te vestir apropriadamente.

✦

— Ora, ora… — comentou Raksh quando voltei da cabine do navio. — Você certamente parece pertencer ao grupo do seu novo amiguinho.

Ele tinha razão. Magnun devia ter a mania de roubar os nobres e deixá-los só de roupa íntima, pois seu compartimento de carga estava cheio dos melhores tecidos em que já toquei, cada um mais colorido e caro do que outro. Boa parte era delicado demais para nossa missão: sedas estampadas e musselinas tão transparentes que eram mais propensas a se desfazer do que servir de cota de malha.

Mas ainda havia muitas opções de escolha. Eu tinha aceitado aquele trabalho com o objetivo de ser discreta, de enterrar minha juventude impetuosa e extravagante, mas mandei tudo para o inferno. Resolvi lutar da maneira mais fiel à minha alma. Sendo assim, a velha Amina al-Sirafi ressurgiu numa túnica verde-esmeralda bordada com raios de sol amarelo-fogo, macias botas de couro vermelho-sangue e calças esvoaçantes do azul exato de um mar crepuscular. Uma camada de cota de malha finamente confeccionada cobria tudo, seguida pela jaqueta verde e preta mais elegante que já vi, costurada com linha prateada. Envolvi os cabelos num turbante estampado cor de ébano e coloquei um capacete abaulado e adornado por versículos de proteção.

Quanto às armas, exagerei bastante. Já que negociara parte da minha vida para deixar a ilha dos peris com minha nova força, então, por Deus, usaria tal força muito bem. Agora, minha khanjar estava embainhada ao lado de um par de facas de arremesso e eu carregava duas boas espadas de Toledo nas costas. Além de tudo isso, havia um machado de batalha tão grande e pesado que poderia derrubar um bosque celestial, mas que agora pesava pouco mais que um martelo de carpinteiro na minha mão.

Magnun soltou um rugido de aprovação ao me ver.

— Aposto que o papa se cagou todo lá em Roma.

De fato, o líder latino se cagaria de medo se visse a tripulação toda reunida, e suspeito que muitos califas, sultões e almirantes também perderiam o controle do intestino. Magnun havia tirado seus companheiros de brigas e cabanas de bebida, de caçadas e cochilos, e todos pareciam tão selvagens e formidáveis quanto ele. Havia várias mulheres, muitas delas com uma constituição física tão forte quanto a minha. Os marujos se agitavam com armas e risadas, alguns vestidos com camisas talismânicas e outros com colares de dentes de tubarão iguais ao de seu nakhudha.

Raksh saltitava de entusiasmo, alimentando-se de ambições que eu mal podia imaginar enquanto jogava uma maça de aço perversamente pontiaguda de uma mão para a outra.

— Ah, isso é maravilhoso. De verdade. Talvez eu seja realmente salvo!

— Espero que o inspire a não me dar as costas e fugir outra vez — avisei. — Lembre-se de que *também* se beneficiará com a queda de Falco.

Mas dizer o nome de Falco foi o suficiente para acabar com meu bom humor. Havíamos reunido um grupo de ataque temível, mas eu não sabia ao certo se as armas à minha disposição seriam capazes de derrubar o franco. E se ele fosse protegido por feitiçaria? Eu tinha conseguido derramar o sangue de Raksh, mas, até onde sabia, Falco era protegido por algo bem mais forte.

Magnun passou carregando uma pilha de lanças e eu tive uma ideia.

— Nakhudha — gritei. — Posso te pedir mais um favor?

Ele lançou um olhar de admiração para mim antes de responder.

— Vá em frente.

— Você tem alguma arma talismânica, qualquer coisa gravada com versículos sagrados? — perguntei, pensando na minha lâmina abençoada. Havia sido tirada de mim, assim como da maioria de minhas armas, quando Falco tomou o *Marawati*. A arma não funcionou em Raksh, mas tinha banido a criatura na lagoa semanas antes. — Ou alguma faca de ferro?

O tagarela líder pirata ficou estranhamente imóvel.

— Uma faca de ferro? — Magnun me lançou um olhar curioso. — Você andou falando com a minha tripulação?

Quando balancei a cabeça, ele fez um sinal para que eu o seguisse até o porão escuro do navio. Mantive a escotilha aberta para que alguns raios de sol entrassem ali enquanto observava Magnun deslocar os caixotes de pilhagem, empurrando frascos de óleos preciosos, sacos de cereais e embrulhos de tecido bordado.

— É muito estranho que você me peça uma faca de ferro, al-Sirafi — disse ele por cima do ombro. — Muito estranho mesmo. — Magnun pegou uma linda caixa trabalhada em prata. — Pois roubei *isso* aqui pouco antes de ser expulso do meu país.

Ele abriu a caixa. Em seu interior, aninhada em meio às dobras de linho, havia uma arma comprida e plana com uma lâmina de ferro escuro. Do comprimento do meu antebraço, a faca brilhava como se fosse iluminada por dentro. Seu cabo era dourado e engastado em uma estampa de nenúfares estilizados e sóis nascentes, pequeninas pedras de lápis-lazúli e cornalina incrustadas em desenhos em espiral.

— Que tipo de arma é essa? — arfei, encantada com seu brilho.

— Uma arma celestial — respondeu Magnun, tão impressionado quanto eu. Quando lhe lancei um olhar cético, ele começou a rir. — Bem, ao menos foi esculpida a partir de um meteoro de ferro que caiu das estrelas. Encontramos lâminas deste tipo nas tumbas subterrâneas dos grandes reis-sol da minha terra. Era para ser um presente para o califa, mas… — Ele inclinou a caixa e a faca refletiu um raio de sol; a luz era ofuscante. — Decidi que poderia encontrar um uso melhor para ela.

— Tal como dá-la para uma nakhudha qualquer?

— *Emprestá-la* para uma nakhudha fascinante — esclareceu Magnun. — Ouvi você dizer ao conselho que o franco tem acesso à magia. Acho que seria uma arma à altura do combate.

— Então não prefere empunhá-la?

— Se o franco tivesse aprisionado a minha tripulação, eu atravessaria o inferno para salvá-los. Suspeito que será mais eficaz em suas mãos. — Ele estendeu a caixa para mim. — Fique com ela.

A faca pareceu cantar quando toquei nela. O cabo esquentou na minha mão e cristais verdes e roxos cintilaram nas profundezas do ferro como escamas de peixe nadando até a superfície da água. Perdi o fôlego, mas Magnun não pareceu notar nada de anormal.

Transgressão, sussurrou a voz da peri com cara de pomba no meu ouvido conforme eu erguia a arma, a luz do sol brilhando como uma tocha ao dançar pela lâmina afiada. Será que a faca era uma Transgressão? Assim como *eu*?

No entanto, quando os rostos da minha tripulação e da minha filha passaram pela minha cabeça, descobri que isso não importava.

Vou salvar todos vocês, prometi. *E atravessarei o inferno.*

Capítulo 30

Vou ser franca e confessar que é bem estranho planejar o roubo do seu próprio estimado navio. No entanto, após dois dias de uma travessia veloz ao longo da costa norte de Socotra, dois dias de discussões e intrigas com Raksh, Magnun e seus principais comandantes, dois dias rezando para que meus colegas ainda estivessem vivos e o acordo de Dunya tivesse a mantido a tripulação a salvo, nos aproximamos do acampamento de Falco na entrada da caverna onde se encontrava a Lua de Sabá, numa noite escura em que a lua estava prestes a ser engolida por um eclipse, com um esquema que só piratas seriam capazes de conceber.

O que decidimos fazer seria uma distração: fingiríamos roubar o *Marawati*. O que significava que, naquele instante, o magnífico navio de Magnun — com suas velas e cascos pintados de preto e cinza, as luzes apagadas, os marinheiros experientes remando com uma graça e discrição que me davam vontade de chorar de inveja — navegava pela água escura, praticamente invisível, em direção ao *meu* amado navio, com Magnun, um pirata de verdade, se é que já houve um, no comando.

Só que eu não estava no navio de ataque de Magnun. Em vez disso, atravessei os penhascos com vista para a entrada da caverna com o corpo rente ao chão. Raksh estava ao meu lado e dez dos piratas mais ferozes seguiam atrás de nós. Magnun tinha nos deixado na enseada com cordas e equipamento de escalada, e eu estaria mentindo se dissesse que não tinha dúvidas quanto à possibilidade de o nakhudha egípcio ter segundas intenções.

Mas acontece que eu não havia falado a verdade para Dalila em Áden: minha tripulação *era* mais importante do que o *Marawati* e, se eu tivesse de colocar meu navio em risco para libertá-los, então que assim fosse.

Paramos num ponto de observação escondido por arbustos baixos, de onde podíamos ver a fogueira acesa no meio do acampamento de

Falco. A lua estava brilhante e redonda como uma moeda de prata; ainda não havia nem sinal do eclipse. Rastejei pelo chão, tentando distinguir as silhuetas escuras e fugazes lá embaixo. Minha visão já não era muito boa à noite, mas o que pude ver das chamas bruxuleantes foi o suficiente para revirar meu estômago assim que a lembrança de quase ter sido escravizada por Falco voltou à minha cabeça. *Mãos me empurrando em direção à areia e a poção nojenta escorrendo pela minha garganta. O exército de escorpiões entrando no poço...*

Concentre-se. Mantive-me firme e pressionei a estranha lâmina de meteoro embainhada na minha cintura, que logo se aqueceu, formigando sob meus dedos. Algumas semanas antes, uma arma celestial ativada pelo meu toque seria algo bastante perturbador. Agora, era reconfortante. Eu realmente tinha mudado. Mas não a mando do franco.

Perto da praia, uma brisa veio do oceano. A fogueira crepitou e suas chamas iluminaram um pequeno grupo de pessoas cujos rostos encheram meu coração de alegria.

Minha tripulação. Não todo mundo, mas o alívio tomou conta de mim quando reconheci Tinbu, Hamid, Pequenino, o carpinteiro do navio e outros talentosos construtores de barcos. Era o grupo perfeito para fazer consertos num navio danificado e, por sinal, logo avistei o *Marawati* flutuando perto da costa, com o luar ondulando e quebrando nas ondas que o rodeavam. Estava escuro demais para avaliar o estado do meu navio, mas ao menos estava à tona. Fiquei na ponta dos pés para procurar o resto da minha tripulação.

Em vez disso, descobri algo bem menos promissor. O que imaginei fazer parte da paisagem — uma formação rochosa que se projetava das águas ao lado de uma duna — se mexeu de repente num estremecimento seguido por um sopro de hálito infesto no ar salgado. Era o *marid* de Falco; a enorme criatura estava meio encalhada na praia.

Fiquei imóvel, receando que o monstro tivesse nos visto, mas ele se limitou a balançar alguns tentáculos antes de abrir e fechar lentamente uma garra enorme.

Será que estava morrendo? Ou dormindo? Seu comportamento parecia lânguido, embora eu não soubesse o que isso significaria para um leviatã do tamanho de um prédio. Um amontoado de madeiras quebradas e conchas cintilantes continuava fundido ao seu crânio, tudo que restara do navio naufragado de Falco.

Um dos guerreiros de Magnun se juntou a mim.

— Presumo que seja a criatura, não? — sussurrou ele. Eu havia passado o máximo de informações a Magnun e sua tripulação durante a viagem, descrevendo o acampamento, os homens de Falco, a caverna e meus companheiros, tentando me tranquilizar por conduzirem ataques noturnos contra alvos supostamente maiores e mais letais o tempo todo (como logo fiquei sabendo, pois os homens de Magnun passaram a travessia inteira se gabando e garantindo que eu soubesse como seu nakhudha era habilidoso, viril e bem-sucedido).

— É, sim. — Olhei para ele, esperando que a visão não fosse o bastante para assustá-lo, mas os olhos do homem brilhavam.

— Será uma luta gloriosa — murmurou ele, soando como seu chefe. — Está vendo a sua tripulação?

— Só alguns homens. — Apontei para Tinbu e os demais, vasculhando a escuridão novamente na esperança de encontrar mais rostos, sem sucesso. — Mas não estou vendo os outros, nem o próprio franco. Talvez estejam na caverna. — Bem, ao menos *rezei* para que estivessem na caverna; Dalila, Majed e Dunya estavam entre os rostos desaparecidos.

— Então vamos esperar pelo sinal do meu nakhudha.

Afastamo-nos dali e nos juntamos aos demais. Raksh ofegava, segurando a maça do lado errado.

Tirei a maça de suas mãos, virei-a para cima e devolvi para ele.

— Por favor, cuidado ao balançar isso aí. Não vá atacar nenhum dos nossos.

Ele umedeceu os lábios, com os olhos brilhando de medo.

— Já mencionei o fato de não ser um guerreiro, não?

— Dezenas de vezes. Só não se esqueça da alternativa.

— Pode acreditar que não esqueci — murmurou ele, fazendo uma careta. — O maldito idiota lunar tinha que ferrar com todo mundo!

Antes que Raksh chafurdasse na autopiedade, o sinal de Magnun chegou: no mar, seus remadores aumentaram a velocidade, espirrando água para todo o lado e tornando visível o enorme navio pirata que seguia em direção ao *Marawati*. Observamos tudo em silêncio, tensos e à espera, mas não passou nem um minuto antes que os mercenários de Falco reparassem e um deles gritasse:

— Há um navio se aproximando!

Ainda a bordo do navio, os arqueiros de Magnun acenderam as flechas e o fogo ganhou vida nos arcos de uma dúzia de homens em perfeita sincronia (meu Deus, seus colegas de pirataria haviam subestimado o egípcio; até eu já estava disposta a entrar para a tripulação), e então o pânico tomou conta do acampamento de Falco.

Um homenzarrão se pôs de pé — Yazid, como reconheci ao ver minha cimitarra pendurada à sua cintura.

— Vá contar ao nosso mestre! — ouvi ele berrar.

Talvez acordado por toda a agitação, o marid soltou um rugido assustador. Parecia mais fraco do que antes, mas ainda foi capaz de erguer o vasto corpo sobre as inúmeras pernas. Voltou para a água, fazendo a praia tremer sob seus passos vigorosos, e sussurrei uma oração por Magnun e sua tripulação enquanto a criatura nadava em direção ao navio.

Estava na hora da segunda parte do nosso plano.

— *Vamos lá!* — sibilei para os guerreiros que me acompanhavam.

Descemos até a praia. Os guerreiros de Magnun eram predadores mais habilidosos do que eu, talvez até mais do que os brutamontes de Falco, acostumados a fazer ataques ousados e a tomar decisões em frações de segundo. Foram letalmente silenciosos e velozes como um dardo ao atravessarem o acampamento. Eu mal avistara o vigia do franco quando um dos piratas o agarrou por trás, cortou-lhe a garganta, embalou sua queda até o chão para que fosse silenciosa e seguiu em frente.

A facilidade com que ele fez isso me deixou atônita e ligeiramente intimidada — eram assassinos bastante experientes. Mas, de repente, a visão do vigia morto me deixou paralisada. Além de parecer tão monstruoso como na ocasião em que o franco me forçara a tomar sua poção repulsiva, com quatro olhos cinzentos e embaçados no topo de hastes que irrompiam da testa e escamas de peixe cobrindo-lhe a pele, havia algo ainda mais bizarro: um cordão grosso de algas trançadas se projetava do peito dele. Tinha um brilho prata, mas desintegrava-se rapidamente conforme a luz em seu interior desvanecia.

Em nome de Deus, o que é isso? Enojada, mas estranhamente compelida, dei um leve puxão nele e quase caí de bunda no chão quando o cordão de algas marinhas — e o *ferrão azul-acinzentado* ao qual estava preso — irrompeu do esterno do homem com um som repugnante de respingo.

Era igual ao ferrão que Raksh tinha arrancado de mim.

O próprio Raksh apareceu naquele exato momento.

— O que você está *fazendo*?

— O que é isso? — perguntei, mantendo a voz baixa sob o barulho das ondas. Apontei para os restos do cordão de algas marinhas, agora tão deteriorado que era difícil de identificar. O ferrão já havia se desfeito, deixando apenas uma pilha curva de conchas quebradas.

Seu olhar disparou entre o meu rosto e o chão.

— Isso o quê?

— Esse *cordão* — expliquei. — Estava preso a um ferrão igual ao que você arrancou do meu peito. E se estende... — Mas não consegui ver onde terminava, pois o cordão não brilhava mais na noite escura. — Até algum lugar por ali.

Raksh ficou visivelmente surpreso.

— Você está vendo um *cordão*? Saindo de um ferrão igual ao que estava no seu peito? — Quando assenti, Raksh me lançou um olhar selvagem. — Parece que o juramento que ele fez a Falco se tornou manifesto; os vínculos mágicos existem na forma física em alguns reinos. Só que você não devia poder ver nada disso. *Eu* não consigo ver.

Aquela não era a hora para discutir o assunto, pois havia um pandemônio à nossa volta. No mar, Magnun soltou uma rajada de nafta em direção ao marid, que berrou estridentemente em resposta. Sob o luar difuso e os lampejos da nafta em chamas refletidos no oceano noturno, era difícil enxergar algo além de tentáculos e armas quando os homens de Magnun se lançaram sobre os de Falco.

Era o tipo de batalha que eu evitara por toda a carreira — uma contrabandista que quer continuar viva até a aposentadoria se fia em vigarices e roubos em vez de conflitos abertos e sangrentos. Já participei de muitas escaramuças. Matei meu primeiro homem aos dezoito anos. Mas nunca gostei de violência.

Contudo, quando deixei o corpo do vigia e corri para me juntar à luta, algo se apoderou de mim, uma energia que correu pelas minhas veias. Lancei-me sobre um homem com uma série de olhos agrupados num rosto cor-de-rosa como o de uma aranha. Ele largou o copo da bebida que estava prestes a tomar e pegou uma machadinha de ponta dupla.

Decapitei-o com um único golpe.

Em outra ocasião, a façanha teria me deixado chocada, talvez até horrorizada. Não naquela noite. Massacrei os homens que haviam atacado meu navio, ameaçado minha tripulação e entregado suas almas a um carniceiro estrangeiro com toda a força sobrenatural que possuía.

Se tivesse mais tempo e misericórdia, talvez tentasse argumentar com eles. Mas eu estava sem tempo, e eles também. Afinal de contas, haviam decidido se juntar àquele monstro e permanecer ao seu lado enquanto ele torturava e assassinava aldeões inocentes. Faria o que fosse preciso para acabar com isso.

Mandei um homem pelos ares com um golpe no peito e girei o corpo com a rapidez de um raio para rasgar a barriga de outro que tentava se esgueirar por trás de mim, mas então tropecei, perdendo o equilíbrio com a facilidade do ataque. Minha força e velocidade... ambas melhoraram muito, de fato, mas seria melhor ajustar meus golpes *longe* do calor da batalha. Ao meu redor, os homens de Magnun lutavam contra os de Falco, fazendo o melhor que podiam contra os combatentes magicamente aprimorados. Do outro lado do acampamento, avistei um grupo da minha tripulação. Presos por cordas e provavelmente desarmados, eles se atiravam contra os guardas com berros e xingamentos.

Tentei alcançá-los, mas fui bloqueada por outro combatente de Falco — um espécime bem mais corpulento do que aqueles que eu havia despachado. Ele veio correndo na minha direção, ostentando seis braços de caranguejo e a boca cheia de dentes de tubarão. Mal me esquivei do seu enorme par de pinças, virando para acertar o machado em sua cabeça, e ele o bloqueou com o outro braço.

— Raksh! — gritei ao ver meu marido escondido atrás de uma rocha. — Uma ajudinha, fazendo o favor!

Em resposta, Raksh atirou a maça contra nós dois, quase arrancando a minha cabeça e errando meu oponente por completo.

Mas que canalha inútil! Cerrei os dentes, enfiando o cabo do machado entre as garras serrilhadas que estavam prestes a rasgar meu rosto. As garras recuaram, mas levaram meu machado consigo. Peguei uma das minhas espadas e apunhalei o peito do homem.

Foi um golpe capaz de partir um humano ao meio. Porém, meu oponente não era mais humano e tudo que a espada fez foi deslizar pela carapaça de caranguejo que reluzia sob sua camisa rasgada. A lâmina não deixou nem um arranhão, mas havia algo visivelmente possível de perfurar: um cordão espectral de algas marinhas igual ao que estava no peito do vigia.

O homem interpretou mal o choque em meu rosto, sorrindo com seus dentes de tubarão (nem tente imaginar isso — é uma visão pavorosa) e passando a garra em admiração pela carapaça dura como pedra que protegia seu peito.

— É bem melhor do que uma armadura, se me atrevo a dizer.

— Você parece um maldito camarão. — Por instinto, peguei minha lâmina de meteoro.

Ele bufou de desdém.

— Pretende matar alguma aranha com essa coisinha insignificante?

— Não exatamente. — Avancei e passei a faca pelo cordão espectral. A lâmina de meteoro cortou o cordão de algas marinhas com um clarão de luz crepitante.

O efeito foi imediato. O combatente de Falco ofegou como um peixe fora d'água, cambaleando para trás como se tivesse perdido o controle dos membros. Sua carapaça blindada desapareceu, fundindo-se numa pele demasiado humana. O homem nem teve a chance de gritar antes que seus membros extras caíssem, as garras de pinça reduzidas ao tamanho de caranguejos ao pousarem na areia. Com um gemido baixo de incredulidade, ele apertou o peito, agarrando o ferrão azul-acinzentado que emergia do esterno.

Abatido, caiu de joelhos no chão.

— Você me libertou — disse ele, com a voz rouca, tocando os dentes humanos e a barriga nua com um desespero evidente. — Falco... não o sinto mais.

— Onde ele está? — indaguei. — Me ajude e pouparei sua vida.

— *Te ajudar?* — Ele deu uma risada vazia. — Sabe o preço que paguei por isso? Assisti a meu próprio primo ser devorado vivo. — Ele me encarou com os olhos faiscando de ódio. — Eu *quis* isso, sua vadia.

Ele partiu para cima de mim, mas foi um movimento desesperado e não precisei de muito esforço para cravar a faca em seu coração. Arranquei-a e seu corpo desabou na areia. Ofegante, olhei espantada para a lâmina de meteoro que refletia a luz da fogueira em suas profundezas.

Raksh espiou por trás da rocha.

— O que foi que você *fez*?

Acho que descobri como despojar os homens de Falco da magia. Mas eu é que não ia contar aquilo para o meu cônjuge covarde e que poderia trocar de lado a qualquer momento.

Em vez disso, olhei feio para ele.

— Certo. Plano B, já que você parece mais propenso a ferir a mim do que ao meu oponente. Liberte meus homens e depois vá para a caverna.

Ele me lançou um olhar nervoso.

— Falco deve estar na caverna.

— Sim, idiota, e espero que o resto da minha tripulação também.

Você é um trapaceiro, não é? Pois arranje uma maneira de libertá-los para que possam lutar e atrasar Falco, se for possível. E te *salvar* — acrescentei, colocando em termos que ele pudesse entender. — Vá logo!

— Raksh praguejou baixinho, mas saiu em disparada, e eu me voltei para os guerreiros de Magnun. Se conseguisse cortar os cordões espectrais dos outros combatentes de Falco, derrotá-los seria uma brincadeira de criança para os piratas de Socotra.

Porém, mal dei dois passos antes que um forte golpe atingisse meu capacete, quase me deixando inconsciente.

Cambaleei, com os ouvidos zumbindo, e o capacete foi arrancado de minha cabeça. O homem-fera de Falco — Yazid, o mercenário que torcera e atara uma barra de ferro como se fosse um pedaço de corda — estava bem atrás de mim.

A surpresa iluminou seu rosto sujo de sangue.

— Al-Sirafi — arfou ele. Em uma de suas mãos, vi minha cimitarra.

Ah, Deus, como minha cabeça doía.

— Voltei para pegar minha lâmina — disse, tentando afastar as estrelas que dançavam diante dos meus olhos. — Você se importa?

Yazid lambeu os lábios.

— Venha buscar.

Ora, a experiência me dizia que tais desafios eram um péssimo atestado para o fanfarrão que os fazia — não passavam de tentativas de ocultar sua própria incompetência ou falta de confiança.

Infelizmente, levei menos de um minuto de combate contra Yazid para descobrir que ele havia feito por merecer tamanha arrogância.

Ele se movia mais depressa do que eu era capaz de enxergar. Apesar da lâmina de meteoro, mal tinha tempo de brandir minha espada antes que seus golpes me atacassem como os de um carpinteiro furioso descarregando suas frustrações num prego quebrado. Minha força tinha sido aprimorada, mas não chegava nem perto da de Yazid. Ao duelarmos de um lado para o outro, ele me levou para as sombras, bem longe de meus aliados.

— Você foi uma tola por não se juntar a nós quando Falco a convidou, al-Sirafi — disse Yazid, com os olhos brilhantes. — Ele teria te dado o mundo inteiro.

Grunhi de frustração, rechaçando outro golpe. Havia uma estranha mistura de amargura e inveja em sua voz; talvez alguém estivesse se sentindo inseguro quanto à sua relação com o feiticeiro franco.

— Foi isso que ele disse aos seus companheiros de navio antes de dar metade deles de comer a um monstro marinho?

Yazid me atacou com força — *usando minha própria espada* — e eu tropecei, evitando por pouco o aço que passou zunindo pelo meu rosto. De perto, consegui ver a coleira espectral, que brilhava intensamente e se estendia do seu peito até o chão. Cortá-la era minha única esperança, mas Yazid havia me deixado em alerta. Precisando empunhar a espada com ambas as mãos, tive que enfiar a faca de ferro no cinto no início da luta, quase deixando-a cair na pressa.

Desesperada, corri para trás, na esperança de conseguir alguma oportunidade para apanhar a faca. Porém, calculei mal. Yazid era tão rápido quanto forte e aproveitou a distância entre nós para me atacar com a espada a toda velocidade. Girei o corpo e a lâmina deslizou pela cota de malha em vez de rasgar meu abdômen, mas o golpe foi forte o suficiente para que eu sentisse uma costela se quebrar.

Yazid aproveitou o golpe e me chutou no mesmo lugar. Arfei de dor, perdendo o fôlego, e então ele me deu uma rasteira.

Caí na areia. Larguei a espada e tentei pegar a lâmina de meteoro, mas meus dedos mal haviam se fechado em torno do cabo quando ele a arrancou da minha mão, voltando a pressionar a bota em minhas costelas e me prendendo ali. Gritei em partes iguais de dor e ira frustrada conforme ele pairava sobre mim. Yazid apontou a espada — a *minha* espada — para o meu coração, com um triunfo assassino estampado no rosto.

Um grito familiar soou pelos ares. Tão familiar que, apesar da morte iminente, olhei para a esquerda… e me deparei com *Tinbu.*

Parecendo um coelho possuído, meu amigo saltitava descontroladamente em nossa direção, com a perna enfaixada num ângulo estranho, uma espécie de muleta debaixo do braço e um pedaço de madeira em chamas na outra mão. Foi uma aparição tão bizarra que Yazid até interrompeu meu assassinato, olhando freneticamente para Tinbu pouco antes de meu imediato se atirar sobre ele — de perna quebrada, muleta, madeira flutuante em chamas e tudo o mais.

Na maioria das circunstâncias, suspeito que Tinbu não teria passado de uma mosca a importunar Yazid, mas até guerreiros vilões ficam surpresos quando um homem saltitante e carregando uma tocha grita e se joga na cara deles. Yazid cambaleou para trás, golpeando e xingando enquanto Tinbu brandia a madeira em chamas sobre seus olhos. Com uma pancada forte, Yazid nocauteou meu amigo e Tinbu desabou no chão, caindo sobre a perna machucada e soltando um grito angustiado. Ainda assim, ele avançou em minha direção, usando a muleta para se arrastar pela areia, com o rosto branco como um pergaminho.

— Amina — balbuciou ele, com a voz embargada de tristeza e dor. — *Cubra o rosto.*

Cobrir o...

Foi então que percebi que não era uma muleta debaixo do braço de Tinbu. E sim o cajado de Dalila.

Uma sombra recaiu sobre nós, uma pequena silhueta num vestido esvoaçante e esfarrapado, parada diante da fogueira crepitante. Seus pulsos estavam cheios de hematomas e manchas de sangue das amarras, os cabelos soltos e voando para todo o lado. Ela segurava o chapéu de fitas numa das mãos e tinha a metade inferior do rosto coberta. Talvez tivesse parecido derrotada, exceto que sua expressão ao olhar para Yazid, repleta de ódio e vingança, mostrava como estava viva.

— Pelos aldeões — rosnou Dalila. Em seguida, passou os dedos pelas fitas do chapéu, quebrando os frascos de vidro — *todos* os frascos, o equivalente a uma década de trabalho — e jogando o conteúdo na cara dele.

Tampei o nariz e a boca com a ponta do turbante, virando-me para o outro lado antes que a fumaça me atingisse. Até por baixo do tecido, os vapores eram tão ácidos e fétidos que tive vontade de vomitar. De repente, Yazid começou a gritar, berrando e uivando de dor.

Ele tombou de joelhos ao meu lado, e eu me afastei, horrorizada. Seus olhos haviam *sumido* e a carne derretida de suas faces borbulhava e escorria. Dalila — de pé atrás dele como um anjo vingador — pegou minha espada roubada de onde Yazid a havia largado.

— Dalila — arfei, sentindo o ar ainda em brasas. — Eu posso...

Com um grito de partir o coração, ela enterrou a espada na garganta de Yazid. Teve de jogar todo o seu peso sobre a lâmina antes que finalmente o atravessasse e pudesse soltá-la, cambaleando para longe.

Yazid desabou na areia com um baque surdo.

Houve um longo minuto de silêncio e choque. Dalila tremia e ofegava tanto que fiquei surpresa por não ter desmaiado também. Suas mãos sangravam muito e o chapéu de fitas estava jogado aos seus pés numa pilha de vidro quebrado e tecido rasgado. Mas ela não largou a espada nem ao se voltar para mim. Pelo contrário, a selvageria ardia intensamente em seus olhos escuros conforme a tristeza e o pavor lhe distorciam as feições.

— Falco te matou — disse Dalila, com a voz rouca. — Você... está igual a Asif?

As lágrimas ardiam nos meus olhos.

— Não, minha amiga. Eu estou diferente. Mas não igual a...

Não precisei terminar a explicação. Dalila largou a espada e passou os braços em volta de mim. Tinbu apareceu um segundo depois; nós três nos abraçamos e começamos a chorar.

— Pensamos que você tinha morrido — choramingou Tinbu. — Disseram que Falco a apunhalou e jogou seu corpo no mar.

— Também pensei que tinha morrido — sussurrei, acariciando seus cabelos e encostando a testa na de Dalila. — Desculpa. Sinto muito por não ter conseguido proteger vocês. Sinto muito por ter demorado tanto para voltar.

— *Amina!* — Era Majed, que cambaleava pela areia com um Raksh cauteloso logo atrás. Meu navegador se jogou em nós, seus braços compridos envolvendo nosso grupo num abraço ainda mais apertado.

— Por favor, não com tanta força — murmurou Tinbu. — Tenho certeza de que quebrei a perna de novo.

Soltei-o de imediato, aliviada ao ver o resto da minha tripulação saindo da caverna. Os guerreiros de Magnun estavam eliminando os poucos homens de Falco que restavam — com uma exceção crucial.

— Cadê o franco? — indaguei. — Cadê *Dunya*?

— Foram embora — respondeu Majed, parecendo enojado. — Assim que o vigia contou a Falco que alguém estava nos atacando, o rato a agarrou e correu para dentro da caverna.

— Tenho que ir atrás deles — disse com urgência. — Agora mesmo. Antes que...

A terra se sacudiu inteira com um tremor.

Mais tremores se seguiram, como o aquecimento de um terremoto. Com um mau pressentimento, voltei-me para a água. Eu estava ocupada demais em não ser assassinada por Yazid para ficar de olho na batalha marítima e fiquei aliviada ao ver que o navio de Magnun continuava à tona. Mas apenas *em parte*, pois, embora disparassem flechas e mirassem a nafta para o marid, a criatura — talvez sob o comando mágico de Falco — disparava em nossa direção, e seus passos rápidos causavam os tremores.

— Que Deus me proteja — sussurrei à medida que ele se aproximava. Se antes já achava o marid apavorante, agora que a criatura surgia através das ondas, não havia nem comparação. Seu volume titânico e cauda letal ocultavam metade das estrelas no céu, e o cheiro fétido de suas feridas purulentas era tóxico e denso, competindo com as poções de Dalila. De perto, também consegui ver outra coisa: cordões espectrais semelhantes àqueles que os homens de Falco usavam.

Mas não havia só um, ah, não. Aí seria fácil demais. Em vez disso, uma *série* de cordões de algas marinhas se agarravam ao marid. Amarravam seu crânio e tentáculos, envolviam o poderoso ferrão e pendiam de seu largo abdômen. Eram mais brilhantes e grossos do que aqueles que eu tinha cortado, tão vibrantes que pude segui-los com o olhar através da praia até desaparecerem nas profundezas da caverna para onde Falco havia fugido. Não eram simples amarras.

E sim *coleiras*. Com repulsa, olhei para os grilhões que prendiam a poderosa criatura ao feiticeiro diabólico. Como seria ver-se forçado a obedecer aos caprichos de um ser tão menor?

Contudo, minha empatia foi posta à prova quando o marid subiu até a praia e ficou completa e assustadoramente imóvel. O único movimento vinha da água que escorria de suas pinças, caindo de tal altura que mais pareciam cachoeiras. Sua cauda segmentada estava levantada e pronta para atacar; o ferrão laminado tinha o dobro do comprimento do meu corpo. Todos ficaram paralisados — meus companheiros, os guerreiros de Magnun e até o que restara dos homens de Falco.

A lufada de ar foi o único aviso.

Afastei meus amigos e me joguei para o lado. O ferrão afundou no chão onde estávamos com tanta força que pedras e torrões de terra voaram pelos ares.

— Já para a caverna! — gritei. — Todos vocês! O túnel se estreita depressa. O marid não poderá segui-los.

— Não vamos te abandonar! — berrou Dalila.

O marid avançou, estalando as pinças gigantescas.

Não havia nada que meus amigos pudessem fazer além de acabarem mortos. Eu, por outro lado…

Seres vivos gostam de ser livres. Foi o que Khayzur havia me dito, e rezei para que o marid também se sentisse assim.

— Já vou atrás de vocês, prometo! — gritei e agarrei Raksh pela parte de trás do manto antes que pudesse fugir. — Ah, não. Você fica aqui comigo. *Distraia a criatura.*

— Você quer que eu faça *o quê*?

Empurrei-o pela encosta rochosa.

— Você ouviu muito bem o que eu disse! — Mas empurrei meu marido com tanta força que ele rolou como um barril desgovernado até cair bem debaixo do corpo do marid. O monstro berrou em triunfo, distraído por um instante.

Não era exatamente o que eu pretendia fazer, mas ia servir.

Com a lâmina de meteoro na mão, corri em direção ao cordão de amarras reluzentes mais próximo. Meu coração subiu até a garganta, mas a lâmina o cortou com a mesma facilidade com que partira o cordão no homem de Falco. Porém, ao contrário do cordão do mercenário, aquelas amarras se debatiam e contorciam como cobras, esquivando-se de minhas mãos. Continuei o trabalho, cortando furiosamente o máximo de cordões possível. Mais além, Raksh gritava e amaldiçoava minha existência, fugindo das pinças do marid.

BUM!

Uma enorme perna de inseto bateu na areia, quase me esmagando. Fiquei de pé num salto e disparei para longe dali, mas o marid bloqueou meu acesso ao restante das amarras — e à caverna. Ainda faltava uma dúzia de cordões, três ao redor de suas pernas e os outros presos em sua cabeça.

Que plano maravilhoso, al-Sirafi. Corri pela praia, esquivando-me do ferrão e serpenteando entre os membros dançantes do escorpião marinho enquanto cortava as amarras em torno de suas pernas. Mas não havia como cortar as que estavam perto de sua cabeça a menos que eu chegasse mais perto. *Bem* mais perto.

— Que se dane esse trabalho — praguejei, apoiando os pés e esperando o momento certo. — Que se danem Falco, Salima e aquela maldita lua devassa!

Uma das amarras cortadas que pendiam do pescoço do marid passou por mim. Antes que pudesse pensar a respeito ou permitir que um momento de medo ou hesitação me fizesse mudar de ideia, agarrei-me ao cordão.

E comecei a escalar.

Vou deixar registrado aqui que subir por um cordão mágico de algas marinhas que ninguém mais pode ver — e que poderia ou não se desintegrar a qualquer momento — até o corpo em movimento de um escorpião do tamanho de um navio de guerra enquanto ele berrava e tentava cravar o ferrão em mim foi uma das piores experiências da minha maldita carreira, sem esquecer que tive a poção nojenta de Falco enfiada goela abaixo. Agarrei-me com toda a força ao cordão espectral que balançava descontroladamente, mal evitando ser arremessada em direção ao penhasco duas vezes.

O marid *não* gostou de ser escalado. Nem um pouco. Seus tentáculos se agitaram e dispararam, tentando apanhar a mortal impertinente que se atrevia a subir por ele, mas eu me balançava de forma errática demais para isso. Ainda assim, ele me atingiu nas costas com tanta força que quase soltei o cordão, ofegando de dor.

Finalmente, o topo da criatura surgiu ao meu alcance. Agarrei as cracas e os corais que cresciam em sua concha escorregadia e me puxei para cima, respirando com dificuldade e agradecendo a Deus quando consegui ficar de pé sobre suas costas blindadas, com a terrível escalada concluída.

Foi nesse momento que um tentáculo pequenininho se enroscou em volta do meu tornozelo e me arrancou dali.

Voei pelos ares, mas, por milagre, acabei enrolada nas amarras do vínculo, balançando-me novamente nas pernas da criatura em movimento.

— Seu insetão ingrato! — gritei. — *Estou tentando libertar você!*

Não havia como saber se o marid entendera o que eu disse, mas seus tentáculos pareceram menos determinados a me matar quando escalei pela segunda vez. Ao chegar ao topo, mantive uma das mãos no cordão enquanto rastejava depressa até os destroços do navio de Falco. Fiquei fascinada com a fusão de madeira e monstro, mas não hesitei em correr até as amarras reluzentes que uniam os escombros ao marid. Os dois últimos cordões estavam localizados do outro lado do seu crânio. Atravessei, peguei as amarras e as cortei ao meio.

Assim que a lâmina de meteoro terminou o corte, o último cordão se desfez nas minhas mãos e todas as correntes de servidão partidas viraram pó e foram levadas pela brisa do mar.

O marid gemeu, um grito comovente de dor e confusão (ou ao menos o que acredito ser confusão — só Deus conhece a vida interior dos leviatãs).

Mas não em voz alta... e sim na minha *cabeça*. Uma enxurrada de imagens — lembranças, sons e até gostos — passou pela minha mente. O peso do fundo do mar escuro como o breu e os diversos e sutis sabores do sal. O canto das baleias e os cliques dos golfinhos. Mastigar um casco de madeira e ser convocado — *aprisionado* — por uma rede de sangue. Tampei os ouvidos com as mãos, o que não abafou a cacofonia de sons e visões subaquáticas que piscavam diante dos meus olhos à medida que uma fita espectral de escamas amarelas e cintilantes, como uma corda coberta de pele de peixe, surgia entre mim e o marid.

— Ah, mas de jeito nenhum! — exclamei, levantando-me com dificuldade. A fita surgia e sumia de vista como um raio de sol atravessado por uma nuvem, mas de repente comecei a *senti-la* como um gancho no meu coração. — Não quero me unir a você! — Perfurei a fita com a lâmina de meteoro, mas não adiantou de nada, passando por ela como se não existisse.

O marid parecia partilhar meus sentimentos. Rugiu e se debateu, cambaleando como um bêbado furioso. Com um som crepitante e uma lufada de ar ácido, suas bolhas gigantes começaram a cicatrizar. A crosta de cracas e coral morto que fundira os pedaços de navio à sua cabeça se partiu e caiu na praia. O monstro voltou a berrar e, em seguida, farto de nossas tolices humanas, correu em direção ao mar.

O movimento me jogou para trás. Deslizei pela concha molhada e escorregadia como folhas levadas por um rio transbordante. Desesperada, procurei alguma coisa para amortecer a queda, mas não havia nada ali. Nem a lâmina ficava presa em sua concha conforme o oceano subia cada vez mais depressa...

Caí na água com força suficiente para minha visão ficar turva e parte do meu corpo se perguntar se não poderíamos desistir de vez e ir logo para o vazio. De armadura e com várias armas pesadas, submergi instantaneamente e afundei rápido.

Comece a nadar, sua idiota! Depois de tudo que aconteceu, o afogamento seria uma maneira embaraçosa de morrer. Tentei chegar à superfície, mas estava atordoada demais para coordenar os membros — ou até mesmo descobrir em que direção estava a parte de cima da água noturna. Com os pulmões ardendo, mexi os pés sem parar, mas uma onda me apanhou e me jogou para o fundo do mar. Recusou-se a me soltar e girei descontroladamente...

Até que um par de braços me agarrou.

Não pude oferecer nenhuma resistência ou ajuda ao ser levada à superfície, mas então senti o ar, tão precioso e doce. Arfei, tossindo e me engasgando.

— Peguei você, minha irmã — arfou Majed, flutuando na água ao meu lado. — Peguei você. — Ele cortou as tiras que seguravam minha armadura no lugar, puxando a jaqueta e a cota de malha sobre minha cabeça.

— Achei que estivesse mentindo — ofeguei — quando disse que ainda era capaz de nadar desse jeito.

— Está vendo o que acontece quando você me subestima? — perguntou ele, ofegante, embora sua voz estivesse ácida como sempre. — Devia ter me levado logo para a terra firme. Talvez jamais tivéssemos chegado a esse ponto.

Eu estava cansada demais para discutir. Dalila e meus colegas de navio nos ajudaram a atravessar as ondas. Ainda podia sentir o marid no fundo da minha mente, assim como o aperto no meu coração enquanto rastejava até a praia para encontrar o resto de minha tripulação. Nenhum deles tinha fugido para a caverna como mandei. Que piratas terríveis! Sem o menor senso de autopreservação.

E por falar em falta de senso de autopreservação...

— Tenho que ir atrás de Falco — disse, com a voz rouca.

— Agora é tarde — respondeu Raksh, soturno. — Eles já devem estar do outro lado da porta. E mesmo que o que habita ali, naquele lugar entre os reinos, não os mate, já começou. — Ele apontou a cabeça em direção ao céu.

Segui seu olhar. À beira da lua cheia, uma delicada mordida escura havia sido dada.

O eclipse havia começado.

— Amina, do que ele está falando? — indagou Dalila.

Olhei para a lua e engoli em seco. Queria me deitar na areia molhada e dormir por centenas de anos. Nova força ou não, eu me sentia exausta, acabada. Tinha perdido a maioria das armas emprestadas, a armadura inteira e grande parte da força. Estava lutando contra uma magia que não compreendia, armada com poucas informações sobre padrões lunares, *e* meu maldito joelho estava começando a latejar outra vez.

Além disso, eu já tinha salvado minha tripulação, não é mesmo? Talvez Raksh tivesse razão, talvez o que quer que houvesse além daquela porta matasse Falco antes de ele se apoderar da Lua de Sabá e a usar para causar só Deus sabe quais horrores ao meu povo. Talvez aquela magia *não* colocasse a vida de minha filha em risco, uma menina que sempre me pareceu tão preciosamente mortal.

Mas não podia fazer essa aposta. E, para ser sincera, também não poderia abandonar Dunya a tal destino.

Levantei-me, trêmula.

— Preciso tentar.

Tinbu agarrou meu tornozelo — ou melhor, tentou agarrar, deitado na areia enquanto Dalila cuidava de sua perna quebrada pela segunda vez.

— Nós iremos com você.

Desvencilhei-me dele com delicadeza.

— Perdoem-me, meus amigos, mas vocês não podem me acompanhar agora.

— Nem eu — avisou Raksh, com firmeza. — Sem ameaças desta vez, Amina. O que há além daquela porta é uma prisão para seres como eu, uma armadilha que não poderá mais ser desativada. Prefiro ser escravizado por Falco do que condenado por toda a eternidade.

— Então vou sozinha. — Ergui a mão para deter os protestos de meus amigos e fui buscar minha espada do corpo de Yazid. Levaria a espada e a faca de meteoro, rezando para que bastassem. — Desculpa, mas chegarei mais depressa sem vocês. Explico tudo depois, prometo… mas Falco já não é o único tocado pelo sobrenatural.

Majed arfou de choque, mas saí correndo antes que algum deles pudesse me impedir. Meu corpo protestou, mas, assim como na ilha dos peris, disparei pela areia até entrar na caverna, correndo mais rápido do que qualquer humano seria capaz.

A porta me chamava como o fantasma de um amante, uma assombração que eu não desejava e ainda assim não conseguia recusar. Eu tinha planejado pegar um dos lampiões no interior da caverna, mas nem precisei. A magia que reinava naquele lugar brilhava intensamente na minha nova Visão, iluminando o túnel sinuoso. A porta puxava meu coração como um gancho invisível, levando-me cada vez mais fundo, até que me vi novamente diante do portal de bronze com suas cenas macabras.

Ela fora deixada aberta.

Uma brisa fresca passou por mim, entremeada de murmúrios que pareciam desvanecer à medida que eu tentava analisá-los. Com uma oração, entrei ali e o mundo mudou completamente.

O ar úmido da caverna, a porta de latão e a água pingando… todos desapareceram e foram substituídos por um vazio mais escuro do que o espaço sem estrelas. Ouvi um berro sobrenatural e gritei, cambaleando para trás.

Deveria ter saído pela porta de bronze até os degraus de pedra. Em vez disso, pisei em tábuas barulhentas conforme a escuridão dava lugar a sombras e a um céu noturno sufocado pela fumaça, como se um véu fosse tirado dos meus olhos. Eu estava lá fora; a lua mais parecia uma foice e as estrelas gélidas tinham se escondido. Por instinto, firmei os pés quando o chão onde pisava começou a subir e descer como o peito de um animal adormecido — depois do encontro com o marid, não era uma sensação que eu queria voltar a ter. Só que não era um monstro: ouvi a batida do oceano contra o casco e o crepitar de uma vela em chamas.

Um barco, percebi, pois não há mundo que eu conheça mais intimamente do que o convés de um navio. Mas não um barco qualquer. Com horror, me dei conta de que *conhecia* aquele navio.

Sabia que noite era aquela.

E ali, acorrentado ao mastro do navio onde eu o queimara há tantos anos, reconheci Asif.

— *Amina* — choramingou ele. — Por favor, me ajude.

Capítulo 31

Recuei às pressas, mas acabei me chocando contra a amurada do navio.

— Que Deus me perdoe — arfei. — Isso não é real.

Asif se lançou contra as correntes, ofegando como um animal raivoso.

— Não, não me deixe aqui!

— *Isso não é real* — sussurrei de novo. Esfreguei os olhos, louca para que a alucinação ou pesadelo desaparecesse, mas não vi nem sinal da porta de latão ou da caverna. Somente a água escura e a fumaça nos cercavam: a pior noite da minha vida havia sido transformada em realidade.

— Nakhudha… — implorou Asif. — Por favor, olhe para mim.

No entanto, eu olhava para todo lado, *menos* para ele. Já tinha vivido aquela noite uma vez — ver Asif sofrer e gritar novamente acabaria comigo. Reprimi o choro e tentei me afastar, mas meu corpo demorou a reagir, como se estivesse preso num sonho.

— Olhe para mim.

Virei a cabeça como se uma mão espectral tivesse me agarrado pelo queixo, forçando-me a olhar para o amigo que eu havia condenado.

Era o Asif que vira pela última vez, com os lábios e dedos sujos de sangue. Uma mortalha coberta de terra sepulcral pendia de seu corpo exaurido — seus pulsos finos e costelas visíveis serviam de prova da febre que o dominara, da doença que começara como uma tosse e o atormentara com tantas crises de febre e calafrios, sangramento e vômito, que em cinco dias ele se foi. Asif não foi o único a morrer naquele verão; um surto de doenças havia assolado os portos do Golfo Pérsico, levando quase um quarto da minha tripulação.

Mas foi o único a *ressuscitar* dos mortos. A sair de sua cova rasa, faminto e desnorteado. A dilacerar um bando de comerciantes inocentes, sugando-lhes a carne como um ghoul saído de uma história de terror contada à luz da fogueira.

— Assim é melhor — murmurou ele, com os olhos amarelados me prendendo ali. Sua voz me pareceu estranha, ofegante e estridente. Um peso pareceu se deslocar no meu peito. — Bem melhor. É só continuar olhando. Agora... — Uma vertigem tomou conta de mim conforme a noite ganhava vida com o cheiro ácido das velas em chamas e o balanço suave da maré. Meus pensamentos a respeito da caverna, de Dunya e da minha missão ficaram distantes, como se não passassem de um sonho e aquele fosse meu presente de verdade.

E talvez fosse mesmo. Talvez eu tivesse me condenado naquela noite e os últimos dez anos não passassem de uma alucinação.

— Nakhudha, por favor. — A voz de Asif voltou a soar como antes, igual à da minha memória, levando-me mais fundo para o delírio ou a realidade distorcida que havia me aprisionado. — Não vou fazer aquilo outra vez, juro! Eu só estava com fome, Amina. Tanta fome. Não conseguia nem pensar direito.

Ele vai *fazer isso outra vez*. A explicação balbuciada de Raksh me ocorreu: uma confissão que só obtive quando Asif, salpicado do sangue vital dos homens que havia matado, implorou que Raksh o salvasse.

Você prometeu me tornar uma lenda!, gritara Asif. *Tínhamos um acordo!*

Raksh se afastou dele e me encarou. *Fogo*, dissera ele, sombriamente. *É a única maneira de detê-lo. Sua alma se foi; ele nunca deixará de passar fome sem ela.*

— Você matou uma dúzia de homens — murmurei. — Não tive escolha.

Asif caiu de joelhos, contorcendo-se conforme as correntes esquentavam e as chamas se aproximavam de sua mortalha esfarrapada.

— Por favor, não faça isso. Ouvi o que Raksh disse sobre a minha alma... Vou *sumir* de vez se você me queimar. Não terei nenhuma esperança de redenção. — O olhar desesperado de Asif encontrou o meu. — Como pode me condenar assim?

— Porque eu não sabia mais o que fazer! — As palavras foram arrancadas de mim. Parecia impossível falar com toda a dor e pressão em meu peito; era como se uma prensa esmagasse o meu corpo. — Sinto muito, meu amigo. De verdade. Não podia deixar que você ferisse mais ninguém.

Asif olhou tristemente para mim, repuxando os lábios em arrependimento.

— Só queria sonhar um pouco. Ter uma vida melhor do que a que foi escrita. Pensei que teria tempo para compensar o preço que paguei. Estava tão errado assim?

— Não. — Eu estava perdida, à deriva na memória e alheia a meu próprio objetivo. Senti uma ardência na garganta, seguida por uma umidade. Tentei tocar no meu pescoço, mas meu braço não se mexia de jeito nenhum. — Sei bem como é.

— Então, como pode me condenar a *isso*? — Asif estendeu os braços. Já não eram apenas as chamas que o atacavam; os vermes do vazio absoluto arrancavam pedaços dele da existência, como se seu corpo fosse uma vela puída. — Você era minha nakhudha! — gritou ele. — Eu confiava em você!

Meu peito doía tanto, o fardo sobre ele parecendo cada vez maior. Mal consegui responder.

— Ele jurou para mim que não machucaria vocês. Eu não sabia...

Asif ergueu a cabeça. Seus olhos haviam sumido e não passavam de órbitas vazias.

— Você sabia, *sim*. Sabia o que Raksh era e ainda assim deixou que ele convivesse conosco.

— Eu... — O navio mercante ardia ferozmente à minha volta, com as cordas estalando e a madeira encharcada de piche chiando alto. Se não fugisse logo dali, acabaria morrendo queimada ao lado dele. Dunya e Falco...

Foi então que me dei conta.

Não foi assim que aconteceu.

Pois Asif não se enfureceu nem me culpou. Ele chorou. Soluçou por sua mãe, por Deus, por mais alguns minutos de vida. Meu amigo estava *apavorado*, não zangado, e me implorou para ficar não para que eu queimasse ao seu lado, mas para não enfrentar o fim sozinho. Fiz o que Asif pediu, envergonhada, segurando a língua quando ele me disse que eu não tinha culpa de nada, apesar de saber que era mentira.

— É você que merece morrer — sibilou Asif. O peso no meu peito me pressionava contra um chão de pedra fria e não de madeira crepitante. Meus braços e pernas formigavam como se estivessem dormentes e começassem a recuperar a sensibilidade. Havia manchas turvas diante dos meus olhos, como duas visões conflitantes do mundo...

Porque nada disso é real. Asif está morto, ou se foi, ou o que quer que tenha acontecido com ele, há muito tempo. E nunca poderei desfazer isso.

Mas ainda poderia salvar os outros.

— Asif, meu irmão... — Comecei a chorar. — Não posso ficar com você desta vez. Mas juro por nosso Senhor: vou salvar sua filha.

Ele abriu a boca — se foi para protestar, gritar ou tentar me morder, já não sei. Joguei a cabeça para frente.

A ilusão se desfez. Sobre mim havia uma criatura humanoide que parecia ter sido rasgada ao meio no sentido do comprimento. Um enorme olho laranja me olhava de soslaio, um braço cinzento segurava a gola da minha camisa e uma presa pingava o sangue que ela bebera do meu pescoço. Minhocas se contorciam da metade ausente e sua carne esponjosa era tão macia que minha cabeça deixou uma marca em sua testa decepada.

A criatura arregalou o único olho de surpresa.

— Você não devia conseguir me ver — exclamou ela, com uma voz sibilante, saltando para trás num pé só. — Só pode ser um truque!

Agarrei-a pela garganta cheia de minhocas antes que pudesse fugir.

— Pois eu preferiria não te ver — rosnei. — Que lugar é esse? Onde estou?

— Nasnas não respondem à comida — disparou ela, tentando se afastar.

Segurei seu pescoço com força e tive vontade de vomitar quando as minhocas começaram a deslizar entre meus dedos. Com a outra mão, peguei a espada e a encostei na garganta da tal nasnas.

— Pois vai responder a *esta* comida aqui. Onde estou?

A nasnas me encarou, ressentida.

— No lugar entre os reinos.

A mesma explicação absurda que Raksh havia me dado.

— Uma dupla de humanos deve ter passado por aqui recentemente. Você os machucou?

— Não — retrucou a criatura. — A pequenina conhecia feitiços. Feitiços para afastar nasnas e outras criaturas dos reinos intermediários.

— Para onde eles foram?

Ela apontou com a cabeça para uma seção da caverna que serpenteava para a esquerda.

— Para as águas eternas do caos.

Será que havia alguma regra segundo a qual um ser do mundo mágico não poderia falar com clareza? Soltei a nasnas.

— A comida te agradece.

A criatura me lançou um olhar de ódio e orgulho ferido.

— Não me esquecerei disso — alertou ela. — Irei atrás de você nos seus sonhos mais desesperados e a farei revivê-los repetidamente até que não passe de uma casca enlouquecida.

Quer dizer que foi a nasnas que colocou aquela lembrança na minha cabeça?

— Jura?

— Juro! Você não terá nem mais uma noite de paz!

Com um único golpe de espada, cortei sua cabeça.

— Idiota. — Limpei a lâmina, mas mantive a arma em punho. Pelo visto, eu ia precisar dela naquele lugar. Em seguida, respirei fundo e enxuguei os olhos, percebendo que as lágrimas escorriam pelo meu rosto. Ainda podia ouvir o choro de Asif e ver seu semblante condenado e suplicante. Embora fosse uma alucinação, seu tormento final — ou as acusações que ele havia me feito — não deixavam de ser reais.

Então cumpra sua promessa e salve Dunya. Concentrei-me, estudando os arredores. O ar era quente e sufocante, com um cheiro enjoativamente doce que não consegui identificar. As paredes escarpadas eram da cor de carne morta, com veios de quartzo cinza-grafite e estalactites de onde pendiam ervas viscosas. Embora não houvesse nem sinal do céu, o teto de pedra parecia brilhar como uma lanterna numa redoma.

Era bem provável que a nasnas estivesse me levando para uma armadilha, mas eu não sabia por onde começar.

— Pois então vamos para as águas eternas do caos — murmurei e me pus a caminho.

As laterais do corredor logo se estreitaram ainda mais e o teto rochoso baixou. Às ervas que pendiam das estalactites juntaram-se folhas emplumadas que saíam das paredes para roçar em meus braços e pernas. Às vezes, as garras espinhosas que irrompiam de suas pontas se agarravam a mim. Cortei-as, sem perder de vista o caminho logo adiante — nem mesmo quando o teto começou a sussurrar palavras vibrantes e murmúrios baixos, nem quando a pedra sob meus pés ficou inundada de água fétida, cheia de vermes sobrenaturais e insetos afogados. Nada iria me distrair. Não até Falco estar morto pelas minhas mãos e Dunya a salvo.

De repente, o corredor virou abruptamente para a esquerda e depois para a direita repetidas vezes antes de se abrir numa vasta câmara de maravilhas espantosas. Colunas de pedra entalhadas com imagens de animais e símbolos estranhos sustentavam um teto intrincadamente esculpido. Um jardim de pedras preciosas decorava as paredes: rosas de rubi brilhavam entre folhas de esmeralda e espinhos de diamante. De cada canto, a água jorrava das bocas esculpidas de dragões e homens com cabeça de touro até se encontrar em canais que deveriam transbordar, mas apenas se agitavam como um mar de monção. O assoalho de ladrilhos, tão grande que poderia ser uma praça de cidade, era de um preto absoluto, com constelações prateadas que piscavam como estrelas de verdade.

Seria uma paisagem extraordinariamente bela, uma visão do Paraíso... se não estivesse completamente infestada de monstros.

Uma mulher de pele verde, carregando a própria cabeça decapitada pelos sibilantes cabelos de cobra, chorava e vagava por ali. Cães com a pele em chamas e quatro olhos ardentes rondavam a saída estreita do outro lado da câmara, enquanto sombras aladas giravam em torno das altas colunas. Havia homens-escorpiões e leões com cabeças de dragão e caudas de espinhos farpados. Bem mais nasnas do que eu gostaria de ver novamente e um morcego voador saído de um pesadelo, que me fez lembrar a criatura da lagoa. Aparições pavorosas e chorosas estavam presas nas paredes de pedra, estendendo as mãos para arrastar qualquer transeunte para suas tumbas, e um demônio com a pele laranja ardente e uma maça de bronze perversamente afiada espreitava pelo chão.

Raksh havia me dito que aquele lugar servia para aprisionar seres iguais a ele, e não era mentira. Ao menos não tecnicamente. Contudo, ele tinha se esquecido de *mencionar* como aqueles seres eram aterrorizantes e monstruosos. Preferiria mil espíritos egoístas do caos em vez de *qualquer* das criaturas que rondavam a câmara diante de mim.

De repente, um grito familiar soou ao longe, chamando minha atenção para um arco do outro lado da vasta câmara.

Dunya.

Ótimo. Finalmente a encontrara. Só havia uma prisão inteira de monstros entre nós duas. Dei um passo hesitante em frente...

E o chão evaporou.

De novo.

Gritei de susto, quase caindo da pequena mancha de luz amarelo-dourada que restava sob minhas botas. O resto do chão se transformou no céu noturno que já parecia ser, como se o mundo tivesse virado de cabeça para baixo e a gravidade sido invertida. Alguns demônios despencaram aos gritos no abismo estelar, enquanto outros abriam asas cobertas de feridas purulentas e as batiam para se salvar. Mas meu berro devia ter chamado sua atenção, pois um punhado deles sibilou e girou no ar para voar em minha direção.

Desesperada, olhei para trás, de onde tinha vindo. Uma pequena faixa de céu escuro me separava da passagem de pedra, mas poderia pular até lá. À frente, um feixe terrivelmente fino e quase invisível da mesma luz dourada que estava sob meus pés parecia se estender até o arco. Mas o feixe poderia muito bem ser uma ilusão de ótica, das minhas próprias esperanças perdidas.

Fuja, sua idiota, incitou uma voz na minha cabeça. *Volte para a sua família, para os seus amigos*. Aquele lugar era tão perigoso que conseguiria cuidar de Falco sozinho. Nem tudo dependia de *mim*.

— Não posso fazer isso — arfei.

De repente, eu me dei conta de que era loucura e arrogância acreditar que o destino do mundo dependia de *mim* — uma criminosa, uma pecadora, uma mulher de meia-idade desbocada e com o joelho ferrado. Não era bem mais provável que eu fosse devorada por aqueles monstros ou que caísse por toda a eternidade, condenada e esquecida? Será que eu era tão ingênua assim para ver um *propósito* nos incidentes que me levaram até ali, em vez dos caprichos de um universo indiferente? Que loucura observar o caos, a violência e a crueldade do mundo e ainda ter *fé*!

As lágrimas escorriam pelo meu rosto. Respirei fundo, fixando o olhar na luz dourada que rezei para que estivesse mesmo ali. Seria a coisa mais corajosa ou a mais estúpida que já fizera.

— Deus é grande — sussurrei, embainhando a espada. Em seguida, saltei até outro lado do salão.

Houve um momento — aterrorizante, de parar o coração — em que pensei que fosse cair, mas então meu pé pousou no estreito raio de luz solar tornado físico. Emiti um som abafado que poderia ser uma oração, um xingamento ou simplesmente um grito — mas não parei de correr. Não saquei nenhuma arma, nem mesmo quando as criaturas avançaram e rosnaram sobre minha cabeça.

Sabia, lá no fundo do coração, que não faziam parte do meu teste.

O salão e sua ponte estreita pareceram durar para sempre, mas então passei tropeçando sob o arco e caí novamente sobre a rocha sólida. Até teria beijado o chão se meu corpo inteiro não tremesse tanto que qualquer movimento extra me parecia impossível. Rastejei por uma passagem de pedra, ansiosa para sair do alcance dos demônios do salão, com o coração ainda acelerado.

Mas as criaturas na câmara não eram os únicos monstros que havia ali.

— Não se mexa, seja você quem for — saudou a voz fria e grossa de Falco a certa distância. — Se interromper, nós morreremos.

✦

Mal Falco me alertou para não me mexer, sentei-me de imediato, tanto porque meu temperamento tende à contrariedade quanto porque, por mim, ele podia muito bem pular de um penhasco. Mas logo fiquei imóvel, e não por causa do aviso do franco.

E sim porque Dunya estava *levitando*.

Não muito alto, veja bem, mas ainda assim pairava diante de uma coluna de pedra que se elevava até o teto e estava coberta de caracteres cuneiformes semelhantes aos das tabuletas quebradas. A câmara era maior que a anterior, mas parecia uma parte natural da caverna, iluminada por tochas e pelos reflexos de espelhos de cobre habilmente dispostos ao redor. Fachos de luz giravam em torno dos membros de Dunya e suas roupas tremulavam sob um vento invisível. Ela tinha uma venda em volta do rosto e, nas mãos estendidas, segurava um torrão de sal e um estilete. Com os olhos vendados ou não, ela escrevia, usando o estilete para gravar caracteres na coluna de pedra com a mesma facilidade com que se inscreve em cera quente.

— *Al-Sirafi?* — Falco se aproximou de mim, saindo das sombras com a espada pendendo da mão. Dunya parecia alheia à minha chegada, concentrada em sua magia, mas o franco tinha um ar chocado, me examinando com os olhos arregalados de surpresa. — É você mesmo. Mas como?

No fundo da minha mente, o marid gritou de repente.

Reprimi um arquejo quando meu corpo inteiro tremeu e o suor frio percorreu a minha pele. Parecia uma relíquia fantasmagórica do lamento do marid. Um aviso numa linguagem que não era composta de palavras, mas que me dizia claramente para ter cuidado, para me afastar. Fugir do homem diante de mim e mergulhar no fundo do mar, onde não poderia ser perseguida.

O franco respirou fundo, como se também tivesse ouvido aquilo.

— Você está transformada.

A constatação em sua voz me enervou quase tanto quanto o fato de o marid ter se instalado na minha mente. Será que os poderes de Falco lhe permitiam pressentir tal magia?

Por outro lado... Levantei-me, estalando o pescoço e sacando minhas armas com toda a graça sobrenatural que agora possuía. Que esse sacana me visse bem. Afinal de contas, não ia me derrotar na luta de espadas outra vez.

— De fato — respondi, com firmeza.

Uma certa inquietação surgiu em seu rosto.

— Depois de toda a discussão acerca da minha arrogância, você também fez um acordo com o sobrenatural para sobreviver. — Sua voz soou cheia de cobiça. — Com o quê? Como foi que você os convocou? O que eles te ofereceram?

— Se eu pudesse te mandar até eles, faria isso agora mesmo. — A mera ideia de fazer a detestável corte dos peris lidar com aquele franco sedento de poder era realmente tentadora. Porém, preocupada com Dunya, ignorei as perguntas de Falco e me aproximei da jovem estudiosa. Ela continuava gravando caracteres na coluna de pedra, trabalhando como se estivesse enfeitiçada. Gotas d'água subiam e escorriam da rocha prateada, como suor.

— Dunya? — chamei baixinho. — Você está...

Falco sibilou para que eu me calasse.

— Vou ter que falar *de novo?* Ela está invocando a Lua de Sabá e me disse que, se o feitiço for perturbado, a câmara inteira pode desmoronar.

Ela está fazendo o quê? Voltei-me para Dunya. Mas nem a jovem enfeitiçada, nem a camada gotejante de texto que eu não conseguia ler poderiam me responder. Hesitei, sem saber o que fazer em seguida. Eu tinha ido até ali para garantir que Falco não se apoderasse da Lua e estava meio relutante em acreditar que Dunya tivesse um plano sólido para frustrar suas ambições. Mas fazer a caverna desmoronar sobre nós ao interromper uma feitiçaria que não compreendia não seria um fim muito agradável.

Resolvi deixar Dunya em paz por ora e voltei minha atenção para Falco. Pelo menos podia cuidar dele.

— Está com medo de uma criança, é? — zombei, dando um passo intencional em sua direção.

Ele ergueu o queixo.

— Sei reconhecer o talento quando o vejo — respondeu ele, presunçoso. — Dunya é uma pessoa inteligente e curiosa. Ela fará coisas maravilhosas.

— Contanto que esteja trabalhando para você.

— Fui eu que a salvei da família, não fui? — Falco me lançou um olhar queixoso. — Você ainda pode se juntar a nós, nakhudha. Na verdade, não consigo deixar de sentir que está *destinada* a isso. Não está vendo que é o destino você chegar neste exato momento? Podemos unir os nossos povos! Criar um mundo novo!

Ah, eu via o destino em minha chegada oportuna, sim. Só que não do mesmo jeito que Falco.

Aproximei-me do franco.

— Foi o destino que te disse para me jogar do meu navio? Porque eu levei isso para o lado pessoal, Palamenestra — disse, finalmente pronunciando todas as sílabas corretamente. — E me poupe desse arroubo megalomaníaco sobre criar um mundo melhor. Você não está fazendo isso para aprimorar as ciências ocultas ou unir os povos. Você não *salvou* Dunya; *você* precisava *dela*. Não passa de um homenzinho covarde sedento de poder que está procurando qualquer desculpa para se considerar um herói. Mas quer saber? — Brandi a espada. — Vou te dar um gostinho da magia que me transformou tanto assim.

Corri para o outro lado da câmara num piscar de olhos.

Falco desperdiçou um tempo precioso fazendo uma cara de descontentamento — o homem ficou realmente desapontado porque a mulher que tentara matar não queria servi-lo —, mas, ao se dar conta de que eu tinha toda a intenção de matá-lo, abaixou-se atrás de uma estalagmite amarelo-enxofre com cheiro de ovo podre antes que eu pudesse separar sua cabeça do corpo.

Meu braço esmagou a estalagmite e o enxofre jorrou em ruínas fedorentas. Chutei sua base, lançando um jato no rosto do franco, que recuava e erguia a arma numa tentativa de ataque.

Só que agora *eu* é que era a mais rápida. A mais forte. Golpeei minha espada repetidas vezes contra a dele e Falco tentou de tudo para se defender. Ele gritou de dor quando um dos golpes rasgou sua cota de malha, abrindo um corte feio e sangrento em seu torso. Ataquei-o na garganta e, quando ele recuou para se esquivar do golpe letal, acertei o cabo em seu rosto e sangue começou a jorrar do nariz.

— Espera! — gritou ele, cuspindo um dente e cambaleando para trás. Seus olhos pareciam selvagens no rosto ensanguentado. — Sua *praga* de mulher, se ao menos desse ouvidos à razão!

A única coisa que eu queria ouvir era o último suspiro gorgolejante daquele homem. Rondei mais perto, contemplando a melhor abordagem para acabar logo com aquilo. Falco tinha abaixado a espada, mas eu não confiava em sua posição aparentemente vulnerável.

Dunya gritou de repente.

Foi um berro sobrenatural, como se algo ancestral e inumano tomasse sua voz. Virei-me para ela e vi o torrão de sal sumir numa explosão de névoa. E então a *coluna* inteira explodiu, grandes gêiseres de água rasgando a pedra como se não passasse de seixos e açoitando o ar com jatos de cascalho líquido.

— Dunya! — Protegi o rosto e corri em direção à estudiosa.

Quando cheguei até ela, a garota estava caída no chão molhado, sem a magia que a fizera levitar. Ela levara uma pancada feia na cabeça e o sangue escorria de sua testa e braços por uma dúzia de pequenas lacerações. Sentei-me ao seu lado. O rosto úmido de Dunya estava branco como um pergaminho e gelado ao toque. Seus olhos estavam fechados, mas os lábios continuavam se movendo, murmurando cânticos ofegantes que eu não conseguia entender.

— Dunya — chamei-a com urgência, balançando seu ombro com delicadeza. Que se danasse aquela babaquice de não interromper o feitiço. — Está me ouvindo, Dunya? Você está bem?

Ela parou com a divagação sem sentido e, que Deus seja louvado, um pouco de cor voltou às suas faces. Piscou os olhos devagar e se esforçou para fixar o olhar embaçado no meu rosto.

— Nakhudha… — sussurrou ela. — É você mesma?

— Sou, sim. — Aninhei sua cabeça, tentando examinar o galo que crescia na testa. — Cuidado. Você está sangrando.

Mas Dunya já estava tentando se sentar, estremecendo de dor.

— Deu certo?

Do outro lado da caverna, veio uma risada eufórica.

Falco. Eu tinha ficado tão preocupada com Dunya que interrompera minha missão de assassinar o franco, mas então ergui o olhar e o vi sentado no chão com uma expressão de contentamento. Olhava para o colo como se não tivesse mais nenhuma preocupação no mundo.

Não, não era para o colo que ele olhava. E sim para a *bacia de prata* aninhada em suas mãos.

A Lua de Sabá.

Seu brilho me deixou fascinada, *seduzida*, e me esqueci de tudo o mais. A bacia trabalhada em prata que pertencera à rainha Bilqis, aprisionara um admirador lunar, dera início a guerras e destruíra reinos era magnífica. Mas é claro que era; afinal de contas, tinha pertencido a uma rainha. Não era muito grande, mais ou menos do tamanho de um melão de inverno, mas pude ver as imagens gravadas em suas laterais curvas, como se a bacia estivesse bem diante dos meus olhos. Um jardim de tamareiras com um tocador de alaúde, um íbex com chifres curvos espiando maliciosamente por trás de uma tela de folhas e um par de pássaros poupa com os bicos abertos no meio do canto. A prata brilhava como se tivesse sido recentemente polida, como se não fosse antiga há milênios.

Ao contemplá-la... senti-me *tola*, sem preocupações e com o coração mais relaxado. Eu e Falco nos entreolhamos, partilhando um breve instante de feliz comunhão antes de a repulsa pelo feiticeiro assassino quebrar o feitiço que a Lua de Sabá havia lançado sobre mim. Estremeci e pisquei — só então percebi que o brilho da bacia não vinha apenas da prata polida.

Mas da água que brilhava nas profundezas da bacia.

Água.

Lembrei-me das lendas, misturando as verdades e as mentiras. Era preciso contemplar seu próprio reflexo para possuir al-Dabaran, e agora Falco estava...

— Não! — Levantei-me depressa, mas nem a minha nova velocidade me faria atravessar a câmara a tempo. Porém, tive tempo de tirar a bota e arremessá-la contra a Lua de Sabá com tanta força que o belo e inestimável artefato histórico girou nas mãos de Falco e caiu no chão sujo.

Mas era tarde demais.

Falco continuou rindo, um som leve e etéreo. Voltou a olhar para mim e eu arquejei. Seus olhos castanhos estavam cheios de uma luz celestial.

— Contemplem minha imagem! — gritou ele. — Realizei o que nenhum outro homem conseguiu fazer desde Salomão! Agora governo os espíritos da discórdia e as ciências ocultas! — Ele ergueu as mãos e, por toda a câmara, ouvi silvos e o roçar de asas e cascas à medida que mariposas, cobras, lacraias e toda uma série de criaturas nojentas emergiam de cada vão escuro. — Que o próprio Deus trema diante do mundo que irei criar!

Capítulo 32

Olhei para Falco com um horror incrédulo, vendo o luar refletido em seus olhos e os insetos voando em torno de seus ombros como grandes cardumes de peixes. Era impossível que, depois de *tudo* por que passei — o acordo com os peris que mudara a minha vida, a batalha na praia, escalar a porra de um marid *duas* vezes, o salão celestial de monstros —, aquele homem ainda tivesse me derrotado.

Ele não venceu, tentei me convencer. *Ainda não.* Com o poder bruto girando à sua volta como uma onda ávida e a lendária Lua de Sabá no chão empoeirado a seus pés, Falco parecia triunfante. Contudo, Raksh e Dunya tinham deixado claro que um humano que possuísse o poder de al-Dabaran continuava a ser um simples ser humano. *Mortal.* Mas quando desembainhei a lâmina de meteoro, seu brilho já não parecia tão etéreo.

Dunya me puxou pela manga.

— Não chegue perto dele. Agora não. — Ela observava Falco jogar a cabeça para trás e rir de prazer, seus cabelos e roupas esvoaçando ao vento invisível... mas não com surpresa, e sim expectativa. A garota tossiu um pouco de pó. — Há algo que preciso te contar...

De repente, todas as tochas piscaram na caverna, os insetos chiaram em uníssono e Falco começou a berrar.

— Não, *pare*! — gritou ele, cravando as unhas nos olhos completamente tomados por um brilho prateado, como se fossem duas luas em miniatura. — Não pode fazer isso! *Você pertence a mim!* — Ele voltou a berrar, dessa vez em sua língua materna, e se sacudiu freneticamente como se lutasse pelo controle do próprio corpo.

Em seguida, o franco ficou completamente imóvel. Seus olhos não eram mais duas esferas lunares brilhantes. Uma névoa cinza-clara encobria boa parte deles. Igual ao...

— É o… é o eclipse? — gaguejei baixinho.

— É, sim — sussurrou Dunya. — Deu certo.

Deu certo? O que ela queria dizer com isso? Voltei a olhar para Falco. A bravata pomposa havia sumido, e sua postura empertigada não parecia confortável para nenhuma criatura vertebrada. Ele estudou a caverna com uma expressão estranha e sobrenatural, como se examinasse um exército prestes a ser derrotado, ao passo que cobras, lagartos e insetos avançavam em sua direção. Ao menear a cabeça de um jeito que não parecia humano, seu olhar extraterreno recaiu sobre a Lua de Sabá.

Ele repuxou os lábios num rosnado.

— Dunya… — arfei. — O que foi que você fez?

Ela me lançou um olhar assustado.

— Eu tinha que detê-lo, nakhudha, e não consegui pensar em outra maneira. Falco estava determinado a pôr as mãos na Lua de Sabá.

— *O que foi que você fez?*

— Bem, suspeitei que o eclipse pudesse oferecer uma rara oportunidade. Com a troca das casas lunares e solares e a ascensão de Áries…

— Dunya, pare de falar como uma astróloga da corte sob o efeito de haxixe e me diga claramente o que fez!

— Inverti o encantamento! — disparou ela. — Acho que sim. Eu… espero. Se Deus quiser.

— *Ou seja?*

— Ou seja, quando Falco viu seu reflexo, não foi ele que assumiu o controle de al-Dabaran. Em vez disso…

— Al-Dabaran assumiu o controle de Falco. Ah — exclamei —, quanta criatividade! — E era mesmo. Uma parte de mim estava orgulhosa de Dunya e extremamente satisfeita por Falco ter sido enganado por sua própria arrogância ao presumir que nossos estudiosos não fossem tão inteligentes quanto ele. — E quando o eclipse acabar?

— Ainda não solucionei essa parte — confessou ela. — Pensei em falar com al-Dabaran e perguntar a ele como quebrar o encantamento.

— Quebrar o encantamento? — repeti, com um pouco de, bem, não esperança (não sou tão iludida assim), mas um sentimento que não era pavor brotando no coração. Afinal de contas, era *aquilo* que os peris e *eu* queríamos: destruir a Transgressão que poderia colocar a vida da minha filha em perigo. — Podemos fazer isso?

— Sim e não. — Dunya torceu as mãos. — Deve haver alguma maneira de libertar al-Dabaran, mas ele precisa *ver* a Lua para voltar para lá.

— E estamos debaixo da terra. Que ótimo. — Quebrei a cabeça, mas não sabia como trazer o luar até uma caverna subterrânea. Também não sabia ao certo se teríamos tempo ou conhecimento para voltar à superfície, mesmo se conseguíssemos convencer al-Dabaran a nos acompanhar.

— Que tal tentarmos falar com ele? — sugeriu Dunya enquanto al-Dabaran pegava a bacia de prata, erguendo-a no ar como se fosse uma oferenda frágil. — É um espírito poderoso. Deve conhecer um pouco de magia.

De repente, Falco — al-Dabaran — atirou a bacia de prata no chão de pedra e nós duas demos um salto. A Lua de Sabá sequer rachou, só quicou no chão de um jeito que seria cômico se um al-Dabaran furioso não tivesse jogado a cabeça para trás, dado um berro estridente e lançado um jorro de grilos da boca.

Dunya e eu nos abaixamos, mas os grilos simplesmente voaram sobre nós; por mais nojenta que fosse tal demonstração, al-Dabaran estava visivelmente mais preocupado em tentar destruir sua prisão de prata do que em atacar duas humanas. O resto dos insetos se reuniu em torno de al-Dabaran, formando um manto esvoaçante de gafanhotos, cigarras e mariposas.

Dunya pigarreou ruidosamente.

— Bom. Enfim... vou tentar falar com ele. Mas não é responsabilidade sua, nakhudha. Se der tudo errado, é melhor você fugir enquanto...

— Ah, cala a boca. — Al-Dabaran apanhou a espada de Falco, que duplicou de tamanho e começou a brilhar como uma lua pálida. Sua ponta afiada se tornou serrilhada e esburacada como uma cratera e, ainda assim, a coisa toda se *remexia e sibilava*, transformada numa combinação horripilante de espada, serpente e cajado. Cajados mágicos de espada-serpente não eram um problema para Dunya enfrentar. — Você está sangrando como uma peneira. Além disso, ele não é a primeira entidade sobrenatural com quem tive de lidar esta semana. — Apontei para um nicho oculto sob uma formação rochosa. — Não quer ir até lá?

Ela me lançou um olhar alarmado.

— Por quê?

Observei com apreensão quando al-Dabaran caminhou até a Lua de Sabá e começou a golpeá-la com o cajado de serpente, tentando em vão quebrar a bacia enfeitiçada.

— Caso ele não goste da conversa. *Vá logo* — insisti, enxotando-a dali.

Com um mau pressentimento, esperei Dunya se afastar antes de me aproximar cautelosamente do furioso espírito lunar.

— Caro manzil al-Dabaran! — saudei-o, erguendo as mãos num gesto de paz. — Que as bênçãos estejam com você!

Al-Dabaran parou de atacar a bacia e se virou para mim. Seus olhos sinistros eram inexpressivos e o cajado de serpente se contorcia em sua mão. Ele voltou a menear a cabeça de forma assustadora para me avaliar. Por um momento, tive a esperança de que o plano fosse dar certo.

Então ele começou a *uivar*, lançando um bando de insetos furiosos — desta vez, gafanhotos! — da boca em minha direção, e me dei conta de que séculos de cativeiro talvez não lhe tivessem feito muito bem à cabeça.

Escondi-me atrás de uma estalagmite, afastando os insetos com uma bofetada.

— Acho que precisamos de outro plano!

Dunya espiou de trás do nicho.

— Pode trazer a bacia para mim? Se houver encantamentos nela, talvez eu consiga reverter o feitiço!

— Vou tentar! — E, como tenho a mania de partir para a violência quando nada funciona, peguei uma pedra, mirei em al-Dabaran e a atirei na cabeça dele.

Talvez o manzil tivesse dificuldade em controlar a raiva ou simplesmente não gostasse que uma mera humana atirasse pedras nele, pois desviou a atenção da bacia de bom grado e partiu para cima de mim. Passei correndo pela Lua de Sabá, detendo-me apenas para chutá-la na direção de Dunya como se fosse uma bola de criança. Depois me abaixei enquanto o cajado serpentino de al-Dabaran passava por cima da minha cabeça, tão perto que pude sentir sua gélida lâmina enfeitiçada. Recuperei-me depressa, girando o corpo para brandir minha espada.

O cajado serpentino ficou duro como o aço ao se chocar contra a minha arma. Permanecemos entrelaçados por um breve instante, sem que nenhum dos dois ganhasse terreno, até que a ponta de seu cajado-espada se *transformou numa cabeça de serpente* e se esticou para trás para morder a minha mão.

E ainda me perguntam por que eu não gosto de magia.

Pulei para trás antes que a espada de serpente pudesse me morder e saí em disparada. Al-Dabaran foi atrás de mim enquanto eu corria para o outro lado da caverna, saltando de um lado para o outro pelo riacho sinuoso que desembocava numa piscina fumegante de água azul leitosa. Por cima do ombro coberto de insetos do manzil, vi Dunya revirando a Lua de Sabá nas mãos com uma cara de pânico nada inspiradora.

A distração momentânea quase me fez ser apunhalada no estômago. Recuei, saltando por uma trilha de pedregulhos que saía da piscina de água envenenada, levando al-Dabaran para longe de Dunya.

— E eu que pensei que você gostasse de mulheres corajosas? — desafiei, esquivando-me de um jato de besouros sibilantes. — Ou é só quando pode espiá-las tomando banho, seu astro mesquinho e pervertido?

Para ser sincera, foi um dos meus insultos mais fracos — tente você insultar um semideus que quer te matar —, mas al-Dabaran não reagiu muito bem. Nem um pouco. Na verdade, tão mal que até parou de tentar me decapitar com o cajado de serpente e juntou as palmas com um estrondo. A água da piscina foi drenada instantaneamente e grandes nuvens de vapor escaldaram o ar e deixaram um buraco grande o suficiente para engolir um barco de pesca. O chão tremeu com força e eu me afastei para não cair naquela boca ameaçadora.

Mas al-Dabaran havia me encurralado. Dei um passo para trás, bati na parede úmida da caverna e fiquei toda molhada. Nascentes de água salgada corriam pela rocha coberta de líquen. Respirei fundo e o cheiro familiar do oceano encheu meus pulmões enquanto os riachos de água gotejante se enroscavam em meus dedos. A presença fantasmagórica do marid veio até mim.

Não *fisicamente*. Em vez disso, senti-o se agitar bem no fundo da minha mente. Não apenas se agitar; nosso laço — o vínculo que eu forjara ao libertar a criatura — surgiu diante dos meus olhos, com as escamas ensolaradas brilhando antes de voltarem a desaparecer.

Será que ele está por perto? Será que é algum tipo de mensagem? Mas não tive muito tempo para refletir sobre as ações de um monstro gigantesco, pois al-Dabaran tinha convocado seu próprio monstro ao partir o chão.

Do poço em ruínas, saltou uma enorme serpente branca.

Mal registrei aquele pesadelo saído das lendas de Socotra antes de a serpente se lançar sobre mim. Saí do caminho, rolando para me esconder no leito vazio do riacho, e a serpente esmagou o local onde eu estava com força suficiente para partir a rocha. Cobri a cabeça quando os fragmentos de pedra voaram para todos os lados.

Mas agora o cheiro da maresia já não era fraco, e sim palpável. Vinha numa *brisa*, um sussurro inegável de ar oceânico no meu rosto.

Dunya me disse que al-Dabaran tinha que ver a Lua. Por Deus, será que...

Como uma tola esperançosa, olhei para cima para ver o estrago que a serpente havia causado. Partira uma parte da rocha, mas não o suficiente para romper a caverna. A serpente estava enrolada, com dificuldade de acomodar seu imenso volume naquele espaço confinado.

Aproveitei seu impasse e corri até o vão na parede da caverna. Senti a brisa soprando forte através de uma abertura que mal tinha o tamanho do meu punho. Sem outra opção, golpeei a abertura com a espada. Mas, apesar de minha nova força, a arma não servia para partir rochas. O aço rachou e se estilhaçou enquanto eu golpeava sem parar, deixando-me apenas com o cabo da espada.

— Nakhudha, o eclipse vai acabar!

Ao ouvir o grito de Dunya, a serpente começou a sibilar e, talvez percebendo ter um alvo mais fácil, correu em sua direção.

— Fuja daqui, Dunya! — gritei. Não podia fazer mais nada por ela; al-Dabaran havia convocado a serpente e a única maneira de derrotá-la seria derrotá-lo primeiro. Esforcei-me para aumentar o vão, golpeando a rocha com o cabo quebrado da espada e gritando de frustração conforme minhas mãos ficavam ensanguentadas e só conseguia arrancar algumas lascas de pedra. Se eu tivesse semanas, poderia abrir um buraco grande o suficiente para sair por ali. Contudo, só tínhamos mais alguns minutos, se tanto.

Do outro lado da caverna, ouvi o berro abafado do escorpião marid. Não só na minha cabeça desta vez — ele estava lá fora, nadando no mar ali perto. Na minha cabeça, sua presença havia se tornado mais insistente e *carente*, latejando como a pior ressaca do mundo. Soltei um palavrão. Será que a criatura precisava me assediar logo *agora*? Já a libertara, ora!

Já a libertara.

Eles têm crenças arraigadas a respeito de favores. A última palavra, a que Khayzur tanto se esforçara para pronunciar. Dunya deu um grito aterrorizado.

Desesperada, fiz o que nunca quis fazer. Fechei os olhos, invoquei a presença na minha cabeça e me coloquei à mercê de uma criatura mágica.

A presença do marid invadiu minha mente e senti o sangue gelar quando meus olhos se abriram sem que eu controlasse o movimento. O mundo ficou estranhamente cinzento conforme o marid examinava a cena através do meu olhar. A serpente perseguia Dunya. Al-Dabaran uivava e cuspia aranhas. A brisa doce e salgada do oceano assobiava pelo vão estreito na parede da caverna...

A água que escorria sob meus pés começou a se transformar. Enroscou-se no meu tornozelo como uma corda líquida e me arremessou pela caverna. Choquei-me contra Dunya e rolamos pelo nicho oculto como se fôssemos parte do jogo de bola de algum monstro. A dor percorreu meu corpo, mas mal reparei.

Pois um ferrão gigantesco bateu contra a parede da caverna.

O segundo golpe fez com que a água do mar entrasse ali. Depois veio o terceiro e o quarto. Senti a força e a frustração do marid e já estava começando a temer que nada pudesse romper a caverna até que o quinto golpe da poderosa cauda dele despedaçou a rocha.

Um raio de luar se derramou ali dentro.

Al-Dabaran correu até o local iluminado e passou os dedos pelo luar, chorando de tristeza e desespero. Era um som que eliminava qualquer diferença entre nós.

Afinal de contas, eu também queria ir para casa.

Por instinto, tirei a Lua de Sabá das mãos de Dunya e joguei a bacia de prata aos pés do ser lunar que ela havia aprisionado por tanto tempo. Al-Dabaran me lançou um último olhar selvagem — de loucura, agradecimento e alívio — à medida que o eclipse sumia dos olhos transformados de Falco. Em seguida, bateu com o cajado na bacia prateada.

Desta vez, a Lua de Sabá fez muito mais do que rachar.

O luar brilhou tão explosivamente que tive de me afastar. A serpente sibilava e o vento soprava à nossa volta, lançando insetos e escombros por toda a parte. Com um lamento final, uma *presença* foi arrancada do corpo de Falco com tanta força que um choque de pressão ricocheteou pela caverna. Voltei para debaixo da formação rochosa, protegendo Dunya o melhor que consegui enquanto pedras, espelhos de bronze quebrados e estalactites despedaçadas choviam ao nosso redor.

Devem ter sido só alguns minutos, mas me pareceu uma eternidade conforme esperava ser esmagada por rochas ou perfurada por destroços. Por fim, a caverna parou de tremer. Esperei até que o único som que ouvia viesse de nossa respiração ofegante. Então levantei a cabeça.

A metade da câmara voltada para o mar havia sido destruída. O oceano tinha inundado a parte inferior, mas, por sorte, havia uma saída livre, com um pedaço de praia noturna bem à vista. Porém, o caminho para a liberdade não foi a única coisa que vi.

Também vi o marid. O imenso corpo curado e sua série de olhos reluzentes fixos nos meus. Seu ferrão cortava as estrelas como uma adaga de ébano e sua presença se agitou em minha mente pela última vez conforme o laço dourado que existia entre nós se manifestava.

Então, bem devagar, o vínculo se dissipou. Não consigo nem imaginar como tais criaturas se comunicam, mas, enquanto o marid submergia na água escura e se desprendia da minha mente, juro que o ouvi dizer que estávamos quites.

Dunya deu uma espiadinha na caverna.

— Será que al-Dabaran foi embora?

Boa pergunta.

— Espero que sim. — Retirei os escombros de onde havíamos nos abrigado, agradecendo a Deus pela minha nova força. A enorme serpente branca, os insetos… todos tinham sumido, talvez fugindo da destruição para os túneis e câmaras da caverna a que chamavam de lar. Minha espada quebrada havia desaparecido, mas mantive a lâmina de meteoro numa das mãos enquanto ajudava Dunya a sair dali e apontava para o canto da caverna que se encontrava com o mar. — Vá em frente. Te encontro na praia. Quero sair daqui antes que aquela serpente decida voltar, mas há mais uma coisa que preciso fazer antes disso.

Dunya não me questionou. Observei-a abrir caminho com cuidado sobre as rochas. Então, passei à minha última tarefa.

Al-Dabaran havia saído do corpo de Falco com tanta força que arremessara o franco pela câmara destruída como se fosse um boneco de junco, mas eu podia ouvir sua respiração ofegante enquanto caminhava pelo chão quebrado. O homem que pretendia recriar uma terra que não era sua com uma magia roubada que não conseguia compreender — o homem que chegara com as mãos sujas do sangue de inocentes e que tinha ceifado ainda mais vidas em Socotra — agora estava preso debaixo de um pedregulho que esmagara sua perna esquerda e pélvis. O sangue escorria da boca no rosto coberto de poeira, a faixa de insígnias de peregrino jazia em farrapos e seus olhos turvos me encararam quando me ergui sobre ele.

— Al-Sirafi… — balbuciou. — Veio se gabar?

— Não. — Os ferimentos de Falco pareciam fatais e indicavam uma morte mais lenta e dolorosa do que eu poderia lhe conceder. Porém, não acreditava em deixar uma ameaça apodrecer sozinha, e aquele demônio já tinha matado gente demais.

Falco se esforçou para levantar a cabeça enquanto eu me aproximava.

— Se você soubesse... as coisas que vi na mente de al-Dabaran... *espera*! — gritou ele, com a voz rouca, quando a ponta da minha adaga encostou em seu peito. — Me dê só mais alguns...

— Já perdi tempo demais com você.

Cravei a lâmina no coração dele.

Seu olhar se iluminou num instante de pânico e seu corpo estremeceu. Mas só por um segundo. Então Falco ficou imóvel, com o sangue espalhando-se pelo peito.

Limpei a adaga em sua capa e fui embora.

Dunya estava esperando por mim, abraçando os joelhos junto ao peito, sentada sobre uma rocha plana com vista para o mar. A pequena estudiosa tinha demonstrado uma enorme presença de espírito ao enganar Falco daquele jeito, e percebi que tentava ao máximo manter tal coragem, embora seu corpo inteiro tremesse quando os grandes olhos castanhos se encontraram com os meus.

— Já... já está feito? — sussurrou ela.

— Está feito. — Passei o braço em volta de seus ombros. — Venha, jovem. Vamos dar o fora daqui.

Capítulo 33

Não me permiti relaxar nem um pouco até completarmos quatro dias no mar. Eu havia passado a semana anterior fazendo tudo que podia para deixar o *Marawati* pronto para partir, mesmo que viajássemos em ritmo lento e contra as monções; os consertos maiores precisariam de um porto melhor e de mais suprimentos do que o que tínhamos à disposição.

Mas queria desesperadamente voltar para *casa*. Queria minha filha e minha família, e deixar tudo aquilo para trás — por todo o tempo que os peris permitissem.

Magnun havia me pedido para ficar, oferecendo o uso do estaleiro bem abastecido e dos artesãos habilidosos de sua base. Mas eu não estava disposta a testar a sorte de seus camaradas outra vez e disse isso a ele.

— Então talvez você pudesse se juntar a nós — sugeriu, com um brilho esperançoso nos olhos, enquanto arrumava os despojos do acampamento de Falco. — Faça os juramentos, acrescente o *Marawati* à nossa frota e volte a fazer incursões no mar como uma verdadeira rainha bandida.

Balancei a cabeça, olhando com certo pesar para o saque que ele tinha arrebanhado. Meus homens tiveram permissão para pegar alguns objetos, mas eu jamais renegaria o acordo que fiz com o único nakhudha disposto a me ajudar.

— Cansei dessa vida, mas agradeço por ter vindo ao meu socorro. — Com mais relutância, devolvi a faca de meteoro. — Obrigada por isso aqui também.

— Ah... eu disse que o empréstimo acabou? — Magnun fechou meus dedos sobre a adaga. — Você enfrentou um monstro marinho com ela, al-Sirafi. Fique mais um pouco com a faca, veja onde ela te leva. — Ele deu uma piscadela para mim. — Assim serei obrigado a ir atrás de você algum dia desses para pegá-la de volta.

Ser rastreada por Magnun poderia me trazer uma centena de problemas, mas, para falar a verdade, o nakhudha egípcio comandava bem seu navio e era muito divertido. E aquela faca era *extraordinária*. Além disso, eu tinha mais quatro itens mágicos para recuperar — uma lâmina celestial viria bem a calhar.

— Então te vejo algum dia, se Deus quiser.

Com Raksh novamente a bordo, fomos abençoados com uma maré de sorte — o vento e a correnteza eram exatamente o que precisávamos, apesar da estação.

— Amina, vá descansar — disse Dalila, cutucando meu ombro quando comecei a cochilar no banco de capitã. — Faz dias que você não dorme.

Acordei, estremecendo quando um músculo do pescoço doeu em protesto contra o movimento.

— Estou bem — murmurei. — Nunca me senti tão bem.

— Você não consegue nem mais mentir direito. *Vá logo*. — Ela me empurrou na direção do convés inferior. — Se não, vou colocar uma poção entorpecente na sua próxima refeição.

Praguejei baixinho, mas obedeci à ordem. O convés inferior estava maravilhosamente fresco e minha almofada, sedutora. Já estava tirando a capa e desenrolando o turbante quando um silvo felino chamou minha atenção.

— *Payasam?* — perguntei, incrédula. É claro que a gata havia sobrevivido ao ataque ao *Marawati*; aquela maldição já tinha voltado a tentar dormir na minha cara. Mas a felina sibilante, encolhida nas vigas do telhado do convés, não se parecia em nada com o animal de estimação bobo e feliz de Tinbu. — O que foi que deu em vo… — Parei de falar assim que segui o olhar da gata.

No parapeito da janela estreita, brilhando sob um raio de sol, jazia uma única pena verde-limão.

Khayzur.

Com um silvo, Payasam saltou do teto e saiu porta afora. Senti um calafrio, apesar do dia quente e da brisa agradável, ao olhar para a pena do peri.

Cinco. O número ecoou na minha cabeça; eu tinha que recuperar cinco Transgressões. Uma já fora, faltavam mais quatro. Poderiam ser qualquer coisa e estar em qualquer lugar.

Larguei a capa e o turbante e peguei a pena de Khayzur. Estava fria e zumbia de um jeito esquisito, mas não desagradável.

Quem é você?, fiquei imaginando. Agora que meus entes queridos estavam fora de perigo, minha mente estava mais clara e, pensando bem, tinha sido muita sorte que Khayzur — um dos poucos peris que salvaria uma humana — estivesse no lugar certo quando fui atirada do céu. Qual era a fronteira entre os desígnios de Deus e algo bom demais para ser verdade? Sim, Khayzur era simpático e havia salvado a minha vida, mas nem por isso eu confiava nele. Não confiava em nenhum ser mágico.

Mesmo que, por mais que detestasse admitir, talvez eu também fosse um deles. Uma sombra recaiu sobre mim e Raksh perguntou da porta:

— Um presente?

— Uma mensagem — resmunguei. — Suspeito que os peris querem ter certeza de que eu sei que estão de olho em mim. Não devem ter ficado muito satisfeitos por eu ter destruído a Lua de Sabá em vez de entregá-la a eles.

Ele arrancou a pena dos meus dedos.

— Não se preocupe com aqueles idiotas com cérebro de pássaro.

Dei-lhe um bofetão no braço.

— Eu deveria culpar *você* pelos idiotas com cérebro de pássaro. No que é que estava pensando ao sugerir que eu entregasse a minha vida a eles?!

Raksh franziu a testa.

— Não era óbvio?

— Que você estava me sacrificando para salvar a sua pele?

— *Sacrificando* você? — Raksh caiu na gargalhada. — Foi isso que pensou esse tempo todo? — Seus olhos começaram a brilhar. — Ah, Amina... não. De jeito nenhum.

Nada que deixasse Raksh tão animado podia ser boa coisa.

— Então, o que estava fazendo?

Ele largou a pena e diminuiu a distância entre nós.

— Você ainda não entende, não é? — perguntou ele, novamente maravilhado comigo. — Amina, vou te tornar uma *lenda*.

Fiquei imóvel. Aquela palavra era muito perigosa quando se tratava de Raksh. E de mim.

— O quê? — perguntei, num sussurro.

Seus olhos se fixaram nos meus. Sem que eu me desse conta, ele pegou uma das minhas tranças nas mãos, entrelaçando-a nos dedos.

— Uma guerreira sobrenaturalmente abençoada e encarregada de viajar pelo mundo atrás de alguns dos tesouros mais maravilhosos de toda a criação — sussurrou ele, com um ar reverente. — Não vê o seu *potencial*? Vou contar tantas histórias que as suas aventuras viverão para sempre em poemas épicos mais grandiosos do que os de Antarah e Dhat al-Himma, e seu nome será louvado em odes a heroínas cujas proezas superam as de Alexandre. — A voz de Raksh se ergueu de prazer enquanto ele me puxava para perto de si, tão extasiado que pareceu esquecer que corria o risco de ser apunhalado. — Será como sonhamos na noite em que nos conhecemos!

A noite em que nos conhecemos. Lembrei-me da malfadada noite em que Raksh e eu nos encontramos. Como ri e suspirei sob as estrelas, enfeitiçada até revelar o que havia no fundo do meu coração. Como eu queria viajar pelo mundo. Como eu queria ser a *melhor*, ter as aventuras da grande Amina al-Sirafi contadas em pátios e fogueiras.

— N-não posso fazer isso — gaguejei. — Você ouviu os peris. Eles me pediram para ser discreta.

— Ah, mas você não fez um acordo tão rígido com eles. Se tivessem posto consequências no "acordo informal segundo o qual não a deixariam cair em direção à morte"... — Raksh revirou os olhos antes que uma expressão astuta surgisse em seu rosto. — *Isso,* sim, teria sido um pacto com um mortal. Mas eles jamais admitiriam uma abominação dessas. E, na verdade, não há nada que possam fazer para impedir a propagação de histórias humanas: interferir seria contra seu próprio código.

Fiquei completamente chocada.

— Você os *enganou*?

— Enganei! Mas não precisa ficar tão preocupada. É o que você queria, não? — Ele beijou os meus dedos. — Você terá suas aventuras e explorará o mundo por motivos *justos*. Já sabemos como as Transgressões são perigosas: e agora você vai livrar o mundo delas. — Ele piscou para mim. — Fará algo de bom para contrabalançar todos os seus erros. Que tal?

Eu sabia que Raksh não se importava com boas ações; ele só estava lendo meus desejos mais profundo e usando-os a seu favor. Por outro lado, o futuro que descrevia tão bem já não parecia o sonho ridículo de uma década antes. Eu ainda não havia pensado no que acontecera comigo na ilha dos peris, ainda tinha que me sentar e digerir as implicações do meu "não acordo".

Mas já tinha duelado com um leviatã do mar, enfrentado um feiticeiro e libertado um aspecto lunar enfeitiçado.

O que mais seria capaz de fazer?

Vá para casa e seja a mãe de sua filha pelo tempo que puder. Na verdade, era o que eu mais desejava naquele momento; meu coração doía só de pensar em segurar Marjana nos braços. Ainda assim...

Ainda assim...

Eu queria tudo que Raksh tinha acabado de ronronar para mim. Para ser sincera, queria até *mais*. Estava falando sério quando disse a Nasteho na praia de Mogadíscio que nunca deixei de ser uma nakhudha e uma *exploradora*. Não foi aquele maldito demônio, espírito da discórdia ou como quer que ele se chamasse que colocou tais desejos na minha alma: *eu* queria viajar pelo mundo e navegar por todos os mares. *Eu* queria viver aventuras, ser uma heroína e ter minhas histórias contadas em pátios e feiras de rua, onde talvez as crianças que cresceram como eu, com mais imaginação do que recursos, pudessem ser inspiradas a sonhar. Onde as mulheres que ouviam que só havia um tipo de vida respeitável para elas pudessem ouvir as histórias de uma mulher que havia seguido outro caminho — e sido *bem-sucedida*.

Eu queria mostrar tudo isso a Marjana. Não hoje. Mas quando ela fosse mais velha, quando fosse mais seguro. Queria ensinar minha filha a ler as ondas e o céu noturno, ver seus olhos se arregalarem de admiração e curiosidade quando eu a levasse para novos lugares, novas cidades. Queria *dar* a ela tudo que tive de *tomar* à força, oportunidades que jamais poderia imaginar.

Seria possível? Eu poderia ser uma nakhudha aventureira *e* uma mãe?

Mas será que tinha escolha? Afinal de contas, tinha a obrigação de recuperar mais quatro Transgressões, e senti certa culpa me corroer por dentro. Se eu não tinha escolha a não ser me aventurar, talvez não precisasse me aprofundar na parte sombria e oculta do meu coração que queria fazer isso por motivos egoístas.

Raksh permaneceu calado, os olhos percorrendo meu rosto enquanto a minha mente corria a mil por hora — afinal de contas, ele tinha muita prática em esperar que humanos imprudentes sonhassem com suas ilusões. Mas vê-lo fazer isso foi o suficiente para me arrancar do sonho.

Pois eu não era a única ali com ambições e me lembrei de outra noite com Raksh — nossa última noite na ilha dos peris. Quando meu marido e eu nos sentamos junto à fogueira, vendo o sol se pôr no mar, e ele fez algumas confidências a mim. Quando refletiu, com um ar melancólico, que tinha sido criado para contar histórias e inspirar lendas.

Quando lamentou não ter tido a oportunidade de fazer isso por *muito* tempo.

E enquanto Raksh olhava para mim com seus belos olhos hipnotizantes e o sorriso mais sincero que já vi em seus lábios perfeitos, de repente compreendi que, apesar de todas as suas mentiras e covardia, apesar de toda a história sangrenta entre nós dois, eu acabara de me tornar o que ele mais desejava.

E, por causa disso, ele jamais me deixaria em paz.

Mate-o agora. Antes que ele suspeite de alguma coisa. Mas como eu poderia fazer isso? Ele era o pai de Marjana e eu tinha acabado de aprender uma lição muito dura sobre o pouco que sabia acerca de sua ascendência mágica. Será que existiam outras crianças como ela? O que acontecia quando se tornavam *adultas*? Havia outras possíveis ameaças a ela, tais como a Lua de Sabá? Eu não podia fazer essas perguntas a Raksh ainda, pois estava determinada a manter a existência de nossa filha em segredo. Mas ele era o único guia que eu tinha caso precisasse de respostas sobre "os espíritos da discórdia" e seus parentes.

Bem, ele era meu único guia por *enquanto*. Decidi seguir por outro caminho e coloquei as mãos em volta do pescoço dele. Era um eco, um lembrete de como fui capaz de estrangulá-lo na ilha, mas em vez disso brinquei com seus cabelos.

— E agora? — perguntei, com uma dúvida sincera. — Posso confiar em você?

Raksh estremeceu e se aconchegou ao meu toque.

— Você pode confiar em mim, fazer outras coisas comigo, tudo que quiser. Sei que tivemos alguns problemas no passado, mas… — Ele puxou meu corpo contra o seu, remexendo os quadris contra os meus. — Que casamento não tem?

Senti seu hálito quente no pescoço, deixando meu sangue traiçoeiro em brasas enquanto ele dava um beijo na ponta do meu queixo. Dez anos. Fazia *dez anos* que ninguém me tocava daquele jeito.

Era para você se livrar dele, lembra? Mesmo assim, minhas mãos deslizaram pela cintura dele. Dei um apertão no seu traseiro e Raksh soltou um suspiro entrecortado. Então, tá certo. Havia algumas razões mágicas e assustadoras pelas quais ele me queria, mas, naquele desejo específico, nós dois concordávamos.

— Feche a porta — eu disse, com a voz rouca.

Raksh olhou para mim com uma ligeira surpresa.

— Sério?

Dei de ombros.

— Já que vamos fazer isso como marido e mulher, então é melhor começar com o pé direito, não?

Ele deu um pontapé na porta para fechá-la e se ajoelhou no chão.

— Você é a mais sábia das mulheres, Amina al-Sirafi.

✦

O idiota ficou genuinamente surpreso.

— Pensei que já tivéssemos virado essa página! — gritou Raksh do fundo da jangada enquanto a jogávamos no mar. Bem, "jangada" talvez fosse um termo diplomático. Mas, já que não tínhamos um dunij graças ao roubo de Raksh, a plataforma improvisada de tábuas quebradas teria de servir. Ele sacudiu as correntes que prendiam suas mãos e pés com indignação. — Você teve relações sexuais comigo!

Ao meu lado, senti Dalila e Majed se virarem para me encarar.

— O que foi? — perguntei, corada. — Eu precisava de um jeito de distraí-lo, não? — Majed deu um suspiro de crítica, e eu sibilei: — Ainda somos casados. É permitido!

Dalila franziu a testa, exasperada.

— Não é essa a questão, Amina.

— Foi você que me disse para relaxar! — É verdade que Dalila se referira a sono, não a sexo silencioso com meu cônjuge, espírito do caos, no apertado convés inferior do navio, mas cada um tinha sua maneira de relaxar. Voltei a atenção para Raksh, jogando um cantil e um pacote de tâmaras para ele. — Da próxima vez, não durma ao meu lado. Tenho certeza de que vai correr tudo bem. Pelo menos não te enterramos num baú.

— Seria melhor se tivéssemos — murmurou Majed.

— Ainda podemos explodi-lo — acrescentou Dalila. — Sobrou um pouco de pó preto.

Raksh se debateu furiosamente em suas correntes.

— Vocês são os mais *desleais* dos companheiros!

Majed puxou a barba.

— Não sou a favor de assassinato, mas tem certeza de que é sensato deixá-lo vivo? Por que não se divorcia mesmo dele? — perguntou meu navegador, baixinho, enquanto a jangada de Raksh se afastava. — Ele ainda pode gritar as palavras se lhe dissermos quais são.

— Porque receio que o casamento não seja a única coisa que nos mantém unidos — expliquei, com uma careta. — E não quero que ele procure saber o que é se o divórcio não for capaz de romper nosso vínculo. E se Marjana algum dia precisar saber sobre esse lado de sua família... Não posso matá-lo. Agora não.

— Amina! — choramingou Raksh ao longe. — Não faça isso! Ainda posso te tornar uma lenda!

Posso fazer isso sozinha.

— Boa sorte, de verdade! — berrei, antes de me voltar para Majed. — Vamos aumentar a velocidade.

Majed foi dar as ordens, substituindo Tinbu, que ainda tinha de se recuperar. Só de ver meu amigo descansando no banco de capitã, com a perna ferida apoiada numa almofada e Payasam no colo, fiquei cheia de culpa. Tinbu havia quebrado a perna mal cicatrizada quando se jogou em Yazid para salvar a minha vida. Fixamos o osso da melhor maneira possível e eu pretendia levá-lo a um médico, mas já tínhamos visto o resultado de lesões como aquela. Tinbu mancaria pelo resto da vida, o que tornaria a carreira — já perigosa — de marinheiro ainda mais arriscada.

— Não olhe para mim com pena — repreendeu Tinbu, lendo a expressão em meu rosto quando me juntei a ele. — Você me salvou de ser crucificado como bandido, lembra? Apenas retribuí o favor.

— Eu sei, eu sei — murmurei, sentando-me ao seu lado. À nossa volta, o mar parecia ondular e balançar; um enorme animal aquático azul que esticava as pernas.

— Presumo que Raksh esteja flutuando numa jangada lenta rumo a lugar nenhum, certo? — perguntou Tinbu, acariciando a cabeça de Payasam enquanto a gata olhava para ele com adoração.

— Se Deus quiser. Não tenho dúvidas de que ele voltará.

Dalila subiu para se juntar a nós, rolando o cajado de madeira entre as mãos.

— Quer dizer que nos livramos do mundo mágico?

Dei um suspiro e tirei a pena de Khayzur do cinto.

— Não é bem assim.

✦

Durante o tempo que levei para contar aos meus amigos o que tinha acontecido na corte dos peris, os marinheiros começaram a cantar. Seus sorrisos, inicialmente hesitantes, alargaram-se à medida que se provocavam por causa das amantes e esposas para quem voltavam, dos filhos e amigos que ansiavam por ver e de como seria maravilhoso atracar num porto familiar. As rimas não eram as que cantávamos quando implorávamos ao oceano para ser misericordioso ou nos recordávamos dos mortos perdidos nas tempestades, mas não tinha a menor dúvida de que minha tripulação ficara marcada pelo que acontecera em Socotra, nem a menor dúvida de que alguns deles se dispersariam assim que desembarcássemos, para encontrar nawakhidha que pagassem menos e os tratassem mal — mas que não enfrentassem feiticeiros estrangeiros ou monstros marinhos.

Afinal de contas, minha tripulação não havia saído ilesa. Três homens morreram: Arjun, um aprendiz de carpinteiro de apenas dezenove anos; Ishtiaq, um marinheiro sempre sorridente que deixara três filhos em Jidá; e Bassam, um velho cão do mar que fazia Majed parecer jovem e se gabava orgulhosamente de nunca ter passado mais de um dia em terra firme. Bassam fora arrastado durante o ataque do marid, mas fizemos as orações fúnebres por ele, depois enterramos Ishtiaq e cremamos Arjun de acordo com seus costumes. A vida no mar era perigosa e, embora soubesse que o dinheiro e as cartas vacilantes que enviaria a seus dependentes eram sempre uma possibilidade bastante temida, suas almas pesavam em minha consciência.

Mas eu guardaria tais tristezas para mim. No momento, o resto da tripulação parecia estar se recuperando e, ainda que prestasse atenção, não ouvi nenhum murmúrio de descontentamento que pudesse levar a um motim.

Contudo, entre os meus companheiros mais queridos, a novidade começava a ser assimilada.

— Quer dizer que agora você é... uma caçadora de tesouros a serviço de um bando de pássaros mágicos? — perguntou Tinbu, após um silêncio atônito.

— Creio que os pássaros mágicos reclamariam que não trabalho *para* eles, pois têm um monte de regras sobre a interação com os humanos, mas sim. Devo recuperar mais quatro objetos mágicos. Foi o acordo que precisei fazer para ter permissão de deixar a ilha.

— E você acredita que essas criaturas vão cumprir o acordo? — perguntou Majed. — Tentaram te jogar em direção à morte!

— Não confio nem um pouco nelas. Acredito que aquele que me salvou é um bom homem... ou pássaro. Um devoto, tanto faz. Mas também suspeito que ele tinha outros motivos. — Abri as mãos com as palmas para cima. — Não tive escolha. Mesmo que os peris reneguem o acordo, valeu a pena para deter o franco.

— Concordo plenamente. — Dalila meneou a cabeça para me estudar. — Você disse que o tempo que passou na ilha a mudou, não foi? Quer dizer que a sua força, a rapidez com que correu lá…

— Estou mais forte — confirmei. — *Bem* mais forte. Finalmente consegui arrancar algumas gotas de sangue de Raksh — acrescentei, incapaz de esconder o prazer na voz. — Não notei outras mudanças físicas, mas consigo ver certas coisas. Criaturas, os juramentos que os homens de Falco lhe fizeram como se fossem correntes, visões de outros mundos…

— Al-ghaib — disse Majed, em voz baixa. — O reino dos djins e coisas do tipo. Há místicos que também afirmam ter adquirido tal poder de Visão. Homens e mulheres santos.

— Pois aposto que estavam bem mais preparados para lidar com isso do que eu. — Estremeci, lembrando-me dos monstros aprisionados atrás da porta de latão. Será que aquilo foi real? A ponte? A nasnas? Asif e suas acusações? — Embora desconfie de que vá precisar tanto da força mágica quanto da Visão para recuperar essas Transgressões.

— É melhor aprender a usar mais armas — exclamou Tinbu, impressionado. — Deuses, Amina, você pode vir a ser como uma das guerreiras de outrora.

— Ela vai precisar de muito mais do que bravura. — Dalila abriu um sorriso conspiratório para Tinbu. — Você tem alma de jogador. Está na jogada, não?

— Na jogada? — Pestanejei de surpresa. — Espera aí… vocês querem se *juntar* a mim?

— É claro que queremos! Os conhecimentos com que você vai se deparar, as poções perdidas e truques dos nossos ancestrais… — Os olhos de Dalila se iluminaram. — Posso aprender coisas que me tornariam a xeique dos Banu Sasan. Aqueles sacanas vão se arrepender do dia em que me expulsaram do Iraque.

Tinbu ficou com uma expressão sonhadora.

— Aposto que tem algum tesouro. Tem que ter, não? Nas histórias, o tipo de gente que vai atrás de artefatos mágicos sempre é rico. Os peris não vão se importar se ficarmos com um *pouco* da riqueza mortal. — Ele deu um beijo no pelo desgrenhado de Payasam. — Vou me tornar um rajá e deixar um certo comerciante de Áden todo apaixonado.

Meu coração bateu forte, com uma mistura de esperança e apreensão.

— Vai ser absurdamente perigoso. Vocês se arriscariam por um acordo do qual nem fazem parte...

— Ora, cala a boca — interrompeu Dalila. — Sabemos que é perigoso e podemos tomar nossas próprias decisões. Além disso, é bem mais provável que você continue viva e consiga encontrar esses artefatos escondidos se estivermos contigo.

Senti vontade de protestar. É o que uma boa amiga faria. Mas Dalila tinha razão, e eu estava começando a aprender, tarde demais, que não podia controlar o coração das pessoas à minha volta. Tive uma vida desafiadora. Lutei pelas minhas ambições.

Não podia negar isso a eles.

— Eu... ficarei eternamente grata se vocês se juntarem a mim — confessei. — Podemos discutir mais o assunto quando voltarmos à costa. Não posso contar tudo à tripulação, mas não quero que nenhum homem embarque nessa de má vontade. Também vou pagar pela sua passagem para Mogadíscio — acrescentei, olhando para Majed.

Majed soltou um resmungo indignado.

— E pela passagem de volta para o *Marawati*? Vocês três *não* vão sair numa viagem de exploração sem mim. Vão acabar se perdendo no marasmo e morrer. E não me venha com sermões sobre responsabilidade, sua hipócrita — disparou com severidade quando abri a boca para fazer exatamente isso. — Você tem suas preocupações familiares, e eu vou conversar com a minha esposa. Temos que arranjar um jeito de sair nessa aventura e ainda conseguir ver nossos filhos.

Ele não fazia ideia do quanto aquelas palavras mexeram com meu coração. Deus, como esperava que sim. Apesar do que tinha dito aos meus amigos, ainda não conseguira me perdoar pelo custo da nova empreitada em relação a Marjana. Os dias e as noites que passaria sem ela, os medos que nós duas sentiríamos quando os mares nos separassem.

Era um preço pelo qual talvez jamais conseguisse me perdoar. Era uma *escolha* que rezava para que ela pudesse entender. Da qual tirasse coragem para ir atrás de seus próprios sonhos.

— Então está resolvido — declarou Tinbu. — Mas posso fazer uma sugestão? Se algum de nós se encontrar na posição de ser persuadido a fazer um acordo com uma criatura mágica, recuse. Ou, pelo menos, leve a questão ao grupo para debate.

— Amém — arfei, sentindo-me mais leve do que há várias semanas.

Porém, havia mais uma questão. Vasculhei o *Marawati*. Os homens tinham se afeiçoado a Dunya, que estava no meio de um bando de marinheiros, com um ar tímido e ansioso, enquanto Firoz lhe mostrava como fazer cordas e a garota fazia anotações diligentemente.

Dalila seguiu meu olhar.

— Já tomou uma decisão?

— Já — respondi pesadamente. — Tomei, sim.

Capítulo 34

O pátio de Salima era um lugar sinistramente parado. Apesar de estar sob a sombra de uma palmeira alta de folhas grossas, a árvore de pouco servia para aliviar o calor sufocante. Minha camisa grudava nas costas úmidas e uma gota de suor escorria pela minha testa. Estava quente demais até para os insetos, que se limitavam a voar perto dos arbustos.

Salima al-Hilli não parecia minimamente afetada pelo calor. Permaneceu ali de pé, toda empertigada, com a atenção voltada para a carta de Dunya. Olhava para o papel há tanto tempo que poderia ter lido tudo uma dezena de vezes.

Por fim, abaixou a carta.

— É a decisão dela?

Eu não tinha lido o texto, mas tinha uma boa ideia de seu conteúdo.

— É, sim, Sayyida. Ela me parece muito determinada. Muito capaz.

— Ela é só uma criança. — Salima dobrou o papel em metades cada vez menores, como se suas implicações pudessem sumir de vez. — Dunya diz que não devo te culpar. Que você se arriscou para salvar-lhe a vida e que ela implorou em nome do pai para que a deixasse partir.

Houve um movimento nos galhos acima de nós, um deslocamento seguido de um estalido, como se algo pesado se movesse na árvore para enxergar melhor. Resisti à vontade de olhar para cima. Salima não reagiu, e eu ouvi o ruído como se existisse em outro mundo, quase onírico.

Já estava começando a entender o que aquilo significava. O que significaria para o resto da minha vida.

Voltei a atenção para Salima.

— Não consegui convencê-la a voltar para esta vida, Sayyida. Eu tentei. Mas depois de passar algum tempo com Dunya… entendi por que ela tomou essa decisão. Acho que você também compreende.

Salima balançou a cabeça.

— Deus não quer que todo mundo vá atrás de seus sonhos. Às vezes, você precisa esconder o que existe em seu coração para sobreviver, para honrar a sua família.

— Deus nos fez como somos — repliquei, baixinho. — Acredito que devemos encontrar sabedoria nisso.

Salima bufou de desdém, mas não soou insatisfeita — e sim desolada.

— Se eu te ameaçasse outra vez, você revelaria a localização dela?

— Não — respondi, sem rodeios. — Dei-lhe a minha palavra, e ela já deve ter partido a essa altura. É uma estudiosa talentosa e tem um dom inigualável para línguas estrangeiras. Há quem tenha uma boa vida com muito menos. Se Deus quiser, talvez vocês duas se reencontrem em paz no futuro. — Endureci o tom de voz. — Sugiro que permaneça viva para ver esse dia, Sayyida.

A ameaça tácita pairou pesadamente no ar durante um bom tempo de silêncio cheio de tensão. Não tinha voltado àquela casa sem estar preparada para pôr fim — por qualquer meio necessário — às ameaças de Salima. Mas já estava farta de tanto derramamento de sangue e rezei para que ela tivesse bom senso.

O que quer que estivesse me espiando dos galhos voltou a se remexer. Um vulto passou pelos meus olhos, deixando um cheiro de raio e poeira do deserto.

Salima enfiou a carta no cinto.

— Quero que saia já da minha casa. Você salvou a vida de Dunya, por isso não irei persegui-la. Vou deixar a sua família em paz, juro por Deus. Mas nos despedimos como inimigas, nakhudha.

— Entendido. — Desconfiei que pedir a outra parte da recompensa prometida seria abusar da sorte, por isso nem me dei ao trabalho. O pagamento antecipado era suficiente para sustentar a mim, meu navio e a tripulação por enquanto. Não era a fortuna que ela prometera, mas minha vida havia mudado mesmo assim. Que o descumprimento de Salima ao nosso acordo ficasse entre ela e Deus.

Em vez disso, abaixei a cabeça e me virei para partir. Ninguém se dignou a me acompanhar, mas eu não tinha chegado tão longe em minha carreira sem ser capaz de refazer o caminho até a saída.

Uma saída que estava bem à vista quando uma mão acobreada me pegou pelo pulso.

Para o azar de seu dono, eu ainda estava me habituando à minha nova força. Por isso, ao me voltar para ele e me desvencilhar de sua mão, esmaguei-o contra a parede com mais força do que o necessário.

A criatura sibilou, soltando um bafo estranhamente doce. Não sei se era humana ou outra coisa qualquer, pois estava coberta por um traje cor de pergaminho e só consegui ver um par de olhos ardentes por baixo do capuz.

— Para a pequenina! — arfou o vulto, sacudindo um alforje.

Franzi a testa, mas soltei a criatura e peguei a sacola. Uma olhadela revelou seu conteúdo: livros, pergaminhos e ferramentas cuja finalidade não conseguia compreender.

— O que é isso?

A criatura soltou um grunhido de descontentamento, alisando as roupas.

— Tudo que consegui apanhar em tão pouco tempo. O trabalho da família deve continuar.

Lancei-lhe um olhar desconcertado.

— E quem é você?

A criatura me encarou com seus olhos de fogo.

— O djin deles. *Evidentemente.* — Em seguida, passou pela parede e sumiu.

✦

O súbito aparecimento do djin da família al-Hilli me atrasou, mas não demorei muito, logo me juntando aos companheiros que me esperavam na praia.

— A polícia está atrás de você? — perguntou Majed à guisa de saudação.

Não diminuí o ritmo.

— Não.

— E os soldados do governador? — indagou Tinbu, preocupado.

— Também não. Salima me disse que sou sua inimiga, mas parece que salvar a vida de sua única neta inúmeras vezes me rendeu uma trégua.

— Mais recompensa? — Dalila apontou com a cabeça para a sacola. — Isso aí poderia conter uma fortuna.

— Quem me dera. São livros para Dunya. Presentes do djin da família. — Dalila pestanejou e eu dei um suspiro. — Vou explicar tudo no navio. Por ora, teremos de nos contentar com o dinheiro que temos. Podemos procurar outros trabalhos mais tarde. Mas, agora, só há um lugar para onde pretendo ir.

✦

O dia estava nascendo quando atracamos numa praia remota ao sul de Salalah, com os penhascos e o velho forte ocultando a nossa chegada.

Mas não de todo. Posso ter afastado meu irmão da verdadeira vocação da família e Marjana de minha vida prévia, mas minha mãe ficara à procura das velas do *Marawati* por tempo demais para esquecer a aparência do meu navio. Antes mesmo de saltar na arrebentação, eu a vi atravessar a praia, com o shayla esvoaçando ao vento.

Uma silhueta muito menor e ruidosa corria à sua frente.

Reprimi o choro e avancei. Logo me vi ao lado de Marjana, pegando minha filha no colo e abraçando-a com força. Encostei o rosto em seus cabelos, com as lágrimas escorrendo pelas bochechas.

— Ah, meu amorzinho — arfei. — Minha querida garotinha...

Marjana aninhou a cabeça no meu pescoço.

— Tive tantas saudades de você!

— Eu sei, vida. Eu sei. — Segurei-a com facilidade, carregando-a com um braço só enquanto saía da água.

— Uau, mamãe... — A voz de Marjana estava cheia de espanto. — Quando foi que você ficou tão *forte*?

— Amina! — Minha mãe correu em minha direção, ficando na ponta dos pés para me puxar para baixo e beijar meu rosto. — Alhamdulillah, que Deus seja louvado! — Então se afastou e me deu um tapa nada carinhoso no ombro. — *Não sabe como eu estava preocupada?* Não podia ter me mandado uma *carta*? Será que o *Marawati* foi parar no fim do mundo, onde não há mensageiros?

Dei um abraço tão apertado na minha mãe que ela foi obrigada a parar de gritar.

— Tivemos alguns problemas. Me perdoe. Mas não precisa se preocupar com nada disso. — Voltei a beijar Marjana, esfregando o meu nariz no dela até minha filha começar a rir. — Já estou em casa.

E, por enquanto, era tudo que importava.

Existiu e não existiu uma nakhudha chamada Amina al-Sirafi

Existiu e não existiu uma nakhudha chamada Amina al-Sirafi que navegou com uma tripulação habilidosa por todo o oceano Índico, correndo atrás de tesouros mágicos e talismãs, enganando feiticeiros cruéis e lutando contra criaturas mitológicas incompreensivelmente poderosas. Esta é sua primeira história, uma das muitas aventuras dela que espero contar.

Mas também existiu uma escriba chamada Dunya. Uma escriba que renasceu no convés inferior de um navio entre Áden e Salalah.

Passei a mão pelos cabelos recém-cortados, estranhando o comprimento. Vestia um thawb listrado que Majed havia escolhido, dizendo ser o tipo de roupa que um jovem estudioso de origem boa, mas não rica, usaria. Coloquei um gorro na cabeça e enrolei um turbante ao seu redor. Não tinha espelho, mas, com a ajuda de Deus, parecia um rapaz nervoso e inofensivo, um dos muitos jovens com inclinação intelectual que se lançam ao mar para viajar por novas terras.

Contudo, não precisava de espelho para saber que sorria de orelha a orelha.

Saí do convés inferior. A nakhudha havia trazido sua filha a bordo. Ainda estávamos atracados em frente à casa de sua família, e ela trouxera vários parentes para conhecer o *Marawati*, a princípio insegura (embora jamais me atreveria a proferir tal hipótese em sua presença) e depois com entusiasmo. Marjana estava deitada no convés observando um grupo de golfinhos saltitantes brincando na água ensolarada, enquanto a gata Payasam se empoleirava em suas costas, batendo nas borlas do cinto surpreendentemente bem tecido da garota.

A própria nakhudha estava com seus colegas, sentada no banco de capitã enquanto debatiam a respeito de um mapa. Nunca convivi com um grupo de pessoas que discutisse tanto e tão alto. Era profundamente intimidador abordá-los, mas Amina deve ter reparado na minha chegada, pois ergueu o olhar e me encarou com seus olhos pretos.

— Jamal — chamou ela, e demorei um pouco para perceber que Amina estava falando *comigo*, pois ainda não tinha me acostumado com meu novo nome. Tampouco tinha certeza de que *iria* me acostumar, não sabendo bem se aquela pessoa era realmente eu. Dunya era o nome que meus falecidos pais haviam escolhido, e eu desconfiava que sempre teria um carinho especial por ele. Agora, enquanto Jamal, eu me sentia igualmente livre e apavorado, dando os primeiros passos de uma jornada com a qual sempre sonhara.

Mas ao menos *estava* nela. E, por ora, isso já bastava.

— Encontrou algum lugar para guardar seus manuscritos? — perguntou a nakhudha, mexendo uma panela fumegante de ensopado de peixe que o cozinheiro havia trazido.

Hesitei. Não sabia o que pensar da sacola de manuscritos e ferramentas que o djin da família tinha dado a Amina. Nem sabia que tínhamos um djin. Mas, tendo em conta nossas desventuras, suspeitei que ela estivesse farta dos dramas dos al-Hilli, por isso me limitei a responder:

— Sim, nakhudha.

Marjana pulou para se juntar a nós.

— Mamãe, é verdade que você ganhou essa cicatriz num duelo contra o príncipe de Ormuz?

Amina bufou, servindo uma concha do fragrante ensopado numa cumbuca de madeira.

— Quem foi que te disse isso?

— O tio Tinbu.

— Ele não era príncipe coisa nenhuma — disse Amina, com escárnio. — E sim um ladrão de cavalos com delírios de grandeza.

Tinbu estalou a língua, discordando dela.

— Ele tinha uma coroa, não tinha?

— Uma coroa com pedras preciosas feitas de argila — interrompeu Dalila. — Vocês não acreditaram em mim quando falei para não a venderem e tiveram a sorte de manter a cabeça sobre o pescoço. A sultana tinha mandado atirar pela janela os últimos comerciantes que a enganaram.

Os olhos de Marjana ficaram arregalados.

Cheguei mais perto, pegando um pedaço de pergaminho e um *stilus*.

— Pode nos contar essa história?

Amina revirou os olhos ao ver meus utensílios.

— Sei muito bem o que pretende fazer, escriba. Você vai me transformar numa personagem ridícula de cabelos esvoaçantes e o linguajar de uma poetisa.

— Jamais me atreveria a comprometer um jeito de falar tão... singular quanto o seu — prometi, pegando uma prancheta e me ajoelhando aos pés dela. — Mas de que outra maneira o mundo conhecerá a sua lenda?

Eu estava brincando, mas Amina ficou estranhamente quieta ao ouvir a última palavra e uma expressão indecifrável surgiu em seu rosto conforme olhava para a concha.

Por fim, ela ergueu o olhar.

— Vai contar a história com as minhas palavras?

— Com as suas palavras — concordei.

— Mesmo que sejam grosseiras?

Vacilei por um instante.

— Certa suavização dos termos ou explicações complementares acerca de tópicos importantes podem ser... — Amina ergueu a concha como se fosse uma adaga e eu logo mudei de ideia. — Certo. As palavras grosseiras ficam.

Marjana ficou ainda mais animada e puxou a manga da mãe.

— Conte a história para a gente, mamãe! Por favor!

— Eu... ah, *tá bom* — resmungou a nakhudha, seduzida pela súplica nos olhos da filha. — Mas não fale nada disso para a sua avó, entendeu? E só se *comer* primeiro, você está pele e osso. — Ela acomodou Marjana ao seu lado, colocando uma cumbuca de ensopado na esteira, e só depois que a garotinha pôs a comida na boca é que Amina al-Sirafi começou a contar sua próxima aventura.

Mas essa, minhas caras irmãs, é uma história para outra noite.

Agradecimentos

Comecei a escrever *As Aventuras de Amina al-Sirafi* em março de 2020 e, se há um livro que precisou de uma aldeia para ser concluído, foi este aqui. Equilibrar uma pandemia, o ensino fundamental virtual e um manuscrito que exigiu uma pesquisa muito mais aprofundada do que eu poderia ter imaginado foi uma experiência que espero nunca mais repetir e pela qual não teria conseguido passar sem a ajuda de várias pessoas.

Em primeiro lugar, a todos os historiadores e acadêmicos que dedicaram seu tempo para responder às minhas perguntas, recomendar novos livros e fontes ou localizar imagens e fatos a respeito de espíritos lunares e barcos medievais — particularmente Laura Castra, também conhecida como Plumas, Thomas Lecaque, Sarah Luginbill, Melanie Magidow, Roxani Margariti, Ali A. Olomi, Sebastian Prange e Amanda Hannoosh Steinberg — vocês têm minha eterna gratidão. Aos meus brilhantes revisores acadêmicos, Fahad Ahmad Bishara e Shireen Hamza: foi um prazer trabalhar com vocês, que me ensinaram tanto.

Uma das alegrias de estar neste ramo há alguns anos é fazer amizade com colegas escritores absurdamente talentosos que, além de manter sua sanidade mental durante os altos e baixos do mundo editorial, também lhe dizem quando está na hora de matar seus personagens mais queridos e apontam cenas de batalha que desafiam as leis do tempo, espaço e enredo. Aos meus maravilhosos leitores iniciais e amigos: E. J. Beaton, Melissa Caruso, Roshani Chokshi, K. A. Doore, Kat Howard, Sam Hawke, Fonda Lee, Rowenna Miller e Megan O'Keefe… muito obrigada mesmo. Que a equipe do Bunker prospere para sempre! Também tive o privilégio de trabalhar com uma ótima equipe de leitores sensíveis neste projeto: Naseem Jamnia, Phoebe Farag Mikhail, Ardo Omer e Prity Samiha — sou profundamente grata pelo seu tempo e orientação.

Nada disso seria possível se Jen Azantian não tivesse apostado em mim anos atrás e continuado a ser uma das melhores agentes literárias do ramo: muito obrigada a você e a todos da ALA. Devo uma imensa gratidão a todos da minha equipe editorial por divulgarem meus livros para o mundo e por serem incrivelmente compreensivos com minha agenda quando a Covid a interrompeu por completo: meus editores, David Pomerico e Natasha Bardon, e todos da Harper Voyager US/UK, especialmente Robin Barletta, Danielle Bartlett, Mireya Chiriboga, Jennifer Chung, Kate Falkoff, Emily Fisher, Nancy Inglis, Amber Ivatt, Beatrice Jason, Holly Macdonald, Maddy Marshall, Vicky Leech Mateos, Mumtaz Mustafa, Shelby Peak, Amanda Reeve, Karen Richardson, Dean Russell, John Simko, Elizabeth Vaziri, Robyn Watts, Erin White e Leah Woods. Por conceberem capas e ilustrações que me deixaram literalmente sem fôlego, meus agradecimentos a Micaela Alcaino, Ivan Belikov e April Damon.

Muito obrigada a todos os leitores que apoiaram meus livros e os partilharam com seus amigos, espero que também gostem desta nova série! Abraços e muito amor e apreço à minha família, especialmente aos meus pais e à minha avó, que me ajudaram sempre que precisei de ajuda, e à minha mãe, que me ensinou desde cedo como as mães poderiam ser determinadas. Para Shamik, o melhor parceiro e cônjuge que eu poderia desejar, obrigada por embarcar comigo numa nova aventura literária e por descobrir como seria o céu noturno em 1143 — um dia compreenderemos a mecânica por trás das casas lunares. E a Alia! Obrigada por toda sua ajuda, amorzinho: você desenhou as melhores capas e eu jamais conseguiria criar Payasam sem a sua experiência com gatos.

Por fim, Àquele que me abençoou mais do que mereço, espero ter feito justiça às vidas dos devotos do passado e rezo para que nossa comunidade continue a encontrar fé na reflexão sobre as Suas maravilhas.

Glossário

adhan: chamado islâmico à oração.

Alhamdulillah: expressão em árabe que significa "graças a Deus" e é comumente usada pelos muçulmanos para expressar gratidão e reconhecimento pela bondade e pelas bênçãos de Deus.

amma: mãe.

bakhoor: aroma de incenso árabe.

barija (plural: bawarij): navio pirata, frequentemente associado à Índia.

bismillah: expressão que inicia as orações muçulmanas e significa "em nome de Deus, o Misericordioso, o Clemente".

dhikr: ato de devoção islâmica caracterizado pela repetição dos nomes de Allah, bem como súplicas ou versículos do Alcorão.

djin: palavra humana para "daeva", elementais do fogo e metamorfos que vivem por milênios e tiveram suas habilidades mágicas restringidas pelo Profeta Suleiman como punição por prejudicar a humanidade.

dua: qualquer forma de súplica ou invocação direcionada a Alá.

dunij (plural: dawanij): embarcação pequena, frequentemente usada como bote salva-vidas ou para transportar carga e passageiros de um navio ancorado para a terra firme.

Eid: festival muçulmano que se sucede à peregrinação à Meca; é uma celebração da fé, na qual as famílias se reúnem para trocar presentes e doces.

farj: primeira oração do dia.

fatímida: relativo ao califado formado com a ascensão da dinastia dos Fatímidas, uma dinastia de origem árabe constituída por catorze califas, que reinou na África do Norte entre 909 e 1048 e no Egito entre 969 e 1171.

fil: centavo.

gueês: ge'ez, também chamado de etíope; antiga língua semítica que se desenvolveu na atual região da Eritreia e norte da Etiópia como o idioma dos camponeses.

ghoul: cadáveres reanimados e canibais de humanos que fizeram acordos com ifrits.

hadiz: registro escrito de comunicações orais do profeta Maomé, relatadas por vários narradores.

hajj: peregrinação à cidade santa de Meca.

hajji: peregrino.

halva: doce feito com sementes de gergelim torradas, moídas e misturadas com açúcar derretido e saborizado com pistache, mel ou baunilha.

Haram al-Sharif: antigo templo também chamado de Nobre Santuário; um lugar sagrado para judeus, cristãos e muçulmanos.

húris: virgens prometidas aos homens islâmicos bem-aventurados, seres antropomórficos perfeitos com que, como gratidão por suas boas ações em terra, os homens serão premiados no paraíso.

iftar: refeição ingerida durante a noite com a qual se quebra o jejum diário durante o mês do Ramadã.

jahazi: navio de carga, normalmente vindo da África Oriental.

jahiliyyah: termo islâmico que se refere ao tempo e à sociedade anterior ao surgimento do profeta Maomé e do Islã na Arábia do século VII; pode ser traduzido como a "época da ignorância".

jihad: guerra contra os inimigos da religião muçulmana.

jilab: embarcação precária.

jilbab: peça única de roupa longa e solta usada por algumas mulheres muçulmanas.

jubba: túnica longa de mangas compridas e que chega até o tornozelo.

ka'ak: pães ou biscoitos árabes de diversas variedades.

kameez: tipo de camisa comprida ou túnica usada por pessoas do Sul Asiático, com as costuras laterais abertas abaixo da linha da cintura, o que fornece ao usuário maior liberdade de movimento.

Khanfu: nome pelo qual os persas medievais conheciam Guangzhou.

khanjar: adaga; lâmina curta e curva na forma da letra "J", semelhante a um gancho.

lota: recipiente apropriado para fazer uma limpeza nasal, similar a um bule com um bico que caiba nas narinas.

lungi: saia de homem, geralmente multicolorida e amarrada na cintura, logo abaixo do umbigo.

maghrib: uma das cinco preces muçulmanas obrigatórias, que começa logo após o pôr do sol e termina no início da noite.

mahr: dote de casamento pago pelo noivo à noiva.

mancala: jogo de tabuleiro cujo objetivo é capturar o maior número de sementes.

manzil: palavra árabe que significa "casa lunar" e que, mais tarde, deu origem ao zodíaco.

marid: elementais da água extremamente poderosos e quase míticos para os djins.

Maryam e Isa: Maria e Jesus.

mashallah: termo usado para expressar admiração em relação a um evento ou pessoa. Em tradução literal, significa "aconteceu o que Deus quis" ou algo como "Benza Deus".

masjid: mesquita.

misbaha: bracelete similar ao rosário composto por 99 contas, cada uma representando os 99 nomes de Alá.

muezin: o encarregado de anunciar em voz alta, do alto das almádenas, o momento das cinco preces diárias.

mufti: chefe religioso muçulmano, também é intérprete autorizado das leis muçulmanas.

muhtasib: funcionário do governo encarregado de supervisionar o comércio e as trocas comerciais, bem como o comportamento público.

nakhudha (plural: nawakhidha): proprietário de navio, autoridade no mar.

nasnas: uma criatura venenosa parecida com um ser humano dividido ao meio, que ronda os desertos de Am Gezira e cuja mordida faz a carne definhar.

nefilim: gigantes que aparecem no Antigo Testamento, são a prole dos "filhos de Deus" (anjos caídos) com as "filhas dos homens" (mulheres humanas).

nikah: contrato de casamento.

payasam: arroz-doce indiano aromatizado com cardamomo, passas, açafrão, castanha de caju, pistache ou amêndoas.

peri: elementais do ar; mais poderosos do que os djins — e muito mais reservados —, os peris preferem se manter isolados.

qaraqir: grande navio de carga e transporte em alto-mar.

qunbar e sunbuq (plural: sanabiq): grandes navios de carga.

rahmani: manual de navegação.

raka'at: repetição de movimentos feitos pelos muçulmanos como parte das cinco orações diárias.

Ramadã: nono mês do calendário lunar islâmico e um período sagrado marcado pela realização de jejuns e obras de caridade.

Ras Asir: nome árabe do cabo Guardafui.

rukh: enormes pássaros de fogo que os elementais do ar usam para caçar.

sabaico: antiga língua da Arábia do Sul falada pelos sabeus.

sadaqh: caridade voluntária que pode ser feita por meio de doações ou boas ações.

salá: as cinco orações públicas que todo muçulmano deve realizar diariamente, voltado para Meca.

saltah: prato composto por um ensopado de carne temperado com duas misturas de condimentos, a primeira baseada em feno-grego e a segunda em pimenta-verde e coentro fresco.

sassânida: relativo ao Império Sassânida.

sayyida: modo respeitoso de tratamento, similar a "senhora" ou "senhor" (sayid).

shahada: juramento de fé que une os muçulmanos.

stilus: instrumento pontiagudo feito para escrever ou desenhar.

Xaual: décimo mês do calendário islâmico, que tem 29 ou 30 dias e começa com o Eid al-Fitr, que marca o fim do Ramadã.

shayla: lenço islâmico que cobre a cabeça e é cruzado nos ombros.

sufista: praticante do sufismo, corrente mística e esotérica do islamismo.

tarawih: oração noturna realizada no mês do Ramadã.

thawb: conjunto de túnica e calças compridas.

tiraz: bordados islâmicos na forma de braçadeiras costuradas em mantos de honra.

tubban: jaqueta longa de mangas compridas.

ummah: termo que se refere à comunidade constituída por todos os muçulmanos do mundo.

wali: prefeito ou governador.

zakat: prática obrigatória para os muçulmanos que consiste em doar bens materiais aos mais necessitados.

Nota da autora e leituras complementares

O oceano Índico é indiscutivelmente um dos mares mais antigos da história marítima, testemunha de mais de cinco mil anos de viagem humana pelas suas costas e travessias por toda a sua vasta extensão — sejam peregrinos ou piratas, pessoas escravizadas ou membros da realeza, comerciantes ou estudiosos. Na era moderna, estamos acostumados a pensar em continentes e fronteiras terrestres e raramente enxergamos o mar e seus litorais como locais de cultura partilhada. Porém, muito antes da chamada Expansão Marítima Europeia (uma época que causaria mais danos ao comércio existente no oceano Índico e às populações nativas do que qualquer incursão anterior), os portos do oceano Índico já eram lugares movimentados e cosmopolitas onde era possível encontrar mercadorias e pessoas do mundo inteiro.

Sua história medieval me fascina desde os tempos de faculdade, quando tomei conhecimento dos relatos dos famosos mercadores de Geniza, membros de uma diáspora judaica que se estendeu do norte da África até a Índia. Havia algo tão humano e de fácil identificação naqueles relatos muitas vezes mundanos da vida de cidadãos comuns: pessoas que não eram sultões nem generais, e sim pais que compravam presentes para o casamento dos filhos, preocupavam-se com sogros e decisões de negócios e lamentavam a morte súbita de queridos irmãos perdidos no mar — os tipos de laços que fazem o passado parecer vivo. Sempre tive o sonho de escrever um livro ambientado nesse mundo, para poder evocar as histórias que tinham me tocado tão profundamente e, quando comecei, fiquei entusiasmada por finalmente ter uma boa desculpa para me lançar à pesquisa. Na verdade, acredito que a frase "Vou tornar o livro historicamente preciso, exceto pela trama" saiu da minha boca pelo menos uma vez.

Devo dizer que foi por sorte que uma declaração tão delirantemente ambiciosa não tenha convocado meu próprio Raksh, caro leitor. Pois, como fui lembrada REPETIDAS vezes, a história dos povos é uma construção em constante mutação e sempre subjetiva. Além de revelar os vieses do narrador, de seu público e intenções, também há muita coisa que simplesmente não sabemos. Embora tenha havido desenvolvimentos surpreendentes nos estudos do mundo medieval do oceano Índico na última década, não tenho a menor dúvida de que, quando este livro for publicado, algum detalhe que acreditei ser factualmente correto já terá sido refutado.

Portanto, tentei torná-lo historicamente *crível*, tentando equilibrar os estudos com o espírito da história. Evidentemente, há muitos toques de fantasia. Será que Amina teria como notar que Áden estava localizada no topo de um vulcão extinto e submerso? Duvido, mas é um cenário fabuloso demais para ignorar. A Lua de Sabá é uma lenda verdadeira? De modo algum: ninguém que passa muito tempo lendo histórias sobre djins e demônios se sente inclinado a depois dar instruções sobre como invocar uma criatura dessas num romance comercial. Por outro lado, nada me agradaria mais do que deixar você tão encantado com a história subjacente à de Amina a ponto de querer aprender mais sobre esse mundo, por isso partilharei algumas fontes. Não se trata de uma lista completa — o que já daria outro livro por si só —, mas de algumas leituras agradáveis e acessíveis das quais acho que meus colegas aficionados por história iriam gostar.

Vamos começar com os relatos pessoais (estou listando as traduções para o inglês; se você for um leitor de árabe, terá opções bem melhores). Já mencionei os mercadores de Geniza e, embora inúmeros relatos tenham sido escritos sobre suas vidas, um livro muito bom é *India Traders of the Middle Ages: Documents from the Cairo Geniza*. Além disso, há os relatos de viajantes. Ibn Battuta é o mais famoso deles, apesar de um pouco tardio; foram suas belas recordações de Mogadíscio que forneceram as descrições da cidade neste livro. Ibn Jubayr é mais contemporâneo e, embora suas viagens o tenham levado para o norte, ele tinha um *bocado* de opiniões sobre as viagens marítimas no Mar Vermelho. Mais próximo do mundo de Amina, temos o mercador e aspirante a geógrafo Ibn al-Mujawir, cujas viagens a Áden, Socotra e à costa sul da Arábia — muito divertidas e por vezes bastante escandalosas — foram fundamentais. Do ponto de vista dos navegantes, temos *Accounts of India and China* e *The Book of the Wonders of India*, de Abu Zayd al-Sirafi, duas coleções de histórias de marinheiros atribuídas a Buzurg ibn Shahriyar al-Ramhormuzi, um capitão provavelmente fictício.

Se informações sobre a vida das pessoas comuns durante o período medieval já são difíceis de descobrir, relatos dignos de crédito sobre a vida de criminosos, que costumavam ganhar a vida encobrindo seus rastros, são ainda mais evasivos. Minha fonte preferida é o manual de truques do século XIII intitulado *The Book of Charlatans*, de al-Jawbarī, cujos estratagemas foram incluídos neste livro. Para histórias de criminosos que misturam fato e ficção, *The Arabian Nights: A Companion*, de Robert Irwin, apresenta um pouco da história por trás dos famosos bandidos do compêndio, e o primeiro volume de *The Medieval Islamic Underworld*, de C. E. Bosworth, traduz e contextualiza vários poemas e lendas sobre os Banu Sasan. Menos extravagante, porém mais reveladora, é a atividade criminosa real registrada e estudada em obras como *The Criminal Underworld in a Medieval Islamic Society*, de Carl F. Petry, e os artigos de Hassan S. Khalilieh sobre pirataria e lei islâmica no mar. No entanto, para compreender melhor a pirataria no oceano Índico medieval, é preciso fazer uma leitura bem mais abrangente. Um livro inteiro poderia ser escrito sobre o papel dos piratas na tradição moderna e histórica. Romantizados ou vilanizados, os piratas podem ser retratados como corsários heroicos, guerreiros da liberdade ou escravizadores assassinos... tudo depende de quem está contando a história. Contudo, muitos dos relatos pessoais e estudos históricos que li apresentavam a imagem de um grupo de pessoas que era parte importante da sociedade litorânea em que vivia, tal como os comerciantes e as marinhas. Além dos artigos de Khalilieh, achei as obras dos estudiosos Roxani Eleni Margariti, Sebastian R. Prange e Lakshmi Subramanian muito esclarecedoras.

Para reconstituir a vida dos cidadãos honestos e das cidades em que viviam, baseei-me em *Aden and the Indian Ocean Trade*, de Margariti, *Abraham's Luggage*, de Elizabeth A. Lambourn, *Marriage, Money and Divorce in Medieval Islamic Society*, de Yossef Rapoport e *Women and the Fatimids in the World of Islam*, de Delia Cortese e Simonetta Calderini. *The Rise and Fall of Swahili States*, de Chapurukha M. Kusimba, foi um excelente guia para a terra natal de Majed e da mãe de Amina, e considerei *The Race for Paradise*, de Paul M. Cobb, *The Crusades Through Arab Eyes*, de Amin Maalouf, *The Mercenary Mediterranean*, de Hussein Fancy, e *The Society of Norman Italy*, de Graham A. Loud e Alex Metcalfe, muito úteis para fornecer contexto para o personagem de Falco quanto aos conflitos no exterior. Se preferir uma fonte que oferece uma visão bastante diferente e pessoal das interações entre muçulmanos e cristãos durante as Cruzadas, sugiro *The Book of Contemplation*, de Usama ibn Munqidh. Para quem gosta de conteúdo em áudio, sugiro conferir a série de *podcasts* "New Books in the Indian Ocean World" e "Ottoman History Podcast".

Não houve nada que tenha me atormentado mais do que pesquisar qualquer coisa náutica. Dos detalhes dos navios aos horários de navegação e da vida no mar, tudo que pude extrair a princípio parecia contradizer outras fontes; embora haja uma boa quantidade de informações após o século XIV, a história marítima no início da Idade Média e no final da Antiguidade Clássica é bem menos estudada. Ainda assim, encontrei algumas preciosidades. *Arab Seafaring*, de George F. Hourani, é um clássico do gênero, e o relato de Tim Severin sobre a viagem de Simbá, na qual uma embarcação do século IX foi reconstruída e navegou de Omã a Cingapura, aborda uma tecnologia que antecede o *Marawati* de Amina, mas que não deixa de ser uma delícia de ler. Mais útil (e muito mais recente) é a obra de Dionisius A. Agius, em particular o livro intitulado *Classic Ships of Islam*. Foi outro assunto sobre o qual recorri a vários artigos acadêmicos, com destaque para os estudos de Ranabir Chakravarti, Inês Bénard e Juan Acevedo. *Islamic Maps*, de Yossef Rapoport, é um volume belamente ilustrado que me ajudou a visualizar e compreender melhor como Amina teria concebido a geografia de seu mundo e, para uma visão mais abrangente do oceano Índico ao longo da história, recomendo *The Ocean of Churn: How the Indian Ocean Shaped Human History*, de Sanjeev Sanyal, *Dhow Cultures of the Indian Ocean: Cosmopolitanism, Commerce and Islam*, de Abdul Sheriff, *Monsoon Islam: Trade and Faith on the Medieval Malabar Coast*, de Sebastian Prange, e *Oman: A Maritime History*, de Abdulrahman Al-Salimi e Eric Staples.

É difícil enfatizar suficientemente o predomínio do que chamamos de "magia" no mundo medieval, assim como é difícil deixar nossos preconceitos modernos de lado para ter uma melhor compreensão do assunto. As previsões astrológicas eram aspectos fundamentais, nas quais se baseavam estudiosos e sultões, e os rituais populares faziam parte da vida cotidiana, não importava a religião da pessoa. Não farei uma lista completa (ainda mais com os estudos fascinantes atualmente realizados por jovens acadêmicos), mas confesso que achei *Islam, Arabs, and the Intelligent World of the Jinn*, de Amira El-Zein, e *Legends of the Fire Spirits*, de Robert Lebling, muito úteis. Para uma perspectiva diferente, recomendo *Magic in Islam*, de Michael Muhammad Knight, e, para quem gosta de *podcasts* e do Twitter (X), Ali A. Olomi é um verdadeiro tesouro.

Esta história é tão inspirada em lendas populares que é difícil saber o que recomendar primeiro, mas vou começar com o que me perguntam com mais frequência: minha edição preferida de *As Mil e Uma Noites* é *The Annotated Arabian Nights*. A tradução de Yasmine Seale é belíssima e as ilustrações e informações complementares que a acompanham são imperdíveis. *Tales of the Marvelous and News of the Strange* também é incrivelmente divertido, assim como *Marvels of Creation*, de al-Qazwini. Você pode ler as versões em inglês das histórias das figuras épicas mencionadas neste livro na tradução de Melanie Magidow para *The Tale of Princess Fatima: Warrior Woman*, de Dhat al-Himma, *The Adventures of Sayf Ben Dhi Yazan*, de Lena Jayyusi, e *Diwan 'Antarah ibn Shaddad*, de James E. Montgomery. Para encontrar mais mulheres guerreiras, confira *Warrior Women of Islam*, de Remke Kruk.

Por fim, eu seria negligente se não mencionasse os autores modernos que me iniciaram nesta jornada: os incomparáveis Naguib Mahfouz, Radwa Ashour e Amitav Ghosh. Embora recomende todos os seus livros, para obras inspiradas em lendas populares e na história mencionada aqui, sugiro *Arabian Nights and Days*, *Siraaj* e *In an Antique Land*.

Boa leitura!

Bibliografia

AL-JAWBARĪ, Jamāl al-Dīn ʻAbd al-Raḥīm. *The Book of Charlatans*. Tradução de Humphrey Davies. Nova York: Biblioteca de Literatura Árabe/NYU Press, 2022.

AL-MUQADDASI, Abu Abdallah ibn Muhammad. *Ahsan al-taqasim fi ma'rifat al-aqalim*. Tradução de G. S. A. Ranking e R. F. Azoo. Calcutá: Sociedade Asiática de Bengala, 1897.

SMITH, G. Rex (Org.). *A Traveller in Thirteenth-Century Arabia: Ibn al-Mujawir's tarikh al-mustabsir*. Londres: The Hakluyt Society/Ashgate, 2008.

Sobre a Autora

S. A. Chakraborty é a autora da Trilogia de Daevabad, aclamada pela crítica e *best-seller* internacional. Suas obras foram traduzidas para mais de uma dúzia de idiomas e indicadas aos prêmios Hugo, Locus, World Fantasy, Crawford e Astounding. Quando não está absorta em livros sobre marinheiros medievais e vigaristas, ela gosta de fazer trilhas, tricotar e recriar refeições históricas desnecessariamente complicadas. Você pode encontrá-la *on-line* no *site* sachakraborty.com ou no X e no Instagram sob @sachakrabooks, onde gosta de falar sobre história, política, culinária e arte islâmica. Atualmente, ela mora em Nova Jersey com o marido, a filha e um número cada vez maior de gatos.

Outras obras de S. A. Chakraborty

Trilogia de Daevabad

A Cidade de Bronze

O Reino de Cobre

O Império de Ouro

O Rio de Prata